新潮文庫

西行花伝

辻邦生著

目次

西行花伝

序の帖《じよう》

藤原秋実《あきざね》、甲斐国八代荘《かいのくにやつしろのしよう》の騒擾《そうじよう》を語ること、ならびに長楽寺歌会に及ぶ条々

あの人のことを本当に書けるだろうか。あの人――私が長いこと師と呼んできたあの円位上人《えんいしようにん》、西行のことを。

しばらく前から時雨《しぐれ》が檜皮葺《ひわだぶ》きの屋根を鳴らして過ぎてゆく。その幽《かす》かな音を聞いていると、そんなことはとても無理だ、あの人のことなど書けるわけはない、と誰かがつぶやいているような気がする。

たしかに私にとってあの人――わが師西行はあまりに大きな存在だった。私はどんなに努力してもあの人に達することができなかった。それに私たちが生きてきた時代は変転極りない狂乱の日々の連続であった。すべての人々が、洪水の荒れ狂う波間につかの間に出遇《であ》い、つかの間に別れて、二度と遇えない宿命に翻弄《ほんろう》されて生きていた。私はそうした日々、師西行と共にいることだけを願った。願いつづけなければ容易に私たちの絆《きずな》は絶ち切られてしまいそうな、そんな切羽詰まった気持で生きていた。私は正直言って自分がどんな人間であるか、わが師が何を考え何を感じて生きているか、じっくり思いめぐらすことはできなかった。

私はただ師のそばで生きること、師の歌を浄書し、師のために使い走りをし、師のあとについて歩くことだけで、すでに精いっぱいであった。肝心なことは師西行の近くにいていかに生きるかだけであった。

それだけに師西行に世を去られてからは、私は、師が占めていたひろがりのなかを、まるで無人の伽藍《がらん》の内部をほっつき歩くようにただ歩きまわるほかなかったのだ。私はひたすら空虚だった。雨につけ風につけ、心を締めつけるあの孤独な寂しさが、胸を鋭い鑿《のみ》でえぐるように疼《うず》いたが、それ以上に、師とともに、私が生きていた生活そのものがそっくり立ち去っているのを感じた。当時私は自分を喪《うしな》った虚脱者《うつけもの》のように京の街を徘徊《はいかい》した。どこをどう歩き、どこで何をしていたか、何一つ覚えていなかった。日が照ろうが雨が降ろうが、そんなことは私にはどうでもよかった。ただ師の持っていたあの温み、重さをもう一度全身で味わい、それが乾飯《ほしいい》に水が滲《し》みるように私のなかに滲みて、心が昔のように蘇《よみがえ》ってくるのを、身体《からだ》のどこかで待ちつづけていた——もちろん私ははっきりそう気付いていたわけではないけれど、そうした渇いた願いのなかで、ひたすら生きつづけていたのは事実だった。

だが、あの桜の散りやまぬ望月《もちづき》の夜から一年たち二年たつうち、私は、無人の伽藍に似たこの空白なひろがりを師西行の重さで満たす以外には、心の渇いた河床に水を流しこむことはできないのだと次第に気づくようになった。

師西行の重さ——それを私はどこから手に入れるべきだったか。

そのことに気づき、そのことを本気で考えるようになってから、私は遠縁の者から譲りうけたこの小倉山の山荘に住むことを決めた。ここは師も若い頃住みなしたことがある。その意味では西行の姿をまざまざと呼び出すには願ってもない場所に違いない。以来、私はすでに三歳《みとせ》ここで日々を暮しているのである。

私は当初ひたすら師西行の姿を、息づかいを、声の抑揚を、すたすた足早に歩く足音を、料紙に筆を走らせるかすかな気配を思い起し、そのなかに浸ろうとした。時には師の夢をまざまざと見て、夜明けに目覚め、かえって現実《うつつ》の虚《むな》しさに涙を落すこともあった。

だが、やがてそうした物思いに耽《ふけ》り、師が鮮かに浮び上っても、その姿は一瞬にして消え、夢のはかなさといささかも変りないことが解《わか》ってきた。では、師西行を、変らぬ温みと重い手ごたえのなかで感じつづけるにはどうしたらいいか――私は小倉山の山荘で日夜そのことを考えつづけ、ようやく師西行のことを書く以外にないと思い当ったのである。

もちろん私のなかに落葉のように積み重なった思い出の数々を書くことはできる。だが、師の姿のたしかな手ごたえを蘇らせるためには、それだけでは、ただ一面を浮び上らせるにすぎない。私の渇いた心が願っているのは、わが師の本当の手ざわり、本当の姿なのだ。それが地上に蘇らないかぎりは、心の河床に水が流れこむことはない――私はそう思ったとき、わが師にかかわりのある人々をくまなく訪ねてみたいという欲求を感じた。それはたしかに途方もない願いである。しかし私の心の襞《ひだ》のなかに刻まれた思い出を語り、書きとめることが、師を地上に蘇らせる方途であるとしたら、同じようにして、西行の思い出を持つ人々から、それを聞き出し、書きとめるのは、師を蘇らせるさらに有効な方法ではないだろうか。

師に直接《じか》に結びつく思い出が、最も濃くその姿をとどめているのは当然だ。だが、同時に、師が存在した場所、師が往《ゆ》き来《き》した人々、師と遠くからでもかかわっていた人々について能《あた》うかぎり書きつくすことも、私にとって、師の姿をたしかなものにしてゆく道に見えた。ちょうど暗闇《くらやみ》に安置された毘盧遮那仏《びるしゃなぶつ》がはじめは暗闇と変らぬ黒一色の存在であったのに、戸の隙間《すきま》から朝の光が射《さ》しこむにつれて、徐々に荘厳な金色の御姿を気高く浮び上らせてくるのと同じである。

私が紀ノ川のほとりへ九十歳を越える乳母《めのと》葛《くず》の葉《は》（蓮照尼《れんしように》）を訪ねてわが師の幼少時の物語を聞き出したのも、まだ存命だった頃、鎌倉二郎源季正《すえまさ》（西住上人《さいじゆうしようにん》）殿から遁世《とんせい》前の師の生活についてあれこれ聞き書きしたものに改めて目を通したのも、あるいはまた、待賢門院《たいけんもんいん》のお側《そば》で仕えた堀河尼《ほりかわに》の住む嵯峨野《さがの》の草庵《そうあん》で遠い昔の思い出を語ってもらったのも、ただ師の姿のすべてをこの世に現前させ、その濃い影のなかに生きたかったからにほかならぬ。

たしかにそれらの物語はそれぞれに師の姿を映し出してはいるが、本来の生きた姿に立ち還《かえ》らせるには、やはり私が自分で文書を集めて、一つの纏《まと》まりある全体の像を描きださなければならない。

ただ私がおそれるのは、こうした聞き書きを重ねても、師西行の姿がそこに現れることがないのではないかという一事である。というのは、いってみれば、師は多くの部屋が複雑に組み合った大きな家屋のようなもので、その一つ二つを光で照らし出しても、果してその横の部屋、裏の部屋が浮び上るかどうか皆目見当がつかないからである。

師西行はたしかに当代随一の歌びとであった。そのことを疑う人はいなかろう。私が西行を師と慕ったのも、人々が私を西行の弟子と認めたのも、この歌の道があったからである。だが、西行をただ歌びとと思っていると、思わぬところで師の姿を見失ってしまう。見失うというより、別の姿で立ち現れ、あらためて師の姿に驚かされることがしばしばあるのだ。たとえば師西行は出家遁世した僧形の人であった。高野の奥に隠れたり、伊勢《いせ》の海辺の草庵に暮したりした。私はそうした師のそばに住みつき、都の出仕が許すかぎり、起居をともにした。師の身辺には、ただ花と月の風雅しかないように思えた。しかし次の年にはすでに都にいて平家の人々と交ったり、上西門院《じようせいもんいん》の旧知の女房たちとの出会いを楽しんだり、遠く四国路を旅したりした。何より私を驚かせたのは、師が朝廷に出仕する私のような人間の仕事にもよく通じていたということである。

いったい朝廷の人々から師は何を知り、何を果そうとしていたのだろうか。一度、私は朝廷の用事で徳大寺実定《さねさだ》殿の邸宅へ出かけたことがあったが、そこでばったり師西行と出遇ったのである。事の次第はいずれ然《しか》るべき折に語りたいと思うが、一つだけ言っておきたいのは、師が世を逃れて花鳥風月に遊ぶといっても、その内実はもっと込み入っていて、土地争いや田租の取立てや訴状の裁定など、朝廷の評定所に持ち込まれる事件とかならずしも無縁ではなかったということだ。師西行の暮しを賄《まかな》う紀ノ国の所領が、紀ノ川を挟んだ対岸の高野山領とたえず土地争いを繰り返していたことも、そうした煩《わずら》いの一つに数え上げてよかったかもしれない。

あの頃はまだ頼朝《よりとも》殿が鎌倉で幕府を開かれる前であり、諸国の在地領主のあいだの土地争いは激しかった。むろん師はそうした土地争いにも、また紀ノ国国衙《こくが》（地方行政庁）との軋轢《あつれき》にも直接には関知せず、一切を弟の佐藤仲清殿に委《ゆだ》ねていたから、わざわざ所領に立ち寄ったり、主家の徳大寺家に仲介を依頼したりすることはなかったが、このような時代の軋《きし》みを切りはなしては師の姿を理解することは不可能なのである。

もっとも時代の軋みといっても、私はただ当時のことを自分の運命に降りかかった出来事を通してしか語ることができない。軋みつづけたあの時代がどんな推移で師の傍らを過ぎていったかを知るためにも、ひとまずここで、師西行の思い出からはあえて遠ざかって、しばらくわが生い立ちと運命的なその出来事に耳を傾けていただきたいのである。この事件がなければ、師西行と出会えたかどうか分らないし、出会えてももっと後になっていたに違いないからである。

思えば、奇妙なことに、私が五歳の年、ある五月雨《さみだれ》の激しく降る夜、血だらけになった父が我が家に担《かつ》ぎこまれたときから、運命は一すじの赤い糸となってあの長楽寺《ちょうらくじ》の紅葉した木々が風にざわめく夕べにつながっていたことになる。

父は当時美濃《みの》の国衙で目代《もくだい》（現地代官）を勤めていた。国司（地方行政庁長官）清原良経《よしつね》は任地に赴かず京都に住んでいた。したがって美濃で激しくなった土地争いの調停や訴状の判定はほとんど父の手で行われていた。どの場合にも境界を明示する四至牓示図《ししぼうじず》を持ち、主だった荘官や兵士たちを引き連れて現地に出かけた。

父の職掌は荘園ごとの検田、年貢《ねんぐ》の徴収、賦役《ふえき》の割当てだったが、国衙の権威をもってしても、思うようにその徴収はすすまず、父は説得に苦慮していた。夜家に帰る父はくたくたに疲れ母と話を交すこともできなかった。そこへ土地争いまで加わったのであった。

母の言うところでは、父は国司清原良経の信任を得ていて、遠からずその口ききで都の検《け》非違使庁《びいしちょう》（裁判・警察・警固を扱う行政庁）へ配置換えになることに決っていた。その矢先、二宮荘と田倉荘の境界争いが起り、父はその実情を調査に出かけたのである。

五月雨の降りしきる日で、国衙の役人たちの馬は泥濘《ぬかるみ》に脚をとられ、なかなか調査はすすまなかった。田倉荘の荘民が境界を示す牓示を抜き去り、隣接する二宮荘に踏みこんだ証拠を摑《つか》んだのは、すでに夜が訪れようとする時刻であった。父たちの一行は田倉荘の郷司（在地領主兼地方官）の館《やかた》へ馬を向けた。その夜のうちに郷司伊佐木忠重にその不当な行為を譴責《けんせき》しようと思ったのだ。

しかし国衙の役人たちは伊佐木館《やかた》に達することはできなかった。彼らは五月雨の降る闇のなかで一群の土民に襲撃され、父以下十数人が重傷を負ったからである。

私は式台（玄関）に赤々と燃える松明《たいまつ》の火を覚えている。兵士たちは興奮して叫び、口々に田倉荘が謀反《むほん》に走ったと告げていた。父が血だらけになって運ばれてきたとき、私は爺《じい》やの腕に抱きとめられた。

「坊、ご覧になってはなりませぬぞ」

爺やはそう言って私の眼に手を当てたが、その時すでに私は父の蒼《あお》い顔が苦しげに歪《ゆが》んでいるのを見ていたのである。雨に打たれて松明の火が激しく動くなかを次々と痛手を負った男たちが担ぎこまれた。あたりは血の海となった。

父はそれから数日して亡《な》くなった。

後になって知ったことだが、伊佐木忠重は田倉荘を都の権力者徳大寺家に寄進していた（それは師西行の家の場合と同じであった）ので、事件は、国司清原良経と徳大寺家のあいだで談合され、国衙の役人を襲った伊佐木の家人のうち責任者十人が伊豆へ流罪《るざい》になることで決着をみた。

父を喪った母と私は祖父藤原重範《しげのり》の家に住むため京都に帰った。私は母の意向で藤原一族の学問所勧学院《かんがくいん》に通った。すでに祖父も老齢で隠退し確たる保護者もなく、役職の任料を支払う資力も持たない私が人生を切りひらいてゆくためには、式部省《しきぶしょう》（礼式・選叙の官署）の試験に合格して、ゆくゆくは検非違使庁に入るか、弁官《べんかん》（行政官）としての道をつかむしかないと母は思ったのだ。文章生《もんじょうしょう》にでもなれば藤原一門に連なる家系を生かして、何とか大学寮《だいがくりょう》か図書寮《ずしょりょう》に入る機会はあったのである。

そのため私は武芸にも励んだ。毎日、昼前は学問所で経学と歌を学ぶと、昼すぎは馬と弓矢と剣術で過した。時には学問所の高弟たちから蹴鞠《けまり》の手ほどきを受けることもあった。宮廷に職が得られた場合、蹴鞠の上手下手は立身に直接かかわってくると言われていたからである。

だが、思えば、その頃私は摂関家にかかわる宮廷権勢の動きも、院庁の役人たちの意向も、帝《みかど》身辺の雑務処理を行う蔵人所《くろうどどころ》（宮廷側近職）の思惑も、何一つ理解していなかった。ただ遠縁の者の推挙によって、とりあえず検非違使庁の下級職・右衛門府生《うえもんふしょう》に漕《こ》ぎつけたまでで、何とか前途に光を感じていただけであった。母はその後故郷の丹波《たんば》に戻り、数年後にそこで没したが、私が府生に任官した報《しら》せを持ってゆくと、痩《や》せた手で私をまさぐりながら「父上がおられたらどれほどお喜びか」と言って涙を流した。

母が亡くなってから二年して私は父の従兄《いとこ》に当る藤原忠重《ただしげ》の屋敷に呼ばれた。その時私はすでに左衛門志《さえもんのさかん》に昇格して、帝《みかど》行幸の側近警備の指揮を命じられていた。美々しい行列の先頭に立ち、沿道に居並ぶ老若男女から畏敬《いけい》の視線をそそがれるのは、若い私にとって面映《おもは》ゆくもあり、得意の思いに胸の脹《ふく》らむことでもあったのだ。

もしそんな私に心楽しまぬものがあるとしたら、それは、肩を並べて検非違使庁に仕《く》える同僚たちのなかで、立身が思ったほど順調でなかったことであった。藤原の流れを汲みながら、身近に有力者を持たない非運を私は日々の役所勤めのあいだいやというほど嘗《な》めさせられたのである。

私が藤原忠重から声がかかったとき小躍りして喜んだのは、ようやく自分も有力な縁者の後押しを得られるという思いがあったからだ。長いこと忠重が親戚《しんせき》縁者のなかで噂《うわさ》されなかったのは、かつて飛驒守《ひだのかみ》として赴任していた頃、土地争いにからむ騒擾事件の責任を問われ、伊予国へ配流されていたからであった。

忠重が二十年後に許されて帰国し、甲斐守《かいのかみ》に任ぜられたとき、彼はもはや京都を離れて任地へ赴く意欲《いよく》を失っていた。ただ以前の土地争いで苦い思いを味わっているので、甲斐国の統治に誰か腹心になる人物を送りこみたかった。忠重の屋敷に呼ばれたのは、彼がこの腹心の一人に私を加えようと思ったからであった。

忠重の思惑のなかには、私が検非違使庁のなかの事情に通じているという事実も入っていただろう。以前の失敗は、忠重が中央官庁《みやこのつかさ》の力関係に疎遠《そえん》であり、もっぱら地方行政の一方的な締めつけを強化した結果であった。

たしかに私は立身出世を願っていた。検非違使庁の職務には熱心であった。行幸の供奉《ぐぶ》、犯罪者の追及、火急時の警戒など、私が担当する職掌《しごと》に関しては、まず模範といえる成果をあげていた。

だが、今にして言えることだが、私の周囲に起っていたのは、その程度の知識や経験では到底理解できる種類のことではなかったのである。当時私はようやく十八歳になったばかりであった。そんな私が院庁《いんのちょう》と宮廷との争いの内情に通じているわけはない。

保元の年の戦乱をも平治の年の戦乱をも私は遠くから見ていたにすぎない。保元の戦《いくさ》の折はまだ十三歳だったので、学問所で人々が、恐しげに、藤原頼長《よりなが》殿が流れ矢に当って血まみれで捕えられ、検非違使たちに激しく譴責され、舌を噛《か》み切って自殺をしたと噂するのを聞いていた。私はそのとき父の血にまみれた土気色の顔を思い出した。頼長殿の口から泡となって鮮血が噴きこぼれ、松明の炎のなかで崩れるように倒れる光景がまざまざと私の眼に浮んだのだ。その後、源義朝《よしとも》殿が検非違使藤原季実《すえざね》の前で父為義《ためよし》殿の首を刎《は》ねなければならなかったとき、声を放って泣かれたという噂も聞いた。その時も私は父の蒼黒い顔が血に汚れ、戸板の上に横になっていたのを見る思いがしたのである。

その三年後の平治の争乱の折、私は十六歳で、ようやく検非違使庁で微禄《びろく》を与えられていたにすぎず、朝廷や院庁の派閥や縁組に関する噂をしきりと聞かされていた程度であった。ただ当時検非違使別当(長官)の藤原惟方《これかた》殿は、母上が二条天皇の乳母を勤めていたため、何事につけてもまず二条天皇を崇敬しており、検非違使庁のなかで帝《みかど》を差しおいて院庁や後白河院について話すことは何となく遠慮されていたのだ。

私はそのことからももうすこし敏感に後白河院の置かれた立場を推測すべきであったと思う。だが、検非違使庁に勤めているあいだ、上司の顔もろくろく見ることができないほど、万事につけて自信がなかった。何か思い切ったことをしようと思うと、すぐ父の血にまみれた土気色の顔が眼に浮んだ。私には、それが何か事をしようと考えた男の当然の報いのような気がした。頼長殿は舌を嚙み切った。為義殿は子の義朝殿に斬《き》られた。すべて事をしようとした報いなのだ。何かすれば必ず炎に焼かれるように人間は業苦《ごうく》の報いを受ける。私はそう思うと、ひたすら自分のなかに海亀《うみがめ》のように首をすくめるほかなかった。

どうしてそんな私に帝《みかど》とその側近のことが理解できたであろうか。ただ別当殿が私たち若い下職の者を集めて、帝《みかど》に忠勤を励むこと、そして朝廷の威令を往古《いにしえ》のように地方の隅々まで行き渡らせることが検非違使庁の役目だと熱のこもった口調で話すとき、丹波の母のことを思い出すのであった。というのは、母もまた、同じように「お前は朝廷のために働かなければなりませぬぞ。お父さまは国衙のために命を落された。国衙は朝廷の守りだからの。お前が朝廷で出世するのが母は何よりの楽しみじゃ」と言っていたからである。

私にとって後白河院が帝《みかど》にくらべ何となく疎遠な存在であったのは、この意味からいっても当然であった。朝廷人たちの典雅な挙措に較《くら》べただけでも、だいいち声が大きく、ごつごつした身体《からだ》つきの後白河院は、異様な感じを私たちに与えたのだ。だいいち声が大きく、ところ構わず大声で笑った。廊下を歩くとき、そのどしどしいう足音は遠くからも聞えた。それを耳にした人は、間に合うことなら、院の前から逃げ出したいと思ったのだ。

院の心に毒があったわけではないが、その傍若無人ぶりは、院庁の人間でも持てあまし気味であった。院は遊楽も好きで、鳥羽離宮に人々を集めて花に月に宴《うたげ》を催すのがつねであったが、そんな折、院が京の巷《ちまた》を鳳輦《ほうれん》で行く折々に眼をつけた女房や白拍子たちが殿上人にまじって今様《いまよう》をうたい舞いを舞った。

後白河院は女たちに囲まれ、ひどく酩酊《めいてい》の様子に見えたが、それが本当に酩酊したのか、ただそう振舞っているのか、人々には測りかねた。というのは、泥酔《でいすい》してもうほとんど崩れ落ちるばかりに見えた院が、不意に立ち上り、何かを思い出したように、三条殿に戻ってゆくというようなことが何回もあったからである。それがどんな用事であったのか、気に入らぬことがあって用事にかこつけて鳥羽離宮から出ていったのか、その辺のことは誰にも分らなかったが、人々がその度に驚かされたのは、直前の泥酔ぶりと、直後の平然とした様子とが、あまりにも劃然《かくぜん》と分れていて、果してどちらが本当の姿か誰にも決めかねたからであった。

私が一度藤原惟方殿の居間で書類の整理をしていると、たまたま藤原俊憲《としのり》殿が立ち寄り、それとなく後白河院の噂をしていたが、それは中納言藤原信頼《のぶより》殿が院の寵愛《ちょうあい》を一身に受けていることに対する憎々しげな嫉妬《しっと》であり、あからさまな侮蔑《ぶべつ》であった。俊憲殿は「蟇《ひきがえる》でも後白河院にはまさる」と声をひそめて言い、それから惟方殿と声を合わせて笑われた。それにまた「あれほど無能な二枚舌の男を側近に召してご満悦の体たらくでは晋《しん》の恵帝も身体を二つに折って笑い転げることだろうな」と言った。私は次の控えの間にいたから二人の姿を見たわけではないが、二人が何を目論んでいたかはほぼ察することができた。

ただそれを直ちに平治の争乱と結びつけることは私にはできなかった。

平治の争乱は、別当藤原惟方殿を長門国《ながとのくに》へ配流させたり、信頼殿を斬首《ざんしゅ》させたり、義朝殿を惨殺《ざんさつ》させたりする結果を招いたが、それは、何か事をしようとした人につきまとうあの蒼ざめた血まみれの首と同じで、どうすることもできないものであった。私は、この争乱の折も、海亀のように首をすくめ、何も見ず、何もしない人のふりをしていた。それ以外には、不吉な血まみれの運命から免れる道はないように思えたからだ。

それならなぜ私は藤原忠重に呼び出されたとき、心をときめかして白河に出かけたのか。やはり私は有力な後楯《うしろだて》が欲しかったのだ。忠重は私にとって親しい関係ではなかったが、縁者には違いなかった。向うもそれを重くみてくれて私を呼んだのであり、こちらもそれゆえに屋敷へ出向いたのである。

だが、私が恐れた何か事を成すということは、実は、こうした些細《ささい》な結びつきから始まるのではないか。

藤原忠重が私のことを思ったときに運命がそう動き出したのか、それとも私がそれに応《こた》えて忠重の屋敷に出かけたとき、血まみれた運命が私のうえに手をのばしはじめたのか、それは分らない。ただ一つ言えるのは、どんなに事を成すことを拒み、その意志を放棄しても、結局人はそこから離れることができないということだ。立っていても、坐《すわ》っていても、世間から離れていても、人は、どうしようもなく何か事を成すしかないのだ。

だから、私が忠重の屋敷へもし行かなかったとしても、何らかの形で事を成していたにちがいない。

それはともあれ、私は新任の甲斐守忠重から甲斐の国衙に出向する意志はないか、と言われたのである。忠重の言うには、検非違使庁の人事では、右衛門府生から左衛門志までの昇進は比較的順調だが、そこから右衛門尉《うえもんのじょう》への昇進は三年、ひょっとすると五年かかることがある。もし甲斐国に出向すれば、国衙の役職は目代の副官であって、右衛門尉に相当する。それは私にとって二階級の特進に当る。そこまでいって、相当期間を勤め上げれば、蔵人所《くろうどどころ》に転任するか、左衛門尉《さえもんのじょう》から勘解由《かげゆ》(人事審査官)次官に昇進する道も開けるはずである。ただし甲斐の在任先での情報は一切洩《も》らさず報告すること。というのは、飛騨守在任中、目代の勝手な振舞いによって土地争いが起り、その責任を引き受け、ひどい目にあったからである。それを防ぐには、目になり耳になりしてくれる人間が必要なのだ。

「どうだ、わしの目となり耳となってはくれぬか」

忠重にそう言われたとき、私は自分が何か事を成すのだという気はなかった。むしろそこから身を引き慎重な足どりで立身の道に踏み出しているという実感のほうが強かった。

「そうなのか、とうとう右衛門尉相当の役職にめぐり逢《あ》ったのか」

そういう思いが心にあり、白い泡が湧《わ》き立つかのように、抑え難い喜びの念があとからあとから胸の中に立ち上ってくるのだった。

私が任官の直後に起った、血なまぐさい事件に巻きこまれずにすんだのは、それこそ父の霊が守ってくれたためかもしれない。事件はやや煩雑《はんざつ》であるが、順序を追って記すと、ほぼ次のようになろうか。

藤原忠重から甲斐国国衙の目代に命じられた右馬允《うまのじよう》中原清弘に従って尾張《おわり》に着いたとき、時ならぬ大雨に遭い、それがもとで私は突然高熱を発した。

数日は私も馬に乗りつづけたが、ついに意識を失って落馬した。清弘は私にその土地で病《やまい》を養い、治ってからあとで甲斐にくるようにと言い残して先に出かけていった。

私の熱はなかなか下らず、結局そこに二ヵ月滞在することになった。意識が戻ってから、そこが田倉荘であることに気付いて愕然《がくぜん》とした。それは父が土民の襲撃を受けて生命を落した場所であった。

私はそのまま甲斐へ出かけるには体力が衰えすぎていた。たまたま父のことを覚えている荘官がいて、私をその館《やかた》に引きとってくれた。

私が田倉荘を出発したのは応保二年の初秋であった。風が穂の出はじめた芒《すすき》のうえを吹き渡っていた。私は久々に元気を取戻した身体に爽《さわ》やかな風を受け、気持が水のように澄むのを感じた。いつもの私なら、任地に遅れたことにひどく悩んだり苛《いら》立《だ》ったりするのに、そうした気持はまったく起らなかった。

私は従者数人を連れて遠江《とおとうみ》を経て駿河《するが》に入ったとき、はじめて富士の高嶺《たかね》を遠く雲の上に仰いだ。道案内の男がそれが富士であると言っても、私はすぐにはそれが山の頂きであるとは思えなかった。やがて雲が晴れ、頂きに白く雪をかぶった鋭い八字形の稜線《りようせん》が中空に迫《せ》りあがるのが見えた。私は馬の背でのけぞるようにして、凜《りん》として聳《そび》える気高い富士の全容を眺めた。

今まで見たどんな山とも違っていた。それはこちらの息を吸いとってしまうような清浄感に満ちていた。その清らかな気配のなかに、山頂からゆっくりと白い煙が立ち上っていた。案内の男の説明では、山が燃えているということだったが、その果てしない煙があとからあとから噴き上るのを仰いでいると、今までとは違った遠い地方へ自分がさ迷ってゆくのだという思いが胸を衝《つ》いた。いかにも都が遠ざかった感じであった。それは寂しさとは違うが、やはり孤独な、哀切な思いであったことは事実である。

それに富士を仰ぎながら横走(御殿場《ごてんば》)までくると、行き交う旅人も稀《まれ》になり、見渡す山々のつづきのほかは、人煙一つ見えなかった。ただ風が山から野へ、野から谷へと吹き渡るだけだった。短い草や木が一方へ身体を倒すようにしてその風のなかで震えていた。道は細くなり、乏しい里程標と案内人がなければ、甲斐国に辿《たど》りつくことはできなかったろう。加古坂《かご さか》峠（籠坂峠）を越えると、湖が青く鏡を嵌《は》めこんだように見えた。湖のそばの駅宿《うまや》で私たちは一夜を送った。終夜波の音が聞えた。

　私が奇妙な胸騒ぎを覚えたのはその頃からであった。はじめは、それが旅の寂寥《せきりよう》感から生れる不安の思いであろうと、自分でも無視していたが、甲斐国の国境の御坂《みさか》峠にかかると、何か抑え切れぬ激しさで私の胸に押しかぶさってきた。

　甲斐の御坂は、そそり立つ懸崖《けんがい》を道が辛うじて匐《は》い上っている峠で、かねて難所だと聞いてはいたが、馬に乗ったままでは到底登ることができなかった。私たちは馬を曳《ひ》き、馬たちが何度も岩角で足掻《あが》くのを支えながら、険しい山道を攀《よ》じ登った。

　頂きに着いたとき、見事に紅葉した山の群れが黄に赤に立ち騒ぐ波のように地の涯《はて》まで見えた。果してこんな山つづきに人が住むことができるのか、というのが、その時の私の気持であった。背後には、富士が空の高みに清らかに聳え煙を横に流していた。湖が青く光っていた。都からつづいていた旅の糸がこの峠でぷっつり切れ、ここから先は、何の縁《よすが》もない異郷へ下ってゆくのだという思いが胸にこみ上げてきた。

　私が目代《もくだい》中原清弘の使者茂木《もてぎ》成時《しげとき》と出遇《であ》ったのは、御坂を下りた最初の駅宿水市《みずいち》であった。向うでも私のことはすでに聞いていたらしく、すぐ会いたいと言ってきた。庭には篝火《かがりび》が燃え、従者が部屋の外に武具を着けたまま控えていた。ただならぬ気配だった。

「おう、藤原秋実《あきざね》殿か」茂木成時は私を迎えると、手を執って言った。三十五、六の眼の窪《くぼ》んだ実直な男であった。「貴公の着任が遅れることは聞いていた。もう病気はいいのかね」

「この通りです。御坂も何とか越えられました」

「それはよかった。目代殿も貴公の到着を待っておられる。甲斐国衙《こくが》では猫の手も借りたい忙しさだからな」

「何かあったのですか」

「あったのだ。それも大変なことがな」

茂木成時は肩で息をつくと、その大変な事件というのを私に話したのである。

成時によると、目代中原清弘が甲斐豪族で地方官だった三枝守政《さえぐさ》とともに軍兵を率いて国衙と眼と鼻の距離にある八代荘《やつしろのしよう》を襲撃し、荘園境界を示す四至《しし》牓示《ぼうじ》を抜き取り、穀倉から穀物を奪ったというのである。

「八代荘は十年ほど前、熊野《くまの》社領として藤原顕時《あきとき》殿が寄進したものだ。そこで毎年の法華八講《ほっけはっこう》を行うためにだ。しかし中原殿はこれは朝廷の意向に反すると判断された。貴公も知るように、朝廷から出された宣旨《せんじ》(天皇の公文書)では、寛徳年間以降に新立された荘園は停廃すべしということになっている。中原殿は何度か八代荘を国衙に返還するように熊野社に申し送ったが、熊野社はそれを無視した。そこで、十月六日の夜、雨をついて軍兵を動かし、八代荘が国家の領有であることを示そうとしたわけだ。そのとき熊野社の神官が軍兵の前に立ちはだかり、三枝守政殿にひどい悪口雑言を浴せた。三枝殿は火のように怒って、神官を捕え、その口を刀で切り裂いた。三枝殿はそうでもしなければ気持が治まらなかったのであろう。だが、最近、熊野社の神官どもが、甲斐国衙の処置は不当であるという奏状を京に提出した。そのため朝廷から至急に検非違使庁《けびいしちょう》に出頭して事件の真相を明らかにせよという指示が届いた。私が国衙を出立し京に向かうのは、事の次第を検非違使庁に説明するためなのだ」

私はその話を聞きながら、このところずっと胸のなかに重く澱《よど》んでいた不安はこのことだったと思った。虫の知らせで私はそれを予感し、それに怯《おび》えていたのだ。茂木成時がこれから検非違使庁に出向き、私が検非違使庁からやってきて、ここで出会ったというのは、何か深い因縁があるような気がした。もちろんその時、私は、不安な思いを抱いてはいたが、それが思いも寄らぬ重大な結果を招くとは考えもしなかった。成時に訊《たず》ねられるままに、検非違使庁の人々の性格やら好みやらを話し、事が公明正大であり、朝廷の荘園政策に沿った処置である以上、国衙の側には何の落度もなく、検非違使庁も国衙の努力を多とすることはあるにせよ、それを非とすることはあるまい、と言ったのである。

「検非違使庁の若手からそう太鼓判を捺《お》して貰《もら》うと、これから京までの旅が気楽になる。いや、有難い、有難い」成時は再び強く私の手を執った。「大役を終えて京から戻ったら、歓迎の宴を開いて大いに飲もう。それまでどうか待っていて貰いたい」

実直な成時は、窪んだ眼をしばたたきながらそう言ったとき、気のせいか、涙を浮べているようであった。

私が甲斐の国衙に着いたとき、人々が特別な期待を私に寄せたのは、検非違使庁からきたという私の経歴のためであった。中原清弘みずから私を呼んで、都の事情をあれこれ訊ねた。清弘の心のなかにも、八代荘が寺社領であることに対する多少の危惧《きぐ》があったことは否《いな》めない。清弘はとくにその件について訊ね、検非違使庁で手がけた裁判の先例を聞きたがった。

病後といっても十分に休養をとっていたので、長旅の疲れにもかかわらず、私は思ったより元気であった。私は早速八代荘の管理やその他の荘園の田租の取立てに甲斐国の諸地方を馬で廻った。私が着任して間もなく最初の雪が国衙のある一帯に降ったが、それはきびしい山岳《やまぐに》地方の降雪の前触れであった。その雪のなかを私は長い荷駄の列を監督しながら、税として徴収した穀物を国衙の倉へ運んだ。役所のなかは八代荘の事件のせいで何となない興奮が感じられた。私領の拡大を禁じた宣旨が、他の国衙では、単なる名目に終ったり、新立荘園の領主と国衙目代との狎《な》れ合いで曖昧《あいまい》にされたりしていたのに、甲斐では、それが純粋に生かされ、変則に歪《ゆが》められた行政に対して体当りをくらわしているのだという高揚感が、中原清弘以下の役人たちを捉《とら》えていた。私は、八代荘の停廃に加わらなかったために、その興奮を心底から感じることはできなかったが、それでも早暁《そうぎょう》、国衙の庭に立って、京都のほうへ柏手《かしわで》を打って拝している清弘の姿を見ると、はるばる遠い地方へ朝廷の秩序を守るために赴任した役職の重さを、ある快い感触で味わうことができた。

八代荘の停廃に関する熊野社の正式の奏状はすでに京都の検非違使庁に出されていたが、それよりずっと以前に、噂《うわさ》は京都に伝わっていた。甲斐守藤原忠重から、事件の詳細を綴《つづ》った報告を求める書簡が届いたのは、事件から大して日がたっていなかった。事実、朝廷が熊野社の奏状を受け取ってから、問宣旨《もんせんじ》（訊問書《じんもんしょ》）を藤原忠重に下すまでにほぼ一と月かかったのだ。その間に何度か忠重と甲斐国衙のあいだでは文書が交されたのである。

私たち国衙側が危惧したように、熊野社の奏状には、鳥羽院庁の下文《くだしぶみ》によって公認された荘園を兵士たちの足で蹂躙《じゅうりん》し、神官の口を裂いたことは言語道断であり、先例に従って厳重に処罰を望むと記されていた。これは検非違使庁の旧同僚から極秘裡《ごくひり》に甲斐の私のもとへ伝えられたのであったが、そこで触れられた先例は、いずれも寺社に対する国司の挑発と攻撃であり、二例とも国司側が敗訴し厳罰に処されていた。これを論拠に熊野社所司《しょし》は甲斐守藤原忠重を名指して、その責任を追及していたのである。

これに対して国衙側では、あくまで寛徳以来の宣旨による荘園整理を弁護の論拠にした。熊野社が示した先例は、いずれも寺社の横暴に対する反発ないし懲罰の意味が強いが、それは朝廷の意向を体して事を行ったのではない。その点、甲斐国衙の行動とは性格が異なる。こちらは国領を恢復《かいふく》し、朝廷への献上米を確保するための公正な政策遂行である。熊野社は院庁下文《いんのちょうくだしぶみ》を論拠にしているが、あくまで帝《みかど》が国領統轄《とりまとめ》の頂点に立つ以上、院庁下文には宣旨と同じような拘束力はあってはならないはずだ。

しかし国司藤原忠重は、部下の中原清弘のこの弁護の主旨についてゆっくり考える前に、あれほど恐れていた土地争いが、事もあろうに、自分の管轄《かんかつ》地方でふたたび起ったことに仰天した。そのため忠重は完全に度を失った。わざわざ私を検非違使庁から起用して甲斐国衙まで出向させたのに、何の役にも立たなかった。忠重はわなわな震える手で中原清弘の弁護文を読んだ。そこには国領恢復を一つ覚えのように正当な論拠として所論が展開されていたが、荘園の土地争いで散々苦労を嘗《な》めてきた忠重には、問題がそんな単純なものでないことはよく分っていた。紀伊でも大和でも信濃《しなの》でも、たしかに国領から田租を供出米の形で取り立てるが、それはあくまで名目であって、それが国衙に備蓄されたり、周辺の在地領主に還付されたりする例だってある。国司は二つの顔を持っている。一つは田租をきびしく取り立てて朝廷に定められた供出米を送りこむ地方長官の顔であり、もう一つは在地領主と意を通じて供出米の上前を撥《は》ね蓄財に励む在地領主願望者としての顔だ。

藤原忠重のように国司として手痛い失敗を経験した男にとって、中央での順調な立身は不可能である。国司と同じ待遇の式部《しきぶ》大輔《たいふ》になるくらいが精一杯のところなのだ。その分だけ在地領主たちと妥協して蓄財に心を使うのは当然の帰結である。

そうした国司忠重の気持を察することもしないで、直情のままに熊野社領に兵を向けるとは何としたことか——忠重は怒りのあまり動物のような声をあげながら厚畳《あつじょう》の上を転げまわり、紫の几帳《きちょう》を押し倒した。

その年の終り、検非違使庁から藤原忠重にあてて問宣旨が届き、熊野社領への賠償と責任者の京都召喚を命じたとき、忠重が甲斐国衙の内部で申し合わせた弁護の論拠をまったく無視したばかりでなく、自分は事件とは一切無関係であると主張したのは、こうした理由があったからである。私はずっと後になって忠重から真相を聞くことができたので、このような経緯を書いているのだが、当時は、忠重の態度をただただ厚顔無恥な卑劣さと感じ、中原清弘や茂木成時、それに在庁官人だった豪族三枝守政のために、私が忠重と縁戚《えんせき》関係にあるのが恥しく辛《つら》かった。もちろん私は甲斐国衙の行動を正しいと信じ、父が生命を捧《ささ》げた古代からの国領制度を守りたいと思っていた。

ともあれ、藤原忠重は八代荘の停廃に関しては自分は無関係であり、何ら指示したこともなく、すべては現地国衙の行政官たちが独断でやったことだと主張した。自分が京都にいて任地へ赴かないことについては先例も多く、これは譴責《けんせき》の理由にはならないはずだ。それに目代中原清弘は朝廷の認可を得て任命した正式の在地長官であるから、現地での事件の責任者たる資格がある。彼らには彼らの論拠があるから、事件の裁定は彼らを呼んで行われるべきであろう――忠重のこうした文書は朝廷からの召喚状とともに私たちの許《もと》へ届いたのである。

私はこれを知ったとき役所の暗い隅で男泣きに泣いた。私も中原清弘と一緒に京都にゆき、裁判に臨みたいと考えた。検非違使庁は私が勤めた役所であり、古い顔馴染《かおなじみ》もいた。その顔馴染に真相をぶちまけて話したい――私はそう思った。しかし私は事件当夜、甲斐に着任していなかったという理由で、召喚名簿のなかに名前が落ちていた。その時の私の屈辱感はとても言葉では言い表わせない。私は上司や同輩を裏切った気がしてつくづく自分がみじめになり、生きる勇気を失った。

しかし私への試練はまだほんの序の口であった。私は召喚状には名前がなかったにもかかわらず、中原清弘たちと一緒に京都にゆき、昔の同僚高松行貞を頼って検非違使庁の審問の逐一を報告してもらった。

とりあえず四条の縁者の家に泊った。庭の桜が間もなく咲こうとする頃であった。京都では甲斐での土地争いの噂で持ち切りだった。噂の大半は事実と違っていたが、しかしそんな噂に人々が夢中になるのは、いかに彼らが土地争いに関心をもっているかを示していた。

高松行貞の報告を聞くたびに私の身体は地面に沈んでゆくような気がした。中原清弘たちが熊野社領に暴力を加えたということは打ち消し難い事実であるし、それぞれが軍隊を動かした責任者である以上、その責任を認めたのは当然だった。しかし甲斐国衙で統一の見解として打ち出した国領恢復という論拠は、国司忠重の指示があって初めて効力を発揮する。その指示がなければ、出先機関が勝手に暴発したにすぎないことになる。目代清弘が忠重の主張に反して、あくまで彼の指令があったと言い張ったのは、この論拠を守るためであった。だからもしあの時、忠重が自分にふりかかる火の粉を恐れず、清弘をかばうつもりで、自分が指令したと言えば、審議の流れは明らかに変ったはずであった。もし指令が発せられたのなら、甲斐国衙は朝廷から任じられた正当な職務を遂行したことになり、院庁下文に対しても、弁護が成立したに違いないのである。

だが、事実は、そうはいかなかった。そのため中原清弘は裁判の場で孤立した。清弘は荘園政策を狭義に解釈して暴虐《ぼうぎゃく》を行ったと断定された。しかもまさにその頃、後白河院は内外の敵に対して院庁の権力を誇示する必要に迫られていた。院庁下文を無視した甲斐国衙の責任者を厳罰に処することは院庁の権力を示すのに絶好の機会だった。そのため熊野社の神聖な格式すら無視したという罪が加算された。最後の件の審議にあたっては、熊野社が伊勢《いせ》神宮と同体かどうかについての喧喧諤諤《けんけんがくがく》の議論が学者たちの間で交されたのである。

夏の暑い日、私は高松行貞に呼び出された。私たちは賀茂《かも》の河原に坐《すわ》った。乾いた白い石の間を細くなった川水が流れていた。私は膝《ひざ》が震えるのを感じた。

「判決が出たよ」

「出たのか」

「ああ、出た。君に言うのはちょっと辛いがね。長い判決文がついている。それをつけないと、判決が納得できないような内容なのだ」

「まさか……」私は震えながら立ち上った。

「そうだ。全員、死刑だ。しかも極刑の絞首刑《こうしゅけい》だ」

行貞は低い声で言った。

私がもしあの時尾張で病気で倒れなければ、当然中原清弘と行を共にしていたはずである。とすれば、私も今頃は絞首刑の宣告を受けて獄舎につながれていたに違いない。ところが、他の人々は絞首され蒼黒《あおぐろ》い屍体《したい》となってぶら下ったのに、私だけが生き延びている。このことをどう考えたらいいのか。

実際私は何も考えられなかった。都にいてただ鬱々《うつうつ》と日を送るほかなかったのである。私が式部少輔《しきぶのしょう》として大学寮の仕事につくようになったのは、事件の決着がついてから一年ほどたった長寛二年の夏であった。私は二十一歳になっていた。この仕事につけたのは高松行貞の叔父藤原明房の推薦があったからである。

おそらくこの仕事につかなければ、あの人——わが師と呼ぶ以外にないあの人と出会うことはなかったであろう。

大学寮での仕事は文章博士《もんじようはかせ》大江資朝《すけとも》とともに擬生《ぎそう》たちに省試問題（試験）を用意し、合格者を文章生にすることであった。私はそのことで資朝と会うことが多かった。

同じ年の秋、資朝は長楽寺に紅葉を見にゆこうと誘った。

「君のことは、大体のところ、明房殿から聞いている」道々資朝が私に言った。「私も君の苦しみをやわらげることができれば、何か言ってあげたい気がする。だが、私の言葉では君を十分慰められないだろう。たまたま昼すぎ長楽寺で歌会が行われる。徳大寺実定《さねさだ》殿や桜町成範《しげのり》殿などが上西門院《じようせいもんいん》さまをお呼びしている。藤原顕広《あきひろ》（俊成）殿もみえられるだろう。私は兵衛局《ひようえのつぼね》殿、西行殿も顔を出されると聞いている。君に会わせたいのはこの方なのだ」

「西行殿に」私は何かそこから強い風が吹いてくるような気がして顔をあげた。

「そうだ。私にもうまく理由が言えないが、君に必要なのはあの方ではないかと思う。あの方にも、実は、君のことは話してある」

長楽寺は美しい紅葉に囲まれ、やわらかな昼の光のなかに書院の白壁を輝かしていた。歌会まで時間があるので、開け放たれた広間には人影はなかった。

庭は山の斜面に向っていた。庭に入ると、岩のあいだを落ちてくる水の音が聞えた。私はその時滝のそばに誰かがうずくまるようにしゃがんでいるのに気がついた。その人は私たちに背を向けていた。

私たちが近づくと、気配を察して、その人は立ち上った。質素な僧衣を着た、背の高い、がっしりした体格の僧であった。

「あ、資朝殿か」僧は鄭重《ていちょう》に頭を下げた。「お父上はご健勝でおられるかな」

「お蔭《かげ》さまで元気にしております。今日、御師にお目にかかれると申しましたら、どうかよろしくとのことでございました」

「ああ、私からもな。ところで先日言われていたのはこの方かな」

「式部少輔藤原秋実でございます」資朝が私をちらと見て言った。「ただいま私とともに省試の問題を作っております」

「お見知りおき下さいますよう」

私は眼を伏せたまま頭を下げた。

「資朝殿から大体のところは聞きました」柔和な声で僧は言った。「奇怪な出来事に巻き込まれましたな」

私は黙って深くうなずいた。

「あなたのように素直に世の中のことを考えると、あのような出来事はどう考えていいか分らなくなる。あれは白が黒、黒が白と平気で言いぬけているような事件です。だから、何も検非違使たちの裁定を公正であると考える必要はないのです」

「では、不正が罷《まか》り通ると……」

「そういうことでもありません」がっしりした身体《からだ》に似合わず声は柔かにくぐもって聞えた。「公正か公正でないかは、その立場で異なることがあるということですね。こうした土地争いの是非は、その場所と慣例によって異なるものです。甲斐国衙《かいのこくが》は、話によると、熊野社領を安堵《あんど》させた院庁下文を拒《しりぞ》けたということですね。それは時によると正しい場合があるのです。裁きが長くかかったのはそのせいでしょう。しかし院庁は諸国荘園《しょうえん》を、紛糾から救い出そうとしているのです。こんどの裁きは国衙の荘園解体の強硬策より、院庁の幅広い荘園整理策のほうが重く見られた結果でしょう。それは時の流れの動かしがたい掟《おきて》のようなものなのです」

「では、本当に正しいことなど存在しないと……」

「この世では、そう思い取ったほうがいいかもしれません。すくなくとも、そのほうが、生きる勇気が出ます」

「どうしてでしょうか。私は正しいことが世に現われてほしいと思います。仏法とは申しませんが、せめて公正な生き方だけは」

「この世には人々がいるだけ、それだけ公正な生き方があるのです。すべての人は自分は正しく生きていると思っています。それをどう塩梅《あんばい》し、より広い人たちが安堵を得るかが大事です。羅生門に住む鬼どもでさえそう思っているのではないでしょうか」

僧の言葉にはむしろ朗らかな響きさえ感じられた。私は浅黒いその顔を眺めた。その人は年の頃四十七、八、高い鼻のわきから口の両端に意志の強さを示すように深い皺《しわ》が刻まれていた。頬骨が出て、頬の窪《くぼ》みにかすかに陰が澱《よど》んでいる。そこには乏しい生活を平然と耐えている逞《たくま》しさと忍苦とが同時に見てとれた。しかし私の心を捉えたのは、その柔和な声と、それに静かな、微笑を浮べた黒い眼であった。その眼は陽気な感じもしたし、暗い物思いを秘めているようにも見えたし、何か火花のようなものが激しく動いているような気もした。青く丸めた頭はがっしりした重々しい形をしていた。

「でも、そう考えなければならないとしたら、私は何をたよりに生きていったらいいのか分りません。誰が何をしたって正しいことになるわけですから」

「その通りです」

「では、何をしてもよろしいのでしょうか」

「いいでしょう。ただしその際、正しいことをしていると思ったり、そう言ったりすべきではないでしょうね。むしろそんなものはないと思い定めるべきですから。あなたも何が正しいかで苦しんでおられる。しかしそんなものは初めからないのです。いや、そんなものは棄《す》てたほうがいいのです。正しいことなんかできないと思ったほうがいいかもしれません。そう思い覚《さと》ってこの世を見てごらんなさい。花と風と光と雲があなたを迎えてくれる。正しいものを求めるから、正しくないものも生れてくる。それをまずお棄てなさい」

私は茫然《ぼうぜん》としてその人の顔を見ていた。この人の言葉はこの世の苦しさを逃れるためのうわべだけの言葉の綾《あや》ではなかった。私はその言葉を聞いていると、心の底に暗くわだかまっていたものが薄れ、軽くなってゆくような気がした。もちろんこの人が、私が甲斐で見たと同じような所領争奪の血なまぐさい戦いを、身近な出来事として経験していたことは知るよしもなかった。またその夏、讃岐《さぬき》の配所で亡《な》くなった崇徳院《すとくいん》の宿命《さだめ》に深く苦しんでいたこともまるで知らなかった。私はただ出家遁世《とんせい》した僧形の人がなぜ私の身になり変ったようにこの世の重さを感じとることができるのか、その不思議な力に驚いていた。

その人は間もなく長楽寺の広間に上っていった。廊下を公卿《くぎよう》たち、女房たちの歩く姿が見えた。大江資朝は有名な歌人の名前を挙げてそれを私に教えたが、私は上の空で返事をしていたにすぎない。夕方になって風が出はじめ、木々から黄いろい葉が舞った。

私のなかで何かが始まったのはその時であった。私が式部省をやめるまでにはまだ間があったが、すべては長楽寺で師西行と会った時すでに決っていた。

いま時雨《しぐれ》の音を聞きながら私はまざまざと師の黒い眼を思い出す。何と多くを語っている眼であろう。まるでその眼にめぐり会うために私はこの世に生れてきたのではないかとこれを書きながら思う。
時雨の音がまたひとしきり檜皮葺《ひわだぶ》きの屋根を打ちはじめた……。

一の帖

蓮照尼《れんしように》、紀ノ国田仲荘《たなかのしよう》に西行幼時の乳母《めのと》たりし往昔《いにしえ》を語ること、ならびに黒菱《くろびし》武者こと氷見《ひみ》三郎に及ぶ条々

おう、藤原秋実《あきざね》どのでございますか。これはこれは遠いところをこの紀ノ川のほとりのいぶせき庵《いおり》までよくおいでなされました。いかに円位上人《えんいしようにん》(西行)さまの御事とは申せ、まことに申し訳ないことでございます。この蓮照がもすこし足腰も定まり、物の文目《あやめ》を見分ける眼《まなこ》を持ちましたならば、遠路をお越しいただくようなことをとてもお願い申しあげることはございませんでした。

さあ、もそっと火のそばにお寄り下さいませ。今宵《こよい》はつねの夜より冷えて参りました。狭い庵でございますが、離屋《はなれ》にお寝《やす》みいただく仕度もしてございます。なにとぞ夜更《よふ》くるまで物語をいたしますゆえに、ごゆるりとお過しいただければ、蓮照の喜びいかばかりでございましょう。

さよう、この蓮照もいま頽齢《よわい》九十二になりましてございます。蓮《はす》の葉に照りかがよう御仏《みほとけ》のお姿を偲《しの》んでわが法名といたしましたのが増上慢《ぞうじようまん》の罪に当るのやらそれは知れませぬが、いまだ西方浄土《さいほう》からのお召しにもあずからず、日々念仏に明け暮れておりますものの、夢に

うつつに、相識《あいし》る人々の面影のみを思い出すのが唯一《ゆいいつ》の生き甲斐《がい》なのでございます。

されればこそ、秋実さまのお便りを頂きましたときは、ただ嬉《うれ》しくて、しばし涙にかき暮れておりました。この蓮照がどこまで秋実さまのお気持にお応《こた》えできるものやら自信はございませんが、紀ノ川のほとりの明け暮れこそが蓮照のたった一つの本当《まこと》の生の姿でございました。それはいま思うほどながく続いたわけではなく、紀清丸《のりきよまる》さまの京都への御出立で終ったといっていいものでございました。蓮照はその後十年の余も田仲荘にいたのでございますが、それは前の暮しをただ意味なく繰り返すだけで、何の喜びも心の張りもなく、いま思い返しても、あとのことはおかしいほど何もかも忘れているのでございます。

それに引きかえ、紀清丸さまがお小さかった頃、まだご領主左衛門《さえもんの》尉《じよう》康清《やすきよ》さま、奥方みゆきの前の御存命の折の佐藤館《やかた》の朗らかな笑いの絶えたことのない日々は、昨日のことのようし眼に浮んで参るのでございます。蓮照はつくづくとこの世に生れたのは、あの心ばえよき方々とともに過すためだったと思わずにおられませぬ。

さあさ、どうぞお寛《くつろ》ぎくださいませ。いまの季節になりますと、あの風が山の背を渡ってはるばる葛城《かつらぎ》のほうへ吹きぬけて参ります。蓮照はあの風を聞くのが好きでございます。何かこう遠くへ魂が運び去られてゆくような音に聞えまして……。

その頃、私はもちろん蓮照ではなく、葛《くず》の葉《は》と呼ばれておりました。前の年にさる侍と結婚し赤子を出産いたしました。ところが、赤子はほどなくして亡《な》くなり、私は腫《は》れたような乳房の痛みが夜な夜な暗い虚空《こくう》で泣く我子の飢えの苦しさに思えて、切ない気持で過しておりました。そこへ田仲荘のご領主のお子の乳母《めのと》にという話があったのでございます。

田仲荘は紀ノ川のなかほどの北岸に豊かに拡《ひろ》がる広い御領地でございます。有名な粉河寺《こかわでら》はその東の境に近く、また根来寺《ねごろじ》は西の境にございました。紀ノ川を挟んで南側には高野山荒川荘がございます。この荒川荘とのあいだに、長い争いが起りまして、それもまた、考えてみますと、まだ私がおりました頃に、その種が播《ま》かれていたようにも思います。

お館は紀ノ川を望む小高い丘のうえに建てられておりました。館のまわりには堀をめぐらし、白壁の塀がその掘割の土手に沿って、いかめしく建っておりました。夜盗どもがいつ襲うとも分らぬ世でございますゆえに、鎧《よろい》の腹当《はらあて》を着けた侍が夜のあいだ大門の前を警固《かた》めていたほどでございました。

お館で初めて奥方さまにお目にかかりましたのは、思えば私が十八歳の春でございます。奥方さまは私より五つ年上で、何かにつけて「葛よ、葛の葉よ」とお呼びになり、やさしく振舞って下さいました。初めてお目にかかりました折は、白い小袖《こそで》に濃い藤色の打袴《うちばかま》を着け、淡い同じ色の打衣《うちぎぬ》をひらりと肩に羽織られて、それこそ菖蒲《しょうぶ》のふっくらとした花びらの内側の白く冴《さ》えた奥から、細っそりした花の芯《しん》が儚《はかな》げに伸びているのを見るようでございました。「おお、そなたはそのように若いのに、お子を亡くされるとは、さぞかし辛《つら》いことであろうのう」と仰《おお》せられ、しばらく声をつまらせておられました。「そなたにはお気の毒だが、佐

っていたのでございます。

藤の家に初子《ういご》が生れ、乳の豊かな女《ひと》を求めておりました。これも縁《えにし》と思うて初子の乳母《めのと》になってほしいのです」

奥方さまはお産のあとのお疲れかいくらかお窶《やつ》れのように見えましたが、私は、その時、身のうちが熱くなるような激しい思いが湧《わ》きあがって、この奥方さまのためなら何をしても守ってさしあげよう、お子にも私のすべてを捧《ささ》げようと、ただひたすら考えつづけているうち、思わずわっと泣いてしまったのでございます。時と場所柄を考えてそんなことは許されないと思っても、とてもその涙をとめることができませんでした。それは何か勿体《もったい》ないこと、有難いことが私のうえに溢《あふ》れる光のように降りそそいでいる感じ、とでも申しあげたらお分りいただけますでしょうか。田仲荘の領主、京の都では検非違使庁《けびいしちょう》の立派なお役柄、数々の手柄と広い学殖で摂関家の方々にもそのお名を知られた佐藤康清どの——その奥方が私のような一介の侍の女房にこれほどやさしく丁寧に振舞われ、温かい衣で包むようにいとおしんで下さる。そんなことをどうして通り一遍のことと考えることができたでしょうか。

「さあさあ、お泣きやめなさい。そなたのことはよく分っているつもりです。それより、さ、この子に早速お乳をやって下さいな」

そう言われて私の前に差し出された産衣《うぶぎ》にくるまったそのお子は、黒いつぶらな眼を、驚いたように私のほうへ向け、花の蕾《つぼみ》さながらの小さな唇を半ば開き、しばらくそのまま私を見つめておりましたが、やがてもみじ葉ほどの手をつと私のほうへ差し出し、小さくあ、あ、と叫ばれたのでございました。

「おや、この子はもう葛の葉がお乳を与えてくれることを知っているのよ。私に抱かれるほかは、あんなにむずがっていたのに」

　奥方さまはそう仰せられておかしそうにお笑いになりました。が、私はそのお言葉もほとんど聞いておりませんでした。と申しますのは、私はそのお子を胸に抱きしめましたとき、大きな甘い幸せが洪水のようにどっと押し寄せてきて、その渦に巻かれ溺《おぼ》れて、自分のまわりのことに気持を向ける余裕などまるで失っていたからでございました。

　秋実さま。これがあの方と――円位上人さまと私が初めてお会いしたときの気持でございました。紀清丸さまは元気な、機嫌のよいお子でございました。夜な夜な乳房を腫れもののように疼《うず》かせていたものが、紀清丸さまの強い、息の深い、貼《は》りついてくるような舌の力で、ぐいぐいと、ほぐされてゆくのでございます。それは私にたまらなく有難く、たまらなく愛《いと》しく、たまらなく尊いことに思われて「この世で小さなあなたとこうして生命で結びついているとは、何という御仏のご慈悲でございましょう。あなたと私は遠いいつの世にかきっと一つの大きな樹《き》と実だったのかもしれませんね」と、思わず、その無心な黒い眼にむかってそうつぶやくのでございました。

　もちろん私の言葉がお分りになるはずはないのでございますけれど、そんなとき、紀清丸さまの黒い眼に、何か笑いのかげのようなものが浮ぶように思いました。乳首をたっぷりふくんだ小さな口で、ぐいぐいと乳を吸い取られると、気の遠くなるような柔かい快さに包まれてくるので、思わずこのお子はいつかきっと、私たち女をどこか果てしない歓《よろこ》びの深淵《しんえん》に誘いこんでしまうようなお人になるのではないか、とそんな気持になったりするのでございました。

思うさまお乳を召しあがると、もう頭をそらし、何か新しく心をひくものはないかとあちこちご覧になりますが、それもほんの一と時で、すぐ私の胸に可愛《かわい》い頬を押しあてるようにして寝入ってしまわれます。それは本当に手のかからない静かなお子でございました。まるで私どもがあれこれ気を遣うのを知っていて、それを先にお察しになってでもいるかのようでございました。

もしかしたらそれは奥方さまの優しいお心をそのままお受けになっていたのかもしれません。私はその後都に上り御殿にもお仕えするようなこともございましたが、奥方さまのように明るいお人柄の女《かた》にお目にかかったことがありましたでしょうか。ほんとうにみゆきの前は、ちょっとしたことでも楽しくお笑いになり、私どもまで仲間に入れてお燥《はしや》ぎになるのがお好きでした。そんなとき、ご自分からまっさきに傀儡《くぐつ》師の使う操り人形のようにお顔を左右に突き出したり、紀清丸さまとそっくりの黒いつぶらな美しい眼をくるくる廻したり、手ぶりも軽やかに舞いの真似《まね》をしたりして、お道化《どけ》なさるのでした。ご親戚《しんせき》のお子たちが来られると、まっさきにお手玉をなさったり、鬼ごっこをなさったり、隠れ鬼で遊んだりなさるのはみゆきの前でございました。

私はこんな気軽な楽しい方を見たことがございません。なんといっても都まで聞えた佐藤館《やかた》の女主人《あるじ》であられるお方です。冷たく威厳をとりつくろって、下々の者とは距離を作り、笑うことも泣くことも関係がないという顔をなさるのが普通のことでございます。それなのにみゆきの前は、犬がお庭で自分の尾を噛《か》もうとしてぐるぐる廻っていたといってはお笑いになり、簾《すだれ》が風で吹き飛ばされたといっては手を拍《う》って可笑《おか》しがられ、また反対に、誰か館の雑色《ぞうしき》の女が病みつきでもいたしましょうものなら、本気でお心を痛め「医師《くすし》は、薬は」とおろおろなさるのでございました。

お館にきて半年ほど経《た》った頃でございましょうか、みゆきの前の明るいお人柄にただただ驚き、すっかりその擒《とりこ》になっておりました私が思わず「どんな高貴なお家柄のお子なら、あのような天真爛漫《らんまん》なご性格になれるのでしょう」と訊《き》きますと、長く館に仕えていた老女が「それは葛の葉どの、なみの貴人では、あのような女子《むすめご》はお育てられますまいよ」と申すのです。

「では、奥方さまはどのようなお方の……」

「朝廷にも聞えた今様《いまよう》の名人監物《けんもつ》源清経《きよつね》さまのお子なのですよ」

私は驚きのあまり身体《からだ》がびくっとしてそのまま痺《しび》れたようになってしまいました。たまま私の父も田舎侍ではございましたが、都で帝《みかど》の衛士《えじ》など勤めたこともあり、その折、今様を習いなどして、田舎に帰ってからも、折にふれて歌うのを好んでおりました。この父の話では、当代の今様の名人は何といっても藤原敦頼《あつより》どので、そのお住みになる堀河の館には藤原成道《しげみち》どの、藤原資家《すけいえ》どのはじめ今様狂いの公卿《くぎょう》、殿上人、蔵人《くろうど》、兵衛尉《ひょうえのじょう》、今様の巧みな衛士、下職の者、雑色《ぞうしき》(召使)、端者《はしたもの》、さては江口、神崎の遊女たちまで集められ、朝から夜まで歌いつづけたというのでございました。

「それもな、一日二日ではないのじゃ」と父はお酒ですっかり上機嫌になって言うのでした。「お前たちには信じられぬだろうが、十日、二十日と、ぶっ通しに、朝目覚めたら今様、夜になればなったで今様と、ただただ今様だけを歌いつづけられたのじゃ」

堀河の館に集った人々は遣戸《やりど》をあけず、蔀《しとみ》も開きませんでしたので、夜が明け渡ったのも知らず、歌に夢中になっていたというのでございます。もちろん堀河の館に召される遊女たちは月光を浴びたような冴え冴えとした美しい女でございましたが、それ以上に、いずれも今様を歌わせれば当代一流といわれていたのでございます。その女たちが一目も二目も置いていたのが、美濃《みの》の遊里青墓《あおはか》の遊女乙前《おとまえ》でございました。

父は、養い親の遊女目井《めい》に連れられて京に出てきたばかりの乙前を見たことがあるそうでございますが、光りかがやく竹取の姫もかくやと思ったそうでございます。目井も今様に打ち込んだ遊女で、慎ましく控え目な人柄だったのでございますが、乙前のほうはただ美しいというのではなく、香《かぐ》わしい気品がほのぼのと明ける空のようにほほ笑みを浮べたその端正な顔立ちを包んでいたと申します。

その父がこうした話のしめくくりにするのが監物さまのことだったのでございます。

「監物源清経と申すお方は、当代の今様の名人のなかの名人、いってみれば今様の神さまのような方じゃ。その清経殿が青墓《あおはか》で目井の今様を聞き、これこそが今様の粋というものだと感じ入り、目井を妻にして京に連れかえった。わしはほんの一目だが腰輿《たごし》に乗ってゆく目井を見たことがあるが、もう美しい女というのではなかった。清経殿が京に連れてきてから十年がほども経っていたから、目井の美しさが衰えていたのも無理からぬことだ。だがな、そのときわしが驚いたのは、その腰輿にもうひとり人が乗っていたことなのだ。腰輿《たごし》に二人で乗ることも珍しいが、それが男と女となると、ほとんど考えられぬことだ。ところが美しからぬ老いた遊女目井と並んで男が乗っていた。そのとき誰か衛士のひとりがあれは清経殿じゃと囁《ささや》いた。わしはびくっとして腰輿《たごし》に揺られてゆく男を見つめた。これが今様の名人清経殿か、とわしはまじまじとその男を見ていたのだ。おそらく清経殿が妻に迎えたとき、目井はまだ若く美しかったであろう。今様も見事に歌ったであろう。だが、いま目井は美しくない。老いて醜くさえある。その妻と腰輿《たごし》をともにし、心からいつくしんでいる。それはただに目井がますます艶《あで》やかな声で今様を歌っているからだ。清経殿は今やうつせみの目井ではなく、それを超えた、目井のなかにある今様に恋しているのだ――そう思ったとき、わしの眼から涙が溢れた。いや、それほどわしは清経殿の心意気に打たれたのじゃ」

この源清経どのの娘御であられる――私が茫然《ぼうぜん》としていたのも当然でございました。みゆきの前は目井を義母とし、美しい乙前を義姉妹とするお方なのだ。今様を歌い、今様を聞くそうした名人粋客の空気のなかで生きてこられた方なのだ――そう思うと、おのずと、みゆきの前の明るい、燥ぎ好きのお人柄が納得できたのでございます。

ご領主康清さまは都で検非違使庁に勤めておられましたから、紀ノ川のお館へお帰りになることは稀《まれ》でございました。みゆきの前も当初は都でお住いになっておられたのでございますが、初子を懐妊なさってから田仲荘にお移りになり、ご領主さまと別々にお暮しになっておられました。お子が大きくお育ちになってから京へ戻るおつもりだったのでございましょう。

ともあれ、紀ノ川のほとりのお暮しは、みゆきの前の朗らかな笑い声のおかげで、明るく楽しく過ぎていったのは確かでございました。紀清丸さまも病気一つなさらず、すくすくと成長なさいましたし、田仲荘はずっと五穀豊穣《ほうじょう》に恵まれ、米倉には俵が山と積まれ、長雨や洪水で痛めつけられることはありませんでした。

あれは紀清丸さまが四つか五つにおなりになった頃だったでしょうか、清経さまが藤原敦頼どののお伴で熊野《くまの》参詣《さんけい》の帰り、紀ノ川のお館へお寄りになったことがございました。

清経さまにとっては成長した孫の紀清丸さまをご覧になりたかったでございましょうし、みゆきの前も京にお出になることもなかったので、久しくお顔を合わせていなかったはずでございました。

その報《しら》せが届くと、ふだんは使われないお館の東南隅の部屋の蔀《しとみ》をあげるやら、妻戸《つまど》を押し開くやら、大騒ぎをいたしました。築山《つきやま》を背に、池が冷たい空の色を映して拡がり、蓮が東のほうに群れて葉を重ねておりました。母屋《おもや》から勾欄《こうらん》のついた渡殿《わたどの》(渡り廊下)が池の上に伸び、その先が小ぶりな釣殿《つりどの》(池に臨む建物)になっていて、高床の建物から優美に組み合った脚部の柱が静かに池水に沈んでおりました。

月が明るい夜、ここで月見をなさることが間々ございましたが、ご領主康清さまがお留守のときは滅多に使うことがございませんでした。紀清丸さまは雑色たちが掃除をするのをめずらしそうにご覧になり、美々しく並べ飾った几帳《きちょう》や唐櫃《からびつ》や文台や燈炉《とうろ》などを一つ一つ撫《な》でては「葛よ、このようなものはふだんは並べないのかい」とお訊《たず》ねになるのです。

私は、ご来客のためのもので、いつもはお蔵にしまっておくものばかりだと申しました。

「どうしてふだんは並べておかないのだろう。だって触ってごらん。几帳の帷《かたびら》は白絹がこんなに光ってすべすべだ。それに蝶《ちょう》や鳥や花の刺繍《ししゅう》の美しいこと。燈台も、ごらん、菊の花を蒔絵螺鈿《まきえらでん》にしてあるよ。これと同じものが母上のお部屋にあるけれど、こんな綺麗《きれい》じゃない。こっちを母上がお使いになればいいのに。蒔絵螺鈿は本当に好きだと母上は言われたんだよ」

私は紀清丸さまがすっかり大人びた物言いをなさるのを笑いながら聞き、客人をもてなすのはどういうことかを説明いたしました。

「ふだん使わないというのは決して出し惜みしているのではございませんよ。客人のために心をこめること、ふだんと違うのだと自分に言いきかせること、それが貴い器物《もの》を使う意味なのでございます」

紀清丸さまにどこまで私の言葉を解《わか》っていただけたか存じませんが、ひどく真面目《まじめ》なお顔でうなずいておられたのが忘れられません。

私は私で、清経さまがお見えになるというので、もう足も地に着かない感じでした。江口や神崎の宿《しゅく》で遊女たちが心をときめかせている男とは、いったいどのような方であろうか。

名人が歌う今様とは父の今様とどれほど違うのだろうか。あまりの美しさに気が遠くなるのではあるまいか——私は金蒔絵の盆に梨子地《なしじ》の松喰鶴《まつくいづる》模様の御覧筥《ごらんばこ》(文書箱)を揃《そろ》えたり、夜冷えてから使う鉄製の菊花の透し彫りの火炉《かろ》を磨いたりしながら、そんなことを考えていると、つい手もとがおろそかになって、侍女の雪乃から背中をどやされたりするのでございました。

秋の終りの頃、清経さまの一行が到着になりました。清経さまは背の高い、瘦《や》せた、飄《ひょう》飄《ひょう》とした風情《ふぜい》の老人で、柔和な細面に浮ぶ笑顔がそのままお人柄を語っているようでございました。藤原敦頼どのとお別れになってからは供廻りの十数人が従うだけのお忍びのような旅でしたから、私が考えていたような大袈裟《おおげさ》な宴は開かれずに終りましたが、それでも清経さまがご逗留《とうりゅう》になっているというだけで、お館《やかた》の建物という建物が、儀式の日の朝のように凜《りん》として気品高げに見えるような気がいたしました。築山の木々はすっかり紅葉していて、それが池水に映るのを、清経さまは黒漆塗りの台盤《だいばん》の盃《さかずき》から御酒をお飲みになりながら、じっと眺めておられました。みゆきの前は清経さまの傍らにお坐《すわ》りになり、唐の鉄の提子《ひさげ》で酒をつぎ、父上の眺められるほうに眼をおやりになって、ふっと笑いをお洩《も》らしになりました。

「旅のお疲れではございませんか。いつもの父上と違ってお口数が少のうございます」

「ああ、疲れたのかもしれぬ。このたびの熊野の道中は、王子の社ごとに経供養《きょうくよう》、御神楽《おかぐら》の奉納のあと、今様が歌われた。藤原敦頼殿の申されるには、読経《どきょう》にもまして、今様こそが功徳《くどく》ぞまさるという次第で、熱心に、夜をこめて歌われた」

「王子の社ごとに」

「さよう、王子の社ごとにだ」

「それではお疲れでございましょう」

「だが、今様にすべてを打ち込んだ者には、藤原敦頼殿のような今様狂いに会うことこそ、千載一遇の目出たき機縁というものであろうな。とても疲れたなどと言うべき筋合ではない。そうであろうがな。敦頼殿には、今様を歌えるほどの者は、すべて人なのじゃ。公卿もない。下郎《げろう》もない。遊里の女どもも上臈方《じょうろうがた》と同じだ。上もなく下もない。堀河の館でも四条の館でも、一つ大広間に集まる男と女はただ男と女。そなたにも昔から話して聞かせたが、今様の前では敦頼殿もひとりの裸の人間になりだ。このようなお方の前では、六道輪廻《ろくどうりんね》(地獄・餓鬼・畜生・修羅・人・天の六道をめぐる輪廻)の業苦《ごうく》の境涯をいかに経巡ろうとも、ただ今様に帰一し、今様を歌い果てれば、何一つ迷いは起らない。地獄の業火が紅蓮《ぐれん》の炎で我身を灼《や》こうと、餓鬼畜生の湿った果てしない闇夜《やみよ》の道を千年歩こうと、今様に狂い、今様を歌って果てるならば、いったい何を悔むことがあろうぞ。敦頼殿の思い切りはそこにある。そなたはこのようなお方をどのように考えるかな」

「六道輪廻を超えて、善所《ぜんしょ》の寂光のなかに立たれたお方でございましょうか」

「さよう。しか申しあげるべきお方であろうな。それも今様のひたすらな美しさに一つに溶けることによってだな」

「今様のひたすらな美しさ……」

「そうよ。今様に没入し、今様を好く。この好《す》きの心のなかを日が移り夜が動く。好きのなかに生が包まれ死が包まれ、果ては六道さえも好きのなかを巡っている。見事な、小気味よい生き方であろうよな」

清経さまのようなお方は、果してこの世の花や月をご覧になっているのであろうか。ひょっとすると、あの好きの心とは、そうしたものに愛惜《あいじゃく》する私どもをひそかに憐《あわれ》まれているのではなかろうか。

「好きというのはな、船なのじゃ。無明長夜を超えてゆく荒海の船なのじゃ」

清経さまは盃から御酒を飲み干されると、みゆきの前にそう申されました。

「さて、そなたも歌おうかの。笛を聞かせてほしい。今様に酔い、物狂うことが六道を渡る船だからの」

月が東の山の端《は》に昇っておりました。澄んだ光が簀子《すのこ》(縁側)のうえに勾欄の影を黒くくっきりと描いておりました。

旅のお伴《とも》のなかから今様の歌い手が四人厚畳《あつじょう》に坐り、笛を持ち、鼓《つづみ》を打つ者がその横に並びました。

みゆきの前は小筥《こばこ》を前に置き、そこから笛を取り出されると、静かにそれを吹きはじめられたのでございます。

その時の私の驚きをどう言い表わしたらよろしいでしょう。それまでみゆきの前が笛を吹き、今様を歌われるなどということは考えてもみませんでした。

みゆきの前の笛は月の光のなかで喨々《りようりよう》と鳴り、池を渡って築山に谺《こだま》しました。はじめ低く暗く吹きだされ、しばらくためらうように上下しながら、暗い音調でつづき、やがて次第に明らかな旋律へと高まって参ります。でも、それはどこか夕月のなかを雁《かり》がねが羽を連ねて遠ざかってゆくのを見るような、幽《かす》かな、寂しい憂《うれ》いに満ちていて、聞いておりますうち、私の胸のうちは、悲しみが溢《あふ》れて参りました。

そのうち笛に合わせて鼓が打たれ、ずっとうしろで誰かが小太鼓を鳴らします。すると、場面は変って、春の朝、冷たい空気のなかで爛漫と咲く桜の下を、美々しく着飾った男たち女たちのそぞろ歩く風情となりました。その華やいだ明るさのなかにも、笛の調べははらはらと散る白い花びらの果敢《はか》なさを響かせているのでございます。やがて花びらは風に誘われて雪のように散りはじめ、鼓の音が次第に高まって花吹雪の始まりを告げます。笛の音の長々と引きのばされる悲痛な身もだえするような響きと反対に、鼓の音は激しさを増し、ほとんど乱打といってもいいほどに打ち鳴らされ、私は、白く乱れ舞う花吹雪のなかにただ茫然と立ちすくむような気持でございました。

楽の音が終ったとき、私はどこにいるのか忘れはてておりました。いいえ、いつ笛と太鼓が終っていたのかにも気づきませんでした。私はまだ白く狂い舞う花吹雪のなかに我を忘れて立ちつくしておりました。

清経さまの声が聞えました。

「見事であったの」

その声とともに一座の人々はほっと深い息をつき、月の光のなかでざわざわ黒い影が動きました。

そのとき私の耳もとで侍女の雪乃が「紀清丸さまがおみえでございます」と囁きました。開け放った妻戸から月の光が青く明るく射《さ》し込んでいる板の間に、黒い小さな人影が正坐《せいざ》し、両手を膝《ひざ》に置いているのが見えました。

私は紀清丸さまのところへ参りました。

「いかがなさいました」

「おう、お館の賑《にぎ》わいについ目が覚めてしもうた。そうしたら笛の音が聞えるのだもの。ついこちらに誘われてきたのだよ」

本来なら寝所にお連れすべきところでございましたが、その黒いお眼がお母上のほうへじっと向けられているのを見ますと、どうしてもそうはできず、「しばらくお待ちなさいませ。お母さまにそう申しあげて参ります」と言いました。

一座の方々はまだみゆきの前の笛について話し合っておられ、酒が振舞われていましたので、私は奥方さまのそばで紀清丸さまのことをお伝えいたしました。

「何かあったのか」

目ざとく私に気付かれた清経さまが盃を台盤の上に置かれると、そう声をかけられました。

「紀清丸が笛の音に目を覚まして、あれへ参っているそうでございますの。こんな時刻に起きておりますことは滅多にございませんのに」

みゆきの前は清経さまの意向をお訊ねになるような調子で申されました。

「こんな集いを目にすることはそうそうあるとも思えない。紀清丸にも見せてやるがいい、好きに物狂うのがいかがなものであるのかをな」

清経さまはそう申されましたが、とくに紀清丸さまを近くに呼ぶとか膝に乗せるとかいうことはございませんでした。私にはそれがいかにもよそよそしい他人行儀の冷ややかさと感じられましたが、清経さまの言葉によれば好きへと物狂ってゆくことは、ひたすら六道輪廻を超えることであるのですから、肉親の絆《きずな》などは、おのずと消え果てていたのかもしれません。

「されば、みゆき、まずそなたから今様を歌って、客人の方々に聞かして貰《もら》おうか。そなたの好きな舞い舞いつぶろでもいいぞ。舞いを見るのも久々だな」

みゆきの前は客人のほうへ軽く頭を下げられると、檜扇《ひおうぎ》を音をたてて開き、片膝立ちになりながら歌いはじめました。その声は滑らかな凛々と響く深く澄んだ声でした。

舞へ舞へ　蝸牛《まひまひつぶろ》
舞はぬものならば
馬の子や牛の子に蹴《くゑ》させてん
踏み破《わ》らせてん
まことに美しく舞うたらば

華の園まで遊ばせん

みゆきの前は身体《からだ》を丸め、それから伸ばし、扇をかざし、いかにも蝸牛が行き悩む所作を滑稽味《こっけいみ》たっぷりに演じてみせました。一座の人々はどっと笑い崩れ、なかには手を叩《たた》く者もおりました。「馬の子や牛の子」のところでは、蝸牛は周章狼狽《ろうばい》いたします。みゆきの前は、扇を突き出し、左右に振り、中腰になって、いかにも蝸牛が草の葉の上を逃げてゆくような所作をなさいます。清経さまもお笑いになりました。また、紀清丸さまもお客さまたちの笑い声につられて朗らかに屈託なげにお笑いになっていました。私はこれがほんとうの奥方さまなのだと思いました。こんなに飄々と軽やかに笑いの所作ができるお人なぞその後お目にかかったことはございません。清経さまも舞いが終ったとき「みゆきのような舞い手は京にもおらぬな。そなたの蝸牛《まいまいつぶろ》はいつ見ても楽しい。心が晴れる。こうして生きておるのが嬉《うれ》しくなる」と申され、長柄の提子《ひさげ》を取って、みずからお酒をみゆきの前におつぎになりました。

そのあと客人の一人藤原経盛どのが「女の盛りなるは、十四五六歳、二十三四とか、三十四五にしなりぬれば、紅葉の下葉に異ならず」と、これも滑稽な所作で舞われ、墨俣《すのまた》の遊女いちに散々打擲《ちょうちゃく》されるところで終りました。

最後に清経さまが朗々と響く声で「暁しづかに」を歌われ、みゆきの前と経盛どのが舞われましたが、今までの賑やかな所作とは違って、心がしんしんと澄んでゆくような気がいたしました。それほどにも清経さまの節まわしの深々とした悲哀は私の胸に染《し》みとおっていったのでございます。

暁　しづかに　寝覚めして
思へば　涙ぞおさへあへぬ
はかなくこの世を過ぐしても
いつかは浄土へ参るべき

みゆきの前は美しく反らした右手から「いつかは」のところでひらりと扇を放され、それが落葉のように、月光を青く光らせながら、ゆっくりと舞い降りて「参るべき」で板の上に着き、それと同時に舞い手は低くうずくまり、そのまま身体を動かしませんでした。私はみゆきの前の傾けた白い顔に涙が光っているのに気がつきました。長い長い沈黙《しじま》がつづいたように思います。それから突然拍手が起りました。

紀清丸さまはお母上の明るい気質をお受けになって、心のやさしい活潑《かっぱつ》なお子にお育ちになられました。私が夏など糸車を廻しながらうとうとしておりますと、いきなり耳もとでぴいっと麦笛が鳴って、おどろいたの何の、もう私は飛び上ってしまうのでございますが、その時は紀清丸さまの小気味よげな笑い声が鈴のように響いて、庭を駆けてお逃げになってゆくのでした。

紀清丸さまは矢倉の前の砂場で日がな一日お遊びになっておられましたし、お館《やかた》に住む子供たちと隠れ鬼に夢中になってもおられました。紀清丸さまの甲高い「もう、いいかい、もう、いいよ」と叫ぶ声がなんと懐《なつか》しく今も聞えることでしょうか。一度など、真剣な顔をなさって「葛、隠れ場所がないんだよ。お前の唐櫃《からびつ》のうしろに隠れさせておくれ」と言って、部屋に駆け込んでこられたのでございます。

藤原秋実さま。これが紀清丸さま――円位上人さまの幼い頃のお姿でございます。

ある夏の初め、私は篠竹《しのだけ》の弓を持って馬場から戻ってくる紀清丸さまに厩《うまや》のかどでお遇《あ》いしました。

「葛、みてごらん、私は侍大将になるんだよ。弓も、ほら」

紀清丸さまは篠竹の弓をいっぱいに張って、矢を射るのを見せて下さいました。

「まあ、若君が侍大将におなりなら、葛はぜひ家人《けにん》に加えていただきとう存じます」

「それは駄目だよ、葛は女《おみな》だもの」

「若君と別々はいやでございます」

「では、葛は私の奥方になるのだ」

私は息がとまりそうでございました。

「何をおっしゃるのでしょう。葛はもうお婆《ばあ》さんでございます」

「いや、葛は大へん綺麗《きれい》だと母上も言っておられた。私も葛が大好きだ。葛にぜひ奥方になって貰おう」

紀清丸さまは大した意味もなくそう言われたのでございましょう。でも私は身体が溶けるように幸せでございました。

紀清丸さまは館《やかた》の子供たちと竹馬に乗り、合戦の真似《まね》をしているとき、そのことをみんなの前でおっしゃったのでございます——私は葛の葉が好きだ、乳母《ばあや》を奥方にするのだ、家人にはできないからね。

その時の騒ぎがどんなだったか、そこを通り合わせた雪乃が申しておりましたが、みんな竹馬を下りて、それをかついで、紀清丸さまをまるく囲んで、ぐるぐる走りまわっていたのだそうでございます。紀清丸さまはみんながどうしてそんなに騒ぎ、からかい、笑うのか、まったくお解《わか》りにならなかったのでございます。

紀ノ川のほとりの田仲荘《たなかのしょう》では、春も、夏も、秋も、冬も、こうして静かに過ぎてゆきました、ある風の強い冬の初め、黒い具足をつけた騎馬武者が佐藤館に訪ねてくるまでは。

その武者は黒菱《くろびし》の旗を風に鳴らし、十数人の侍たちを引き連れて遠く越《こし》ノ国からやってきたということでした。

それと前後して、都からご領主康清さまがお帰りになりました。黒菱武者こと氷見《ひみ》三郎とそういうお約束があったのか、二人がここで会うのは偶然だったのか、それは存じませんでしたが、この二人が何か大切な話合いがあって、いずれ遇わなければならなかったのは間違いございません。と申しますのは、氷見三郎どのの滞留のあいだ、身のまわりの世話をしたのは私でございましたから。

「康清殿。もうすこし眼を開いて、諸州諸国を見ていただきたい」氷見三郎は浅黒い骨張った顔を伏せるようにして、窪《くぼ》んだ鋭い眼で、下から康清さまを額越しに見つめました。「いまさら田仲荘が陸奥《みちのく》藤原の所領であったことを言っているのではない。この肥沃《ひよく》な広大な荘園は佐藤家代々の所領だ。そのことを疑う者はない。だが、ここはもともと陸奥藤原が知行《ちぎょう》していたことも否《いな》めぬのだ。ということは、佐藤家と陸奥藤原家は根を一つにする家系だということだ。たまたま紀ノ国と陸奥に分れてしまったが、同じ家系として、運命を一つにすべきものなのだ。わが氷見家も藤原の支脈として越ノ国頸城荘《くびきのしょう》にある。東国に散る足利《あしかが》、結《ゆう》城《き》、小山などの諸族もこれすべて陸奥藤原の同門なのだ。朝廷より奥羽鎮守府将軍に任じられて以来、陸奥藤原は同族一門を結集して、諸州諸国を知行し、帝《みかど》の統治《まつろ》う国とする夢を育ててきた。見られよ。そのことをわれら氷見家の一族郎党はひしひしと身をもって感じているのだ。われらが越ノ国頸城荘に近い東大寺領石井荘の郎党どもと、いかに激しく戦わなければならなかったか、すでに以前書面にてご説明申しあげた。康清殿。そのとき貴殿は、佐藤家の領する田仲荘も、同じように、隣接する高野山寺領荒川荘の郎党どもに乱入され、たえず四至《しし》牓示《ぼうじ》を奪われ、穀類の略奪や領民の殺傷を受けていると返書に書いておられた。これは、ただ都から遠い越ノ国だけではなく、この紀ノ国にあっても、摂関家荘園、寺社荘園の邪悪な所領収奪の欲望が渦を巻き、牙《きば》をむき出しているということを語っている。それは、言葉を換えれば、諸国諸州いたるところで見られる狂乱の実態だということなのだ。康清殿。いま諸州諸国では国家の給田を私有化し、醜く国を争い、土地を奪い合って日夜も明けぬ有様ではないか。南都北嶺《ほくれい》の僧兵どもまで浄土現成《げんじょう》の使命を忘れて、汚濁の渦に巻き込まれている。陸奥藤原では、康清殿、本州浄土の請願をこめて、いま平泉に金色燦然《さんぜん》たる御堂が造《つ》営《く》られつつある。来年か、来々年には、それは完成し千古不滅の光を放つようになろう。だが、それも諸州諸国に散る陸奥藤原一族の総力を集めて帝《みかど》の統治《まつろ》う律令《りつりょう》の御代《みよ》を実現してはじめて本来の生命を吹き込むことができるのだ。佐藤家代々の意図が朝廷のなかにあって、内から律令を支え官途を進むのであることは分る。だが、すでに強大な摂関家、寺社領の権力《ちから》が網目のように律令政治を包んで久しい。しかし、その統治の権力《ちから》は老耄《ろうもう》し、不随となった手足は虚《むな》しく空を摑《つか》んで震えているだけだ。だから朝廷にあって律令官職に従えば、八省百官の権力《ちから》ない形骸《けいがい》だけの職分と栄達に満足するほかなく、われらが念願とする律令の黎明《あさあけ》の清々《すがすが》しい風を呼び入れることはできぬ。今は老いた醜怪な肉体《からだ》となった摂関家を切りすて、陸奥藤原一門の新しき血を律令政治にそそぎこまなければならぬ。われらの所領頸城荘では、村々の屈強の者を糾合し、朝に夕に武術と馬術を習得させている。村長《むらおさ》どもの心も国衙《こくが》の衛《え》士《じ》たちと一つになり、ひたすらに大荘園の権力《ちから》を打ち砕く日を待ち望んでいる。貴殿も紀ノ国国衙と心を合わせ高野山領の野望を挫《くじ》かねばならぬ。かくしてわれら陸奥藤原は大きな力へと育ってゆくべきなのだ。不肖氷見三郎はこの目的をもって諸州諸国を巡歴し陸奥藤原一門の糾合を計っている。康清殿。おん身も氷見三郎の心意気を汲《く》んで下さらぬか。尊き律令の御代に戻すには、われら陸奥藤原一族しかおらぬのだ」

黒菱の旗を風になびかせた氷見三郎どのは数日ならずして紀ノ川を下ってゆかれました。ご領主康清さまが何とお答になったか――たとえお答になったとしても――私どもには知ることはできませんでした。と申しますのは、康清さまはその後京に戻られて間もなく急の病《やまい》でご他界なさったからでございます。

私は今でも康清さまの運命に黒い影を投げたのは氷見三郎どのではなかったかと思わないわけに参りません。

氷見三郎どのが出立される日、ご領主さまは奥方さまと紀清丸さまをお連れになって紀ノ川の舟着き場までお見送りにゆかれました。三郎どのは舟に乗り込まれるとき、ご両親のそばに立っていた紀清丸さまに目をとめ、「おや、ご子息か」と言って、その前まで戻って参られました。それから穴のあくほど紀清丸さまのお顔をご覧になってからこう申されました。

「陸奥藤原にも今年嫡男《ちゃくなん》がお生れになった。その顔貌《がんぼう》は秀麗卓抜、すでに天下を望むお方だと分った。基衡《もとひら》殿にそう申しあげると、大へんなお喜びであった。だが、康清殿。貴殿のお子は天下を望むだけではない。天下を取るご容貌だ。このお子が陸奥藤原の総師《そうすい》になる器量人かもしれぬ。そうだとすると私の夢はかならず叶《かな》えられる。このお子によってかならず……」

氷見三郎どのは激しく嗚咽《おえつ》しながら紀清丸さまを御仏であるかのように地面に坐《すわ》って拝したのでございます。

氷見三郎どのの希望だったのか、父康清さまの御遺志だったのか、ともあれ紀清丸さまは、それから二年ほどして京に出立なされ、私どもとの紀ノ川のほとりの暮しは終りを告げたのでございます。

藤原秋実さま。夜明けが近くなったのでございましょうか。どうやら風の音が落ちたようでございますね。

二の帖

藤原秋実《あきざね》、憑女《よりましめ》黒禅尼に佐藤憲康《のりやす》の霊を喚招《かみおろ》させ西行年少時の諸相《くさぐさ》を語らしむること、義清成功《のりきよじようごう》に及ぶ条々

その夏はひどい暑さだった。

私は夜明けに小倉山の山荘を出て、六条の陰陽師《おんみようじ》加茂玄尊の家にむかった。日が昇る前の霧を帯びた冷たい大気が、森や藪《やぶ》や草地に静かに、しっとりと沈みこんでいた。夜の暗さが音もなく立ち去ったので、森や藪や草地は、まだ自分たちが黒い幕に閉ざされていると思っているかのように、目覚めきれぬ、寛《くつろ》いだ、幾らかしどけない姿で、霧の中に横たわっていた。川の堤からようやく朝霧が薄れ、乾いた河原で鳥たちがしきりと草の実を求める姿が見えた。白い石のあいだに細い流れが辛うじて覗《のぞ》いている。私が堤に上ると、鳥たちは一斉に飛び立ち、近くの林に消えた。

空が水のように冷たく澄み渡り細い雲が朝焼けに染まったと思ったのは、ほんの数刻であった。東山の向うが白く輝きはじめると、すでに地面からむっと熱気が立ち上った。

京の街に入った頃、日ざしはぎらぎら照りつけ、あたりは竈《かまど》の中のように暑熱が燃えたぎっていた。都大路はがらんとして、土塀の長い影が地面に墨で黒く塗ったように濃く落ちて

いた。草地も門の中も大路の遠くも、透明な炎のように、かげろうが揺れていた。汗が全身から噴き出た。

私は何度か築地塀《ついじべい》や木立の蔭《かげ》に入って息をついた。西洞院《にしのとういん》大路を下り、六条大路に入ったのは、もう巳《み》の刻に近かった。この辺りは崩れた土塀があり、草に埋まった空地がつづき、戦火や地震《ない》で荒廃したまま放置された家が多かった。目ざす陰陽師加茂玄尊はそうした軒の傾いた家の一つに住んでいた。草地のなかに木材が山と積まれていたのは、地震の前にはここにも家が建っていたのであろう。石燈籠《いしどうろう》は崩れ、上土門《あげつち》の屋根は砕けていた。

案内を乞《こ》う必要はなかった。暑さのためにすべての戸を開け放っていて、奥まで素通しに見えたからである。

玄尊は式台の上まで出てくると、私を迎えた。

「この暑いなかをよくみえられましたな。さ、汗をお拭《ふ》きなさい。幸いここの井戸はまだ涸《か》れておりませんでな」

私は汗を拭《ぬぐ》うと奥の間に通された。部屋の一方の壁に白木の祭壇が設けてあり、注連縄《しめなわ》が張られ、瓶子《へいし》が二本立っていた。

加茂玄尊は浅黒い、頬骨の出た、眼の窪《くぼ》んだ小男だった。もともと大峰山《おおみねさん》で修行をした修験者であり、こちらの依頼によって護摩《ごま》を焚《た》き、死者の霊を黄泉《よみ》の国から喚《よ》び戻すという。

私が加茂玄尊の噂《うわさ》を知ったのはそれほど前のことではない。しかし玄尊が黒禅尼と呼ばれる憑女《よりまし》を使って死霊《しりょう》を呼び下す術は、見ていて恐しいほどだという評判を聞くと、いても立ってもいられない気持になったのである。

その話を中務省《なかつかさしょう》の友人がしてくれたのだ。「黒禅尼が物怪《もののけ》に憑《つ》かれて話しだすと、声までその人の声になるのです」と言うのであった。

私はあの時雨《しぐれ》の夜以来——師西行の足跡を書き綴《つづ》ろうと決意した夜以来、ひたすらわが師のあとを求めて歩きつづけていた。

それだけに、私は師が年少期をいかに過し、何を考え、物事をどう感じていたか、ひたすらに知りたかった。師の姿から、何とか推測できないことではない。だが、蓮照尼《れんしょうに》から師の幼少期の姿をまざまざと呼び起して貰《もら》った今、何としても師を知る人に会いたかった。師と年少時をともに過し、喜びも悲しみも分かち合った人から師の話を聞きたかったのである。

加茂玄尊の噂を聞いたのはそんな時だった。初めは、事の恐しさに私はそんなことを思い出さないようにしていた。だが、夜眠る前、朝目覚めたとき、「声までその人の声になる」という言葉が、虚空《こくう》に谺《こだま》する風音のように、繰り返して私の心に反響するのだった。

私は散々迷った揚句、加茂玄尊のことを本気で考えようと決心した。たとえ降霊《かみおろし》という所行が、黄泉の死者の心を乱し、生者には知ることのできぬ懊悩《おうのう》を与えることになろうと、このことだけは、当の死霊にそれだけの苦しみを味わって貰う価値がある。万一死霊がその降《かみ》霊《おろし》の代償に千年闇黒《あんこく》の虚空で氷のような風に吹かれなければならないとしても、私はその忍苦の千年に価《あたい》するとさえ言い切れるのである。死霊がその劫罰《ごうばつ》を私に肩替りするのを望んだら、私はあえてそれを引き受けてもいいとさえ思えたのである。

そこまで決心したとき、ようやく加茂玄尊に手紙を書くことができた。玄尊は、そんな遠い昔の死霊を果して呼び戻せるかどうか心許《こころもと》ないが、それほどまでの決心とあれば、何とか試みてみようと返事を書いてくれた。ただ憑女《よりまし》の黒禅尼は住所が定まらず、京にいるかいないか、それも分らないので、黒禅尼が見つかるまで待って貰いたいという追書《おってがき》があった。

その黒禅尼が羅生門に集る乞食《かたい》どものなかにいたのである。ただこの憑女《よりまし》は普通の女に話すように話しても、何も分らない。まるで深酒に酔っているかのように、身体《からだ》もしどけなく崩れ、心も昏《くら》く混濁しているが、酒の匂《にお》いなどはなく、何か異様な物怪《もののけ》が女に住みついているという。

その暑い夏の日、加茂玄尊の弟子たちが羅生門にいって黒禅尼を連れてくることになっていた。玄尊の話では、以前、夜盗たちが黒禅尼を襲って肉体を奪おうとしたことがあったが、夜盗の一人が女に触れた瞬間、瘧《おこり》がおこったように全身が慄《ふる》えはじめ、激痛が走って、地面をのた打ちまわったというのであった。

「間もなくやってくるでしょう。美しい女ですよ」

加茂玄尊はにこりともせずにそう言った。

私が黒禅尼に降霊《かみおろし》して貰いたかったのは、わが師西行が年少時、親しく交っていた従兄《いとこ》の佐藤憲康《のりやす》の霊であった。もし憲康の霊を呼び出すことができ、その頃の日々の暮しなり、性情嗜好《しこう》なりを語って貰うことができれば、私が願っていた師との一体化は、この上ない完全な形で実現されることになる。憲康は気質も師と似ていただけではなく、最後の頃は同じ検《け》非違《びい》使庁《しちょう》に勤め、左衛門尉《さえもんのじょう》に任じられていた。そしてほぼ同じ頃、鳥羽上皇の北面《ほくめん》の武士に抜擢《ばってき》されたはずである。私は師の口から直接この憲康が亡《な》くなった日のことを聞いていたので、出家遁世《とんせい》を強く促したのが、その突然の死であったことは間違いないと思っている。

もしかしたら、師は生涯憲康の死を胸に抱きつづけていたのかもしれない。

憲康の死は、それほどにも唐突であった。二人は奥州藤原の一門ということもあって、それについてさまざまに意見を述べ合った。憲康は二歳年長であり、とくに奥州藤原の問題については、師西行（まだ佐藤義清《のりきよ》であった）の慎重な意見や態度にはいらいらした様子を示したという。憲康は越《こし》ノ国の氷見《ひみ》三郎の呼びかけに応じて、奥州藤原の大同団結に加わるべきであると主張していた。突然の死が中断しなければ憲康の運命はどう変ったか分らない、と師は私に語った。

私は加茂玄尊の意向で、降霊《かみおろし》のために何か憲康の身につけた遺品をその場に持ってこなければならなかったが、何十年も前に若くして亡くなった死者の遺品を探すなどということはまず無理な話であった。

幸い、私は紀ノ川のほとりに再び蓮照尼を尋ねた折、佐藤家の領地田仲荘《たなかのしょう》で師の甥《おい》に当る佐藤能清《よしきよ》と会っていたのである。私はその目的を前もって手紙で知らせておいたので、能清殿は私のために憲康の書簡を文箱《ふばこ》のなかから見つけておいてくれた。それは田仲荘に戻っていた佐藤義清にあてた書簡で、それによると、わが師は何か荘園内の農民との争いを処理するため、京を離れていた。憲康は荘園のごたごたがその後どうなっているか案じて手紙を出したのであった。

加茂玄尊にこの書簡を見せると、これなら最も効果的な働きを憲康の霊に及ぼすと保証してくれた。

玄尊の弟子がきて、黒禅尼を六角堂に連れてきたと告げたのは、その灼熱《しゃくねつ》の一日がようやく終ろうとする時刻だった。空にも地にもなお乾いた火照《ほて》るような熱気がこもっていた。その熱気のなかで天地が燃えさかっているように赤く爛《ただ》れた夕焼けが、街々を包んでいた。庭木の葉や崩れた土塀や屋根瓦《やねがわら》が斜めに照らす赤光《しゃっこう》を浴びて、濃い血をなすりつけたように染めあげられていた。

六角堂は六条沿いの廃寺で、築地塀の奥の荒れた庭に囲まれていた。その裏手は藪や草原が拡《ひろ》がり、その時刻には、もう人影も見えなかった。

堂内には玄尊の弟子に囲まれた若い女がぐったり横坐《よこずわ》りに膝《ひざ》を崩していた。長い髪を項《うなじ》で縛り、白い小袖《こそで》を着ていた。裾《すそ》は乱れ、土埃《つちぼこ》りにまみれた足がのぞいていた。足は汚れていたが、まる味を帯び、柔かそうに見えた。

私たちが入ってゆくと、黒禅尼はもの憂《う》そうに顔をあげた。薄笑いで細められた眼がいたずらっぽく挑発するように光っていた。玄尊が言ったように、やや大きめの口をした、なまめかしい女であった。女は口を軽くあけ、舌を生きもののように動かし、薄い唇の端を愛撫《あいぶ》するようになめていた。

「おう、禅尼、よくきてくれたな。今夜は存分褒美《ほうび》が出るによって、ひとつお勤めを頼みたいのじゃ。遠い昔にこの世を去られたお方ゆえに、降霊《かみおろし》は難儀だろう。だが、ここにその方の書いた手紙もある。それに、降霊《かみおろし》を願われるのは、その方の親友とご縁のあるお方じゃ」

女は黙って顔をそむけた。加茂玄尊は黒い薄布で作った直垂《ひたたれ》を着て、烏帽子《えぼし》をかぶり、輪袈裟《わげさ》をかけ、女の前に正坐《せいざ》した。六角堂の四隅の柱には、するめ、首を切った鶏、干からびた大蒜《にんにく》、殺したばかりの蝙蝠《こうもり》が吊《つ》り下げられた。

やがて夜が六角堂を濃い闇《やみ》ですっぽりと包んだ。護摩壇《ごまだん》の焔《ほのお》が赤く生きた蛇のように身体をよじって揺れはじめ、赤い光の反射が女の姿を浮び上らせた。玄尊は多角形の念珠を何度も掌《てのひら》でからからと鳴らし、低い声で早口に何か経文のようなものを唱えた。やがてその声は底ごもった威嚇《いかく》するような太い響きに変った。護摩壇の焔はますます激しく燃え、それにつれて白煙が濛々《もうもう》と堂内に渦巻いた。玄尊は一心不乱に呪文《じゅもん》を唱えつづけた。

佐藤憲康の手紙は女の背にくくりつけられた。弟子が二人、女の身体を左右から支えていた。煙の渦に巻かれ、女は二、三度激しくむせた。その顔からは、すでに薄笑いは消えていて、何か恐しいものを虚空に見てでもいるように、眼を大きく見ひらき、鼻孔を拡げたり縮めたりしてせわしく息をついていた。

玄尊の祈禱《きとう》は一段と激しさを加え、念珠を揉《も》みしだくように掌のあいだで鳴らし、時おり、気合いのように鋭い声をあげ、右腕を渦巻く煙のなかに突き出した。

やがて女の身体が硬直しはじめた。左右の弟子は、その身体を押えつけようとした。しかし身体は弓のようにうしろに反りかえり、脚は突き出され、汚れた足から丸みが消え、筋張った鶏の爪《つめ》のように、内側に曲げられた。玄尊の呪文はますます早くなり、それに応じて女の反りかえった身体が突然慄えはじめ、床下から何かに突き上げられるように、跳び撥《は》ねはじめた。弟子たちが押えようとしても、一緒になって空中に撥ね上った。やがて跳び撥ねるのは間遠になったが、こんどは身体をよじり、床にのた打って苦しみはじめた。

玄尊の呪文はだんだんと低くなっていった。護摩壇の白煙は堂内に渦巻き、赤い炎を反射して、血に染まった霧が立ちまどっているように見えた。

その時、嗄《しわが》れた声がした。どこか地の底から聞えてくるような陰気な、虚《うつ》ろな声であった。

「おう、おう、わたしを呼ぶのは誰だ。おう、おう、わたしを呼ぶのは誰だ」

私は背中を強く叩《たた》かれた。答えなければならないのは私であった。

「佐藤憲康殿か。佐藤義清殿の親しい従兄であられた憲康殿か」

私は喘《あえ》ぐように言った。

「何という苦しさであろう。おう、冥府《めいふ》からの暗い長い洞穴を、凍った風に吹き曝《さら》されながら、飛鳥のように飛んできたのだ。凍った風はすべて痛みとなって身に染《し》みる。飛ぶのは全身の痛みなのだ。おう、この痛みに耐えてわたしはどこにきたのだ」

「あなたは佐藤憲康殿か。もし憲康殿ならば、お従弟《いとこ》の義清殿について話していただけないか。あなたの知っているすべてを。私は義清殿のことが知りたくて、あなたに、この世に戻っていただいたのだ。憲康殿。あなたが親しかったお従弟について話していただけないか。

あなたの全身の痛みは誠に申しわけない。だが、お従弟について話していただくことは、私には、何にも替えられぬほど大事なことなのだ。私はそのためあなたの痛みの肩替りをしてもいいと思うほどなのだ。どうか話していただきたい。あなたをあんなにも慕っていたお従弟義清殿のことを……」

「おう、おう、そのように申されるのはどなたか知らぬが、そのお言葉のおかげで御仏《みほとけ》のご慈悲が朝の虹《にじ》のようにわたしを包んで、もはや痛みは煙のように消えはてた。おう、わが義清のことを知りたいと言われるか。されば、お話し申しあげよう。わたしが初めて義清と知り合った日からのことを……」

その声は風に吹きちぎられるように低くなり、高くなりした。黒禅尼の呻《うめ》きでしばしば中断した。私が聞きとり得たかぎりを記せば次のようになろうか。

……さよう、わたしが義清に会ったのは、義清の父康清殿が亡くなられた時であった。わたしが十歳、義清は八歳。お互いにまだその死のもたらす重さもわからぬ年齢であった。葬儀の日であったか、別の日であったか、わたしは寺院の境内を義清が一人で歩いているのに出会ったのである。

はじめはそれが義清であるとは思わなかった。わたしの父は美作《みまさか》国の国衙《こくが》で役人をしていて、康清殿が亡くなったのと前後して、検非違使庁へ役替えとなって京に戻ってきた。父は康清殿と同じ職場で働けるのを喜んでいたが、それも叶《かな》わぬこととなった。父の嘆きも深かったのである。それだけに、遺《のこ》されたみゆきの前や義清に対して父の同情は厚く、わたしにも義清を大事にするように話していた。寺院の境内で、まだ見知らぬ義清に声をかけたのはそのためだった。最初にわたしが何と言ったかは覚えていない。ただ妙に記憶に鮮明なのは、義清がひとりで松のあいだを歩いていて、それが間違いなく義清だと思ったことだけである。子供のくせに、そんな大人びた動作で、静かに散策しているというのも変っていたが、泣くとか寂しがるとか、そんなことにまるで無関心な様子なのにも、わたしは驚かされた。

あとで知ったのだが、義清が人から離れていたのは、無関心だったのではなく、また涙を見られるのが恥しいからでもなく、ただひたすら死というものが、義清の理解を超えていたので、何とかそれを自分なりに分ろうとしていたからであった。

その後しばらくして会ったとき、この前一人で何を考えていたのかと訊《たず》ねてみたのである。義清は父の死のことを考えていたのだと答えた。それで、わたしたちは十歳と八歳の子供であったにもかかわらず、人が死に、地上からいなくなってしまうのはどういうことか、について幼い意見を交したのだ。

わたし自身が義清の考えを正当に判断できる年ではなかったが、それでも小さな声でぽつりぽつりと「とても悲しいんだけれど、でも悲しんではいけないような気がするんだ。私たちには分らない約束があって、それで父上はこの世から去っていったと思うんだよ」と言うのを聞くと、わたしは義清が普通の童児《わらべ》のようにただ笑ったり泣いたりする子供ではなく、すでに何か眼に見えないものを感じることのできる変った子供だと思ったのである。

わたしが年少の義清にいつも一目を置き、一度たりと年下の者と感じたことがなかったのは、このときの言葉が折にふれ思い出されたからだ。

義清は落着いた、考え深い子供だった。父康清殿が亡くなってからは、母のみゆきの前に心からなついていた。孝養を尽すとか、大事にするとかいうのではない。母上をこの上ない大事な方と感じていて、何をするにも、母上が喜ばれるかどうかを考えていたのである。

ある春の終り、義清と白河の奥へ散策に出かけたことがある。十三、四の頃だったろうか。妙寿蓮華院《みょうじゅれんげいん》の桜がまだ咲いているというので誘い出したのだが、向うに着くと、花は噂どおり見事に咲き誇っていた。義清はその花のついた桜の枝を折って、従者の一人に、馬でそれを三条の母上のもとに届けるように言った。

「何もいますぐ持ってゆかせなくてもいいではないか。夕方には帰れるのだし、自分で持ってゆけばいい。だいいち馬を与えてしまったら、徒歩《かち》で帰るほかないではないか」

わたしはそう言って従者を引きとめた。

「いいんだよ。母上にすぐこの花を見て頂きたいのだ。私が一人でこんな美しいものを見ているると思うと、何だか落着かない。私が楽しいとき、母上も同じように楽しんで頂きたいのだ」

わたしは義清が心底そう思っている様子がよく分った。帰りにわたしの馬に同乗するように言っても、にこにこして首を振り、歩いたほうが、母の喜びを実感できて嬉《うれ》しいのだと言った。

「だが、馬を走らせたいと思っても、そちらに馬がなければ一緒に走れないではないか」

わたしは意地悪く故意《わざ》とそう言った。

「そのときは走ってゆく」

「走る。馬と競走するのか」

「そうさ。競走するさ」

わたしは馬に鞭《むち》をあてた。京の街並に入るまで野の道を一里近く行かなければならない。そこを馬はわたしを乗せ蹄《ひづめ》の音を響かせて走った。

振り返ると、義清も飛ぶように駆けている。わたしは義清の足の速さにも驚いたが、そんなに長いこと走りつづけて息の切れた様子のないのにも度胆《どぎも》を抜かれた。わたしが京の入口に着いたとき、ほんのわずか遅れて義清が着いた。さすがに肩で激しく息をつき、声はぜいぜいしていた。

「驚いたな。馬と競走するやつなんて滅多に見当らんぞ」

「しかし競走して敗《ま》けたのでは仕方がない」

「何を言ってるんだ。相手は、馬なんだぜ」

「馬でもさ、競走するなら勝たなければならない。これは大事なことだ。父上はいつもそう言っておられた」

「何でもそうだと思うのかい」

「そうだと思うよ」

「では、競《くら》べ馬も」

「もちろんそうさ」

「蹴鞠《けまり》も」

「宮中で一番の人になりたい。清経おじいさまのように」

「源清経殿は当代の名手だと父も褒めていたからね。でも、義清なら、きっとそうなれるね」

「それは分らない。毎日、母上としているが」

「母上と蹴鞠を」

「ああ、母上も若い頃おじいさまに教わったのだ」

「義清の母上は何でもやるんだね。今様を歌ったり、笛を吹いたり、舞いも舞われる」

「母上はそういう遊びがお好きなんだ。いつも楽しくしておられるのが母上の身上だからね」

「気楽ないい方だな。うちの母は真面目《まじめ》一方で、まるきり楽しみ方を知らない。せいぜい歌を詠《よ》むくらいだ」

「それだってすばらしいことだと思うな」

「義清は歌も好きなのか」

「そんなに作ったことはない。でも、母上の話では、見事な歌を詠めば、それが勅撰集《ちよくせんしゆう》に採られるそうだね。勅撰集に採られれば、その名は歌とともに千載に残ることになる。そんな名誉に、一生に一度でいいから、与《あず》かってみたいな」

「歌も競争か」

「まあ競べ馬とは違うけれど、競べっこであることには変りないね」

「では、義清は歌でも当代一流の人になるわけか」

「いや、一首だけ勅撰集に残せばいい」

「あとは馬と競走か」

「そうだ、あとは馬と競走だ」

わたしたちは笑って、それから京の街を三条まで走ったが、前と違って人通りがあるので馬は思うように走れず、結局家に着いたのは義清が先であった。

みゆきの前は桜を届けて貰《もら》ったのがよほど嬉しかったとみえて、わたしにも礼を言った。

「いいえ、あれは、義清がひとりで考えてやったんです」

「そうかもしれないけれど、あなたが誘って下さらなかったら、花は見られなかったのよ。やはりあなたのおかげよ」

わたしはみゆきの前に葛餅《くずもち》をご馳走《ちそう》になった。義清は井戸で汗を落して、さっぱりした姿で現われた。わたしはみゆきの前に、義清が歩かなければならないのを承知で、馬で桜の花を届けようとした優しい心根を話した。

「嬉しいことだわ」みゆきの前はわたしの盃《さかずき》に白酒をついで言った。「義清がしてくれたことも嬉しいけれど、憲康どの、あなたがそれをお話し下さるお気持がもっと嬉しいわ。あなたが義清のことを心から大事に思って下さる証拠ですものね。義清は何から何まで幸せな恵まれた子ですけれど、父がおりません。将来、そのことで義清が困ることがあったら、ぜひ助けてやって下さいね」

その日、わたしは桜の枝を飾った義清の家で食事をご馳走になり、食後にみゆきの前の笛を聞かせてもらった。

京の街ではもう桜は散り、若い葉桜となっていたが、それでも高燈台《たかとうだい》のあかりがゆらゆら揺れながら照らす簀子《すのこ》の上に、時おりひらひらと思い出したように花びらがどこからか白く舞い落ちていた。

義清はいつ遊びにいっても馬か蹴鞠か弓か、どれかをたゆむことなく稽古《けいこ》していた。師範がきて、その作法を厳しく教えているところを見たことがあるが、義清は全身の注意を集中していて、わたしがそこで見ているのに最後まで気がつかなかった。蹴鞠などは何度も同じところで失敗して蹴り損なう。すると、その同じ動作を繰り返し繰り返しつづける。師範のほうが根負けするくらいであった。

義清は疲れということを知らなかった。白河から馬と競走したときと同じように、稽古を見ていても、義清は頑強であり不屈であった。

蹴鞠の技倆《うで》は、血すじということもあるが、信じられないほど上達が早く、身体《からだ》を翻《ひるがえ》して、うしろ向きに蹴上げたり、脇《わき》へ流れる鞠を追って横飛びざまに蹴ったりする軽業じみた蹴り方まで習熟するようになった。

これはあとになってからのことだが、わたしとともに鳥羽院北面《ほくめん》に伺候《しこう》するようになったとき、その見事な蹴り技《わざ》が院のお耳に入り、それをご覧になるためにだけ蹴鞠を催されたことがあった。わたしも義清の相手役として四人のなかに加わったのだ。

義清は薄青の鞠水干《まりすいかん》と萌黄《もえぎ》の葛袴《くずばかま》を着け、足には踝《くるぶし》まで筒革《つつかわ》で覆《おお》った黒鞣《くろなめ》しの鴨沓《かもぐつ》を穿《は》いていた。わたしは紫の鞠水干、青の葛袴、あとの二人はそれぞれ萌黄に蘇芳《すおう》、白に青の衣裳《いしょう》であった。

鞠は院がご愛用の浄翔と名づけられた白の鞣し革に金の雷文《らいもん》を描いた豪華なものが使われた。

場所は鳥羽離宮の庭の一隅に作られた懸《かかり》（蹴鞠場）だった。院のご寵愛《ちょうあい》の深かった蹴鞠の名手藤原成通《しげみち》殿がご説明役としてそばに控えていた。その後に女院や上臈《じょうろう》たちが美々しく着飾って並んでいた。

演目は蹴鞠の作法どおり遣《や》り水、戻り雁《がん》、二点鐘、風鈴抄などが披露された。いずれも四人で鞠を蹴って隣に渡したり、向いに蹴り上げたりする。普通は沓で蹴るが、二点鐘の場合は膝で受けて一旦《いったん》弾ませてから沓で蹴る。鞠が高く舞い上り、旋回して落ちてくる。それを右の沓先で受けて左の沓先に移すのが風鈴抄の基本形だ。それを次第に複雑に組み合わせてゆく。しかし外から自由自在に鞠を蹴っているように見えながら、そのすべてが型通りに行われるのが蹴鞠の正道だが、それを義清は奔放に崩して、背中を向けて後足で蹴ったり、鞠が上に舞い上っているあいだに一回転してふたたび蹴ったり、変幻自在であった。蹴鞠の勝負は蹴数《けりかず》によって点がつく。蹴落しがないとき、千点を至極とする。

わたしはこんな気の合った美しい蹴鞠をやったことがなかった。薄青、紫、萌黄、白の袂《たもと》のたっぷりした水干が鞠を蹴るたびに翻り、まるで巨大な四匹の蝶《ちょう》が集ったり離れたりして踊り狂っているように見えた。なかでも義清の身体は素早く的確に動き、鞠はまるで身体の一部のように正しい弧を描いて飛んでくるのであった。

鳥羽院は義清の蹴鞠をことのほか愛されたようであった。というのは、成通殿が待賢門院《たいけんもんいん》御所に移るようになってから、蹴鞠のご説明は義清の役と決められたからである。

すこし話が前後したが、要するに義清が何かに熱中すると、限度というものを知らなかった。普通の人が疲労困憊《こんぱい》するところを、義清の頑健な体力は平気で乗りきった。事実、身体も大きく、十四歳の頃すでに十八歳のがっしりした体格をしていた。いつかわたしは弓場で弓を持ったまま眠っている義清を見たことがある。聞いてみると、二日二晩、ぶっ通して矢を射つづけていたというのであった。しかも本人は眠ったことに気付かず、気持のなかでは、まだ矢を射つづけているつもりだったのだ。

わたしに起されると、手に持った弓とわたしとを半々に見て「この己《おれ》は何をしていたんだろう」とまるでわけがわからないような顔をしたのである。

そんな義清がとくに好んだのは馬であった。三条の屋敷には白に灰色の斑点《はんてん》の散った疾風《はやて》と呼ばれる馬がいた。父上康清殿が残した馬であったが、義清も疾風《はやて》を自分の同胞《はらから》のように可愛《かわい》がっていた。馬の師範をしていたのは甲斐国篠原荘《かいのくにしのはらのしょう》で朝廷へ献上する黒駒《くろこま》を飼育していた男で、馬とともに京に上り、そのまま都に居ついてしまったのである。康清殿がどういう経緯でこの隼常朝《はやぶさのつねとも》と知り合い、家人として召し抱えたのか分らないが、常朝が年少時の義清の馬の師範を引き受けていた。

もちろん常朝は華麗な宮廷馬術を正式に習ったことなどはない。この男にはそんなものは存在しなかった。常朝の馬は甲斐の牧に育てられていた黒駒だった。黒駒は広大な草原に放牧される。それを裸馬に乗って集めたり、一定の場所へ移動させたりする。それがこの男の仕事だった。

裸馬に乗って山野を疾駆することにかけてはこの男の右に出る者はなかった。常朝の馬術で大事なのは馬と一つになって走ることだけだった。常朝は義清がごく年少の頃からそれしか教えなかった。わたしが初めて義清と馬で遠乗りをしたとき、その騎乗がいかにも自然なのにまず驚かされた。義清は、疾風《はやて》に乗っているのではなく疾風《はやて》のなかに身体が一つに溶けている感じだった。

鞍《くら》も常朝が考案した大和鞍の変形で、鞍橋《あんきよう》の前後輪が低く、馬の負担も軽く、騎手も身体が動かしやすかった。鐙《あぶみ》は乙字状の細身の舌長鐙《したながあぶみ》で、これも常朝が自ら鍛冶師《かじし》に命じて作らせたものだった。常朝は、馬に乗っていて自在に動けるようにするのが馬具の目的で、美しく飾りたてた唐鞍《からくら》や、ぼってり厚手に作った大和鞍は、見るだけのものであって、実際に使うべきものではない、と考えていた。この考えは幼少時から義清の心に叩《たた》き込まれていた。わたしは義清がこうした見てくれの虚飾に関心を示したのを見たことがない。といって、それを愛《め》でる人を嫌ったり、非難したりしたこともない。義清は、人はそれぞれ好みが違っていて、その違うのが人間の面白さだと思っているふしがあった。

義清は、自分の生活は質素で、必要なもの以外は身のまわりに置かなかったが、といって貴族の邸《やしき》にいって、豪華で贅《ぜい》を尽した調度の中に身を置くのも決して嫌ってはいなかった。

馬でも同じで、裸馬を操るのが巧みなのに、反面、随身《ずいじん》の美々しい装《よそお》いをして、金覆輪《きんぷくりん》の鞍を置き、馬の胸に緋《ひ》の房の垂れた胸掛けを廻し、虎皮《とらがわ》の力革で吊《つ》った、黒地に銀の笹葉《ささのは》模様を象嵌《ぞうがん》した木鐙のうえに、ゆったりと騎乗するのも実によく似合ったのである。

わたしが義清と一時は熱病にかかったように熱中したのは、馬を走らせながら的に鏑矢《かぶらや》を射る流鏑馬《やぶさめ》であった。義清はわたしと違って自在に疾風《はやて》を操れたから、裸馬でも鞍をつけても、矢を射ることができたが、わたしは鞍なしでは、手を離すこともできない。しかし鞍をつけ、鐙にしっかり足を掛けていると、馬の動揺がかなりあっても、矢を射ることができた。これには一種のこつがあって、それが体得できると、ある程度までうまくゆく。わたしは流鏑馬だけは義清と競ってもそう敗けることがなかった。そんなわたしと争うのが義清も楽しかったのであろう。葵馬場《あおいばば》で朝から日が暮れるまで夢中になって馬を走らせ矢を放った。箙《えびら》に十本の矢を背負い、十個の的を順々に狙《ねら》ってゆく。わたしが勝つこともあれば、義清が勝つこともある。どちらが勝っても、すぐ次の勝負にとりかかる。最後には馬の毛並が汗でぐっしょり濡《ぬ》れるほどであった。

わたしたちの騎射《きしゃ》は正式の流鏑馬ではなかった。鏑矢を使わなかったし、作法も何一つ知らなかったからだ。ただ騎乗の楽しさと弓の面白さを組み合わせて遊んでいたにすぎない。わたしたちがそれを改めることができたのは鳥羽院四天王の一人源重実《しげざね》が葵馬場を通りがかり、わたしたちの騎射争いを見たからだった。重実殿はわたしたちを改めて屋敷に呼んでこう教えられた――流鏑馬には一定の作法があり、弓の握り方、鏑矢の支え方、弦《つる》の引き方、的への向い方など、どれ一つをとっても、すべてあるべき型が定まっていて、それから外れると、いかに矢が的を射ぬいても、それは雅《みやび》な匂《にお》いを失うことになる。ここで大事なのは、的を射ぬくということと同時に、雅《みやび》であるということなのだ。どちらが大事かといえば、的に当ることより、むしろ雅であるということだろう。なぜなら雅であるとは、この世の花を楽しむ心だからだ……。

義清は重実殿の顔を息を殺すようにじっと見つめていた。義清の顔には、緊張の表情があった。

「もうすこし詳しくお話いただきとう存じます」

義清は重実殿に低いかすれた声で言った。緊張すると声がかすれるのは義清の癖であった。

「そう、あなたはこの世の花がお分りになるにはまだお若過ぎるかもしれぬな」上品な重実殿は義清のほうを微笑しながら眺めた。「馬場であなたがたの見事な騎乗ぶりを見ていると、とても十四やそこらの若者の身のこなしとは思えなかった。そこでつい作法をと思った。作法は早く身につけておいたほうが、自然の所作のように身につく。もしその心の理解が無理なようなら、外形から学ぶがいい。心は、大人になればおのずと納得されよう」

「私はさっき仰《おっしゃ》ったこの世の花ということが知りたいのです。どうして矢が的を射ぬくより、雅であることが大切なのか、詳しくお教え下さい」

「いずれ大人になれば……」

「私は父がおりませぬ。家では私が主人《あるじ》でございます。私は若輩ではございますが、大人の務を果しております」

「おう、それは存じあげずに失礼したな」重実殿は柔和な顔で笑うと言った。「では説明いたそう。矢を射る人は、的に当てようと思う。もっと広く言えば、何かしようとする人は、その目的を達しようとする。大事なのは、目的を達することだ。このことは分るね」

「分ります」義清は大きくうなずいた。

「目的を達しようとする人は、目的を達したとき初めてほっとする。満足する。そうではないかね」

「的に矢が当ったとき、嬉しいと思います」

「それだ。目的を達したとき、人は満足し自分や自分の周囲を見まわす余裕ができる。もはやがつがつしないですむ。おしゃれもしたくなる。おいしいものも食べる気になる。花見にもいってみようと思う。だが、がつがつしていたら、こうはならない。余裕があったとき、

初めてこの世を楽しもうという気になる。この楽しもうと思う心が雅《みやび》なのだ。雅とは余裕の

心のことだ。分るかね」

「そこまでは分りました。でも、分らないのは、どうして矢が的に当ることより、雅である

ことが大事か、ということです」

「それは、目的に達して満足した人が、かならずしも花を楽しみ、雅であるわけにゆかない

からだ。目的に達しても、またすぐ次の目的ができる。たとえばある在地領主が一番荘を手

に入れる。すると、二番荘が欲しくなる。そしてそれが目的となる。そこで二番荘を手に入

れる。こんどは三番荘が目的となる。こうしてつねに目的にむかって息せき切って走ってい

て、決して満足するときがない。満足とは留まることだ。自分の居場所に気づくことだ。こ

の世を楽しむには、まず留まることが必要なのだ。矢を射るとき、的に当てることだけを考

える人は、目的を追う人だ。だが、矢を射ることそのことが好きな人、当れば嬉しいが、当

らなくても嬉しい人、そういう人こそが、留まる人、つまり雅である人だ」

「当らなくても嬉しいのですか」

「当らなくても嬉しいのだ。矢を射ることそのことが楽しいからだ」

義清は黙って重実殿の顔をじっと見つめていた。

「分らなくても無理もない」重実殿は柔和な微笑を浮べた。「雅であることは、今の世では、

殿上人のなかにも、失われているからの」

帰る道々、義清はぽつりと「矢が当らなくても嬉しいのか。こんなことを言ったら、隼常

朝が怒るだろうね。常朝は、何が何でも、矢は当らなければならない、と考えているからね」と言った。

「義清はどうなんだ」

「私か」義清は何か考えるようにしばらく黙っていた。「私は常朝の考えが正しいと思う。矢は的に当らなければならない。目的は達せられなければならない……」

「では、重実殿の言葉には反対なのだね」

「いや、それも大事だ。その、雅であることも……」

「両方をとるのか」

「そうだよ、できることなら、両方とりたい。矢は的に当てる。だが、同時に雅であることと……」

「それが重実殿の本当の心かもしれない」

「たぶんそうだろうね」

わたしたちは三条の義清の屋敷の前で別れた。当時、義清の屋敷は、三条界隈《かいわい》でも立派な構えを誇る家の一つだった。義清の一族は、紀ノ川のほとりに広大な所領があるので、とくに豊かだったのである。

父康清殿が亡《な》くなられてからあとも、みゆきの前のてきぱきした指示のせいもあって、紀ノ川田仲荘《たなかのしよう》の管理《とりまとめ》は大過なく行われていた。康清殿が家人たちを大勢養い（そのなかの一人が隼常朝だった）荘園の防備《そなえ》と百姓たちの安堵《あんど》を計っていたので、領主が義清に代っても、領内の落着いた豊かな気分は一向に変化はなかったのである。

もともと田仲荘は奥州藤原家に連なる一族が開いた土地だとわたしの父などは話していた。しかし私領は、律令《りつりよう》に基く官有地とは別に開拓され、領主の所有に帰したものだ。もし全国の土地がすべて官有であり、土を耕やす者は、一定の割合で国家から土地を借りる、いわゆる班田を所有し、死んだらそれを国家に還付するという古代の掟《おきて》に忠実であるとすると、その開拓領土も、本来は、国家の所有に属さなければならない。その意味では私領は大きな矛盾を抱えていたのである。

義清が後年、わたしとは別の意味で、奥州藤原の隆盛を願っていたのは、心のどこかに、全国の土地を古代の掟にしたがって朝廷に帰属させたい気持があったからではなかったかと思う。奥州藤原の力で古代を復興し、聖武《しようむ》の御代《みよ》のような御仏の光による諸国の繁栄が再来することを祈念していたからだ。

義清が田仲荘の荘園管理《とりまとめ》を熱心にすすめながら、荘民たちに最大限の自由と所得を許したのは、それがこの矛盾を乗り超えるもっとも正当な道だと思えたためだろう。田仲荘の百姓たちが安堵され豊かであったのは、義清のこうした態度によるところも大きかった。

いつだったか、父が暗い顔をしながら話したのだが、田仲荘だけではなく、この種の私領は、国衙《こくが》の税収の妨げとなるため、国衙によって没収されたり、官有地に編入されることが多かった。そのため国衙の干渉をはねつけ、他の領主の理不尽な略奪と戦うために、領内にすくなからぬ家人を集め、自衛のための武力を養わなければならなかった。

時には荘園の境界を示す四至《しし》牓示《ぼうじ》が抜き取られたり、四至牓示図の権威が無視されたりする。わたしの父も美作《みまさか》国衙でその公正を期するために努力していたが、結局、土地争いが起れば、裁定を行事所《ぎょうじしょ》に持ちこんで、陣定《じんのさだめ》（朝廷の審議）で長々しい裁判《さばき》を経なければならないのだ。父の意見では、大法官たちは官庁《かんてい》（文書館）に山積された古い判例を調べ、煩雑《はんざつ》な明法《みょうぼう》に当っているので、一向に審理は進まない、というのであった。

「では、判決はどうやって出るんですか」

わたしが訊《き》くと、父は天を仰ぐような身ぶりで答えた。

「行事所や陣定に影響力のある摂政とか関白とか太政官《だじょうかん》とか、ま、そういった連中が決めることになる。自分の都合のいいようにな」

諸国の荘園が摂関家や朝廷に力のある名家、有力寺院に寄進され、すすんでその所領になったのは、こうした事情があるからだ、と父はにがにがしい口調で話した。

わたしはそのことを知っていたので、田仲荘がなぜ徳大寺家の領地となっているか、見当がついた。正月になると、義清はみゆきの前と徳大寺家に新春の賀を述べにいったし、秋には米俵を積んだ牛車が紀ノ川のほとりからはるばる白河の徳大寺家別荘の土倉までやってきたのである。

源重実殿に会ってから間もなくのこと、義清の姿が葵馬場に現われなくなった。当初わたしは重実殿のいう雅であることに影響されて、的を射ることから遠ざかっているのだと思い、何となく微笑したいような気持でいた。

しかしそれが十日になり二十日になりするうち、次第に心配になってきた。わたしの家は八条のはずれにあったし、勧学院での学問研修も忙しかったので、一と月ほど義清を訪ねなかった。そんなある日、義清から手紙を受けとった。みゆきの前が病気で、その看病のため、馬場にもゆけず、残念だ、と書いてあった。

わたしは父に話し、一緒にみゆきの前の病気見舞に出かけた。父は佐藤康清殿が亡くなったあと、田仲荘の管理《とりまとめ》だけではなく、佐藤一族のために細かく気を遣っていた義清の母に対して親しみとともに、畏敬《いけい》の念も抱いていた。

「あの方は並みの女性ではない。私はあんなに気立てのいい、明るい、機嫌のいい方を見たことがないが、あの方は、それだけではない。本当に胆力のある方だ。今年の徳大寺家への献上米に米五十俵が運ばれた。ほかの人々はすべて反対したのにな。みゆきの前は気風《きっぷ》のいいお方なのだ。男だったら、一族の棟梁《とうりよう》になられただろう」

みゆきの前の望みで、わたしたちは几帳《きちよう》を隔てて話をした。義清は枕《まくら》もとで母を抱き起したり、汗を拭《ぬぐ》ったり、煎《せん》じ薬を呑《の》ませたりしていた。流鏑馬をやっている頃に較《くら》べると、義清もいくらか窶《やつ》れたように見えた。

「お見舞のこと、誠に忝《かたじけな》く存じます」紅梅を散らした白絹の几帳の向うから、思っていたよりずっとしっかりした声が聞えた。「このような時になっても、おのれの本当の姿をお見せする勇気のない女の弱さをどうか虚栄心と思し召《おぼ》してお笑い下さい」

「いいえ。私はあなたの美しさをずっと眼に焼きつけて生きて参りました。私たちの夢のなかにお生きになろうとなさるのは、あなたの心意気と存じます。どうして虚栄心などと思いましょうか」

　父は涙ぐんでそう言った。みゆきの前の声も途切れた。

「こんな折にお願い申しあげるのは心苦しいことでございますが、私に万一のことがございましたとき、心残りなのは、義清がなお朝廷でのお役を頂戴《ちょうだい》していないことでございます。康清はあのように精励恪勤《せいれいかっきん》の人柄でしたが、ご承知のように、お役を免じられているうち、突然亡くなりました。本来なら、義清がそのお役を頂戴するはずでございましたのに、それも叶《かな》わなくなっております」

「ご心労はお察し申しあげます。早急に義清殿のお役を朝廷に願い出ることにいたしましょう」

「人の話によりますと、京官《きょうかん》（中央官職）の成功《じょうごう》（私財寄付による官位賜与《しよ》）は大へん難しいということでございますが」

「たしかに最近は京官の成功は少くなっております。地方官の役職なら空いているのですが。しかし朝廷でこのところ寺院建造の御発願が多く、任料をそれに当てるよう行事所のほうにもお達しがありました。中務省《なかつかさしょう》か治部省《じぶしょう》あたりに成功の話があるかもしれません。もちろん検非違使庁《けびいしちょう》のほうにも当ってみますが」

「そのようなお言葉を聞けて嬉《うれ》しゅう存じます。義清の成功のために、とりあえずどれほどの用意を」

「さて、それはお役によって異なるので、一概に申しあげられません」

「さしあたってこの倉に絹二千匹用意させてございます」

「絹二千匹……」父は息を呑んだ。「そのような多額を」

父が康清殿の弟清兼《きよかね》殿、公俊《きみとし》殿と相談して義清のため成功に出ている役職を八省に問い合わせたのはそのすぐ後のことだ。父は何とか義清を役職につけてみゆきの前を安心させたいと思ったのである。義清は十五歳になったばかりだから、学識経験の要る刑部省や治部省《ぎょうぶしょう》、主計寮《かずえりょう》、主税寮《ちからりょう》は無理であった。たまたま中務省で内舎人《うどねり》の成功を求めていた。

わたしは父が息をつめるようにして義清の任官申請の書状を認《したた》めていたのを覚えている。

「正六位上藤原朝臣《あそん》義清
望内舎人
」

白い紙に父の字が黒く躍っているように見えた。

父は徳大寺実能《さねよし》殿にも会い、源重実殿、藤原成通殿など有力なつ丶て丶を頼って奔走した。しかし内舎人の競合者は意外に多かった。京官の成功が滅多に行われていなかったためであった。

ある雪の降る寒い日、父が中務省から戻ってきた。馬が庭先に着いた音がしたので、急いで雪の中を走り出た。

「どうでしたか」

その日、成功の発表があった。

「うむ」父は馬を下りると、手綱を従者に渡した。「年齢が若かったのだ」

「というと」

「駄目だった。残念だがな。どう伝えたらいいかな」

父は気の重い表情で家のなかに入った。

その時、厩《うまや》のほうで人声がした。わたしも顔を見知っていた義清の家の家人であった。

「至急、三条にきていただきたいとのことです」

「何事だ」

「奥方さまが、たった今、亡くなられました」

一瞬世のなかの音が絶えたような気がした。動く者もいなかった。何もかも凍りついていた。ただ雪だけが白い凍った景色のなかに降りつづけていた……。

黒禅尼が急に呻《うめ》きはじめた。六角堂のなかに立ちこめる煙を通してすでに朝の光が筋になって射《さ》し込んでいた。佐藤憲康の霊は足早に去っていたのである。

三の帖

西住《さいじゆう》、草庵《そうあん》で若き西行の思い出を語ること、鳥羽院北面《ほくめん》の事績に及ぶ条々

私が師西行の許《もと》を訪れるようになってからまだ四、五年しか経《た》たなかった仁安《にんあん》三年の秋、洛北《らくほく》の庵《いおり》に西住上人《しようにん》を訪ねたことをまざまざと思いださせる手紙を、雑物入れの古い唐櫃《からびつ》のなかから見つけた。ほかに古い手紙や聞き書き類が束となって保管されていた。

ちょうどその頃師は四国を旅していて、白峰に崇徳院《すとくいん》の御陵《みささぎ》を尋ねたり、その後善通寺に弘法《こうぼう》大師の足跡を偲《しの》んだりしてしばらく讃岐国《さぬきのくに》に逗留《とうりゆう》していた。私は師と旅に同行するほどまだ親しくなかったし、大学寮で大江資朝《すけとも》のもとでやる仕事も手が放せなかったので、京都で師の帰国をただ待つほかなかったのである。

もちろん帰国するといっても、たまに京都にふらりと姿を現わすだけで、ほとんど高野山の庵室に住んでいたので、師に会う機会は滅多に与えられなかった。当時私は父の無残な死や甲斐国八代荘《かいのくにやつしろのしよう》の騒擾《そうじよう》事件のもたらした悲惨な関係者の極刑の衝撃からまだ十分に立ち直っていなかった。その苦悩は師西行と会うたびに、薄紙を剝《は》ぐように薄らいでゆくのが分った。それだけに、さらになお心の中から苦しみを一挙に取りのぞくような言葉を師の口から

聞けないものかと強く願ったのだ。

そんな激しい渇望《かつぼう》感に苛《さいな》まれていながら、他方、師と関係のある人に会って、それとなく師の噂《うわさ》を聞き、師の身近にいるような気持になりたいと考えてもいた。それは冷たい北風が傷に染《し》みるとき、すこしでも温かく柔らかな春の風に触れたいと思うのに似ていた。

西住上人の話は師西行自身からもよく聞いていたし、師が京都に出てくるときは同じ庵に泊ることが多かった。四国の旅もそうだが、師は好んで西住上人を旅に誘った。もっとも四国の旅では、一緒に出かけることになっていたにもかかわらず、西住上人は近親が病気のため出られず、師は摂津《せっつ》まできて西住上人を待っていた。ところが、ようやく上人が旅に出た途端、途中で上人自身が病気になり、京都に戻らなければならなかった。私が上人の庵を訪ねたのはその間のことである。はじめ訪ねたときは、旅の疲れと病《やまい》とからまだ完全に癒《い》えていなかった。ただ西住上人は物腰の優しい、柔和な人柄であったので、病気のために、ゆっくり西行のことを語れないのを残念がって、健康が恢復《かいふく》したら、もう一度ぜひ庵を訪ねるようにと言ったのである。

私が古い唐櫃のなかに見つけたのは、この時の西住上人の手紙であった。この手紙を見つけるまで西住上人を訪ねたことをまったく忘れていた。上人に会ったことはおろか、上人が話してくれた貴重な思い出話まで忘失していた。

考えてみれば、西住上人こそは在俗時には鎌倉二郎源次兵衛季正《すえまさ》と名乗り、師西行の年少時の親友であって、私が知りたいと願った時期の佐藤義清《のりきよ》のことは、誰よりもよく知っていた人であった。その西住上人の話を完全に忘却し去っていたというのは、私にも信じ難いことであるが、上人の手紙を見た瞬間、あの、秋のはじめの冷気にいち早く紅葉する楓《かえで》や桜の色づいた葉の下を通って、小高い丘の道の湿った土の匂《にお》いを嗅《か》ぎながら、上人の庵に着いたときの情景をはっきりと思い出した。そんな大事なことを、荷物でも忘れるように忘れ果てていたことも不思議だが、いったん思い出すとなると、その時の子細が何から何まですべて記憶に蘇《よみがえ》ってくるというのも言いようなく奇怪なことだった。私は、地面に散った桜の葉の、赤に緑に滲《にじ》んだ色の美しさとともに、庵のあたりの静かに冷えてくる秋の気配、近くを流れる岩清水の音、黄葉する木々を通して射《さ》しこむ柔らかな日ざしをまざまざと眼の前に見たのである。それと同時に、私の奥底に眠っていた西住上人のぼそぼそと語る声が、はっきり聞えてきた。庵の戸をあけていたので、昼すぎの日ざしが簀子《すのこ》から座敷へと流れこんでいた。上人は炉の前に端坐《たんざ》し、時おり言葉を切ってはむかしを偲ぶように眼を閉じた。

藤原秋実《あきざね》殿。もそっと炉のそばにお寄りなされ。この辺りは、京に較《くら》べると、ずっと空気も冷えこみますからな。この年齢になりますと、粗朶《そだ》を焚《た》いて温みをとるのが何よりのご馳《ち》走《そう》。よって他人《ひと》様にも、温みのほかに何のおもてなしもできませんが、山家《やまが》住いの有難さで、粗朶はいくら焚いても焚き切れるものではありません。さあ、火のそばに寄ってお寛《くつろ》ぎ下され。

西行殿とはじめて会ったのはわたしが十四歳の春で、鎌倉二郎季正と呼ばれておりました。西行殿はわたしより一歳年長で、佐藤義清と名乗り、従兄《いとこ》の佐藤憲康《のりやす》と弓矢や馬を競っておりました。当時西行殿はわたしを「二郎」と呼びわたしも西行殿を「義清」と呼んでいたので、これからは、義清、二郎で話をすすめたほうがよろしいかもしれませんな。

わたしが義清と会うようになったのは、同じ勧学院で机を並べていた憲康から「おれの従弟《いとこ》が母を亡《な》くして参っているのだ。一緒に慰めてやってくれないか」と言われたからでした。憲康は義清の二歳年長でしたが、落着いた、情の厚い人柄で、二人は親戚《しんせき》というだけでなく、本当に気の合った友達だったのです。

憲康の話によると、義清は内舎人《うどねり》の成功《じょうごう》がうまくゆかず、まだ官途についていないということでした。本人はそのことはあまり気にならないようでしたが、それに引きかえ母みゆきの前の死はそれこそ日月が一時に消えたような心の闇《やみ》を義清に味わわせていたのでした。

憲康と一緒に初めて義清の屋敷へ行った日のことは忘れられません。屋敷は三条にあり、主殿を中心に、裏に二棟建物が並び、それと向い合って土蔵、厩《うまや》、矢倉などが建っておりました。主殿の前には池が掘られ、庭石がそれを囲み、松柏《しょうはく》、柳、桜、竹などが植え込まれていて、静かな上品なたたずまいに見えました。わたしがその屋敷の立派なことに驚きますと、憲康は「佐藤の家は紀ノ川のほとりに豊かな広い領土を持っているのだ。この屋敷は京の人々に佐藤家の富裕を示す証拠《あかし》のようなものなのだ」と説明してくれたのでした。

はっきり言って、その時わたしが考えたのはこれほど富裕な家に住み、広大な領地を持つ人が、どうして母親に死なれたぐらいで泣き悲しむのか、ということでした。それは何もわたしが無情だからというのではなく、わたし自身が両親を早く失い、叔父叔母の手で育てられたので、それに較べれば、遥《はる》かにましな境涯だと思えたからでした。わたしには家もなければ財産もなく、たえず孤児の運命に耐えなければなりませんでした。母の死を悲しむ暇もなかったといっていいくらいです。

しかし義清に会ってからわたしの考えはがらりと変りました。義清の悲しみ方は、どんな人の悲しみとも違っていたのです。わたしは、人がこんなに悲しむことができるものか、と、義清を見て思ったものでした。

憲康は案内も乞《こ》わずに奥にどんどん入ってゆくと、仏間に端坐している若者の前に、どしんと坐《すわ》りました。わざと粗暴に振舞って、相手の気持を快活にしてやろうという魂胆であることはすぐ分りました。その若者が義清でした。

「義清、新しい仲間を連れてきた」

義清は感謝の気持を表わすように深く頭を下げましたが、無言でした。

「勧学院で机を並べている鎌倉二郎だ。馬もうまい。弓もなかなかの腕だ。どうだ。葵馬場《あおいばば》で流鏑馬《やぶさめ》でも競おうではないか」

「有難いが、まだその気力がない」義清は顔を伏せたまま言いました。「自分でも何とか力を奮い起そうとしている。だが、駄目なのだ。みっともないことは承知している。だが……」

義清はそう言っただけですでに涙声になって、終りまで言葉をつづけることができませんでした。そして閉じた瞼《まぶた》から涙が溢《あふ》れ、頰を伝って流れました。義清はあわててそれを手の甲で拭《ぬぐ》いました。わたしはその時信じられぬものを眼にしたような気がしました。わたしも子供や女たちが泣くのは見たことがあります。男だって、悲しみに直面したとき、涙をみせることは珍しくありません。しかしみゆきの前が死んだのは雪の深い一月のことです。わたしが義清に会ったのは花橘《はなたちばな》の匂う五月です。いかに大切な母親が身罷《みまか》ったといっても、それなりの月日がたっているのです。それなのに、まるで昨日亡くなりでもしたかのように、なまなましい悲しみに打ち塞《ふた》がれている——それは両親不在に馴《な》れっこになって、悲しいとも何とも感じなかった私には、言いようのない驚きであったのです。妙な言い方ですが、そんなたっぷりした悲しみのなかに沈んでいる義清が羨《うらやま》しく、また妬《ねた》ましく感じられました。義清はまるで涙のいっぱい詰まった袋のように、ちょっとでも触ると、もうぽろぽろと涙がこぼれ出るのです。他人の眼を憚《はばか》らずそんな涙のなかに搔《か》き暮れている義清はなんと情の厚い、素直な男であろう——わたしは心底そう思いました。義清への羨しさは、やがて義清の優しい人柄への讃嘆《さんたん》の念に変ってゆきました。義清は敏感に物に感じるだけでなく、それをまともに激しく感じる性格だということを、わたしは後になってますますはっきり知るようになりました。義清はそれに忠実でした。それをごまかすようなことはありませんでした。他人《ひと》をまるで気にしませんでした。

それはこの時の義清の悲しみ方にすべて現われていました。憲康は足繁《あししげ》く訪ねるように頼むのでした。「あれでは身体《からだ》も参ってしまう。時間があったら、君ひとりでもいい、行ってやってくれないか。結局、義清の悲しみを解きほぐすのは、義清が何か別のことを感じられるようになることだ。たとえば君が義清を慰めるために何度も訪ねてやる。はじめは悲しみのために君がきたことにも気がつくまい。だが、そのうち、きっと君に気がつく。君が何度も来てくれることに気がつく。有難いなと思うようになる。つまり心が動くようになる」

わたしは憲康の言うとおり時間があれば三条の佐藤館《やかた》を訪ねたのです。たしかに義清は初めのうちこそちょっとした言葉の刺戟《しげき》でぽろぽろ涙をこぼしておりましたが、やがてわたしが喋《しゃべ》ることを考え込みながらじっと聞くようになってゆきました。とくにわたしが早く両親を失い、孤児同然で育てられたことには、ひどく同情している様子に見えました。他人《ひと》のことが考えられるようになると、人は悲哀の海から外へ出ることができるようになる——そういう憲康の言葉はどうやら正しかったらしく、義清はある日わたしが両親を失ったときどんな気持であったかと涙を溜《た》めた眼でわたしを見て訊《たず》ねたのです。それはまだごくごく幼い頃のことだったので、ほとんど覚えがないが、ただ物ごころがついてから、親のある子を見て、ある寂しさを感じたことはあったと言いますと、義清はわたしの手を執って、この年齢《とし》になっても、あのように心許なくすべてが闇になったように思うのに、いたいけな幼い身でそのような運命《さだめ》を担《にな》うとは、何という痛ましい境涯を過されたのだろうと、呻《うめ》くように言って、執った手を固く握るのでした。

「私はこの年齢《とし》になるまで母の慈愛を溢れるように受けてきたのに、あなたのような人のことも考えずに、なお母の慈愛に追いすがろうとしていたんです。あなたのお話を聞いていて初めて、母の死を悲しむというより、母の慈愛が受けられない境遇を悲しんでいるのだというこ とが、おぼろげながら分ってきました。私は母のために泣いていたのではなく、ひょっとしたら、私自身のために嘆いていたのかもしれません。いや、恥しいことですが、あなたのお話を聞いていると、どうもそうとしか思えません。母のためにも、いつまでもこんな男らしからぬ嘆きはやめなければならないと思いながら、どうしてもその気持になれなかったのです。でも、今はもう違います。私は、自分のことを嘆くより、私よりもっと悲しむべき境涯の人々について考えなければならない、ときっぱり決心がつきました。思えば、あなたはずいぶん長いこと私のところを訪ねて下さったのではありませんか。はじめの頃は憲康とあなたとの区別もつきませんでしたが」

わたしはそれを聞くと、義清の人柄の素直さと自省力の深さに打たれました。勧学院ではわたしと同年輩の公家《くげ》の子弟が二十人ほど机を並べておりますが、義清のように率直な物言いをする若者はほとんど見当らないと言っても言い過ぎではなかったのです。

わたしはこれで一つの役目を果すことができたと思いました。義清、憲康、そしてわたしはそれを機会に、生涯離れられぬような友情で結ばれるのを感じました。

実際それからあと憲康を中心に義清もわたしも葵馬場で流鏑馬《やぶさめ》で腕を競ったり、馬を並べて伏見、岡屋《おかのや》から日野のあたりまで遠出したり、日がな一日蹴鞠《けまり》に打ち興じたりしていたのでした。時どき、何かのことで——たとえば一息入れて木蔭《こかげ》で休むようなとき——義清が放心していることがありました。涙ぐんでいるときもあり、また思い出すように眼をつぶっていることもあったのです。あるとき、じっと義清を見ていたわたしと眼が合うと、義清ははにかむような顔で笑いました。

「いま、ふっと母のことを思い出したのだ。青草の上に仰向《あおむ》けになって休んでいただろう。柔かい冷んやりした草が頬に触ったんだ。すると、昔、紀ノ川のほとりの土手でつくしを摘みながら母と休んだときのことが突然思い出されてね。あのときも青草が頬に冷んやり触って気持がよかった」

わたしの見るところ、それもだんだんと薄れていったと思います。一度決心すると、それを固く守るのが義清の性格ですから、母の死の悲しみはそれとして大事にしまっておき、もはや母の面影をみだりに引き出したりしないというのが、その頃の義清の規律《きまり》だったのだと思います。

もっとも義清にしても何とか悲しみを切り棄《す》てて早く立ち直る必要があったのですね。

それは憲康から聞いたのですが、紀ノ川のほとり田仲荘《たなかのしょう》の管理《とりまとめ》にいろいろ支障が起っていて、義清が直接田仲荘に出向かなければならないことも多かったのです。父康清殿が亡くなってからしばらく母みゆきの前が荘園管理《とりまとめ》に当っていたのですが、何といっても女手一つの仕事ですから、境界争いや百姓たちの年貢《ねんぐ》についての査定や領内の裁判沙汰《ざた》など早急に解決しなければならない問題がつづいて起ると、そのすべてを一度に行うことは到底無理だったのです。領内にはそうした問題が、小さいのから大きいのまで犇《ひしめ》いていて、義清の早い帰りを待っていました。

しかし田仲荘に帰れば帰ったで、こんどは京都でしなければならない仕事がすぐ出来《しゅったい》していたのです。これも憲康が話していたのですが、その仕事の主なものは、田仲荘を預けた徳大寺家に毎年、米穀、織物、工芸品などを届け、四季折々の祭祀《さいし》祝賀には当主実能《さねよし》殿のもとに伺候《しこう》して挨拶《あいさつ》を述べることだったのです。義清は年齢《とし》が若いにもかかわらずこうした祝賀の宴では、いかにも荘園の若領主らしい落着きと格式を備えていたといいますが、いまの西行殿のことを思うと、いかにもという気がいたします。

差し当っては、義清が紀ノ川と京都とを行ったり来たりして務めを果していれば何とか支障がなかったのですが、のちに西行殿の弟仲清殿が奔走しなければならなくなる土地争いの萌芽《ほうが》がすでにその頃紀ノ川のほとりに生れていたのでした。佐藤家の主たる人々、叔父清兼《きよかね》殿、公俊《きみとし》殿などは田仲荘を徳大寺家に預け、その権威だけで土地の安全を保つことに強い危惧《ぐ》を感じていました。現に紀ノ川の氾濫《はんらん》で川すじが変り、今まで田仲荘に属していた土地が川向うになったというだけで、対岸の荒川荘が躍起となって、それを自領だと主張したときには、京都から摂関家の口ききで院庁の下文《くだしぶみ》が届き、やっとのことで決着がついたものの、いつそれが無視され境界を示す四至牓示《ししぼうじ》が抜き取られるか分ったものではなかったのです。すでに父康清殿も田仲荘の佐藤館には腕っ節の強い男たちを大勢集めて、こうした無法な侵入者に備えていましたが、清兼殿、公俊殿になると、一段と徳大寺殿や院庁下文に頼る気持は薄れ、頼れるのはあくまで自領を守る屈強な男たちだけだということになりました。義清が田仲荘に帰ると、裁判や加地子《かじし》(貢租米《こうそまい》)徴収などのほかに、これら侍たちとの武技の訓練に身を入れたのもそのためだったのです。

それだけに佐藤家の主だった人々、後見役の清兼殿、公俊殿が義清に宮廷のしかるべき官職を得させ、摂関家との関係をさらに密接にし、あわよくば院庁にも何らかの結びつきができればこれに越したことはない、と考えるようになったのも当然でした。

もともと義清に官職の道を開こうとして、成功《じょうごう》に力を尽したのは母みゆきの前でしたし、それは今でもみゆきの前の遺志として佐藤家の人々の心に生きていたのです。わたしが憲康から成功《じょうごう》のための莫大《ばくだい》な費用が田仲荘の倉に貯《たくわ》えられているという話を聞いたのもその頃でした。佐藤家の人々は、こんどということは、義清の任官を実現しなければならなかったのでした。問題は、しかるべき官職が成功《じょうごう》の対象として公示されるかどうかでした。佐藤家の人々はその機会を待ち受けていたのでした。

ただそうした環境のなかで、義清の態度は案外に恬淡《てんたん》としたものに見えました。京都にいるときは、一緒に葵馬場で流鏑馬《やぶさめ》の腕を競ったり、洛外へ遠乗りしたりすることが多かったのです。ただ憲康は、以前の義清とはどこか違っていると言っていました。

「うまく言えないんだが、前には、もっと負けず嫌いなところがあった。別に、他人《ひと》に勝とうというんじゃない。自分の弱さに負けまいとするのだな。冬、水垢離《みずごり》を取ったり、夜、睡《ねむ》気《け》に襲われぬようあかりのそばで立ったまま経書などを読んだりした。そんな無茶なところがなくなった」

わたしはむしろ義清が深く悲しんでいた頃に知り合ったので、その頃に較べたら別人のように見えましたし、弓矢にしても馬にしてもわたしなどとは較べものにならぬほど巧みだったので、憲康の言葉が本当に分るところまではいっていなかったでしょう。
十六、七歳の頃、義清はよく源重実《しげざね》殿に会っていたようです。憲康と葵馬場で流鏑馬を競っているとき、的に当ることより、流鏑馬をする姿の美しさが大事である、と説いた人でした。
義清はわざわざ源重実殿の屋敷に呼ばれてそうした話を聞いたのだと言っておりました。その屋敷には、鳥羽院をめぐる錚々《そうそう》たる人たちが集っていて、そんな人たちを下座から見るのが大変楽しくもあり、考えさせられることが多かったと義清は言っておりました。重実殿は屋敷に呼ぶほど義清に何か期待するところがあったのでしょう。義清もそうした機会には、蹴鞠に加わったり、笛を吹いたりして一座の人々と興を共にしたのですが、そこで知ることのできた高位の公家たちには、人柄の点でも学識の点でも、のちのちまで忘れられない人が多かったと述懐しております。なかでもその頃、宮廷の覚えもめでたい中納言中御門宗輔《なかみかどむねすけ》殿の豪放磊落《らいらく》な人柄はことさら義清の心を惹《ひ》きつけずにおかなかったらしく、その性格についてよくわたしに話してくれました。

「あんな人は見たことがないな。とにかく変っている。尾張《おわり》のほうに広大な所領があるのに、そこへ出かけることもないし、そこから運んでくる米俵だって、何俵ぐらい倉に入っているか、考えたこともない。いつもしたい放題して、あとのことも前のことも考えたことがないんだ。誰だって多少は損得を考えるだろう。ところが、宗輔殿はまるでその観念がない。〈私はこの世がただ楽しく過ぎればそれでいい。そのためには何でもしなければ……〉と話していた。陽気で、いつもはしゃいでいて、屈託がなく、卑女《はしため》にまで愛想がよくて、笛がうまいし、和歌も見事だ。あの人だって嫌なことの一つや二つあるだろうが、そんな気配はまるで見せない。いつも楽しそうで、お喋りで、あの人がくると、一座に笑いが湧《わ》きあがって、急に燈明《あかり》がついたようになる。欠点があるとすれば、いかめしい中納言という宮中の要職にもかかわらず、時どき冠がずり落ちそうだったり、水干《すいかん》をくしゃくしゃに着ていることだが、それだって、あの人らしくていいという人がいる。見ていると、ちょっと羨しくなるな」

義清は、田仲荘の管理《とりまとめ》や徳大寺家への伺候など佐藤家の家長としての勤めを几帳面《きちようめん》に果していただけに、この奔放で底抜けに明るい人物にはとくに強い印象を受けていたのでしょう。

義清が学問に励んだのもこの頃のことかと思います。というのは、源重実殿の屋敷にはこの野放図で陽気な宗輔殿の兄で学識の深い中御門宗忠《むねただ》殿も顔を見せられていたし、義清が親しくしている堀河局《ほりかわのつぼね》や兵衛局《ひょうえのつぼね》の尊父で義清も歌を見てもらった厳しい老人の源顕仲《あきなか》殿、のちに常盤《ときわ》の邸宅《やしき》の歌会でも顔を合わせることになった藤原為忠《ためただ》殿などもよく足を運ばれたからです。こうした歌人、学者たちが交す話のなかから義清がそれまで知らなかった都らしい空気を感じたとしても、それは決して不思議ではありません。義清は自然のなかで思うまま自由に育てられました。むろん放任されていたというのではなく、母みゆきの前が朗らかで鷹揚《おうよう》な方であられただけに、小さなことをこせこせと口喧《くちやかま》しく言われずに過してきたという意味です。義清にはそのせいでのびのびとした大らかなところがありました。いかにも自然の岩から切り出したような荒削りな強さ、頑丈さも備えていました。それにみゆきの前が粋《いき》な清経殿の血を引いて、涼しげな美しい方であり、月に花に遊楽《あそび》を好まれた気質であったために、義清も早くから優雅な楽しみがどのようなものか心得てはいたのです。

もちろんみゆきの前が義清に早くから経学を学ばせていたのは当然でしたし、わたしが三条の佐藤館にゆくようになった頃も、大学寮の学者たちから個人的な課業を受けているのを見たことがあります。佐藤家の主たる人たちが義清の任官に先立って、諸学を身につけさせるために、高名な講師を屋敷に呼んでいたのでした。

ですから、義清が学問に対して疎遠《そえん》な感情を抱いていたなどということはあり得ませんが、それでもなお、中御門宗輔殿に驚いたのと同じ意味で、藤原為忠、源顕仲、中御門宗忠といった人々の集りには、初めて呼吸するような優雅な都らしい緻密《ちみつ》で濃い空気があったのではないでしょうか。そこには春の歌の集い、夏の月の宴、秋の紅葉狩り、冬の雪見といった四季折々の遊宴が繰り拡《ひろ》げられただけではなく、連なる人々が一人一人花の香りに包まれた典雅な気配を生きていたのでした。

義清が何か及び難いものと感じたのは、これらの人々が持つこうした花の香りではなかったかと思います。

思うに、あの頃が義清のなかで義清らしいものが形づくられていた時期ではなかったでしょうか。一つには、義清が西行として歌の道にのめり込んでゆくきっかけはまさに重実殿の屋敷の歌人たちの集りだったと思われるからです。わたしもまだ義清が作歌をはじめたことは知りませんでした。それでも為忠殿、顕仲殿という高名な歌人の姿を垣間《かいま》見て、その作歌の様子などを知るようになると、自然と歌とはどういうものか考えるようになったと思います。後になって知りましたが、その頃作った歌はもっぱら常盤の邸宅《やしき》で為忠殿に添削して貰《もら》っていたのです。というのも、為忠殿のなかには、初心者の戸惑いや気負いをよく呑《の》み込んで、歌の姿をくせなく伸びやかにしてやれるだけの師匠としての寛容さがあったからでした。のちに寂然兄弟と親しくなったのも兄弟の父為忠がいたからです。同じ歌人でも顕仲殿のほうは、たとえ初心者であろうと、容赦しない厳しさがありました。しかし気質的には、顕仲殿のほうがずっと身近に感じられたのではなかったかと思います。顕仲殿の息女堀河殿、兵衛殿、大夫《だいぶ》典侍《てんじ》殿と交るようになったのも、ただ顕仲殿との師弟の関係だけではなく、何か気質的に近いものを感じていたからではなかったでしょうか。義清には、不思議と女性たちを惹きつける温かな安心な感じがあったのです。

いつだったか、義清と一緒に小倉山に紅葉を見にいっての帰り、馬を草原に残して、話に夢中になったことがあります。そのとき義清とこんな話を交したのです。

「ねえ、二郎、君が私のところに初めてきてくれたとき、私は話しようのないほど悲しみに打ちひしがれていた。覚えているだろう」

「ああ、よく覚えているとも」

「君のおかげであの悲しみから抜け出ることができた。君が、悲しんでいるのは自分のためで、母のためじゃない、と知らせてくれたからだ」

「いや、君は自分で立ち直ったのさ」

「そうかもしれない。とにかく、あの悲嘆からは抜け出られた。しかし考えてみれば、母が亡《な》くなった事実は変らない。心に穴があいて、白くなったところがあるのは事実なんだ」

「それは当然だと思うな」

「この頃考えるんだが、人が死んで居なくなることと、生きていてここにいることと、どう違うのだろう」

「どう違う、とは」

「この二つは決定的に違っている。まるで矢が的に当るのと、当らないのとが、違っているように」

「死と生の相違は分る。でも、矢の喩《たと》えは……」

「適当じゃないというのかい」

「いや、そうではないが、何か突飛すぎるような気がする」

「そうかな。矢が当れば、人は死ぬ。当らなければ死なない」

「君は、いま的に当るといったよ」

「うん、的に当るでいいんだ。ただ、的でも、当ると当らないでは、違いは決定的だ。そのことをいうために、人と言った……」

「それなら分る」

「つまり人の生死も、矢の当不当も、決定的な違いなのだ」

「たしかに決定的に別のことだ」

「そうだろう。ところが、重実殿は矢が当る当らないに、さして気を遣うなと言われた。当る当らないを喜んだり悲しんだりするのではなく、矢を射ることを楽しむべきだと諭《さと》された。当るのも嬉《うれ》しい、当らないのも嬉しい、とにかく矢を射るそのことが嬉しい――それが雅《みやび》だと言われるのだ」

「重実殿の雅《みやび》論だな」

「そうだ。だからその雅から見ると、当る当らないで一喜一憂するのは下卑た態度なのだ。本当の弓矢の花を生きていないことになる」

「見事な覚悟だな、重実殿は」

「そこなんだよ、私が思案するのは。矢が当る当らないが、別々のことだとすれば、どうしてその別々のことを同じように楽しめるのか。それは、当る当らないに共通した矢を射るという事実があるからだ。この矢を射るに注目するので、当る当らないは気にならない。もしそうだとすれば、生きることと死ぬことが、決定的に違っていても、両方を、同じように楽しむことができるのではないだろうか。当るを喜び、当らないを悲しむのが雅でないのなら、生を喜び、死を悲しむ態度も雅ではないはずだ。雅であるためには――この世の花を楽しむには、生を喜ぶと同時に死を喜ばなくてはいけないんじゃないだろうか」

「なるほど、君の言う通りかもしれないな」

「二郎、君はどう思う。矢の当不当には矢を射るということがあった。だから矢を射るにさえ注目しそれを喜べば、矢の当不当の煩《わずら》いから超えられた。では、人の生死を超えて、矢を射るに相当するものは何だろう」

「そうだな、何だろう」

「それさえ分れば、母の死も空白の悲哀ではなく、喜びと感じられるはずだ。だって生死は、そのことの結果にしかすぎないからね。そのこと――何か大きなものに感じられるな――を喜んでいれば、生死に煩わされることはない。矢の当不当に煩わされぬと同じように。二郎、私はね、母の死の空白を超えるために、また雅であるために、この大きな何かを摑《つか》みたいんだよ」

「それで分った。君が重実殿の屋敷にゆくのはそれを知りたいためなんだね」

「それもたしかにある。でも、あそこでは重実殿をはじめ誰もそんな話はしない。宗輔殿は笛を吹くか、今様を歌うか、おかしな話をしてみんなを笑わせるかだし、顕仲殿や宗忠殿は難しい故事や字句の註解を話題にされるし……。それに多くの場合は歌だね」

「重実殿は、そうした宴が雅であると思っているのだろう」

「そうだね。それだからこそ、ああして夜おそくまで月を賞《め》でたり虫の音に聞き入ったりして歌を詠《よ》むのだろう。私はね、そこにいるのが楽しいんだ。いままで味わったことのないような、のびのびした嬉しさを感じる。とくに、野放図な宗輔殿と一緒にいると、この世のこせこせした煩いなどどうでもいいような鷹揚な気持になる。宗輔殿ときたら、三条西殿であの色っぽい少輔内侍《しょうのないし》の文箱《ふばこ》に蛙《かえる》を入れておき、内侍がそれを開けてびっくりするのが見たさに、日がな一日、食事もしないで几帳のかげに頰杖《ほおづえ》を突いて隠れていたというんだからね。今まで宗輔殿に較《くら》べると、私など田仲荘のことでも、成功《じょうごう》のことでも、くよくよし通しだ。今までそれが当り前と思っていた。しかし重実殿のところへゆくと、別の世界に入ったような気になる。ひょっとしたら生死を超えた生き方、矢を射るに相当する何か大きな生とは、こうして月や花に溺《おぼ》れて、生死のことも、事が成る成らぬも忘れ果てて生きることかもしれない、と思うことがあるんだ」

義清が雅についてこんなふうに話すのを聞いたのは、その時がはじめてでした。

わたしは義清の話をただ聞くだけでしたが、見えない心の奥で、大きな影響を受けていたのでしょう。というのは、義清が語った言葉の一つ一つが胸のなかに残り、身体《からだ》をかこむ枠《わく》のようなものが一つ一つ切りはなされるのに似た不思議な解脱《げだつ》感を覚えるようになったからでした。

もちろん義清は源重実殿の屋敷で垣間見た雅な宴にのめり込んで、すべてを忘れるということはありませんでした。一つには、義清がごく若年の身であるだけではなく、まだ官職も定まらず、ただ徳大寺家の所領預りの領主として辛うじて身分を保っていたにすぎなかったからです。重実殿の屋敷では、弓矢の名手、あるいは蹴鞠《けまり》の達人として、いわば宴のあいだの賑《にぎ》やかな気晴しにその腕を披露したのでした。重実殿がそのため宮廷の作法を厳しく教えたのは当然です。したがって義清は、篝火《かがりび》の赤々と燃える庭先で、華麗な藍《あい》の繧繝錦《うんげんにしき》の長上衣《ながうわぎ》に赤地に金糸の菱形《ひしがた》の浮き出た筒袴《つつばかま》姿の呪師《のろんじ》（唐人軽業師）が見せる宙返り、皿廻し、肩上逆立ちなどと等しく、遠い的を射落したり、蹴鞠の秘技を演じてみせたりしたのでした。

源重実殿の宴に集る人々は、義清を重実殿の弟子の一人と見なして、酒盃《しゅはい》を交す席に招じ入れ、名手達人に示す鄭重《ていちょう》な敬意をこめて、その美技を讃《たた》えていたのです。義清は義清で、名もなく官職もない地方領主にすぎぬ男を、分け隔てなくもてなす公家たちの鷹揚さをそれこそ雅な生き方そのものと見ていたのでした。わたしは義清から何度も、為忠殿、宗忠殿たちがどんなに馬の自在な操り方や見事な弓を賞讃《しょうさん》されたか、嬉しそうに話すのを聞きました。それは聞いていて、すこしも自慢話とは思えないような話し方でした。というのは、その褒め言葉のなかに為忠殿なり、宗忠殿なりの人柄がいきいきと現われていたからでした。義清は寛大な歌人や謹直な学者、権力ある行政官たちの性格を、まるで音色の違う楽器に聞き惚《ほ》れるように、それぞれ味わい楽しんでいるようでした。陽気で野放図な宗輔殿の逸話を話すとき、とくに楽しそうに見えました。

前にもお話したように義清が和歌を詠むようになったのは、重実殿の雅な宴で、人々がとくに歌合《うたあわせ》に興じるのを見ていたからでした。そして幸いだったのは、藤原為忠殿に就《つ》いて作歌を習うことができたことでした。もちろん厳しい老歌人顕仲殿にも添削を受けていたようです。しかし義清は馬や弓のときと違って、それを憲康やわたしに話すことはありませんでした。別に隠すつもりはなかったのでしょうが、わたしたちはどこまでも弓馬の技で結ばれた仲間という気持がありました。身を立てるのは、武技に秀《ひい》でることだと信じていました。わたしが当時都で評判の高かった平忠盛殿の館《やかた》で槍《やり》と剣闘技を学んだのは、いずれ将来、宮廷の文官となるより、兵衛府か衛門府で武官として登用されたいと願ったからでした。

ちょうど義清が紀ノ川田仲荘《たなかのしょう》を自衛するために屈強の男たちを集め、佐藤館の屋敷内に家を与えて養っていたように、畿内《きない》でも、武士を募っている国衙《こくが》や領主はすくなくなかったのです。平忠盛殿の家人たちは度々の追討使として瀬戸内の海賊を平らげたり、叛乱《はんらん》を鎮圧したりしましたが、宮廷から十分の恩賞に与《あず》かれなかったと言い、みな質素な身なりをしていました。そして背に腹は替えられぬと言って、わたしたち武官志望の若者を集めて、さまざまな武技を教え、教授料を得ていたのでした。

忠盛殿はむろんそんな場所に顔を出すわけはありません。屋敷の噂《うわさ》では、宮廷のなかで高い官職を得るのが忠盛殿の唯一《ゆいいつ》の夢で、そのために白河法皇から美しい祇園女御《ぎおんのにょうご》を妻として貰い受け、法皇が亡くなられたときは、その入棺にも立ち会ったとまで言われていました。わたしが忠盛殿の家人に武技を習った頃、すでに六条の館は宏壮《こうそう》な構えでした。宋《そう》船を捕え交易品を没収して産を成したという噂さえありました。式台からちらと見ただけでも部屋部屋を飾る宋渡りの黒檀《こくたん》の机や椅子《いす》、大ぶりの白磁の壺《つぼ》、螺鈿《らでん》を象嵌《ぞうがん》した唐厨子《からずし》などが眼に入ったのです。

それは、貧困のために、若者たちを集めて武技、兵術を教えているという風聞と、裏腹の事実でした。これは、ひょっとしたら、平忠盛殿が誰かから嫉妬《ねたみ》を買うのを恐れてわざと貧しいふりをしているのか、それとも逆に、武力を誇示して、宮廷の人々に威圧を加えようとしているのか、どちらかであろうと思いました。義清に話すと、一度面白がって、平忠盛殿の館を見にいったことがあります。そしてわたしの考えが正しいだろうと言いました。

なぜなら、その頃、忠盛殿は鳥羽院のために得長寿院千躰《せんたい》観音堂（三十三間堂）を建てて寄進し、その功によって刑部卿《ぎょうぶのかみ》となり、昇殿が許されていたからです。もし噂のように貧困なら、あの千一躰の仏像のぎっしりと並ぶ壮麗な仏堂を建立《こんりゅう》できるわけはありません。わたしは一、二度、忠盛殿の嫡男《ちゃくなん》清盛が馬で出てゆくのを見たことがありますが、眼の鋭い、整った顔立ちの若者で、落着いた感じがどこか義清と似ていました。一族郎党を率いなければならぬ責任を負うと、年齢《とし》に関係なく、こうした重厚な風姿を身につけるものかとわたしは感心したのを覚えています。

成功《じょうごう》によって兵衛尉《ひょうえのじょう》に任じられたのは保延元年夏、義清が十八歳の時でした。憲康の話によると、佐藤家の主だった人々や縁者たちは、任官料に莫大《ばくだい》な額を必要とするこの兵衛尉に義清を就かせるために、なんと絹二千匹を支出したというのです。紀ノ川田仲荘の富裕な財力はすでにそれだけでも見当がつきましょう。義清が兵衛府に勤めた当初から、弓馬と蹴鞠の名手としての評判とともに、富裕な家が背後に控えていると噂されたのは、このためだったのです。わたしが聞いた噂では、さらにそれに尾鰭《おひれ》がついて、広大な所領地が鳥羽院に寄進されたということになっていました。

しかし院への寄進はないまでも、田仲荘は徳大寺家に寄進されていたのであり、その意味では徳大寺家の当主実能《さねよし》殿が主家であったわけで、義清の任官は、都における主家との関係を一段と密接なものにしたといっていいでしょう。義清自身も当時そう言っていましたが、以前は寄進地の預所《あずかりどころ》（在地管理者、実際上の領主）でしかなかったのに、今では、宮廷の枠組みのなかに配置された兵衛尉であり、官職の高低はあっても、身分としては同じ宮廷人になったわけでした。ということは、義清は、徳大寺家に伺候《しこう》しても、こんどは宮廷の地下《じげ》（六位以下の官人）として取り扱われるということでした。当主はのちに左大臣となる実能殿であり、待賢門院《たいけんもんいん》の兄上に当り、義清が兵衛府に着任した頃は権勢ならびない鳥羽院の寵愛《ちょうあい》を享受《きょうじゅ》していたのです。色白で、面長の端正な顔だちで、背丈もすらりと高く、幾分冷たく、計算ずくのところがあり、女好きの人でしたが、繊細な感覚の持ち主で、妹の待賢門院と似て賑やかな遊びを好み、何事でも一芸に秀でた人には愛顧をかける性格でした。実能殿が兄弟のなかでも最も権勢を得たのは、宮廷内で、当りの柔らかさと冷たい計算とが程よく折り合っていたからでしょう。

この実能殿は、みゆきの前に連れられて徳大寺家に伺候した頃から義清が気に入っていました。一芸に秀でることを何よりも賞讃した実能殿は、義清の蹴鞠が宮廷でどれだけ評判になるか、よく知っていました。義清が自分の家人であり預所であることが、そんなとき、妙に嬉しく思えたのでした。関白藤原忠通《ただみち》殿、中御門《なかみかど》宗忠《むねただ》殿、源師時《もろとき》殿などが家人を出して流鏑馬《やぶさめ》を競ったとき、義清を抱えていた実能殿がどんなに得意に思われたか、おのずと想像できるではありませんか。

義清が兵衛尉になってからも、源顕仲殿の屋敷へたびたび行ったのは歌の指導を受けるためでした。顕仲殿の三人の娘のうち義清は堀河殿ととくに親しかったようです。堀河殿は若い義清を父の弟子と見るよりも、流鏑馬の名手として、また蹴鞠の達人として見ていたのではなかったでしょうか。あるいはもっと率直に、凜々《りり》しい頑丈な若武者として眺めていたのかもしれません。堀河殿は女院《にょいん》御所に仕える御匣殿《みくしげどの》や内侍《ないし》たちに義清の噂を吹聴《ふいちょう》していたということですから。

義清の噂を振りまいたもう一人の人物は徳大寺実能その人でした。実能殿は、秘蔵の宝を人に誇るような気持で、義清の腕前を語ったのです。そしてその気持を鳥羽院の前でも抑えることができませんでした。鳥羽離宮の庭で義清が蹴鞠の妙技を御覧に供したのは、実能殿の吹聴があったからでした。

義清が鳥羽院北面の近臣に選ばれたのも同じ理由によるものです。ある日、わたしの家に義清がいつもと違った様子で入ってきました。

「何かあったみたいだね」

腕を組んで黙っている義清を見てわたしはそう言いました。

「ああ、ちょっと大変なことになったのだ」

「大変って、何のことだね？」

「院の北面に伺候するように言われた」

それは近衛府《このえふ》、兵衛府に仕える若者にとっては、華やかな輝かしい地位であり職能であったのです。院御所の警固には院武者所《むしやどころ》もあるし、随身所《ずいじんどころ》もあるのですが、北面の詰所に集められるというのは鳥羽院直々の近臣になるということでした。とくに北面の武士には若さと男らしい美貌《びぼう》が求められました。そのうえ、さらに、武士として剣、弓矢、馬、水練など武技に優れていることはもちろん、和歌にも書にも経学にも高い能力を備えていることが必要でした。

鳥羽院が義清を北面の近臣として呼び寄せたとき、徳大寺実能殿から得難い宝を取りあげたという喜びを持たれたかもしれません。

というのは、義清が北面に勤めるようになってから間もなく、鳥羽院がお忍びで鳥羽東殿に造営されていた安楽寿院《あんらくじゅいん》の進捗《しんちょく》状況をご覧になられたとき、お供に連れてゆかれたのは、実能殿と義清の二人だけだったからです。実能殿は女院《にょいん》(鳥羽院中宮待賢門院璋子《たまこ》)の兄であり、宮廷の実力者としていってみれば院にとっては古い馴染《なじ》みだったわけですが、義清は違います。新顔も新顔、つい数ヵ月前に北面に勤めはじめたばかりの若侍です。しかし院には義清がたまらなく貴重な高価なものに見えたのです。院の眼には大きな蝶《ちょう》が戯《たわむ》れるように薄青の鞠水干《まりすいかん》の袂《たもと》を翻《ひるがえ》して浄翔を蹴る義清の姿が鮮かに浮び上っていました。

月の光が鳥羽東殿の庭を青白く照らし、その光の中に安楽寿院の屋根が黒々とそり返り、瓦《かわら》が氷のように冷たく光っているのでした。

義清はそのとき院の黒い影がひどく寂しげな頼りなげなものに見えたと言っていました。「院のお姿が寂しく見えれば見えるほど、院が私をお側《そば》に呼ばれた気持が切ないくらい感じられた。院は、月の照る虚空《こくう》に、たった一人で立っておられた。まるで今まで立っていた天と地に懸かる橋が急に消えてしまった人のようにね。安楽寿院の屋根を見ておられたが、それが時を超えて院の魂を御仏《みほとけ》の前に運ぶ船とは見えなかった。院は、あの瞬間、茫然《ぼうぜん》としておられたのだと思う。私には、院の身体が揺れるのが分った。院の手が、支えを探すように虚空で何かをまさぐった。私は身分を考える暇もなかった。そのまま放っておけば、院は倒れたに違いない。私は、松明《たいまつ》を地面に置くと、横っ跳びして、院の手を支えた。院はまるで懸崖《けんがい》を落下する人が途中の木の枝を摑むように、私の手に、わななくようにしがみついた。「いかが遊ばされました。大丈夫でございますか」私は鳥羽院を支えながら言った。「もう大丈夫だ。ちょっと眩暈《めまい》がした」院はしばらく私の手を握ったままささやくようにそう答えられた」

このとき義清は、鳥羽院が虚空に立ちすくんでいた恐怖が分ったと言います。そして何とか、そうした虚空のなかに、しっかり根を下した土台が作れないものか、と考えたそうです。それさえあれば、鳥羽院もそんな恐怖におののく必要はないわけでした。人というものがすべて虚空の中に浮び、足を置く大地を持たない者であるなら、まず大地を与えることこそ、恐怖から院はおろか衆生《しゅじょう》をも救うことであるはずでした。義清が院から示された深い愛顧に応《こた》えるには、足を置ける大地を虚空の中に見出《みいだ》すことだ、と考えるようになったのは、その夜からだったのです。

あの当時、鳥羽院は北面の武者詰所からたびたび義清を召し出しました。蹴鞠を競わせることもあり、献上馬を乗りこなすように命じられることもありました。院は義清を見ていると、心がなぜか安堵《あんど》に似た深い休息感を覚えられたのです。しかし義清のほうは院に真の安らぎを与えていないと感じていました。藤原為忠殿に導かれた義清が歌に没頭するようになったのは、衆生を救う大地は、まず言葉によって作られるものであることを強く感じるようになったからでした。虚空の中に、言葉で、しっかりした大地を作ること——それがその頃義清が考えていた歌の意味でした。

「まだ私にはそれはうまく摑めない。でも、歌が人々を支える大地になったとき、生と死を超えるあの何か大きなものも、きっと私に分るようになるのではないだろうか。この頃、君と馬で遠乗りもしなくなったが、それは、こんなことを考えることのほうが、なんだか、充実した気持になるからなんだよ」

義清の言葉には誇張はありませんでした。北面の仲間のなかでも歌の道で名のある藤原遠《とお》兼《かね》殿が義清の歌を見て、源雅定《まささだ》殿に「とても初心者の歌とは思われない」と語ったという噂を憲康がわたしに伝えました。しかし義清の歌が鳥羽院のまわりの人々に知られるようになったのは、あの豪放磊落《らいらく》で、向う見ずで、陽気な中御門宗輔殿の途方もない悪戯《いたずら》が計画されたからでした。

保延二年の秋、ある晴れた午後、時ならぬ折に、美しく飾り立てた牛車《ぎつしや》が二十台ほど、仰々しい供廻りに囲まれて鳥羽離宮の大門から入ってきたのでした。

先頭にはつい最近正官《せいかん》になったばかりの宗輔殿が、こればかりが唯一の欠点の、冠を横にずらして被《かぶ》り、水干を急いで着たらしく、くしゃくしゃに着て、笑いを噛《か》み殺し噛み殺し、歩いてくるのでした。

「これは、これは、宗輔殿。いったい何事が起ったのですか。院のご予定には何も記されておりませんが」

離宮をとりしきっていた藤原公重《きんしげ》殿が牛車の列を迎えました。

「これは、これは、梢少将殿。この秋の佳《よ》き日を、これほど瘦《や》せ細った後家よろしく色気なし、食気なし、味気なしで過してよろしいのでしょうか、この雅《みやび》の園ともいうべき城南離宮《せいなんのりきゆう》が。されば、梢少将殿。宗輔がすこしく趣向をこらしまして牛車二十杯に秋の日のしたたるばかりの美姫数千、ここに引きつれて参りましたによって、どうか院のお近くの坪（庭）に宗輔めらをご先導いただきたい」

公重殿もふだんの宗輔殿の奇癖を知りつくしておりましたので、何食わぬ顔をして、鳥羽南殿《なでん》の東向きの庭に牛車の列を連れてゆきました。

「さ、美しい女たちをどうぞこちらへ」

その頃は、御殿の主殿、奥殿から侍所、進物所、釜殿《かまどの》（台所）にいたるまで、牛車に乗って美女たちが集ってきたという報《しら》せが駆けめぐっていました。非番の人々はむろんのこと、警固に当っている衛士《えじ》たちまでが、時ならぬ出来事を見物しようと、南殿のまわりは黒山の人だかりになりました。

ところが、牛車から現われたのは、美女ではなく、夥《おびただ》しい菊の花でした。人々は爆笑し、歓声をあげ、鳥羽離宮という場所柄も忘れた陽気なお祭騒ぎになったのでした。牛車からは次々と菊の花が運び出されました。そしてそれは南殿の東庭にぎっしりと宋渡《そうわた》りの敷物のように並べられたのです。

乾いた甘みを含んだ爽《さわ》やかな菊の香りが御殿のなかに立ちこめました。

集った人々は早速歌を詠《よ》んで宗輔殿の雅な悪戯を讃《たた》えようということになりました。北面の若武者たちもこの朗らかな菊の宴を大笑いしながら眺めていました。

徳大寺家で顔見知りだった公重殿はその若武者のなかに義清の微笑《ほほえ》む顔を見たのでした。

「佐藤義清殿。あなたも一首詠んで、宗輔の奇智《きち》を愛《め》でてやって下さい」

女房の一人が短冊《たんざく》を義清のところへ持ってゆきました。

義清はちょっと考えるようにうつ向いてから、やがて筆をとり、次のように書いたのでした。

君が住む　宿の坪をば　菊ぞかざる　仙《ひじり》の宮とや　いふべかるらん

鳥羽院がこの歌を大へん喜ばれたと、病床にある師顕仲殿のもとに伝えたのは、娘の堀河殿でした。

顕仲殿はその歌を読み「庭一面の菊が仙人の笑いに見えるな」と言われたそうです。顕仲殿が亡《な》くなられたのはそれから二年後のことでした。

四の帖

堀河局《ほりかわのつぼね》の語る、義清《のりきよ》の歌の心と恋の行方、ならびに忠盛《ただもり》清盛親子の野心に及ぶ条々

藤原秋実《あきざね》どの。都から忘れられて久しゅうなるこのような庵《いおり》によくぞ足を運ばれましたの。お訪ねの趣《おもむき》は前のお便りにて十分存じあげております。わたくしがなかなかお返事申しあげなかったのは、いまの落ちぶれはてたこの身をお目にかけるのが恥しいのでも、貧しさゆえに十分おもてなしできぬのが心苦しいのでもなく、ただこの老耄《ろうもう》の身では西行どのの思い出を心ゆくまで話して差しあげられるかどうか、心もとなかったからでございます。

かつての西行どのが、迷いも多く、恋にも悩まれた人であったとお話しても、到底お信じになれないでしょうし、もしお信じになったとすれば、そこに何か特別の理由があったのだろうとお考えになるのは当然でございます。そもそもわたくしにはあの方の心の奥にのた打っていた悩みも苦しみも十分にお伝えする資格がございません。たしかにあの頃もっとも身近でしばしばお会いし、お話を交しもしたのはわたくしでございました。西行どのは――いいえ、まだ西行どのではございません、佐藤義清《のりきよ》と呼ばれておられたのです――義清どのは、あの頃、父源顕仲《あきなか》の屋敷に歌の添削を受けにきておりましたし、わたくしは何かというと女

院のおられた三条西殿を脱け出して病床の父のもとに戻りましたので、義清どのとは、そう

でなくても、出会う機会が多かったのでございます。

ただ何と申しましても、わたくしは女でございますし、義清どのよりはるかに年が上でご

ざいましたから、心の奥底で考えていたこと、迷っていたことの逐一をわたくしに話された

わけではありません。

ひとつ申しあげられますのは、言葉でお話にならなくても、わたくしに多く推測できたと

いうことでございます。正直なご性格だし、心に何かを隠しておけるという方でもなかった

ので、わたくしは義清どのの歌を見るだけで、また父とのやりとりを聞くだけで、義清どの

が何を考えているか、何を迷っておられるのか、分りました。

でも、それはあくまでわたくしが勝手に推し測った心のうちですから、あなたにそれをそ

のままお話することが、まず第一に、躇《ため》らわれたのでございます。

わたくしはあなたのお手紙を何度も読み返してみて、もしこうした日々わたくしが見た外

見だけなら、お話できるのではないか、と考えるようになりました。わたくしの思い出はほ

んの表面だけの事柄で、奥の奥までお話できるわけではございませんが、それはそれで、義

清どのの一面ではあるのだ、と思うようになりました。わたくしがこちらにお出《い》でいただく

決心をいたしましたのは、こんな物思いを経てのことでございます。

たしかお便りを頂きましたのは花橘《はなたちばな》の香っている季節でございましたね。それなのに、も

う夏も終りと申してもようございます。庭に小さな栗《くり》の毬《いが》が落ちておりましたでしょう。今

年は栗の花がむんむんするほど咲きましたので、いつもの年より、毬が多く落ちるようでございます。

どうぞ、お寛《くつろ》ぎなさってお聞き下さいませ。

義清どのがあの頃とくに悩んでおられたのは、多くのことを、一度にしなければならないということでございました。お察しなさいませ。義清どのは鳥羽院の北面《ほくめん》の武者詰所で、院のご寵愛《ちょうあい》を一身に受けていた兵衛尉《ひょうえのじょう》でした。義清どのも鳥羽院の温厚な、物わかりのいい、公正な性格に惹《ひ》かれ、院の側近としてお仕えするのを特別の栄誉と感じておられました。鳥羽院は義清どのの巧みな蹴鞠《けまり》や騎乗をご覧になるのを好まれて、法金剛院《ほうこんごういん》の馬場で競《くら》べ馬があるようなとき、真っ先に義清どのに騎乗を命じられるのでした。義清どのは甲斐《かい》の牧で育てられたという黒駒《くろこま》に乗って、ほかの馬たちをはるか後に引き離して走りました。時には鞍《くら》を着けずに走ったことがあり、公家《くげ》のなかには、規律違反としてひどく憤慨した方もおられましたが、宮廷の人々に深い感銘を与えたのも事実でございました。

わたくしは徳大寺実能《さねよし》どのから、義清どのをひとりお供に具され、鳥羽院が安楽寿院の造成を夜ひそかにご覧になられたと聞いたとき、院がどれほど義清どのをお気持に適《かな》った若者として寵愛しておられたか、胸の熱くなる思いで知ったのでございました。

そもそも義清どのが、持ち前の激しい熱心さで歌の道にのめり込んだのも、雅《みやび》な宮廷の日々に魅惑されたからというより、ひとえに鳥羽院のみ心にいっそう適いたいという思いからであったように存じます。でも、わたくしがこう申しあげたからと言って、すぐ義清どのが藤原顕広《あきひろ》どの——いまでは俊成どのと申したほうがよろしゅうございますね——のような優美で幽遠な歌を作って、院のお気に入りになろうとしたとはお考えにならないで下さいませ。

歌人として名のある顕仲の娘として、わたくしも歌の道には幼い頃からおのずと親しんで参りましたので、義清どのが、父のもとで歌を学び、また藤原為忠《ためただ》どののもとにも出入りして歌に励んだことは、当初から存じておりましたし、とくに歌について父たちが言っていたこと、義清どの自身が考えていたことなども、何とはなく耳に入っておりました。あえて立ち入って申しますと、義清どのは、歌について世の人々と異った考えをお持ちでございました。それは、鳥羽院のみ心に適うということと無関係なことではございませんが、冷たい虚《こ》空《くう》でひとり凍えたように立っておられる院に、よい歌を作って、何か土台となって支えてさしあげたい、という思いでございました。

鳥羽院が孤独な気持でおられたことは、わたくしども女院に仕える者の側からもよくわかっておりました。女院が鳥羽院の御祖父白河法皇さまのご寵愛をお受けになり、童女の頃からお懐《ふところ》のなかでお睦《むつ》びになられたことは、宮廷のなかでは、誰知らぬ者のない事実でございましたし、その女院を鳥羽院（まだ帝《みかど》であらせられました）のもとにお輿《こし》入《い》れさせるのはどう考えても納得のゆかないことでございました。と申しますのは、女院は中宮になられてからも、白河法皇さまとは時どきの逢瀬《おうせ》を楽しんでおられ、そんな折、わたくしども女房から雑仕女《ぞうしめ》にいたるまで御殿に近づくことは禁じられており、それはお二人がすでに身分のうえでお離れになっていたにもかかわらず、肌を合わせられる時刻《とき》をひそかにお持ちになっていたということでございましたから……。

鳥羽の帝《みかど》と女院のあいだにお生れ遊ばされた御子《みこ》――間もなく崇徳《すとく》の帝になられるお方を鳥羽の帝はつねに「叔父子《おじご》」とお呼びなされていたことは、側近にはよく知られていた事実でございました。ご承知のように鳥羽の帝は白河法皇さまの御子《みこ》堀河の帝を父にお持ちでございます。と申しますことは、白河法皇さまの男系の御胤《たね》は鳥羽の帝から見るとすべて叔父になるということでございます。女院が白河法皇さまと夜ごと逢瀬を楽しまれ、その御胤を女院が宿されるとしますと、その御子は、なるほど形の上では鳥羽の帝の御子ではございますが、実のところは、叔父に当られる方になるわけで、それで、この御子を「叔父子」とお呼びになったのでございます。

白河法皇さまの御寵愛ぶりは、お年齢《とし》を召されてからは一段と激しく、傍目《はため》を気にすることも忘れ、花の粉に黄色くまみれて虫が蜜《みつ》に溺《おぼ》れこむのに似て、ただひたすら女院の白いお肌に馴染《なじ》まれたのでございました。

三条西殿に法皇さまがお遊びに立ち寄られた折、わたくしが渡殿《わたどの》を通って懸盤《かけばん》に御酒を載せ、雑仕女が燈台《とうだい》をかかげて御泉殿に参りますと、激しい息遣いとともに、白絹に遣《や》り水を描いた赤糸飾りの几帳《きちょう》が、まるで大きな蝶《ちょう》が傷ついたように、風をはらんで倒れ、その几帳を波のように動かしながら、法皇さまが女院の御み足にすがりついているのを眼にしたのでございます。女院はきっと月のお障《さわ》りからでございましょう、法皇さまのご愛撫《あいぶ》を物憂《ものう》げに押し戻されたのでございましょうが、法皇さまはそれだけで逆上されたご様子で、鼻を鳴らして獲物を襲う豺狼《さいろう》もかくやとばかりの残忍な物狂わしさを露《あらわ》にして、裳裾《もすそ》を乱した女院の白い御み足を口に含み、しゃぶりあげ、身も世もあらず悶《もだ》え、それを頬に押しあてておられたのでございます。

わたくしはすぐに足を返すと、雑仕女に他言を禁じ、しばらく時の過ぎるのを待っておりましたが、几帳を頭からかぶったまま、女院の逃げられるあとを、頑是ない赤子のように匐《は》いつくばって追いすがる老いたる法皇さまのお姿と、それを小気味よげに見下す豊満な女院の美しい白いお顔とが、夕闇《ゆうやみ》の迫る御泉殿の奥に浮び上って、何とも悩ましい気持を喚《よ》び起したのでございました。

いかに法皇さまのご懇望であったとはいえ、そのような女院を中宮に迎えられた鳥羽の帝がどのようなお気持で日々を過されたか、宮廷の冷たい静けさをご存じない秋実さまにもご想像いただけましょう。宮廷の御殿から渡殿を通ってつづく広大な拡《ひろ》がりは、ただただ空虚な気配に満たされていて、そこに立つと、誰しもその空《むな》しい静寂のなかに、身も心も溶けて消え失《う》せるような気になるのでございます。それは佗《わび》しいというようなまやさしい気分ではございません。まるで静けさが、死の淵《ふち》のしるしであるかのように、建物のなかに重く、濃く立ちこめていて、声も眼差《まなざ》しも身ぶりもすべて吸いつくしてしまうのでございます。鳥羽の帝はその静けさのなかにお一人で閉じこもられて、何もかも奪われておられたのでございます。義清どのはもちろん宮廷の奥のこうした御事情に通じておられるはずはないのに、鳥羽の帝が背負っておられたこの御苦悩をなぜか肌身に感じておられ、まるで院は冷たい虚空にたった一人で凍えてお立ちになっているみたいだ、とある時、突然ぽつんとわたくしに申されたのでございました。あの時ほど驚いたことはございません。思わずわたくしは宮廷の禁忌を破って御奥で見聞きした事柄を洩《も》らしそうになった程でございました。

義清どのが何かを知っていたはずはないのです。ただ義清どのの汚れない、澄んだ感受の鏡に、一瞬の鳥羽院の顔が見えたに違いありません。鳥羽の帝のお苦しみは、この「叔父子」を帝の位に着けるべく、ご自分はご退位しなければならないとき、頂点に達したように見受けられました。鳥羽上皇となられた折は、まだ白河法皇さまは御存命でございました。わたくしは女院の局でございますから、鳥羽院のすべてを眼にしたわけではないのですけれど、御即位の大典《たいてん》が朝堂院の大極殿《だいごくでん》で行われましたとき、盛儀が華やかであればあるだけ、鳥羽院の御懊悩《おうのう》は鑿《のみ》で抉《えぐ》るように深く胸内を嚙《か》んだに違いございません。

鳥羽院のお人柄はお小さいときからあのように静かで内省的だったわけではなく、むしろ快活で、邪気がなく、ときには思い切った悪戯《いたずら》もする、たとえば廷臣の一人に矢を射立てて、大騒ぎを惹き起されたこともある、きかん気の方であられたのに、崇徳の帝が御位に即《つ》かれてからは、人が変られ、我慢強い、無口な、おとなしい人柄になられたのでした。わたくしも鳥羽院のこの温厚で厳しい表情は、何かに耐えているお顔であるとお察しできたのですが、義清どのは、こうした経緯の一切を知らずに、事柄の真実《まこと》を直観で鋭く嗅《か》ぎ分けられて、院が冷たい虚空でただ一人で凍えて立ちすくんでおられる、と感じ取られたのでございました。この院がしっかり安堵《あんど》なさるような足がかりを作るということは、ただ歌で院のお気持を慰めるということだけではなかったのでございます。院のため気散じの歌を作ることならほかに何人も優れた歌人が考えたことでございましょう。でも、ひとりで虚空に立つ人に対して、その一切を変成《へんじょう》し、虚空が暖かな香《かぐ》わしい親愛の庭となり、そこに全身を軽々と豊かに横たえられるとしたら、まさにそのような変成こそが歌によって行われなければならなかったのでございます。

そうなのでございます。それは、その人を別の人にすることでございました。その人がそのままでいるなら、あえて歌など詠《よ》む必要があろうか、と申しますのも、その人は、それほどまでに懊悩の底に沈み、それに耐え、どこにも救いを見出せずにいたのでございますから。義清どのの歌はただただこの変成にかかわっていたのでございます。義清どのは、それを、歌によって鳥羽院を支える土台をお作り申すのだ、という言い方をしておりました。

義清どのは為忠どのにも、わたくしの父顕仲にも、時にはわたくしにまで、言葉をもどかしく選びながら、歌こそ変成を地に齎《もたら》すもの、と語っておられました。そしてその変成がただひたすら鳥羽院の御事にかかわっておりましただけに、義清どのの歌への没頭ぶりは、かつて蹴鞠や騎乗や流鏑馬《やぶさめ》に熱中していたよりも激しかったようでございます。父顕仲のところでは、もっぱら古い家集の数々を筆写しておりました。父の歌学の講筵《こうえん》には欠かさず連なっておりました。

なぜわたくしがこのようなことを申しますかといいますと、それは義清どのの歌の姿がいかにもその頃の他の人々の歌の趣と違っていたからでございます。ある意味で、義清どのの歌は、念力とでも申したらいいような心の思いが、言葉のなかに包みこまれておりまして、たとえば藤原俊成どのの優美幽玄な秋草の風情《ふぜい》に較《くら》べますと、言葉から柔らかな詞藻《しそう》の装飾が削りとられていて、まるで言葉の意味だけが、乾いた言葉の殻をくっつけたまま立ちはだかっているように見えました。その歌は決して優美でも濃厚でもございません。ただ言いたいことが溢《あふ》れていて、とても歌の濃艶《のうえん》な衣裳《いしよう》にかまってはいられない、というような、前のめりになった激しさがありました。ですから俊成どののような歌を好ましいと思う人には、義清どのの歌は、ただ思いのたけをもどかしげに述べている、理屈っぽい、無愛想な歌となるのでした。

わたくしの父顕仲も歌は言葉を素直に用いて、そのうえで複雑な思いを述べるのがいいという意見でしたから、義清どのの歌風には基本的には賛成していましたし、常盤《ときわ》の里の藤原為忠どのの邸宅《やしき》でしばしば開かれた歌会でも義清どのの歌はだんだんと認められるようになっていました。というのも、詞藻が刈り取られ、意味だけが突っ立っているような歌でも、その歌を詠んだ気持が本気であり、伝えたいことが痛切に述べられているとき、それはかえって読む者の心を打つからでございます。

義清どのが歌に熱中し、弓や馬や蹴鞠以上の熟達を望んだ理由がもう一つございました。

それは弓、馬、蹴鞠とは違って、よい歌詠みは、殿上、地下《じげ》の身分を問わず、斉《ひと》しく歌の名手として歌会にも召され、勅撰集《ちよくせんしゆう》にも名を連ねることができるということでした。なるほど義清どのもはじめは「読み人知らず」として歌のみ勅撰されるだけでございましたが、それでもどんなにその喜びを嚙みしめておられたか、わたくしにはよくわかりました。

「顕仲殿にこの栄誉《ほまれ》を見ていただきたかったと思います」義清どのは勅撰集に入集の沙汰《さた》があったとき、涙ぐんだ眼をして申されました。「それに私の母にも知って貰《もら》いたかったと思います。母はただその瞬間《とき》その瞬間《とき》を豊かに清らかに楽しめば、それで生きる甲斐は十分にあると話しておりましたが、それでも勅撰集に名をとどめるような栄誉《ほまれ》を知れば、流れてゆく瞬間《とき》の面に映る久遠《くおん》の空を見る思いで、きっと喜んでくれたと思うのです」

わたくしには義清どのの母恋いを女々しいといって軽んずる気持はございませんでした。それは義清どのの凜《りん》とした男らしさと裏腹にある優しさでございましたから。そうは申しましても、母みゆきの前のことを言われたのは、そのときかぎりだったと存じます。

その頃、わたくしが面白く存じましたのは、義清どのが北面の武士のうち、昔から親友だった従兄《いとこ》憲康《のりやす》どの、鎌倉二郎源季正《すえまさ》どののほかに、平忠盛どのの息清盛どのとも親交を結ばれていたことでございました。その後の世の変転を目《ま》のあたりにして参りましたわたくしには、それが大そう不思議な因縁に思われてなりませぬ。

たった一つではありますが、わたくしには忘れ難い思い出がございます。それは忠盛どのが西海の海賊追討の勅命を受けられ、一族郎党を率いて京を出られた前後のことでございました。忠盛どのは白河法皇さまのお言葉とあればいかなることもひたすらに畏《かしこま》ってお受けいたしましたし、法皇さまも忠盛さえいれば異界の魑魅魍魎《ちみもうりよう》も恐るるに足らずと仰《おお》せられ、できるだけお側《そば》近くに置かれるようになさいました。わたくしも何度か忠盛どのを見かけたことがございます。背の高い、浅黒い、無骨なお方で、顔はまるで粗い木彫りの面のようにごつごつしていて、窪《くぼ》んだ眼窩《がんか》の奥から不敵な鋭い眼が光っておりました。御殿ではまだ昇殿を許されぬ頃でしたから、法皇さまの階《きざはし》の近くへ膝《ひざ》をつき、あたりの音に聞き入るような姿勢で、海賊追捕《ついぶ》の次第を物語っておられました。わたくしは忠盛どのが西海で恐しげな海賊どもを討ち平げ、その首領たちを京まで引っ立ててきたことを聞くにつけ、非情冷酷な、力ずくの人柄だと想像しておりました。

そんな頃のことでしたが、動物のお好きな四の宮の姫君が飼っておられた小猿が逃げ出し大騒ぎになったことがございました。たまたま小猿が逃げた中庭に二頭の尨犬《むくいぬ》がおりまして、この二頭が唸《うな》りをあげ、小猿めがけて跳びかかったのでございます。小猿は欄干にむかって走ればよいものを、咄嗟《とつさ》のことで、怯《おび》えたのでございましょう、庭のまん中に横っ飛びに逃げました。尨犬は躍り上って小猿に襲いかかりました。中庭は一面に白い砂利が敷きつめられていて、逃げこめるようなところはどこにもございません。廻廊まで小猿を追ってきた女房たちは思わず声をあげ、両手で顔を覆《おお》いました。尨犬の牙《きば》に引き裂かれて血まみれになった小猿をそこに見たように思ったのでございましょう。

そのとき、中庭に忠盛どのが来合わせていたのでございます。法皇さまとお話を交しておられたのかもしれませぬ。忠盛どのは、小猿に犬が跳びかかろうとした瞬間、腰に下げていた飛び縄を目にもとまらぬ早業で、中庭の向こう側の欄干めがけて投げつけました。縄の先には礫《つぶて》のような鉄の輪が結んでありました。縄の先は音をたててくるくると欄干に巻きつき、忠盛どのは力いっぱいそれを引いたのでございます。縄は庭の上にぴーんと張られました。小猿はその縄を目がけて必死に跳び上り、右手で縄をつかむと、一回転してしがみつきました。忠盛どのは次の瞬間、立ち上って縄を高くあげたのです。尨犬たちは口から白く泡を吹いて狂ったように吼《ほ》え哮《たけ》り、何度も、頭上の小猿をめがけて跳びあがりました。

すると、どうでしょう、小猿はするすると縄を伝って忠盛どののところにやってくると、まるで乳を求める赤子のように、忠盛どのの水干《すいかん》の胸元に入りこんだのでございました。中庭に居合せた者たちは、男も女も、我を忘れて喝采《かっさい》いたしました。小猿が胸に入りこんだとき、場所柄も忘れて、みんなどっと笑ったのでございます。忠盛どのもそれにつられて、嬉《うれ》しそうに、思わずにっこりと笑ったのでした。

わたくしはそのとき、女院のお伴《とも》で中庭の渡殿におりましたが、物恐しげな浅黒い忠盛どのの笑顔が、信じられないほど、やさしく、晴れやかであるのに驚きました。あたかも硬いごつごつの木彫りの面が二つに割れて、その下に柔和な、人懐《ひとなつ》っこい別の顔が現われたように思ったのでございます。

忠盛どのがあのように恐《こわ》い顔をしていたのはただ一つの思いにとり憑《つ》かれておられたからでございました。忠盛どのは何としても昇殿を許される身分になりたかったのでございます。それは忠盛どのの悲願であり、熱望でございました。昇殿をかちとるためには白河法皇さまの前に犬のように這《は》いずりまわっても構わないと思っていたのでございましょう。決して公家、殿上人に頭を下げたことのない傲慢《ごうまん》な忠盛どのが、法皇さま、帝《みかど》、女院には、別人のように、骨のない人間よろしく背を丸くし、意を迎えるために汲々《きゅうきゅう》としているのでございました。小猿のお話も忠盛どのが法皇さま、帝、女院がたにいかに力を尽すかの一例と見てもよろしいかと存じます。法皇さまのためとあれば何事にも忠盛どのは秘技神業を尽してお仕えしたことでございましょう。法皇さまもそれに応《こた》えて昇殿の儀を約束いたしましたが、公家たちの激しい反対に合って実現しませんでした。忠盛どのはそれを知りつくしておりました。誰が法皇さまに何と告げ口をしたか、誰が詮議《せんぎ》の席でどのような意見を出したか、すっかり筒抜けに忠盛どのの耳には届いておりました。それを素知らぬ顔で、そういう相手にも平然と挨拶《あいさつ》をされ、西海の海賊退治の話などを面白可笑《おか》しく聞かされるのでした。わたくしはあれこれ噂《うわさ》の耳に入る奥に勤めておりましたから、忠盛どのの平然とした顔の裏側に隠されていたものをよく感じておりました。忠盛どのは一言もそのことについては口になさいませんでしたが、息子の清盛どのは、若いうえに、すべてをありのままに冷たくご覧になる方でしたから、時どき思いきったことを口になさることがございました。

わたくしが義清どのと清盛どのについての忘れ難い思い出と申しますのも、実は、清盛どのがあたかも忠盛どのの代弁をなさっているかのようにお話になった、ある日のことに結びついているのでございます。

　それはたしか保延二年か三年の秋、女院の念願された法金剛院の三重塔と経堂ができあがり、その供養《くよう》が行われる前後のことだったと存じます。わたくしは女院の使いで鳥羽西殿に参り、そこで久々に義清どのと出会ったのでございます。義清どのは北面の武者詰所から任務を終え、渡殿を歩いてきたところでした。父顕仲の病気がはっきりとせず、しばらく歌会もなかったので、わたくしは義清どのと会う機会がございませんでした。たまたまわたくしも時間がありましたので、しばらくそこの学問所の裏の承明《しょうめい》の間で話をすることにいたしました。義清どののそばに、同じ年恰好《としかっこう》の武士がおりました。義清どのは、平忠盛どのの息清盛どのと紹介しました。五年前に鳥羽院の思《おぼ》し召しによって内昇殿を許された忠盛どのは、生涯の悲願を達成され、六条の忠盛館は一族郎党の気勢もあがり、大変な活気が漲《みなぎ》っていたと女房の一人が申しておりましたし、その前年にも、海賊どもを引っ捕えて京に連れてきたとき、法螺貝《ほらがい》を吹き、笙《しょう》を鳴らし、太鼓を轟《とどろ》かせ、捕虜たちを数珠繋《じゅずつな》ぎにして都大路を歩かせたのでございました。

　忠盛どのの目論見《もくろみ》では何が何でも西海での大手柄を宮廷の人々、京の人々に認めさせようとしたのでございましょう。清盛どのはこうした忠盛どのの念願をそのままに生きようと願っているかに見えました。と申しますのも、わたくしが女院御所に勤め、源顕仲の娘であると知ると、ぜひご一緒に話に入れていただきたい、と言われたからでございます。わたくしにはそれが、すこしでも宮廷の内情を摑《つか》む機会があれば、一瞬も見逃すまいという油断のない機敏さに見えました。几帳のあいだからすっと風が吹き込むようなそんな何気ない様子でそう仰《おっしゃ》ったのでございます。

清盛どのはその頃取り沙汰された葉室顕頼《はむろあきより》どのを女院御所の人々がどう見ているかについて詳しく知りたがっておられました。顕頼どのは鳥羽院の寵愛《ちょうあい》を受けた方でございましたが、藤原得子《なりこ》さまを院に結びつけようと画策したことで崇徳の帝《みかど》の逆鱗《げきりん》に触れ、家屋敷の没収という罰を受けられたのでございました。わたくしが清盛どのに油断ない機敏さを感じましたのは、普通の北面の武士ならほとんどかかわりのないこうした宮廷の奥の暗闇に渦巻いている権力《ちから》の帰趨《なりゆき》をじっと見つめている眼がそこにあったからでございます。

平忠盛どのも同じようにそうした宮中の動きに敏感な方でございました。院が誰を寵愛なさっておられるか、誰と誰が気脈を通じ、誰と誰が憎み合っているか、誰が誰を裏切ろうとしているか、などという廷臣たちの間の心の駆け引きを正確に見ておられました。父顕仲も歌会の折に忠盛どのと会うことがままあったのでございますが、歌の巧みさにもまして、こうした人々の心の動きを見る能力《ちから》に感じ入っていたようでございます。

たとえば鳥羽院の皇后に、藤原忠実《ただざね》どのの娘勲子《いさこ》(のちの泰子《やすこ》)さまが入られることになって、土御門《つちみかど》大路に勲子さまの御殿の造作が始まると、早速、その建造費《まかない》を拠出《さしだ》し、それを京の街々に噂として弘《ひろ》めたことなど、その例と申せましょうか。そうでなくても、忠盛どのが捕えてきた海賊たちの長い列を見ていた街の人々は、忠盛どのが次第に宮廷のなかで新しい殿上人として重用されてゆくのを感じていたようでございました。言葉を換えて申しますと、忠盛どのは、宮廷のなかの人々の心の牽引《ひきあい》と反撥《そむきあい》とを利用しながら、着実に、一歩一歩、前に進んでいたのでございます。

わたくしはこうしたことを父からも聞いておりましたし、女院御所でも噂に出ておりましたので、清盛どのがわたくしの想像した忠盛どのとそっくりなのに、実は驚いたのでございました。

清盛どのは身体《からだ》こそがっしりした若武者でございましたが、色白の、眼の大きな、端正な冷たい顔立ちで、忠盛どのの木彫りのような浅黒い顔と似たところはございませんでした。母君の祇園女御《ぎおんのにょうご》に似られたのかもしれません。街の噂では、祇園女御が白河法皇さまのご寵愛を受けたとき、その胤《たね》を宿されたまま、忠盛どのに嫁がれたので、清盛どのは法皇さまの御落胤《ごらくいん》とか申しますけれど、その噂が流れたのも、清盛どのが父君と似ておられなかったからでございましょう。

たとえご様子は似ていなくとも、清盛どのは忠盛どのの生き写し――いいえ、それ以上でございました。それは、清盛どのが義清どのと言葉を交されているのを見ていて、つくづくと思い知らされたことでございました。

わたくしが女院御所の話などしたあと、父顕仲のことから、話は歌のことになり、義清どののは、歌ほど尊いものはなく、それは心のうちをただ表わすだけではなく、人の心を変え、ひいてはこの世を変えることができるように思うが、と言ったのでございます。すると、清盛どのは、左右にゆっくり首を振り、私はそうは思わない、と反対なさいました。
「私は、この世を変えるのは権力《ちから》しかないと思うな。君の言う気持は分る。だが、君だって
そうだろう。あの見事な蹴鞠《けまり》や神業のような騎馬や弓矢の術が身に備わっているからこそ、
こうして北面に取り立てられ、院のご寵愛も深いのだ。そのことは私にも妬《ねた》ましいくらいだ。
院は君ひとりを頼りにしているように見えるものな。父忠盛の若かった頃、白河院がやはり
同じようにお側に置かれていたと聞いている。それもこれも、主上を守る無二の力量《ちから》がある
からだ。歌にはそれはない。歌は風のようなものだ。打ってくる太刀をどうやって受けとめ
ることができる」
「たしかに私は蹴鞠も好きだ。馬に乗るのも嫌いじゃない。北面に出仕する前は、公家《くげ》の宴
などで矢の速射《はやうち》や蹴鞠を余興に演《や》ってみんなで楽しんだ。そのことは決して悪いことじゃな
い。宴が盛りあがるからだ。だが、それは呪師《のろんじ》の妙技とあまり変りない。歌詠みとして歌会
に連なるのは、それとは違う。そこには歌詠みという同じ好み、同じ願いで集った人が、生
きている今の思いを、心をこめて述べ合う。よい歌を詠める人間が身分を超えて尊ばれる。
勅撰集にだって入ることができる。なるほど歌は風のようなもので、打ってくる太刀を受け
ることはできない。だが、激しい風が家を吹き倒すように、歌も人の心を吹き倒すことがで
きる。天地の色合いを変え、悲しみを喜びに、喜びを悲しみに変えることができる。性情《ひととなり》を
変え、運命《さだめ》をすら変える。歌にはこの世を変成《へんじよう》する力があると思うな」
「君が歌に熱中する意味はよくわかる」清盛どのはぎょろりとした大きな眼で義清どのを眺

めて申しました。「だが、私の考えは違う。私は、公家たちの下で父が這いつくばって生きてきたのをよく見ている。父は海賊どもを討った。あざとい手段で財宝も掻《か》き集めた。白河さまから妻まで賜った。ひたすら昇殿を夢みたからだ。父には討伐も蓄財も婚姻もすべて権力《ちから》と見えていた。この権力《ちから》があったからこそ昇殿もできるようになったのだ。強い権力《ちから》だけが大きな物を動かすことができる。要は大岩を動かすだけの腕力《ちから》があるかどうかなのだ。歌では大岩は動かない」

「だが、その権力《ちから》では人の心は動かない」

「さあ、どうかな。権力《ちから》で動くのが人間ではないのかな」

「たしかに剣の力は人を殺すことができる。だが、人の心は殺せない。同じように権力《ちから》は世を変えることができる。だが、世の心を変えることはできない」

「いや、私は世を変えられればそれで十分だな。そういう権力《ちから》だけが私には意味がある。世が変れば人の心も変るのじゃないかね」

「どうかな、それは。私は院のことを考えることがある。院は権力《ちから》の頂点におられるお方だ。だが、院は虚空《こくう》のなかに立っておられる。何も支えがないのだ。院の権力《ちから》をもってしても心の支えが見つからないのだ。院を支える土台を作れるのは、別の権力《ちから》だと思わないかね」

「ああいう方たちは虚空に立つしかないのだと思うね。頂点というのは、動きのない場所だ。動きがないのは空虚だということさ」

「だが、君だって、できるだけ頂点に向って昇りつづけようとしている。いつか頂点に達するときがあるんじゃないかな」

「もしそうなれば、私も虚空に立つことになるな」清盛どのは笑いを洩《も》らしました。「だが、それまでは充実し、危険をはらんで生きることができる」

「それなら頂点に達しないほうがいいわけだ。誰も、あの空虚さの中では生きられないからな」

「いや、私はそれを味わってみたいな。もう上に昇るものがないという、絶頂の、その空虚さをね。それが味わえれば、生れた甲斐《かい》があるというものだ」

「君にはわかっていないのだ」義清どのは暗い顔をして清盛どのを見つめました。「あの空虚さは、死よりも、もっと無残なものだ」

「では、日々上昇してゆく営みは無益というわけか」

「そうだ。無益だ」

「義清。この世の涯《はて》まで生きてしまったみたいな口調だな。いや、ひょっとすると、頂点まで生きてしまったのかもしれぬ。だが、われわれ凡庸な衆生《しゅじょう》は頂点に向って日々生きるしかない。上昇すれば何か今よりましなものがあると信じてな」

わたくしはそのとき義清どのがなぜ父のもとであれほど歌に打ち込んでいたかがわかったのでございます。清盛どのもぎょろりとした大きな眼で義清どのを見られたとき、やはりわたくしが感じたように、何か動かすことのできない大きな重いものをそこに感じとっておられたと存じます。

後になって、清盛どのが平家の棟梁《とうりよう》として京に君臨したときもなお、義清どのを超えることができないお人と言っておられた由《よし》ですが、それは、義清どのが頂きをすでに極められていただけではなく、それを超えてさえいたと感じておられたからでなかったでしょうか。

このように歌に熱中したと申しますと、それ以外のことに興味を失ったように思えますけれど、義清どのは北面警固の務めを蔑《ないがし》ろにするどころか、田仲荘《たなかのしよう》の管理《とりまとめ》も、徳大寺家の土倉に納められた米俵、絹織などの検分も、佐藤家の当主の務めとしていささかも怠ったことがございませんでした。これは徳大寺家の方々から直接伺ったことでございますから、まず間違いのないところかと存じます。その証拠になりますのは、義清どのがその頃、葉室顕頼どのに縁《ゆかり》の娘萩《はぎ》の前を妻になされたことでございます。これにはいろいろの思惑や偶然が重なったと思われますが、わたくしの聞いたのは、葉室家と徳大寺家との間をとりなすために決められた結婚であるということでした。顕頼どのの母君は鳥羽院の乳母に当るため、顕頼どのは院のご寵愛を一身に受けておられました。義清どのも院のご信任が篤《あつ》かったので、顕頼どのはかねがね義清どのに目をつけておられたのでございます。

ところが、藤原長実《ながざね》どのが娘得子《なりこ》さまを残して亡《な》くなられたあと、この美しい得子さまを鳥羽院がご寵愛なされ、女院に知られぬよう、二条万里小路《までのこうじ》にあるお館《やかた》へ忍んでこられ、ゆくゆくは中宮として宮廷へ入れることを考えられるようになりました。このお二人の間を取り持ったのが顕頼どので、とくに顕頼どのの妻忠子どのは、宮廷の奥の事情に通じておられましたので、さまざまな形で、院のお忍びの手引きをされたのでございます。

狭い宮中のことですから、いかに忍び通われても美しい得子さまのお噂は女院のお耳に入らぬわけはございません。ある日のこと、わたくしが日暮れになって法金剛院御所へ戻りますと、御所の部屋部屋に控えた女房、女官たちが眼を伏せ、暗く押しだまっていて、異様な気配でございました。誰に聞いても、はっきり返事をしてくれる者はありません。やがてわたくしは女院のおられる奥の間から押し殺された歔欷《すすりなき》の声を耳にいたしました。

女院は前に申しあげましたように白河法皇さまから溺愛《できあい》され、鳥羽院の中宮とおなりになってからも、法皇さまが亡くなるまで、ただならぬ関係にございました。その後もひそかに美男の藤原季通《すえみち》どのを愛され、鳥羽院のお渡りにならぬ夜は、つねに季通どのと睦《むつ》び合っておられました。女院は豊かな頬の、色白の美しい方でございましたが、それにもまして、故法皇さまから受けられた愛撫《あいぶ》の数々の思い出に身体を熱くしないではいられない方でございました。

「堀河はよくそんなに平気な顔をして夜を過すことができるのね」

と、あるとき、申されましたので、思わず、

長からむ　心も知らず　黒髪の　乱れて今朝は　ものをこそ思へ

という歌を口ずさんだことがございます。そのとき女院はわたくしの手をとって、

「堀河もそんな切ない思いをしていたのね。そなたは何ごとも顔に表わさないから」

と申されて、涙ぐんだ眼でわたくしをご覧になりました。ふっくらとした瞼《まぶた》の下の、黒い屈託のない、いたずらっぽいお眼が、涙に潤《うる》んで、溶けたように光っておりました。わたくしは女院が何人かの男たちを求められ、愛欲《あいよく》の夜を過されたにもかかわらず、まるで真新しい白絹のような清らかで、晴れやかな気配を漂わしておられるのにいつも驚いたのでございました。故法皇さまが女院を珠玉のように秘蔵され、愛欲が、何の穢《けが》れもない、さらさらと流れるせせらぎのような澄んだ自然の営みであって、甘く痺《しび》れる身体の熱い疼《うず》きこそが、世に在る至福の歓喜であると教えられていたからでございましょうか。女院はそのことを最後の最後までお疑いになることはございませんでした。女院は鳥羽院が牛車でお訪ねになるのを一日千秋の思いで待っておられたのだと存じます。鳥羽院はその頃、美濃局《みののつぼね》が夜のお伽《とぎ》をいたしておりましたし、皇后に関白藤原忠通《ただみち》どのの姉上泰子さまがお入りになられたりして、それでなくても鳥羽院の御み足は遠のく一方でございましたが、そのうえ十七歳の花の盛りの得子《なりこ》さまが中宮に入られると、女院も夜々空《むな》しく燃える炎を抱くほかなかったのも無理ございません。

泰子さまは皇后に立たれたとき、御年はすでに四十でございましたし、鳥羽院がただ摂関家の面目を保つためにだけ皇后に入れられたということは、誰もが暗黙の事実として認めておりましたので、女院もお心を痛めることが少かったのでございます。美濃局は女院が嫉妬《しっと》

なさるのがはしたなく思われるほど身分が違っておりましたので、このときも瞋恚《いかり》の炎に身を焼かれることはございませんでしたが、得子さまの場合は違います。

女院は激しく泣かれ、院をお恨みし、突然狂乱して広間から広間へ几帳《きちょう》を倒しながら歩き廻られました。燈台《とうだい》の赤らんだ光のなかで手鏡を見ておられることがありましたが、それを簀子《すのこ》の上に投げ出されるようになったのもこの頃からのことでございました。

崇徳《すとく》の帝がどなたから御母君女院のことをお聞きになったのか、わたくしにはよくわかりませんが、突然、得子さまと鳥羽院の仲を取り結んだ葉室顕頼どのに対して、あたかも国家謀反《むほん》の重罪人に対するような罰を、罪状など告げることなく、下されたのでございます。母君思いの崇徳の帝がどれほどお憤《いきどお》りになり、お悩みになられたか、その処置を見ただけでも想像がおつきでしょう。顕頼どのは官位から屋敷から何から何まで剝《は》ぎとられ、その罰は一家眷族《けんぞく》にも及んだのでございました。

女院を慰め、何とか瞋恚《いかり》を鎮《しず》めるように願うには、女院の御兄上徳大寺実能《さねよし》どののほか人はおりません。顕頼どのはとりあえず徳大寺家と何とか旧交を暖めようと画策したのでございます。そこで浮び上ったのが、徳大寺家を本所と仰ぐ佐藤義清家で、そこに顕頼に縁故のある娘を嫁がせることになったのでございました。

義清どのは佐藤家のため、さらには葉室家と徳大寺家のために、まだほんの少女と呼んでもいい萩の前と結ばれる決心をされたのでございます。義清どのの心を動かしていたのは母みゆきの前のご念願でございました。佐藤家を奥州《おうしゅう》藤原の一門として興《おこ》し、田仲荘領主として栄え、宮廷の官職でも目覚しい立身を果す――それがみゆきの前のお考えでした。義清どのはそのお言葉を聞いておられましたから、たとえどのように歌が面白くても、歌学の講筵《こうえん》に熱心に列していても、みゆきの前のご念願を忘れるようなことはございませんでした。結婚の後、萩の前と三条の館に住んでおられましたときも、その静かな、ほほえましいような良人《おっと》と妻の暮しは、みゆきの前がお望みになられたような慎《つつま》しく健気《けなげ》なものでございました。義清どのは萩の前にみゆきの前と同じような笛や舞いを望みませんでしたが、佐藤館に寝起きする家人たちの世話と荘園管理《とりまとめ》については、それ以上のことを望んでおられました。若い妻は朝早くから起き、一族の棟梁夫人として働いていたのでございました。

もし万事がこのまま進み、法勝寺《ほっしょうじ》の花見もなく、法金剛院の宴もなかったならば、鳥羽院のご寵愛によって義清どのの位階も進み、田仲荘でも、また五穀豊穣《ほうじょう》の満ち足りた春秋を送っていたに違いないと存じます。

洛外《らくがい》法勝寺の桜は女院にとって何よりも忘れ難い一世一代の華やかな思い出に結びついたものでございました。天治元年の春、白河法皇さまは鳥羽院と並んで鳳輦《ほうれん》に乗られ、皮肉な表情の藤原忠通どのをはじめ、宮廷の勢力を握る上層の方々がつづき、上達部《かんだちべ》、殿上人《てんじょうびと》が位階の順序にしたがって、そのあとに従いました。女院と女院を囲むわたくしども女房たちもその日に備えた美しい衣裳《いしょう》をまとい、粧《よそお》いを凝らして出かけたのでございます。

桜の花は満開でございました。宴が催され、蹴鞠や各種のお遊びがあり、歌が詠《よ》まれ、笙《しょう》と笛と箏《そう》と琵琶《びわ》が演奏されました。わたくしどもの肩には風がないのにはらはらと白い花びらが散っておりました。それは酔ったような一日でございました。妹の兵衛が胸の思いを、

よろづ代の　ためしと見ゆる　花の色を　うつしとどめよ　白河の水

と詠みましたが、あの日の華やかな宴を何とかいつまでも忘れまいと思いつづけたわたくしどもの気持をよく語ってくれているように思います。

女院が深いお嘆きのなかで、もう一度法勝寺の桜をご覧になろうと思われたのは、こうした昔の思い出を蘇《よみがえ》らせるためでございました。このとき法楽《ほうらく》（余興）として流鏑馬《やぶさめ》が行われ、義清どのは疾風《はやて》に乗って十番勝負に勝ちぬき、女院御所別当から褒賞《ほうしょう》を受けました。女院は御簾《みす》のなかからこれをご覧になっておられたので、義清どのは女院のお顔は見ませんでしたが、女院は近々と勝者義清の若々しい顔をとくとご覧になっておられたのでございます。わたくしはすぐあとで女院から義清どののことを訊《き》かれ、知るかぎりのことを申しあげました。女院は御簾のそとへ大きな潤んだ眼をあげ、何か考えておられるように見えました。

この義清どのに女院が会いたいと仰《おお》せられたのは、同じ年の秋、黄葉に彩《いろど》られた法金剛院御所へ崇徳の帝《みかど》が行幸になられ、母君であられる女院と打ち寛《くつろ》いだ時を過された折でございました。その日の呼び物は競《くら》べ馬十番勝負で、摂関家からも、左大臣家からも、よりぬきの

騎乗者《のりて》が推挙されて集りました。義清どのは徳大寺実能《さねよし》どのの騎乗者《のりて》として出たのでございます。

法金剛院の馬場は曲り角のかなりきつい、細長い馬場ですので、人の話では、競べ馬のとき、その曲り角をうまく曲らないと、騎乗者《のりて》が外にはね飛ばされたり、馬もろとも馬場の外へ飛び出したりするそうですし、そこで速度をゆるめると、巧みな相手に抜きさられてしまいます。その緩急の手綱捌《さば》きがきわめて難しい馬場だそうでございますが、その日も先頭を走る何頭かが曲り損ねて場外へ横倒しになったり、柵《さく》を越えて飛び出したりしました。義清どのは青朽葉（表青　裏黄）の狩衣《かりぎぬ》に風折烏帽子《かざおりえぼし》をかぶり、白菊（表白　裏青）の切袴《きりばかま》を穿《は》いておりましたので、一団となって走る騎乗者《のりて》たちのなかから、目覚めるような一点の青が礫《つぶて》のように走りだすと、法金剛院の境内に湧《わ》きあがる喚声は裏山の木々を震わせました。

義清どのは決して初めから先頭に立たないので、幾廻り目のどのあたりから、他の馬を引きはなして、群れを抜け出るか、馬場を取りまく人々の期待《のぞみ》と注意はただそこに懸かっていたのでございます。それは女院も同じでございました。

「青朽葉が抜けだしました。ほら、何て速いこと。何て速いこと」

そう叫んで、手さえ打たれるのでございました。

それがお兄上実能どのの推挙による騎乗者《のりて》佐藤義清であるとわかると、こんどは「義清、義清、それ、そこで」などと手に汗を握られて声援なさる有様でございました。

「褒美をとらせたいのです。義清をここに」

頬を桜色に染められた女院は褒美の品々を、絵の名手で法金剛院の襖絵《ふすまえ》を描いた土佐局の手で用意させました。

競べ馬のあと、崇徳の帝は女院御所別当はじめ諸役の公家《くげ》と舟遊びに向かわれました。法金剛院の庭にたっぷりとした池を作り、それに映る三重塔を眺めるというのが趣向の一つでしたが、その池は舟を浮べてのどかな舟遊びを楽しめるだけの広さがあったのでございます。

人々が池のほうに移られたあいだ、女院の御殿は急にひっそりいたしました。義清どのはいくらか緊張した表情で渡殿《わたどの》から、勾欄《こうらん》をめぐらした簀子を通り、女院のお部屋の前に正坐《せいざ》いたしました。妻戸は左右に開かれておりましたが、御簾は垂れたままでした。お部屋の前は、小さな池を木々に覆《おお》われた小山が囲む庭でした。秋も半ばでしたから、紅に黄に葉が色づいておりました。義清どのは女院の思《おぼ》し召しで青朽葉の狩衣のままやってきたのでした。

「見事な馬捌きでした」

御簾のなかからやや嗄《しわが》れた、気持のいい、二重に割れた、低い女院の声が聞えたとき、義清どのは身体《からだ》が訳もなく震えました。義清どのの耳には、それが母みゆきの前の声そっくりに聞えたそうでございます。

「女院御所でご褒賞を用意してあります。でも、そちらから、何かお望みのものがあるかもしれませんね。これはこれとして、それとは別に、お望みのものをと考えています。何かお望みのものは。手に入らないものは仕方ありませんがそうでなければ、何なりと望んで下さい」

「何でも望んでよろしいのですか」

義清どのは頭をあげると、御簾に向ってそう申しました。

「仰《おつしや》ってごらんなさい。駄目なものは、駄目と申しましょう」

「私の望むものは、手に入らないものではございませぬ」

「それなら何なりと」

「きっと適《かな》えて下さいましょうか」

「手に入るものなら、もちろん……」

「では、お願い申しあげます。御簾をあげてお顔を拝させて頂きとう存じます」

しばらく御簾のなかでは声がございませんでした。

「御簾をあげて下さい」

気持のいい、すこし嗄れた、低い女院の声がしました。御簾の上るにつれて女院の膝《ひざ》が、重ねられた白い手が、手に持った黒漆に金砂子《きんすなご》散らしの扇が、艶《あで》やかな四季草花の繍《ぬいとり》入り総模様の打掛《うちかけ》が、緋繻子《ひじゅす》地の懸帯《かけおび》が、現われて参りました。やがてたっぷりとした黒髪に囲まれた女院の豊満なお顔が、池水の反射する金色の輪にゆれるなかに見えてきたのでございます。

それは義清どのの眼には、まぎれもない母みゆきの前と瓜《うり》二つのお顔でした。瓜二つというより、母みゆきの前がそこにいると申したほうがよかったのかもしれません。義清どのがそう叫ばなかったのは、そんなことはあり得ない、と強く自分に言い聞かせる力が残っていたからでした。

義清どののこの驚きの表情に、誰よりも打たれたのは、女院その方でございました。女院は思わず「義清」と口のなかで叫びながら身をのりだされましたし、義清どのもまた「待賢《たいけん》門院《もんいん》さま」と思わず両手を前に差し出し、女院の御手を握ろうとされたのでございます。もしそのときわたくしども女房が居合わせなければ、お二人は母子のように抱き合われたかもしれません。もちろんお二人は、次の瞬間、ご自分が何をなさろうとしていたのかに気付かれて、はっとして心を取り直されたのでございますが、そのとき、義清どのの中から何かきらきら光るものが脱け出し、女院の身体の中に吸いこまれていったことは間違いないと存じます。その瞬間、義清どのには、この世に、女院以外に慕わしいものはなくなっていたのでございました。

五の帖

西行の語る、女院観桜の宴に侍すること、ならびに三条京極第《きょうごくてい》で見る弓張り月に及ぶ条々

円位上人《えんいしょうにん》の晩年に草庵《そうあん》を訪ねることができた何人かのうちで、師の言行を書きとめた者はほとんどいない。辛うじて私は、ほんの心覚えのつもりで、その言葉の要点を走り書きしておいたが、師が存命の頃は、それほど大事なものになろうとは考えも及ばなかった。

歌を書き写し、それを心を刻むようにして覚えるのは、師の周囲の人々にとっては、当然すぎるほど当然のことだったが、日常の言行になると、師は、ことさら改まって喋《しゃべ》るということを嫌ったので、歌論のようなことを口にされても、日々の他の言葉とまじり合って、それをよく咀嚼《そしゃく》し心にとどめおこうと思ったにせよ、言葉をそのまま書くことまでは思い当たらなかった。書く場合にも、ほんの要所要所を暗示的に記すだけで、万事十分のような気がした。どんなに精密に記憶を追っても、師の言行の大事な点も、その魅力も、結局は写すことができないのである以上、誤った印象を与えるごとき記述は、むしろ避けたほうがいい、と思えたからである。

だが、いまになってみると、その二行三行の心覚えが貴重となる。古い唐櫃《からびつ》の底から取り

出した紙帖《しちょう》を、私は、終日、孔《あな》のあくまで眺めては、そこから師の柔和で、響きのいい声を聞きとろうとする。

そのなかで、数葉にわたる記述がある。つねのものより長く書かれているのは、師の出家前の思い出に触れていたからだが、にもかかわらず私はとくに踏み込んで、詳細に書いていない。出家遁世《とんせい》にまつわる直接の言行でなかったからだ。しかし師が物語った言葉のなかには、実はすべてが語られていたのだ。当時は、師がじかに説き明かす事柄だけが大切で、思い出話は思い出話として別の種類のものだ、というような気持だったのである。

だが、黄ばんだ反古《ほご》を読みながら、私は、そこから聞えてくる師の声を、何とか当時のままに記録し直したい気がした。いまの私には、思い出話のなかにも、師の切々とした思いが、なまのままに出ているように見えるからである。

「秋実《あきざね》よ。覚えていような。長楽寺の庭で私と会ったとき、そなたは甲斐国八代荘《かいのくにやつしろのしょう》の騒乱事件と、その思いも及ばぬ厳しい裁定に、すっかり打ちのめされていたのを。あのあとで、そなたは、私がどうして諸国に起る荘園の土地相論《そうろん》(争い)、押妨《おうぼう》(不当な土地侵入・課税)、検田使の入勘《にゅうかん》(立ち入り検査)などの細目について心得ているのか、と大江資朝《すけとも》に訊《たず》ねたそうだな。

いかにも私は一個の世捨て人であり、歌道三昧《ざんまい》に生きている人間である。世の腥《なまぐさ》い出来事のうちでも最も酸鼻醜悪を極める土地相論、押妨などとは、早々と手を切って、我関せず焉《えん》とおさまり返っているのが当然の人間のはずだ。それなのになぜ、その実態を詳細に心得、それにいかに対応すべきかを知り尽しているのか。

これは、秋実よ、そなたならずとも、抱いて然《しか》るべき疑問である。今日はひとつ、それを説き明かす思い出話をしてみような」

それはもうずっとむかし、紀ノ国田仲荘《たなかのしょう》の佐藤館《やかた》で暮していた子供の頃のことだ。ある日、遊び仲間と館の物見に上っていると、黒菱《くろびし》の旗指し物を風になびかせた一隊の武者たちが近づくのが見えた。その棟梁《とうりょう》は氷見《ひみ》三郎といって、越後《えちご》頸城荘《くびきのしょう》の領主であった。三郎は奥州《おうしゅう》藤原に縁《ゆかり》のある領主を糾合して、京都朝廷を壟断《ろうだん》する摂関家に対立する一大勢力を作ろうと、はるばる紀伊まで旅を重ねてきたのであった。というのも、佐藤家も奥州藤原の一門に属し、もともと田仲荘は藤原秀郷《ひでさと》家が私領として相伝した土地だったからだ。

私はまだ六歳になったばかりであったが、氷見三郎のことはよく覚えている。三郎は出立の日、紀ノ川の舟着き場で、私の前に膝《ひざ》をつくと「この方は天下を取る器量人だ」と言って、まるで神仏を拝するように私に礼拝したからだ。もちろん黒菱武者と異名のあるこの男が何を言っているのか、何を言おうとしているのか、私には分らなかったが、日焼けした骨張った顔のこの男が、窪《くぼ》んだ、鋭い眼のなかに、何か必死の願いのようなものを光らせていたのは子供心にも感じられたのである。

父康清は黒菱武者のことはまったく問題にしなかった。父は、田仲荘を大過なく統治できれば、それで問題はなかった。康清の望みは、検非違使庁《けびいしちょう》の役人として朝廷で立身を果し、昇殿の沙汰《さた》を受けることぐらいであったろう。実際は役職上の失態があったのと、病気に倒れたのとで、そのささやかな望みも断たれたのであったが。

母の願いは、中断された父の望みを私が引き継いで、田仲荘を繁栄させ、朝廷で然るべき栄達を得ることであった。母が私の成功《じょうごう》のために任官料として絹二千匹を差し出したのは、ただただこの理由からである。母は清朗な性格であり、生来遊楽《ゆらく》を愛し、諸国遊行の者たちとも親しかった。いや、生涯、遊行者として生きていたようなところがある。その母が、遊芸に優れた母方の血筋に似るよりも、私が真面目《まじめ》な、ひたむきな父方の人間であることを望んだのは、遊びを軽く見たからではなく、そのような形で、父への愛情を示そうとしたからであろう。事実、母は、父が中道で倒れた不運を心から嘆いていたのであった。

紀州佐藤家が、いかに奥州藤原の一門に結びつくからといって、氷見三郎が使嗾《しそう》するごとき、摂関家に叛旗《はんき》を翻《ひるがえ》すという陰謀に安易に荷担するわけはない。父は氷見三郎を嘲《あざけ》ったが、母はむしろそうした暗い情念が私のなかに起りはしないかと恐れていた。母が私に早く朝廷で官職につくことを望んだもう一つの理由は、この恐れだった。氷見三郎は田仲荘の私領拡張とその防禦《ぼうぎょ》のために屈強の家人をいつでも送り込む用意があると母あてに書いてきていた。当然、三郎は、地理的に見て、朝廷への謀反《むほん》が計画されるなら、京畿《けいき》地方の中心地は、紀ノ川筋に置かれると考えていた。もちろんそうなれば本拠は佐藤館に置かれることになろう。母には氷見三郎は悪夢のような存在だった。何としても三郎の途方もない謀略から私を引き離しておく必要があったのである。

私は母の気持がよくわかっていたので、氷見三郎に対してはつねに冷たい、疑わしい眼をむけていた。

従兄《いとこ》の佐藤憲康《のりやす》は、私のこうした態度に、時どき、腹立たしげな様子を示した。というのは、憲康は氷見三郎からの檄文《げきぶん》を受けとるたびに、強く心を動かされて「三郎に理《ことわり》あり」と叫んでいたからである。

ある日、北面《ほくめん》の詰所からの帰り、憲康は私に、氷見三郎がいよいよ越後頸城荘で兵を挙げ、その呼びかけに応じて奥州藤原の基衡《もとひら》殿も軍勢を動かすらしい、と話した。

それは私には初耳であった。

「本当なのか」

私は水でも浴せかけられたような気がした。悪寒《おかん》のようなものが身体《からだ》を走った。

「本当かどうか、まだ確かめられない。今朝早く、陸奥《みちのく》からきた金売りが家に寄って、そんな噂《うわさ》をしていった。前に受けとった隠密《おんみつ》の廻状には、関東一円の藤原一門すなわち小山氏、足利《あしかが》氏、結城《ゆうき》氏と共に軍兵を動かすとあった。兵を挙げたとなれば、東国では機が熟したと見なければならぬ」

「東国は知らないが、この辺りでは、そんなばかげた謀反が罷《まか》り通るわけはない」

「ばかげた謀反だと。伊勢《いせ》でも、つい一年ほど前、押妨が起った。因幡《いなば》でも、近江《おうみ》でも、規模こそ小さいが、相論が続いている。これは何を意味すると思うかね。領主たちが我慢しかねているのだ。摂関家に領地を寄進したのは何のためだ。摂関家の威光を借りて領地を守るためだったではないか。ところがどうだ。摂関家は諸国の領地を保全する威光も武力もない。ために領主たちはたえず怯《おび》えて暮すほかないのだ。それなのに貢納米《こうのうまい》はますます多く要求される。夫役もこの頃では領内の耕作にもさしつかえるほどだというではないか。諸国の小領主たちが屈強の男どもを集めて領地を自らの手で守らなければならぬのは当今では当たり前のことになっている。いま大事なのは、諸国の小領主たちを安堵《あんど》させることだ。それには朝廷適正な上納米を出せば、しっかり土地を守ってくれる権力《ちから》が生れることだ。それには朝廷が昔のようにが昔のように威光を恢復《かいふく》し、国衙《こくが》が寺社権門家に対してもっと権威をもって臨む必要がある。氷見三郎は、それを果せるのは奥州藤原の一門しかないという。義清《のりきよ》。この言葉には理《ことわり》があろうではないか」

私は、実は、従兄憲康とはこの話をしたくなかった。というのは、子供の頃から、理由なしに、夢のなかで、激しい風に吹かれた黒菱の旗指し物が、音をたてて鳴るのを、よくみていたからだ。

空には嵐《あらし》を呼ぶ乱雲が走り、一木一草もない荒涼とした黒ずんだ大地には、瘦《や》せさらばえた馬たちが、頭を大きく上下に振り、苦しげに口から泡を白く噴いていた。軍兵たちは黒い影のように長い列となって遥《はる》か大地の果てまで続いていた。誰ひとり物を言う者はいなかった。疲れはて、槍《やり》にすがり、力なく歩いていた。怪我《けが》をしている者もいた。仲間の肩を借りてようやく歩いている者もいた。

私は息を呑《の》んで軍兵たちを見つめていた。すると、いきなり私の両肩を何者かが、むんずと摑《つか》む。そして烈風のなかから、悲鳴のようにも聞え、威嚇《いかく》するようにも聞える声がするのだ。

——義清。お前はこの世は浮世と考えている。だが、浮世は力で動かされるのだ。浮世にいる以上、力に頼るほかないのだ。力は死によって終る。だから死んではならぬ。敗《ま》けてはならぬ。勝つのだ。勝って領土を手に入れるのだ。矢は外れては意味がない。当って、相手を斃《たお》してこそ、弓矢の値打ちがある。ただ勝て。勝つことだけが、唯一《ゆいいつ》の意味なのだ。

声は風のなかに消え、私も、その場に打ち倒されている。私は動くことができない。軍兵たちは今では白骨の行列なのだ。その落武者たちの骨が、歩くたびに、かちかちと、乾いた物悲しい音を立てて鳴る。私はあまりの恐しさに声をかぎりに叫ぶ。のた打ちまわって絶叫する。

その声に私は汗びっしょりになって目を覚ます。悪夢のあと、重苦しい不安がどす黒い水のようになお胸のなかに澱《よど》んでいたのだ。

私には、どうしてこんな夢をみるのか、わからなかった。ほかにあまり夢をみない私が黒菱の旗指し物の夢だけは、不思議とよく見た。まるで、私が弓矢の道を忘れ、詩歌《しいか》管絃《かんげん》に心を尽そうとするのを、誰かがいまいましげに監視しているみたいであった。

従兄憲康は色白の、端正な挙措の人物であったが、気性は私以上に激しく、直情径行で、理《ことわり》に適《かな》ったことを曲げるのを極端に嫌った。

憲康は、私がなぜ黒菱武者氷見三郎の話を避けるのか、理由を知らなかった。私は、自分の内心を告白するような夢について語ることは躊躇《ためら》われた。

その日も憲康は私に執拗《しつよう》に、氷見三郎が兵を挙げるのは理のある行動である、と言ってやまなかった。

「義清、諸国から陣定《じんのさだめ》に訴え出ている相論の数を考えてみるべきだな。荘園《しょうえん》と国衙の間で、検田使入勘の権限がある、不輸不入（租税不払いと検田使拒否）の申し立てをするの、四至《しし》牓示《ぼうじ》を破棄したのと、争っている。氷見三郎の頸城荘も、東大寺荘園からの押妨を受けているというのだ」

「それなら、朝廷に訴えて然るべきだろう。軍兵を動かして、合戦を仕向けていいとは言えまい」

「田仲荘で同じようなことが起ったらどうするのだ。ただ陣定の裁きを待つことにするのか」

すじからいえば、それは朝廷で裁かれるべき事柄である。だが、所領訴訟や田租徴収免除などに関する訴状が山と積まれている現在、果して陣定の裁決に従うだけで事が終るだろうか。訴訟が刻一刻増えているのに、明法勘文《みょうぼうかもん》（判例による判決文）の作成は遅々として進まず、百の訴状に対して三の裁定も出ない有様だったから、諸国の土地争いは、都からの裁定を待ちきれず、勢い武力で解決しようということになったのだ。

田仲荘でもすでに土地相論の問題が起っていた。それだけに憲康の言葉に私は反論できなかったのである。

氷見三郎の意見では、諸国の在地領主たちの私領を犯すのは、京都朝廷に巣食う摂関家の厖大《ぼうだい》な荘園だというのだ。それに東大寺、延暦寺《えんりゃくじ》、春日社《かすがしゃ》などの寺社荘園が拡《ひろ》がり、朝廷領の荘園ともども、国衙の田租徴収を免れている。

免租の荘園の増大により、当然、国衙の財源は減少する。そこで在地領主たちの零細な領土に検田使が立ち入り、田租の査定をする。人足供与を決定する。

「いいかね、義清、氷見三郎はこの国衙検田使の入勘は、荘園に対して行うべきものだ、と主張するのだ。在地領主たちは軍兵を養って、力ずくで、国衙役人の立ち入りを拒んでいる。いや、氷見三郎は諸国に拡がるこれら領主どもの不満と不安を組織して、摂関家を倒し、荘園を開放しようというのだ。その手初めに越後国府を焼き払い、越後の摂関家領、寺社領を押妨する。そうすれば、奥州《みちのく》、越後《こし》、上野《こうずけ》、下野《しもつけ》、武蔵《むさし》、上総《かずさ》、下総《しもうさ》の一門は一斉に蜂起《ほうき》しよう。すでに廻状は送られているのだ」

憲康の色白の顔は興奮から赤く染っていた。

「たしかに氷見三郎の意見は正しいかもしれない」私は賀茂《かも》の河原に出たとき言った。「たぶん在地領主たちは家人に刀槍弓矢を持たせて馳《は》せ参じるだろうな。もし領主たちを安堵させることができるのなら」

「できると思う。問題は、摂関家の荘園を開放することができるかどうかだ」

「摂関家だって、いかに東国で火の手が拡がっても、おいそれと、荘園を手放すまい。この前、瀬戸内海の海賊に追捕使《ついぶし》を差し向けたように、東国にだって追捕使を派遣するだろう。もし平忠盛殿のような人が派遣されれば、氷見三郎も六条河原に首を晒《さら》すことにならぬとも限らない。摂関家の権力《ちから》を侮《あなど》るわけにはゆかない。摂関家は源氏なり平家なりの武士たちを自在に使うことができるからな」

憲康はなお何か言いたげな様子をしていたが、そろそろ日が暮れかけてきたので、私は憲康と別れた。だが、私は平静さを粧《よそお》っていたものの、内心は、紀ノ川のほとりの所領をめぐる紛糾で決して穏かだったわけではない。

その時の私の気持を言えば、こうした一切の不安定な状態を一掃して、誰かがしっかり安堵した状態にしてくれたら、ということだった。何代か前に徳大寺家を本所《ほんじょ》(名目上の領土保持者)とすべく領土が寄進されたのは、摂関家が朝廷の威光によって、田仲荘を庇護《ひご》し、その安堵を約束したからだった。佐藤家が預所《あずかりどころ》として土地の管理《とりまとめ》に当ったはそのためだし、私が徳大寺家に出仕するのもそのためであった。それが以前のようにいかないのである。

本当に氷見三郎は黒菱の旗指し物を風にはためかせて摂関家に謀反を企《たくら》むのであろうか――その夜、私はまた同じ白骨の軍兵の列を夢にみて、うなされた。

夜明け、ひどく喉《のど》が渇いて目が覚めた。私は釜殿《かまどの》まで出て井戸から水を汲《く》んだ。外はすでに明るく淡い霧が出ていた。その時、鶯《うぐいす》の声が聞えた。軒端《のきば》から覗《のぞ》くと、白梅が鋭く差し交す枝に清らかな花を咲かせていた。

私は息を呑んでそこに立ちつくした。

それは春ごとに咲くただの白梅であった。しかしその瞬間の私には、いつもの梅と違うもの、梅という名前さえ持たないものに思えた。それほど、その梅は、異様に清らかに見えた。冷たい朝の空気のなかで、花は高貴な、香《かぐ》わしい、凜《りん》とした白さであり、地上のすべてから抜き出た気品のなかに、清雅に、簡素に匂《にお》っていた。

私は黒菱の旗指し物を忘れた。悪夢の重苦しさを忘れた。田仲荘の紛糾も心から消えていた。そこにあるのは、凜とした白梅の花だけだった。私が梅を見ているのではなく、梅の花が私を包んでいた。私のまわりには梅の花しかなかった。

その時、私の内部《なか》に湧《わ》き起ったのは、神仙境に導かれたような自由な解脱《げだつ》感だった。不思議な軽々とした法悦の感情だった。まるで魂が重い身体を離れて、どこかへ軽やかに浮び漂ってゆくみたいであった。

私がどの位そうやって放心していたかわからない。しばらくして、その物思いからはっと覚めたとき、胸のなかには、まだ何か高揚したものが銀の鈴を鳴らして通りすぎたあとのような、押えがたい喜ばしい感情の余韻が、静かに揺れ動いていた。

黒菱の旗指し物を前にすると、あれほど不安な思いに駆られたのに、白梅の気品に満ちた静寂のなかに立つと、そうした一切がすべて溶けさるような経験は初めてのことであった。

その日、北面の武者溜《むしゃだま》りに出かける前に、憲康が、寝不足らしく眼を赤くして訪ねてきた。

北面へ出仕の前に私を誘いがてら立ち寄ることはよくあったので、さして気にもとめず、憲康を迎えた。

「どうだ、決めたか」憲康は挨拶《あいさつ》もぬきで、いきなり言った。「わたしは決めたぞ」

「東国ゆきをか」

私は憲康の顔にただならぬ気配を読みとった。

「むろんだ。ほかに何がある」

「何がって、もうすこし話し合ってもいいではないか」

「いや、もう十分話したつもりだ。あとは氷見三郎の挙兵に加わるか、加わらぬかだ」

「憲康、すこし待ってくれ。そのことは、それほど容易に決める問題ではない。だいいち、氷見三郎の軍に加われば、朝廷の敵になる。たとえ憲康が摂関家のみを相手に戦うのだといっても、朝敵という汚名は免れない。そのこともよく考えたのか」

「考えた」憲康は色白の顔をしかめるような表情をした。言葉を無理に押し出しているような感じだった。「考えたが、やはり氷見三郎に理《ことわり》がある」

「それは認めよう。だが、憲康、それとこれとは違うと思わないか。世の中には、理《ことわり》があっても行われないことがある。行われていても理《ことわり》のないものがある。理《ことわり》があるからといって、それがすぐ行われなければならないと思うのは、あまり考えのすじ道を跳び越えていやしまいかね。すくなくともこの義清は反対だ」

「理《ことわり》ならぬものが罷り通っても構わないというわけだな」

「そうは言っていない。ただ、この世のことは、人間の眼だけで是と非を判断できないと言っているのだ。しばらく事の次第を眺めるのが大事なのだ」

「では、氷見三郎を見殺しにしていいというのか」

「いや、もし氷見三郎に理《ことわり》があれば、天は必ず助ける。だが、わたしにはまだ時が熟していないと思えるのだ。もし在地領主たちが本当に不満を抱けば、おのずと氷見三郎や奥州藤原のもとへ集る。三郎が呼び集めなくともだ」

「そうは思えぬ。誰かがやらねば、事は起らぬ」

「たとえそうだとしても、わたしは動かない」

「どうしてだ。どうして理《ことわり》あるものに荷担しないのだ」

私は血の気のなくなった憲康の顔から眼を外すと、軒端の白梅を眺めた。

「うまく説明はできない。何と言ったらいいのか。たとえ理《ことわり》があるとしても、その理《ことわり》は白梅の匂いを超えられないな」

憲康は私の言ったことが一瞬理解できなかったらしく、「白梅……」と口のなかで言ったが、すぐ眼を軒端へと向けた。

「ほう、美しく咲いているな」

「いまが盛りだ」

憲康は肩で息をつき、白梅から眼を放さなかった。

「この話を誰かにしたか」

私は憲康の蒼《あお》ざめた横顔を見て言った。

「いや、義清以外には打ち明けていない」

「それでよかった。これは、何といっても、事、謀反にかかわっている。どんな親友にも諮《はか》るべきではない。憲康は平清盛を高く買っていたな」

「ああ、北面の詰所のなかで、あれほどの男はいない」憲康は色白の頰に血の色が戻ってきた。「義清が賛成しないときは、清盛に相談しようと思っていた」

「憲康、ほかの人物はとも角、清盛にだけは、この話はすべきではないな」

「どうしてだ。義清も一目置いている男ではないか」

「たしかに、あれは並大抵の男じゃない。院のご寵愛《ちょうあい》も深い。間もなく近衛府《このえふ》か兵衛府《ひょうえふ》で頭角を現わすことになろう。だから清盛にとっては、摂関家が朝廷に巣食っているほうが都合がいいのだ。摂関家がなくなるのは、登ってゆく階段がなくなるようなものだからな」

「しかしあれだけ明敏な男に、氷見三郎の説く理《ことわり》が解《わか》らぬわけがない。理《ことわり》を以《も》って説けば、摂関家が、在地領主たちの手かせ足かせになっていることを納得してくれるだろう」

「いや、もうあの男は、そんなことはとっくに納得していると思う」

「本当にそう思うか。では、なぜ在地領主たちの不満を救ってやろうとはしないのだ」

「おそらく自分の権能《ちから》の限度《かぎり》に挑んでみたいからだろう」

「在地領主たちの苦しみを見殺しにして」

「平氏一族の所領は西国に多い。だから、東国の領主たちの苦しみはよく吞みこめないのかもしれない。だが、あの男の眼を昏くしているのは、それ以上に、権能の限度まで達しようとする意志《こころ》だろうね」

「では、やはり」

「ああ、やめるべきだと思う。そして待つんだな」

「何を」

「わからない。わからないからこそ、待つべきなのかもしれない」

私はまた梅の清らかな白い花を眺めた。言葉にはならないが、すべての説明が、この静かな香り高い花咲く枝に書かれているような気がした。憲康も同じように梅を見ていた。家に飛び込んできたときの気負った様子は、なぜか、すでに憲康の身体から消えていた。

憲康が氷見三郎に理《ことわり》ありと叫ぶ気持は、田仲荘の管理《とりまとめ》に、以前より困難な問題が多くのしかかっていることに照らしても、私に納得できた。率直にいえば、徳大寺家の庇護はせいぜい朝廷の行事所《ぎょうじしょ》や陣定での賦課《ふか》徴収の決定に際して、太政官《だじょうかん》から紀伊国衙に適度の配慮をするように、という文言が附記される程度であったのに、預所として本所に差し出す年貢《ねんぐ》は年々に増加していたし、公事祭礼、建築工事への賦役も、国衙の徴収を超えることも珍しくなかった。それは憲康の言うとおりだったのである。

そのうえ田仲荘も高野山領との土地争いで境界を示す四至牓示が抜きとられたり、抜きとったりという事件が跡を断たず、これに対しても摂関家の関与する行事所はまったく権能《ちから》を発揮することができなかった。

私は家集の筆写や史書類の読書に疲れると、よく庭にこめている闇《やみ》の奥の庭木を見ながら、こうした在地領主たちの嘗《な》めている苦渋を考えてみないわけにゆかなかった。この者たちの不満は、事務処理の能力《ちから》も、行政《まつりごと》管理の気力も失った中央朝廷の官吏たちに向けられている。誰かが、この者たちの苦渋を救ってやる必要がある。歳月がたつにつれて、行事所に提出される事件の数も多いが、小領主たちの苦悩の度も、それだけ深くなっている。

私は庭木をざわめかせて吹く夜風の音に聞き入りながら、諸国に高まってゆく不平不満は、このまま放置しておくわけにゆくまい、と思った。

では、誰がやるべきか。氷見三郎はひそかに藤原基衡殿をその中心人物に考えている。そしてもう一人の人物は明らかに私だ。隠密《おんみつ》の廻状によって情の激しい憲康に働きかけているのは、暗に、私が動くことを期待しているからだ。

だが、私は、その日北面出仕を休んで家に帰った憲康と別れたあとも、心がまるで動かないのを感じた。

その春、東国からも陸奥《みちのく》からも、とくに騒乱があったという噂《うわさ》は聞かなかった。氷見三郎は、京都からの反応の冷たさを見て、謀反《むほん》の機熟さずと受けとったのかもしれない。私はひそかに、奥州藤原が自重するかぎり、天下は動かないと信じていた。それは当然のことではあったが、やはり陸奥《みちのく》が無事であることは、心のどこかに、安堵《あんど》した気持を感じさせた。

その年の桜に私が酔うような気持でのめりこんでいったのは、無事の思いが私を幸せにしていたからであった。ひょっとしたら、そうしたこの世の雑事を忘れたい一心だったのかもしれない。というのも、梅の清らかな気品以上に、桜の絢爛《けんらん》とした物狂おしい美しさは、日常の煩《わずら》わしさを消しさってくれたからだ。憲康も私と一緒に花を見て廻った。夜、桜の下で、二人で酒盃《しゅはい》を交した。北面の武士たちのために鳥羽御殿の庭で花の宴が催されたとき、ふだん酒を嗜《たしな》まぬ憲康や私がどうして盃を重ねるのか仲間は推測しかねていた。

同じ頃、徳大寺実能《さねよし》殿を通じて、女院の観桜の宴に参じるように言われたとき、つねの年よりまして心が高鳴ったのは、むろん女院を近くから拝することができるということもあったが、それとは別に、その春のこうした物狂おしい気持があったからである。

女院の観桜の宴で、いまも語り草になっているのは、天治元年の春、白河法皇、鳥羽上皇が打ち揃《そろ》って御幸された洛外法勝寺《らくがいほっしょうじ》の花の宴であった。あの勝気な兵衛殿がまだ若く美しくて、目の覚めるような衣裳《いしょう》を着て、宴に列したときのことを、あとまで姉の堀河殿が話していた。

当時は、女盛りの三条局《さんじょうのつぼね》が女院の女房たちのなかで、一段と美しかったという。その蠱《こ》惑《わく》する、熟《う》れた果実のような豊満な肢体《からだ》から、蜜《みつ》のような香りが、ねっとりと重く漂ってくるようだったと、これは実能殿が洩《も》らされたことがある。

法勝寺の花の宴の頃は、女院は匂うように若く、三条局も院の寵愛の絶頂にあった。女院を囲む女官たちも一世一代の美々しい衣裳を着飾っていた。法勝寺の満開の桜をご覧になったあと、白河南殿《なでん》で酒肴《しゆこう》が振舞われた。

しかし、この年法金剛院御所で行われた花の宴は、白河院のおられた御代《みよ》の賑《にぎ》やかなさざめきとは異なって、美しい粧いのなかに、ある静けさ、ある寂しさが、ほのかな香りのように漂っていた。観桜も牛車《ぎつしや》を洛外へ連ねることもなく、全体の結構がほぼ形を見せはじめた法金剛院の桜を心ゆくまで楽しまれる趣向で、ひらひらと花びらの散りかかる池に龍頭鷁首《りようとうげきす》の舟を浮べ、楽人を乗せた舟がそれに従った。

女院は女官たちと築山《つきやま》を登られ、花盛りの枝垂《しだ》れ桜をうっとりとした表情で眺めておられた。私は実能殿に従っていたから、実能殿の歩みにつれて花の下をさ迷うことになったのだが、美しい池の岸に沿ってゆくその歩みが、五重塔と南御堂《みどう》のあいだの築山に向っているのは、すぐわかった。

池の向うに法金剛院御所の柔かな反りを持つ檜皮葺《ひわだぶ》きの屋根と廻廊が見え、そこにもとくに見事な桜が幾つかの塊りとなって、池水のほうへ白い花の群れを差し出していた。

しかし私の眼は女院の立たれる築山の桜から離れなかった。その白い軽やかな花の集りは、あまりに清らかな白さのために、あたりの気配まで冷んやりと澄み渡るように見えた。ただ女院の眺められる枝垂れ桜だけは、その白い花の群れの奥から、淡い仄《ほの》かな薄紅《うすべに》色を、色というよりは、色の思い出のように、浮び上らせていた。その色を白と呼んでは誤りだし、淡い薄紅と呼んでも、なぜか強く呼びすぎる気がする。といって、白と薄紅の間でもない。白い華やかな花の重なりが、息を呑《の》むような冷たい清らかな気配を、女院のまわりに拡《ひろ》げてゆくと、女院の艶《あで》やかな気品が、淡い薄紅の香りとなって、ほんのりと、そこに照り映える、とでも言おうか。

私は女院を見ているのか、花盛りの枝垂れ桜を見ているのか分らなかった。おそらく女院の美しさが桜の華やかさに混り、花の貴《あて》やかな狂おしい美が女院の臈《ろう》たけた姿に重なっていたのであろう。

気がつくと、実能殿は御妹、女院の前に立っていた。

「ここから見ると、法金剛院の全景は一望のうちですね」

「院と陛下、それに皆さまのおかげで、南御堂が間もなくできあがります」

「池を囲む五重塔や御殿の配置は、女院のお心をよく現わしておりますね。ここから見ると、それがよく分ります。女院はここに浄土をご覧になろうというわけですね」

「どうやって、この世の執着を断ち切れるか、それのみが今の私の願いでございます。法金剛院のすべてが建立《こんりゅう》されれば、それはきっと叶《かな》うと思っております」

「この見事な桜の下では、どうもあまり似つかわしい話ではありませんね」

実能殿は女院を元気づけるように、わざと声を朗らかにして言われた。

「でも、花が見事に咲けば咲くほど、白河様のおられた頃が懐《なつか》しまれますもの」

「それは私たちが年をとったということでしょう。思い出は遠くなればなるほど美しくなるのです。あなたはまだそんなことを思うお年ではありませんよ。今年の花を、後の世の思い出にするように、思いのたけ、楽しむべきでしょうね。趣向好きのあなたに気に入られようと、藤原家保《いえやす》殿が舟遊びや奏楽を用意しています。私も琵琶《びわ》を弾奏します」

「お兄さまの琵琶はずいぶん長いことお聞きしていませんわ」

「去年、名器の評判の高い香炉峰《こうろほう》という琵琶を手に入れました。今日はそれを使います。なかなか見事な音色ですよ。気に入って貰《もら》えると思いますね」

「すこし元気が出て参りました」

「そうですとも。今日の花を後の世の思い出にするためにもね」

　お二人の話がそこまできたとき、女院は私のほうをご覧になった。

「義清でしたね。いまも馬を走らせていますか」

「暇さえございますと。また今日は実能さまのお供で観桜の宴に連ならせていただいております。法金剛院の御造営も着々とすすみ、心からお慶《よろこ》び申しあげます」

「実能どのが、いましばらく、この世の楽しみを味わうようにと言われるのです」

「この桜を見ておりますと、私も、同じように思えてなりません。幾たびの春があっても、花の色を見つくすということはございません。女院にも、いつまでも、花の色を楽しんでいただきとう存じます」

　実能殿は女院から離れ、築山の先端のほうを歩いていた。枝垂れ桜の下には女院だけが花の精のように静かに一人立っておられた。女官たちは遠くからそれぞれ花を仰いだり互いに談笑したりしていた。

「義清」いきなり女院が低い声で言われた。二重に割れる、なまめいたお声であった。「義清。今宵、三条京極第《きょうごくてい》のほうで夜桜を見たくなりました。月も明るいはずです。静かに花を楽しむ気になったのは、義清、あなたの今の言葉のおかげです。今宵の警固にきてくれますか」

「北面の誰かと……」

「いいえ、あなた一人で十分です。前に、あなた一人で院を警固したことがありましたね。その時と同じでいいのです」

「身に余る光栄でございます」

私は花の下で頭を垂れた。

私が頭をあげたとき、すでに女院は築山をゆっくりと南御堂のほうへ下っておられた。

私が三条京極第にいったのは宵明かりのなかで桜の花が淡い薄紅を失い、ほとんど白い冷たい華麗さで浮び上っている時刻であった。

警固である以上、京極第の内外をひとわたり見ておく必要があった。

中央の檜皮葺きの建物の前に白い小石を敷きつめた南庭があり、その先にかなり大きな池が拡がっている。池には木立のこんもり繁《しげ》った島が二つあり、岸と島に太鼓橋が懸かっていた。

桜は池のまわりに立っていた。池水にはもう白い花びらが散りはじめていた。

南庭の西側を区切って渡殿《わたどの》が延び、その先は、池の中に踏み込んだように、建物の下に脚部の突出した釣殿《つりどの》が建っていた。

庭をめぐり、建物の裏手を見て廻ったが、随身所《ずいじんどころ》には若い衛士《えじ》たちもいたし、御殿の塀も高かったので、私は女院が歩かれるとき、近くで身辺警固に当ればいいと見当をつけた。それから寝殿正面の階《きざはし》の近くに控えていた。

女院は月が明るいと言われたが、その時刻になっても、月が出ていないのを見ると、月齢を誤まられたのかもしれぬ。立待月《たちまちづき》か寝待月《ねまちづき》か、ともあれもう一刻、月の出を待たなければならぬ。としたら、闇夜の桜は適《かな》わぬから、篝火《かがりび》か松明《たいまつ》を用意しておいたほうがいいだろう。

私は随身所で松明を受けとり、それに火をつけ、階前の燈架《とうか》に挿《さ》した。赤い炎は勢よく揺らいであたりを明るく照らした。白い小石を敷きつめた南庭に、炎の明かりは、赤い粒子を、月の暈《かさ》のように、円形に滲《にじ》ませながら、拡げていた。宵闇が次第に濃くなり、中央の寝殿の屋根が黒い幕《とばり》のなかに消えてゆくにつれて、赤い炎はますます生命を持った生きものめいて、身をよじり、炎のすじを組み合わせて輝くのである。

私はその炎を見ながら、いまという時の不思議さに押しつぶされるような気がした。前の年の秋、女院とお目にかかって以来の歳月が、管絃《かんげん》の調べを聞くように思い返された。日々の務めは何一つ変りがない。北面の詰所で警固に精を出す。院の御幸には輦台《れんだい》に供奉《ぐぶ》する。鳥羽南殿、北殿を見廻る。時間が許すかぎり北面の仲間で武技を練り、馬術を競う。院が時おり姿を現わされ、犒《ねぎら》いの言葉をかけられてゆく。歌会が開かれるとき、私のほかに、何人かが歌を詠進するように命じられることがある。佐藤憲康も、鎌倉二郎源季正《すえまさ》もそのなかにつねに加えられる。紅葉になったらなったで、雪が降ったら降ったで、御殿で歌会はしばしば開かれたが、その折、女院御所の人々と会って、たとえば堀河殿、兵衛殿と言葉を交すとき、私は言い知れぬ喜びに酔いしれる。それは母と一緒に紀ノ川の土手で菫《すみれ》の匂《にお》いを嗅《か》いだり、若菜を摘んだり、山城や丹波の昔話を語って貰ったりしたときの、安らかな、甘く満ち足りた、うっとりとした心持ちを思い出させたが、もちろんそれが母ではなく、母と瓜《うり》二つに思えた女院の面影によることは私によくわかっていた。

私は秋以来、自分が別人に変っていることをはっきり感じた。激しい恋をした男は、意中の女《ひと》以外、誰も眼に入らない。明けても暮れても、その人のなかに生きるほかない。その女《ひと》に関わるものであれば、どんな些細《ささい》なものであっても――冠の紐《ひも》、近くに置く鏡筥《かがみばこ》、紙燭《しそく》の類、読みさしの物語絵巻などが――突然、途方もない歓喜《よろこび》を喚《よ》び起すのである。理由などない。ただそういう不思議が起るのが恋というもの、というほかない。

女院が私に不思議な安らかさと歓喜《よろこび》を与えておられた以上、私は女院をお慕い申していたのは間違いなかった。ただ女院と私との間に横たわる身分の違いが、そうした気持の動きを強く押えていた。私は、女院に恋をしているなどという気持を自分に許すことができなかった。女院が今夜は三条京極第におられるだろうとか、いまごろ法金剛院で読経《どきよう》されているであろうとか思うだけで、どんな暗い想念《おもい》を抱いていても、すぐ心が晴れ、温かい弾むような感情が胸に湧《わ》きあがってくるのだから、女院は、私にとって、意中の女《ひと》と同じ存在だといえるであろう。だが、そう思うには、あまりに尊いお方であるために、私はいつか女院と母とを重ねて心に描くようになったにちがいない。すくなくとも年上でおられた女院をこう思い描くことは、私にはたやすいことであった。

それだけに、女院の夜の観桜の警固に当ることは、文字通り、夢のなかの出来事に思えた。女院がやがてここにお運びになるということは、どう考えても、あり得ないことであった。何か空恐しかった。

しかし心で激しく悶《もだ》えても、身体《からだ》は鈍く重くそこに居坐《いすわ》りつづけ、厖大《ぼうだい》な漆黒の闇に包まれた寝殿の南庭に揺れる火を、歯をがちがち鳴らしながら見つめていた。

星が南庭の上に、手で触れるほどの近さできらきら輝いていた。夥《おびただ》しい数の星屑《ほしくず》であった。

私には、いまは、女院しかないことが、痛いようにわかった。女院がそばにおられることが、私の本当の幸せであった。女院が白河院の寵愛《ちょうあい》を受けられたことも、鳥羽院に秘《ひそ》かに背いて若い藤原季通《すえみち》を愛されたことも、渇いた人が水を求めるように宮廷の誰かれを閨房《ねや》に連れ込まれたことも、私にはどうでもよかった。豊満な白い優美なお顔があり、取り残されたような寂しい笑顔をお見せになり、ふっくらした瞼《まぶた》の下から、つややかな黒い眼を大きく見開いて物問いたげにご覧になり、高い声と低い声の二つに割れたような嗄《しわが》れた快い声でお話になるだけで、私はもう何も言うことはなかった。女院がそうしてそこにおられることが、すべてであった。それだけでよかったのである。

そのとき、衣《きぬ》ずれの音がして階の上を誰かが近づく気配がした。

「義清どの」

堀河殿の声であった。私は松明を高く掲げた。

「女院が釣殿のほうでお待ちです」

「さきほどは庭の夜桜をご覧になると仰《おお》せでございました」

「昼の御遊でお疲れなので、釣殿から夜桜を見たいとの由《よし》です。向うに酒肴も用意しておきました」

「堀河殿。弓矢、太刀はいかがいたしましょう。釣殿でも警固を……」

「さて、どんなものでしょう。御殿の警固は随身たちに頼みますから、あなたは女院のお相手をなさいませ。女院は去年の秋から、義清どののことをよく仰せでしたから」

堀河殿は女院が院のご寵愛から離れ、孤独な夜々を送っておられたのをよく知っていた。女院が幼少の頃から仕えていた堀河殿にとって、女院の幸不幸はそのまま堀河殿自身の幸不幸と同じように思えたのである。

私は親しい女房に出会えたので、やっと息がつけるような気になった。堀河殿は紙燭を掲げて先に立った。

階を上り、勾欄《こうらん》のつづく簀子《すのこ》を過ぎ、渡殿を釣殿に向った。

堀河殿は釣殿の妻戸をあけた。釣殿のなかはまっ暗であった。闇の奥に薫《た》きこめた香の匂いがしたので、そこに人がいることが感じられたが、黒一色の濃い闇はそれさえ塗りこめようとしていた。

「佐藤義清を召して参りました」

堀河殿は紙燭を置くと、軽く床に手を突いてそう言った。

「これへ」二つに割れて響く、低い、やわらかな声が聞えた。「堀河はあかりを持っておさがりなさい。義清はこれへ」

私は格子《こうし》を開け放った窓からのかすかな光を頼りに、釣殿のなかに、膝《ひざ》をついて、にじるように入った。

「壁代《かべしろ》が前にあります。それを倒さないように。私は奥の厚畳《あつじょう》のそばにいます。暗くしておいたほうが、花はよく見えましょう」

「お休みはおあとになさり、これからお池までお出ましになられませんか。池のほとりの桜はことに美しゅうございます」

「昼にすこし疲れすぎました。義清が松明を持って待っていたのを、私は、ここから見ておりました。前から待っていてくれたのですね」

「夕明かりの頃からでございます」

「それは大儀でした。でも、庭に出ないので、がっかりなさっているでしょうね」

「そんなわけはございません。私はただ女院が、どのような形であれ、一番お幸せだとお思いになれば、それでいい、と思っております。女院のお幸せが義清の生きる意味でございます」

「言葉通りと信じてもよろしいの」

「義清、神明に誓って、誠を申しあげております」

「ここにすこし酒肴を用意させておきました。こちらへきて、盃《さかずき》をお取りなさい。もう闇《やみ》に馴《な》れたでしょう」

たしかに闇のなかに、さらに黒い影が物の気配のように浮び上っていた。その奥は几帳《きちょう》で閉ざされているらしかった。

「ここに結燈台《むすびとうだい》がございますが……」

私は外のほの白い光のなかに燈台を見かけて言った。

「あかりはつけないで。間もなく月も出るはずです」

「でも、それまででも……。私は女院のお顔をそれだけ拝させて頂けます。女院のお姿を眼に入れますことが、いまでは、私のただ一つの生き甲斐《がい》でございます」

「私は昔のようには美しくないのです」

「また何ということを仰せられるのですか。本日も法金剛院の花の下で、お姿を拝しましたとき、女院がここにおられることが、私には救いなのだ、と、そう心底思いました。女院が地上にお生れになり、私の前にお姿をお現わしになられたこと――そのことだけで、生れてきた意味が、もう成就《じょうじゅ》していると思いました。女院のお美しさが私を無上の歓喜《よろこび》に誘うからでございます」

「義清は私を嬉《うれ》しがらせてくれるのね」

「いいえ、真実、女院のお幸せのために生きて参りたいのです」

「義清は私のことなど何も知りません」

「いいえ、よく存じあげております。失礼にわたる言い方ではございますが、女院のお悩みも私は洩《も》れ承っております。あれもこれも含め、本当に幸せにおなり遊ばされ、心の安らぎのなかで、この世の花と月を喜ばれ、至福を味わわれるとすれば、私はそのために生命を捧《ささ》げても惜しくございません。女院だけが私の生命であり、ほかは死の闇でしかございません」

「私が義清の救いなのですね」

「左様でございます。女院のためにすべてを投げだすことが救いなのでございます。お幸せのほかは、何も願うものがございません。地上にいらしていただくだけで、それでもう十分でございます」

「私はここにいます。義清のために、ここにこうしていると思うと、心が晴れます。義清がそれほど言ってくれたのですから」

「勿体《もったい》のう存じます」

「義清、ご覧なさい。遅い月が出ました」

池の向うに、弓張り月が赤味を帯びて斜めに掛かっていた。月の光のせいで、池の畔《ほとり》の桜が白い影となって闇から浮び上っていた。

女院は月の光のなかに静かに坐っておられた。それは法金剛院の建立を思い立たれたとき、すでに地上での幸せは与えられないのだ、と覚悟されたお姿であった。

私が女院の業苦を六道輪廻《ろくどうりんね》の涯《はて》まで肩替りして、女院の幸せを現成させたいと願ったとき、女院の心に、一条の希望の光が射《さ》したとしても、それは決して女院の欲情《よくじょう》とは関係はない。女院は私にすべてを与えることで、私が女院に願ったことを、実現させようとなさったのである。

「義清は、私がつれなくしても幸せでいられるのね」

女院は私の手を執り、それをご自分の柔かい手のひらに挟むと、そう言われた。

「女院がおられることで、すでに幸せでございますから」

「では、きっと、つれなくしましょう」

「辛《つろ》うございましょう。でも女院がそれでお幸せであれば」

「何だか張り合いのない人ね、義清は」

「いいえ、きっといつか、女院がひとりぼっちになられたとき、私には義清がいて、私を守り、私を安らかにし、私を楽しませ、夢中にもさせてくれる、尽十方世界《じんじつぽう》の悉皆《ことごとく》が背き果てるとき、義清だけが私に寄り添い、私を温め、私をゆっくり眠らせてくれる——それだけは疑えない、それだけは信じられる、と思われることがございましょう。もしそうお思いになることがありましたなら、義清の心は、それで十分に報われるのでございます。私が女院とこうしてお話するだけですべてが成就しているとは、そういう意味でございます。私は枝垂《しだ》れ桜の花の下に立っておられた女院のお美しさを生涯無上の歓喜《よろこび》として心に持ちつづけて参りましょう。女院は決して悲しまれてはなりませぬ。義清が女院とめぐり会いましたからには——女院が花の下で立たれておられるからには、女院は至福のなかで微笑(ほほえ)まれなければなりませぬ。時を超えて、微笑む女《かた》でなければなりませぬ」

女院の腕が静かに身体にまわされるのを感じた。

「義清。私たちは、この世では、男と女という別々の人間に生れているけれど、本当は恋によって一つになっていたのかもしれませんね。私は男と女と別々に分れているこの運命《さだめ》をきっぱりと引き受けます。でも、いつか、私がこの世を離れ、ひとりぼっちで暗い虚空《こくう》をさ迷うとき、異界の風に吹かれながら、義清の魂に抱かれ、強くやさしい義清と一つになっていると信じましょう。義清、私はこの世で果すことはすべて終りました。今日の桜がこの世の最後の喜びでした。義清。あなたはいつまでも私を抱きとってくださらなければいけませんよ」

私はそれが初めての恋であり、最後の恋であることを知っていた。

それは時を忘れた限りない愛の抱擁であった。この愛の陶酔のなかに、この甘美《あまやか》な惑溺《わくでき》のなかに、人は生の意味をすべて味わいつくすのだ。もう死も何もこの一瞬の中に溶けていた。白い歓喜《よろこび》の光の中で私は幾世もの生を生きぬいていると感じた。

私たちが釣殿の勾欄に凭《もた》れて月を眺めたとき、すでにあたりには夜明け前の蒼白《あおじろ》い光が忍びこみ、弓張り月は銀白となって西へ傾きかけていた。

藤原秋実よ。私が後に書き残した歌を覚えていよう。あの歌は、この釣殿を出たとき、私の口をついて出た歌であった。

弓張の　月に外《はず》れて　見し影の　やさしかりしは　いつか忘れん

師は長いこと黙っていた。それは、物語をつづけようにも、激しい心の動きのために、それ以上、言葉が出なかったからである。師は「いずれいつかこのつづきを話すこともあろう」と言っただけでその夜はひとことも口を開こうとはしなかったのである。

六の帖

西住《さいじゅう》、病床で語る清盛論争のこと、ならびに憲康《のりやす》の死と西行遁世《とんせい》の志を述べる条々

藤原秋実《あきざね》殿。しばらくでございましたな。この前はたしか秋の半ば、この辺りの桜の紅葉が美しかった頃と覚えておりますが。この冬の厳しい寒さにもかかわらず、どうにか一日一日と切りぬけて、ようやく春の日を迎えることができました。秋実殿のお便りは、二度ほど冬の間に受けとっておりましたが、病床にある身では、長いお返事を認《したた》める気力もなく、あのような短い走り書きで失礼することになりました。手紙でお約束したように、春になってこうして庵《いおり》へお立寄りいただけて、なんと嬉《うれ》しく思っておりますことか。といいますのも、もともと西方浄土に往生の本懐を遂げたいと思って法名を西住などと選びましたものの、仏縁にも恵まれず、このような病弱の身をただ浮世に晒《さら》しているにつけても、西行殿にまつわる思い出をお話する縁《よすが》にできれば、それも徒《あだ》にならなかったことになるのでございますから。

さて西行殿が——いや、この前と同じく佐藤義清《のりきよ》と呼んだほうが、当時の面影を彷彿《ほうふつ》とさ

せられましょう――佐藤義清がいかにして出家遁世したかをこの前のお便りでお訊《たず》ねでしたが、わたしにも、義清の心をこれぞ真《まこと》の姿、とお示しする自信は毛頭ありません。ただ義清が遁世の決意を固めていった当時、最も身近にいて、義清の言葉を聞き、義清の日々を眺めていた者として、それを具《つぶさ》にお話することはできるように思います。

わたしの思い出のなかで、義清の遁世と直接結びつくのではありませんが、後々のことと考え合わせると、容易に忘れられない出来事がありますので、それからひとつお話し申しあげましょう。

それは都でその頃、越後《えちご》頸城荘《くびきのしょう》で氷見《ひみ》三郎が謀反《むほん》を起し、越後国衙《こくが》を襲ったという噂《うわさ》が流れたのですが、そのことと関係があったのです。この噂は結局噂だけで、実際に叛乱《はんらん》が起ったわけではなかったのですが、東国の在地領主たちの苦しい立場を暗示する噂で、謀反とまでゆかなくても、国衙役人と田租夫役をめぐる争いはいくらでもあり、摂関家荘園《しょうえん》と実際にその管理《とりまとめ》に当る在地領主のあいだの軋轢《あつれき》もあちこちで見られ、なかには国司と事を構える在地領主も珍しくなかったのでした。

ちょうど私たちは院北面の警固が終り、いつものように詰所で酒肴《しゅこう》を振舞われていたとき、義清の従兄《いとこ》佐藤憲康の口からこうした諸国の紛争《あらそい》の話が出たのでした。

仲間と一緒に詰所の土間にいた平清盛は隅で武具を繕い、それがちょうど終ったところでした。清盛は私たちのそばにくると、やれやれといった様子でそこに坐《すわ》りました。

「飲むか」

義清が盃《さかずき》を差し出しました。清盛は無言でうなずくと、盃をとり、つがれた酒を一息に呑《の》みました。妻戸を開け放った戸口から香《かぐ》わしい新緑の木々を渡ってきた夜風が、燈台《とうだい》の炎を赤く揺らしていたのを覚えています。

憲康は、諸国の領主たちの不満がいたるところに彌漫《びまん》しているからには、院庁も行事所も本気になって、摂関家荘園の不輸不入の制度を検討し、改善しないと、単に一地方の争乱だけでは収まらぬ事態となるだろう、と激しい口調で話したのでした。

「いや、私はそう思わないな」

突然、清盛が口を挟みました。清盛は、父忠盛《ただもり》殿が昇殿を許されたこともあって、周囲からの反感や嫉視《しっし》が多く、ふだんは控え目に振舞い、とくに意見を述べるようなことは明らかに避けている様子が見えました。それだけに、憲康の言葉を遮ったことは、意外な気持を私たちに感じさせました。

「では、君は、領主たちの不満を放置していいと思うのかね」

憲康はむっとした表情を清盛に向けました。

「いや、諸国の領主たちが騒いでも、結局は、朝廷の権能《ちから》に屈伏するほかないと言っているのだ。朝廷の権能《ちから》とはつまり摂関家の権能《ちから》だがね」

清盛は皮肉な口調で言いました。清盛は色白の、眼の大きな、端正な冷たい顔立ちの若者で、喋《しゃべ》り方にも、距離をおいた、冷ややかな調子がありました。すぐかっとなる憲康とは、対照的な性格でした。

「では、おぬしはその権能《ちから》さえあれば、不正不当が罷《まか》り通っても構わないというのか」

「そうは言っていない。不正不当も権能《ちから》がなければ、是正できないと言っているのだ。諸国の領主たちは、まだそれだけの権能《ちから》がない。つまり摂関家のほうが強いのだ」

「おぬしは源義親《よしちか》の叛乱を追討した平正盛殿のことを言っているのか」

「いや、むしろ反対だな。祖父正盛は相当な武力を持っていた。義親を討伐したのも事実だと思う。ところが、どうだ。あのあと、源義親は生きているという噂が立った。義親が越後に姿を見せたというので、あのときは城永基《じようながもと》と氷見三郎が追捕使《ついぶし》に任命された。私が十歳の頃、父忠盛が血相を変えて家に跳びこんできたことがある。義親が生きて京都に入ったというのだ。義親が追討されてから二十年後だ。私のいう権能《ちから》とは、義親の持っているような眼に見えない畏怖力《いふりよく》のことだ。武力とは別の働きをする」

「では、諸国の領主は、畏怖力がないと」

「そうだ。この世で事を成すには、二つの力が要る。一つは武力だ。それはわれわれが現に行使し、それによっていまの役目を手に入れ、それを果している。だから、説明の要はない。だが、もう一つ重要な力――これには多少説明が要る。それが権能《ちから》というものだからだ。それは眼に見えない働きだ。畏怖させる力だ。義親は武力では祖父正盛に討たれ、敗れた。だが、もう一つの権能《ちから》によって二十年も生き延びたのだ」

「だが、それは義親の影ではないか」

「たしかに影だ。いや、影でさえないだろう。だが、この影でもないものに、それだけの権能《ちから》があるということが肝心なのだ。身内の例で面映ゆいが、君も、祖父正盛と父忠盛が宇治で興福寺の荒僧たちと戦った話を聞いているだろう」

「もちろんよく知っている」

「あのとき、父が最初にやったことは何だったと思う」

「屈強の家人たちを集めて、それこそ武力で荒僧たちを圧倒したことではないのか」

「むろんそれもある。だが、その前にやったのは、荒僧たちが衆徒の先頭に押し立てていた神輿《みこし》と春日《かすが》神木に、火のついた鏑矢《かぶらや》を射込んだことだ」

憲康は肩で息をつき、じっと清盛の色白の冷静な顔を見つめていました。

「つまり父は、あの神輿と春日神木に途方もない権能《ちから》があることを知っていたのだ。延暦寺の衆徒にせよ、興福寺の荒僧どもにせよ、この日吉《ひえ》社の神輿と春日神木の威力があるからこそ、あそこまで朝廷に強訴できたのだ。というのも、おぬしたちも知ってのように、摂関家の公家《くげ》たちにとって、神輿と神木の権能《ちから》ほど恐しいものはないからだ。畏怖の原因《もと》は荒僧たちの弓矢や刀や腕力ではない。あのいかがわしい金色の鳳凰《ほうおう》や金具に飾られた厨子《ずし》、それに虫食いだらけの檜《ひのき》材の持つ権能《ちから》なのだ。この神輿、神木が北嶺《ほくれい》、南都からやってくると聞くと、朝廷のなかは、上を下への大騒ぎとなる。祭壇を設け修法させる。八方に奉幣して鎮撫《ちんぶ》を祈る。祖父は、中御門宗忠《なかみかどむねただ》殿（藤原宗忠。在官六十年、朝儀典礼に通じ、日記「中右記《ちゆうゆうき》」を書く）がこのばかげた公家たちの振舞いを嘲笑《ちようしよう》するのを聞いたとき、ここに人あり、と思ったそうだ。宗忠殿は、もはやそんなものに権能《ちから》がないことを明敏にも見ておられた。あれだけの日録を書いておられる方だ。さすがに胆《きも》の据え方が違う。祖父と父に、荒僧どもと武力で戦うことを命じられた。そして祖父と父は神輿と神木の権能《ちから》が無力であることを、まず戦闘に先立って、証《あか》したというわけだ。義親の例といい、神輿神木の場合といい、長いことこの権能《ちから》が生きていた。それは、武力と違って、眼に見えない。だが、眼に見える武力以上に強力なのだ」

「その権能《ちから》の原因《もと》は、いったい何なのだ」

憲康の浅黒い顔には、まるで怒ってでもいるかのように、血が上っていました。眼が赤くなっていたのです。しかし憲康は怒っていたのではなく、思いも及ばぬことを聞かされ、強く興奮していたのでした。

「もちろん私にも分らない。ただそういうものがあって、実際の力と同じような働きをするとしか言いようがない」

「摂関家の権能《ちから》と言ったな」

「ああ、言った」

「それはどういうものだ」

「こんども身内の例を引くから、笑わんで貰《もら》いたい。父忠盛はずっと昇殿を夢みて生涯を送っていた。いったい何が父の昇殿を阻《はば》んでいたと思うね。階《きざはし》の下に立っている衛士《えじ》だろうか。そんなものは忠盛ひとりで倒すことができる。朝廷を守る随身《ずいじん》たちだろうか。だが、本気で戦えば、そんなものも一挙に討ち果すことは難しくない。とすれば、昇殿を邪魔するものなど、どこにもないはずだ。にもかかわらず昇殿はできない。階《きざはし》を昇るわけにはゆかないのだ。なぜか。そこに大きな権能《ちから》が働いていて、昇ることをがっしりと引きとめているからだ。それを人は家柄といい、門閥といい、身分といい、位階という。名は何であれ、そこに強い綱が張られていて、それを越えるわけにはゆかない。眼に見えない綱だ。しかし何ものよりも強い綱、決して切ることのできぬ綱だ。権能《ちから》というのは、この眼に見えぬ綱の力のようなものだ」

「その権能《ちから》を手に入れなければならぬというのだな」

「左様。もしこの世で何か事を成すならば、だ」

「おぬしの考えに従えば、朝廷も摂関家も途方もない権能《ちから》の持ち主ということになるな」

「もう一つの力――つまり武力はないがね」

「それはどういうことだ」

鋭い声で憲康が言いました。

「何もそう心を尖《とが》らすことはないさ。事実を言ったまでだ。摂関家は権能《ちから》を持つが武力はない。私たち武士は弓馬、刀剣は持つが権能《ちから》はない。事を成すには、片方だけでは駄目だと言ったのは、そういう意味だ」

夜風が燈台の火を赤くちらちらと揺らすたびに、憲康の顔が苦しげな表情で浮び上ります。それに対して、清盛は静かに盃を口に運んでいました。清盛は自分の考えを話すことで、あらためてそれを自分に納得させているように見えました。

わたしが不思議に思ったのは、いつもは憲康に対して一こと二こと言葉をかわす義清が、何一つ喋ろうとしなかったことです。

おそらく氷見三郎の噂から始まった話なので、慎重な義清は、わざと口を噤《つぐ》んでいたのだと推測しましたが、そのことも、この夜の情景を忘れ難くした原因だったのです。

その頃、わたしはふとしたことで、義清が深く女院をお慕いし、激しい恋の思いに苦しんでいたのを知りました。わたしに送ってくれた歌の草稿のなかに、女院への恋を詠《よ》んだものがあって——わたしはいまでも、義清がわざとしたことではなく、放心の折、何かにとりまぎれたのだと思っていますが——それで、わたしはその苦しみを知ったのでした。でも、こうした前後のことを考えますと、いかに無二の親友とはいえ、わたしからそのことを問いただす勇気はありません。

わたしが義清と話すとき、心のどこかにこの忍ぶ恋の溜息《ためいき》を聞くように思ったのはそのためでした。

清盛と話してからしばらくした雨の夜、わたしは義清の家に寄りました。その頃、わたしはむかしの物語、日記、草子類を義清と交換して読み耽《ふけ》っておりました。歌を作っては互いに意見を述べ合うこともありました。

「この前の晩は、憲康はひどく清盛に感心していたみたいだな」

わたしは雨が板庇《いたびさし》に当る音を聞きながら言いました。

「いや、私も感心したな。権能《ちから》が武力より強いというのは、卓見だと思いながら聞いていた」

「いつもと違って、何も言わなかったね」

「そうだったかな。とても言いたいことがあったんだが……」

「そうは見えなかったな。ほとんど何も言わなかった」

「そうかもしれない。言いたいことがありすぎた。きっと喋り出したら、とめどなくなりはしないかと思ったんだろう」

「言いたいこととは、たとえばどんな……」

「そうだな、あの見えない力のことだ」

「清盛は権能《ちから》と呼んでいた……」

「畏怖力とも言っていたな。神威とか、威光とか、掟《おきて》とか、そんなものの持つ強制力だな」

「憲康がひどく興奮していたのはどうしてだろう」

「おそらくこの権能《ちから》を広い意味に受けとったからではないかと思うな。私も実はそうだった。だから、こう胸のなかに、いろいろの思いが満ちてきてしまった……」

「広い意味というと」

「清盛はこの世で事を成すには二つの力が要ると言ったね」

「武力と権能《ちから》だね」

「見える力と、見えない力だ」

「そうも言っていたな」

「見える力を、武力だけではなく、この世を変える力すべてと取るんだ」

「なるほど、武力だけじゃなくね……」

「そうだ、打つ力、切る力、押す力、引く力、跳ぶ力、落ちる力、流す力、上げる力などいろいろの力がある。その力によって、この世の物は動く。動くとは、変ることだ」

義清はしばらく雨の降りこめる夜の闇《やみ》を眺めていました。雨のなかで鳥がけたたましく一声叫びました。蛇にでも襲われたのでしょうか。

「畑を打つ力で、土は耕やされる。木を切る力で、木材を切り出すことができる。この世を変え、作りあげるのは、この力だ。そして力は果てしなく働いて、あるとき終る。力を動かす人がいなくなったときだ」

わたしは義清が何かに憑《つ》かれたようになっているのに気がつきました。土でもこねるように両手を何かしきりと形を作るように動かしながら話しつづけるのです。

「力はこの世を変える。この世を作る。力だ。力こそが……」

そのとき、不意に妻戸をあけて憲康が入ってきたのです。風折烏帽子《かざおりえぼし》に狩衣《かりぎぬ》を着て前張の裾《すそ》をからげ、素足に泥をはね上げていました。

「それだ。義清、その通りだ」

憲康はめずらしく酒に酔っているようでした。顔色はむしろ蒼《あお》ざめていましたが、眼は濡《ぬ》れたようにきらきら光り、激しいものが全身から溢《あふ》れ出ていました。烏帽子も水干《すいかん》も雨にぐっしょり濡れていました。

「いったいどうしたのだ」

義清は従兄の顔を驚いて眺めました。

「いや、私は正気だ。ほんのすこし飲んでいる。だが、酔ってはいない。大丈夫だ。どうしても義清の耳に入れておきたいことがあってな、急いで雨のなかを走ってきた」

憲康が肩で大きく息をつくと、義清はうなずいて憲康を見上げました。

「もう察しがついたのだな」憲康はどしんと腰を下すと言いました。「お察しのとおり氷見三郎殿の廻状がきた。都に頸城荘謀反のいつわりの報《しら》せを流した結果、東国では、陸奥《みちのく》藤原の一門が互いに連絡を取り、軍兵をいつでも集められるようにするというのだ」

「謀反するのか」

「いや、京都の出方を待って、いつでも動けるように準備をするのだ」

「奥州藤原は動くのか」

「基衡《もとひら》殿は動かない」

「そうだろうな」

義清の声には安堵《あんど》の調子がありました。

「だが、こんどは私はゆくぞ」

「どうしてもか」

「どうしてもだ。たとえ何事も起らなくても、氷見三郎殿に会ってくる。できたら基衡殿とも会ってきたい。東国はどうなっているのか。諸国の領主たちの不平不満を解決する気があるのか。国司と領主たちの軋轢はどうなっているのか。京都にいては分らない。とにかく奥州までゆけたら行ってみたいのだ」

「そこまでは私も賛成だ。しかしそれ以上は、機がまだ熟していない。氷見三郎殿に会ったら、そのことはくれぐれも話し合ってほしい。浮世の形を変えるのは力だ。だが、清盛が言ったように、同時に、眼に見えない権能《ちから》がなければ事は成らぬ。そして人は権能《ちから》を得るときもあれば、失うときもある。摂関家すら権能《ちから》が失われることがあろう。謀反に立つなら、そのときだ。だが、そうでなければ、白骨の武者行列がつづくだけだ」

「おお、義清」憲康はぶるぶる震える手で義清の膝《ひざ》を押えました。「義清がこんなことを言うのはいまが初めてだな。思ったとおり義清は摂関家を押えて、奥州藤原の治世を指導する人物だ。義清ならできる。義清はその人物だ」

義清は無言で首を振りました。それは憲康の言葉を否認しているのではなく、激しい憲康の気性を危惧《きぐ》しているように見えました。しかし憲康はそれに気がつかないように話しつづけました。

「いずれ天下の権能《ちから》の形勢《ありよう》が変って、奥州藤原が動かなければならないとき、義清はかならず一族と行をともにしてくれる。私はそれを信じる」

憲康は何度も義清の手を執り、それを強く振りました。それから雨のなかをあわただしく帰っていったのです。

「なに、こんな雨、物の数ではない。遠い旅の仕度をしなければならぬ」

それが、式台の上でわたしたちが引きとめたときに佐藤憲康の言った言葉でした。そしてそれが憲康の最後の言葉となったのでした。

翌朝、前の日の豪雨が嘘《うそ》だったように美しく晴れ渡りました。新緑のうえに朝日がきらきら光り、土塀からも、地面からも、湯気が楽しげに上っていました。

わたしは一夜義清の家に泊り、まだ少女のような萩《はぎ》の前に朝餉《あさげ》の馳走《ちそう》になったのです。萩の前は細々とした身体《からだ》つきの、慎《つつ》ましい、はかなげな女性でした。義清も萩の前も、結婚前はお互いに顔さえ知らなかったのですが、二人は、こわれやすい草花の鉢でも支えるように、心を合わせて暮しているような感じでした。萩の前は、わたしが遊びにゆくと、わたしという鏡に良人《おっと》の姿が映っているように――そしてその鏡以外には良人の姿が見えないかのようにわたしを鄭重《ていちょう》にもてなし、外での義清の話をいろいろと訊《たず》ねるのでした。義清が弓馬の道で北面《ほくめん》の武士のなかで最も優れた腕前を持つだけではなく、鳥羽院はじめ、女院、女院御所の公家たち、とくに主家すじの徳大寺家の人々のあいだで、歌人としても高い評判を得ているのだと話しますと、長い黒髪に囲まれた、眼の間隔の広い、可愛《かわい》らしい顔をほんのりと赤らめて、「まあ、義清どのがそんな」と小さな声を洩《も》らすのでした。

その朝もわたしは萩の前の心づくしの持てなしに、厚く礼を述べて、義清とともに鳥羽御殿へと出かけたのでした。そして、前夜、雨のなかを帰っていった憲康のことが気になったので、北面へ出仕する前に、ちょっと家を覗《のぞ》いて行こうということになったのです。

憲康の家は四条にありましたので、義清のところからそう遠くはありません。わたしは道々萩の前が義清の話をどんなに嬉《うれ》しそうに聞くかを話し、義清は困ったような顔をして聞いていました。

道は土塀と土塀のあいだにつづき、塀の向うから前夜の雨に洗われた庭木がみずみずしい緑で光っていました。道の水溜《みずたま》りは、朝の青い空を映して、空よりも冴《さ》え冴えとした色に見えました。

その土塀の角を曲ると、憲康の家でした。ところが、門の前に、近所の男女が集っていて、ひそひそ声で何か囁《ささや》き合っているのです。その中に、憲康の家で働く老女がいて、誰かを待つらしく、しきりと道のほうを眺めているのです。

「何かあったのかね」

義清は老女に声を掛けました。老女は義清を見ると、それまで緊張のあまり怺《こら》えていた激情がどっと溢れ、袖《そで》を顔にあてて、わっと泣き崩れたのでした。

「旦那《だんな》さまが……」老女は声を途切らせました。

義清は顔色を変え、屋敷のなかに飛び込みました。前庭では雑色《ぞうしき》たちが土蔵から金剛盤《こんごうばん》や如意《にょい》や水瓶《すいびょう》など仏具を運びだし、別の男たちは台盤や食器類を並べていました。

義清の姿を見ると、憲康の妻袈裟《けさ》の前が式台によろめくように現われ、膝をつく間もなく、涙が溢れ出ました。

「義清さま、憲康が夜明けに突然亡《な》くなりました」

袈裟の前はそれだけ言うと、嗚咽《おえつ》に襲われ、声が途切れました。

「亡くなった？」

義清は寝室に走りこみました。部屋には、憲康の子供たち、袈裟の前の妹が枕《まくら》もとに坐《すわ》り、茫然《ぼうぜん》とした表情で憲康のほうを見つめていました。

義清は憲康の顔から白い布を取りました。蒼黒いその顔は眼を閉じ、どこかほほ笑んでいるように見えました。しかし義清が名前を呼んでも、眼をあけることはなかったのです。

袈裟の前の話によると、前の晩、雨のなかを急ぎ足で戻ってくると、上機嫌で衣服を着換え、近日、東国と陸奥《みちのく》へ旅立つので、仕度をしなければならぬ、と言ったということでした。そして執事に旅仕度の細かい指示を与え、馬はどれ、供廻りは誰、旅装束は何々ということまで話し合ったというのでした。

「で、そのときは別に変ったことはなかったのだね」

「はい。ございませんでした」実直な執事はまっ赤に泣きはらした眼を伏せました。「いつもよりも、ご機嫌よく、いよいよ旅立つだけだなどと申されて、寝具のなかに入られたのでございます」

「それで……」

「はい。それから」と袈裟の前が言葉を引きつぎました。「夜明けに、何か嫌な夢を見て目が覚めました。すると、こちらで憲康が低く呻《うめ》いているような声がいたしました。憲康も夢にうなされているのかしらと、こちらへ参りますと、急に静かになりました。すぐ紙燭《しそく》に火をつけると、もうすでに事切れておりました」

「それだけで……」

「はい。それだけで、もう亡くなっていたのでございます」

わたしは憲康の蒼ざめた固く引きしまった顔を眺めました。すこし鼻がとがり、高くなったような感じでした。この閉じられた眼が二度と開くことがないということは、どう理屈を言ってみても、理解できませんでした。

わたしは憲康の冷たい手を執って、その名を呼びました。義清と違って、情は激しく、すぐ怒ったり、泣いたり、感激したりしましたが、北面では最も優しい人のひとりでした。いつか検非違使庁《けびいしちよう》の役人と町を巡察していて、貧しい女が盗みでつかまったとき、間違えて他人の物を持っていったのだといって、放免したことがあります。女は三日も憲康の家の前で泣いていたということです。

そんな憲康がもう二度と眼を開かない——もう永遠に眼を覚まさない——そんなことがあり得るでしょうか。

義清はじっと憲康の死に顔を見つめつづけました。一緒に馬に乗り、蹴鞠《けまり》に興じ、流鏑馬《やぶさめ》を競った一番親しい従兄《いとこ》であり、僚友《とも》でした。奥州藤原一族の流れを汲《く》む家柄を誇りにし、摂関家に代る諸国の経営を考えていた若々しい野心家でもありました。鳥羽院では義清と並ぶ歌の詠み手であり、歌合《うたあわせ》には何度か秀歌を出して勝の判詞《はんし》を受け、藤原俊成殿から賞讃《しょうさん》の言葉をかけられたことさえあったのです。

その憲康が突然沈黙のなかに閉じこもり、二度と語りかけることがないのです。外には六月の強い眩《まぶ》しい光が濃くなった緑の木々のうえに照りつけています。高い青空には鳶《とび》が舞い、そのうららかな啼《な》き声が笛の音のように聞えてきます。花のまわりには虫たちが羽音を立てて飛んでいます。しかしここには何一つ動くものがないのです。

憲康の死がどれほど強い衝撃であったか、わたしは十分お話することはできません。それは、あらゆるものは過ぎ去るのだという並の無常感では説明のできない、何かもっとどうしようもない欠落感をわたしの心のなかに穿《うが》っていったのです。まるで眼に見える風景のなかに、一箇所白く欠け落ちた空無の場所があるような感じでした。それは痛みに似た苦痛を伴っておりました。風が吹いても、日が照っても、その空白はずきずきと痛みました。わたしはその痛みのなかで泣いている自分に気がつきました。それは痛みではなく、激しい悲しみだったのです。

おそらく義清の悲しみはこんなものではなかったでしょう。憲康の死の朝から、もはや口をきくことがなかったのです。獣のように家の中にうずくまり、数日も食事すら摂《と》ろうとはしませんでした。憲康の葬儀の翌日から、義清は北面の詰所に休暇願いを出し、間もなく紀ノ川の領地へ帰っていったのでした。故郷で憲康を弔うための行事が待っていたのでしょう。しかし義清はなかなか京都に戻りませんでした。一ヵ月も経《た》った頃でしょうか、わたしは義清から一通の手紙を受け取ったのでした。

鎌倉二郎源季正《すえまさ》殿。

あれからどのくらい日数がたったのか、はっきりしません。ずいぶん長い時間が過ぎたようにも思いますし、つい昨日のことのような気もします。しかしいまはそんなことはどうでもいいような気持です。過ぎるなら勝手に過ぎてゆけばいい。とどまるなら勝手にとどまればいい。といって、決して投げやりな、どうでもいいという怠惰な気持ではありません。むしろそうした時間の流れをすべて受け入れ、そんなことにもう一々気を遣うまい、といった気持です。

ある意味で、私は死んだのかもしれません。憲康が亡くなったとき、あの虚《むな》しい明るい初夏の光が漲《みなぎ》り渡っていた朝、私は、憲康とともに死んだのだと思います。あるいは、この浮世の生を行きつくして、終りの境界線に立って、一跨《ひとまた》ぎして、その線を越したのかもしれません。ともあれ、私は浮世というものの初めと終りをはっきり眺めていることを感じます。まるで浮世が、それこそ海のなかに浮ぶ島か何かのように見えるのです。島のなかに都もあれば田舎《ひな》もあります。大臣もいれば農夫もいます。男も女も、老いも若きもその島に住みついています。

もちろん島の住人たちは、それが浮島であることは知りません。島の全体を見ることもできなければ、大海原に浮ぶところも見ることができません。それを見るためには、死なければならないのです。憲康が死んだとき、私は悲嘆のあまり、生きながら死んだのです。だから、生きながら、この世という浮島が見えるのでしょう。私はうつせみに生きる生者ですが、もう普通の生者ではありません。形は生者ですが、心は浮世を超えた者になっています。浮島を見ているのがその証拠です。

鎌倉二郎殿。私はあれから毎日毎日紀ノ川の流れを見て暮しました。そこではあらゆるものが流れてゆきます。何一つとどまるものはありません。上流に浮ぶ筏《いかだ》も、あっという間に眼の前にきて、そこから下流へと流れ去ってしまいます。

はじめはそれは憲康と同じように素早く立ち去る死を思わせました。すべてが流れてゆきます。すべてが立ち去ってゆきます。老人も立ち去ります。若者も死んでゆきます。男も流れてゆきます。女も消えてゆきます。とどまるものは何一つありません。すべては死へ向って流れ、そして死のなかに吸いこまれてしまいます。川の流れこそが浮世の姿なのです。浮世とは果敢《はか》なく流れ去るものでできているのです。

私はそう思って来る日も来る日も泣いていました。そのうち涙も涸《か》れ果てました。涙は涸れましたが悲しみは涸れませんでした。私は川の流れをじっと息をつめて眺めました。ひたすら眺めつづけたのです。

そのうち私自身も流れるものの一つになっていました。私も流れていました。流れ去り、流れの果てまでゆき、そこで浮世の外へと自然に流れ出ていました。川がその果てに大海《おおうみ》のなかに溶け、消え果てるようにです。

鎌倉二郎殿。そうやって浮世の外に流れ出たと心底感じる日、憲康が清盛と話し合っていたときのことが妙に思い出されることがあります。憲康はあのとき武力と権能《ちから》について何か身にこたえることを学んだにちがいありません。清盛はこの世で事を成すには、この二つの力が要ると言っていましたが、私も、憲康に劣らず、清盛の冷徹な眼には驚きを禁じ得なかったのです。

実は、それと同時に、あのとき私には何か大事なことを言わなければならないと思い、それをうまく言い表わす言葉を心のうちに探したのですが、どうも見つけることができませんでした。言葉が見つからないというより、心のなかに見えているものが、はっきり摑《つか》めなかったと言うべきかもしれません。

しかしそれは憲康の死に出会わなければ、結局摑むことができなかったことだったのです。というのは、紀ノ川の流れを眺め、自分が流れの果てに消えたと思えたとき、それは、はっきりした形をとって、心の中に現われてきたからです。

あのとき、私が言いたくて言えなかったのは、清盛のいう武力と権能《ちから》があくまでこの世のものだということでした。そうです。武力と権能《ちから》は物を変え、事を成すことができます。でも、それは、浮島に似た浮世のなかだけのことなのです。浮世をしかとこのように見られるようになるまで、その感じを摑むことができなかったのは当然です。浮島に生きている人には浮島だけがすべてですから。浮島のなかでの盛衰がその人の人生であり運命なのですから。事が成るか、事が成らぬか――矢が当るか、当らぬか――それが現世の人間の一喜一憂の原《も》因《と》なのです。現世は浮島だと見えた途端、そのことが痛いように解《わか》ったのです。武力も権能《ちから》も、結局は、浮島のなかで一喜一憂する手段にすぎなかったのです。そう思えた途端、私が清盛に言いたかったのは、このことだった、と確信できたのでした。

鎌倉二郎殿。あんなにも非情な、透徹した知恵と思え、この世で事を成すための厳しい掟《おきて》と見えたものも、所詮《しょせん》はこの浮島のなかの蟷螂《かまきり》たちの仲間争いの手段にすぎないと解ったときの私の愕然《がくぜん》とした思いを、どうか想像して下さい。

憲康と葵馬場《あおいのばば》で流鏑馬に熱中していた頃、源重実《しげざね》殿が「矢が当る、当らぬではなく、矢を射ることそのことが楽しいから、矢を射るのだ」と言われ、「その楽しさに生きるとは、雅《みやび》であり、この世の花を生きることだ」と笑っておられたのですが、その言葉の意味が不意にそのとき理解できたのです。雅であるとは、浮世の外の変りない楽しさを生きることであったのです。

鎌倉二郎殿。いままで一度も打ち明けたことはありませんでしたが、実は私はある貴《あて》やかな女性《にょしょう》を心の限り愛慕《いつくし》んで生きているのです。

私が憲康を失った悲しみからひたすら紀ノ川の流れを見ていたとき、その悲しみを温かく抱きとめ、この地上に私を引きとめてくれたのは、実は、この美しい女性《にょしょう》の存在でした。その方の仄明《ほのあか》るんだ桜の花に囲まれた美しさが、石ころのように冷たく固くなった私を、居心地いい繭《まゆ》に似て、すっぽりと包んでくれたのでした。

私がこの世を浮島と眺め、大海に一人ぼっちで立っているとき、浮島の外へさ迷い出たのをすこしも恐れなかったのは、この薄紅《うすべに》の花の色に包まれているのを感じたからでした。

私はその美しい方と恋の逢瀬《おうせ》を楽しむことを禁じられております。ただ一度触れることのできたその方の柔かな白い肌は、薄い滑らかな絹地のように、甘やかに、香《かぐ》わしく、私の腕のなかにいまも流れつづけ、果てしない陶酔の滝のように感じられますが、私は、それでさえ、有難い恩寵《おんちょう》の証《あかし》と、地に跪《ひざまず》かないではいられないような気持になっているのです。

というのも、私たちは身分の違いから、美しいその方は階《きざはし》の上に、そして北面に過ぎぬ私は階の下に、隔てられるほかないのに、あの方と私は、それを超えて、魂を寄せ合い、六道《ろくどう》輪廻《りんね》の涯《はて》まで、慈《いつく》しみ、愛《いと》おしみ、歓喜《よろこび》の花の香りに噎《むせ》ぶことを誓い合ったからなのです。そのとき、もう二人が地上で、男と女として相擁することがないのを知りながら、どうしてそれを嘆かず、耐えることができたのか、二郎殿はお訊ねになるでしょう。

鎌倉二郎殿。そのとき、まだ私ははっきり、この世は浮島のごときもの、と見窮《みきわ》めていたわけではありません。しかし心のどこかで、すでに、それを直覚してはいたのです。浮島のなかの愛慾《あいよく》は、いかに熱烈に愛撫《あいぶ》の炎に焼かれようと、それは流れ去る時間のなかで、晩《おそ》かれ早かれ、色褪《いろあ》せてしまうことは必然の運命《さだめ》なのです。浮島のなかの森羅万象《いきとしいけるもの》が、あの果てしなく流れる紀ノ川の水のように、滅びの流れのなかに浸され、変貌《へんぼう》し、消滅するように、眩暈《めくるめ》く恋の火も、年ならずして冷たい一盛りの灰の山に変ることは避けることができません。

あの美しい方を胸のなかに抱くのは、それとは違ったことでなければなりません。事実、私たちはそのように誓い、そのように決意し、他の一切は私たちから切り離されました。私たちは浮島のようなこの世を切り離したのでした。この世の外に出たのでした。私たちがこの世の肉として交ることがないのに、果てしない陶酔のなかで、物狂おしく、野を焼く炎のように生きているのはそのためなのです。

そうです。氷見三郎殿の廻状が届けられ、奥州藤原一門の結束を呼びかけられたとき、なぜ私が一族の悲願の尊さを知り憲康のひたむきな気持を理解しながら、そこから顔を背けたのか、いまなら、はっきりと説明することができます。それがいかに尊く、ひたむきな激情であっても、あくまでこの世に属していることだったからです。心を高らかに鳴り響かせ、男らしい気概の清らかさが胸のうちを吹きぬけても、所詮それは浮島のなかの蟷螂《とうろう》たちの雄《お》叫《たけ》びにすぎないのです。それは、日が経ち月が流れるにつれて、みるみる色褪せてゆく幻影に過ぎないのです。

その昔、憲康と激しく議論を戦わせた夜、私は眠ることができませんでした。うとうとしたと思ったら、白骨の武者たちが、かたかた骨の音を寂しく鳴らしながら地の涯まで連なって行進してゆく悪夢にうなされ、跳び起きたことを覚えています。早暁《そうぎょう》で、庭の軒端《のきば》に白梅が凜《りん》とした花を咲かせておりました。私は直観で、この白梅の美しさこそが、信じるに足る世界だと思ったのです。

思えば、あの瞬間、そうと気づかず、私は浮世の外へ出て、白梅の花が描きだす広大な空《ひろ》間《がり》に立っていたのです。この世はみすぼらしい浮島となって、白梅の清らかな香りに包まれた青海原の上に、ぽつんと漂っていたのでした。

鎌倉二郎殿。私が紀ノ川のほとりで川の流れを見つめながら、長い長い物思いに耽《ふけ》ったのは、おおよそこうした事柄についてです。憲康の死の悲しみはなお黒い旗指し物のように心の中を横切ってゆきますが、それが浮島のなかを通ってゆく行列であると見窮めることはできたのです。憲康はいま浮島を超えたこの花の香りに満ちた青海原のような空間《ひろがり》のなかに、以前より強い実在感《たしかさ》で生き返っているのを感じます。そこにはあの貴やかな女性《によしよう》も桜の花に囲まれて静かに歩んでおられます。

そうでした。紀ノ川のほとりで、こうして浮世を外から眺めるような思いで過していたある日、思いがけないことが起ったのです。もしそれが起らなければ、なお紀ノ川にとどまっていたかもしれません。それは私から川の呪縛《じゆばく》を解いてくれることになったのでした。

その日、私は夜明け前に起きて佐藤館《やかた》を出ると、いつものように紀ノ川のほうに歩いてゆきました。水田にはすでに青々と稲が伸び、夜明け前の冷んやりした静かな風が吹くと、柔かな青い敷物を拡《ひろ》げたような田が、風の通り道を示すように、いっせいに葉を揺らせて色を変え、しなやかな帯状の縞《しま》を描いてゆくのでした。葛城《かつらぎ》の峰々のうしろの空は白い銀のように清らかに澄んでいました。川岸に着いたとき、日が昇り、木々も田も山も鮮かな色を取り戻しました。

私は葛城山を振り返りました。太陽は峰のなだらかに流れてくる肩の辺りから射《さ》していました。その瞬間、私は何か奇妙な感じを味わいました。急に、身体《からだ》が軽くなり、同時に、身体が二寸も三寸も伸びたような感じでした。ちょうどそれまで重い衣服を着ていて、身体を動かすのも不自由でしたが、そのとき、突如として結び目が切れて、その重い衣服が、どさっと、下にずり落ちた感じでした。そして急に軽やかな、自由な、解放感が全身を包んだのです。躍り上りたいような歓喜《よろこび》が胸の奥から噴きあがり、私の五体は一挙にはじけ飛んだような感じでした。

もちろんそのとき何が起ったのか解りませんでした。くる日もくる日も、鈍い、涙に濁った、重い頭で、川の流れを見つづけていたので、川のほうへ眼をやっても、前の日と同じような思いが立ち上ってくるだろうと考えていました。

しかし紀ノ川はまったく別の川のように見えました。それはしなやかな乙女の身体のような青く新鮮な水のうねりでした。豊かな、生命の動きに似た、歓びの渦であり、波であり、流れの脈動でした。

私ははっと目覚めたような気持になりました。そのとき、重い衣のように脱げ落ちたのは、人々が事が成る成らぬでぼろぼろに汚してしまったこの浮世だった、ということに気がついたのでした。

身が軽々となったのは、浮世の外が、ただこの世の花を楽しむ空間《ひろがり》であり、雅《みやび》の舞台であり、事が成る成らぬから全く免れている場所だからでした。みどりの葛城山も、青く流れる紀ノ川も、稲田を走る風の縞模様も、それだけで、たまらなく愛《いと》しいもの、懐《なつか》しいものに見えました。それがそこに在るだけで、胸が嬉《うれ》しさにいっぱいになってくるのでした。あたかも山川草木が尊く有難い御仏《みほとけ》の大きな身体でもあり、山の肌、木の葉のそよぎ、鳥の囀《さえず》り、花たちの色が、一息ごとに御仏の香《かぐ》わしい慈悲を放ちつづけているとでも言ったらよかったでしょうか。

鎌倉二郎殿。私はこうして憲康の死の悲しみから癒《い》えました。同時に、いままでとは違った大きな心のときめきを抱いて生きられるようになりました。ということは、私は、いままでのようには生きられないということです。まだ実際にどう生活を変えてゆくか、深い考えがあるわけではありません。京都に戻ってから、二郎殿ともいろいろ相談して、新しい生き方を見つけなければならないと思います。とりあえず、こちらで御仏の大いなる身体に触れたことをお報《しら》せだけしたいと思い、長い便りになってしまいました。

この手紙を受け取ってから、さらに一ヵ月経った夏のさなかに、義清は京都に戻ってきました。そのときはすでに北面の勤めをやめ、僧房で修行をする決意を固めていたようでした。

京都に戻ってきた義清は、前よりもずっと元気そうに見えました。がっしりした頑丈な身体には、一段と力が溢《あふ》れているようでした。とりあえず、北面を辞めることを鳥羽院に願い出なければなりません。義清は鳥羽院から特別の寵愛を受けていただけに、なかなかそれを言い出しかねているようでした。

しかし決心が変ったのでないのは、例えば、次のような歌を見せられたのでも、はっきり解りました。

いざさらば　盛り思ふも　ほどもあらじ　藐姑射《はこや》が峯の　花にむつれし

義清は院の御所に咲き乱れる桜になじみ楽しんできた日々と別れを告げるのも、「ほどもあらじ」、大して時間もかからないだろうと心から思っていたのです。当時、義清の思いは、突然、自分の前に見えてきた山川草木の歓喜に溢れる姿を歌に刻みつけることでした。それと同時に、心では、すでに浮世の外に出ているのに、実際には、まだ浮世にとどまっていることにも随分と迷っていたようです。私の手もとに、そうした迷いを詠《よ》んだ歌が幾つも送られてきました。

山深く　心はかねて　おくりてき　身こそ憂《う》き世を　出《い》でやらねども

捨てがたき　思ひなれども　捨てて出でむ　まことの道ぞ　まことなるべき

義清はつねにこの世の恩愛、義理、縁《えにし》というものを大切に考えていました。それを義清の都合で一方的に切り捨てることは到底できる人ではなかったのです。しかしそれをあえて行おうと決意したのは、心の中ですでに浮世を出て、森羅万象《いきとしいけるもの》の美をまざまざと見た人が、その眼を曇らせるような生き方を辿《たど》ることは、いわばその人自身を殺してしまうことだと知っていたからではなかったでしょうか。義清は、自分の魂を救うためには、恩愛の絆《きずな》を断ち、森羅万象《いきとしいけるもの》の輝きにむかって歩まなければならないと思ったのです。

わたしが義清に誘われて東山に無遍上人《むへんしようにん》の庵《いおり》を訪ねたのは、その夏の終りの頃でした。案内の樵《きこり》が峰の途中でわたしたちを待ち受けてくれました。時には猪《いのしし》に遭うこともあると言って、弓矢と山刀を携えていました。峰を下ると渓流の音が聞え、上りにかかると、涼しい風が峰伝いにわたしたちの汗を冷やしてくれました。

義清はときどき足を停《と》めて、あたりの気配に注意を凝らしていました。蟬《せみ》の声が全山に喧《やかま》しく鳴り響いていました。ほとんど道らしい道はなく、樵がいなければ、そんな峰の奥へ踏み分けてゆけたかどうか分らないほどでした。

無遍上人の庵は、峰の頂きからすこし下った窪《くぼ》みにあり、一方は低い崖《がけ》になっていて、激しい北風を防いでいました。

無遍上人は柔和な五十歳ほどの人物で、たえず念仏を唱え、義清とわたしをにこやかな笑顔で迎えたのです。庵はごくごく小さな板屋根、土壁の家でしたが、丸木の柱などは風雪に耐えるだけのしっかりした建て方で、長い庇《ひさし》や、竹の簀子《すのこ》や、雨戸、障子の建具などは、庵の居心地のいい拡がりを落着きよく取り囲んでおりました。壁には小さな床の間と閼伽棚《あかだな》が並び、床の間には不動明王が火焔《かえん》に包まれている絹本の絵図が掛かっているのが見えます。西側の隅に黒塗りの籠《かご》があって、経典、家集、史書の類《たぐい》が並び、床の間の前に螺鈿《らでん》を鏤《ちりば》めた琵琶《びわ》が立てかけてあったのです。

わたしは竹の簀子に腰を下し、静かに過ぎてゆく谷の風を冷んやりと感じていました。ここでは雲が心を休ませる絵であり、風の音が物思いを誘う音楽でした。水があり、乾飯《ほしいい》があり、栗《くり》があり、山菜がありますが、飲み食いするものはそれだけです。余分なものは何もないのです。それなのにこれほど豊饒《ほうじよう》な感じを与えるのが、なんとも不思議でした。

庵が簡素で、屋根と柱だけの住居であるために、そのまま山川草木のなかに溶けてしまって、かえって直接に、太陽や風や木の実や花に飾られた、落着いた居心地のいい住居に変っていたのでした。

「二郎。これこそが私たちの住むべき家だと思わないか。森羅万象《いきとしいけるもの》の歓喜《よろこび》が、まるで唱和する歌声のように、この小さな庵に響いているじゃないか」

義清は庵から帰る道々、何度も振り返ってそう言いました。

柴《しば》の庵《いほ》と　聞くはくやしき　名なれども　世に好もしき　住居《すまひ》なりけり

保延六年十月、義清が二十三歳で浮世を出る決心をしたことのなかにこの好もしい住居のたたずまいが大いに影響していたと思います。

わたしの見るかぎり義清の心は、むしろ明るく大きなものに向って歩み出てゆくように思えました。葛城山《かつらぎさん》の太陽を迎えた、その匂《にお》やかな朝、大日如来《だいにちにょらい》の光に向って歩んでいったようにです。

七の帖

西住《さいじゅう》、西行の出離と草庵《そうあん》の日々を語り継ぐこと、ならびに関白忠通《ただみち》の野心に及ぶ条々

藤原秋実《あきざね》殿。ご心配には及びませぬぞ。これだけ話しましても、すこしも疲れは感じておりませんし、それに、こうして気力の残っているあいだに、あの頃のことを、いますこしくお話しておきたいと存じますのでな。

あの頃のことを話しておりますと、心はいつか、若い時代に戻り、義清《のりきよ》と夜を徹して出離の思いを語り合った純一な気持がそのまま立ち現われてくるようで、衰えたこの身体《からだ》にもおのずと気力が湧《わ》いてくるような気がいたします。それこそ義清が、

捨てしをりの　心をさらに　改めて　見る世の人に　別れ果てなん

と詠《よ》んだときの、その「捨てしをりの心」がまざまざと蘇《よみがえ》ってくるような感じがいたします。

わたしはさきほど、義清が葛城山《かつらぎさん》に昇る日に向って歩み出るような気持で、浮世を捨てたと申しました。「捨てしをりの心」というと、まず思い浮んでくるのが、この昂《たか》ぶった、晴れやかな、勇気に凜々《りんりん》と満ちた心なのです。義清はもちろん、わたしも同じように、浮世から外へ出ようと決心した瞬間、身体がみるみる大きくなり、乾坤《けんこん》に満ちわたる巨人になったように思えたのです。この巨人が小さな浮島のような現世《うつせみ》にじっと見入っている――そんな気持になっていたのでした。

義清もわたしも、こうした最初の瞬間の輝かしい気持を、つねに持ちつづけることができたというわけではありません。いま思うと、時どき、おかしいほど、最初の昂ぶった気持がどこかに見失われていることもあったのです。

しかしそんなふうに言うと、遁世《とんせい》の決意がいかにも気紛れな、その場だけのものに思われますが、決してそうではありません。事実、浮世の空《むな》しさは骨の髄まで染《し》みこんでいて、それを見忘れたり、そこに舞い戻ったりすることは金輪際考えられませんでした。それにわたしたちは無遍上人《むへんしようにん》が味わっている浄福をまざまざと思い返すことができました。あのすがすがしい充実した暮しぶりこそ、何としても手に入れたいと思った理想《ねがい》でした。

それなのに、どうして最初の「心をさらに改めて見る」必要を感じたのでしょうか。それほどにも持ちつづけるのに困難な心境なのでしょうか。理由は、わたしには、しかと解《わか》りかねますが、とにかく、澄んだ月にたえず雲がかかるように、心を許していると、ふと消えてしまう種類のものだったのは確かでした。

ましてわたしたちが完全に出家するには、あれこれと切り離すべき多くの結縁《けちえん》がありました。わたしのように大して責任も負わされていない独り身の人間ですらそうでした。義清のように田仲荘《たなかのしょう》の棟梁《とうりょう》であり、本所《ほんじょ》徳大寺家と深い縁《ゆかり》を持ち、鳥羽院北面でも有数の侍として将来を望まれていた人物が、そうたやすく明日から出家するというわけにはゆきません。それに、前にも申しましたように、義理堅いうえに、是非を尽して相手に解って貰《もら》うという態度を誰に対しても持っていましたから、いかにそれが崇高な決意だからといって、身勝手に振舞うようなことはなかったのです。義清がそうした煩雑《はんざつ》な説得に耐え、結び目をほどくように、一つ一つ絆《きずな》を切り離していったことは、側《はた》で見ていても溜息《ためいき》が出るほど根気ずくのやり方でした。義清が物事をまともに受けとり、一つとして疎《おろそ》かにしない性格であるのはよく知っていましたが、これほど忍耐強く、条理を通す人であるとは、思っている以上でした。

出離の前後、義清がもっとも心苦しく思い、悩みもしたのは、若妻萩《はぎ》の前をどのように納得させるか、ということでした。もともと萩の前との結婚は、葉室顕頼《はむろあきより》殿が徳大寺実能《さねよし》殿に近づくために仕組まれた計画《たくらみ》の一つにすぎません。そのことはまだ少女のように見えた萩の前にも解っていたのでした。ですから、義清が現世《うつせみ》のごたごたした絡《から》み合いのすべてを断つために出離を望んでいると話したとき、萩の前は、別離《わかれ》の悲しみに耐えながら、すぐにこのことに思い当り、素直に良人《おっと》の言葉に従おうとしたのでした。

当時、義清は、鳥羽院北面として、身近に、院をめぐる暗闘を眺める立場に置かれていましたが、萩の前と縁《えにし》を結ぶことで、我知らず次第にその渦中《かちゆう》の人になりつつあったのでした。

義清が萩の前と結婚するずっと以前から、宮廷の渦の中心となり、渦を故意に拡《ひろ》げていたのは、前《さきの》関白藤原忠実《ただざね》殿だというのが北面詰所でのもっぱらの噂《うわさ》でした。忠実殿は、かねがね、娘泰子《やすこ》殿を鳥羽帝《とばのみかど》の皇后に立て、宮廷の全勢力を摑《つか》んで、八方動きのとれなくなった行事所や陣定《じんのさだめ》の機能《はたらき》に活力を吹き込もうと考えていたのでした。忠実殿の考えでは、宮廷と地方行政の結びつきを混乱させ、各地の在地領主たちの不満を醸成しているのは、院政が重くのしかかっていて、宮廷の迅速な機能《はたらき》を鈍らせているからだというのでした。この院政反対の考えを押しすすめてゆけば、やがて院庁などは要らないことになります。

白河院は忠実殿のこうした考えが気に入りませんでした。もし関白忠実の娘泰子殿が皇后に立てば、その発言力は絶対的なものになり、院政そのものも危うくなる——白河院がそう思われたのも無理からぬことでした。それに、すでにご承知のように、白河院は女院を寵愛《ちようあい》され、鳥羽帝の中宮に入れられていたのです。もし泰子殿が皇后に立てば、当然、女院の立場は弱くなります。事によれば日陰の立場に追いやられないとも限りません。白河院には、そんなことは到底忍ぶことはできなかったのです。忠実殿が皇后冊立《さくりつ》の願いを口にした途端、院政への危機感と、寵愛する女院への愛恋《いとしさ》から、白河院は激怒のあまり忠実殿を面罵《めんば》し、関白の位をその場で剝奪《はくだつ》したのでした。

こうして忠実殿は宇治へ蟄居《ちつきよ》を余儀なくされ、その後、白河院の存命中、宮廷から完全に締めだされることになったのでした。

そのあいだに勢力を手に入れたのは、忠実殿の嫡男《ちやくなん》忠通殿でした。父と違って、忠通殿は融通自在の人柄で、管絃《かんげん》詩歌も巧みなら、当代切っての能筆であり、表面は温厚な貴人でしたが、なかなかの漁色家《いろごのみ》でもありました。わたしも何度か北面警固の折、鳥羽御殿に忠通殿が来られるのを眼にしましたが、輦《てぐるま》から降りるとき、その眼《まな》ざしは、あけすけに、居並ぶ女房たちに向けられていました。それは眼で女たちを舐《ねぶ》ってでもいるように、異様な光り方をする、笑いを含んだ眼でした。

宇治に蟄居した父忠実殿にとって、息子忠通殿の融通自在な身の処し方は、何か我慢のならぬものを感じさせました。いってみれば、父の失脚を足場として関白の地位を手に入れ、あとは、万事表面だけの辻褄《つじつま》を合わせて、現実に軋《きし》みのきている行政《まつりごと》には何ら手を打たず、その日その日を事勿《ことなか》れでやりすごしているわけですから、野心家ではあっても、真の宮廷改革を望んでいた忠実殿には、宇治の閑居はひたすら苛立《いらだ》たしい日々であったに違いありません。

それから八年たって白河院が亡《な》くなり、ようやく忠実殿は宮廷に復帰を許されましたが、そこでの最も有効な手段《てだて》は、泰子殿を皇后に立てることと相変らず思い込んでいた前関白の執念には、宮廷中で驚かない者はいませんでした。鳥羽院とのあいだにどのような約束があったのか、北面の武士にすぎぬわたしたちには推測の余地もありませんが、とにかく忠実殿は娘泰子殿を皇后につけることに成功したのでした。泰子殿がすでに四十歳になっておられたのに、です。

もちろん忠通殿から見れば、泰子殿は実の姉になるのですから、それはそれで、力強い楔《くさび》を宮廷のなかに打ち込んだことになりますが、父の息がかかっているという点で、泰子殿はやはり忠実殿のほうに傾いていたというべきでしょう。

忠通殿としては姉泰子殿と親密な関係《まじわり》を保ち、できるだけ父忠実殿の影響力《ちから》を少なくするのは、緊急で、かつ正当な対抗手段でした。

そこに現われたのが美貌《びぼう》の藤原得子《なりこ》殿だったのです。得子殿を鳥羽院と結びつけるのに奔走したのは葉室顕頼殿でした。顕頼殿の母は鳥羽院の乳母を勤めましたから、いってみれば、院とは乳兄弟で、宮廷内で最も院に近い人の一人でした。この顕頼殿を抱えこんで、得子殿を鳥羽院に結びつけるように陰で糸を引いていたのが忠通殿だったわけです。

鳥羽院は一目で得子殿に夢中になられました。院の唐庇車《からびさし》が八条第《はちじようてい》を夜な夜な出御する様子は逐一三条高倉第の女院のもとへ報じられました。女院が得子殿を憎まれたのは当然でした。女院を母とされる崇徳《すとく》の帝《みかど》も、得子殿を許しがたく思われました。もちろん直接得子殿に手を下すわけには参りません。そこで、得子殿と鳥羽院とのあいだを取り持った葉室顕頼殿を厳しく糺弾《きゆうだん》なさったのです。その罪状は眷族《けんぞく》の端々にも及んだのですから、帝《みかど》の逆鱗《げきりん》ぶりも窺《うかが》われるというものです。

崇徳の帝《みかど》にしてみますと、これという証拠もない以上、直接に関白忠通殿を責めるわけには参りません。それだけに、関白殿への面当《つらあ》てもあって、顕頼殿の極端な断罪となっていったのです。それはわたしたちが北面に勤めるようになった当時の事件でした。

しかし白河院の寵愛を縦《ほしいまま》にし、華やかな愛慾《あいよく》の日々が鳥羽院の中宮となっても続いていた女院にとって、冷たい閨《ねや》に独り寝なければならない夜々は、瞋恚《いかり》を燃え立たす以上に、絶望と侮蔑《ぶべつ》とで身をずたずたに切り苛《さいな》む懊悩《おうのう》の闇《やみ》に変っていったに違いありません。帝《みかど》の断罪の厳しさがそのまま女院の苦悩の深さを物語っているといっていいでしょう。

思えば忠実、忠通父子の確執のあいだに置かれていた顕頼殿にとっては、これは思わぬ伏兵のような打撃だったのです。ここは何とか女院のご不興を解かなければなりません。そのためには、女院の御兄上徳大寺実能殿以上に適当な人はありません。顕頼殿は徳大寺家と結びつくあらゆる機縁《ゆかり》を探しました。この話はもう聞かれたかもしれませんが、実は、このとき、佐藤義清が浮び上ったのは、佐藤家が強大な荘園を持ち、徳大寺家の主な領家の一つだったからです。顕頼殿は縁者の女萩の前を義清に結びつけることによって、葉室家と徳大寺家の絆を一本細々とながら、結ぼうと考えたのでした。

この時期までは、義清もまだ宮廷の渦が身近に及んでいるとは思わなかったのです。そんな話は一度だって出たことはありませんでした。しかし得子殿が叡子《としこ》内親王を産み、忠通殿の計らいで、皇后泰子殿の養女となって土御門東洞院第《ひがしのとういんてい》で育てられることになったとき、義清にも、宮廷内部の陰謀がどんな構図を持っているか、おぼろげながら解ってきたのでした。

関白忠通殿は、得子殿を鳥羽院の中宮とし、叡子内親王を使って皇后泰子殿と手を結ばせたのです。それは父忠実殿の復活の頼みの綱を一挙に切り離すことでした。忠通殿の狙《ねら》いはすべての勢力を鳥羽院のまわりに集中してゆくことでした。つまり崇徳帝も、女院も、そうした輪の外へ押し出そうというわけです。

鳥羽院北面のなかでも院から特別寵愛を受け、葉室家に縁《ゆかり》の女を妻に持つ義清が、忠通殿の勢力が拡がる宮廷内で、いかに有利な、恵まれた地歩を占めていると見られたか、容易に想像いただけるでしょう。おそらく忠通殿にしてみれば、義清は徳大寺家との関係《あいだ》を取りもつ有力な手がかりと見えたでしょう。それに忠通殿は、地方領主たちの叛乱《はんらん》には、行政の改革よりは、強力な武士たちを使って弾圧すればいいと考えていたのですから、もし武力にもすぐれ戦略の心得のあった義清にその気があれば、いくらでも宮廷内で立身出世する道が開かれていたはずです。

しかし考えてみますと、義清はどの道、忠通殿の思惑どおりには動かなかったでしょう。たしかに萩の前の縁《ゆかり》から葉室家には近い存在です。院の近侍でもあります。しかしどちらも、女院とは相容《あいい》れない立場なのです。義清が女院と出遇《であ》わないうちはいざ知らず、女院と相見《あいまみ》え、女院を深く愛慕されてからは、もはや忠通殿の計画《はからい》に従って立身の道を摑むなどということは考えられなくなったのです。

義清は、次第に、こうした宮廷内部の葛藤《かっとう》が黒い渦となって、ひたひたと身に及んでいたのに気がつくようになりました。立身の道が掌《たなごころ》の線条《すじ》を辿《たど》るようにはっきり見てとることができたにつけても、かえって権能《ちから》と武力とが編み込まれてできた現世《うつせみ》の正体をまざまざと眼にするように思ったのではないでしょうか。

義清は、紀ノ川のほとりで、この現世《うつせみ》の雑事にはまるで無知のまま、ただ輝かしい森羅万象《いきとしいけるもの》の美しさに憧《あこが》れ、現世の外に浮かれ出たように見えますけれど、決してそうではなく、ほかの人以上に、現世の権能《ちから》と武力がどう動き、どうすればそれをうまく使って立身出世ができるかを、よく知っていたのでした。すくなくとも、清盛との論争でも分るように、権能《ちから》と武力が宮廷で現にどのように組み合わされ、働き合い、誰がどう動き、どう反応しているかを、誰よりも、はっきり見得る立場に置かれていたのです。

義清がこの現世《うつせみ》を浮島のように眺め、それを虚無《むなし》と感じたのは、そこに何の働き場所もなく、立身の可能性《めあて》もなかったからではなく、まさしくその逆だったからなのです。たしかに清盛もその働きや組み合わせや変転の具合をよく見ていた人でした。清盛はそれを武器《てだて》として立身の道を進もうというわけでした。義清は、反対に、野の涯《はて》まですべての道が見通せたために、もはやその道を辿ることを放棄した人に似ていました。他の人は、見えないために、無我夢中で進んでゆくのですが、義清は、もはや歩くことをせず、あの道この道を眺め較《くら》べたり、そこを歩く意味を考えたりして、自分にふさわしい道を見つけようとしていたのでした。

いま思うと、わたしたちが出離の決意を固めてから出家するまで、長い時間が経過したように思いますが、実際は半歳《はんとし》かそこいらでした。もちろんその決心が固まるまで、かなり長い心の準備がありましたし、出家してからあとも、迷いに似た気持がなくはなかったのですから、その全体を考えれば、激しく揺れ動いた歳月は、やはり長かったと見るべきでしょうか。

とまれ、保延六年の夏から秋にかけて、義清は、公務にかかわる人々を訪ね、暇《いとま》を告げ、出家する旨《むね》を伝えたのでした。

そのなかでも、最後まで躇《ため》らっていたのは鳥羽院に北面勤務の退任を願い出ることでした。北面の武士のなかでも、院がことのほか寵愛もされ、好んで身辺の警固を命じられたのが義清であっただけに、退任の願い出は、院の恩顧を冷たく拒絶する振舞いに映りはしないか、とおそれたのです。鳥羽院の寵愛は、義清が歌に巧みなことが知られて以来、一段と深くなっていたのでした。

それは夏が終り、八条第を囲む緑濃い木々から法師蟬《ほうしぜみ》の声が聞えてくる昼でした。義清は冠を戴《いただ》き、三重襷文《たすきもん》を綾織《あやおり》した薄萌黄《うすもえぎ》の涼しげな夏直衣《なつのうし》を着て、鳥羽院のもとに伺候《しこう》したのでした。

院は、妻戸を開いた、風の吹き通る寝殿の東南角の鼓《つづみ》の間で、佐藤義清を迎えられたのです。昇殿を許されていない義清にとって、それは破格の、あり得べからざる待遇でした。侍従から事のすべてを聞かれていた鳥羽院は、いくらか甲高い細い声で、「残念だな。考え直すことはできないのか」と訊《たず》ねられました。

「院には誠に申し訳なく、お詫《わ》びの言葉もございませんが、散々に考えあぐねた末の決心でございますゆえ、なにとぞ、退任の件、お許しいただきとう存じます」

「この世が嫌になったのか」

「嫌というのではございません。この世にはよきものも多く、果すべき事柄も多うございます。こうして院の深い契《ちぎ》りを頂いておりますことが、すでに、この世の有難さを十二分に語っております。その御恩にお報いすることが大切な務めであることも重々心得ているつもりでございます。しかしこうした種々の務めのなかで、私が心の丈を尽くしてやりたいと考えていることがございます。それを果せれば、他の凡百の務めを怠っても、十分に償って余りあるもの、と申しても決して言いすぎではないと存じます」

「それは何かな」

「歌でございます」

「歌か」

「はい。私は北面に詰める以前は、ほんの手すさび程度にしか歌は詠みませんでした。しかし北面に参りましてから、次第に歌のこころが解ってきたのでございます。藤原為忠《ためただ》殿、源顕仲《あきなか》殿が親しく教示を垂れて下さいました。今では、ただ歌のこころに生き、歌を作り、歌に励むことだけが生きるに価《あたい》することと信じられるようになりました」

「義清の歌は知っている。俊成も大変な肩の入れようだった。一日一日、歌が変ってゆくと申しておった」

「畏《おそ》れ入ります」

「歌をそこまで思いつめれば、このようなことも起り得るのだな。だが、どうしてそのように思い定めるようになったのか」

「畏れながら、院は、覚えておられましょうか。鳥羽東殿に営まれた新御堂をご覧遊ばされるため、徳大寺実能殿と私とが供奉《ぐぶ》いたしました夜のことを」

「覚えている」

院は義清をじっと見つめながらうなずかれました。

「あの夜、院のお身体《からだ》が、何かに躓《つまず》かれたように、ぐらっとされたのでございます。私はお側《そば》にいて院をお支え申しました。その時、院が足を着ける土台がなく、虚空《こくう》に立っておられるように感じました」

鳥羽院は黙って、悩ましげな表情で義清を見つめておられました。

「私は理屈も何もなく、院が足を置かれる大地を、虚空の中に作らなければならない、と思いました。そしてそれを作れるのは言葉だけ、歌だけだ、と咄嗟《とっさ》に考えたのでございます」

「歌が大地を作るのか」

「左様でございます。畏れながら、院のようにすべてのものを持たれ、すべてのものの上に立たれる方は、もはや何物も加えることはできません。すべては在るのでございますから。もし加えることができるとすれば、それは眼に見えない存在《もの》でございます。眼に見えない存《も》在《の》を存在《あら》しめるのは、ただ言葉だけでございます。したがって、院のお立ちになる大地は、ただ言葉で、歌で、作られることになるのでございます。それに……」

前庭の池の向うの繁《しげ》みから、絶え間なく法師蟬の声が降りしきっておりました。鳥羽院は、薄青の麻の下襲《したかさね》の袖《そで》をあげ、風を入れるような身ぶりをなさいました。

「それに、この度の出離に結びついていることでございますが、この世が浮島のように頼りなく、はかないものに感じられたのでございます。この世を浮世とは、誠にいみじくも言い当てたものでございます。この世のすべては滅びの中にございます。永遠《とこしえ》に存続《つづ》くと信じた堂塔も、歓楽にさざめく一夜の夢のように、消え果ててしまいます。私どもはただ虚空に立っている虚妄の影のようなものでございます。そう思い到《いた》りましたとき、院のお供をしたあの夜の思いが突然蘇《よみがえ》って参りました。院は天子なるゆえに虚空にお立ちになる。衆生《しゅじょう》はただ浮世に生きるゆえに虚空に立つ。院に土台が要ると同じく、浮世もまた土台を必要とするのではないか――ちょうど堂塔を建てるとき、まずがっしりした土台を築きますが、私が歌を詠《よ》むのは、滅びることのない意味をこの世に与え、この世を滅びから救うことではないか、と思えたのでございます」

「この世に遊んで歌を詠むのではなく、虚空に浮ぶ存在《もの》を、歌という土台石で、支えようというわけかな」

鳥羽院は庭木を渡ってくる風のほうに顔を向け、そう言われました。

「御意にございます。この世の花は虚妄の花でございます。この世の月も虚妄の月でございます。それを知らずに月花を歌に詠んでみても、虚妄な文字をそこに加えるにすぎません。歌詠みはこの世の花が虚妄に咲き、この世の月が虚妄に輝くことを知りぬかなければなりません。すべては虚空の中に、はかなく漂うにすぎないのでございます。それを思い窮《きわ》め、虚空を生き切るのでございます。すると、そこに、漂うものとして、この世が見えて参ります。花があり、月があり、雪があるのが見えて参ります。これはただの雪月花ではございません。懐《なつか》しく、やさしく、この世を慰めるものとして現出《あらわ》れてきた真如不壊《しんにょふえ》の実在《もの》でございます。歌詠みが花と言い、月と言うとき、それは真如の花であり、真如の月なのでございます」

「そこまで歌のこころを深めるとは……。歌に対する見方が変ったような気さえする」

鳥羽院は深くうなずきながらこう言われました。昼下りの光がすこし動き、泉殿の影が池のほうへ幾分伸びたように見えました。

「畏れ多いことでございます」義清は冠をかぶった頭を深く下げました。「これから、北面をお暇《いとま》いただきましたら、義清は浮世を出離し、ひたすら虚空を我身に引き受け、そこに見えてくる花の懐しさ、月の懐しさを言葉の器《うつわ》に掬《すく》いあげる所存でございます。それにしましても、このようなご厚情をかけていただいた院との契《ちぎ》りの有難さを思うと、とても、川に舟を乗り出すようには、お別れ申しあげることはできません」義清の言葉は涙で跡切《とぎ》れました。

「今はただ、花の懐しさ、月の懐しさに出遇うために、院とお別れさせて頂きとう存じます」

鳥羽院も涙を浮べ、義清のほうをじっとご覧になりました。

「もう一度、離宮の庭で、義清の見事な蹴鞠《けまり》を見たかった」

鳥羽院が立たれたとき、義清は歌を認《したた》めた短冊《たんざく》を差し出しました。

惜しむとて　惜しまれぬべき　この世かは　身を捨ててこそ　身をも助けめ

歌を読み終ったとき、鳥羽院は義清のそばに片膝《かたひざ》を突き、義清の手を執ってこう言われました。

「天位、臣ヲ以《もっ》テ報ハルというが、それは、義清のような臣を持つことであろうな」

それから侍従二人を従え、寝殿の奥へ遠ざかってゆかれました。義清は頭をあげることができませんでした。その義清の身体を包むようにして、八条第を囲む木々から一段と喧《やかま》しい法師蟬の声が止《や》むことなく鳴きしきっていたのでした。

佐藤家の本所《ほんじょ》徳大寺家や、葉室家、その他主要な縁者への挨拶《あいさつ》が、さまざまな動揺や驚きを惹《ひ》き起したのは当然でした。

女院御所にも、堀河局《ほりかわのつぼね》、兵衛局《ひょうえのつぼね》の口を通して、義清出離の報《しら》せは、いち早く伝わりました。なかには、三条の佐藤館《やかた》を気遣わしげな面持ちで訪ねてくる人もありました。わたしは義清が何か話すことがあって呼びにくるとき以外は、こちらから訪ねることはしませんでした。というのも、そうした重大な決定の折には、あくまで独りになって、自分と向き合うことが大事と思われましたし、それは、義清に較べると、影響を受けやすかったわたしにとって、いっそう必要なことと思われたからです。

それでも、その秋には何回か、義清が仏道修行のため籠《こも》っていた法輪寺を訪ねましたし、また鞍馬《くらま》の奥の山寺で念仏三昧《ざんまい》で過している義清から便りを貰《もら》ったこともあります。歌道に打ち込んだときと同じで、朝から晩まで、文字通り誦経《ずきよう》に没頭していたのでした。それは虚《こ》空蔵菩薩《くうぞうぼさつ》の祈願文を一日一万遍唱える求《ぐ》聞持《もんじ》法《ほう》の修法で、百日つづければ、抜群の聞持《もんじ》（記憶保持）の力を得ると言われたものでした。義清の便りによれば、念仏三昧のあいだに、聞持の力はともかく、浮世の姿が、涅槃《ねはん》寂静のなかに横たわる仏陀《ぶつだ》の身体のように感じられ、山も谷も木立も鳥も、まるで互いに微笑《みしよう》し、睦《むつ》み合い、ふざけ合って、声をあげて笑っているように感じられてきたということでした。

義清はもともと仏門に帰依《きえ》し、専心修行に励んだとしても、仏僧として高位の人になろうなどという意図は持っておりませんでした。極端に言えば、自分が一段と深い境地に達するため、ひたすら身を責め、忍耐を求め、苦行を課したのです。もし自分が虚空に散華《さんげ》する香《かぐ》わしい世界に生き、真言信解《しんごんしんげ》の境に変成《へんじよう》することがなければ、仏道も教典もほとんど意味がないと思っているようでした。浮島のような諸行無常の世が、大円寂の法身に変じ、花が笑い、鳥が歌う即身成仏《じようぶつ》の法悦こそが、義清が、身体を大岩にこすりつけるようにして体得しようとした境地なのでした。そう成ること、そうであること、それだけが問題だったのです。名目も、形式も、慣習《しきたり》も、それなしには、意味を持たないのでした。朝、目覚めたとき、紅葉に飾られた山々が、何の邪心も心細さもなく、大きな安らぎのなかに横たわり、ただひたすら美しいと心底感じられること——いや、感じられるというより、そうなっていること、それが問題なのでした。

ちょうどその年の秋の半ば、わたしは義清から短い手紙を受けとりました。鞍馬の奥で、さる老僧を戒師《かいし》として受戒し、頭を剃《そ》って、名実ともに出家した、というのです。そしてその手紙の最後に、

世の中を　背きはてぬと　言ひ置かん　思ひしるべき　人はなくとも

という歌が走り書きされておりました。

わたしはその瞬間、義清が、ただ仏道修行で過す移りゆきの日々に我慢できず、まるで自分を引きちぎるようにして、受戒し出家した、という感じを受けたのです。僧形になる前に、仏道を修行し、仏典を解し、是非曲直を弁《わきま》えたうえで、然《しか》るべき名のある僧を戒師として出家するというような悠長《ゆうちょう》な手続きをとることに、突然、我慢ができなくなったのです。そんなことに耐えられるなら、義清は出家遁世《とんせい》などということを初めから考えなかったでしょう。

義清は僧形のなかに、無理やりに自分を押し込もうとしたのです。なぜなら、修行するのは、よき仏僧になるためではなく、この世を法爾自然《ほうにじねん》として感じとるためであったからです。「法爾の荘厳《しょうごん》、豁然《かつぜん》として円《まど》かに現じ、本有《ほんゆう》の万徳、森羅《しんら》として頓《とみ》に証せむ」と書写した手紙を届けてくれたこともあります。そのためには、俗界の腐臭を留める形姿では、どうしても遅滞が生じます。何か間違いがあれば、後に戻ることができるという無意識の逃げ道

が用意されています。それでは駄目なのです。義清に必要だったのは、この退路を断つことでした。生きながら、異界へ出ることを、自分に命じることでした。

異界に出ること、この世を捨てること、つまり退路を断つことが、剃髪《ていはつ》し、僧衣を着るということの意味でした。

しかし義清にとっては、身を捨てて異界に立つということは、決してこの世を見捨てて、よそへ流れていってしまうということではなく、もっと切実な思いで、懐しく嬉《うれ》しいこの世の花と月を抱きしめることであったのでした。

事実、それから後、わたしのもとに送られてくる歌は、一段と深くこの世を包んでいる趣がありました。

わたしが東安寺で受戒し出家したとき、義清は――いや、これからは西行と呼ぶべきでしょう――修行中の法輪寺から次のような歌を贈ってくれたのです。

思へ心　人のあらばや　世にも恥ぢん　さりとてやはと　勇むばかりぞ

西行は、わたしが俗界を出たことを手放しで喜び、西住よ、悪臭芬々《ふんぷん》たる俗人とともに暮すのなら、大いに恥じもしよう。だが、もうその必要はなくなった。といってそれだけで満足せず、わたしたちはまた一層頑張ろうではないか、と励ましてくれたのでした。

その頃、西行やわたしが折があれば話していたのは、念仏僧空仁上人《くうにんしょうにん》のことでした。東山の無遍上人の庵《いおり》を訪ねて、草庵《そうあん》生活や山林放浪に激しい憧れを掻《か》き立てられましたが、空仁上人は、草庵にさえ住むのを嫌い、寺から寺へ念仏修行をしながら遍歴する、一所不住の僧の一人でした。

はじめてわたしたちが空仁上人を訪ねたのは、上人が法輪寺で念仏に専心していたときでした。

上人の噂《うわさ》は、歌狂いの俊恵《しゅんえ》法師の歌林苑《かりんえん》に集る歌人たちのあいだで、かなり前から、取沙《とりざ》汰《た》されていました。不運な神官継承問題に傷ついて出家した後、念仏僧として気迫に満ちた荒行もし、仏典についての造詣《ぞうけい》も深く、仏僧として尊敬されたのは事実ですが、西行もわたしも上人の噂を聞くのは、歌僧としての面でした。僧としてはいささか風変りな性格や、飄《ひょう》飄《ひょう》として物にとらわれない振舞いなどについて聞かされることが多く、西行などは、むしろそうした飄逸味に惹かれているようでした。

そんな噂の多くは、たとえば、さる寺で念仏を専念唱えているとき、上人の好もしい姿に夢中になった女が食べものを届けにくると、障子から手を出して食べものだけ受け取り、すぐ障子を閉めてしまったとか、野中で宿を借りたところ、女主人《おんなあるじ》が上人の寝床に入ってきたので、上人は「さて、客用の寝床のほうが上等なのじゃな」とつぶやいて、自分は女の寝床に移って寝てしまったとか、いずれもどこか可笑《おか》しみのある、とぼけた話なのでした。

わたしは秋のはじめ、一度西行に連れられて法輪寺に空仁上人を訪ねたことがあります。ちょうど上人が籠っている庵室から誦経の声が聞えました。わたしたちが声をかけると、誦経がやみ、やがて奥から、自然木の杖《つえ》にすがった僧がよたよたと歩いてきました。西行が名前を告げると、老僧は突然杖を投げ棄《す》て、西行とわたしの手を交互に握りました。その手は力強く、痩《や》せた面長のくっきりした顔には、高貴な気品が漂っていました。

「いや、よく訪ねてこられましたな。さ、これへ」上人はそう言いながら、傍らに転がっていた杖を拾いあげ、にんまりと笑いました。「これはな、玄関先へ、若い女房などが参りますのでな、よぼよぼの老人の真似《まね》をしておるんじゃ。相手の若さに応じて、腰の曲り方が違う」

「若い娘のときは、深く腰を曲げるわけですね」

「左様、左様。娘は、上人様といって、拙僧を抱きかかえる。拙僧は娘に抱かれて、よたよたと庵室までゆく」

「それでいて、よく道を踏みはずされませんね」

「いや、それは危ういな。むかしな、ある美しい女が、たびたび手紙を書いてきおった。それでな、返事に書いてやった。「おそろしや木曾《きそ》の懸路《かけぢ》の丸木橋　ふみ見るたびに落ちぬべきかな」とね」

「女はどういたしました」

「女はこう返しを送ってきた。「もろともに落ちなば木曾の丸木橋　蔦《つた》と絡《から》みてはなれぬものを」となな。執念じゃな、女というものは」

「で、それからどうなさいました」

「仕方がないから、拙僧はまた旅に出た。あとで聞いた話だと、女は髪を下して、尼寺に入ったという」

「哀れな最後でございますね」

「そう思うかな」

「上人はそう思われないのですか」

「女のことをか」

「ええ、その女人が上人を思い諦《あきら》めたことを」

「むろん哀れと思う。だが、あなたとはすこし違う意味でな」

「どんな風に」

「あなたのように考えるなら、拙僧は二十回、三十回と破戒を繰り返すことになる」

「二十人も三十人も女人が言い寄ったのですか」

「いや、もっといたかもしれぬ」

「大変なことでございますね」

「こちらの問題ではないがの」

「それはそうですけれど」

「女人がおることとは素晴しいことじゃ。それは花が咲き、蝶《ちょう》が舞うのと等しい。女人のおかげでこの世の花が咲く」

「同感でございます」

「しかし花はいつまでも咲きつづけることはない。花の散る夕べは寂しい。哀れである。女が老いるのも、尼寺に入るのも、哀れで、寂しい」

「仰《おお》せのとおりでございますね」

「拙僧が哀れと思うのは、そういう意味だ。花は生命のままに咲く。だから散る夕べは哀れで寂しい。女人も同じだ。女人は精いっぱい生命のままに愛を開く。拙僧は、花の前に立つように、その美しさに見入るほかない。この世には、そういう形でしか在り得ない男と女がいる。この世の木々は百年、二百年と同じ場所にたっている。決して動こうとはせず、動きもしない。それでいて、精いっぱいに花を開く。男と女にしても同じだ。互いに恋し合い惹かれ合っていても、決して動くことのできぬ場合がある。それでも花は咲き、花は散る。動けぬからといって、恋の花を咲かせてならぬということはない。咲かぬということもない。だが、その花が虚《むな》しく散るのを、追っていって抱きしめることはない。花が散る夕べを哀れ寂しと思うことで、花の盛りがあったことを祝福しているのだ。女人の恋のめでたさを祝し讃《たた》えているのだ」

　空仁上人の言葉に西行が異様な感銘を受けていたことはその顔を見ただけで分りました。というのも、その頃、西行は、女院をつねに薄紅の花の咲く枝垂《しだ》れ桜のなかに立つ女人として感じていたからでした。女院は築山《つきやま》の上に咲く華やかな枝垂れ桜であり、西行は築山の麓《ふもと》に立つ強壮な樫《かし》の木に譬《たと》えられたかもしれません。二人の恋が世の常の恋のように結ばれることがないのは、誰よりも西行自身が知っていました。

しかし翌年の春、東山の寺からわたしに送られた歌のなかに、この時の空仁上人の言葉が谺《こだま》しているように思えました。

散るを見で　帰る心や　桜花　昔にかはる　しるしなるらん

散るを見ないで帰る――それは痛ましい恋の終りを見るにしのびない西行の心が現われているといっていいかもしれません。あるいは空仁上人から女人の哀れを知ったとき、花の盛りのなかにすでに漂う哀れを全身で感じ取れるようになったと言うべきでしょうか。

この世を出離したとき、西行の眼に見えたのは、花の懐しさ、月の優しさであるとともに、森羅万象《いきとしいけるもの》の持つこの哀れだったに違いありません。

その日、空仁上人は上機嫌な様子で私たちを法輪寺から送ってくれたのでした。

空は初秋らしい澄んだ青さに光り、明るい日が道に落ちていました。

「もう杖は突かれないのですか」

「さよう、あんな芝居も浮世の座興ですな。浮世はできるだけ朗らかに過すべきでしょう。笑いが多ければ多いほど、御仏《みほとけ》の導きに近いといってよろしいでしょうな」

法輪寺から大井川の渡しまで空仁上人はついてきたのです。渡しの筏《いかだ》は、すぐにやってき

ました。すると、上人は、

「はやく筏はここに来にけり」

と詠《よ》み、河原に、飄々と立っておられました。

西行はすぐ懐《ふところ》から懐紙を出し、

「大井川かみに井《ゐ》堰《せき》やなかりつる」

と書いて、上人に示しました。上人は空を仰ぎ、嗄《しわが》れた声で、いかにも楽しげに笑われました。

私たちは背の低い老人の船頭に手を取られ、筏に乗りこみました。すると、上人は、念仏と誦経で磨かれた、朗々と響く、例のやや低い嗄れた声で「大智徳勇健、無量ノ衆ヲ化度《ケド》ス」と『法華経提婆《ほけきようだいば》品《ほん》』を、叫ぶように唱えられたのです。それは乾坤《けんこん》にそそり立つ巨大な碑《いしぶみ》が私たちの前に現われたような感じでした。それは別離にのぞんで唱えられる偈《げ》でありましたが、同時に上人は、この世を勇気凜々《りんりん》として出離することは、大智をもって衆生《しゆじよう》のもとへ戻ることだ、とわたしたちを励ましてもいたのでした。

向こう岸に着いたとき、西行はわたしの手を摑《つか》むと、

「大井川舟に乗り得て渡るかな」

と、出離の気持が定まったことを、晴れ晴れとした口調で、詠みました。その時、西行の、ほっと吐息をつくような、確信と安堵《あんど》のまじった気持が、じかに伝わってきて、思わず、

「流れに棹《さを》をさすここちして」

と下の句をわたしはつづけました。わたしの心も流れに乗るように浮々と躍っていたのでした。

その冬、西行は鞍馬の奥で、厳しい寒さを凌《しの》いで修行に打ち込みました。

わりなしや　氷る筧《かけひ》の　水ゆゑに　思ひ捨ててし　春の待たるる

この歌が送られてきたとき、わたしもすでに京都を離れていました。西行が「思ひ捨てて し春」と言った気持が、胸を鋭く刺す哀傷の思いとなって響きました。この世を出離すると は、いざその時になってみると、やはりある痛みを伴った所業ではあったのです。わたしに は、寺の庫裡《くり》に引いた筧の水が、透明に凍っているのを、茫然《ぼうぜん》と見ている西行の気持が、わ がことのように分りました。くる日もくる日も鞍馬の奥は雪でしょう。高い杉木立から、雪 が、白い煙となって、時おり崩れ落ちてくるでしょう。鴉《からす》が驚いたように声をあげて飛び立 ってゆくでしょう。そしてそのあとには、果てしない静寂と不動の世界がつづくのです。西 行はその沈黙の重さに押しつぶされそうになっているのでしょう。自分から望み、華やかな 浮世のすべてを切り捨てたはずなのに、この孤独の深さの前では、何かがたじろぐのです。 西行はやせ我慢をせず、素直にそれをわたしに告げてきたのです。

出家遁世を遂げなければ、どうしてもふっ切れぬ優柔不断の迷いがあったのは事実ですが、といって、いざ出離を遂げ、墨染の衣を着てみても、すべてが劃然《かくぜん》と悟達できたわけではありません。森羅万象《いきとしいけるもの》は時に大円寂の法身として横たわるかと思うと、別の日には、なお浮世を捨てきっていないのではないかという危惧《おそれ》が身を嚙《か》むのです。

世の中を　捨てて捨て得ぬ　心地して　都離れぬ　わが身なりけり

こうした気持は、あの当時の西行が何度か味わったものでした。大いなる朝日影に向って歩み出るように、この世から歩み出たにしては、ずいぶんと辛《つら》い、苦しい思いでしたが、それは偽りではなく、その両方ともが本当であったのです。心とは不思議なもので、半分は楽しく、半分は悲しいということは、よくあることで、混沌《こんとん》未分の、激しい渦のようなものと申してよろしいでしょう。

それでも、変らずに西行を支えていたのは歌でした。歌によって、浮世のはかなさを超え、永劫不壊《えいごうふえ》の言葉の器に無量光の心を盛るということでした。心が動揺し、迷いの雲が立ちのぼるたびに、西行は、それをむしろ歌の糧《かて》として喜んで受け入れようとしていました。

さればよと　見るみる人の　落ちぞ入る　多くの穴の　世にはありける

ここには、その穴に落ちてもがいている西行その人がいるのをわたしは感じました。それでも歌があり、歌の道を通って森羅万象《いきとしいけるもの》の輝きへ辿《たど》る不屈の意志がありました。それはいかにも若い北面の武士佐藤義清の奮戦のようにも見えました。こうした奮戦の揚句に、これは後になって詠まれた歌ですが、

雲晴れて　身にうれへなき　人の身ぞ　さやかに月の　かげは見るべき

というような静かな達観した境地へと抜け出してゆくのでした。

寺々を廻る苦行の最後は醍醐《だいご》の理性院《りしょういん》の東安寺で行われましたが、その後西行に大きな変成《へんじょう》があったのではないかと思います。空仁上人の思い出も働いていたに違いありません。東山、北山の寺に籠《こも》って修行を重ねた頃は、どこか、うしろへ引き戻されてはならぬという並々ならぬ気配が身辺に漂っていました。

しかし東安寺を出た頃、そうした風の吹きすさぶ嶮《けわ》しい道を黙々と歩き通したあとの、ある清朗感が戻っていたように見えました。その一番のしるしは、そのあと寺に籠らず、嵯峨《さが》野《の》の奥で草庵住いをはじめたことでした。東山に無遍上人の庵を訪ねたとき、「世に好もしき住居」と感じた、簡素で、単純な住居を、西行はようやく持つだけの落着きを得られたのです。

わがものと　秋の梢《こずゑ》を　思ふかな　小倉《をぐら》の里に　家居《いへゐ》せしより

牡鹿《をじか》なく　小倉の山の　すそ近み　ただひとりすむ　わが心かな

こうした歌の調べのなかには、たしかにそれまでとは違った、自分の心の姿に見入っているわが友の声が聞えます。

嵯峨野に住んでいた頃、西行は近くに住むさる僧のもとを訪れましたが、その草庵は葎《むぐら》が茂り、垣根も門も蔓《つる》に覆《おお》われ、結局、ぐるりと家を一巡してしまったのです。西行にはそんなこともひどく楽しい陽気なことに感じられ、手紙に書いてきましたが、手紙の後に、こう付け加えていました。

西住よ。こんな気持になるまで一年以上かかっている。出家するとは、これほど魂を翻弄《ほんろう》する激しい行為《いとなみ》であるとは思わなかった。出家以前は、むしろそこに乗れば、法《のり》の岸へと自然に流れつく舟のようなものに思っていた。空仁上人に会いに法輪寺を訪ねた頃は、そう話し合っていたではないか。が、受戒し剃髪《ていはつ》し僧となってからそうではないことに気づいた。この心の動揺は、そなたにはその折々に書いてきたから、大体の移りゆきは分って貰《もら》えたと思う。

とにかく荒海を渡りきったいま、小さな停泊地《とまり》に着いた感じである。ここでは、万事が親しく懐《なつか》しく見える。この親しさ、懐しさこそ、前から見つけて手に入れたいと思っていたものだ。

時雨《しぐれ》のなかで紅葉を深めてゆく木々の梢を見ても、晩秋の山の背をごうごう鳴らして過ぎてゆく夜の嵐《あらし》を聞いていても、何とこの世は心に染《し》みる好《よ》きものに満ちているのか、と驚かないわけにゆかない。好《よ》きものが森羅万象《いきとしいけるもの》に満ちているのである。

私はながいこと出かけることのなかった歌会の誘いにも、ようやく承諾の返事を出すようになった。いままで私は、歌会に集う人々とは、すこし肌合いが違うので、できることなら会わないですまそうとした。

だが、双林寺《そうりんじ》や雲居寺《うんごじ》に集う歌人たちは、北面に仕えた頃とまったく別の態度、まったく別の鄭重《ていちよう》さで迎えてくれた。とくに藤原顕広《あきひろ》(俊成)殿は、以前よりも、私を格別の人間として扱っていた。貴顕のなかにあって、一介の北面にすぎぬ私が、一座の上段に導かれることは異例のことであったが、顕広殿が歌会を取りしきるときは、その異例を異例としなかった。為忠殿の邸《やしき》での宴では、私はつねに為経殿、頼業《よりなり》殿と同じ席を与えられた。だが、僧形となってからは、数寄者《すきもの》の寄り集う加茂《かも》社でも、公家《くげ》が主客となる長楽寺でも、私は、ひとりの歌人として扱われ、俗界の身分、位階は問われなかった。問われるのは、ただ歌の良否だけだった。

嵯峨野に住みついてからは、私は、雪が降ったといえば霊山寺《りょうせんじ》へ、月が明るいといえば遍照寺《へんじょうじ》に、紅葉がひとしお見事に色づいたといえば長楽寺に、誘われた。とにかくそんなふうに歌に専念できるだけで嬉《うれ》しかった。とくに藤原俊成殿が芒野《すすきの》に昇る幽玄な銀白の半月を詠み出すようなとき、私は歌会にいることを忘れ、ただ俊成殿の世界がそこに現前することに異様な喜びを感じた。そうなると、歌会はもはや人の集りではなかった。

歌が在る――それは、そこに疑いようのない真如不壊《しんにょふえ》の世界が花咲き、輝いていることだった。私が願うのは、人々が集って、花鳥風月を詠じて遊ぶことではなかった。そこは、俊成殿の歌のように、地平に昇る銀白の巨大な半月を現前させるような言葉の力の場であった。私が普通の歌会や宴にはあまり出なかったのはそのためだった。そのかわり、俊成殿や頼業殿に遇《あ》えるような場所にはよく出かけた。

西住よ。私はようやく紀ノ川のほとりで眺めた浮島のようなこの世を、迷いなく、ひしと心に抱くことができる。この世はもともとただそれだけのものにすぎぬ。味もなければ、芸もないのだ。それが浮島と見え、虚空《こくう》のはかなさに包まれると見えたとき、好《よ》きものに満ちていることが解《わか》るのだ。運命の興亡も、季節のめぐりも、花鳥風月の現われも、何か激しく心を物狂おしくする好《よ》きものなのだ。私は、ただそれを物狂おしいままに好《す》くために、こうして草庵《そうあん》のなかに坐《ざ》しているのである。

西行はこの長い手紙の終りに次のような歌を添えていました。それはいまの物狂おしい西行の心の在《あ》り処《か》を示すようにも思えるのでした。

花に染《そ》む　心のいかで　残りけん　捨て果ててきと　思ふわが身に

八の帖

西行の語る、女院御所別当清隆《きよたか》の心変りのこと、ならびに待賢門院《たいけんもんいん》の落飾に及ぶ条々

秋実《あきざね》よ。もそっとこちらに来たらどうかな。葉月（八月）の月は心を賑《にぎ》やかに開いてくれる。宵のうちに柴《しば》を焚《た》いて蚊遣《かや》りをしておいてよかったな。藪蚊《やぶか》が群がることもない。月が傾くまでに、まだ間もあろう。さ、久々にまた昔語りをして進ぜよう。今宵は月がいかにも明るいから、秋実に前から約束しておった女院とのその後のことをな。

人に宿命《さだめ》というものがあるとすれば、ほかのことはともかく、女院とお目にかかったことだけは、そう呼ぶ以外にないこの世の不思議な縁《えにし》であった。

前に話したように、私は女院と三条京極第《きょうごくてい》で、思いもかけず、愛の契《ちぎ》りを交すことになった。

知らざりき　雲居のよそに　見し月の　かげを袂《たもと》に　宿すべしとは

という歌は、その時の私の戸惑いと歓喜との入りまじった、茫然《ぼうぜん》とした気持を詠《よ》んだものだが、そこにはまた、いま言った宿命《さだめ》というものの不思議と畏《おそ》れが籠《こ》められていたのだ。はじめから叶《かな》わぬ恋であれば、また別様に気持の整理もつく。しかし恋は叶えられ、男と女として私たちは激しく愛し合い、恋しさのあまり狂おしく互いに求めていながら、その夜を最後に会うことが禁じられる――それほど残酷な宿命《さだめ》があろうか。

私は女院が口にされなかった理由《ことわり》をそのようなものとして信じるほかなかった。女院とて、私と離れてひとり生きられるのをどんなに辛《つら》く思われていることか。「今日の桜がこの世で最後の喜びでした」と言われた言葉は、女院の苦しみの深さを語っていた。

女院が苦しんでおられるのを眼《ま》のあたりにしただけ、私は、手を差しのべて女院を救うことのできない自分を不甲斐《ふがい》なく感じた。いや、それ以上に、そのような恋しい女院ともはや会えないのだという思いが私を打ちのめした。

春の弓張り月がそろそろ西へ傾こうとし、あたりに何となく夜明けの気配が感じられた。女院は激しく泣かれた。私は女院を何度も抱擁した。髪の匂《にお》い、やわらかな肌、ふくよかな胸、物問いたげな黒い瞳《ひとみ》を魂のなかに刻みつけようとした。

今日《けふ》ぞ知る　思ひ出でよと　ちぎりしは　忘れんとての　情《なさけ》なりけり

女院は「義清《のりきよ》、きっときっと思い出してくれますね」とくどいように言われた。どうして忘れたりなぞできるものですか——私は眼をつぶり女院の髪の香りを何度も深く吸った。別れなければならぬ。二度と会ってはならぬ——そのとき怺《こら》えに怺えていた悲しみが、突然胸に噴きあがってきた。涙を押える暇もなかった。

私は釣殿《つりどの》から前庭に降り、もう一度、扉口のほうを振り返ったが、釣殿の内側は暗く、そこに女院が立っておられるかどうか、よく見えなかった。

ちょうど釣殿の屋根にかかった月が、薄明るくなる空のなかで、次第に銀白色を増して、幻の月のようになっていた。

おもかげの　忘らるまじき　別れかな　名残《なご》りを人の　月にとどめて

この歌は、その瞬間、詠むという気持もなく生れてきたが、それは歌というより、誓いに似た言葉といってよかった。

別れの夜以来、月は女院の思い出とことさら結びつくようになった。女院を思わないで月を見ることもないし、月を見て女院を思わないことはなかったのだ。

月見ばと　契りおきてし　ふるさとの　ひともやこよひ　袖《そで》ぬらすらむ

秋実よ。ここにきて葉月の無心の月を仰ぐがいい。明るく輝いているが、秋のように冷たく澄むというのでもなく、冬のように蒼味《あおみ》を帯びて凄《すご》く冴《さ》えるのでもない。華やかで、賑やかで、輝かしい。

女院が好まれたのはこの夏の月だった。堀河殿に聞いた話だが、ある夏の満月の夜、暑気を払う目的もあって、四条第で女院御所別当の藤原清隆《きよたか》殿が女院をお迎えして、物合せのお遊宴《あそび》があった。集ったのは、女院御所に仕える御兄徳大寺実能《さねよし》殿、参議藤原成通《しげみち》殿、治部《じぶ》卿《きょう》源雅兼《まさかね》殿、藤原家成《いえしげ》殿など、女院に親しい方々であり、他方、女性では堀河、兵衛《ひょうえ》、大夫典侍《ぶてんじ》殿など源顕仲《あきなか》殿の娘たち、師《そち》、遠江内侍《とおとうみのないし》、土佐、関屋《せきや》、その娘阿波《あわ》、少輔《しょう》殿など、いずれも女院と日々をともにする女房たちであった。

四条第の広間は妻戸をいっぱいに開き、格子《こうし》は取り払われて、賀茂《かも》の河原を越えてくる夕風が、日中のむっとした暑熱を徐々に吹き払っていた。中庭のあちこちに篝火《かがり》が焚かれ、赤い炎が宵闇《よいやみ》のなかにねっとりした動きで火の粉を時々音を立てて爆《は》ぜていた。

中庭の奥にある池を囲んだ木立のあいだにも篝火が燃え、衛士《えじ》の姿がその赤い炎に照らし出されていた。闇が濃くなるにつれて、篝火は池水に赤く映り、黒い水の面にも火がつけられたように見えた。

こうした篝火の配置は邸宅《やしき》の主人清隆殿の家臣で、丹波からきた志波《しば》長世《ながよ》という者の手で行われた。淡い青の夏直衣《なつのうし》を着た実能殿が入ってくるなり、いきなり中庭の篝火の配置を眼にとめ、「眼に快い並びであるな」と庭先に控えた水干《すいかん》姿の家臣たちに聞えるように言った。

公家《くげ》たちはいずれも夏の夜の親しい者の集りらしく、薄衣《うすぎぬ》の水干や狩衣の略装をしていたし、女官たちも薄紫、薄萌黄《うすもえぎ》、薄紅などの薄衣の小袿《こうちぎ》に打袴《うちばかま》を着け、いかにも涼しげな風姿に眺められた。

女院も渡殿《わたどの》を通ってこられたとき、庭の篝火に眼をやって「まあ、綺麗《きれい》なこと」と傍らの兵衛殿に言った。

「何でも丹波から召した、この種の仕事を専《もっぱ》らにする者の手によるそうでございます」

兵衛殿はそう答えた。

これが鳥羽院であったり、崇徳《すとく》の帝《みかど》であったりすれば、すぐ歌の形で心を述べられたであろうが、女院は歌を得手とされておらず、歌を作られることもすくなかった。夏の月を愛《め》づる集りにしても、歌会よりは、もっぱら物合せや遊戯に趣向を凝らしたのはそのためだった。

それだけに、女院はその遊宴が歌と同じような好ましい姿態《すがた》を持つことを願われた。宴が開かれる広間の飾りにも、人々の装束にも、遊興の趣向にも、一段と凝った、垢《あか》ぬけした典雅さを人々が求めたのはそのためだった。

女院ご自身もこうした集りには息を呑《の》むような美しい衣裳《いしょう》を纏《まと》われた。その宵も薄い青の唐衣《からぎぬ》に紫の夏萩の色を重ね、浮織物の平絹裏をつけた軽やかな淡い青の裳《も》を長く曳《ひ》かれ、濃青に銀の刺繍《ししゅう》をした懸帯《かけおび》がお姿全体をきりりと引き締めるように、胸高に締められていた。

ふっくらとしたお顔を黒々とした長い髪が取り囲み、物を問いかけるような大きな眼に、遊宴の楽しみが待ち切れないというように、たえずさざ波のような微笑《ほほえみ》が浮ぶのだった。

風をよく通す御簾《みす》をかけた几帳《きちよう》を背に、真新しい高麗縁《こまべり》の厚畳《あつじよう》が敷かれ、女院はそこに坐《すわ》られた。遠くで琵琶《びわ》、笙《しよう》、箏《そう》、笛、太鼓で音楽が奏《かな》でられていたが、女院が着席されると、楽の音はやんだ。

主人役の藤原清隆殿が「夏の満月を仰ぎながら寛《くつろ》ぎと遊楽の一と時をお過しいただければ、これに過ぎる喜びはございませぬ。今宵は、とくに待賢門院さまの御意向もございますゆえ、お集りの方々も万事暑気凌《しの》ぎの遊宴、無礼講にわたるもよしと思《おぼ》し召され、御酒など存分お嗜《たしな》み遊ばされるよう一言申し上げる次第でございます」と言って、女院の前に平伏した。

広間を取りまく簀子《すのこ》縁《えん》には燈架《とうか》が一間ごとに置かれ、廂《ひさし》に懸けられた唐草紋透し彫りの球形鉄製の懸燈籠《かけどうろう》にともる小さな炎とともに、紫の光沢を含んだような夏の滑らかな闇のなかで、鬼火となって踊っていた。

綺麗に着飾った揃《そろ》いの萌黄の汗衫《かざみ》、蘇芳《すおう》の表袴《うえのはかま》を着け、輪を二つ並べた髪形に結った女童《めのわらわ》が客たちに長柄の蒔絵《まきえ》の銚子《ちようし》で盃《さかずき》に酒を注いだ。つづいて黒塗りの角高坏《かくたかつき》に、汁物、薯蕷《いも》粥《がゆ》、鳥の焼物などを載せた、童水干《わらわすいかん》姿の男童《おのわらわ》が、一列になって入ってくると、女院以下の客たちの前にその膳《ぜん》を据え、平伏し、それから同じように列を作って出ていった。音楽はそのあいだまた遠くで奏された。

寛いだ談笑が広間を満たした。主人役の清隆殿の笑い声が一段と高く響いた。清隆殿は、自分の笑いが一座のよそよそしい冷淡な礼儀正しさを一刻でも早く打ち破ることを切望しているように見えた。

庭先で呪師《のろんじ》たちの曲芸が披露され、つづいて賑やかな鉦《かね》、太鼓で囃《はや》す急調子の田舞《たまい》の舞手たちが舞った。

それから席が西南の大広縁に面した広間に移され、そこで食事は下げられ、酒宴のみとなった。その間、徳大寺実能殿が琵琶の名器香炉《こうろ》峰《ほう》を弾奏し、藤原公能《きんよし》殿が笛で応じ、女院を喜ばせた。

実能殿は月の射《さ》しこむ簀子縁に坐り、静かに琵琶を弾かれたが、その神仙味を帯びた幽玄の調べに、公能殿の笛の喨々《りようりよう》と冴えた響きが巧みに溶けて、一座の人々は、月の輝く虚空《こくう》へ、しばし時を忘れてさ迷う思いをした。

その頃から一座は酒の酔いも手伝って、剽軽《ひようきん》な阿波殿の鳥の物真似《ものまね》とか、石名取《いしなどり》とか、扇合せとか、絵の名手の土佐殿の似姿の一筆描きとか、ただ笑うためだけの、はしゃぐための座興がつづいた。

夏の月はすでに中天を過ぎて西へ廻ろうとしていた。夜風がいっそう冷えて庭の木立をざわざわ鳴らした。篝火がいっせいに炎を赤く揺すった。

主人役の清隆殿は、女院のそばに坐り、何かというと声を出して笑った。誰も声を出さないのに、清隆殿だけが頓狂《とんきよう》な笑い声をあげたので、それを可笑《おか》しがって、みんなが笑い崩れることもあった。

清隆殿はぎょろついた眼を女院から女院の兄実能殿へ、参議成通殿から痩《や》せて蒼黒い顔をした藤原公教《きんのり》殿へと、たえず動かしては、それら要職の公家たちの歓心を買う機会を窺《うかが》っていた。そして何か冗談でも挟むようなとき、忘れずにひとこと、権勢者を褒める言葉を口にするのだった。

清隆殿は、女院御所に勤務していては、いや応なく宮廷の勢力争いの圏外に立たされるほかなく、つねにそのことに苛立《いらだ》っていた。清隆殿の願いも、鳥羽院のまわりに結集している勢力に加わることだった。清隆殿は葉室顕頼《はむろあきより》殿を介して関白藤原忠通《ただみち》殿と何とか通じることを計画していた。だが、こうした一連の策謀は、いずれも、若く美しい藤原得子《なりこ》殿を鳥羽院の後宮に入れることと結びついていた。そのことは、当然、女院を裏切る結果になってゆく。そしてそれを誰よりもよく知っていたのは、藤原清隆その人だった。

だからこそ、清隆殿はわざと女院を喜ばせるための遊宴を開いたのだ。それは裏切りを隠し、女院への忠誠を誓うあかしともなったし、関白忠通殿に傾きはじめた権勢家たちに誼《よしみ》を通じる機会にもなったからであった。

とりあえず、屋敷で遊宴を開いているあいだは、万事順調に進むと清隆殿は計算していたのである。

清隆殿が遊宴をしばしば鼓舞跳梁《ちょうりょう》の場にしようとしたのは、その理由からだった。多少優美さを欠き、気品を損なうとしても、人々がそこで我を忘れて嬉戯《きぎ》していれば、清隆殿の身はそれだけ心安らかになったわけであった。

もちろんこうしたことは、あとになってから解《わか》ったことであって、実直で疑うことを知らない堀河殿などは、清隆殿がただ訳もなく面白くて気のおけない人、と思っていたのである。夏の夜の遊宴も終りに近づいていた。すでにあちこちで横になって眠りこけている公家や女官がいた。

その最後の遊輿《あそび》となったのは貝合せの連想から、双方が花の名を書き、それを一座には隠して判者にのみ見せて優劣を競う花合せであった。判者は、鳥羽院のお気に入りで花の栽培が得意な、気さくな藤原家成殿に決まった。

判定の基準は、形、香り、風姿、歌での詠まれ方、詠まれた数、心のよせ方など幾つかあったが、むしろその夜は当意即妙の遊び心で判定された。

愉快だったのは、敗《ま》けと判定されると、敗者は、その花の形を物真似《ものまね》で表現しなくてはならないことだった。勝ちの花の名はみんなに告げられるが、敗けの花の名は隠されているので、この身ぶり手真似で、花を推量させなければならなかった。

藤原親隆殿が牡丹《ぼたん》、色っぽい少輔《しょう》殿が菖蒲《しょうぶ》のとき、判定は牡丹の勝ちだったから、少輔殿は菖蒲の名を一座の人に当てさせなければならないのだった。少輔殿は菖蒲の花を表わすために、手を頭上に挙げ、だらりと垂らしたり、身体《からだ》を反らせて水辺の菖蒲を身ぶりで表わそうとしたが、誰も言い当てられる者はいなかった。最後に、軒端《のきば》から出ている菖蒲を表わすつもりで、几帳の上の天蓋《てんがい》から両手を突き出し、それを広げた。意表をつく仕草だったが、兵衛殿が素早く「あ、菖蒲、軒端の」と叫んだ。

その途端、一座の人々はどっと笑い崩れ、少輔殿が身を反らせて立った姿が可笑しいの、幽霊のように手を垂らしたのが傑作だのと言って、いつまでも笑いやめようとしなかった。

女院はこうした賑やかな、子供っぽい集りがお好きだった。女院が仲秋の名月よりは、賑々しく輝く、鷹揚《おうよう》な夏の月がお好きだったことも、そのことから自《おの》ずと納得できよう。女院は堀河殿のように聡明《そうめい》なくせに実直で真正直な女性とも違っていたし、兵衛殿のように、繊細な感受性を持ち、物もよく見え、実際の事柄もうまく処理できる女性とも違っていた。

女院は、陽気で、単純で、好き嫌いがはっきりしていた。熱中家で、何にでも夢中になるが、どれも長続きはしなかった。決して物がよく見える方でもなかったし、箏も笙も上手ではなかった。歌は得手とはなされず、書もお好きではなかった。堀河、兵衛、大夫典侍、土佐、遠江《とおとうみ》内侍殿などのように聡明で、歌もうまく、実務の才にも恵まれていた女房たちと較《くら》べて、とくにこれといって傑出した女性ではなかった。むしろ凡庸な女性と言ったほうがよかったかもしれない。

しかし女院をこうした才女たちのそばに並べると、誰もが、女院の身体のまわりに、何か薄紅色《うすべに》の靄《もや》のようなものが立ちこめているのを感じるのであった。それは学んでも得られるものではなく、努めても身につくものではなかった。堀河殿は「女の精」と言っていたし、物事を慎重に話す但馬《たじま》殿でさえ「あの御方は女として生れてこられ、女としてしか生きてこられなかった」と言ったのである。

女院にとっては、女であることが唯一《ゆいいつ》の望みであり、女であることで十分だった。とくに学問に精出すこともなく、芸事に励むこともなかった。幼女の頃から白河院に愛《いと》しまれ、のちには白河院の寵愛《ちょうあい》を受けられるようになったことも、ほかの女性より、生粋の女らしさを身につける原因《もと》だったのかもしれない。

女が我儘《わがまま》なものだとすれば、女院はまぎれもなく女であった。女が信仰深いものであるとすれば、女院は間違いなく女であった。女院が生涯に熊野詣《くまのもうで》に出かけられたのは十度《とたび》を越えていた。女が愛するものだとすれば、女院はまさしく女であった。生涯に女院はどれだけの男たちを愛したのか。見苦しく男を追い求めるのではなく、自然に、女は男と共にいるという意味で、男をそばに必要としていた。女が子供を産むものであるとすれば、女院は女そのものだった。女院は七人の子供に恵まれた。女が美しい存在《もの》だとすれば、女院はまさに女だった。女院は老いというものを知らなかった。黒いたっぷりとした髪に囲まれた、ふくよかな顔は、やや丸く、頬が豊かで、物問いたげな、情愛を湛《たた》えた黒い眼は、ものをじっと見る癖があった。やや大きめの形のいい鼻、ふっくら脹《ふく》らんだ唇、細っそりした項《うなじ》も、女院の豊かな薄紅色の女らしさと切りはなせなかった。

三条京極第で女院が言われた言葉のなかでも「義清、物を難しく考えるのは、よくないことですね」という言葉が忘れられない。女院は、考えるより先に、何かをすでにしておられた方だ。

私は、こういう女院が、たまらなく愛しい存在《ひと》に思えてならなかった。身分からいえばとんでもない雲居の上の月であった。しかしそんな高貴な方というより、「たまらなく愛しく、可愛い存在《ひと》」というのが実感だった。女院も、私の胸のなかでは、ひとりの愛らしい女性でしかなかった。私は自分でも堀河殿や兵衛殿のような才女に惹《ひ》かれず、歌も学問も好まないただの女である女院に魅惑を感じるのは何故《なぜ》だろうかと訝《いぶか》ることがある。堀河殿や兵衛殿は、美しく、才知があり、凜《りん》とした気品はさすがわが師源顕仲殿の娘と感心するが、あの、果てしなく女であるという、頼りなげでいて蠱惑《こわく》的な、冷淡で気紛れなくせに海のように広々と温かく包みこんでくる魅惑がないのである。

私がたまらなく胸がときめくのは、女院の中のこの果てしなく女であることに対してなのだ。だが、こんな言い方さえ無意味かもしれない。私はただ女院が好きだった。夏の月を愛された女院がたまらなく好きだったのである。

秋実よ。すこし夜気が冷えてきたな。虫の音がもう聞える。まだ夏の盛りと思っていたが、夏の盛りには、秋がすでに忍びこんでいるのだな。

さて、秋実は、私が出離の折、女院のことをいかが考えていたか、疑問に思うであろうな。それをすこしく話して聞かせよう。

私は、三条京極第でお別れして以来、女院とお目にかかることはなかった。時には、どうしてあのような約束を交してしまったのか、と悔むようなこともあった。ふと月を見上げ、女院とお別れした夜明けの空に白くなった弓張り月を思い出すと、胸が引き裂かれるように痛んだ。一目でいいからお目にかかりたい――そうした思いが、まるで煮えたぎる熱湯のように、喉《のど》もとに衝《つ》きあげてくるのである。

恋しさや　思ひ弱ると　ながむれば　いとど心を　くだく月影

それは寝ても起きても私にまとわりつく執念のようにも思われたのだ。

身の憂《う》さの　思ひ知らるる　ことわりに　おさへられぬは　涙なりけり

私はある時期、北面の勤務《つとめ》に身が入らず、上司の藤原遠兼殿から「義清、どうしたのだ」と言われたことがある。そのとき、思わず女院への思いを口走りそうになった。万一宮廷に知られでもしたら、どのような迷惑が女院にかからないとも限らない。女院は、別れなければならない理由《ことわり》を持っておられる。もしそうでなければ、たとえ人目が繁《しげ》くとも、女院は私と逢瀬《おうせ》を持って下さったに違いない。

だが、女院の御心《みこころ》を信じても、二度と会えないことの辛《つら》さは変りない。

かかる身に　生《おほ》したてけん　たらちねの　親さへつらき　恋もするかな

私は歌に打ち込めばそれだけ辛さから逃れられるかもしれないと、ただそのことだけを考えて、作歌に励んだ。だが、口をついて出るのは、恋の重荷に打ちのめされた呻《うめ》きのような声であった。

私は非番の折、誓いを破ることにもなりかねない後《うしろ》めたさを感じながら、法金剛院御所や三条高倉第、京極第の辺りを徘徊《はいかい》した。ひょっとしたら、女院の唐車に逢《あ》わないとも限らなかったからだ。

しかしその頃、女院は外に出られることは滅多になかった。

その時期の私が、物に憑《つ》かれたように歌にのめりこんだのは、あるいは女院を心に思い描くためだったのかもしれぬ。

うちむかふ　そのあらましの　面影を　まことになして　見るよしもがな

時には、こうしたもどかしい思いをしなかったわけではない。だが、歌を作ることによって——いや、女院への思いが歌になってゆくにつれて、私は、月のなかにも、花のなかにも、女院のお姿を感じるようになった。

あはれとも　見る人あらば　思ひなん　月のおもてに　やどる心は

自分では気がついていなかったが、私が歌で心の均衡《おちつき》を取り戻そうとしていたのは、もう一度しっかり大地に足を踏みしめ、生きようと意志していたからであった。歌は、私には、生きるための、必死の手段《てだて》であったのだ。

ちょうどその前後に、従兄《いとこ》の憲康《のりやす》の死に遇《あ》った。私は愚者《うつけ》になったように放心して紀ノ川のほとりで日を送った。

そのとき、私は、まるで石ころが詰まったような冷たい、無情な心を、居心地のいい繭《まゆ》のように包んでくれる存在《もの》があるのを感じた。

秋実に前に話したことがあったかどうか、紀ノ川のほとりで、この世が浮島のようにはかなく頼りないものに見え、いつかその浮島の外にさ迷い出るように思えたとき、それを、いささかも恐《こわ》いとも、ひとりぼっちだとも思わなかったのは、女院の薄紅《うすべに》の花の色に似たお姿が、私を包む存在《もの》に変っていたからであった。

それはまた、浮島のようなこの世が、女院の薄紅色のお姿に包まれるということでもあった。この森羅万象《いきとしいけるもの》が、いつか私には女院の存在《おすがた》と感じられることがあった。花も鳥も風も月も空も山も木々も川の流れも、私には、薄紅の香《かぐ》わしい肉体《おからだ》を見るように思われたのだ。私が北面の勤務《つとめ》をやめ、浮島に似たこの世を出離しようと思ったのは、そのほうが、いっそう直接に、女院の存在《おすがた》に近づくことができると感じられたからだ、とも言える。女院から「思ひ出《い》でよ」と言われたことが、このような形で生き返ってこようとは、別れの悲しみの日々には思いもつかなかったことだったのだ。

私が嵯峨野《さがの》に住むようになった頃、藤原俊成殿のところで、女院御所別当の清隆殿に逢ったことがある。清隆殿は歌のことではなく、何か別の用事で訪ねたらしく、用件が終ると、そそくさとした感じで帰っていった。

堀河殿からいろいろ噂《うわさ》を聞いていたが、実際にその姿を見たのは初めてだったので、何気なく清隆殿のことを訊《き》いてみたのである。

「ちょっと他言できぬ所用でこられましたのでな」俊成殿は、浅黒い、頰の削《そ》げた、鋭い顔を庭のほうに向けて言った。「私も少々困惑しております。ま、西行殿だから、相談相手ということでお聞きいただきましょうか」

俊成殿はそう前置きして次のようなことを打ち明けてくれた。

清隆殿は、俊成殿が歌を通して宮廷で親交のある多くの人々に、新たに皇太子になられた體仁《なりひと》親王を早く帝位に就かれるよう説いて廻って欲しい、と言ってきたのであった。清隆殿は東宮亮《とうぐうのすけ》をも勤めていたので、體仁親王のことであれこれ気を遣うのは当然であったが、あれほど女院の意《こころ》を得ようと奔走した人物だったことを思うと、それは、まるで手のひらを返したような態度であった。それに前の年に生れたばかりの幼児を帝位《みかど》に就けるのは、いささか尚早であると言われても仕方がなかった。

「私も、それが東宮亮という職掌に忠実であろうとするための運動《はたらき》であるなら、もうすこし平静な気持でおられますが……」

「というと」

「私は、関白忠通殿の指し金で動いていると見ておるのです」

関白忠通殿が葉室顕頼殿と共謀して、藤原得子《なりこ》殿を鳥羽院に近づけ、鳥羽院も美しく若い得子殿を寵愛されるようになったことは、妻の縁者である葉室家の人々から、あれこれと聞かされていた。

関白忠通殿がそんな手段《てだて》を考えたのは、父忠実殿が、弟頼長殿を可愛《かわい》がり、ゆくゆくは関白の位を父と弟が奪うのではないかと恐れたからであった。父忠実殿と内大臣頼長殿はあくまで諸国の国司の規律綱紀を引きしめて東国や西国で頻繁に起っている土地争いの解決の糸口を見出《みいだ》そうとしていた。そのためには、国司の統轄者《すめらぎ》である帝《みかど》をどうしても中心に立てなければならなかった。とくに頼長殿は、院庁の存在が、こうした古来の律令《りつりょう》の制度《さだめ》を歪《ゆが》めていると考えていたので、できるかぎり院庁の権能《ちから》を削ぐように努めていた。鳥羽院はそれを面白からぬものと思われたし、院庁の権能《ちから》を保持するためにも、ご自分の思いのままになる帝《みかど》を欲しがられたのである。

関白忠通殿は、弟頼長殿のこうした思い切った革新には反対であった。気質からも、忠通殿は現状《いまのまま》をつづけることで、何とか政治《まつりごと》はすすめられるし、土地争いは陣定《じんのさだめ》で決着がつかない場合には、武士たちを派遣して鎮圧すればいいと考えていた。関白忠通殿は、鳥羽院の面白からぬ思いに気づいていたし、院庁の権能《ちから》を強めたいと考えていたので、自分の勢力を拡《ひろ》げるうえでも、鳥羽院との結びつきを強める必要があった。鳥羽院のほうでも、さしてお気に召されぬ人柄ではあっても、関白忠通殿の意《こころ》を迎えなければならなかった。

藤原得子《なりこ》殿がそういう忠通殿の意向を秘めて院のもとに送りこまれたのは、いってみれば事の必定《さだめ》であったわけだ。

得子殿の第一子叡子《としこ》内親王が鳥羽院の皇后泰子《やすこ》殿の養女になられたことは、はじめ父忠実殿の意向によって宮廷に参上《あが》った泰子殿を、関白忠通殿の側に引きつける手段《てだて》ともなった。

鳥羽院の願いは、ただ一つ、得子殿が皇子を産まれることであり、その皇子を皇太子にし、ゆくゆくは帝位に就かせることであった。関白忠通殿にとって、宮廷での権能《ちから》を強め、父と弟の勢力を削ぐための手段としては、この鳥羽院の願望《ねがい》を実現することよりほかは考えられなかった。

ところが、まさしくその願望《ねがい》が、願ったとおりの形で、叶《かな》えられることになった。體仁《なりひと》親王が生れたのである。

私が女院とお別れしたとき、口にすることのできない理由《ことわり》があるのだと言われたその理由《ことわり》とは、體仁親王を崇徳帝《すとくのみかど》の養子とされ、皇太子に挙げられたことであった。それによって得子殿は中宮となり、鳥羽院と関白忠通殿とはいっそう離れがたく結びつくことになった。それは鳥羽院庁の権限《ちから》を高めることになったが、結果からみると、それだけ帝《みかど》の権能《ちから》が弱められるということであった。

崇徳帝のお悩みを俊成殿は溜息《ためいき》まじりに私に語ったが、この崇徳帝のお悩みこそ、御母であられる女院のお苦しみの原因《もと》でもあったのだ。万一女院に関白忠通殿、葉室顕頼殿に指弾されるような行為《おこない》があれば、女院だけではなく、帝《みかど》ご自身にも迷惑がゆく。いや、迷惑ぐらいで済めばいい。得子殿を鳥羽院の女御とされたとき、それを取り持った葉室顕頼殿に対して、崇徳帝は一族の端々に及ぶ厳罰を加えられた。その報復が顕頼殿によって計画されないとも限らない、顕頼殿は関白の意向によって院庁御所別当に返り咲いたうえ、私とは妻を介して縁者となる。女院に報復する理由はいくらでもあったのだ。

その意味では、私の立場も決してはっきりしたものではなかった。見ようによれば、女院の心を乱し、女院を窮地に陥《おとしい》れるために、葉室側から遣わされた諜者《まわしもの》であると考えられても仕方がなかったのである。

女院に、恋を引き裂く理由《ことわり》があられたとすれば、私にも、お別れしなければならぬ理由《ことわり》はあった。私たちは恋を成就《じょうじゅ》させるために死を選ぶこともできなかった。もし死ぬことができたら、どんなに静かな至福のなかでこの世を去ることができただろう。女院も私も六道輪廻《ろくどうりんね》の涯《はて》まで、固く抱擁して流れ漂うことが信じられただけに、死を恐れる理由はまったくなかった。

だが、死は許されなかった。万一女院と私がそのような形で恋の在《あ》り処《か》を示すとしたら、男女の事が露見した以上の強い衝撃を宮廷に与えることになり、同時に、院庁に結集した人々に、帝《みかど》を孤立させる何よりの口実を作らせることになっただろう。

私たちにできるのは、恋の思いを激しく胸に抱いたまま、人知れぬように別々に暮すことよりほかなかった。別々に暮すとは、恋の激しさを証《あか》しすることを意味した。女院の存在《おすがた》を森羅万象《いきとしいけるもの》に感じ、ひたすら山林に独り住むことを求めたのは、死ぬことのできない人間が、死と同じ営みをし、死がもたらす以上のものを手に入れるためであった。

女院におかれても、それはまったく同じ意味を持たれたに違いない。私は女院の魂が虚空《こくう》をさ迷われるのを感じた。嵯峨野の竹藪《たけやぶ》を鳴らして秋の風が吹けば、そのなかに女院がおられたし、北山を隠すようにして雪が降りしきれば、その雪のなかに女院がおられた。私はつねに女院をそのような形で強く抱きしめた。それこそが、別れの際《きわ》に女院が言われた言葉であったからだ。

その頃、私は源雅定《まささだ》殿の邸宅《やしき》で堀河殿と出遇ったことがある。出離以来、ほとんど歌会にも出ず、数寄者《すきもの》たちの遊宴にも顔を出さなかったので、互いの噂を聞くことがなかったのである。

「女院はいかがお過しですか」

私が堀河殿に訊いたのは、まずそのことだった。

「お元気にしてはおられますけれど、以前に較べたら、ずっとお引きこもりがちでございます」

「何をしておいでなのです」

「御写経か御読経《どきよう》でございます」

私はあの賑《にぎ》やかな女院がひとりで持仏堂にこもられ、読経専一にお過しになっておられるかと思うと、熱いものが胸にこみあげてきた。女院は、花の下で遊戯されたり、月の宴で物合せをし、骰《さい》を投げられたりして、あの二つに割れる、なまめいた、快い声で笑われるのが、最もふさわしいお方であった。経典や御堂や荘厳な仏像や金色に底光る仏具などは、どう御心を澄ませられようと、女院には似合わない。私は御仏に向ける女院のお気持がよく解《わか》っているつもりでいながら、女院をそんななかに置いて差しあげたくなかった。できることなら、女院御所に名を連ねる高位の重臣たちに囲まれて、いま一度、花の宴、月の宴を開いていただきたかった。

堀河殿の言葉からも、女院がもはやそんな現世への望みは露ほどもお持ちでないことが知られた。

「それに清隆殿の奥方二条殿が東宮體仁親王さまの御乳母《めのと》に立たれたことも、お言葉では申されませんが、とてもお心におこたえのようでございます。とくに二条殿とはずいぶん昔から仲よしでいらしたから、関白さまのお声がかりというのも、さぞかしお辛い気持でお聞き遊ばされたことでしょうね」

「清隆殿の四条第も、関白さまのおすすめで中宮（得子）さまがお住みになっておられるとか」

「私もそう伺っております」

「清隆殿が女院を迎えられて遊宴を何度も開いた邸宅《やしき》ですね」

「ええ。でも、このことはまだ申しあげておりません」

「女院の楽しい思い出が残っているはずですからね」

「あれは篝火《かがり》が美しく燃えていた夜でした。夏の月が大きく出ていて……あんな楽しい時がまた女院に戻ってくるでしょうか」

「戻ってくるようにお祈りしたいと思います」

「でも、いまの法金剛院御所は訪ねる人もおりませんし、遊宴を考えて女院をお呼びするような方も見られません」

「昔、女院御所に関係があったことを口にすることも憚《はばか》られるそうですね」

堀河殿は何か思い出したのか、口を開いて喋《しゃべ》ろうとし、思い直して口をつぐんだ。誰かそれに当る人の名を口にしようとして、はしたないと思い返して黙ったのであろう。

堀河殿がこんな悩ましげな様子をすることも以前にはないことだった。その堀河殿の表情には、女院御所にも古くから勤め、女院の信頼も篤《あつ》かった。堀河殿は女院御所が一日一日と寂《さ》びれ、かつての栄誉も輝きも期待できないことがはっきり刻まれていたのであった。

その年（永治元年）の終り、鳥羽院の物狂おしいほどの執念——體仁《なりひと》親王を近衛《このえ》の帝《みかど》にするという願望《ねがい》がついに現実のものとなった。崇徳帝は譲位され、上皇となられ、人々に新院と呼ばれるようになったのである。

私は新院が鳥羽御殿に出かけるお姿を拝そうと朝早く三条高倉第に向ったが、大変な群衆《ひとだかり》で、唐車の庇《ひさし》さえ見ることができなかった。

民衆《たみくさ》はそれぞれ「これでいよいよ関白忠通様の思いのままよ」とか「崇徳新院は御子を皇太子に立てたかったのに、御弟が立たれたのだから、さぞご気色が悪かったろうな」とか喋っていたが、それによっても、いかに新院に対する同情が厚いかが偲《しの》ばれたのである。

だが、いよいよ近衛の帝《みかど》が三歳で高御座《たかみくら》に就かれたことは、鳥羽院を中心とした関白忠通殿の勢力を不動のものとした。それは宮廷のすべての重臣、殿上人《てんじょうびと》、上達部《かんだちべ》たちが、関白のほうを向いたということであった。

帝《みかど》の母となられた藤原得子殿は国母のゆえに皇后の位に就かれた。藤原清隆殿は、その報《しら》せを関白殿から受けると、氷雨《ひさめ》のなかを夜暗いうちから四条第の前に伺候《しこう》し、得子殿が目覚めるとすぐ祝辞を述べに参入した。それはかつて女院が夏の月を仰いだ寝殿の南西隅の広間だったのである。

それに反して法金剛院御所は霙《みぞれ》まじりの風に打たれて静まり返っていた。奥の持仏堂で女院の声を堀河殿が涙ぐみながら聞いているだけであった。

そんな頃のある冬の嵐《あらし》の晩、堀河殿は検非違使庁《けびいしちょう》の役人たちの、戸を叩《たた》く音で目を覚ました。堀河殿と大夫典侍《だいぶてんじ》殿が応対に出ると、即刻、書院、書庫、納戸、女房居間などを取り調べるというのであった。

「これは何事ですか。いかなる事情があるのか存じませんが、ここはいやしくも新院崇徳院さまの御母君の御居処ですぞ。このような夜更《よふ》けの探索とは無礼にも程があります」

大夫典侍殿は白いもののまじった髪を短く縛ったままの頭に厚手の打衣《うちぎ》を着た姿で、役人たちの前に立ちふさがった。

「されば、申しあげます」侍たちは土間に片膝《かたひざ》を突いて言った。「法金剛院上座の信朝殿が日吉《ひえ》神社においてさる御方を呪詛《じゅそ》した廉《かど》により今宵逮捕されました。信朝殿の呪詛にかかわる一切を探索するよう別当藤原惟方《これかた》殿よりの命を受けて参上いたしました」

しかし女院御所の宣旨《せんじ》高倉殿が探索を許さなかったので、検非違使たちは激しい風のなかを馬で引きあげていった。信朝は誰を呪詛したか、激しく拷問《ごうもん》で責め立てられたが、最後まで黙り通した。血みどろになった信朝を引き受けにきた法金剛院の僧侶《そうりょ》たちは、一目では、信朝であると分らなかった。信朝には、もはや常人の魂は残っていなかったのである。

しかし宮廷では、信朝が呪詛したのは、皇后得子殿に間違いないと噂された。それは噂だけに終ったが、何かいやな予感が女院御所のうえに漂うようになった。

それからひと月とたたぬ永治二年正月、摂津《せっつ》国広田郷の神官から検非違使庁へ訴状が差し出された。それによると、雪の吹き降る深夜、何者かが、呪詛のため、広田神社の社殿に巫《み》女《こ》や憑女《よりましめ》を集めて、護摩を焚《た》き、鼓舞跳梁《ちょうりょう》させ、怨霊《おんりょう》を喚《よ》び降していたというのであった。

私は前のときと同じように、この噂も、女院の名誉を傷つけるために、女院に敵対する者たちが仕組んだ策謀に違いないと思った。そのためわざわざ御所までいって、この種の挑発や教唆《そそのかし》に乗って軽挙妄動をしないよう堀河殿に注意した矢先、検非違使たちが、人もあろうに、待賢門院判官代《ほうがんだい》の源盛行とその妻の女院女房津守《つもりの》嶋子を逮捕するという事件が起ったのであった。

検非違使たちの取調べに対して二人とも皇后得子殿を呪詛した事実を認めただけではなく、二人の自白に基づき調べたところ、広田神社宝殿から銀の小筥《こばこ》が見つかったというのであった。銀の小筥には女の髪が封入されていたが、それは、得子殿の髪に間違いないことが証言された。

広田神社の事件は当人たちの自供もあり、証拠も揃《そろ》っていたので、源盛行と津守嶋子は位階を剝奪《はくだつ》のうえ土佐へ配流《はいる》、それにかかわった巫女朱雀《すざく》は上総《かずさ》へ配流と決った。裁判のあいだ、女院御所の人々が危惧《きぐ》したのは、検非違使庁がこの呪詛事件と女院とを結びつけないかということだった。

宮廷に流れた噂では、盛行が女院の密命を受けていたといわれていたが、それを本気で信じていた人は少なかった。というのは、当時、京都の邸宅《やしき》が次々と放火で炎上していたが、それもこれも、どうやら関白忠通殿に近い者が、その意向を奉じて跳梁しているらしい、と考えられていたからだった。

何しろ女院にかかわるものはすべて悪く、皇后得子殿と新帝にかかわるものはすべて善であるという単純な対比は、よほど鈍感な者の眼にも、わざとらしく見え、これは誰か含むところのある者の手で行われているのではないか、という疑惑は、早くから人々に抱かれていたのである。

平清盛の言い草ではないが、大方の民衆《たみくさ》は、たとえ明らかに嘘《うそ》であると解っていることも、十度二十度と繰り返すうち、嘘という形の真実として受けとるようになる。関白忠通殿、鳥羽院庁別当葉室顕頼殿といった権力《ちから》のみを追い求める人々は、虚偽か真実かということは考えの埒外《らちがい》であり、それがいかに権力簒奪《さんだつ》に役立つかという一点からしか見ていないのである。

それだけに女院の側近と目される人々が、つぎつぎに皇后呪詛で逮捕されると、いつかそうしたことが本当に行われていたような気になる。関白忠通殿が狙《ねら》っていたのは、民衆《たみくさ》のなかに起るその種の反応だった。そして一度そうした反応が生れると、それは次第に心から心へと伝染して、ある日突然、民衆《たみくさ》の一致した確信《かんがえ》に変ってゆくのである。

女院は、御所の周辺で起っているこうした出来事にどのように心を痛めておられるだろうか――私はそのことを考えると、いても立ってもいられぬ思いがした。小倉の里から嵯峨野へゆき、さらに賀茂に移ったが、私のこころはつねに法金剛院御所に籠《こも》っておられる女院に向けられていた。

女院がひとり静かに写経なり読経なりで過されるのなら、物足らぬ暮しながら、まだ耐えることがおできになる。だが、その静寂が西方浄土への思いを秘めたものではなく、藤原得子殿の華やかな運命に対する妬《ねた》みであり、憎悪《ぞうお》であり、呪《のろ》いであると世間に思われていたら、到底耐えられるものではないのだ。

そんなふうに疑惑の眼を向けられるくらいなら、いっそのこと、この世になぞ何の未練もないと、開き直ったほうが、どんなにさばさばすることか。この世の栄華権勢に賤《いや》しい愛着や羨望《せんぼう》を持っていると邪推されるよりどんなにいいか。

永治二年正月の広田神社の事件は宣旨高倉殿の口から女院に伝えられたが、それ以後の女院のお気持は、一日として晴れることがなかったのではあるまいか。

女院の御心は、いかにこの世の栄華への未練など微塵《みじん》も持っていないかを、一日も早く、世間に告げ、身の潔白を明かしたいという思いに駆られておられた。そのためには、この世を棄《す》て、出家される以外に道は残されていなかったのである。

それは私の推測ではなく、女院ご自身が堀河殿に言われたことであった。

私は女院の御心の内が痛いように解った。それが関白忠通殿が巧妙に、破廉恥《はれんち》に仕組んだ罠《わな》にずるずるはまってゆくことであっても、そうした状況《ありさま》のなかでは、ほかにどういう態度がとれただろう。

だが、そうなっても私が願ったのは、もし能《あた》うことなら、女院の出家は、関白忠通殿に追いつめられた結果ではなく、もっと西方浄土へのひたすらな思慕に満ちた、大らかな決心によるものであってほしいということだった。

もちろん栄耀《えいよう》栄華を極めておられた女院は、法金剛院を建立《こんりゅう》されたとき、この世のあらましをきっぱり断念されていた。だから、別に出家を決意されても、関白忠通殿の術中に陥ったというのは言いすぎである。

だが、堀河殿に言われたお言葉からすると、出家を早められたのは、身の潔白を早く世間に示したいというお心があられたからだ。

できることなら女院にお目にかかりたかった。だが、宮廷中の眼が女院御所に向けられているとき、それは到底叶えられぬことであった。

私は別れの折の誓いを思い出した。私たちは、別々にいることで恋の証《あか》しを立てること——どこにいても、どんなときにも、私は、女院の魂を腕のなかに抱くこと。ただそれしか私の生きようはないのである。

その冬は風の吹き荒れる日が多かった。私はしばらく歌会にも遊宴にも顔を出さず、女院のために歌を作った。それは歌合に出すのではなく、住吉神社に奉納し、住吉の神に、女院への恋の証人となって貰《もら》うためであった。女院が悩んでおられるとき、私もまた苦しまなければならないのだ。恋の証しはそれしかなかった。私は風に吹かれて、洛北《らくほく》の道をさ迷った。

ある日、風のなかを戻ってくると、近くの庵《いおり》に梅が白く咲いていた。

そんなに清らかな凜《りん》とした姿で、早春が訪れていたことに、私は、はっとして息を呑《の》んだ。曇っていた鏡を一拭《ひとふ》きして明るい澄んだ鏡面がそこに現われたような感じだった。

私はずっと女院のことを考えながら、実は曇った鏡を持ちつづけていたのではないか。

女院は、この清らかな梅の白さのように、あくまで澄んだ方であるのに、私が勝手に俗世の醜い権力者たちの軋轢《あつれき》のなかに押しこめていたのではなかったか。

持仏堂で御仏を仰がれながら出家を決意されたとすれば、御心は、白梅の静寂と清楚《せいそ》と気品に満たされておられるはずである。女院は梅の香りに包まれて私の前に立たれている。それ以外の女院のお姿は在りえないし、在ってはならないのだ。

私はそう思うと、ようやく心が晴れるのを感じた。

主《ぬし》いかに　風わたるとて　いとふらん　よそにうれしき　梅の匂《にほ》ひを

私はそれを女院に捧《ささ》げたいと思った。それこそが女院を思い、恋のまことのなかに包むことだと思えたのである。

女院が出家されたのは、広田神社の事件からちょうど一と月たった二月二十六日のことであった。

鳥羽院、新院ともに法金剛院に御幸された。兄実能殿はじめ女院に関係の深い公家《くげ》がそれに連なっていた。戒師は覚法法親王、剃手は女院の御子信法(覚性法親王)が勤められたという。

堀河殿は、まわりの方々の沈鬱《ちんうつ》な表情に対して、女院はむしろさっぱりした、清々《すがすが》しい顔をなさっていたのが、何とも不思議だったと言っていた。その言葉を聞いたとき、ごく自然に、寒風のなかに咲いていた白梅が心に見えたのである。

女院はいまこそ真に、女院というお身体《からだ》を超えられて、この森羅万象《いきとしいけるもの》に変成《へんじょう》なさったのだ。女院のお顔を輝かしていたのは、その変成が生みだす解脱《げだつ》の光だったのである。

私はそう思ったとき、女院のために結縁経《けちえんぎょう》を勧進することを思い到《いた》った。鳥羽院、新院からは宸筆《しんぴつ》の写経を賜ること、さらに内大臣藤原頼長《よりなが》、左大臣源有仁《ありひと》、権大納言徳大寺実能などの人々にも自筆で写経をして貰うこと――それが梅の香りに包まれるようにして出家された女院にふさわしい唯一《ゆいいつ》の恋の証《あか》しであるように思われた。

女院が、関白忠通殿や葉室顕頼殿がいかに切歯《せつし》しても、もはや手の届くことのない香《かぐ》わしい虚空に、いま、経典を手に、立たれたのを私は感じていたのである。

九の帖

堀河局《ほりかわのつぼね》の語る、待賢門院《たいけんもんいん》隠棲《いんせい》の大略《あらまし》、
ならびに西行歌道修行の委細に及ぶ条々

秋実《あきざね》どの。この前、庵《いおり》においでいただいたのはいつだったでしょうか。老尼《ろうに》の物覚えも心細う存じますね。どこまでお話し申しあげられるか、心許無《こころもとの》うございますが、頼りない記憶《おもいで》を手繰り寄せ手繰り寄せして、何とかお心に添えるお話をしたいと存じます。

もうこの年齢《とし》になりますと、さすがに見知る人々も少なく、何の饗応《もてなし》もできぬ庵を訪ねる方も稀《まれ》でございます。秋実どののように昔話を聞きたいという奇特なお方は、めぐり逢《あ》うだけで嬉《うれ》しく、こうしてお話できることは、思わぬ昔に還《かえ》ってゆくようで、何か晴れやかな舞台に登るような、賑《にぎ》やかな楽しさをさえ覚えるのでございます。

この老尼に物語させることも供養《くよう》と思《おぼ》し召され、心惹《こころひ》かれぬことも多々あると存じますが、どうかゆっくりお寛《くつろ》ぎになられ、最後までお耳をお貸しいただけたら幸せでございます。

さて、待賢門院さまは、落飾されてからはただただ読経《どきょう》と写経に終始する日々でございました。

藤原忠通《ただみち》さまが関白となられ、鳥羽上皇さまのお力を巧みに使われながら、宮廷を自由に操ってゆかれる姿に、私も何かただならぬ気配を感じてはおりましたが、待賢門院さまの住んでおられた四条西洞院第《にしのとういんてい》が火事になりました折、もしや耳にした噂《うわさ》も本当《まこと》ではないかと感じるようになりました。

その噂と申しますのは、待賢門院さまの好まれた二条万里小路第《までのこうじてい》が焼け落ちた折、衛士《えじ》たちが、火付人らしい人影を見たと申し、その中の一人が、関白忠通さまの手の者であったと申し立てているということでございました。

このとき、待賢門院さまは鳥羽上皇さまと熊野詣《くまのもうで》に出ておられるさなかでしたから、京にお戻りになると、とりあえず法金剛院御所へ入られ、その後、四条西洞院第にお住みになることになりました。

これは保延三年の秋のことでございましたが、鳥羽上皇さまは翌年早々、正月二十六日という日にふたたび熊野へ女院を伴われて出立されたのでございます。

ところが、翌二月二十日、熊野から京に帰られて間もなく、二月二十三日の夕刻、いまお話しました四条西洞院第が炎上したのでございます。

その折、女院にお仕えする者でなくても、前年の不審火の噂を思い出さないではおられませんでした。たしかに火事は容易に人の不始末から起るものでございます。しかしこうもつづけて女院のお住居《すまい》だけが焼失することにはどこか不自然なにおいが感じられました。

人々がそんな噂をするのをわざわざ打ち消そうといわんばかりに、その翌日、二月二十四日に二条東洞院内裏《だいり》から火が出て、みるみる焼け落ちたのでございました。火事は何も待賢門院のお住みになるところだけで起るのではないぞ、とでも言うような、これ見よがしの火事でございました。

待賢門院さまは三条高倉第に移られましたが、結局、ここで生涯を閉じられることになるのでございます。

ともあれ、このような出火がいずれも何者かに仕組まれたものであり、それが待賢門院さまと崇徳の帝《みかど》に向けられていたことは、すこしでも注意深く世の移りゆきを見る者には、容易に納得できたのでございます。

鳥羽上皇さまは、待賢門院さまを敬愛なされ、熊野にも何度となく伴われたのでございますが、藤原得子《なりこ》さまが上皇さまのご寵愛《ちょうあい》を受けられるようになってからは、御一緒の熊野詣はつづきましたものの、ただひたすら敬して遠ざけるとでもいうような間柄に変っていったのでございます。

上皇さまが御所の女房たちと情交されたことは、内々では誰知らぬ者のない事実でございましたし、それをわざわざ論《あげつら》う人もおりませんでしたが、得子さまへの溺《おぼ》れようは、情交されるというようなものではなく、謹直な中御門宗忠《なかみかどむねただ》さまなどは、政務を忘れて朝から得子さまの許に通われることを、それとなく諫止《かんし》されたほどでございました。

あれほど節度を守られ、物の曲直を正しく判断された上皇さまが、突然、そうした一切を忘れ、ひとりの女に溺れこむということは、やはり不思議なこととも、恐しいこととも思わずにおられません。それは男と女の姿というより、神霊のさ迷う幽暗な境に踏みこみ、ひたすら愛欲《あいよく》の炎に融《と》けた形のない妖怪《もののけ》と申したほうがよろしかったでしょう。

得子《なりこ》さまは決して姿のいい貴《あて》やかな方ではございませんでした。待賢門院さまをご贔屓《ひいき》して申すわけではございませんが、そのお美しさと高貴な清々《すがすが》しいお気質でも、待賢門院さまは当代第一の方と申さなければなりません。待賢門院さまは生れつき素直で、ご自分を飾ることのおできにならない性格でございました。私はお若い頃からお側《そば》にお仕えしていて、よく存じておりますが、同性としても、ほれぼれと眺めたくなるような女らしい艶《あで》やかさに溢《あふ》れ、西行どのがよく口にされたように、枝垂《しだ》れ桜の薄紅《うすべに》色に包まれた方でございました。

そんな待賢門院さまに較《くら》べますと、得子さまはまったく別の種類の女性でございました。男の方々が美しい女と言われたので、私も不承不承あれでも美しい女なのだと自分に言い聞かせましたが、心では、そんなことは思ってもみませんでした。だいいち得子さまの細い、眼尻《めじり》の下がった、笑ったような眼が好きになれません。世話好きで、気さくで、何でも平俗な形に崩し、下卑《げび》たというのは言い過ぎであるとしても、どこか狎《な》れ狎れしく、あけっぴろげなところがございました。

　同じ明るさでも、待賢門院さまのは貴《あて》やかで、大らかで、温かでしたが、得子さまのは、そうした仄《ほの》かな色合いはなく、もっとざっくばらんで、むきだしで、すこしばかり、がさつな感じでございました。気どりがないということでは、得子さまほど気どりのない方はございませんでした。気どりがないだけ、率直でしたが、率直なだけ、優美さがなく、だらけた様子がございました。

ある女房が得子さまのお部屋に入ったとき、色鮮やかな唐衣《からぎぬ》も、長い裳裾《もすそ》の表着《うわぎ》も、打袴《うちばかま》も、懸帯《かけおび》も、金の髪飾りも、螺鈿《らでん》の釵子《さいし》も、乱れた丸髢《まるかもじ》も、そこら一面に投げ出され、几帳《きちよう》の布ははずれ、唐匣《からくしげ》の蓋《ふた》は開けたままだったのを見て、息を呑《の》んだということでした。

あれほど身のまわりに野放図な方は、女では、ほんとうに珍しい方だ、というのがその女房の意見でございました。すこしぐらい髪の前に挿《さ》す金の釵子が曲っていても、懸帯の結び目が解けそうになっていても、得子さまはまったく平気でおられたのでございます。

私が男だったら、とてもこうしたふしだらな、投げやりの女性など好きになることは考えられませんけれど、かえって崩れただらしのなさが、ある種類の男たちには、たまらない魅力となるのでございますね。

待賢門院さまにとってご不幸だったのは、そのような殿御のお一人が鳥羽上皇さまであられたということでございます。眼尻の下がった、糸のように細い眼の、扁平《へんぺい》な白いお顔を、長い黒髪が取り囲み、どこか水母《くらげ》に似てぐったりと半ば唐衣のなかで溶けたように坐《すわ》っておられる得子さまを見ていると、まるで白い渦のなかに木の葉が巻き込まれてゆくような感じになると言っておられた方のお気持が分らないではございません。

端正な形に飽きた人、典雅な挙措に平凡さを感じる人が、途方もない無形の、混乱した、乱雑の美にとり憑《つ》かれるというのは、むしろ道理《ことわり》あることかもしれません。それだけにこの溺愛《できあい》は、身も心もとろかすような異様な姿を持っているのでございましょう。上皇さまは身も世もあらず得子《なりこ》さまの擒《とりこ》になったのでございました。その仲は日夜をあかさぬもので、閨《ね》房《や》にお入りになって一昼夜も出てこられないようなことが始終あったそうでございます。お二人がどんなに気が合ったかは、端正な服装を好まれた上皇さまが、得子さまとご一緒だと、烏帽子《えぼし》がずれようと、石帯《せきたい》の結び目が解けていようと、まるでお気になさらなかったということでも解《わか》ります。そればかりでなく、あれほど威儀を正すべき正殿に身を置いても、お二人がおられると、そうした衣冠束帯のまま、戯《たわむ》れ合っておられるような、妙に崩れたしどけない艶《なまめ》かしさが、身体《からだ》から溢れ出ているように感じられたのでした。そして事実、お二人は、こうした儀式がほんのしばらく休止となり、ご休息をとられると、もうそれ以上は我慢ができないとでもいうように、簾《すだれ》を下しただけの次の間に入れられ、激しく愛撫《あいぶ》しはじめられるのでございました。

このお二人の愛慾のお姿がどんなにか待賢門院さまをお苦しめになったか、容易にご想像いただけましょう。得子さまのしどけない、露《あらわ》な愛情は、とくに待賢門院さまを苦しめるためにわざわざ誂《あつら》え作ったもののようでございました。御母思いの崇徳《すとく》の帝が雷霆《らいてい》のように激怒されたのは、得子さまのこの放埒《ほうらつ》な情愛のあまりの露骨さのためでした。帝は、あえて上皇さまをお責めになることはできません。といって得子さまの天与のしどけない水母《くらげ》のような魅力をどうして罰することができましょう。帝にできることは、憤激《はらだち》をただあたり構わず叩《たた》きつけることしかありませんでした。

長承三年のことでございましたか、まだ高御座《たかみくら》におられた崇徳の帝は、得子さまの兄の散位正四位下藤原長輔さまの昇殿を停止され、弟の備後守《びんごのかみ》時通さまと伯耆守《ほうきのかみ》長盛さまには国務につくことを禁じられ、また得子さまの姉上さまは、家地、荘園《しょうえん》、資財、雑具を没収されたのでございます。それは大逆を働いた賊臣の一族が苛酷《かこく》に処罰されるような、信じられない厳しい御処置でございました。その御処置の当否はともかくといたしまして、帝の逆鱗《げきりん》のほどがいかばかりであったかご推察下さいませ。

この折、崇徳の帝は、得子さまを上皇さまに引き合せ、この愛恋の端緒を作った葉室顕頼《はむろあきより》さまに対しても、財産没収の処置をお取りになられたのでございます。

関白忠通さまが顕頼さまを手蔓《てづる》として上皇さまとの関係を密になさろうと考えたことも決して虚言《あだしごと》ではございません。顕頼さまは鳥羽院庁別当を勤められましたから、上皇、関白、院庁別当とが組んで、帝と対峙《たいじ》なされる形となりました。帝はひたすら御母待賢門院さまをお庇《かば》いになられましたから、帝のお心を苦しめ、統治のお力を弱めるためには、待賢門院さまを目がけて、攻撃の見えない矢を放てばよいわけで、関白忠通さまは、まさしく権謀術数《はかりごと》を絵に描いたように、待賢門院さまの邸宅を焼失させていったのでございました。

待賢門院さまは陰に陽にじりじりと迫ってくる関白忠通さまの力を、これ以上耐えることがおできになりませんでした。それこそ、それが忠通さまの策謀《はかりごと》であることが明らかになれば、帝としても、得子さまの一族に与えたような報復《しかえし》を考えられ、場合によれば譴責《けんせき》することもできたのでございましょう。付け火の件も、得子さま呪詛《じゅそ》の件も、あきらかに忠通さまの指し金以外に考えられず、噂でもそう囁《ささや》かれていたのでございましたが、結局、検非違使たちの探索も、そうした犯罪《つみとが》を見出《みいだ》す手がかりはどこにも見つけることはできませんでした。

こうした待賢門院さまが唯一《ただ》つお逃れになる道は、得子さまとはもちろんのこと、政治《まつりごと》すべてと何ら関係がなく、まったくの別世界に生きることをはっきり証《あか》してみせることでございました。

それは永治二年の正月、源盛行と妻女の津守嶋子《つもりの》が、待賢門院さまの意を受けて、得子さまを呪詛したと告白した事件の直後でございました。

待賢門院さまは午後ずっと持仏堂に籠《こも》って読経をしておられました。私はしばらくお静かになられたので、茶菓を運んで、気散じのお話でも申しあげようかと、それとなく気配を窺《うかが》っておりました。

新年と申しましても、先年暮には崇徳の帝は帝位《みかどのざ》を、得子さまの御子體仁《なりひと》親王に譲られ、その上忌《いま》わしい呪詛事件がつづいたため、まるで法金剛院御所は曇り空の下で暗く陰気に蹲《うずくま》っているように見えました。濃い緑に澱《よど》んだ池水は、差しのばした岸の冬枯れの木々の枝を、陰鬱《いんうつ》な水墨のように、黒く描き出し、その光る水面に、時おり嗄《しわが》れた声をあげる水鳥の飛ぶ影が横切《よぎ》ってゆきました。

池の隅で枯れた蓮《はす》が拡《ひろ》がり、寒風のなかでかさかさ音を立てておりました。

そのとき、持仏堂のなかから私をお呼びになる声が聞えました。私がなかに入りますと、待賢門院さまは数珠《じゅず》をお持ちになり、黒い大きな眼でじっとご覧になりました。

「大事な相談があるのですが」

待賢門院さまは膝《ひざ》の上で数珠を強く握りしめられました。手の甲がそれにつれて白くなるほど強く握っておられました。

「実は、さんざん考えたことなのですけれど、いまのまま、ただ御仏《みほとけ》にお仕えするのではなく、一身を捧《ささ》げてお仕えしたいと思うのです」

「一身を捧げて……」

「ええ、この法金剛院もすべて建立《こんりゅう》が終りました。あとは私がこの身を捧げて、御仏にお仕えしたいと」

「ご出家なさるお積りでございますか」

「なるべく早く、そうしたいと思うのです。あらぬ邪心が出て、せっかくの決心を鈍らせないうちに」

私は突然のお言葉にすぐお返事はできませんでした。待賢門院さまのお悩みは、何も申されなくても、私にはよく解っておりました。こう決心なさるまでには、一つことを思いつめておられたにちがいございません。

それにしても、ご出家なさるということは、信仰深いいままでのお暮しぶりを見ておりましても、どこか唐突という思いを拭《ぬぐ》い去ることができません。やはり青い果実が次第に熟して大地に落ちるように、然《しか》るべきときに出家をするというのが正しい信仰の在り方と思うのですが、待賢門院さまには、こうした成熟の道ゆきが十分であったと思えなかったのです。それは決して待賢門院さまのご信仰が未熟であるとか、世間体だけのものであるとか言っているのではありません。そうではありませんが、それでも、出家するには、信仰のほかに何か別のものが要るのではないか、と思えてならないのです。たとえば年齢です。たとえば病気とか近親者の死です。たとえば世の移りゆきのはかなさです。そうしたものが信仰のうえに働きかけ、信仰もまたそれを受けとめて、そこではじめて、より深い信仰の道——浮世のしがらみをすべて棄《す》て去って、純一無雑の信仰の道へ入ってゆくべきものではないでしょうか。

私がこうしたことを考えましたのも、実は、世の噂では、得子さまを呪詛させたのは待賢門院さまであるということになっていて、待賢門院さまもそれに深く傷ついておられるのを承知していたからでございました。待賢門院さまは早くそのような浮世から手を切って、何の未練も野心もないことを人々に示したいとお思いになっていて、そのために出家のご決意をなさったことは疑いようはございませんでした。そうした形で出家なさることは、やはり私は待賢門院さまにふさわしくないと思われたのでございます。

「お気持のほどはお察し申しあげます。でも、門院さまが追いつめられたようなお気持で、この世をお棄てになられるのなら、私は、畏《おそ》れながら、いま一度《ひとたび》、思いとどまられて、心から御仏にお仕えしたいとひたすら思われる時節《とき》までお待ちになられては、と申しあげたく存じます」

「あの事件がかかわりないとは申しません。でも、そのことがなくても、出家するつもりだったことは本当です」

「法金剛院の建立を思い立たれた頃でございますか」

「その頃から御仏のご慈悲なしには生きてゆくことはできないことは知っておりました。でも、出家のことまでは思っていませんでした」

「では、こんどはじめてご決心を……」

「そうも言えませんね」待賢門院さまは一瞬面映ゆいように微笑されました。「あなたは義《のり》清《きよ》が訪ねてくれた春の夜を覚えていましょうね」

「はい、桜の花に月がかかっておりましたことも」

「あの人が出家したと、堀河が私に話してくれたのですよ」

「そうでございました」

「あなたは義清が、いえ、西行でしたね、西行が、森羅万象《いきとしいけるもの》をいっそう美しく見るために、浮世を離れるのだと話してくれたのです。覚えていますか。私はあなたの言葉を聞いて、身体が震えるように思いました」

「よく覚えております」

「私はそれまで出家遁世《とんせい》とは、厭離穢土《おんりえど》のことばかり考えていました。それを西行は別のものに変えてくれたのです。私が出家したい、出家して、いまの私には見えない浮世の本当の美しさを、心の底から味わってみたい、とそう考えるようになったのは、西行のことを聞いたときです」

「では、門院さまは西行どののように美しいものを求めて、出家なさると仰《おお》せられるのですか」

「森羅万象《いきとしいけるもの》を曇りない眼で味わうために。たしか西行から贈られた歌に、そういうのがありましたね」

私は西行どのの歌を口ずさみました。

雲晴れて身にうれへなき人の身ぞ　さやかに月の　かげは見るべき

「その心ね。私も、いま何もかも捨て切って、西行が言ってくれたもののなかに、本当に抱いて貰《もら》える、と思えるのです」

「西行どのの申された？」

「堀河、いつか、あなたに、西行をいとしく思っていると話したことがありましたね」

「畏れ多いことでございます」

「あの人は、六道輪廻《ろくどうりんね》の涯《はて》まで魂を抱き、温め、私を決して一人ぼっちにはさせない、と誓ってくれました」

「門院さまは、畏れながら、それを……」

「信じています。あのあと、三条高倉第で、この法金剛院御所で、私は魂の凍るような辛《つら》い寂しい思いを味わいつづけました。私には、堀河、あなたがいます。中納言局がいてくれます。兵衛《ひょうえ》もいてくれます。みな心を寄せ合って生きてくれます。私は一人ぼっちであるわけはないのです。でも、夜になって、時雨《しぐれ》が屋根を打つとき、木枯らしが妻戸を鳴らすとき、私は、いつか魂が地上を離れ、暗い虚空《こくう》を迷っているのを感じるのです。それは決して明けることのない暗闇《くらやみ》です。星もなく、月もありません。ただ骨を刺すような冷たい風が吹いているだけです。私の魂は心底一人ぼっちです。そのとき私は義清の、いいえ、西行の言ってくれた言葉を思い出すのです。

「六道輪廻の涯まで私が抱いて差し上げます。一人ぼっちにはおさせ致しません」するとどうでしょう、私は温かな大きなものに抱かれ、かじかんだ心が安らかに寛《くつろ》ぐのを感じるのです。本当は、私は御所を出て、あの北面の侍と一緒にどこか人知れぬ国へ——陸奥《みちのく》かどこか遠い国へ落ち延びて生きるべき運命《さだめ》であったのかもしれません。でも、私は身動きのならない境涯に身を置いています。もし私が自分ひとりのために道ならぬ恋を選んだとしたら、世の騒ぎがいかほどであったかということは差しおくとしても、あの人も私も到底願ったようなこの世の悦楽《たのしみ》を手に入れることはできません。いいえ、できないどころか、魂の歓喜《よろこび》まで失うことになってしまいます。

私たちは、この世の情慾さえ禁じれば、魂の歓喜《よろこび》だけは手に入れることができる——そのことを、ぞっとするほど、はっきりと知ったのです。堀河、私はこんな話をあなたに告白《うちあけ》るつもりはなかったのですよ。でも、話すことができて、ほっとしていることも本当です。だから、私が出家するのは、決して関白忠通どのに追いつめられたからではなく、私も西行と同じように浮世を捨てて、森羅万象《いきとしいけるもの》をあの人とともに深く深く慈《いつく》しんでいきたいからなのです」

私は待賢門院さまのお言葉を聞きながら、涙が溢れてくるのをどうすることもできませんでした。涙を拭い拭い、待賢門院さまのお話を聞いていたのでした。

「門院さま。ひとつお願いがございます」

「出家をやめよ、ということなら駄目ですよ」

「いいえ、その反対でございます。私もご一緒に出家させて頂きとう存じます」

「あ、それは」待賢門院さまは私の手をお執りになりました。「それは困ります。女院御所のことなどまだいろいろとして貰わなければならないことが残っています」

「もちろんそれは別に考えさせて頂きとう存じます。私は門院さまをお一人でご出家おさせ申すわけに参りません。虚空にお浮びになられるときは、西行どのが門院さまをお抱き申しあげましょう。せめてそれまで私にお伴させて頂きとう存じます」

庭池の上には、そろそろ夕闇が下りておりました。池水はさらに黒ずんで澱み、枯れた蓮の葉が風にざわめきました。持仏堂は仏前の燈明《とうみよう》の光で赤くぼんやり照らされていました。

「堀河、あなたの優しいお気持に心から礼を言います」

「畏れ多いことでございます。門院さまもかえってお心安く遊ばされ、また西行どのともお会いできるわけでございますね」

「そうなればどんなに心が晴れることでしょう」

「西行どのも同じ思いでいるのでございます。先日送ってくれました歌にこのようなのがございました」

捨てて後《のち》は　まぎれし方《かた》は　おぼえぬを　心のみをば　世にあらせける

「あの人も、出家したあと、心だけはこの世に残していたわけですね」

「門院さまのお傍にでございます」

「私の……。そうですか。あの人との誓いがあの人を苦しめているのですね」

「苦しんでおりましょうが、門院さまを恋するという歓《よろこ》びを知っているのでございます。こんな歌も送って参りました。

もの思へども　かからぬ人も　あるものを　あはれなりける　身の契《ちぎ》りかな

いかにも西行どのらしい正直なお心とお見うけいたします」

「あの人は苦しんでいるのですね」

「喜んでその苦しみを引き受けていると存じます。西行どのがそう申されるのを聞いたことがございます。門院さまをお慕い申しているので、どうしてもお近くで、門院さまのお幸せをお祈り致したいと」

「すこしあの人の歌を聞かせてくれますか」

待賢門院さまは西行どののことを思うと、この世のことはすべて楽々と超え出ることができるのを感じられたのでございましょう。いつもは歌に馴染《なじ》まれないお方でございますのに、そう仰《おお》せられると、左手で柔かく数珠を握られ、右手で私の手を執られ、もうすっかり宵闇のなかに沈んだ庭池のほうへ顔を向けられました。

私は西行どのが叔父の住む六条の房の歌会で詠《よ》んだ歌をお聞かせいたしました。

月にいかで　昔のことを　語らせて　かげに添ひつつ　立ちも離れじ

待賢門院さまは「かげに添ひつつ」というところで大きく息をおつきになりました。月が物語る昔の影といえば、待賢門院さま以外にはございません。そのことが待賢門院さまには痛いようにお解りになったのでございますね。

「堀河、私は決して穢《けが》れない身だと思ってはおりません。いいえ、私は、口にするのも恥しい愛慾《あいよく》の半生を送ってきました。若かった頃は、道ならぬ恋で、人々が驚くなら、それはそれで構わないと思っていました。でも、そうした愛慾は、結局は愛慾でしかなかったのね。そのことは後悔はしていないけれど、罰を受けたような気はします。でも、最後に義清にめぐり会えたのです。浮世で愛の契りはただ一度しか交せなかったけれど、それ以上の誓いを交せました。堀河、私はね、もし御仏がもう一度生命をあげるから、好きな人生《いきかた》を送るようにと仰《おつしや》ったら、いまと同じような人生《いきかた》を下さるようにお願いしようと思います。すべての迷いは最後に真如《しんによ》の月を見るためにあったのですものね」

待賢門院さまが落飾されたのは永治二年（康治元年）二月二十六日でございました。風のなかに梅の香りの感じられる、空の青く澄んだ日でした。

法金剛院御所は早春の朝の光のなかで屋根の優美な反りをのびのびと伸ばしておりました。前年に出家された鳥羽法皇さま、同じ年に近衛《このえ》の帝《みかど》に譲位された崇徳上皇さまを始めとして、御兄徳大寺実能《さねよし》さま、左大臣源有仁《ありひと》さま、藤原成通《しげみち》さまなど宮廷の高位高官の方々、女院御所関係の公家《くげ》の方々が御所にご参集になられました。しかし、当然とは申せ、このなかには関白忠通さまのお姿も院庁別当葉室顕頼さまのお顔もありませんでした。

私とともに妹中納言局も出家いたしました。何としても待賢門院さまをお一人にするわけにはゆかないという共通の心があったからでございました。末の妹兵衛は年も若く、頭もよく廻る女《ひと》でしたので、出家はせず、上西門院さまに女房としてお仕えすることになりますが、待賢門院さまに対する思いは私たちと同じでございました。兵衛が泣いて出家させてほしいと言うのを、私と中納言局がやっとの思いで説得し、思い留まらせたのでございました。

待賢門院さまのご出家は、かねてからの覚悟とはいえ、万事を大きく変えることになりました。御所では宣旨《せんじ》、御匣殿《みくしげどの》、内侍《ないし》から女蔵人《にょくろうど》、女孺《にょうじゅ》、雑仕女《ぞうしめ》まで暇《いとま》が出されましたし、他に仕える女房もあれば、そのまま家に引籠《ひきこも》る人々もおりました。昨日まであれほど賑《にぎ》やかだった釜殿《かまどの》、進物所は、下働きの女たちが、急に静かになった窓の外を、手持ち無沙汰《ぶさた》に眺めているだけでした。

崇徳の帝が譲位されてからは、寝殿の広間も、対ノ屋も、渡殿《わたどの》も、杉戸の障子が閉めきりで、持仏堂と御居間を除くと、空虚な、人の気配の絶えた空気が、重く澱《よど》んでおりました。それでもなお朝夕には女蔵人の指図で雑仕女たちが掃除をしたり、庭の手入れをする姿が見られたのでした。

しかしご出家以後それまでがばったり途絶えました。御所全体が深い沈黙のなかに閉じこもり、物の動く気配さえありませんでした。

春になって、池水には水鳥が集るようになり、庭に賑やかな囀《さえず》りや啼《な》き音が響き、木々に新芽が柔かな萌黄《もえぎ》の薄衣《うすごろも》を拡《ひろ》げるようになると、御所の建物だけがひとり取残され、孤独な影を深めているように見えました。

私はそうした御所のお庭に足を踏み入れ、どんなに胸を衝《つ》かれたことでしょうか。

待賢門院さまは以前にもまして持仏堂で読経《どきょう》と写経に時を過しておられましたが、私などには、出家されてからのほうが、お顔が明るくなられたように思えました。やはり関白忠通さまを中心とした宮廷の陰謀《たくらみ》が、待賢門院さまを苦しめておられたことは、そのことからもお察しすることができました。

　私たち尼となって待賢門院さまのお側《そば》に残った女房は、御仏の慈悲に満ちた光が、日々、待賢門院さまを包むように、そうして待賢門院さまがそれをひしと感じられ、出離の寂しさなどお感じになられぬように、心を尽したのでございました。中納言尼《に》も私もいまではただそれだけが唯一《ゆいいつ》の生き甲斐《がい》でございましたから、管絃《かんげん》の合奏をしたり、種合《くさあわ》せ、扇合せ、石などなど、待賢門院さまのお好きな遊びの相手をしたり、絵巻、物語草子、時には和歌集、私家和歌集などをご一緒に読んだりいたしました。

　いつだったか、中納言尼が藤原俊成どのに頼んで、法華経《ほけきょう》二十八品《ほん》和歌を歌人たちに詠ませ、それを待賢門院さまに差し上げ、お慰めしようと考えたのも、こうした日々のあいだでございました。

「西行どのにもお願いできるでしょうか」

　中納言尼は私に真剣な顔をして、そう訊《たず》ねるので、どうしてそんなことを訊《き》くのか、と反対に訊いてみたのでございます。

「西行どのは、門院さまの御落飾の直後、法皇さま、上皇さまはじめ二十八人の高位の方々に、じかにお会いになって、自筆で、法華経を一品ずつ写経するようにご勧進なさったのです。縁故《ゆかり》の深い方々ばかりでしたから喜んでみなさま、写経をなさいました。でも、西行どののように、門院さまの寂しいお心をお察しになられて、まるで門院さまを大勢の方がお支えしている証拠を集められるように、これほど素早く、これほど熱をこめて、法華経を捧《ささ》げられた方はほかに居られません。私のお願いなど、西行どのに較《くら》べたら、遅まきの、小手先だけのお慰めのように見えます。とても気おくれして、西行どのに申し出ることができないような気がいたします」

中納言尼はそう申しました。しかし私はその考えに反対しました。中納言尼の計画《もくろみ》を聞いたらどんなにか西行どのが喜ばれるか知れない、と申しました。

「門院さまをお慰めすることにかけては、西行どのの右に出る人はないでしょう。あなたの申し出を西行どのは喜んでお受けすると思いますよ」

「どうして西行どのは門院さまの御事についてそれほど親身になっておられるのでございますか」

私はもちろん知りすぎるほど知っておりましたが、二人の間柄が万一洩《も》れるようなことがあれば、門院さまにもご迷惑がゆくでしょうし、西行どのも徳大寺家その他といままで通りの関係を保つことはできなくなるでしょう。二人が浮世を出離したと申しても、この身は現《うつ》世《せみ》に縛られるほかないのです。

「私が知っているのは一と通りのことでしかありません。でも、確かなのは、あなたが法華経二十八品のそれぞれの題を出して、西行どのにお願いしたら、あの方がとても喜ばれるということ。これは間違いありません。というのは、西行どのが出家されてからずっと和歌の道に没頭しておられるからです。私のところにも、叔父の歌会や常盤《ときわ》の里のお集りで詠まれたお歌が、よく廻って参ります。兄忠季《ただすえ》とともに六条の房によく顔を出しておられるのはお聞きでございましょう」

「はい。俊成さまもご進境のほどに舌を巻いておられるとか」

「それは常盤の里のみなさま、藤原為忠《ためただ》さまの御子息、為業《ためなり》、為経《ためつね》、頼業《よりなり》の三兄弟も口を揃《そろ》えて申しておられることですね。俊成さまとは義兄弟でおられるから、西行どのの歌狂いはすぐ伝わるのは当然ですけれど」

「では、こんどのお歌、俊成さまとご一緒の題で詠んでいただきましょうか」

「そうですね、みんな同じというのでは趣《おもむき》がないから、幾つかを同じにね」

中納言尼は私の言葉をいれ、法華経二十八品のうち十品を同じ題詠にして俊成さまと西行どのに送ったのでした。いまでも覚えていますのは、授記品《じゅきぼん》の「於未来世　咸得成仏」を俊成どのは、

いかばかり　嬉《うれ》しかりけむ　さらでだに　来む世のことは　知らまほしきに

と詠まれたのに対し、西行どのは、

遅桜　みるべかりける　契あれや　花の盛りは　過ぎにけれども

と詠まれました。中納言尼は待賢門院さまとの恋は知りませんので、これを題に即して、

御仏《みほとけ》の御事と受けとり、俊成さまのお歌は思いが深く、西行どのの歌は色の濃い絵を見るようだと申しましたが、私には、どうしても法金剛院の築山《つきやま》の枝垂《しだ》れ桜が、この歌と重なってしまうのです。

西行どのの歌道修行は、以前から蹴鞠《けまり》や流鏑馬《やぶさめ》の修行の激しさを聞いておりました私には、いかにもと思えることばかりでございました。たとえば草庵《そうあん》住いを始められてからも、西行どのほどあちこちを転々と移り変った人はめずらしく、それも、草庵や場所の住み憂《う》さが原因《もと》であるというより、もっと強い衝動《うちのちから》が、いま在る状態《ありさま》を突き破り、新しいものを求めさせるからでした。

あの頃、私にあてた手紙のなかに、西行どのはこう書いておられます。

中納言尼殿からのお便りによれば、女院は法華経の題詠をことのほか喜ばれたとか。そのことを聞くだけで、どれほど心が晴れたか、とても言葉では申し上げられません。私のいまの望みは、歌によって、虚空に浮んでおられる女院の魂を包んで差し上げることだけです。かつて鳥羽院が孤独に虚空に立っておられるのを見たとき、歌こそが、院をお支えすることができると思って以来、歌についての私の考えは変っておりません。ある意味では、浮世のすべてのさだかならぬものを超えて、それをしっかりと支えるのは歌だ、と信じるようになっているのかもしれません。しかし時おり思わぬ形で我執が目覚め、どうして天地が昏迷《こんめい》して見えるのかと、我ながら、もどかしいほど、さ迷うこともありました。そんな折、月の前の雲が晴れるように、ふたたび玲瓏《れいろう》とした形で天地が見えてくるのは、女院への激しい思いが我執を超えているときでした。女院のために何もかも――もちろんこの生命をさえ――投げ出したいと思っているときでした。

私はあるとき、西山のある村で、森羅万象《いきとしいけるもの》がまた大円寂の法身として現われてくるのです。にも立派な邸宅を構えておりました。一人の若者と出遇《であ》いました。この男は長者の息子で、都

それは渇愛《かつあい》という言葉をまざまざと見る思いにするような激しい愛で、恋に狂っていると言ってよかったでしょう。

長者は私が法師であることを知って、ぜひ息子を救ってほしいと懇願するのでした。

私は息子に会いました。息子は、好きな女と一緒になる以外、苦しみは癒《い》やされない、と言って、地面を転げまわるのです。

「お前の様子を見たら、どんな女も、恐れをなして逃げていってしまう。お前はまず女の心を捕えるようにしなければならぬ」

私は、苦しそうに喘《あえ》ぐ若者に言いました。

「俺はすべてのことをした。贈物も届けた。思いのたけを書いた手紙も送った。できることはすべてやってのけた。だが、女は俺の気持を受け入れてくれなかった」

「で、お前はこれからどうするのだ」

「恋の苦しさのために狂い、やがて死ぬだろう」

「では、お前は女を手に入れずに死ぬわけだな」

「そうさ。女が手に入れば、死ぬことはない」

「では、お前はもう死ぬことは決っている。というのは、こんな狂態を演じるお前を好きになるような女はいないからだ。そこで、お前は、死ぬことが決っている以上、死んだ人として暮したらどうだ。床を転げまわっても、死ぬ者は死ぬのだ。だから、死ぬのに先立って、すでに死んだ人間として振舞うのだ」

若者は初めは何のことか分らず、驚いて私の顔を見ていましたが、やがて、はらはらと涙を流し「お坊さま、よく分りました。俺は死んだ人間になります。死んだ人間が、地上の女を愛するように、そうやって生きることにします」と言ったのです。

その後何年かして、私がまたその村を通りかかると、長者の息子が家から飛び出してきました。男のうしろには妻がおりました。

「ごらん下さい、お坊さま。私は死んだ者として女を愛しています。私に我執がなくなりました。そうしたら、女は私を愛してくれるようになりました」

堀河殿。私がどうしてこのような出来事を書くかと申しますと、私もまた、女院との恋のなかで、現身《うつせみ》に死ぬことがいかに大事であるかを知っていったからでした。現身《うつせみ》に死ぬ——現に生きているにもかかわらず、死者《しせるもの》として存在する——それはまさしく出離遁世《とんせい》の真の姿なのでした。森羅万象《いきとしいけるもの》が私の前に花咲く相《すがた》として現われてきたのは、死者《しせるもの》として、つまり我執と無縁な者として、地上に立っているからです。私が花咲く相《すがた》で現われる森羅万象《いきとしいけるもの》を手に入れようとして生きながら死者《しせるもの》となったこと、つまり出離したことはやはり正しかったのでした。堀河殿は、この花咲く相《すがた》こそ、薄紅色《うすべに》の枝垂れ桜に包まれた女院に他ならないことを解《わか》って下さるでしょう。山も川も草木も町や村の気色も、すべて女院の薄紅色《うすべに》に包まれて、そこに展《ひろ》がっているのです。私がどんなにそれを腕に抱きしめ、激しい愛着《あいじゃく》の眼で眺めているか、解っていただけると思います。

私が歌の世界を——この言葉が作る世界を、地上のどのように確かな存在《もの》より、確かであると信じられるようになったのは、死者《しせるもの》の眼で、無我の眼で、浮世を見ることができるようになったからです。

もし御仏の法《のり》のように永遠《とこしなえ》なるものがあるとしますと、それは、あなたや私を通って——死者《しせるもの》を決意した人を通って——現われた森羅万象《いきとしいけるもの》の歓喜《よろこび》です。この大いなる生命は私たちのなかに、歓喜《よろこび》という形で分与《わけあたえ》られていますから、私たちが歓喜《よろこび》に生きているかぎり、大いなる生命とともに在るということができます。

現身《うつせみ》の私たちが、地上を離れ、真の死を迎えるとき、肉体《わがみ》は果敢《はか》なく消えますが、私たちの中にある、この大いなる生命は消えません。私たちは天地自然の歓喜《よろこび》を感じながら、まさに、その歓喜《よろこび》として星となり、月となり、花々となり、風となるのです。そのことを言葉だけが、歌だけが、疑いない事実《まこと》として証《あか》しすることができるのです。

歓喜《よろこび》に生きる者が不死であるということを私は鞍馬《くらま》で、西山で、小倉の里で、嵯峨野《さがの》で深めてゆくことができました。

ら幸せです。

堀河殿。私がなぜ物狂うように歌にのめり込んでいるか、いくらかでも解っていただけた

ずいぶん長い手紙を読ませていただきましたが、西行どのの歌道《うたのみち》への打ち込み方が最もよく現われているのはこの手紙だと思います。

私も待賢門院さまと心細く法金剛院のお庭を散歩するようなとき、西行どのの手紙についてよくお話いたしました。待賢門院さまはじっと耳を傾けておられましたが、あるときこう申されました。

「堀河。私はこの頃本当に心の底まで澄んだような気持になることがあるのですよ。自分でも何となく死が近いのかしら、と思うのですけれど、ちっともそれが恐《こわ》くないのです。自分の気持を上手に言えないのですけれど、ひょっとしたら、いま西行の言った考えに近いことを考えているのではないか、と、ふと思いました。西行のことを思ったり、昔の華やかな遊びを思い返したり、白河さまのこと、鳥羽さまのことを思い出したりしていると、こう、生きてきたことの楽しいところだけが浮び上って、池の面に、蓮《はす》の花が咲くみたいに見えるのです。西行の言う歓喜《よろこび》とは、きっとそのことなのでしょうね。歓喜《よろこび》に生きている人は不死《とこしなえ》だと西行は言ったけれど、私も、この頃、そう思うことが多いのです」

私は待賢門院さまが死のことを口になさったことに、わざと腹を立てたように「とんでも

ないことでございます」と申しましたけれど、それには理由《わけ》がございました。

久安《きゅうあん》元年の春、ご一緒に築山の枝垂れ桜を見に参るつもりで寝殿の階《きざはし》まで出たのでございますが、急に、そこに立ちどまられ「堀河、ここから見るだけで、この春は十分のように思います」と仰《おお》せられるのです。

池水は晴れた空を映して、鏡のように青く光っていました。そこに岸の桜が、満開の花の枝を差しのべているのでした。

咲き乱れる花は、かつての賑やかな花の宴を思い出しているように見えました。そこの幹の向うから、こちらの石橋の欄干から、鳥羽上皇さまや、徳大寺実能さまの優美な水干姿が現われてくるようでした。築山の枝垂れ桜の下に待賢門院さまが鮮やかな紫に金糸を織った唐衣《からぎぬ》を着て、枝を仰いでおられる姿が見えたように思いました。

しかしはっとしてお庭を見ると、そうした幻影《まぼろし》はすべて消え、人気ない池水の上に、一ひら二ひら散り急ぐ花びらが見えるだけでした。

それにしても人のいない御所のお庭は、どこか地上の頂きに突きぬけてしまった場所のような印象《かんじ》を与えました。ただ花と水と石だけが、そうした天上に近い場所に、清浄《きよらか》に、静かに憩《いこ》っているという思いがしたのです。そしてそのお庭を埋める桜の木々は、もうこのあと二度と咲くことがなく、ただその最後の一回に、ありとあらゆる力をつくして咲き切ろうと、青い空にむかって、思いのたけ、花の華麗な輝きを拡げているように見えたのでした。

「何て綺麗《きれい》なこと」

待賢門院さまはそう仰《おつしや》って、そこにしばらく立っておられました。

その頃から病床に親しまれることが多くなられ、三条高倉第にお移りになったのでございます。名医の誉《ほまれ》高い丹波重康《たんばのしげやす》どのが呼ばれ、宮廷付の薬師《くすし》たちも高価な薬草を煎《せん》じて供しましたが、ご病状ははかばかしくございませんでした。

四月九日に崇徳上皇さまがお見舞いにこられました。母思いの上皇さまが眼に涙を溜《た》めてお部屋を出てこられたのを私も眼《ま》のあたりにしております。

関白忠通さまと激しく対立し、両手を拡げるようにして崇徳さまと待賢門院さまを庇《かば》ってこられた頼長さまが、同じ日おそく、蒼白《あおじろ》い、沈鬱《ちんうつ》な表情で、御所に見舞われ、中納言尼がおもてなしいたしました。

いろいろの加持祈禱《きとう》が行われ、悪霊調伏《あくりようちようぶく》も修験者たちが行いましたが、霊効はなく、待賢門院さまのお身体《からだ》は一日一日と衰弱されてゆかれました。それでも、白い衣裳《いしよう》をお召しになった待賢門院さまは、私どもが部屋に入りますと、かならず眼でお笑いになったのでございます。

夏に入ると、耐えがたい暑熱が三条高倉第を包みました。北山の奥の氷室《ひむろ》から夜のうちに馬で運ばれてきた氷の柱が床のまわりに立てられましたが、額には、苦しげなお汗を浮べておられます。私たちはお汗を交代で拭《ぬぐ》ってさしあげました。もうほとんど眼を開けられることがなかったのですけれど、時どき、お気がつかれると、あのやさしい眼に微笑《ほほえみ》をお浮べになるのでした。何か仰《おつしや》りたいらしく口を動かされましたが、声は聞えませんでした。私の名でも呼ばれたのでしょうか。

八月半ばを過ぎると、いくらか風が動くようになりましたが、蟬《せみ》しぐれのなかで、待賢門院さまはもう眼を開けられることも少のうございました。

重態に陥られたのは八月二十一日のことでございました。読経の声のみ遠くに聞えておりました。

ご臨終は翌二十二日、長い夏の日がようやく西山に沈もうとする頃でございました。蜩《ひぐらし》の鳴きしきるなか、釣殿《つりどの》にほど近いお部屋で、この世ならぬ豊かで美しい方は、こうして静かに空の遠くへ旅立たれたのでございました。

君こふる　なげきのしげき　山里は　ただ蜩《ひぐらし》ぞ　ともに鳴きける　堀河

十の帖

西行の語る、菩提院前斎院《ぼだいいんさきの》のこと、ならびに陸奥《みちのく》の旅立ちに及ぶ条々

こうして都にくるのも久々な気がする。秋実《あきざね》も変りがないようだな。いや、変りがないのが一番だ。若い折には、変りない日々に物足りなさを覚え、時には苛立《いらだ》ったこともあったが、もともと人間の暮しは、最も充実しているとき、概して平坦《へいたん》で静かなものだ。日々の暮しにあっても、また旅に出ても、人は無事であることを喜ぶではないか。事が無いということ、平坦に変りなく生命《いのち》が流れるということ、それは、御仏《みほとけ》の慈悲と考えていいものなのだ。

私は、女院が出家されてからあとの日々、ひたすらつねの時以上に平静であろうとしたのは、時間《とき》が齎《もたら》してくれる言い難い成熟《みのり》を、心ゆくまで受けとりたいと思ったからである。

秋実には、陸奥《みちのく》への旅立ちの事情については話す機会がなかったと思う。この雨では、紅葉狩りというわけにもゆかないから、炉のそばで、すこし思い出話をしてみてもいいな。季節にしては肌寒い感じだ。そこの粗朶《そだ》をくべてくれないか。

女院が出家なさったとき、堀河殿と中納言殿が同じように尼となられたが、堀河殿の妹兵衛《ひょうえ》殿が髪を下すのを断念し、統子《むねこ》内親王の女房として仕えることになった経緯は秋実も知っていよう。

堀河殿、中納言殿のように、女院の若い頃からお仕えした女房たちは、女院を心から尊敬申しあげ、いわば心身が一つになったように思っていたので、女院が出家なさるなら、自分もこの世を棄《す》て、どこまでもご一緒に過すべきだと考えており、それは兵衛殿も同じであった。堀河殿はいかにも姉らしく落着いた慎重な女《ひと》で、何事を決めるのにも即断するようなことはなかったが、兵衛殿はずっと年齢《とし》も若いということもあって、直情径行の気味があった。しかし性格が明るく、まったく裏のない女《ひと》なので、少々軽はずみと思えるようなことも、かえって可愛《かわい》く、決して憎めなかった。兵衛殿は話も面白かった。頭がくるくる廻る女《ひと》なので、女院御所で働く男たちをよく見ていて、なかなか辛辣《しんらつ》な調子でそれを話した。たとえば参議だった藤原成通《しげみち》殿は、御所で執務しているときにも、どうかすると、庭の外をぼんやり眺めていることがあったが、兵衛殿にかかると、それは成通殿が眼に見えない不意の訪問客と一問一答を交しているということになるのだ。

「あれはきっと大極殿に現われた蹴鞠《けまり》の精と話しておられたに違いありません。お話しながら、身体《からだ》をしきりと動かしておられましたもの」

誰かが、あるとき、成通殿にその真偽を訊《たず》ねると、成通殿は頭を掻《か》いて答えた。

「あの悪戯《いたずら》な兵衛局《ひょうえのつぼね》は、わたしが居眠りしておったのを見たのですよ。それを蹴鞠の精にするとは、まったく油断もすきもありませんな」

その兵衛殿は出家を思いとどまるように姉堀河殿から強く言われ、結局従ったが、決心するまでには、ふだん外に見せない真剣な迷いの時期がつづいたのだ。しかし一度《ひとたび》意見を受け入れ、統子内親王のもとに仕えることを決めると、もうその迷いや悩みはけろりと忘れたように振舞い、はじめから決っていたような顔をした。

ある人は、そうした兵衛殿を気軽な屈託のない女性だと思ったし、別の人は、物事にいつまでもこだわることのない、心の覚めた性格と眺めたが、両方とも間違っている。誰か人と一緒のときは、どんな暗い重大事があっても、そんなことは忘れ、できるだけ、その人と楽しく過そうというのが、兵衛殿の真意であった。

兵衛殿といえば、こんな忘れられない記憶がある。もう女院が亡《な》くなられてから後のことだが、私が、ある秋の終りの風の強い日、小倉山の麓《ふもと》に、中納言尼《に》を訪ねたことがある。中納言尼は生真面目《きまじめ》一方であったが、おっとりした、素直な人柄で、奥床しい、物静かな慎みを面ざしに感じさせる女《ひと》であった。中納言尼の庵《いおり》は、土壁が崩れて、編んだ下地の竹がむき出しになっており、斜めになった庇《ひさし》の一部も朽ち落ちていた。垣根や軒端《のきば》に絡《から》まりついた八重葎《やえむぐら》が枯れ黒ずみ、あたかもぼろぼろになった魚網《あみ》を幾重にも掛けたように見えた。風は小倉山の木々を鳴らして吹いていた。

裏のほうで音がするので廻ってみると、掛金の朽ちた戸が風に吹かれ、戸口の柱に打ちつけられているのであった。狭い室内は片付いていたが、閼伽棚《あかだな》に仏画の軸が揺れているほか、これという目ぼしい家具もなかった。これが優雅なものを好まれた中納言尼の住居であるかと、一瞬、信じられない気がした。ここまですべてを棄て、貧寒に徹する必要があるのだろうか——私はよろめくような気持でそう思った。

しかし風に吹かれ、庭にくるくる廻る落葉の動きをしばらく見ているうち、やがてこの貧しい、ひっそりした庵が、妙に懐《なつか》しく、優雅なものに見えてきたのだ。

むろん普通の眼で見れば、それは貧窮と衰滅と凋落《ちょうらく》を表わしているが、その底から、物が本来の相《すがた》に戻ってゆく無垢《むく》な過程《みちすじ》が見えてくると、突然、貧窮どころか、説明のつかない何か豊かなものに変ったのである。

私は、しばらく小倉山を鳴らして吹く烈風のなかに立って、不意に現われたこの豊かなものの正体を見窮《みきわ》めようと、眼の前の貧しい庵室《あんしつ》を眺めた。もはや最初に感じた痛ましさ、悲哀といった気持はなかった。崩れた壁、朽ちた軒端は、それだけで、たまらなく心を和ませた。そこには何もかも棄て去り、一切の緊張《りきみ》から解放された無一物の安らかさがあった。すべてを自然のなすままに委《まか》せた不思議な寛《くつろ》ぎがあった。壁の崩れも、黒ずんだ庇の穴も、たまらなく美しく好《よ》いものに感じられた。秋の暮れ方の烈《はげ》しい風も、紅葉の落ちた小倉山の蕭条《しょうじょう》とした姿も、枯芒《かれすすき》のふるえる人気ない畦道《あぜみち》も、その寒い寂しさが、快いものとなって胸に染《し》みた。

中納言尼がこの庵に住んでいるのは、貧窮に追い立てられ、やむなくそこに押し込められたのではなく、こうした貧寒のなかで初めて見えてくる快い心の震えを求めてであることが、私にはよく解《わか》った。

それにしても、女院御所の優美な、豊かな色彩の溢《あふ》れた暮しのなかから、どのようにして、この枯れた寒いもの、冷え冷えした虚無《むなしさ》を味わう術《すべ》を学ばれたのであろうか。

私はながいこと中納言尼の帰りを待ったが、その気配もなかったので、次のような歌を書きつけたのであった。

山おろす　嵐《あらし》の音の　はげしさを　いつならひける　君がすみかぞ

そのあと、同じように中納言尼を小倉の里に訪ねた兵衛殿が、私のこの歌を読み、そこに書きつけたのが、次の歌であった。

うき世をば　あらしの風に　誘はれて　家を出《い》でにし　すみかとぞ見る　兵衛

この歌を見るかぎり、兵衛殿もまた、山里の貧窮のなかに、浮世を離脱し生きながら死者《しせるもの》となった人間の眼が、どれほど豊かなものを見出《みいだ》すことができるかを、十分納得していたことが解る。

兵衛殿は尼として暮す中納言殿の寂しさ、辛《つら》さをもちろん十分に知りぬいていた。兵衛殿が小倉の山里を訪ねたのは、そうした悲哀を慰めるためであった。だが、同時に、世に背くことによって手に入れ得るものがあるという事実も忘れていなかった。

私は、蕭条とした冬野の美を知りながら、いつも機知と可笑《おか》しみで、まわりの人々を賑《にぎ》やかにし、陽気にする兵衛殿という女《ひと》が好ましく思えた。兵衛殿は私と話していても、決して重苦しい顔をしたことがない。たとえ無常について話しても、歌の本義に触れても、話が難しいからといって避けることもなければ、的外れなことを言い張ることもない。花鳥風月に托《たく》して、単純な言葉を使って、あまり何気なく言うので、ただ耳に快い言葉として聞いていて、あとになって、はっとその真意に思い当ることがある。そんな話し方をする女《ひと》であった。


私が統子《むねこ》内親王のおられる菩提院を訪れるようになったのは、兵衛殿が内親王にお仕えするようになったからである。統子内親王のお姿を遠く拝したのは、私が鳥羽院北面の武士に取り立てられる直前だったから、かなり前のことになる。

それは、賀茂《かも》神社に斎院として奉仕された統子内親王が、斎院を退下された折、最後に行われる唐崎の御祓《おはらい》のため、近江《おうみ》に向われる牛車《ぎっしゃ》で美々しい行列を伴ない、京の大通りを横切ってゆかれたときであった。もちろん簾《すだれ》の奥におられた内親王のお顔が見えたわけではないが、美しく反った黒塗りの屋《や》形上葺《かたうわぶき》や、重々しく滑ってゆく輪《おおわ》や、轅《ながえ》を曳《ひ》く赤緒で飾られた黒牛たちの力強い動きなどは、神に仕える乙女宮の清らかな気品を、匂《にお》うように描き出していたのだった。

そのときの鮮やかな光景は、のちに、女院とお目にかかったときに、もう一度、心のなかに蘇《よみがえ》った。というのは統子内親王こそは、嫜子《よしこ》内親王が幼くして亡くなられたあと、女院に残されたただ一人の女のお子であられたからである。

統子内親王は斎院を退下されたあと、菩提院に住まわれたので、菩提院の前斎院《さきの》と呼ばれるようになった。

私がこの姫宮とお目にかかったのは、兵衛殿に呼ばれて菩提院へ出向いた折であった。私が着いた時間が早かったのと、兵衛殿の仕事が思わぬ時間を要したのとで、菩提院の式台でしばらく待つことになった。

苔《こけ》が柔かく厚く岩や小径《こみち》を覆《おお》った、木立の並ぶ美しい庭が、白い築地塀《ついじべい》の向うに拡《ひろ》がっていた。池があり、小高い築山《つきやま》があり、松が枝を伸ばし、奥にこんもりとした孟宗《もうそう》の林があった。

庭に向う上土門《あげつち》が開いていたので、私はそこから入り、池の畔《ほと》りまでぶらぶら歩いた。広い簀子縁《すのこえん》を女房《にょうぼう》や女蔵人《にょくろうど》が衣《きぬ》ずれの音を立てて通ってゆくが、僧侶《そうりょ》姿の私を咎《とが》める者はいなかった。

そのとき、妻戸のかげから美しい薄紅と紫の糸を巻いた手毬《てまり》が転がってきたかと思うと、簀子縁で二つ三つ弾み、庭土のうえに弧を描いて落ちた。

「大変、手毬がお池に……」

毬を追ってきた娘たちが縁のはしの勾欄《こうらん》までくると、息を呑《の》んで立ちつくした。

次の瞬間、私は毬のほうへ走っていた。走るという気持もなく、毬が池のほうへ転がるのを見ると、ほとんど自然に、素早く身体が動いたという感じであった。

庭石の上で弾んだ毬は、水際《みずぎわ》の砂利を斜めに転がり、最後に大きく跳ねて、池水の上に落ちようとした。

私の左足が毬に届いたのはその瞬間であった。毬は水面すれすれから高く空に蹴上げられると、屋根よりも高く舞い上った。

私は池に沿って全力で走ったので、毬を蹴上げた瞬間、腰を落し、身をひねった。そうしなければ、池のなかにのめって、水音を立てて転げ落ちたに違いない。

私は池の端で危うく身体を翻《ひるがえ》すと、高く舞っている毬のほうへ眼をやった。蹴鞠にくらべると、重さを感じさせない毬は、まるで鳥にでもなったように空の高みを登りつめると、やがて鮮やかな色糸をくるくると廻転させながら落ちてきた。

私はそれを右足で受けた。落下する毬の速さを足の甲の上で一瞬殺して、そのまま弾ませず、足の上にとどめておくのは、飛鳥井《あすかい》流の秘法であった。

その毬を軽く蹴上げて手に移すと、私は、勾欄の前に茫然《ぼうぜん》と立っている若い娘たちのほうを眺めた。

娘たちはいずれも十五、六から二十歳前後の若やいだ年頃で、薄紫、萌黄《もえぎ》、青など、色とりどりの打掛を着けていた。

娘たちは私が無事毬を手にのせると、我に返ったように、手を打ち鳴らし、「まあ、なんてお見事なお手並でしょう」とそれぞれが賞讃《しょうさん》の言葉を口にした。

「水際で毬を蹴られたとき、そのまま池に落ちてしまわれるかと思いました」

「毬があんなに高く上るのを見たことがありません」

「どうして足で毬をお受けになることができるのでしょう。毬が弾まずに足の上に乗るなんて神業としか思えません」

「本当に。どこでお坊さまは修行なされたのでしょう」


私は娘たちの言葉を聞くと、どうしても北面武士の頃の蹴鞠の稽古《けいこ》について話さないわけにゆかなくなった。そこで毬を娘たちの一人に渡すと、出家する以前は武士であり、その頃、蹴鞠に熱中したことがあった旨《むね》を説明したのである。そして娘たちが頼むので、その手毬を使って、蹴鞠の蹴り方、受け方などを演《や》ってみせた——蹴鞠を膝《ひざ》で受けたり、うしろ向きに足の裏で受けたり、肩、膝、足と三段に弾ませたり、その他私が知っている蹴鞠の作法をごく簡単に演《や》ってみせたのである。娘たちはその度に手を打ち、口々に驚きの声をあげた。

そのうち、私は、自分が出家遁世《とんせい》の身なのに、どうして在俗の頃に習い覚えた蹴鞠を得意になって披露しているのか、と、不思議な気持がした。坊主《ぼうず》が毬で遊んでいけないという法はないが、すくなくとも、ここ何年かは、在俗時代のことは一切忘れようと努めていた。蹴鞠などは、さしずめまっ先に忘れていたものに属していた。

それなのに、突然、そのなかに身を置き、毬に興じている。そしてそのことに何の不自然も感じない。いや、むしろそうしていることが楽しくさえある。若い娘たちの華やかな笑いや賞讃の叫びが、出家した身にも嬉《うれ》しいのであろうか——私はそんなことを思いながら、「蹴鞠とはこんなところですね」と言って、毬を、勾欄の前に立つ美しい娘に渡した。

その瞬間、私は、足もとがぐらっと揺れたような気がした。というのは、私の前に、女院が貴《あて》やかな姿で立っておられたからであった。

もちろん頭では女院がそんなところに立っておられるわけはないと解っていた。だいいち女院がそんなにお若いはずはなかった。しかし私が一瞬眩暈《めまい》を感じたほど、まん中に立ち、毬を受けとった娘は、女院そっくりの顔立ちであった。

兵衛殿が渡殿《わたどの》から姿を見せたのはそのときであった。

「これは、みなさま、いったいどう遊ばしたのでございますか。西行どのはみなさまをもうご存じでいらしたのですか」

「いいえ、私たちはたった今、蹴鞠の妙技を見せていただいたところなのです。お名前はまだ存じあげておりませんけれど」

娘の一人はそう言ったが、兵衛殿はまだ納得のゆかぬような顔をしていたので、私ははじめから出来事のあらましを物語った。

「姫宮さま、これが、前からお話し申しあげておりました西行どのでございます」

兵衛殿は毬を胸に抱えている娘に言った。

女院が立っておられると思ったのは当然だった。それは女院の姫御子《みこ》統子《むねこ》内親王だったのである。

私が菩提院《ぼだいいん》を訪れ、兵衛殿のほか六角殿、紀伊二位殿はじめ女房たちと親しくなったのは、前斎院《さきの》統子内親王とお目にかかる機会が多かったからである。

統子内親王は兵衛殿の明るい機智《きち》を好まれたが、ご自身も活溌《かっぱつ》な、屈託ない御性格で、お母上に似て、賑やかなお集りを好まれた。とくに兵衛殿はじめ歌詠《うたよ》みといわれた家からきた女房も多かったので、歌合の会も季節に二度か三度開かれていた。女院が出家され、法金剛院御所に籠《こも》られてからあと、私がしばしば出かけたのは、菩提院の歌会である。それは歌合の楽しさというより、統子内親王の近くに身を置き、女院に似た黒いつぶらな眼を見たり、二つに割れたような低い嗄《しわが》れた女院そっくりの快い声に耳を傾けたりするのに言い知れぬ喜びを感じたからであった。

兵衛殿はじめ女房も朗らかな気品のある女《ひと》たちが多く、私は、そこで初めて自分が本来の寛いだ姿でいられるのを感じた。

果して菩提院に集る女房たちがとくにすぐれてこうした快い雰囲気を持っていたのか、それとも女たちが花鳥の持つ快い感触を本来備えていたからか、その辺の事情は十分に解りかねたが、私が、たとえ藤原俊成殿を判者とする常盤《ときわ》の里の歌会で楽しく過したとしても、その歓喜《よろこび》の深さは、菩提院のそれには及ばなかったのである。

しかし、常盤の里に集る藤原為忠《ためただ》殿の子息たち――為盛、為業《ためなり》、為経《ためつね》、頼業《よりなり》――とは、私は、とくに深い友情で結ばれていた。もともと私が常盤の里の人々と交るようになったのは、鳥羽院北面に勤めた頃、院近臣だった為忠殿から歌の手ほどきを受けたからであった。

為忠殿は、温厚な人柄で、歌人としても外に出るより、常盤の屋敷に内輪の人々を集めて歌会を開くのを好んだ。それはいかにも歌の外見よりその心を育ててゆくという生き方で、子供たちを育てる眼《まな》ざしのなかにもそれは感じられた。歌を添削するときも、細かい言句よりも、歌を詠み出す心のほうを大切にしていた。

「義清《のりきよ》、言葉で作る歌は綺麗《きれい》かもしれない。だが、綺麗な歌を作る人が、そうした現実を生きていないのでは意味がない。大事なのはその綺麗さを生きることだ。それを生きて、その結果、綺麗さが溢れて滴《したた》り落ち、それが歌になったのなら、その綺麗さは真に生命を持ったものと言える」

為忠殿は、ある秋の夜、庭の草むらですだく虫の音を聞きながら、そう言ったことがある。私は、その言葉のすべてが理解できたわけではなかったが、ただ小手先だけの綺麗さでは、真に人の心は動かせない、ということだけはよく解った。

残念なことに、私が北面に仕えて間もなく、為忠殿は亡くなった。私はただ師の言葉を自分の心に刻み、自らの成長につれて、その真の意味を読みとっていくほかなかった。

私が、いわゆる歌人《うたびと》たちの歌会にはあまり加わらず、作歌以前の生き方に力を入れるようになったのは、師為忠殿の影響があったからである。たとえ綺麗な歌を作ることがなくても、まず綺麗さを生きれば、やがて歌は生れる――それが歌の道に踏みだしたときの私の考えであった。この考え方は為忠殿の子息四人にそのまま受け継がれた。四人とも歌詠みである前に、この世をいかに好《よ》く生きるかに心を砕く人であったのである。

この四人のうち、私が後年まで親しかったのは為業、為経、頼業の三兄弟であり、なかでもその当時もっとも頻繁に往《ゆ》き来《き》して仏道を語り、歌道を論じたのは三男為経であった。為経は私が出離遁世してから三年後に出家し、寂超《じやくちよう》と名乗り、叡山《えいざん》で修行に入った。四男頼業はこの兄寂超に較《くら》べると、理路整然《はつきり》とした考え方を貫く人で、たとえ心に熱いものが噴き上がることがあっても、それに流されることはなかった。寂超が出家したとき、頼業はひどく心を動揺させたが、しかし俗界に踏みとどまったのは、この世で果すべきことがなお十分残っていると信じられたからであった。頼業には、それを放置して遁世すれば、かえって浮世に心が残り、折角の出離も、十分のみのりを齎《もたら》さないであろうと思われた。頼業は、その後十年、自分のなかに果物が熟するのを待つように、浮世のすべてを見通し、この世で果すべきことはすべて果したと思える時期《とき》を待った。頼業は私と同年であったし、たえずこうした思いを抱きつづけていたので、話を交す機会は、寂超より次第に多くなっていった。頼業が私の庵を訪ねることもあったし、私が宏壮《こうそう》な常盤の屋敷にゆくこともあった。

寂超が出家した翌年、天養元年の春、崇徳院《すとくいん》が『詞花和歌集』の撰集《せんしゆう》を藤原顕輔《あきすけ》殿に宣下《せんげ》された。

私がそれを知ったのは、堀河殿、兵衛殿の叔父上に当る覚雅《かくが》僧都の開かれた六条の房の歌会に加わった折であった。私をこの集りに導いてくれたのは堀河殿であったが、心の内容《うち》を思いのまま歌の形に詠み出すことに苦心していた私には、この歌会での研鑽《けんさん》は役に立った。歌会は覚雅僧都、登蓮《とうれん》法師が判者となり、百首歌や歌合《うたあわせ》や題詠などがその時どきに催された。花の宴と重なることもあれば、満月を仰いで夜もすがら歌合がつづけられることもあった。

為忠殿の教えを守って、歌を詠む以前に、すでに歌の心を生きる歌人《うたびと》であることを心掛けたが、歌の心は、言葉を得て歌となるのも事実なので、私は、とくに題詠には、言葉を磨くために、心を尽した。たとえば六条の房で「里を隔てて雪をみる」という題が出されたとき、苦心の末に次のように詠んだ。

篠《しの》むらや　三上が嶽《たけ》を　見渡せば　一夜《ひとよ》のほどに　雪の積れる

これは実景ではなく、想像《おもい》による雪景色の創出であって、いずれも古歌の語調を取り入れて歌の体を作る習練《てならい》であった。

私は想像《おもい》による景色の創出を実景より強く感じようとしていた時期がある。統子内親王を囲む歌会で「夢中落花」という題が出されたとき、想像《おもい》が描き出す花の実在性《すがた》の手応《てごた》えが、実在《ほんとう》の花と変らないのだ、と詠んだのである。

春風の　花を散らすと　見る夢は　さめても胸の　さわぐなりけり

歌を作ることと、歌の心を生きることの間に、本来は、何の違いもあってはならないのだが、私の心はまだ定まったとはいえず、時おり、心の底で暗い声がしきりと何かを呟《つぶや》くのを聞いた。

小倉山を嵐が吹き過ぎる夕べ、嵯峨野《さがの》の竹藪《たけやぶ》を鳴らして時雨《しぐれ》が走ってゆく夜、私は、胸の底でつぶやくこの暗い声に耳を傾けた。それは何かを言ってはいたが、はっきりした言葉としては聞きとることができなかった。だが、いずれ時がくれば、その声ははっきり聞きとれるようになるに違いない。それまではただ女院に思いを凝らし、女院を思うために統子内親王にお目にかかり、森羅万象《いきとしいけるもの》を花咲く相《すがた》の下に眺め、ひたすら歌を詠み出すこと——それだけが自分の果すべきことだ、と思いつづけたのである。

私が『詞花和歌集』の撰集の話を聞いてからしばらくして、当時すでに大原に隠棲《いんせい》していた寂超から、父為忠殿の歌稿を見てほしいという依頼があった。寂超は為忠殿の歌稿を整理し、崇徳院のもとに差し出し、こんどの撰集に加えられるよう望んだのであった。その前に私に歌稿を見せたのは、できるかぎり秩序立ったものとして、崇徳院にお目にかけたいと思ったからである。

寂超は亡《な》き父上の歌を整理しながら、常盤の里で催された歌会を思い出し、懐《なつか》しさのあまり、何度か涙ぐんだ、と書いてきた。

もろともに　散る言の葉を　かくほどに　やがても袖《そで》の　そぼちぬるかな　　寂超

私はその返事として大原の庵《いおり》に次のような歌を送った。

年経《ふ》れど　朽ちぬときはの　言の葉を　さぞしのぶらん　大原の里

このときは、為忠殿の歌だけではなく、寂超の歌稿も、弟頼業の歌稿も院のもとに送られたが、常盤の里に孤立していた人々に対して、撰者顕輔殿がひそかな反感を抱いていた（そう言い切る人もいたのである）ため、一首も撰入されなかった。

もっとも、私自身もたとえば『丹後守《たんごのかみ》為忠朝臣《あそん》家百首』などには加えられていない。これには、為忠殿のほか、常盤の屋敷で東山に出る満月を仰ぎながら歌を詠むのが恒例《ならい》であった人々だけが顔を揃《そろ》えている。

私がこれらの和歌集に選ばれることを期待していなかった、と言えば、嘘《うそ》になろう。しかし森羅万象《いきとしいけるもの》を花咲く相《すがた》で眺め、それを歌によって恒常相《つねなるすがた》に変え、浮世《よ》を好きものの充満へと変成《へんじよう》しようと努めるようになると、心から、和歌集のことも、和歌集に向って歌を作ることも、抜け落ちていった。

私が常盤の里や六条の房で歌の想《おもい》を練り、言葉を鍛えたのは、一見すると、和歌集に向けての歌作りのように感じられようが、そうではない。為忠殿の遺訓である綺麗さが溢《あふ》れることを、そんな折にも、忘れたことはなかった。いま話したように、歌を文字の上だけで練ることと、歌と心を結びつけることとは、別のことである。だが、心に思いが高まっても、歌と言葉を自在に使いこなす能力《ちから》がなければ、折角の綺麗さも歌の形で溢れてこない。

女院が出家されてからお亡くなりになる四年間、私の胸中で鬩《せめ》ぎ合っていたのは、歌と心のこの二つの力であった。暗い響きをした意味の定かならぬ呟きは、この鬩ぎ合いの底に聞えていたのである。

もし私が崇徳院に出遇《であ》うことがなく、歌を通して院と結び合うことがなければ、心の底の暗い不分明な呟きの意味も、和歌集の担《にな》っている意味も、理解できずに終ったかもしれない。

女院が私にとってこの世の存在《あるもの》すべての意味が生れる根源《おおもと》であるとすると、女院の御子崇徳院は、歌の重さが現実《このよ》の重さと等しいという思いを身をもって示された方だと言ってよかった。

その日は朝から雨もよいの天気で、初秋の烈《はげ》しい風が南から吹き、雲が乱れて流れていた。私は読経《どきよう》をしながら、女院がこんな日どのようなお気持で過されておられるか、と気がかりであった。堀河殿から物静かに引き籠っておられる日常は知らされていたものの、このような怪しい天気の日には、別のお煩《わずら》いもあろうかと思ったのである。

私は竹藪が髪を振り立てるようにして揺れる嵯峨野の道を辿《たど》り、いつか双《ならび》が岡《おか》のあたりをさ迷っていた。銀の穂を出した芒《すすき》も斜めになって身をよじっていた。紅葉した葉が鳥の群れのように空中を吹き飛ばされてゆく。

私は、そうした風のなかを歩くことで、女院のお気持を慰めることができるような気がした。野宮があると、鳥居をくぐり、そこで神に祈った。女院のことを祈るというより、在りと在るものの平安を激しくひたすらに祈ったのである。

夜になって、私は広大な仁和寺《にんなじ》の境内に入った。前に堀河殿に引き合わされた僧が僧房に籠っていたので、一夜をそこで過そうと思ったのだ。

しかし訪ねた僧は不在だった。僧房の戸は閉っていた。風はあったが、大して寒い季節ではないので、濡《ぬ》れ縁で夜を過せばいいと考えた。

右を見ても左を見ても、濃い闇《やみ》が深々と拡《ひろ》がるだけだった。私は濡れ縁に横になり、眼を閉じた。おそらく一刻か二刻うとうとしたに違いない。

誰かが激しく肩を揺すぶった。私ははっとして目を覚ました。

そこには松明《たいまつ》を持った直衣《のうし》姿の男が立っていた。

「北院に戻りたいのだが、御坊は道を知っておられような」

直衣姿の男の顔は松明の赤い光に照らし出され、まるで冥界《めいかい》からさ迷い出た幽鬼のように見えた。その鼻や額や頬骨が、赤い炎の光のなかに、伎楽面《ぎがくめん》のように凹凸を強調して浮び上っていた。鋭い、追いつめられたような眼は異様にぎらぎら光り、顔立ちは肉が薄く華奢《きゃしゃ》で、口は喘《あえ》ぐように開けられていた。どう見ても並の公家《くげ》の顔ではない。

「私はこの僧ではございませんが、前に何度か参ったことがございます。ご案内致しましょう」

私はそう言うと、赤い炎を風のなかに長く引きのばしている松明を受けとり、それを高く挿頭《かざ》した。

「黒法師めが私をこんなところへ導いてきおった。いったいどこに消え失《う》せたか……」

私は直衣の袂《たもと》を風に煽《あお》られながら叫ぶ男を、物怪《もののけ》に取り憑《つ》かれたのであろうかと訝《いぶか》しみ眺めた。いったいこんな夜おそく仁和寺にまぎれ込む男とは何者であろう。

「黒法師でございますか」

「左様。異様な形相の黒法師だ」直衣姿の男は歪《ゆが》んだ冠を直そうともせず、激しく揺れる頭を押えようとして顎《あご》を胸に引きつけて言った。「仁和寺にいた私の寝所の枕《まくら》もとに推参し、重仁《しげひと》が北院にお忍びで訪ねてきたと言うのだ。何か至急の用だというので、私は起き出て、黒法師のあとに従った。気がついてみると、どこか杉木立の並ぶ岩山にいるではないか。私は法師を呼んだが、答えるのは杉に鳴る風の音だけだ。幸い松明を手に残しておいたので、何とかここまで辿りついたのだ」

たしかに直衣は汚れ、岩で滑ったのか、苔《こけ》のみどりが腰のあたりにべっとりついている。それにしても、男は「重仁」と言った。「重仁」とは崇徳院の御子重仁親王を指すのが普通である。そうなれば、この物に憑かれた男は崇徳院でなければならぬ。だが、いったいそんなことがありうるだろうか。

「畏《おそ》れながら」私は松明を掲げながら言った。「新院さまでございましょうか」

「いかにも。黒法師はそれを承知で寝殿に参った。私が仁和寺にひそかに泊っていたことをどうして知ったものか」

「北院までお出かけになられますか」

「黒法師の言葉が本当《まこと》とすれば、重仁がきているはず」

「明朝にあそばされて、今夜は寝所へお引きとりになられては」私は泥や苔にまみれた直衣を見て言った。「新院さまのご様子をご覧になれば、親王さまもご心配遊ばされましょう。私が親王さまをお迎えに参ってもよろしゅうございます。私は鳥羽院北面に勤めさせて頂いた武士でございました。ただ今は、ご覧のように出家して西行と名乗っております」

「西行……」

「待賢門院《たいけんもんいん》さまにもご愛顧を頂いた者でございます」

「堀河局《ほりかわのつぼね》と親しいな」

「はい、古くより昵懇《じっこん》にしております」

「堀河局が話してくれたことがある。西行は歌道を志している者と……」

「まだ未熟の者でございます」

「歌も見ている。堀河局が歌稿を顕輔のほうに差し出し、それが私のもとに届けられた」

「身に余る光栄でございます」

「顕輔に『詞花集』の撰入を任せてあるが、できるだけ私も自分で眼を通しておきたいのだ」

崇徳院は相変らず歪んだ冠を直そうともせず、顎を引いてがくがく揺れる頭を押え、異様な風体のまま風に吹かれていたが、歌の話になったせいか、急に態度が落着いた。

「歌詠《うたよ》みたちにとって、新院さまにじかに目を通していただくなどということは、勿体《もったい》なさ過ぎることでございます」

「私にとっては、歌だけが歓喜《よろこび》なのだ。この世で生きる意味は歌しかない。私の言うことを解《わか》って貰《もら》えるかな」

「新院さまのお心をお話いただけたら、いっそうよく納得がゆくと存じますが……」

「西行も知っての通り、私は朝廷では何の権力《ちから》も権威《おもさ》もない。鳥羽院が一切を取りしきっておられるからだ。院の北面だったのなら、院の強靭《きょうじん》な意志を知っていよう」

「存じております」

「私はかねがね古代律令《りつりょう》の世に行われたごとく公民を整え、国衙《こくが》の権威を高め、田租夫役の公正を恢復《かいふく》したかった。もちろん朝廷にも古儀の復興を願い、心と物が一つに溶けた清々《すがすが》しい政治《まつりごと》を実現したかった。だが、在位のあいだ、院の荘園《しょうえん》拡大の御政策によって阻《はば》まれることになった。あれほど荘園停止を進言申しあげ、実際にも荘園停止令を出したにもかかわらず、である。これには関白忠通の思惑も絡《から》んでいたのだが……」

「ご心痛のほど、お察し申しあげます」

「西行も知ってのように、陣定《じんのさだめ》において扱っている訴訟沙汰《ざた》はすべて土地争いだ。国衙の検田勘入は拒む、四至牓示《ししぼうじ》は無視する、国司が検注（土地調査）を偽って私領を貯《たくわ》える、公民は逃亡する、免田は増加する——どの一つをとってみても、公田公民の減少消失と荘園の増大を語るものばかりだ。公田が消失するから荘園を増大しなければならないのか、荘園が増大するから公田が減少するのか。すべては混乱《みだれ》と破壊《うちこわし》、悲惨《みじめ》と放埒《ふしだら》である。心は物と離れ、かつて魂を持った雲も山も木も花も、いまは単なる物言わぬ物体《もの》に還《かえ》った。西行、私はもはやこの世を統御する者としてこれら死物《しせるもの》の渦巻く混迷《まよい》の世を古代《いにしえ》の清浄に戻すことはできないのだ。しかし物と心が離れ、世界が死物《しせるもの》に満たされ、人が私利私慾《しよく》で動くしかなかったら、この世に人が生きる意味があるだろうか。私が前帝《さきのみかど》として、物と心を一つに合体させ、死物《しせるもの》に魂を齎すことによって古代《いにしえ》の政治《まつりごと》を恢復《とりもど》そうと思うのはこのためなのだ。私には現実《このよ》の権力《ちから》はない。私に残されているのは、言葉によって——歌によって、それを実現することしかない。私が勅撰和歌集を試みるのは、現実《このよ》の権力《ちから》を喪《うしな》った前帝《さきのみかど》が、歌によって真実《まこと》の政治《まつりごと》を果さんがためなのだ。西行、私は花に応じ月に合わせて歌合を行うが、それは花鳥風月に遊ぶ閑雅な慰戯《すさび》ではない。現代《いま》を古代《いにしえ》に返す野心に満ちた力技《ちからわざ》なのだ。私が西行の歌稿に眼を通したのも、ほかでもない、秀歌《よきうた》こそが、実現しようと願った現実《このよ》だからだ。私は秀歌《よきうた》という土地を取り戻している。和歌集は私が築いたもう一つの皇土《すめらみくに》なのである」

崇徳院はそう叫ばれると、風にむかって両手を威嚇《いかく》するように振った。あたかも院の言葉を否《いな》む力が風のなかにあるかのように見えた。松明の炎は赤く狂ったように身をよじった。その光に北院の階段《きざはし》と屋根が浮び上った。

「重仁はおるか。誰か人はおらぬか。重仁はきておるのか」

崇徳院は階段《きざはし》を駆け上った。不寝番《ねずのばん》の衛士《えじ》と寺僧が廻廊の向うから姿を現わした。二人は院の御姿を見ると、すぐに片膝《かたひざ》をつき、頭《こうべ》を垂れた。

「畏れながら申しあげます」若い寺僧が言った。「重仁親王殿下はお見えになっておられませぬ。つい先ほども北院の内と外を見廻って参ったばかりでございます」

「きておらぬか」崇徳院の肩から力が抜けてゆくのが判《わか》った。「黒法師め。あらぬ虚言《あだしごと》を申しおって……」

崇徳院はよろめきながら階段《きざはし》を下りてゆかれた。衛士と寺僧は松明を受けとると、院を寝所のほうへ導いた。その赤い炎が建物の陰に消え、ふたたび暗闇が戻ってくるまで、私は大きく息をつきながらその場に立ちつくした。

崇徳院と出遇ったあの闇夜以来、私の心のなかには、歌が現実《このよ》の土台を作るという想念《おもい》が刻々に強くなっていった。院は歌を皇国《すめらみくに》の領土に比しておられた。歌の心が保っている花開く空間《ひろがり》は、そこに入ってきた人を花開いた相《すがた》に変えてゆく。院にとって、人の心を変えることが、まさしく心の統治《まつりごと》なのであった。

歌は、単なる言葉の遊戯《あそび》ではない。歌の心、歌の意味は、もう一つの新しい現実《このよ》の出現《あらわれ》なのだ。歌で開かれた舞台に似た世界は、ただ妻戸の向うの庭を見るといったものではない。

それが藤色の歌なら藤色に世界が染められるのだ。赤なら、夕陽に野山が照らされるように、現実《このよ》は茜色《あかね》に染め変えられるのだ。心が月の光に澄んでゆくとき、実は、この世界が蒼《あお》く澄んでゆく。花の色を歌が詠みだせば、それは歌のなかに閉じこめられた花の色ではなく、この世がすべて花の色に包まれ、花の色に染められるのだ。

その想念《おもい》に刺し貫かれ、歌をそのようなものと心底納得できたとき、嵯峨野や西山で庵を営んでいる間、心のなかで聞えていた意味不明の暗い呟きが、次第に、はっきりと聞きとれるようになったのである。

女院が亡くなられたのは、西山の庵でそうした思念《おもい》を深めているときであった。

堀河殿から訃報《ふほう》を受けたとき、私は、あのように優しい女性《ひと》に、もう二度と再び会うことができないという異様な事実の前で、茫然《ぼうぜん》としていた。そのうち途方もない悲しみがこみあげてきた。痛いような、疼《うず》くような、頼りないような、無性な寂しさ、悲しさが胸を衝《つ》きあげてくると、私は、恥も外聞もなく、庵の床に突っ伏して泣いた。ただ泣くほかなかった。

悲しみの発作が過ぎたとき、まるで紀ノ川を舟で下っているように、女院の死が、刻々に遠ざかってゆく、という奇妙な印象を感じた。女院は夕刻亡くなられた。西山でも蟬《せみ》しぐれが村里を囲んでいた。だが、もう夜であった。夜半が過ぎた。読経するうちに、夏の夜が明けた。小鳥たちが囀《さえず》り、蟬が暑い一日を告げて鳴きはじめた。井戸で釣瓶《つるべ》を汲《く》む音がした。

女院の死は、もう昨日のことになっていた。

信じられない速さで、女院の死は、過去のなかに遠ざかってゆく。

だが、何も女院の死だけが過去のなかに遠ざかるのではない。何もかも紀ノ川と同じだ。舟に乗った岸辺は、みるみる遠くなって、やがて見えなくなる。そのように一日一日が素早く流れ去っている。手をのばしてみても、今日という一日をさえ、摑《つか》むことができないではないか。

残るのは悲しみだけであり、死の思い出が遠くなっても、それは薄れない。いや、薄れないどころか、かえっていっそう深く、濃く、痛切になる。女院は、私にとって、薄紅《うすべに》色の枝《し》垂《だ》れ桜に囲まれた優しさであるとともに、散りしきる花に似た悲しみでもあった。

そんな思いを私は堀河殿に書き送った。

たづぬとも　風のつてにも　聞かじかし　花と散りにし　君がゆくへを

これに対して堀河殿はすぐ返歌を寄越したのである。

吹く風の　ゆくへ知らする　ものならば　花と散るにも　おくれざらまし　　堀河

また女院の亡くなられた日、御所の木立に、孤独に澄んだ甲高い谺《こだま》のように鳴きしきって

いた蜩《ひぐらし》を思いながら、堀河殿は、

限りなく　今日の暮るるぞ　惜しまるる　別れし秋の　名残と思へば　堀河

とも詠んでいる。夏というよりもう初秋の、風のなかで逝《ゆ》かれたあの日を、堀河殿は、悲しみの大きな花によって包みこんでいたのだ。

一年の喪が明けて、女院御所から女房たちは退出し、それぞれ新しい居処へ移らなければならなかったが、その別れの日、崇徳院は三条高倉第《たかくらてい》に出御になり、堀河殿、中納言殿、菩《ぼ》提院《だいいん》から来ていた兵衛殿たちと別れを惜しまれたのであった。

限りありて　人はかたがた　別るとも　涙をだにも　とどめてしがな　崇徳院

これに対して機転のきく兵衛殿の返歌《かえし》はこうであった。

散り散りに　別るる今日の　悲しさに　涙しもこそ　とまらざりけれ　兵衛

女院崩御のあと、私が崇徳院の歌会に出かけるようになったのは、私のなかで、歌こそが現実《まこと》、という思念《おもい》が前よりも一段と激しく燃えていたからであった。私は、崇徳院のなかに、その激しさに、自分の運命《さだめ》のすべてを賭《か》けている人を見たのだ。歌が現実《まこと》でなければ、崇徳院のすべてが滅びてしまう——そうしたぎりぎりの激しさのなかで院は生きておられた。

それは、場所を変えれば、私自身の思念《おもい》でもあった。私も、出離遁世《とんせい》を決意したとき、歌にすべてを賭ける気持になっていた。もちろん歌の道ではほんの初心者にすぎず、たとえその希望《のぞみ》があっても、果して歌人《うたびと》として大成できるかどうか解らなかったが、成る成らぬより以前に、歌の道にすべてを托《たく》するということが、すでに生きる意味になっていた。

多くの歌詠みたちが物合せや遊山《ゆさん》や遊興のさなかに、花を飾り、屏風《びょうぶ》を置くように歌を詠み出すとすると、崇徳院や私には、反対に、この世は歌の中に包まれていた。歌はつねに大いなる開花であり、尽十方《じんじっぽう》世界を包みこむ無窮《はてなし》の球体《たま》であった。日々の暮しの中の細々した装飾品の一つ一つではなく、天地を包みこむ容器《うつわ》のような存在であった。崇徳院も私も歌を詠むとき、その歌は巨大な透明な球《たま》となって星辰《せいしん》に届くものと信じたのだ。

あるとき、崇徳院から、御仏《みほとけ》に供えるようにと扇が届けられたが、扇を包んだ包み紙に次のような歌が書かれていた。

ありがたき　法《のり》にあふぎの　風ならば　心の塵《ちり》を　払へとぞ思ふ　　崇徳院

私はこの歌のなかに、あの風の烈《はげ》しい夜、重仁親王を求めて北院をさまよわれた崇徳院の鬱屈した怒りと焦燥と不安をまざまざと感じた。仏前に献じられた扇で払いたいのは、ご自分の心の塵なのである。だが、ご自分の心にぶすぶすと黒く燻っている醜怪な炎は、果して扇で煽いで消すことができるのか——私はそこに院の呻き声を聞くように思ったのである。

私としては院のお気持を安心させる以外にどのようなことが言えただろうか。

ちりばかり　疑ふ心　なからなん　法《のり》をあふぎて　頼むとならば

私は崇徳院に本気で、疑いを棄てよ、と言ったのである。むろんそれは崇徳院が運命と引き替えにご自分のすべてを与えられていた歌という存在《もの》に対する疑いである。

自らの力を誇示して言うのではないが、こうした思いはようやく私のなかに、まさに、疑うことのできないものとして摑めるようになっていたのであった。巨大な透明な球《たま》のごときものとしての歌――その歌に包まれて現実《うつせみ》の諸々《もろもろ》の物事《もの》は意味を持ちはじめる、という信念、それを私は崇徳院と共有しようというのであった。

私の周辺から古く親しんだすべてのものが崩れ去り、飛び散ってゆくように思えた。たとえば私を覆《おお》いつくしていた甲羅のごときものに無数の亀裂《きれつ》が走り、みるみる木っ葉微塵《みじん》に割れ、音を立てて落剝《らくはく》してゆく。そしてそのあとに本来の自由な私が現われてくる――そんな感じであった。

私の前には、大きな拡《ひろ》がりが横たわっていた。そこには山もあり、河もあり、平野もあり、町も村もあった。見知らぬ男女もいれば、異風の農夫、漁民もいた。私領を争う領主もいれば、国衙に馬を飛ばす検田使もいた。

私はそうしたすべてを自分のなかに今こそ取りこみたいと思ったのである。私の眼には黒《くろ》菱《びし》武者の氷《ひ》見《み》三郎の郎党が見えた。奥州藤原の金色眩《まば》ゆい堂塔が見えた。吹雪が見え、木枯らしに吹き飛ぶ落葉の群れが見えた。

私が陸奥《みちのく》への旅を決意したのは女院の死の翌年、久安《きゅうあん》二年の花の頃であった。旅立ちの前に統子《むねこ》内親王の美しいお顔にはどうしても会っておきたかった。あの二つに割れる低い嗄《しわが》れた快いお声もぜひ耳にしたかった。

菩提院の坪庭には女院を思い出させる薄紅《うすべに》色の枝垂れ桜が美しく咲き誇り、かすかな風に花びらが舞っていた。統子内親王は女院そっくりの黒いつぶらな眼で花びらが舞うのを仰いでおられた。

この春は　君に別れの　惜しきかな　花のゆくへを　思ひ忘れて

私が歌を差しあげると、それを胸に抱くように持たれ、「西行どの、心が酔うみたいなお歌でございますね」と言われた。私は女院がそこで同じことを言われても、いささかも驚かないだろうと思った。

統子内親王は女房たちのなかで歌上手と聞えた六角殿に返歌《かえし》をするように言われた。六角殿はふっくらとした顔立ちに、いつも笑みを浮べた、やさしい人柄の女性であったが、女《にょ》蔵人《くろうど》に檜扇《ひおうぎ》を持ってこさせると、それに、素早く歌を書きつけたのであった。

君が往《い》なん　形見にすべき　桜さへ　名残《など》りあらせず　風誘ふなり　六角

兵衛殿が美しい声でこの歌を朗誦《ろうしょう》した。その兵衛殿の黒髪にはらはらと白い花びらが散りかかった。

歌の朗誦を終えると、兵衛殿は眼がしらをそっと押えた。

「西行どのは、いつも思い切ったことをなさるのですもの。どうしてそんな遠く陸奥《みちのく》へ旅をなさらなければならないのですか」

私は、藤原俊成殿の歌会で詠んだ歌を示した。

陸奥《みちのく》の　おくゆかしくぞ　おもほゆる　壺《つぼ》のいしぶみ　外の浜風

兵衛殿はじっとそれを見つめていた。そして「お心はよく分りますが、でもあまり遠すぎます」と言って吐息をついた。
私は笑いながら、別の歌を書いて兵衛殿に渡した。

さりともと　なほ逢《あ》ふことを　たのむかな　死出の山路を　越えぬ別れは

「きっとですよ」兵衛殿は私の耳もとで言った。「きっと帰っていらっしゃらなくてはいけませんよ」
私は寂超と頼業に別れを告げただけで京を出発した。とりあえず伊勢《いせ》に入り、そこから東国へ向った。心が遠い遥《はる》かな空間《ひろがり》へと大きく開くのを感じた。

鈴鹿《すずか》山《やま》　うき世をよそに　ふり捨てて　いかになりゆく　わが身なるらん

十一の帖

西行が語る、陸奥《みちのく》の旅の大略《あらまし》、ならびに氷見《ひみ》三郎追討に及ぶ条々

藤原秋実《あきざね》よ。さ、ずっと炉のそばに寄って煖《だん》をとるがいい。粗朶《そだ》も裏に十分ある。今夜のように木枯らしの吹く夜は、寒さもひとしお厳しくなる。たっぷり火を燃やして、心を寛《くつろ》がせ、陸奥《みちのく》の旅のつづきを聞いて貰《もら》うことにしようか。

陸奥に旅立つところまで話してあったな。あの当時、私は陸奥とつぶやくだけで、遠い北国の山河の上に重く垂れる暗鬱《あんうつ》な雲と、その雲の下を冷たく吹く激しい風が心のなかをかすめるのを感じた。「秋風ぞ吹く白河の関」という能因の歌を口ずさむと、たまらない懐《なつか》しさが、胸に迫ってきた。

私は兵衛《ひょうえ》殿から「どうしてそんな遠く旅をなさらなければならないのですか」と言われたとき、藤原俊成殿の歌会で作った歌「陸奥《みちのく》の　おくゆかしくぞ　おもほゆる　壺《つぼ》のいしぶみ外の浜風」を、返事のかわりに、示したことはすでに話しておいたな。

これは出立の時の思いを何の衒《てら》いもなく表わした歌だ。「どうしてそんな遠く」と訊《き》かれれば、こうとでも答えるほかないではないか。私には陸奥《みちのく》が不思議に心をそそりたてる場所に思えたのだ。養老の往古《いにしえ》に築かれた多賀城跡はいまでは訪ねる人もおるまい。そんな城跡に残る壺の碑《いしぶみ》が風に吹かれて孤独《ひとりぼっち》で立っている姿が眼に浮ぶのだ。陸奥の涯《はて》の荒涼たる海からは容赦ない雪まじりの風が鞭《むち》を打つように吹き、波は荒磯《あらいそ》に身を揉《も》み砕くように白くしぶいて打ち寄せているであろう。鷗《かもめ》たちは風のなかで上となり下となりして嗄《しわが》れた声で鳴きつづけているにちがいない。

それはなぜか、たまらなく懐しく、ゆかしい風景であった。もちろん私はそんな北国の山河も、暗澹《あんたん》とした荒海も見たことがなかった。にもかかわらず陸奥という言葉だけで、遠い人気ない北国が突然浮び上り、胸に痛切に染《し》みる哀傷深い風物となって、心をときめかせるのである。

北の山河が心から消えても、孤独な風景のなかに佇《たたず》むように立っていた哀愁感はいつまでも残り、切々とした痛みを魂のなかに喚《よ》び起した。それは時に、あまりに息苦しく、いても立ってもおられず、思わず嵯峨野《さがの》の道をやみくもに歩きまわることもあった。

私は、その思いが、実は、女院への追慕と一つになっていることを知っていた。女院の死の悲しみが心の底で慟哭《どうこく》となって身悶《みもだ》えしていて、それがまだ見ぬ陸奥の荒涼とした風景を不意に想像させたのかもしれなかった。

陸奥に惹《ひ》かれている歌人を私は何人か知っている。陸奥の歌枕《うたまくら》は、名取《なとり》川にせよ、武隈《たけくま》の松にせよ、白川の関にせよ、たしかにその名を口にしただけで、押えがたい憧憬《あこがれ》が心に燃え上ってくる。だが、能因のように、その寂寞《せきばく》とした秋風のなかに立つためにだけ、白川の関へ旅立つなどということは、普通の人にできるわざではない。能因のような人は歌の妖怪《ようかい》に憑《つ》かれていたというべきだろう。

だが、崇徳院《すとくいん》にお目にかかって以来、私は、運命と引き換えにしても、歌にすべてを賭《か》けようとする気持に取り憑かれていた。歌以外のすべては、砕け散っていた。歌会も嵯峨野も都の賑《にぎ》わいも、私には、まるで魅力のないものとなっていた。ただ歌だけしかなかった。歌を生かし、それを豊かに脹《ふく》らませるものだけが意味を持っていた。陸奥の風は私のなかで鳴り、それは歌となってこの世に現われるのを、身をよじるようにして待っていた。私がなすべきことは能因と同じく白川の関に立ち、蕭条《しょうじょう》と吹く風を身に受けることだけだった。都には、もはや私の心を引きとめるものは何一つ存在しなかった。女院がおられなかった。女院はむしろ秋風となって白川の関を吹いておられた。女院がおられるところがあれば、そこしかなかった。風の音は都にいる私の耳に聞えていた。私にはただ白川の荒れはてた関屋《せきや》に立つことしか考えられなかった。こうして私は女院の亡《な》くなられた翌年、久安《きゅうあん》二年の春、二十九歳の年に陸奥《みちのく》に旅立つことを決心したのだ。

都出《い》でて　逢坂越《あふさか》えし　をりまでは　心かすめし　白川の関

これが旅立ちのときの私の思いであった。

事実、私がもし都を離れぬまま、草庵《そうあん》で暮しつづけていたとすれば、陸奥《みちのく》は限りない憧《あこが》れとなって心のなかに追憶に似た風を変りなく吹かせていたことであろう。だが、旅仕度の僧となり、東国への道に足を踏みいれた途端、こうした陸奥《みちのく》の風物は、不思議と薄れていった。都を出て山科《やましな》を過ぎ逢坂山を越えた頃には、別の旅の姿が私の心を満たしはじめていたのだ。

旅を心で思っているのと、実際に旅に足を踏み出すのとは、もともと別のことだ。旅に出るとは、ただ白川の関を吹く蕭条たる風を思っていればいいのではなく、そこまでつづく道を一歩一歩踏みしめることだ。そこには別の配慮があり、別の緊張がある。あるいは、もっと誇張していえば、旅に一歩踏み出した瞬間、私はすでに日常とは別の世界に入りこみ、別の運命を生きはじめたのだ。

さらに言葉を換えれば、旅に出たとき、すでに私は、白川の関を吹く風に身を晒《さら》されていた、といっていいのである。その風は心のなかで吹くのではなく、現実のこの身を吹くのである。詩《うた》の風は、心のなかではなく、現世《うつせみ》のこの身を吹く——つまり身のうちにあった詩心《うたごころ》は、今では、旅のなかに遍在し、山も川も草も木もすべて詩心《うたごころ》に変っていた、といってよかったのだ。

私は、都にいて、崇徳院の歌への凄《すさ》まじい執念に共感し、歌こそ本源《おおもと》の存在《もの》と感じ入っていたが、旅に足を踏みだした瞬間、一段と強烈な詩心《うたごころ》が森羅万象《いきとしいけるもの》のなかに充満しているのを見たのであった。

私は旅のなかに歩み出てはじめて、真に都を出るとはどういうことか、思い知らされた。崇徳院の物思いが、歌でこの現実《よ》を超えることであるなら、院も旅へ発《た》たれなければならない。

それが私の気持だった。もし生命あってふたたび都に帰ることがあるなら、まず崇徳院にお目にかかって、そのことを申し上げよう、そしてともに歌の本源に立つ深い自足の思いを確かめ合うことにしよう——私は、街道を往《ゆ》き来《き》する旅人のはかなげな姿を眺めながら、そう思った。


旅に出て二十日あまり経《た》った頃であろうか、あたりはもう新緑に包まれ、街道沿いに菜の花が黄いろに咲き、蓮華《れんげ》の花も薄桃色の敷物のように一面に拡《ひろ》がっていた。

私は、田に満々と引かれた水に映る雲を見て、ふと紀ノ川のほとりの田仲荘《たなかのしょう》の農民たちのことを考えた。もう田植えは終り、人々は蚕の世話に忙殺されている時期であった。京を出るとき、弟の佐藤仲清からの便りが届いた。そこには何者かの手で川水の取り込み口の水門が壊されたという事件が記されていた。すでに私は仲清に一切を譲り、田仲荘とは何の関わりもない人間であるが、水門破壊のような、露骨に佐藤の家に敵意を示した出来事には、無意識に警戒心が動くのを感じた。そんなものは、すべて棄《す》てたと思いながら、勝手に、身体《からだ》に染みこんだ領主根性が、どんな下心でそんな妨害を企てたのであろうか、と考えていたのだ。

弟仲清は紀伊《きい》国司と組んで、次第に露《あらわ》になった高野山領の土地拡張を阻止しようとしていたから、おそらくこうしたむき出しの敵意は、その辺から出ているのかもしれない。むろんそうだとしても私は心を動かすまい。自分に無縁と棄て去った浮世の騒擾《そうじょう》などはどうなろうと、私には関わりはない。いや、関わりなどあってはならないのだ。陸奥《みちのく》への旅は、そうした思いを私から拭《ぬぐ》い去る絶好の機会のはずであった。

だが、そのくせ田植えを見ると紀伊の農民たちが眼に浮ぶ。

その日は鳴海《なるみ》の宿《しゅく》にも泊らず、ひたすら野の道を急いだのは、こうした領主根性を自分のなかから滅却し去ろうと思ったからであった。私は疲れても空腹を覚えても足を停めなかった。

空は夕暮近くになって曇りはじめ、薄闇《うすやみ》が迫る頃は雨となった。見たところ宿るべき家も見当らない。仕方なく田のなかの小屋で夜を明かすことに決めた。雨に濡《ぬ》れないだけでも儲《もう》けものであった。小屋のなかはがらんとして、かすかに馬の臭《にお》いが残っていた。

私はその隅にうずくまり、そのまま深い眠りに落ちた。

かなり眠った頃、小屋の外に足音がして、一人の男が入ってきた。あたりはまだ暗く、私が隅にいるのに気がついていなかった。何か事件があったらしく、男の一人は傷ついていた。

「大丈夫か」

嗄れた声が言った。

「なんの、これしきの傷、大丈夫だ」

若い声が答えた。

「これでお館《やかた》さまの御恩にも報いることができたというものだ」

「だが国衙《こくが》の役人どもは、これで、すこしは思い知るだろうか」

「ああ、たぶんな。おぬしの働きも大したものだった。お館さまが軍兵を集めているのが、ただの飾りではないことが、これでよく解《わか》ったはずだからな。いままでのように、大領主の治める鳴海荘《なるみのしょう》から米も徴収できぬ、夫役も集まらぬという理由で、小領主にすぎぬお館さまのところに、むりやり加徴米を出せの、人夫を集めろのと言ってきたが、これですこしは思いとどまるだろう」

「なんで、あいつら、鳴海荘のほうに取り立てにゆかんのだろう。領地だって、ずっとでかいじゃないか」

「うしろに八条院と醍醐寺《だいごじ》がついているからよ」

「八条院と醍醐寺がついていると、どうして加徴米も夫役も取り立てられないんだ。国衙はそれが役目だろう。役人だって、米も要ろう、雑役人夫も要ろう」

「ばかに物分りがいいのう。だがな、国衙の役人でも、四至牓示《ししぼうじ》を立てた荘園に入って検田し、課税すれば、すぐ国使入勘だ、入乱だと言って、摂関家なり寺社なりに伝えられる。摂関家や寺社はすぐ朝廷にそれを訴える。朝廷の命令を無視すれば、それが結局、朝廷のための加徴米であり夫役であっても、国衙が問責され、悪くすれば追捕使《ついぶし》が送り込まれる。だから、国衙としては、何の後楯《うしろだて》もない、お館さまのような小領主を嚇《おど》し、根こそぎ米を持ってゆこうとするのだ」

「非道《ひど》い見当ちがいじゃないか」

「だから、俺たちが戦ったのさ。自分のことは自分の力で守るよりほかないんだな」

「もっと軍兵を集めなければいけないのじゃないかね」

「お館さまもその意向だ。だが、儂《わし》は、もっと強い権力《ちから》でお館さまを守ってくれるものがあったら、それが一番いいと思うな」

「摂関家に領地を寄進するわけか」

「いままではそうやってきた。だが、単に預所《あずかりどころ》になっても、摂関家への献上米が国衙に徴収される米より多くなることがしばしばある」

「では、摂関家では駄目だな」

「駄目だ」

「どうすればいいのだ。摂関家や寺社でない権力者なんていないじゃないか」

「そういう存在《もの》が現われるまでは、儂らは自力で戦うのさ」

若い男が呻《うめ》いた。

「どうした、痛むか」

「すこし疼《うず》いた。なあに、これしき」

私は横になったまま話を聞いていた。二人は小屋の入口の近くにいた。戸口があいていたので、二人の姿がかすかに浮び上った。二人は奥にいる私には気付いていなかった。

二人は夜が明ける前に出ていった。小屋は鳴海荘にあったので、自分の領内に早く戻ろうと思ったにちがいない。

私は、弟仲清からたまに受けとる手紙のなかに、しばしば国司や国衙への不満が述べられているのを知っていた。田仲荘は徳大寺家に寄進してあるので、不輸不入権を手に入れていたが、にもかかわらずしばしば米の収納を命じられた。その違法について私の頃にも行事所に不服の申し立てを行なったことがあるが、裁定は陣定《じんのさだめ》のほうに移され、煩瑣《はんさ》な審理が蜒々《えんえん》とつづき、いつ果てるとも分らなかった。

だが、同じことがこの尾張《おわり》鳴海でも起っている。弟仲清も、これほど頻繁に領土を犯されるようでは、侍《つわもの》どもを集め、自力で田仲荘を守るほかないと書いていたのである。

私は暁の蒼白《あおじろ》い光が小屋のなかに忍びこむまで、そこに坐《すわ》って、身のまわりに起っていることを考えた。床には、おびただしい血が流れていた。

雨はやまなかったが、私は早々と小屋を出た。雨に打たれて青田が拡がっていた。その青田のたたずまいも、前夜の男たちも、私には、小さな浮世の絵巻のように見えた。

私は小屋を出るとき、その軒から玉となって銀色にしたたり落ちる雨水を見ながら、心が決して立ち騒いではいないことを見出《みいだ》して嬉《うれ》しかった。私にとって、もっとも不安だったのは、こうした浮世の騒擾を恐れて、それをひたすら見ないでいることだった。

駿河《するが》に入った頃、私は旅姿が板についてきた以上に、心が旅と一つに溶け、旅をまるごと抱えこんでいる自分を感じた。都を出て遠く陸奥《みちのく》を望んだとき、私はまだ旅がどういうものか、解っていなかったのだ。

旅に出てはじめて、人はこの世の森羅万象《いきとしいけるもの》がすべて滅びのなかに置かれているのを、心底から澄んだ気持で知ることができる。たしかに山も風も木々も花も旅の道のべに近々と寄りそって、旅人を慰めてくれる。だが、この不変と思える山も、永遠《とこしなえ》に波を打ちよせる海も、旅人の眼には、限りある生命に見えてくる。山の終り、海の終りがそこに見えるのである。この思いが私の身のうちに染みこんできたとき、私は、死にゆく幼児《おさなご》を見守る親の眼《まな》ざしで、この世を眺めているのを感じた。

——死んではいけない。お前が死んでは、私には生きる意味などなくなってしまう。

私は、そう叫んでいる親の悲しみと物狂おしさで月を見、山を眺め、道ゆく人を見つめている自分を感じたのである。

旅に出ることの意味が解ったのは、この一種の深い悲しみと愛惜が、身の内《うち》を貫き、常住、哀傷の風が吹き渡るのを全身で知ったときであった。空ゆく雲も、梢《こずえ》をゆらす風も、決して行きずりのものではなく、すべて私に無縁のものはなかったのだ。旅寝の夜々、枕もとに落ちる月の光は、もはや二度と見られぬ清らかな輝きとなって心に深く染みてくるのである。

あはれしる　人見たらばと　思ふかな　旅寝の床に　宿る月影

私は真実そう思った。この月の光を知らなくては、物の哀れなど解るはずはなかった。私は出離遁世《とんせい》してここ何年か小倉山や嵯峨野の草庵住いをした。月はその折もしみじみとした哀傷の色を湛《たた》えて、庵《いおり》のなかに射《さ》しこんでいた。その蒼白い影を私は心ゆくまで楽しんだ。私は怡悦《いえつ》が偽りのものだと思っているわけではない。だが、月一つに限ってみても、旅の夜々見る月は、たまらない切なさで、心の奥へ浸《し》みとおってくる。この世に身を受け、こうして月の蒼さを見ていることが、信じられないような運命の不思議に思えてくる。前世の奇《く》しき因縁によって、いまこの時、心に澄み渡る怡悦を与えられている——そんな思いが不意に心に衝《つ》きあげてきて、突然、嗚咽《おえつ》したいような気持になるのだ。

遠江《とおとうみ》の日坂《にっさか》を出たのは昼すこし過ぎた頃であった。難所の一つである小夜《さや》の中山にかかるのは日暮れ近くになるかもしれない。といって、日坂に半日留まるのもすこし間がぬけている。中山の峠で日が暮れたら、どこか路傍の地蔵堂にでも身を寄せればいい——そんなことを考えて道を急いだ。

道はうねうねとした上りにかかり、左右に黒々と杉や松や槙《まき》の森が迫っていた。道の曲りから、太い蔓《つる》の絡《から》んだ木々を通して、深い藪《やぶ》に覆《おお》われた谷間が切れ込んでいるのが見えた。谷間には渓流が走っているらしく、水の音が聞えた。露出した岩に苔《こけ》がこびりつき、谷を吹き上げてくる風は、季節はずれの冷んやりとした湿気を帯びていた。

往き来する旅人の姿は見えなかった。路傍には古い石仏や碑が建っていた。ここで行き倒れた死者を弔ったものであろう。

上りつめた頂きは、岩の多い歩きにくい道が通っていた。松や杉の巨木が空をふさいでいて、いかにも深山幽谷の森厳な気配が漂っていた。

小さな祠《ほこら》があった。見たときは気付かなかったが、近づいて、古びた鳥居をくぐったとき、そこにひとり女がうずくまっていた。いかにも難儀な山道を歩き疲れ、これ以上立つことも歩を進めることもできないという風情《ふぜい》であった。

「いかがなされたかな」私は女に近づいて言った。「もうしばらく歩かれぬと、山中で日が暮れますぞ。お荷物が重いのなら、拙僧が山下まで運んで進ぜましょう」

女は市女笠《いちめがさ》を深くかぶったまま、身体《からだ》をびくっと震わせ、手にしたものをうしろに隠した。それから肩で息をついて言った。

「有難うございます。日坂で供の者が馬子たちとの争いに巻きこまれ、馬ともども逃散《ちょうさん》いたしまして、仕方なく徒歩《かち》で山を越えて参りました。慣れない旅とは申せ、この有様、お恥しゆうございます」

女は薄青の旅衣に濃い青の指貫《さしぬき》（袴《はかま》）を穿《は》き、市女笠のまわりに粗織の枲垂布《むしのたれぎぬ》を下していた。足には黒革の深い馬上沓《ばじょうぐつ》を穿いたままであった。

「その馬上沓で歩いてこられたのですか」

「仕様のない馬子たちでございます。荷も馬につけたままでございますゆえ、ただこの籠《かご》が一つ……」

女は黒塗りの籠のほうを振り返った。

「その沓では疲れるばかりでしょう。草鞋《わらじ》があります。大きいかもしれませんが、まだそのほうがいいでしょう」

私は女の足から馬上沓を脱がせると、笈《おい》から草鞋を取り出した。

「それではいけません」女が草鞋の紐《ひも》を締めかねているのを見ると、私は女の足もとに身を屈《かが》めた。「さ、足をお出しなさい」

女は一瞬躊《ため》らったが、木の根に腰を下したまま、足を差し出した。市女笠の垂布が私の顔にかかり、女はあわてて垂布を上へ持ちあげた。草鞋の紐を強く締め、私は「痛くありませんか」と言って、女のほうへ顔をあげた。女の顔はすぐ眼の前にあった。

あまりの近さに、女も私も、思わず眼をそらした。

「いいえ、痛くはございません」

女は狼狽《ろうばい》したことを恥じるように落着いた声で言った。私は黙ってもう一方の足に草鞋を履かせた。

私は黒籠を笈の上にくくりつけ、女の先に立つようにして歩いた。女はまた垂布を下したので、その顔を見ることはできなかったが、女の細っそりした蒼ざめた幽艶《ゆうえん》な顔立ちは、一瞬、私の心に刻みこまれた。

女院のお顔は、薄紅の枝垂《しだ》れ桜に似つかわしい派手やかな美しさであり、二重瞼《ふたえまぶた》の大きな黒い瞳《ひとみ》は、いつも物問いたげに見開かれ、何かというと、楽しげな笑いのかげが、眼のなかに現われては消えた。

女院が春の女であられるとすると、市女笠の女は秋草の花のように冷たく寂しげであった。旅の心細さが女にそんな表情を与えていたのかもしれない。

道々の話で、女は、信濃《しなの》の国衙に仕える清原通季《みちすえ》という者の妻で、良人《おっと》が任期を終えても戻らないため、任地まで安否を確かめにゆくというのであった。私も自分の名を告げた。

通季は善良で裏表のない人物だが、唯一《ゆいいつ》の欠点は酒を過度に嗜《たしな》むことで、酒が入ると、人が変ったように怒りだし、しばしば喧嘩《けんか》もし、出仕をしくじることがあったという。通季が信濃に下ったのも、都のさる貴人の屋敷で、祝宴の果てに狼藉《ろうぜき》を働いた結果であった。

「どうしてあなたを都へ残されたのです」

私は女の顔を垂布ごしに見て言った。もちろん表情は見えなかった。

「あの人は何としても一人で見事お役を果してみたい、と申すのでございます。この役目を果さなければ、あの人が駄目になるのは眼に見えておりました。ですから、あの人の望むままに一人で発《た》たせたのでございます」

「その後、便りはあったのですね」

「はい、私が心を痛めているのを知っていたものですから。半年に一度ほどでございますが。根かならずお役を果して、もう一度、頼長様のもとに戻らせて頂くと、書いて参りました。根は小心な、やさしい人でございます。それがここ二年、何の便りもなく、国衙に問い合わせても、一向にはっきりした返事がないのでございます」

「信濃にゆかれて無事お会いになれればいいが……」

「万一のことも覚悟いたしております」

「それにしても信濃まで、よくまあ、旅をする決心をなさいましたね」

「何と申しましても、私にとっては良人でございます。ひょっとしたら、私がゆくことで、何か役に立てるのではないかと……」

「ご主人は幸せな方ですね」

「いいえ、私は何もできません。ひょっとしたら、と思っているだけでございます。私ども、男と女として結ばれておりますし、そうした運命《さだめ》は、宿世の縁で、何か動かすことのできないものに思えるのでございます。西行様」女は私の名を呼び、足を停め、垂布をあげて私を見た。「良人に会えず、良人の行方を探すことができないとき、私は都へ戻り、髪を下すつもりでございます」

「お気持はよく解りますが、いまは信濃できっとご主人とめぐり逢えるとだけお考えなさい」

女は垂布を下すと、ふたたび歩きはじめた。

「そう致します。でも、宿縁《めぐり》とは不思議なものでございます。中山で西行様にお目にかからなかったとしたら、あのまま、私、自害をして果てようと考えていたのでございます。あのとき、私、これを」女は懐《ふところ》から柄に螺鈿《らでん》を鏤《ちりば》めた懐剣を取り出した。「手にしていたのでございます」

私たちが中山を越えた頃、日が暮れた。私は街道の物売りに頼んで馬を借りて貰《もら》った。女をそれに乗せ、金谷《かなや》の宿《しゅく》に着いたのはかなり遅くなっていた。

私は清原通季の妻が自害しようとしていたところに通りかかった不思議な宿縁を考えた。もし数刻おそくそこを通れば、私は血にまみれた女の屍体《したい》を見つけることになる。それは旅に行き暮れた人々にしばしば訪れる不運である。だが、あの女は、私が折よく通ったので助かった。たしかに人が言うようにそれは単なる運のよしあしであるかもしれない。だが、なぜ運というものがあるのか。なぜある人にはそれがよく、ある人にはそれが悪いのか。

女は清原通季に妻として添いえたことを宿縁と固く信じていた。その宿縁の固さが、もしかしたら、あの瞬間、私を女のもとに連れていったのかもしれない。

もしそうした宿縁があるとしたら、通季の妻のように、すべてをそれに托《たく》して、自分が受けたものは迷わずひたすらに果してゆくべきではないだろうか。通季の妻のあの秋草のような儚《はかな》い美しさは、そのことから生れていたにちがいない。

通季の妻の面影は、その後、旅の折々に思い出された。それは女が儚げな美しさを持っていたからというより、一切の自分の意志《おもい》を棄《す》て、天地自然の運行《めぐり》に従っていた静けさのためであった。自害を決行しようとしていた女とは思えない自然な挙措、私の出現によって自害を思い留まったことに対する落着いた振舞い――それは、女のなかのただならぬものとして私の眼に映ったのだ。こういう人がいるのだ、天地自然の運行《めぐり》にすべてを委《ゆだ》ね、何一つ逆らうでなく、何一つ愚痴を言うでなく、川水がたっぷり悠揚せまらず流れるように生きている人がいるのだ。その思いが私を打った。女はその運行《めぐり》のなかで、自分に精一杯生きようとする。悪びれるのでもない。苛立《いらだ》つのでもない。川水のようにひたすら流れるのだ。

私は陸奥《みちのく》で北上の流れを見たときも、女のことを思いだした。この強い、ねばりけのある、滔々《とうとう》とした流れ、内に強い意志《おもい》を秘したこの静かな川面《かわも》の動き――それがあの儚げな女の本当の姿だった。

私はそこに人間の生きる願わしい姿を見たように思った。すべてを宿命《さだめ》に托すこと――もはや自分がどうなるかをくよくよと求めず、与えられたすべてを引き受けること――そこから生れるきっぱりとした晴れやかな一日――通季の妻の持っている静けさは、その晴れやかな空が映ったものに他ならなかった。

私も陸奥《みちのく》の遠い空を望んで旅に出た。だが、陸奥へ急ぐ心がまったくなくなったのは、通季の妻と逢ってからであった。旅の一日にすべてを托すこと――それが私の旅の過し方になった。明日の旅、明後日の旅はもはや考えない。今日の旅にすべてを托す。今日の旅がすべてであった。ある一日、富士に立ち昇る煙を仰ぎながら海沿いの道を歩いた。別の一日、箱根路を越え、青い相模《さがみ》の海を眺望した。さらに別の日、雨を含んだ烈風が武蔵野《むさしの》を広々と吹きぬけるのを見た。嵐《あらし》のあと、静かな大きな月が武蔵野の涯《はて》に出た。その月の光を仰ぎながら、虫の音の高くなる草のなかの道を辿《たど》った。

旅には、明日の旅も、昨日の旅もなかった。ただ今日の旅しかなかった。今日の旅を心ゆくまで楽しみ、味わうこと、今日の旅を精一杯やりおえること――それだけが旅の暮し方であった。

そうした眼で仰ぐ空は、刻々に季節の色を変えた。都を発ったのは晩春であったのに、武蔵野にはすでに葉月の空が拡《ひろ》がっていた。だが、その一日一日、空の青さが変ってゆき、そこを飛ぶ鳥たちの姿もおのずと移っていた。木々は夏にむかって繁茂し、暑い日ざしにじりじりと照らされていた。街道の土が白く眩《まぶ》しく照り返し、暑熱がむっと重くあたりを包んだ。椎《しい》や樟《くす》の巨木が黒い影を拡げていると、そこには、ひんやりと冷えた空気が蟬《せみ》の声とともに旅の慰めのように私を待ち受けていた。

那須野《なすの》ヶ原《はら》に入ったとき、山々が近づき、木々がいっせいに葉裏を白く返して揺れるのが見えた。

その二、三日前に、雁の群れが空の遠くを列になって渡ってゆくのを仰いだが、まさか秋がきているとは思わなかった。

だが、那須野に入って、私は秋がきているのをはっきりと知った。道のべには芒《すすき》の穂が伸び、日に銀色にきらめいていた。

青空に冷たい深い色が加わってくるのが分った。寂寥《せきりよう》の思いが、まるで鳥の群れが森の向うにいっせいに吸い込まれるように、色づきはじめた山や野に、静かに、澄み渡って下りてきた。

ある日、時雨《しぐれ》が木々を鳴らして過ぎた。山の道はすでに黄葉に飾られ、足音は落葉の散り敷くなかで、ひっそりと聞えた。

黄葉の早い陸奥の道は、すでに秋も深く、朝には霧が流れた。昼にすれ違った樵《きこり》の男に白川の関の在《あ》り処《か》を訊《たず》ねると、相手は不思議そうな顔をして「ここが白川です」と言った。それから一刻ほど歩くと、朽ちた木柵《もくさく》をめぐらした関所が見えた。旅人も見当らず、関を守る役人や衛士《えじ》たちの気配もなかった。

驚いたことには、関守たちの住んでいた建物も屋根が落ち、半ば腐《くた》れていた。私は空家になった建物のなかを見廻ったが、見棄てられてからかなりの歳月がたっているのは、その荒れ果てた様子からも察することができた。

能因が通ったのがこの関所であることは間違いなかった。まだその頃は馬も人足も溢《あふ》れていたであろうし、商人、職人、旅芸人も多かった。都に運ぶ財貨、穀物、布地、塗物、木工品を積んだ馬車を警固する男たちの汗に饐《す》えた具足の臭《にお》いもあたりに漂っていたにちがいない。

だが、今は関所のなかも、街道すじも人の気配一つない。かさこそ音をたてて散る落葉が秋の深まりを告げるばかりである。

そのとき心に触れてきたのは、旅のはじめに感じていた哀傷の思いであった。すべてが滅びのなかにあるというあの痛切な悲しみであった。

私は関屋の一隅で夜を過すことにして、旅装を解き、経文を誦《ず》し、枝を燃やし干魚をあぶり、飯を炊《た》いた。

日暮れにすこし風が出たが、間もなくそれも止《や》み、あたりは虫の音に満ちた。それからすぐ月が出た。月の光は蒼白《あおじろ》く、朽ちた建物に射し込んだ。

私はひとり月と向い合っていた。それは、旅の夜々、仰いできた月であったが、ここ白川で見る月は、人々がさざめきながら過ぎていったあとの静寂《しじま》のなかで見るせいか、孤独な、きびしい、拒むような凄《すご》さがあった。どう言い繕ってみても、どう賑《にぎ》やかに飾りたててみても、人間が一人で死んでゆくという宿命《さだめ》はどうすることもできない。能因のような達人は私ほど思いつめて月を見ることがなかったろう。だが、やはり能因はここで月を見たのである。そしてその能因はもうこの世にいない。その逃れることのできない死を、月は、いままともに、私のなかに覗《のぞ》き込んでいるのであった。

白川の　関屋を月の　もる影は　人の心を　留《と》むるなりけり

私は関所の朽ちた柱にそう書きつけ、一晩中、月の光のなかを亡霊たちが行列を作って通ってゆくのを見ていた。侍もいれば商人もいた。都に帰る国司もいれば都から流れてきた旅芸人もいた。男も女も老人も子供も関屋の前を通っていった。

一喜一憂しながら、まるで祭礼の列のように人々は過ぎてゆく。すべては滅びのなかにある。人々は闇《やみ》から出て、しばし踊った後、また闇に消えてゆく。

年月《としつき》を　いかでわが身に　おくりけん　昨日の人も　今日はなき世に

陸奥《みちのく》にきたのも、思えば、この遠い北国の風のなかに、こうした寂寥の声を聞くためではなかったか。ここでは、風よりも、月の光のなかに、心に滲《し》みる深い哀愁がこもっていた。陸奥《みちのく》の月は、限りない寂しさのなかで、ひたすら白く澄み渡っているのであった。

陸奥《みちのく》に足を踏み入れてから、空の色も山野の気配もいままでとは違い、一段と澄み、一段と憂愁の趣を深めた。木々も、秋草も、家々も、孤独に、ひっそりと風景のなかで息づいているように思えた。

空を飛ぶ鳥たちがことに哀れ深かった。たまらない寂しさが、鳥たちの消えた空の奥に残った。

しかしその頃から私の心は、獲物でも狙《ねら》う獣のように、ひたと平泉にむけられているのを感じた。旅寝の夜々、なぜ晩秋の落莫《らくばく》とした風景のなかで私が激しく奥州藤原一門に会うことを願うのか、みずからの胸に訊ねてみた。陸奥《みちのく》の秋は風も荒く、雨も多かった。それより何より、足早に朝夕の冷えこみが襲ってきた。旅の哀傷は一層深くなるのに、それと裏腹に、藤原一門の将兵がこの山野をどのように駆けめぐるかという、かつて鳥羽院北面に仕えていた頃、考えぬいた操兵術や武技操練の細部が思い出された。私は、北の黒ずんだ森に鳴る風の音に耳を傾け、氷雨《ひさめ》の打つ峠を越えながら、氷見《ひみ》三郎がつねに唱えていた、奥州藤原と連《れん》繫《けい》し、摂関家に替る政治を天下に敷くという一門の野心について考えた。

私は歌の世界に没入しようとしたとき、すでにこうした浮世のすべてから身を引く決心をしていた。叔父たち、弟仲清、家臣たちの強い願望があったにもかかわらず、田仲荘《たなかのしょう》の富も朝廷での官職も、まるで牡蠣《かき》の殻を剝《は》がすように、無理に自分から引き離した。私はそれを浮世の興亡の一つとして遠く眺めることに決めたのである。

たしかにその決意も、態度も変っていない積りであった。鳴海の小屋で、土地争いの男たちの話を小耳に挿《はさ》んだときも、現実の苛《か》酷《こく》な動きを目《ま》のあたりにし、それに心を動かされたが、あえてよしあしの判定は差し控えた。というのも、この世に生きるには、時に血を流すような不穏な事態に耐える必要があるからであった。私は氷見三郎の願望を、ある意味では、否認し、裏切った男かもしれない。だが、在地領主たちの不安や怒りを見ないふりをし、その苦衷のなかまで踏みこんで分ってやらないというのは、やはり私にはできないことであった。現世《うつせみ》を出離したが、現世《うつせみ》の成行きには眼を離さないつもりだった。

私がまず秀衡《ひでひら》のもとにいったのは、奥州一円に勢力を持ち、都まで聞えた黄金《こがね》花咲く平泉の栄華がどんなものか見たかったからだが、同時に、果して秀衡が、新しい棟梁《とうりよう》として氷見三郎たちの要望《のぞみ》を叶《かな》えられる人物かどうか、それを見届けたいと思ったからでもあった。

私には、都から朝廷の大軍が陸奥《みちのく》に攻め入った場合、どの街道を通って、どのように攻撃を加えるか、無関心でいられなかった。もし氷見三郎が謀反《むほん》を起し、東国と陸奥《みちのく》の領主たちを統合させた場合、朝廷の追捕使《ついぶし》——たとえば平忠盛《ただもり》殿に率いられた軍兵——はどの程度抵抗して戦いうるか。いったい勝てるのか、勝てないのか。

私はあえてどちらが勝つか、という判断は下さなかった。死者《しせるもの》に等しかろうと決意した人間にそんなことができるわけはなかった。だが、それは私の血をたぎらすほど強い関心となって惹《ひ》きつけていた。平泉は最後の戦を衣川《ころもがわ》の城郭で戦うことになるはずであった。そこまで前哨戦《ぜんしようせん》が押されるとしても、衣川の館《やかた》で大軍を支えれば、やがて冬がやってくる。兵糧《ひようろう》隊は身動きできず、攻撃軍としても伸び切った兵站《へいたん》線を衝《つ》かれれば一挙に崩壊するほかない。

私の眼が、白川の関を越えてから、山河の地形に独特の注意を払ったのは、追討の大軍が攻め込んだ場合の動きを想定していたからであった。

問題はただ一つ——それは衣川の館が大軍を冬まで支えられるだけの規模があり、強度があるか、ということだった。もし合戦があれば、何としても冬まで持ちこたえること。持ちこたえれば勝利は奥州藤原のものであることは間違いなかった。安倍貞任《あべのさだとう》が河崎柵《かわさきのさく》で源頼義の軍勢を支え、これを打ち破ることができたのは、寒気と吹雪がつづいたからだった。その貞任が清原一族に討たれ、衣川柵《ころもがわのさく》が陥落したのは夏のあいだの戦だったからだ。

そもそも藤原一門の棟梁秀衡はあえて領主たちを集めて強大な勢力を打ち樹《た》てる気があるのだろうか。秀衡から藤原頼長のもとに毎年馬と砂金が届けられているという噂《うわさ》がある。とすれば、秀衡が一族の棟梁になるのは、京の頼長のために馬も砂金も調達する必要がなくなるとき――つまり摂関家に何か起るか、朝廷に異変でもあって、秀衡が都から独立し、奥州《みちのく》に立てこもることができるとき――であろう。そんなときが果してくるのかどうか私には予測はつかなかったが、すくなくともそれ以前には、秀衡が動かないことは確かだ。

私は白川の関を越えてからこのことをしばしば考えた。京に異変があれば秀衡はかならず動く。動けば、関東、越後《えちご》、信濃《しなの》の領主たちは奥州《みちのく》藤原に走るだろう。そして堅固な城砦《じょうさい》と冬の寒気があるかぎり奥州《みちのく》藤原は不敗である。

私は現世《うつせみ》を出離した身でこのようなことを考えるのは馬鹿《ばか》げているのを知っていた。にもかかわらずあえてこのようなことを考えたのは、氷見三郎の檄《げき》に応じて従兄《いとこ》の佐藤憲康《のりやす》が東国へ赴こうとした思い出があったからである。憲康は私が考えていたようなことを当時思いめぐらし、東国の騒乱を企《たくら》む気でいたのである。だが、摂関家の権勢が衰え、地方への威令が行われなかったにせよ、なお地方国司の権力は強大であるし、追捕使の率いる軍勢も決して侮《あなど》ることはできないのである。もし氷見三郎の目論見《もくろみ》が成功し、奥州《みちのく》藤原が動くことがあるとすれば、ただ一つ、京で何らかの異変があるときだけだ。

それ以外には、いかに忍苦の期間が長引いても、決して謀反の軍を動かしてはならない。

私はそのことを佐藤憲康に替って氷見三郎に告げるべきだと思った。

私が陸奥《みちのく》の旅のあと、越後頸城荘《くびきのしょう》に廻ってみようと思ったのはそのためである。


歌枕名取《うたまくらなとり》川を越えた頃はまだ冬というより晩秋の気配で、澄んだ冷たい川水の底に、黄葉が、まるで黄いろい敷物を敷きつめたように見えたが、多賀城跡を過ぎる頃から雪がちらつき始めた。落葉の上に霧が降りた程度に積った雪が、やがて何日も降りつづいて、底の深い雪靴なしでは歩けなくなった。笈《おい》から衣服を出して重ね、黒衣《くろぎぬ》の上に簑《みの》をしっかりと着けた。

都から攻め込む軍兵たちも、おそらくこれと同じ難儀を味わうことになる。この雪があるかぎり安倍貞任は源頼義の軍兵を恐れる必要はなかった。さらに加えて衣川の激しい流れがあり、衣川の城砦がある。

私は自分がまるで佐藤憲康の身替りになってはるばる奥州藤原を訪ねているような気持になった。同時に、衣川柵で敗れた貞任の姿や、義家の武者振りを、浮世の興亡の絵姿として、衣川のほとりに眺めたかった。

平泉に着いたのは十月十二日であった。雪はしんしんと降りつづけ、平泉に着いた頃、さらに風が吹き募った。雪は白い濁流のように斜めに降り、木々のあいだで獣の悲鳴のような音をあげた。

私はすぐ衣川を見たかった。館《たて》を攻める軍兵の一人になったような気もしたし、また遠い昔の武者物語を見るような気もした。藤原秀衡の館で休む前に、何としても衣川館を見なければならなかった。私は笠《かさ》の前を低くし、雪に向ってゆっくりと歩いた。林のなかでは枝に積った雪がはじけて崩れ落ち、吹雪のなかに巻き込まれて飛び散った。鴉《からす》が鳴きかけて、風に素早く流されていった。

やがて目の前が開けた。低く黒ずんだ川が雪のなかに見えた。両側に高い崖《がけ》が迫り、川は岸近く灰色に凍りつき、岸の氷の板を黒い激しい流れが白波を刻みながら悶《もだ》えるように洗っていた。降りしきる雪は川原の拡がりに向ってその勢いを解き放たれ、渦となり、疾風となり、横なぐりの吹雪となって荒れ狂った。

衣川館は吹雪のなかに黒ずみ、石垣の上に身を縮めて、身じろぎもしない軍兵の列のように見えた。吹雪が城砦の岩角にごうごう咆《ほ》えたけった。

異様なものが雪の濁流のなかで戦っていた。それは白い狂暴な龍虎《りゅうこ》のようにも見え、組み討つ二人の武将のようにも見えた。

私は雪を踏み、斜面を川原へずるずると下りていった。岸に凍りつく氷は透明で、鋭い切っ先のように黒い流れの中に突き出し、流れる水がその氷の刃を吹雪の下で磨《と》いでいた。川原から見上げる衣川館は石塁の上に防柵をそらせた屈強な重々しい城砦であった。

突然たまらない孤独な寂しさを衣川の城砦に感じた。吹雪のなかで永遠に沈黙したかのような石塁、防柵、高楼、矢狭間《やはざま》が、死者たちの家のように、虚《うつ》ろに、見棄《みす》てられて、長くつづいている。ここで生きているのは、石塁の角に咆哮《ほうこう》する風と、空中に灰神楽《はいかぐら》のように渦巻きつづける吹雪だけだ。そのほかすべてが死んでいた。かつてここで戦った者たち——勝った者も負けた者もすべては不気味に沈黙し、身じろぎもしなかった。

そのとき、胸の奥から何か熱いものが噴き上ってくるのを感じた。それは単なる悲しみではなかった。悲しみというより、もっと空しい荒涼とした刺すような寂しさだった。この無の中に消えた者たちへの痛切な哀悼と慟哭《どうこく》だった。そして思わず口をついて一首の歌が生れたのであった。

とりわきて　心もしみて　冴《さ》えぞわたる　衣川見に　きたる今日しも

私が藤原秀衡に会ったのはそれから数日あとの、やはり雪の降る日の暗い午後であった。秀衡は背の高い、がっしりした体躯《たいく》をしていた。ぎょろりと光る眼は大きく、中高の鼻の下に、意志的な口がへの字に結ばれていた。

秀衡は俵藤太秀郷《たわらとうだひでさと》に遡《さかのぼ》る佐藤家と藤原家の家系の重なりについて語り、また私が家職を棄てて歌の道に入ったことにあからさまな羨望《せんぼう》の念を表明した。秀衡は奥州《みちのく》六郡を統御する責任から辛うじて棟梁の地位に坐《すわ》っているが、いずれ出家して入道となるか、早々と家督を子供に譲って花鳥風月のなかに遊びたいと言った。

私は東国、越後、信濃の群小領主たちの苦衷を話し、これら領主たちを安堵《あんど》させるのは秀衡殿の役目ではないか、と言った。何らかの権勢の変化が都で起れば、領主たちはこぞって、奥州藤原に馳《は》せ参じるだろう、と話したのである。

「いや、たとえそのような時代がきても、私は動きません。私はこの奥州六郡を無事統治するだけで十分なのです。いや、この六郡のなかだけで纏《まと》まり、決して他国へ干渉しないことが藤原一門が栄える唯一《ゆいいつ》の道です。ここには幸い黄金を産する山々があります。必要なだけの産米も得られます。守りさえ固めれば難攻不落の土地なのです。かつて一人の領主が奥州藤原一門の結集を計ったことがありました」

「頸城荘の領主氷見三郎ではありませんか」

「佐藤家にも檄が飛ばされたのですな」

「いかにも、檄が参りました。従兄がそれに応じて出立いたすところでしたが、突然の病で他界いたしました」

「それでよかったのです。もし頸城荘に出かけられたら、もっと悲惨な最期《さいご》をとげられたにちがいありません」

「と申しますと……」

「頸城荘は越後国司を襲い、その館に火を放って、朝廷に謀反を起したのです」

私は思わず身を乗り出した。

「この秋のことでした。信濃国司が追捕使となり、氷見三郎の軍勢と犀《さい》ヶ池《いけ》で合戦し、これを討ったのです」

「氷見三郎は討たれたのですか」

「清原通季《みちすえ》という国衙使《こくがし》に討たれたという報告がきています」

私はその名前を聞くとはっと身を引いた。それは小夜《さや》の中山で逢《あ》った女の良人《おっと》に違いなかった。

「氷見三郎は秀衡殿の反対を無視したのですね」

「いや、氷見三郎は老年のため、これ以上待っては戦うことはできなくなると申しておりました」

「では勝つ気はなかったのですね」

「おそらくそうでしょう。自分が謀反を起せば、在地領主のなかに目覚める者が出てくるだろうというのが氷見三郎の考えでした」

「秀衡殿はそれでもやはりお動きになる気はないのですね」

「ありません。私はあなたのように生きたいのです。歌の道に生きられないまでも、せめてこの平泉を仏の世界のように荘厳《しょうごん》して、そこに久遠《くおん》の浄福を実現したいと考えているのです」

私は秀衡の表情に刻まれたのが微笑であったのか、悲しみの翳《かげ》りであったのか、見分けることができなかった。秀衡は顔を庭のほうに向け、開け放った障子の向うに降りつづける雪を見たからである。

そのとき私のなかからも何かが静かに離れてゆくのを感じた。それはあたかももう一人の私であるかのように、人の形をとり、私から離れると、館の庭におり、雪の降りしきるなかを幻のように静かに遠ざかり消えいったのであった。

十二の帖

寂然、西行との交遊を語ること、ならびに崇徳院《すとくいん》の苦悶《くもん》に及ぶ条々

藤原秋実《あきざね》殿か。この雪のなかを、よく大原の奥まで見えられたな。さ、囲炉裏のそばに寄られよ。秋実殿が来られることは西行から便りがあった。西行について何から何まで知りたいと申しておるそうだな。西行を師と仰ぐなら、そのくらいの気持はありたいものよな。この裏に小さな庵《いおり》もある。いまは誰も使っておらぬから、そこでしばらく暮されるといい。あれこれ心に残っていることをゆっくり話して差しあげよう。

西行が私たち一家と付き合うようになったのは、父藤原為忠《ためただ》のもとに和歌を学びに訪ねてきて以来のことだ。その頃、西行はまだ鳥羽院北面を警固する武士《さむらい》であった。父為忠の開く歌会には熱心に通っていた。私たち兄弟は四人いて、長兄は為盛、次兄は為業《ためなり》、三番目が為《ため》経《つね》である。兄弟すべてが結局は出家してしまうことになるが、一番早かったのは、寂超《じゃくちょう》となった為経で、私より五年ほど早い。末弟寂然がこの私で、在俗の頃は藤原頼業《よりなり》と呼ばれた。

西行とは兄弟四人とも親しかったが、最初の頃、もっともよく付き合っていたのは三兄為経で、西行が出家したときも、何日も食事がとれないほど心を打たれていた。大原に隠棲《いんせい》したのもこの兄が最初だった。兄が出家したのは西行の生き方に共鳴したからだ。兄は歌ばかりでなく、現世に対する考え方についても、よく話していたらしい。

私は西行と同年だったから、考え方、感じ方も似ていて、ごく自然に親しくなっていったが、やはり最初は兄の影響もあったのである。

私たち兄弟は、父為忠から歌の手ほどきを受け、四人ともそれぞれ歌に惹《ひ》かれた。父が開く歌会にはかならず兄弟そろって出席した。父はそれを喜んでいて、歌を通して兄弟が結びつくように、と言っていた。そのため、私たちは他処《よそ》で開かれる歌合《うたあわせ》などにあまり関心がなかったし、事実ほとんど加わらなかった。父が常盤谷《ときわだに》に屋敷を持っていたので、父の歌会に集る人々のことは「常盤のうたびと」と呼ばれていたが、それは、孤立して、一般の歌会などに顔を見せない人という意味合いを含んでいた。

のちに崇徳院が勅撰集《ちよくせんしゆう》を作ることを思い立たれ、藤原顕輔《あきすけ》がその任に当ったが、そのとき父為忠ばかりでなく、私たち兄弟すべてが撰に洩《も》れたのは、いかにこうした偏見が人々のあいだに根づいていたかの証拠であろう。

当時、西行は歌人としてはすでに私たちの先達と感じられていた。兄為経にとってはとくに強くそう思えた。崇徳院の勅撰集には私たち常盤の家からも誰かが入ってしかるべきであった。私たちは己惚《うぬぼれ》でなくそう思った。寂超はあらかじめ秀歌を下読みして選んでおいて、それを藤原顕輔のもとに提出したほうがいいと考えた。さし当って、父為忠以来の知己である西行にその役を頼んだのは、こうした自負があったからであった。

このときは兄弟四人が心を合わせて歌稿を作ったので、西行も常盤の歌風を尊重しようと努めていた。事実、西行は立派に役目を果してくれた。それだけに、顕輔がまるで無視するように一首の歌も撰《えら》ばなかったことは、私たち以上に、西行の心を傷つけたのである。

西行が当時の一般の歌人たちとことくに結びつこうとはせず、勅撰集はもとより、歌合の集りを中心とする私家集の類《たぐい》にも、あまり関心を示さなかったのは、撰集の裏の実情を早くから見ていたからであろう。

あちこちの歌合に顔を出し、歌の名手と目された人と知り合い、歌人として名を知られることより、西行は、歌を生みだす心を豊かにするように努めた。

「歌は枝葉を飾り立ててよくなるものではない。胸の内《うち》からこみ上げてくる真の高揚《たかぶり》を言葉の網目で捉《とら》えるのだ」

これはその頃西行が私に言った言葉だ。西行はしきりと都近くに庵を建てる自分のことをいまいましく感じていた。しかし他処へ移れない理由もよく知っていた。さしあたって都を離れないのは、その秘められた理由のためだった。もちろん私はそれを西行から打ち明けられていた。兄寂超も知っていた。それは、秋実殿は知っておられるかどうか、待賢門院《たいけんもんいん》に対する恋の思いからだった。待賢門院の病気がちであるという風聞が伝わり、鳥羽院の宮廷で、まったく孤立しておられるご様子を知れば、そうでなくても、その傍から立ち去り難い。

西行の恋は、はた目も何も気にしない、ひたすらな真情で貫かれていた。だから、待賢門院が亡《な》くなられたときの西行の嘆きは、そばで見ていても気の毒なくらいであった。私は、身内を亡くしても、あれほど悲嘆のなかに沈むまいと思った。私が西行の庵を訪ねても、何日も姿を見ないことがあった。吉野にいったのか、大峰山に登ったのか、どこかの滝に身を打たせているのか、ともあれ自らの心身を激しく責め、くたくたに疲れさせ、そのなかで悲嘆の思いを忘れようと思ったことは間違いなかった。だが、そのことについては、西行も語ろうとしなければ、私もあえて訊《たず》ねようとはしなかった。たまたま会うことがあると、ただ黙って庵のなかで対坐《たいざ》し、ひたすら時雨《しぐれ》が屋根を濡《ぬ》らすかぼそい音を聞いていた。私たちは自分のなかに閉じこもって、そうやって何刻も過したものであった。

それは、その年の終り、寒さがしんしんと染《し》みる今日のような雪の日のことだ。私は馬に炭俵を積んで西行を訪ね、火桶《ひおけ》に炭で火を熾《おこ》した。

「頼業《よりなり》」低い声で西行が言った。「私は旅に出たいと思っている」

「あちこち旅をしていたのじゃなかったのか」

私は炭火を見つめる西行を眺めた。

「ああ。あてどなく歩きまわった。だが、何かもっと大きい、広いものにぶつかりたい。このままでは、本当の自分が摑《つか》めないような気がする。女院の身はこの世を去られた。だが、今になってみると、亡くなられたことで、女院はこの森羅万象《いきとしいけるもの》のなかに変成《へんじょう》され、この世界と一つになられたように思われるのだ。私は、故郷の葛城《かつらぎ》の山々を夜通し歩いて、ある朝、日の出を拝したとき、豁然《かつぜん》として山々谷々が女院のお姿にほかならぬことを悟った。悲しみの果てに、静かな荘重な歓《よろこ》びが湧《わ》き起った。私は雲がまだ重く眠っているこの山々谷々がたまらなく麗《うる》わしく見えた。女院が円《つぶ》らな眼を見開かれるときの、笑みを含んだ、まぶしそうなお顔がそこにあった。私は両手を拡《ひろ》げ、山々谷々を抱きしめた。そして果てしなく地の涯《はて》までつづくこの大地をどこまでも、この愛《いと》しさに満たされた気持で歩いてみたいと思った」

私は一も二もなく賛成した。西行はもう一度都の春を見て、それから旅立ちたい、と言った。

「私はもうこの辺りをほっつき歩く必要はなくなった。頼業も暇ができたら、いつでも庵に寄ってくれてもいい。旅立ちまではどこにも出かけないつもりだ」

西行の言葉は私には嬉《うれ》しかったが、それ以上に、西行が思いのままに生きているその暮しぶりが、何かたまらなく素晴しいものに見えた。心底西行がうらやましいと思った。空をゆく雲のように、思いのままに、好きな場所で生きること――それ以上に願わしいことがあるだろうか。

私はそのつい数日前、蔵人《くろうど》所管の殿上日記に津から献上された蛤《はまぐり》と白魚の数量の記載を忘れた。忘れたというより、従来、品目の記載があれば、それで足りた。ところが、その前年蔵人所《くろうどどころ》別当に藤原頼長殿が補されて以来、どのような些細《ささい》な事項も正確に細大洩らさず記録するように指令された。たしかに記録は正確であるに越したことはない。だが、蔵人所の所管事項《なすべきこと》を、事の軽重に関係なく、べたに記録することは、無意味である。その折々に、大事なことそうでないことを的確迅速に判断し、大事な事実を記録することが、生きた資料の作成というものだ。それなのに、万事をただのっぺらぼうに羅列して記してゆくのは、正確さを粧《よそお》った単なる辻褄《つじつま》合せで、現実を秩序づけることではない。私は懈怠《けたい》したのではなく、生きた正確さをあえて記録にとどめれば十分だと考え、故意にそうしたのである。ところが、私は上司、蔵人頭《くろうどのとう》のもとに呼び出され、数量を記さなかったという些細なことのために叱責《しっせき》を受けた。私に腹立たしかったのは、いかに気持を説明しても、蔵人頭はそれが懈怠の結果だと極《き》めつけるだけで、一切他の釈明を受けつけなかったことだ。

こんなに蔵人所の監督がきびしくなったのは、今触れたように、頼長殿が別当になってからのことであった。いや、蔵人所だけではない。太政官の外記《げき》日記の記載もきびしく閲覧され、延喜式に則《のっと》った上日《じょうじつ》（出勤日数）の奏上も励行されることになった。それまではどこでも万事遅滞なく気楽にやっていたのである。むろん怠るわけではないが、それほど気を入れる必要もなかった。仕事はそのほうが進捗《しんちょく》した。それが一挙に覆《くつがえ》されたのであった。

朝、定刻に参議、大弁《だいべん》から外記、少史《しょうし》までが部署に着いた。遅刻も早退も懈怠として処理された。精励恪勤《せいれいかっきん》、それが宮廷全体の合言葉になった。仕事がないとき、自分のための読書も許されなかった。宮廷を退出し、私用を果すことなどもってのほかであった。

頼長殿はすでに内大臣だったが、久安《きゅうあん》三年に一上《いちのかみ》の宣旨《せんじ》をこうむり、太政官の筆頭になった。宮廷の空気が変ったのはまさにそのときだった。

そうでなくても、私は官職勤めにはうんざりしていた。朝、蔵人所へ出かけようとすると、急に頭痛が起った。まして蔵人頭から譴責《けんせき》を受け、これが宣旨に載らないのは特別の計らいだなどと言われては、どうにもこうにも腹の虫が収まらなかった。

そこへ西行の思うままの生き方を見せつけられたのである。西行がつくづく羨《うらやま》しいと思ったのは、まさにこうした宮廷勤めの愚かしさと極端に対比されたからであった。

私は兄寂超の出家のとき、壱岐守従五位《いきのかみじゅ》を拝辞して閑職を望んだが、現在《いま》となっては、現世《うつせみ》のばかばかしさを脱け出し、自由な暮しのなかで気ままに生きるほかないような気がした。西行のように花に浮かれ、月に遊ぶこと――それが次第に私の心を占めはじめた。上司の譴責や蔵人所全体が懈怠を怖《おそ》れて慄《ふる》え上っている様子が、宮廷生活と決定的に別れる時機《とき》がきているのを知らせていた。

しかしなお一年、慎重に身の振り方に思いをめぐらした。頼長殿が何らかの形で宮廷を離れることも考えられる。廷臣たちの噂《うわさ》では、鳥羽院ご寵愛《ちようあい》の得子《なりこ》殿（美福門院《びふくもんいん》）に取り入った兄忠通《ただみち》殿は、種々の深慮遠謀をめぐらして弟頼長殿を追い落そうとしているということだった。だが、頼長殿は今では左大臣となり、一上《いちのかみ》の宣旨を受け、宮廷の綱紀《きまりのひきしめ》粛正に乗りだし、古代治世の理想を実現しようとしている。そのうえ内大臣は空席となり、右大臣は死亡した。太政官としては頼長左大臣ひとりなのである。

そこに、宇治に住む前関白忠実《ただざね》殿が、突然、氏長者《うじのおさ》の地位を兄忠通殿から奪って、弟頼長殿に与え、長者のしるしである荘園《しようえん》証文や朱器台盤を贈ったという報《しら》せが届いたのである。これはどう考えても、頼長殿が着実に宮廷の権力を握ってゆくことを示していた。

ということは、今まで以上に、行政所や陣定《じんのさだめ》や蔵人所の古式が復興され、官規《きまり》が粛正強化されるということなのだ。むろん宮廷に清新の気が流れ、律令《りつりよう》の往古《むかし》のように、天皇《すめらみこと》統率のもとに国司、国衙《こくが》が十分に機能《はたら》き、若い日の頼長殿が望んだごとき十七条憲法の趣旨《むね》に従った政治《まつりごと》が実現するなら、それはそれで喜ばしいことに違いない。頼長殿の文庫《ふみぐら》が東西二丈三尺、南北一丈二尺、高さ一丈二尺、板張りに石灰を塗り、周囲に池をめぐらした頑丈な耐火《ひのいら》普請《ぬたてかた》だということは、そこに、いかに貴重な和漢の古典を蒐集《しゆうしゆう》しているか、そしてそれらにいかに頼長殿が愛着しているか、の証拠だが、その読書ぶりの物凄《ものすご》さは、頼長殿を快く思わぬ者も認めていた。

だが、頭のなかの理想《ねがい》は、すぐそのまま現実《まこと》の政治《まつりごと》になるわけはない。その理想《ねがい》が高ければ高いほど、実際に現われた姿は、みじめなものに見えることが多い。理想《ねがい》を追う者は、現状《いまのまま》を眼にして、一段といきり立つ。焦燥に駆られる。そして駄馬に鞭打《むちう》つように、必死となって、動かぬ廷臣たちに苛酷《かこく》な要求を押しつける。それがますます理想《ねがい》に背馳《はいち》し、往古《むかし》への刷新とは逆に、徒《いたず》らな行政《まつりごと》の遅滞《とどこおり》を生みだすようになると、頼長殿は一段と廷臣たちの精励《しごと》恪勤《のはげみ》を要求するようになる。

頼長殿が氏長者になるというのは、ほぼ間違いなく、こうした憂鬱《ゆううつ》な事態《ありさま》を世間全体《このよすべて》に招き寄せることを意味したのである。

いよいよ決心のしどきであった。むろん私を引きとどめるものなどどこにもなかった。宮廷で立身を求めることは初めから傍流藤原の末子には不可能な願いであった。すでに正式な官職は拝辞している。出家遁世《とんせい》に対していささかも躊躇《ためらい》はなかった。

そんな決心が固まった頃、一年半ぶりで西行が陸奥《みちのく》の旅から戻ってきたのであった。

いったいこれが出立時と同じ西行なのか——それが最初に会ったときの印象《かんじ》であった。日に焼け、風に鞣《なめ》された肌は浅黒く、がさがさ荒れていて、野山を蓬髪《ほうはつ》で歩く山伏のような容貌《ようぼう》であった。まるで苔《こけ》むした大岩がごろりと横たわっているようであった。押しても突いても動きそうもない——そんな思いがした。そこには、不安とか、迷いとか、畏《おそ》れとかいうものが完全に削《そ》ぎ落されていた。天地自然の運行《めぐり》と一つになった巨大な山のような存在《もの》が重く悠然と横たわっていた。何一つあわてなかった。急ぐなどということもなかった。躊躇《ためらい》もなかった。天地自然がこの世に存在するように西行はそこにいた。

私は西行の息が静かなのにまず驚かされた。それはまるで潮が満ちてきては、やがて引いてゆくように、天地自然の運行《めぐり》と一つになった動きだということが解《わか》った。私たち凡人は、自分が息を吸い、息を吐く。不安なときは速くなり、嬉しいときは遅くなる。だが、西行の息を聞けば、天地自然がどう循環《めぐ》っているか、よく解った。速くもなく、遅くもない。それは、西行の心が、前よりまして、天地自然と一体化し、自分への愛着など存在していないことを示していた。

私がそのことを西行に言うと、しばらく考えてから言った。

「旅のあいだ、いろいろの出来事に逢《あ》ったからだろうな。領主の苛酷な労役に耐えかねて故郷を棄《す》てた農民や、良人《おっと》を土地争いで失った女や、娘を盗賊に奪われて発狂した母親や、飢えのために死人の肉を食って鬼になった男たちに出逢った。幸せな人たちもいたが、多くは不幸に打ちひしがれた人たちだった。六道輪廻《ろくどうりんね》の姿をまざまざと見る思いがした。この世に、このような姿として生れる。それがすでに六道の有様だ。旅の道々、白骨となって野ざらしになった骸《むくろ》をどれほど埋葬したか分らない。だが、このように定められた現世《うつせみ》の姿を人はどうすることもできない。ただそれを受け入れるほかない。頼業《よりなり》、私は旅のなかで何か学んだとすれば、六道輪廻のこの存在《あるまま》を、そっくり受け入れることだった。苦痛も侮蔑《ぶべつ》も汚穢《おえ》も恐怖も、まるで地獄の餓鬼が血まみれの屍《しかばね》を頭から貪《むさぼ》り食うように、そっくり受け入れようと思ったのだ。いや、受け入れるほかなかった。私はどのようなことが襲ってきてもそれを決して避けまいと覚悟した。覚悟したというのでは言葉が足りない。六道輪廻の火も煙も血しぶきも白骨の群れも、私は喜んで両手に掻《か》き抱こうと決心した。私は、存在《もの》があるかぎり、六道輪廻の涯まで、それを喜んで受け入れようと決意したのだ。悪業を見ても、私は、それを受け入れる。病苦で爛《ただ》れた肉体も、私はそれを受け入れる。存在《もの》が六道のうちにあるかぎり、それは私にとって無縁であってはならないのだ。受け入れるとは、それを慈悲で包み、自分のなかに同化することだ。錐《きり》で突き刺す苦痛も、喜んで受け入れる。人に蔑《さげす》まれる境涯でも、心を弾ませて抱きとる。我身にそれが迫っても、不可避の宿命《さだめ》として私は、むしろ貴さに心を満たされて迎え入れてゆく。六道輪廻のうちに在ることが御仏《みほとけ》の慈悲であるからだ。

人が生れ、地上に在ることが、すでに慈悲の現われなのだ。老病死苦はすべて歓喜のなかで受け入れられなければならない。それすら御仏の慈悲だからだ。そこに御仏の思いが刻まれている。老病死苦の形をとってさえ、御仏は慈悲を現わしておられるのだ。六道輪廻や地獄絵は、人を怯《おび》えさせるものとして在ると思ったら、間違いだ。地獄の火も、餓鬼たちの責め苦も、渇きの河も、それが在るということが、御仏の慈悲なのだ。慈悲の喜びを壊せるものは存在し得ない。存在《あること》が、光だけではなく、影すらも、歓喜《よろこび》だというのは、このためなのだ。混沌《こんとん》も、火焔《かえん》も、虐殺《ぎやくさつ》も、崩壊も、歓喜をもって、受け入れる。腕をもがれ、臓腑《はらわた》を引き裂かれ、眼玉をつぶされる男が「我、歓喜す」と叫んだとき、御仏の慈悲が成就《じようじゆ》する。人間はその大いなる歓喜《よろこび》に向って歩かなければならないのだ」

私は低い声で話す西行の言葉を聞いていた。涙があとからあとから流れてくる。だが、私はそれを拭《ぬぐ》うことも忘れていた。

ずっと後になって、私は西行とともに地獄草紙に描かれた幾多の無残な責め苦にのた打つ人の姿を見たのだが、その折の西行の静かな眼《まな》ざしは、この旅のあいだに生れていたといっていい。そしてそのとき詠《よ》まれた歌、たとえば、

ひまもなき　炎《ほむら》のなかの　苦しみも　心おこせば　悟りにぞなる

朝日にや　むすぶ氷の　苦は解けむ　六つの輪をきく　暁の空

のような歌を、私は旅から戻った西行と結びつけずにはいられないのである。
私が兄寂超に遅れること五年で出家し、寂然と号し、大原の里に庵《いおり》を作ったのは、西行と再会してから半年もたっていない久安四年の秋の終りであった。

こんな物語をすると、秋実殿はさぞかし重苦しい顔をして私たちが付き合っていたと思われようが、本当はその反対なのだ。深刻に物を考える折もままあったが、私たちが集るのは、花や月を賞《め》で、歌に遊ぶためであった。そんなとき、私たちは顔を合わすだけで、もう子供のときのような朗らかな気持になったものだ。

いつだったか、西行が友人の西住《さいじゅう》を連れて常盤《ときわ》の父の屋敷へきたことがある。私たち四兄弟、為盛、為業《ためなり》、寂超、そして私も顔を揃《そろ》え、秋の月を楽しもうという寸法であった。酒肴《しゅこう》も用意された。

私たち四兄弟が集っていたのは、長兄為盛からその身の振り方についてかねがね相談を受けていたからである。この長兄為盛は、兄弟のなかで最も気のいい、のんびりした性格だったが、その性格の弱さが仇《あだ》となって、仕事の上でも、付き合いの上でも、しばしば失敗や衝突を惹《ひ》き起した。検非違使庁《けびいしちょう》に出仕したこともあったが、酒を飲んで警固に出たため、譴責《けんせき》を受けて辞め、あとは、父の知人を頼って、あちこちの家人を勤めた。他人の借金の保証人となってひどい目にあったこともある。

この為盛が源顕重《あきしげ》殿の推挙で中臣《なかとみ》家に仕えることになっていたが、中臣家のほうから断ってきたため、さすがの兄も気落ちして、隠居したいと言ってきたのである。

次兄為業は、為盛とは反対に果断の人であり、意志が強く、勉強もよくした。為盛のために奔走したのも次兄だが、迷惑を蒙《こうむ》ったのも次兄であった。このときも次兄は為盛を励まして、別の勤め口を探そうと言ったのである。次兄は為盛にはさんざん手を焼きながら、その気のよさを憎めなかった。為盛はそのことをよく知っていたので、為業が自分より出世していたのを妬《ねた》むこともなく、むしろ手放しで喜んでいた。

私はそんな長兄を見るのがたまらなかった。気位の高いその妻とはつねに喧嘩《けんか》していた。喧嘩の揚句に折れて出るのは兄のほうであった。

三兄の為経が出家して寂超と号したとき、次兄も私もひどく心を打たれ、同じように現世を棄てたいと思ったが、長兄だけは浮世に執着していた。為盛は寂超の生き方に反対したのである。

私たちは月を仰ぎ、酒を汲《く》み交しながら、こんな身内の話を西行に聞いて貰《もら》った。

その夜は底冷えがして、夜がふけてくると、寒気が戸の隙間《すきま》から這《は》いのぼった。連歌をして興がっていても、筆をとると、手がかじかむほどだった。

「寒いね」為盛が言った。「誰か背中合せになりませんか。そうすれば、結構温かくなる」

「為盛こたつですね」西行が言った。「よろしい、私と背中合せになって下さい」

西行がそう言うと、みんなも背中をくっつけ合い、膝《ひざ》に打着を掛けた。

「まったく私は世の中と背中合せをしているみたいですよ。煖《だん》をとろうとしているのに結局はそっぽを向かれてしまうわけですからね」

為盛がそう言うと、みんなどっと笑った。

思ふにも　うしろあはせに　なりにけり

為盛は笑い声のなかでそう詠んだ。

「これに付けられるのは西行だけだな」

私が西行をからかった。

「しかし為盛殿と違って、恋ごころと読み変えないと、うまく付かないぞ」

西行は私を見てそう言うと、早速次のような下句を料紙に書きつけた。

うらがへりたる　人の心は

「なるほど、なるほど」

私たちは手を打って笑い崩れた。

「西行殿は出離遁世されても、この世の匂《にお》いは濃く持っておいでだ」

次兄の為業が感に耐えぬといった面持でつぶやいた。

「いや、西行殿は現世《うつせみ》が嫌になられたのではない。現世《うつせみ》が好きでたまらないので、遁世されたのです」

三兄寂超は西行のことを口にするときのつねで、尊敬の色を浮べ、うやうやしげに為業に答えた。

「現世《うつせみ》が好きなのに、現世《うつせみ》を棄てる。これはどういうことですか」

為業は寂超ではなく西行にむかって訊《たず》ねた。しかし寂超が答えた。

「現世《うつせみ》に留まると、現世《うつせみ》のしがらみにとらわれ、現世《うつせみ》のよさが見えてこないのです。西行殿の歌を見て下さい」

寂超は低い声で次の歌を口ずさんだ。

身を捨つる　人はまことに　捨つるかは　捨てぬ人こそ　捨つるなりけれ

「なるほど。私たち現世《うつせみ》を棄てぬ人間のほうが、本当の生き方をしておらぬというわけですな」

長兄為盛は打ちつづく不遇の生涯を思い出したのか、ふと涙ぐむような調子で言った。

次兄は腕を組んで黙っていたが、歌の趣旨が心に染《し》みたことは、その表情をみてもよく解った。

私たちの歌会が身内だけの寛《くつろ》いだ集りであり、公《おおや》けに歌を発表するようなこともなかったので、歌はこのようにしばしば笑いさざめきをともなった。頓智《とんち》の歌が詠まれ、語呂《ごろ》合せだけの歌となり、挨拶《あいさつ》の歌が喜ばれ、架空の恋を題材にして歌を競った。だが、最も私たちが好んだのは、二人で一首を作る連歌遊びで、時には腹をよじって笑い崩れるような傑作が生れることがあった。

ある秋の雨の夜のことだったが、土間の手すりに誰かが着てきた檜笠《ひがさ》と簑《みの》が掛かり、そこからまだぽたぽたと雨のしずくが垂れていた。たまたま番が廻ってきた西住は、

ひがさ着る　みのありさまぞ　あはれなる

と料紙に走り書きをして、私に渡した。

それは咄嗟《とつさ》に閃《ひらめ》いた属目《しよくもく》の軽さを暮しの哀れさに見たてて詠んだ上句だったが、下手《へた》に付けると、その軽さが死んで、檜笠も簑も地口に堕しかねない。料紙が一座をまわったが、すぐ下句が出なかったのはそのためだった。すると、西行は身体《からだ》を窮屈そうに動かしながら「では……」と口のなかで言って、筆を素早く動かした。

雨しづくとも　なきぬばかりに

何と、西行は、雨の滴《しずく》を涙に見たて、属目の吟を生かしながら、人生の重さをうまく受けたのだった。

「なるほど、檜笠をかぶり、蓑を着て、ここまでやってきた心細い気持がうまく出ている」

寂超は膝を打って言った。

「兄上はよほど雨に難儀をなされましたな」と私は寂超をからかって言った。「私は、恋路を辿《たど》る女ごころと読みましたが」

「頼業の考えそうなことだな」

「いや、散り敷いた落葉のように、幾重にも意味が重なり合っているとき、それを解きほぐすのも、詩歌《しいか》の楽しみ方だと思いますね。季節や花や月や恋をそこにふんだんに読み出してゆく――悪くないと思いますが」

「私は単純に詠みたいね。父上はそういう歌を好んでおられた」次兄為業は慎重な口ぶりで言った。「西行殿はいかがお考えです」

「歌のなかに寛ぎがあって、笑いを誘ったり、物を考えさせたり、才智を競ったりするのも、歌の功徳《くどく》かもしれません。ただその場合にも、私は、歌によって、生きているこの身を支えようと考えていますが……」

「支えるといいますと……」

為業が身を乗り出すようにして訊《き》いた。

「生きる道を切り開くこと、と言い直してもいいかもしれません。現身《うつせみ》の人間はたえず無明の闇《やみ》に迷います。手さぐりで道を求めなければなりません。歌は、そういう手さぐりの一瞬一瞬に、ぱっと輝く松明《たいまつ》のあかりのようなものでありたいですね。遠くまで照らす光明《あかり》もあれば、足もとしか照らさない光明《あかり》もあります。とまれ、歌は光明《あかり》です。私の願いは、森羅万象《いきとしいける》を光明《あかり》のなかに包めるようなそうした歌を作り、人々を無明の闇から救い出す、ということです。それは私自身が救われたいからかもしれません。そのために救いの道を考えます。考えて考えて考えぬきます。この考えを光明《あかるみ》のなかに保ってくれるのが言葉であり、歌なのです」

私は西行が言葉を捜し捜し、ぽつりぽつり話すのに耳を澄ませた。常盤の屋敷を降りこめる雨の音にまじって、それは何か懐《なつか》しい言葉のように聞えた。というのも、私は新院（崇徳院）とお会いした折にも、同じような考えを聞いていたからである。

私が新院のもとにしばしば伺候《しこう》するようになったのは、近衛《このえ》の帝《みかど》に譲位されてあとのことである。もともとは蔵人所《くろうどどころ》の仕事で新院のおられた白河殿や田中殿《たなかどの》に伺候したのが始まりであった。藤原得子《なりこ》殿が鳥羽院の御寵愛《ちょうあい》を受けられ、その御子體仁《なりひと》親王をお産みになってからは、宮廷の渦は得子殿を中心にまわりはじめた。

崇徳帝の御母待賢門院は、鳥羽院の御寵愛を奪われたまま、孤独のうちに亡《な》くなられた。崇徳帝は、御子重仁《しげひと》親王に帝位を伝えることができず、弟君に当る體仁親王に無理やり譲位することを強いられこうして近衛の帝が生れた。そして得子殿は美福門院《びふくもんいん》と呼ばれることになったのである。

宮廷人たちが競って鳥羽院、美福門院、近衛帝のもとに集ろうとしたのは当然だった。蔵人所の雑務も、鳥羽院と新院と分けへだてなく勤めるべきであったのに、蔵人頭から雑色にいたるまで、鳥羽院中心に動く大きな渦に浮んでいたいと考えていたのだ。

新院中心の渦は小さく、力も弱かった。私が新院のもとに伺候するようになったのは、大樹のもとに寄ろうとする宮廷人のこうした態度が、見かねるものに思えたからである。

私はそのおかげで、新院がどんな痛恨の思いで重仁親王の帝位継承を断念されたか、をこの眼で拝することができたし、現実に権力《ちから》を持てない以上、精神《こころ》面の支配者《すめろぎ》となって、歌や祭祀《さいし》によって、宮廷を統治するという夢を育《はぐく》まれたのを、そのお口を通して聞くことができたのである。

そんな折々、私は新院のお相手をして、夜おそくまで話し込んだ。多くは、新院が思いのたけを吐露なさるのであるが、たまには私が話す頼長殿の綱紀粛正《きまりのひきしめ》の政治《まつりごと》について注意深く聞かれることもあった。

新院が歌会を開かれるとき、陸奥《みちのく》から戻った西行もよく席に連なった。もともと新院と西行は心を許して話し合う間柄であった。新院のお言葉を聞けば、いかに西行の思いがそのまま新院の心に生きているかが分った。新院は藤原顕輔殿を歌の道の先達と目され、『詞花集』の撰定《せんてい》を託された。しかし顕輔殿は父為忠と歌風が合わず、ただの一首もそこに採らなかった。それでも私たち兄弟が西行に頼んで父為忠の歌を判定してもらったのは、できることなら、西行の手で何とか顕輔殿に道をつけ、撰歌のなかに入れて貰うためだった。しかし顕輔が一首も撰入させないという露骨な態度を示したとき、私たちが西行に我家の歌を託した本当の意味がはっきりしたのだ。

それは実は私たちが『詞花集』の撰歌基準を受け入れることができないという気持を表わすためだった。西行は新院の歌のこころを痛いように知っている。だから、西行に判定を乞《こ》うのは、実は新院に判定してもらうのと同じである。すくなくとも私たち兄弟はそう考えた。そして新院に判定してもらうとは、『詞花集』を撰んだ藤原顕輔の頭越しに、歌を撰《えら》んでもらうのと同じ意味を持つ。私たち兄弟は西行と新院との強い連帯《つながり》のおかげで、顕輔の撰歌の基準を無効、無意味にする『藤原為忠集』を作ることができたのだ。もちろんそれが私たち兄弟のひとりよがりであると言えば言えたが、そこに西行が入ることで意味が違ってくる。私が新院と西行の連帯《むすびつき》をことさら大事に思ったのは、こうした経緯が背後にあったからなのである。

西行は、新院に対しても、存在《ある》ということが、いかに広大な御仏の慈悲であるかを説いた。六道輪廻《ろくどうりんね》のすべてを喜んで担《にな》うという西行の決意は、不遇と絶望のあいだを行ったり来たりしておられた新院にとって、どんなに大きな心の支えとなったか、測り知れないほどである。

新院は、夜、時おり、不意に床の上に飛び起きられると、「重仁、重仁」と叫びながら御殿のがらんとした部屋部屋をさ迷われることがあった。もちろん新院ご自身は夢うつつであって、またお眠《やす》みになられるのだが、朝になると、何一つ覚えておられないのである。

「頼業、私は恐しい夢をみた。重仁を背負って河を渡っているのだ。ところが重仁はだんだん重くなり、私は一歩も歩むことができない。そのうち河は、膝から腹へ、腹から胸へと水嵩《みずかさ》が増えてくる。私が泣き叫んでも、誰も助けに来ない。ただの一人もだ。夜風がごうごう吹いている。気がつくと、河原に転がる石の一つ一つが乾いた声をあげて笑うのだ。重仁親王は河を渡れぬぞ、河を渡れぬぞ、と言ってな。水は首まで及び、とても渡れるものではない。私は河のまん中でただ泣き喚《わめ》くしかないのだ。あんな悲しい夢は、二度とみたくない。あんな夢をみるくらいなら、もう眠らないほうがいいくらいだ」

新院の顔色は蒼《あお》ざめ、眼は窪《くぼ》んで、熱があるみたいにぎらぎら光っていた。私が西行とともに新院をお訪ねしたのは、そんな新院をお慰めするためだった。

新院は歌で地上を統治《まつろ》うという理想《のぞみ》を私に語られたし、そのために歌が生きる指針《てだて》を示すものでなければならない、とも洩《も》らされた。歌は思想《おもい》の叙述《あらわし》であり、倫理規範《いきかた》の探求《てさぐり》であった。それは西行が言うところと極めてよく似ていた。二人が燈火《とうか》の下で夜おそくまで『古今集』や私家歌集のなかの秀歌について話し合う姿を私はよく見かけた。西行だけのときもあれば、堀河局《ほりかわのつぼね》や中納言局たちが一緒のこともある。何人かの歌人が集って、内々の歌会のときもあれば、花や月を賞でるため、藤原俊成殿を中心に、歌で名を取った人の集りのこともあった。

しかし新院が西行をとくに召されたのは、悪夢のあとや、心が落着かず、悩ましい重苦しい不安が胸を騒がせるような日であった。

それは久安《きゅうあん》五年だったか、六年だったか、私はすでに出家して寂然と名乗っていた頃であったが、新院が不安な夢に悩まされるので、何とか西行を呼んでほしいと言ってこられたことがある。

「重仁が鳥に眼玉をついばまれるのだ。重仁の悲鳴が地の涯《はて》まで聞えてくる。耳をふさいでも何しても駄目なのだ。西行、歌の力もこの苦しみは救ってくれないのだろうか」

「おそれ多いことでございますが、近衛の帝《みかど》の御眼の病《やまい》が、陛下のお心を苦しめておられるのです」

「近衛のか」

「さようでございます。陛下はお気づきでございますまいが、帝に起っていることは、親王にも起ると考え、恐れておられるのです。それが夢となるのでございます。陛下、帝の眼疾《おやまい》をお喜びにならなければいけません」

「何を申すのだ、西行。言葉にしても、あまりにも不敬ではないか」

「お怒りのことはもっともでございます。そこのところは重々お詫《わ》び申しあげます。私の申しました意味はこうでございます。陛下は帝を慈しみ、敬愛され、眼疾《おやまい》を怖《おそ》れ、一刻《いっく》も早い快癒を祈っておられます。それも、心の底で、重仁親王を偏愛なさるゆえに、帝を知らぬ間に悪《あ》しざまに思っているのではないか、と怖れ、二重にも、三重にも、帝の眼疾《おやまい》の平癒を祈願されておられるのです。その祈願は、ご自分への言いわけでもございます」

新院は深く落ち窪んだ眼で、じっと西行の顔を見つめておられた。口が半ば開かれ、荒い息が聞えた。

「私の申しますことは不敬かもしれません。不届きかもしれません。しかし陛下が何かを怖れておられるかぎり、この悪夢は消えてくれません。陛下、むごいように聞えましょうが、帝の眼疾《おやまい》をお引き受けなさいませ。帝はお悩みでございましょう。お苦しみでございましょう。しかしもしそれを御仏《みほとけ》が望まれるなら、何とぞ、御仏の心に沿ってそれをお引き受けなさいませ。辛《つら》い運命《さだめ》を歓喜《およろこび》なさいませ。それは帝を悪しざまに思うからではございません。帝の登位を妬《ねた》み、憎悪《ぞうお》し、否《いな》んでいるからではございません。現世《うつせみ》のすべての存在《あること》を両手を拡《ひろ》げ引き受けるからでございます。陛下の御心に妬みがあり、憎悪がおありなら、それを否《い》認《な》まれず、お引き受けなさいませ。陛下とて聖《ひじり》ではございません。御心に悪心が萌《きざ》したとて当然のことでございます。そんな哀れな悪心をも認めて、お許しなさいませ。陛下は聖などではなく、御仏の前ではひとりの凡夫であると、畏《おそ》れ多いことでございますが、覚悟なさいませ。その悪心とて、御仏がその形で姿を現わしておられるのです。悪心をお認めになり、凡夫であることを喜んでお引き受けになられるとき、陛下は深くお眠《やす》みになられるはずでございます」

「悪心を認めるのか……」

「さようでございます。悪心でも、在ってくれることをお愛しなさいませ。陸奥《みちのく》からの帰り、下野《しもつけ》を旅していたときのことでございます。嵐《あらし》を含んだ風が吹き、早々と夜が訪れてまいりました。広い野原に草が激しく揺れるだけで、人家とてございません。私は野宿するつもりで、とある大きな木の下にやってまいりました。木には洞窟《どうくつ》のようなうろがあいておりました。中をのぞくと、誰か人がいる気配です。私が燧石《ひうちいし》を打つと、なかの者はごそごそと這《は》い出てきて、私を見ると、これは旅のお坊さまですね、どうかお入りなされ、わたしは外で夜を明かしますから、と申すのです。うろのなかは広いので、そのようなご配慮は要らない、どうかそこにいてほしい、私はうろの端で十分だ、と申しました。すると、相手はこう申しました。お坊さま、わたしの身体は腐っているのでございます。こんな者と一夜を共になさるのは愉快なわけはありますまい。そこで私はその人を引きとめ、一夜の宿を貸すという親切以上に有難いものがあろうか。それだけでも、私は、あなたと一緒に夜を過したい、と申しました。お坊さま。いまは声もつぶれ、男か女か、それすら覚束《おぼつか》のうございますが、これでも、もとは、れっきとした女でございました。そう言って、女は、問われるままに哀れな身の上を物語りました。女はその近在の百姓の娘でした。女の父は土地争いに駆り出され、左腕を斬《き》り落されました。いつも妻を殴りつけ、酒を飲み、ほとんど働く気力を失っていました。妻は土地にしがみつき、荒地を耕して稗《ひえ》を播《ま》き、かつかつの暮しをしていたのです。娘が十三の年、酒に酔った父親に犯され、娘は身ごもりました。妻はそれを知っていましたが、黙っていたのです。赤ん坊が生れると、父親は布を口にあてて殺し、裏の川に投げこみました。それから間もなく父母は土地争いの雑兵《ぞうひょう》たちに殺され、女は犯されて他国に売られ、病《やまい》に罹《かか》り、全身が腐ってしまったのでした。それでも女は地を這いずって故郷の川のほとりまで戻ってきたのです。父親に殺された赤子を供養《くよう》しなければ、魂は浮かばれないだろうと思ったからです。「わたしは小さな墓を建ててやりました。毎日、花を供えて拝んでおります。お坊さまがみえられたのは御仏のお導きでございましょう。哀れな赤子のためにぜひ明朝読経《どきょう》をお願い申します」私は女がいささかもその不運な生涯を呪《のろ》うでもなく、嘆くでもなく、むしろ晴れやかにさえしているのを奇異に思いました。そこでそれを女に訊《たず》ねたのです。「ああ、お坊さま。わたしは不幸でなかったことなど一度たりともございません。物心ついてから、悲しいこと、苦しいことばかりでございました。いまはもう片眼は見えません。残る眼も霞《かすみ》がかかったようでございます。でも、お坊さま、わたしは、こんな有様でも、こうして生きておりますことが嬉《うれ》しいのでございます。寒さに肌が痛むこともございます。雨風が鞭《むち》のように身を苛《さいな》む日もございます。わたしはきっとこの世のなかで最も奈落《ならく》の、さらにその底で生きている者でございましょう。でも、お坊さま、そんな者でも、この世に在ることを喜んだら、この世の人は、わたしよりましなのですから、みんな喜びを持つに違いございません。いいえ、わたしが喜んで今のわたしを受け入れたら、この世すべては喜びに輝くはずでございます。わたしが御仏のご恩に報いるには、そうやってこの世に喜びを齎《もたら》すことしかございません。今、お坊さまがきてくださったことがそれを肯《うべな》う御仏のお言葉のように思われるのでございます」女はそう言って静かになりました。翌朝、白々と夜明けの光が忍び寄ったとき、私はうろのなかに白骨が横たわっているのを見出《みいだ》しました。女はとっくの昔に亡くなっていたのですが、その魂はそこで私を待ち、我子の供養を願っていたのでした。

その白骨は、おそらく供養しなくても、死んでそこにあることを喜んでいたに違いありません。しかし赤子のほうには存在《あること》を喜ぶ知恵がまだありません。女はそれを赤子に手向けることを願ったのでございます。陛下、私が陸奥《みちのく》から戻りましてから、六道輪廻《ろくどうりんね》のすべてを歓喜《よろこび》をもって迎えようと思うようになったのは、こうした出来事があったからでございます」

新院は眼をつぶり、両手を組んで膝《ひざ》に置かれたままであった。

「西行」やがて窪んだ眼をあげて言われた。「私は帝《みかど》という血脈《ちすじ》から自由になれない。西行は六道輪廻の涯までこの身に現われたことを引き受けるというが、私は、帝の血脈《ちすじ》が求めるものを求めなければならないのだ。西行。これは私が――この顕仁《あきひと》が言っているのではない。私は鳥羽院の子ではないと言われてきた。鳥羽院が私を叔父子《おじご》と呼ばれたことは幼心をどれほど傷つけたか。そんな私を支えてくれたのは、この私が、顕仁《あきひと》でもなく白河院の子でもなく、ただ帝の血脈《ちすじ》を担う者という考えだった。苦しんでいるのは顕仁ではなく、この血脈《ちすじ》なのだ。血脈《ちすじ》が、私を超え私のなかで荒れているのだ。西行。これをどうすればいいのか」

新院は立ち上り、二、三歩前へ歩かれた。まるで眼の前に何か亡霊を見たかのようであった。

「どうか、その血脈《ちすじ》の荒らぶる息づかいまでお引き受けなさいませ」

「では、私は重仁を帝に登らせたい」

「そうお望みになるべきでございましょう」

「だが、その願いが叶《かな》えられなかったら……」

「お苦しみ遊ばされましょう」

「願いを何としても叶えたい。叶わぬならば、六道輪廻の涯までても、身もだえながら、願いを叶えよ、と叫びつづける」

「それをお引き受けになられますか」

「願いが叶えられぬなら、意味がないではないか、叶えられぬ宿命《さだめ》を引き受けるなどとは」

「いいえ、叶わぬ宿命《さだめ》なら、陛下、それを喜んでお引き受けにならなければ……そのときすべてが変るのでございます」

新院は立ったまま、無言で、西行を眺めておられた。それから何かすさまじい声をあげて、広間へ走り出られると、その姿は闇のなかに消えていった。


その後、西行が新院のもとに伺候するとき、話の核心はつねにそこに向いながら、決してあらわに触れることはなかった。といって、もし新院が不快に思っておられるのなら、西行を伺候させることはなかったはずだから、新院はそれに無関心ではなかったのである。おそらく御胸のうちで、さまざまな葛藤《かっとう》があられたに違いない。ただ以前のように、重仁親王を帝に推したいという気持を押えることはなくなったと見ていいかもしれない。すくなくとも新院のお気持のなかにいささかも邪悪なものはなく、重仁親王こそが正統の後継であるという誇らかな表情さえ見られるようになったのである。

だが、それが鳥羽院、美福門院《びふくもんいん》を中心とする渦に、強い不安を抱かせたのは当然であった。私はすでに大原に隠棲《いんせい》していたので、宮廷のなかの動きは、権大進《ごんのだいじん》となった次兄為業を通して知るほかなかったが、この兄は人々の動きを正確に察知する能力があり、ある意味で、私が蔵人所で知り得るよりも確かな報せ《しら》が齎されたように思う。

私の感じでは、渦は一段と激しくまわりだしたようであった。まず最初の報せは、美福門院が、何としても重仁親王を後継に挙げまいと死力を尽しているということだった。

重仁親王が帝に登れば、頼長殿を中心とした古儀の復活される政治《まつりごと》が始まる。そして新院を中心とした体制《つかさ》ができあがる。そうなれば鳥羽院、美福門院を中心とする渦はみるみる縮小するほかない。美福門院は、晩年の待賢門院の孤独な陰鬱《いんうつ》な暮しを思うと、全身に悪寒《おかん》が走った。重仁親王だけは帝にしてはならない。といって、すぐ帝の後継になる人がいない。美福門院は、血脈《ちすじ》に連なっていれば、誰でも構わないという錯乱した思いに駆られることがあった。だが、重仁だけはいけない、――美福門院は心で叫びつづけた。

美福門院を鳥羽院に引きあわせた葉室顕頼《はむろあきより》が隠居所から呼び出された。陰謀をめぐらすにはこの男しかない――それが美福門院の気持だった。この男が私に幸運を運んできてくれたのだ。どうしてももう一度この男に幸運を運んで貰《もら》わなければならない。

美福門院はわが子近衛の帝が眼疾《やまい》で苦しみ日々衰えてゆくのを、まるで幸運がしぼんでゆくのを見るような思いで、見守っていたのである。

だが、近衛の帝が衰えてくるのを我子の死の接近《あゆみ》とは感じられなかった。母親の感情は、情慾《じょうよく》に燃えやすい美福門院の身体《からだ》には不思議と欠けていた。近衛の帝が亡《な》くなったあとの相談が美福門院と葉室顕頼のあいだで進められたのはそのためだった。

美福門院は意のままになる幼帝を望んだ。さしあたって鳥羽院の第四子雅仁《まさひと》親王の御子が最適であった。この相談をうけたとき、さすがに老獪《ろうかい》な顕頼も飛び上って驚いた。それはとても実現の見込みのない計画だった。もしそれを無理押しすれば、関白忠通でさえ反対せざるを得なくなる。忠通と争っている弟頼長なら、古今の書から事例を引いて、長々とした反対論をぶつだろう。とにかく雅仁親王の御子は避けなければならない。

――とすれば、もう雅仁親王そのひとしか残っていない。雅仁親王を推すしかない。

さすがに美福門院のまわりに集められた鳥羽院の近臣たちも、この思い付きには愕然《がくぜん》とした。というのも、雅仁親王こそ、いったいどういう人物なのか、誰にも理解できなかったからである。利口なのか、暗愚なのか、それさえ分らない。朝から晩まで今様を謡《うた》い興じ、御殿に端者《はしたもの》、雑仕、江口、神崎の遊女、傀儡《くぐつ》師、呪師《のろんじ》などを呼び集め、酒宴を開いて遊興三昧《ざんまい》に日を送っている雅仁親王を誰が帝にふさわしいと思えただろうか。

だが、美福門院にとっては、重仁親王の登位さえ邪魔できれば、多少愚鈍で放埒《ほうらつ》であっても、そんなことはかまわない。十六歳の、聡明《そうめい》な、美少年重仁――これは気に入らない。

「雅仁親王しかございませぬな」

美福門院の声にまず賛成したのは関白忠通だった。

弟頼長は新院と親しく、重仁親王こそが正統の後継と見なしていた。頼長の豊かな学識に裏づけられた論議を反駁《はんばく》できる人物など宮廷中を捜してもだれ一人見当らない。

関白忠通は考えた――頼長は、父忠実《ただざね》の寵《ちょう》を一身に受け、長兄である自分をさし置いて、氏長者《うじのおさ》になり、藤原摂関家十八ヵ所の荘園《しょうえん》を受け継いでいる。今では左大臣にすすみ、太政官筆頭であり、内覧の宣旨《せんじ》を受け、行政所も評定も頼長の厳しい統制のもとにある。これでもし重仁親王が帝に登れば、自分が関白を下されるのは必定だ。ここは何としても美福門院と組み、頼長を追い落さなければならない。

関白忠通が思わず「雅仁親王を」と叫んだとき、その心のなかを横切ったのはこうした思いであった。

この緊迫した空気のなかで、久寿《きゅうじゅ》二年近衛の帝が亡くなられた。

鳥羽院のもとに近臣藤原公教《きんのり》や源雅定が呼ばれた。関白忠通も鳥羽御殿に入った。だが、それはすでに決められていた雅仁親王を帝に推すことを確かめ合ったにすぎなかった。

この雅仁親王が後白河の帝に決ったという報せが白河北殿の新院のもとに届いたのは、翌日の申《さる》の刻であった。

評定が長びいているという報せがあったが、新院は最後まで重仁親王の後継を信じておられた。

兄為業の報せによると、新院はそのとき御簾《みす》のなかに坐《すわ》られたまま声もなく身体を震わせておられたという。

十三の帖

寂念《じやくねん》、高野の西行を語ること、ならびに鳥羽院崩御、保元の乱に及ぶ条々

藤原秋実《あきざね》殿。弟寂然（藤原頼業《よりなり》）から手紙は届いている。ここまでの雪道は結構難儀されたであろうな。炭火も十分おこっている。さ、もっと火のそばにお寄りなされ。寂然から、西行の話をということであったが、果して私が十分あの人のことを話せるかどうか、こころもとないな。ご承知であろうが、弟寂然も寂超も早く出家して大原に引き籠《こも》ったが、私だけは、便々として宮仕えをつづけていた。出家して寂念となったのは、まだ三年ほど前だ。

それだけに、かえって西行の気持をあれこれ考え、こちらの胸の思いを打ち明ける機会も多かった。物の理《ことわり》を悟りきれぬ男のほうが、かえって道理とは何かを考えるものだ。そうした迷いを西行は納得ゆくまで霽《は》らそうとしてくれたが、いま思えば、そんな話が聞けたのも、こちらがきっぱりと身の進退を決めることができなかったからだろう。愚痴無明の身にもそれなりの一徳があろうというものかな。

寂然から言ってきたのは、私がずっと宮廷に奉職していたために、その折節に見た保元の争乱にいたる経緯《すじみち》やら葛藤《かつとう》やらをそこもとに話すようにということであった。もちろん見聞

したかぎりの事どもをお話するに吝《やぶさ》かではないが、これとてすでにかなり昔のことになる。それに宮中におったものの、人の見聞きする範囲は限られている。どこまで真実《ありのまま》にお話できるか、これまたこころもとないが、老人の懐旧談《おもいで》としてお聞きいただこう。

さて、西行が陸奥《みちのく》から戻ってから、新院が催される歌会に、しばしば藤原顕輔《あきすけ》や俊成たちと加わったのは、西行としては、めずらしいことであるが、その本心は、歌を政治《まつりごと》に替え、心の拠《よ》り所にしておられる新院のお側《そば》に、すこしでも寄り添おうと思っていたからであった。

西行にとっては、新院は、何といっても女院の御子《みこ》であった。新院の悩ましげな眼を見るだけで、西行は女院のお姿をまざまざと思い出すと話したことがある。西行ができることは、新院が、この世の栄耀《えいよう》と手を切って、ひたすら歌の世界に生きられるのを助けることであった。宮廷のなかに渦巻く陰謀の数々を知りぬいていた西行には、新院が幸せに生きてゆかれる道はそこにしかない、と思われたのである。たまたま新院は西行に歌をもって政治《まつりごと》に替えたいと言われたし、その直接の現われが『詞花和歌集』の撰《せん》であったわけで、旅のあいだも、新院のことがつねに心にあったという西行の言葉は、決して誇張ではなかったと思う。

それかあらぬか、西行が陸奥《みちのく》から帰ってきた当時、新院の歌会をはじめ、徳大寺実能《さねよし》家、藤原顕輔家、清和院《せかいん》、歌林苑《かりんえん》などの歌会がしきりと催され、百首歌の撰集の試みなども行われた。父藤原為忠《ためただ》の在世の折は前後二度の百首歌の歌合《うたあわせ》を試みたが、その流れがわが家にも生きていて、常盤《ときわ》の屋敷には、当時私しか住んでいなかったにもかかわらず、弟たちも大原からやってきて賑《にぎ》やかな歌会を開いたのも、そうした時代の気運が働いていたとみていい。『久安百首《きゆうあん》』が撰《えら》ばれたのはこの頃の宮廷の動きからすれば当然のことであった。

ただ、藤原顕輔の撰んだ『詞花和歌集』には「常盤のうたびと」と言われた父も私たち兄弟もすべて撰から洩《も》れていたので、寂然はそのことを新院に申しあげ、新院も撰集の内容にはかならずしも満足ではあられず、ただちに顕輔に改撰の命を下されたのであった。しかし実際には、顕輔の健康がすぐれず、すぐ撰集改訂にかかれなかった。そのうち顕輔が亡《な》くなって、改訂は宙に浮いたような形になった。弟寂超が大原に籠ってやった仕事は、本来は顕輔がやるはずのこの撰集改訂であった。寂超は、父為忠《ためただ》の歌を何としても撰集に加えたいと思い、改訂に打ちこんだのであったが、一族の詩歌《しいか》が目立って集められるのを避けて（それは成りゆきからいって避け難いことだったと思う）もっぱら「読み人知らず」として採用したのである。『後葉《ごよう》和歌集』がそれである。

西行は新院がそのように歌にのめりこまれるのを何より喜んでいた。陸奥《みちのく》から戻って間もなく、都を離れ、高野の奥に住む決心をしたのは、新院のこうしたお覚悟の表明《あらわれ》に安心したからであったと思う。ある日、西行と常盤の屋敷で私はこんな話を交した。

「新院のお立場は、それでなくても、宮廷では、逆境におありだ。いや、ただ逆境ならまだいい。新院がおられることが、宮廷のなかに、たえず不安の種を生みだしている」西行は眉《まゆ》をひそめ、低い声で言った。「鳥羽院は、美福門院《びふくもんいん》（藤原得子《なりこ》）に夢中になられて、美福門院の御子を近衛《このえ》の帝《みかど》になさった。だが、近衛の帝は崩御された。その後、重仁《しげひと》親王が皇嗣を継がれるところを後白河の帝が皇位に推された。美福門院が新院の勢力を宮廷に入らぬようにするため、重仁親王以外なら誰でもいいと言って選ばれたからだ。だから今も美福門院は、新院の御子重仁親王を、帝位を窺《うかが》う不吉な存在と考えておられる。新院がご留意遊ばされなければならないのは、この点だ。新院は、ただ御殿の階《きざはし》に立っておられるだけでも、帝位を窺っているのではないかと邪推される。築山《つきやま》に登られても、帝位の存廃を思念しているに違いないと徒《いたず》らな懸念《けねん》を掻《か》き立たせる。どう転ばれても、新院のご存在が不安の種になるのだ。だから、新院は、日々、歌こそその宮居であって、そのほかには、いかなるご心慮もないことをお示しつづけなければならないのだ。昨日、それを証《あか》したからそれでいいというものではない。今日も、明日も、それを示されなければならないのだ」

「目下、関白忠通《ただみち》殿は、弟左大臣頼長《よりなが》殿と犬猿の仲だしな」私は西行に盃《さかずき》を差し出して言った。「頼長殿は、何とか政治《まつりごと》を古式に戻し、朝廷と国衙《こくが》を一本にした行政《まつろい》の形態《かたち》を実現しようとしている。私は弟寂然のようには頼長殿の綱紀粛正《きまりのひきしめ》を性急なものとは思わない。諸国に散在する群小の在地領主たちの苦悩《くるしみ》を考えると、頼長殿の考えも無下に非難することはできない。荘園《しょうえん》のかげで、苛斂誅求《かれんちゅうきゅう》に悩んでいるのはあの者たちだからな。しかし荘園領主たちは院庁の力を背景にますます権力をのばし、群小領主の圧迫を強めている。諸国の国司が朝廷の重臣たちと手を組んで、それを陰から助けているのも否《いな》めない事実だ」

「私が東国、陸奥で耳にしたのも、そうした群小領主たちの怨嗟《えんさ》の声だった。わが縁者も越《えち》後頸城荘《ごくびきのしょう》で謀反《むほん》を起して、信濃《しなの》国司の軍勢に攻め滅ぼされたが、聞いてみれば、哀れな物語ではないか。そうでもしなければ、領内の行政は立ちゆかなかったのだ」

「頼長殿が宮廷のなかに厳格な綱紀粛正《きまりのひきしめ》を実施され、神祇太政官《じんぎだいじょうかん》以下、八省百官がこぞってその非情と冷酷を声をあげて非難するが、頼長殿の身になれば、いま宮廷の綱紀を正し、国衙の不正を糺弾《きゅうだん》しなければ、荘園拡大にともなう諸国の混乱は間もなく収拾し得ないところまで行きつく。いや、頼長殿はもはや収拾し得ないと感じられたゆえに、かくも性急に朝廷の改革に取り組まれたのかもしれない。内部から見ているとなにか切ない感じだがな。関白忠通殿は、御弟の改革案には反対している。これが通れば、関白殿の背景である院庁は勢力を弱め、鳥羽院ご自身の院宣《みことのり》も自《おの》ずと力を喪《うしな》うことになるからだ」

「だが」と西行は相変らず低い声で言った。「関白忠通殿が鳥羽院と手を組んで、荘園を庇《ひ》護《ご》している以上、諸国の騒乱がすこしずつ拡《ひろ》がってゆくことは、何によっても打ち消すことはできないのではないかね。越後頸城荘の謀反はまるで鬼火のように消し去られた。だが、すでに、越後においてすら三ヵ村で謀反が起っていると聞いている。謀反は燎原《りょうげん》の火のように飛び火しながら拡がってゆくことは間違いないな」

「その通りだと思うね」私は中宮職《ちゅうぐうしき》の役所で聞いた話をしてから言葉をついだ。「朝廷内の制度位階《つかさひと》の理非を糺《ただ》し、荘園所領の曲直を正すことがなければ、この火は拡がりこそすれ、消えることはないというのが、ひそひそ話の内容だ。頼長殿に反対の人間さえそう言っている。世間の人々はそれを摂関藤原家の兄弟相剋《そうこく》と受けとめているが、事はそれほど簡単ではないのだな。まして後白河の帝をめぐって、鳥羽院が頼長殿を疎《うと》んじているというのは、事がただ朝廷内部の勢力競合にだけ結びつくのではないからだ。頼長殿の背後には、いま言われたように諸国の群小領主の声が控えている。院庁の背後には、同じように諸国大荘園の領主たちの冷笑を湛《たた》えた眼が並んでいるというわけだな」

「それにつけても」と西行は盃からゆっくり酒を飲むと言った。「いま新院が人心を収攬《しゅうらん》され政治《まつりごと》を見そなわれるとすれば、このどちらかを取らなければならなくなる。院庁を掌握して荘園領主たちと手を組むか、または、政治《まつりごと》を古代《いにしえ》に還《かえ》して、群小領主を安堵《あんど》させる道を模索するか、のどちらかを。新院のお考えは、この後の道を求めておられると思える。後白河の帝が立たれてからもなお重仁親王をお立てになろうと考えておられるのも、院庁に対して、新しい公事所《くじどころ》を構え、重臣による評定を行政《まつりごと》の中心に置こうとされているからだろう」

「そのとおりだと思うな」私は西行から盃を受けると、その熱い酒を一息に飲んだ。「もちろん新院のお考えを支持する者も多い。それが頼長殿の綱紀粛正《きまりのひきしめ》と重なり合い、重苦しい印象《かんじ》を与えたとしても、諸国の暗雲を晴らすには、中央官職《もものつかさひと》の改革と国衙直結の行政《まつりごと》の建直し以外に方法はないからなのだ」

「だが、為業《ためなり》」西行はしばらく庭のほうに眼をやってから言った。「思案すべきなのはここだと思うね。もし新院が重仁親王の立太子に固執なされば、当然の結果として、新院は、頼長殿に結びついてしまう。しかし新院には、頼長殿と結びつくお考えはまったくないのだ。たしかに、先日、父忠実殿の七十の賀に、新院に歌を作っていただくようお願い申しあげ、そのことは、新院と頼長殿との結びつきがことさら親しいように噂《うわさ》され、頼長家の家臣郎党はそのことで得意顔になっていたが、実際は、そこに何もなかった。つまり新院は、鳥羽院皇后高陽院《かやのいん》（藤原泰子《やすこ》）のご実父としての忠実殿の賀を祝したにすぎなかった」

この噂を流したのは、明らかに美福門院側の人々であった。私は中宮職にいてそのことはよく知っていた。

「新院がこの現世《うつせみ》のすべてを放下《ほうげ》され、ひたすら歌の世界に籠っておられることが、美福門院には、すでに我慢ならないのだろうな」西行は一瞬眼を細め、皮肉な表情をした。「だからこそ、新院は、どのようなことがあろうと、歌の宮居以外は、何事とも結びつけられないよう注意なさらなければならないのだ。選りに選って頼長殿と結びつけられるのは、最悪のことであって、何としても、その結びつきが無効であり、無根であることを、朝廷内外に知らしめておかなければならないな。新院にとって、歌は、考えておられるよりさらに切迫した必要な存在なのだ。前に歌こそはこの現世《うつせみ》を包み、それを明るみに連れてゆく花の球《たま》のようなものと申しあげたことがある。私は新院に歌からお離れになられぬようお願い申しあげたのだ」

「新院はいかが仰《おお》せられた」

「もちろんそのようなことは誓ってなさらぬ、と仰せられた。私はつねに御殿にいられる者ではない。それだけに、為業のように新院に近い者たちが十分に注意してほしいのだ」

「寂然にもそのことはよく伝えてほしいな。もちろん兄の私からも言ってはおくが……」

「寂然がいてくれれば一番安心だな。私にしてみれば、大原などに籠らず、白河北殿に詰めてほしいくらいだ」

「寂然には、そのくらいの気持はあるだろう」

私たちは、その夜、おそくまで月を見ながら話をつづけた。


西行が都を離れたのはそれから間もなくだったが、寂然に対してはともかく、私に対しては、高野の庵《いおり》に、朝廷の動静について時おりは便りを書いてほしいと言い残した。

私は西行が年若くして出家したことに尊敬の念を抱いていたし、そう決心できるほど透徹した人生への見方を持っていたことに畏《おそ》れも感じていた。弟たちは、むしろ西行に倣《なら》って遁《とん》世《せい》の道を選び、歌と仏道を専一にと生き、いまなお西行と深い交りを結んでいる。もちろん歌の道、仏の道を通しての交りである。

だが、私は、弟たちと違って、西行に対して、いかにも別の人生を歩む人、という感じを抱いた。馴《な》染《じ》めないというより、とても理解できない人、私などの理解を超えた人、という感じに近かった。寂超（為経《ためつね》）がまず私のそうした考えを詰《なじ》り、そんな中途半端《はんぱ》な態度でいるから、あの純一な人が解《わか》らないのだ、と言った。寂超は兄弟のなかで最も情の激しい性分で、子供の頃から、勝負に勝っては泣き、負けては泣いた。寂然はもっと冷静だし、頭もよかった。西行のことを一番解っていたのは、この末弟だろう。長兄の為盛は出家して想空と名ののったものの、大原にも常盤にも住まず、相変らず一人だけ孤立し、兄弟とも付き合わなかった。私はこの好人物の兄のために随分と奔走したが、結局、現世では物にならなかった。想空の出家は、そうした失敗の人生をいかにも整理し、万事を棄《す》て去ったという感じであった。嵯峨野《さがの》の草庵《そうあん》は想空にふさわしくうらぶれ、荒れ果てていた。そこに破衣を纏《まと》い、すまなそうな顔で生きていた。

この長兄に較《くら》べると、寂然は、出家してから、むしろ自由に新院のもとへ通うようになった。新院も寂然には一目を置いておられ、歌のことはもちろん、宮廷内にごたごたした事件があって、何か大事な決断をしなければならぬとなると、ひそかに寂然を呼ばれた。西行は私から関白忠通と左大臣頼長の反目の推移を知りたがったように、弟寂然からは新院のご動静を知りたがった。そして時おりの便りに、もし新院が美福門院や関白忠通の挑発《さそい》に乗って、朝廷の権力《ちから》争いの場に引き出されることのないよう、歌道専一と心得られるよう奏上するようにと言ってくるのである。

私にとって解らなかったのは、まさにこの点であった。たしかに陸奥《みちのく》の旅に出る以前、西行は常盤の屋敷にきても、歌道のほかは、花鳥風月について話すのを好んでいた。とくに花について話すとき、白河の花も、吉野の花も、熱がこもった。さらに森羅万象《いきとしいけるもの》のなかに仄《ほの》かに真如《しんにょ》の法身を感得した北山の深い雪のなかの修行の話などは、いかにも厭離穢土《おんりえど》の果てにくる真言《しんごん》開眼の瞬間を思わせて、西行ならではの深い味わいと感激を喚《よ》び起こすのであった。

しかし陸奥《みちのく》の長い旅から戻ると、話の内容は花鳥風月、古歌、歌論、物語といったものから、農民の暮し、墾田の耕作法《たがやしかた》、種播《たねま》き、漁民《あまべ》の網打ち、諸国の商人《あきひと》、馬や船の運輸《はこび》、鋳物《いも》師《じ》、土師《はじ》、寺社市の賑わいなどに変っていった。もちろん旅の途次に見聞した諸国国司の行状、国衙の役人たちの暮し、検田使と荘民の争い、四至《しし》牓示《ぼうじ》図《ず》の描き方も忘れずに、西行は詳しい知識を披露したのである。それは旅の土産話というのでもなければ、旅の歌人の優美な歌枕《うたまくら》の物語でもない。私に言わせれば、民部卿《みんぶきょう》か按察使《あぜち》か検非違使佐《けびいしのすけ》など諸国の世情に通じた高級役人《おさむるつかさ》の正確な報告に似ていたのである。

「私には腑《ふ》に落ちんな」あるとき弟寂然が常盤の屋敷に訪ねてきて、私は言った。「西行はどうしてせっかく歌枕の旅をしてきたのに、歌ごころを喪ってしまったのだろう」

「兄上が、なお役所に勤めておられるのは、そうしたお考えから出られないからではありませんか」

寂然は私をからかうように笑った。私はいくらかむっとして言った。

「役人だと、こうしたことが解らないのかね」

「いいえ、そうではありません」寂然は大きく手を振った。「西行のああした関心の拡がりは、より大きな心を手に入れた結果だ、と私には思えるのです。役所勤めといったのは、普通の人には、ごくつまらない鋳物師や土師の仕事も、西行の眼には、花や月と同じ美しいものに見えるからです。すくなくとも、そうだからこそ、西行はそれを口にしたのでしょう。今までとくに美しく思えないもの、むしろ泥臭く、無骨で、楽しくも何ともないものに、突然、こうして螺鈿《らでん》か曲玉《まがたま》を見るような光が輝き出すというのは、西行の心が、それだけ途方もなく広くなって、そこに入ってくるものは何でも光を帯びたものになる、ということではありませんか」

それから懐《ふところ》から何か書いたものを引っぱり出した。

「実は、兄上に、西行の手紙を持ってきたのです。大原のほうへ届いていたのですが、兄上もこれをお読みになれば、私が今申したことがお解りになると思います」

私は吉野からの手紙を開いた。そこには次のような西行の思いが認《したた》められていたのである。


別離の宴もなく、ある朝、思い立ったように都を出たのはよかったと思う。いまとなれば、ことさらに、別れだ出立だと騒ぎ立てる気になれない。日々の時間《とき》が静かに水のように流れ、万象がそれに浸されて変ってゆく。こちらもその流れに浮んで、眼に見えない変化とともに過ぎてゆく。これ以上に充実した日の過し方はない。春の花も、夏の蟬《せみ》も、秋の月も、冬の雪あらしも、こうした日々の背景を囲む屛風絵《びょうぶえ》のように見える。

私は、出羽《でわ》の冷たい朝の空気のなかで、山桜が、まるで白い花びらの一つ一つを結晶《こお》らせたように咲いているのを見たとき、あたかもその桜の花全体が、鈴のように澄んだ音で、鳴りひびいていると感じた。そのとき、私は思わず桜の花の前にひれ伏して、このような見事なものを作られた御仏に、ただ有難さだけを感じた。私は地面から顔をあげると、美しいのは桜だけではなく、桜を囲む野も山も、得も言えぬ高貴な輝かしいたたずまいに見えた。桜は谷に迫《せ》り出した丘の上に花を拡げていた。まわりにまだ雪の残る蒼《あお》ざめた山々が、鑿《のみ》で鋭く彫り出したような強い稜線《りょうせん》を青空のなかに突き刺していた。

私は、山脈《やまなみ》の清浄感に魂がしんしんと澄んでゆき、最後に透明な氷になったような気がした。私の身体《からだ》のなかも同じように澄み渡っていた。朝の日ざしが桜を白く氷の花のように照らしていた。私の口をついて一首の歌が生れた。

たぐひなき　思ひいではの　桜かな　薄紅《うすくれなゐ》の　花のにほひは

そのとき、私には、桜も、丘も、谷も、山脈《やまなみ》も、どれも等しく美しく見えた。桜の花が際《きわ》立《だ》って美しいというのではなかった。それは神々《こうごう》しく、凛《りん》とした気品のなかで、眩《まぶ》しく咲き誇っていたが、それを囲む山脈《やまなみ》も、林で埋まった谷間も、岩を濡《ぬ》らす冷たい渓流の水しぶきも、鳥の声も、たまらなく懐《なつか》しく、鮮やかで、心に染《し》みてくるのだ。

私は、そうした鮮明な山野の光景を見ると、自分の眼が変ったのだ、と思った。前日までついていたのとは別の眼がついたのだ、と感じた。

私が桜の花だけではなく、文字通り森羅万象《いきとしいけるもの》の懐しさ、有難さに心惹《ひ》かれるようになったのは、それからのことであった。今まで私は森羅万象《いきとしいけるもの》を愛《いと》しんで眺めてきた。月も愛《め》でた。道のべの花も愛でた。雨も雪も野も山も愛でた。だが、それは、そこに、そうした草木の形をした御仏《みほとけ》の法身が横たわっていると思えたからだ。その木の梢《こずえ》で揺れている風は、風である以上に、御仏の微笑《みしょう》であった。それゆえに、私は梢の風を愛でたのである。

だが、その朝、山桜に導かれて、氷のような白い花びらの群れの中から生れた山や谷や川は、ただそのものとしてそこに横たわっていた。別に、御仏の法身を仄かに感知するというのではなく、たんなる蒼い山襞《やまひだ》、たんなる黒い林に埋まった谷、たんなる水しぶきをあげる谷川であった。にもかかわらず、そのままの姿で、落着いた素朴な魅力があった。たまらなく美しかった。山肌の雪を刻む蒼い色が、そのままで、何といいのだろう、と私は吐息をついた。そんな色を私は見たことがないと思った。谷についても同じことがいえた。そこは山と山の間の、地面が凹面になって窪《くぼ》んだ場所であり、林が拡がり、草地があり、黒ずんだ岩が散在していた。別にとり立てて変ったもの、珍しいものがあるわけではなかった。しかしその土地の窪んだ形、斜面の傾き、林の霜枯れた黒さが何とも言えずよかった。心が安らいでくるのであった。そういうものを見ているということが、ただひたすら嬉《うれ》しかった。

もちろん理由は解らなかった。ふだんなら、桜の花、月の光と決めてかかり、山や谷や川など、取り立てて見ないで、たぶん見逃していたにちがいないのに、そうした名もない野山の早春の気配が心を柔らかく撫《な》でた。楽しげな水のように心に染みてきた。山桜がそこへ導いてくれたのは間違いないが、そこへ辿《たど》りつくと、山桜は、ほかの山川草木のなかに一つに織り込まれ、これも美しければ、あれも美しいのであった。

それから後、私はたしかに眼がつけ変ったのである。今までと違って、眼に映る万象が不思議と懐しかった。どんなものでも、ただの石ころ、ただの土くれというものはなかった。

石ころでも土くれでも、無縁ではなく、その色、形、匂《にお》いが私の心を惹きつけた。曇り空が重く垂れていた。その低い空の鈍い雲の斑《まだ》らな模様がよかった。心が楽しめた。雨になると、それはそれで、心が惹かれた。五月雨《さみだれ》にぐしょ濡れになる木々や、水を湛えた青田が素晴らしかった。雨脚が水面に輪を描くのも面白かった。

そこには、土や石や雨や木々しかなく、ただそれだけで、私の心をそそり立てる。まるでそうした物質《もの》が、快い支えであって、そのうえに、寛《くつろ》いで休らっているような気がした。大空を輪を描いて飛ぶ鳶《とび》たちは、この風の流れに支えられ、そこにゆったり羽を拡げ寛いでいる。谷川を素早く走る魚群《いろくず》は、水の流れに浮び、それに尾鰭《おひれ》をたっぷりと委《ゆだ》ねて、水中の生を楽しんでいる。

そのとき、胸の奥底から、突然、「この世がたまらなく愛《いと》しい」という叫びが、悲鳴のように迸《ほとばし》り出てきた。私の魂は物怪《もののけ》に憑《つ》かれたようにこの世のなかに走り出ていた。私はもうそこに立っていることができなかった。桜の花の前に膝《ひざ》をつき、片手で上半身を支えながら、私は、白い光の泡立つ激流に洗われていた。その光の渦は大地の奥から、輝き、奔騰《ほんとう》し、絶叫しながら、噴泉のように湧《わ》き上ると、恍惚《こうこつ》とした銀の鈴に似た響きを立てながら、私を包んで駆けぬけていったのである。

何だろう、と私は思った。私は自分がどこにいるのかも解らなかった。

私には村落に集って物を売り買いする農民たちの姿が面白く見えた。農民のかぶる檜笠《ひがさ》や簑《みの》や草鞋《わらじ》が重厚で、柔かく、温みがあって頼母《たのも》しく感じられた。鋤《すき》や鎌《かま》や鍬《くわ》は大地に深々と支えられ、強い、忍耐強い安心感が滲《にじ》んでいた。

以前には、農民たちに歌の心を惹かれようなどとは考えてもみなかったが、そのときから、その素朴な振舞いや、粗末な衣服や、力の漲《みなぎ》った賑《にぎ》やかな田植え歌などが、鄙《ひな》の美しさとなって、歌の心のなかに流れこんできた。それは楽しげで、頼りになり、温厚で、深い寛ぎを持っていた。都では味わうことのできない明けっぴろげな陽気さを湛えていた。

私が陸奥《みちのく》から戻ったとき、為業がどうして歌枕のことを話さないのかと訊《たず》ねたのを憶《おぼ》えているだろう。理由はここに述べたとおりだ。歌枕だけではなく、見るところのもの、聞くところのものが、心を魅了してやまなかったのである。

高野からここ吉野にきて以来、それは一段と深くなってゆく。ここには、いま、桜の花しかない。そうだ。出羽で凍りついたような花の結晶《きらめき》を見たとき、魂は、山へ谷へ運ばれていった。ここでは、花は、ただ花のなかへ私を解き放つのだ。ここには花しかない。寂然殿、この花また花の世界を想像《おも》ってみてほしい。天も花、地も花、谷も花、空の涯《はて》も花なのだ。

何ということがこの地上にはあるのか、と私は何度も叫んだ。

この花のなかに合体し、花と生死《しょうじ》をともにして、どうしていけないことがあろう。どうして悔いることがあろう。いや、地上にいるとは、こうして愛しい花のなかに埋もれ、花の生命と一つになり、花と溶け合って天地に白く無数の胡蝶《こちょう》のように舞いあがることではないのか。

この身などはどうでもよかった。魂はもはやこの身を捨て、薄紅《うすべに》色に咲き乱れる豊満な花の群れのなかに粉々に砕け散っていた。

　身をわけて　見ぬこずゑなく　尽くさばや　よろづの山の　花の盛りを

私はただそう思って、花から花へ、まるで酔った人のように、歩きつづけた。いや、歩いたのではない。梢から梢へ、花の群れから花の群れへ、蹌踉《よろ》めき、すがりつき、纏綿《まつわ》りついていたのだ。

　胸の奥から、出羽のときとそっくりの、いや、ある意味ではそれ以上の、物狂いした激情が、絶叫しながらのた打つように迸り出たかと思うと、花をめがけて微塵《みじん》に砕け、白い花弁の一ひら一ひらになって飛び散り、峰から峰へ、揺れ動く大波さながらに拡《ひろ》がり、吉野山全体へと、その物狂った叫びは谺《こだま》していったのである。

　吉野山　こずゑの花を　見し日より　心は身にも　そはずなりにき

　私にはもはや虚《うつ》ろな身体しか残っていなかった。それは私でありながら、私ではなかった。本当の私は、花また花のこの歓喜のなかで踊っていた。花になること――花に変成《へんじょう》すること――それでいいのだ、と思った。花になり、森羅万象《いきとしいけるもの》の生命を白い花びらの一片一片に生きて、永遠《とこしなえ》に溶けてゆくこと。大きく眼を開き、花の盛りの輝きを空いっぱいに拡げ、それをそのまま保ち、恍惚《よろこび》のなかで酔いつづけること。

　うかれ出《い》づる　心は身にも　かなはねば　いかなりとても　いかにかはせん

　この、浮かれ心が身体から出ていってしまったからには、どうなっていってももうどうしようもないではないか、という思いが、まさにその折の私の心だった。吉野の花のなかで味わった物狂おしい、この痺《しび》れるような心の酔いを解って貰《もら》えるだろうか。

　さて、こうして便りを認めるうちにも、今年の桜もまた散ってゆく。近々お目にかかれると嬉しいが、それも叶《かな》わなければ、都の便りなど送ってほしい。

　私は宮仕えのため都を離れることができなかったが、弟寂然は、西行を訪ねて吉野に入った。ともに高野山で修行したこともある。

　私は都の便りを――とくに西行が気にかけていた新院のご動静を報告した。近衛《このえ》の帝《みかど》が亡《な》くなられたあと、新院の御子重仁親王が御座《みくら》に立たれるところを、美福門院が関白忠通を動かして、新院の弟君に帝位が廻り、後白河が立たれたことは、新院に、二度と立ち上れないような打撃を与えることになった。私が西行に「新院はあたかも魂《たまぎ》消えた人のように白河北殿のなかを彷徨《さまよ》っておられる」と書き送ったとき、西行は新院をほうっておいてはならないと強い調子で書いてきた。

「もし新院をそんな状態で放置したら、美福門院と関白忠通はただちに新院に何らかの罪を捏造《ねつぞう》するにちがいない。新院が政治《まつりごと》に何らかかわりなく、またかかわるご意志もないことを内外に知らしめなければならない」

『久安百首』の撰集につづいて、翌仁平《にんぺい》元年に、『詞花和歌集』の撰で、白河北殿に歌人たちを集め、ことさらに新院が歌道専一に打ち込まれていると強調したのは、西行などの意向が強く働いていたからであった。

「それ以外に、新院をお守りする道はない」

ある手紙のなかでは、西行はそう書いている。それだけに、『久安百首』のときも、『詞花和歌集』の折も、西行は高野や吉野の奥からわざわざ都へきているのである。撰そのものに関心がなかったと言えば嘘《うそ》になる。『久安百首』のときは、徳大寺実能殿の歌の下読みをしているし、『詞花和歌集』の場合は、前にも話したように、父為忠の歌も私たち兄弟の歌も読んでもらっているのである。

だが、それはあくまで新院が歌道《うたのみち》で世を統治《す》べられ、現実の権力にはいかなる野心もなし、という事実を、再三再四、強調し、世の噂《うわさ》にも、それを乗せるためであった。

宮廷に競合する二大勢力が対立するとき、事実より、つねに噂が先行する。すこしでも弱いほうに悪い噂が流れ、その証拠らしいものが一つでも挙がれば、それで一切は終りである。

噂を防ぐことができないなら、悪い噂ではなく、いい噂を流さなければならない。私も宮廷で非番の折は、早目に出仕して、新院に野心はさらさらない、という噂を熱意をこめて同僚に耳うちした。それがあっという間に都じゅうに拡がるのを見ると、突然策士めいた気持にもなり、空恐しい気持にもなるのであった。

後白河の帝が立たれてからは、ただ風聞だけが勝手に巷《ちまた》を横行した。昼に一つの噂を聞くと、夕方には反対の噂を聞くという塩梅《あんばい》であった。

左大臣頼長は、父忠実の偏愛により氏長者《うじのおさ》となった勢いをかりて、何とか兄忠通を関白の位から追い落そうと願っていた。その欲求の熾烈《しれつ》さは、内裏へ伺候《しこう》し、文書内覧の仕事をするときなど、いらいらした立居振舞いの端々にまで滲んでいた。

話は多少前後するが、頼長はすでに久安六年に左大臣辞意の上奏文を鳥羽院のもとに出していた。それが、関白忠通に対する面当《つらあ》てであることは誰の目にも明らかだった。摂関家の氏長者に任じられた自分が、左大臣などどうしてつづけてゆけるか、いまこそ名実ともに自分を関白にせよ、という思い上った露骨な要求が、辞意上奏の本当の意図だったからだ。

もともと文書内覧は、帝に代って重要案件の裁断を下す大役であり、実質は、関白と同じであったし、ふつうは関白の管轄《しごと》なのである。それをあえて左大臣に与えられたのは、鳥羽院が、一応兄忠通には関白という名目によって一家の体面を保たせたうえで、実質的な関白に、頼長を据えておこうという意図がおありだったためである。

しかし頼長は、その御心が読めなかった。どうあっても、名目上も関白の位が欲しかった。氏長者の自分が関白になるのが当然、というのが、頼長の蒼白い冷たい顔に刻まれていた固定観念《おもいこみ》であった。

久寿《きゅうじゅ》二年四月、近衛の帝の眼疾《おやまい》が重くなってから、頼長がふたたび左大臣の辞表を奉《たてまつ》ったのはその催促の意味があった。このときは内覧の仕事も、兵仗《へいじょう》の権限もともに辞退する旨《むね》を上奏した。頼長にしてみれば、ここまで言えば、鳥羽院としては、関白に任ぜざるを得ないだろうという計算《よみ》があった。この報《しら》せは中宮職にいた私のもとにまで聞えてきた。

しかし鳥羽院からは何の返答もなかった。関白忠通にしてみれば、知らぬ顔でこの辞表を受理すれば、計らずして弟を朝廷の中枢《ちゅうすう》から追い出すことができるわけであった。策謀家忠通がその位の根まわしをするであろうことを頼長は十分読むことができなかった。頼長はそれほどにも思い上っていたし、また、氏長者と関白が頭の中で一つに組み合わされていた。

そこで、五月にもう一度、辞表を奉呈した。こんどは左大臣と兵仗の権を辞するとのみ書き、文書内覧の件は継続する意志のあることをあからさまにしていた。それは関白に任ぜよと直接要求していることと変りなかった。

だが、これには鳥羽院はただちに辞退を許さぬ旨の勅答を出された。院はあくまで兄には名目を、弟には実質を、という手綱さばきをつづけてゆくのが最上の方法《てだて》だと考えられていたのである。

ところが、頼長は、駄々をこねるように、即刻、四度目の辞表を上奏した。こんども内覧だけはつづけるとうたってあった。鳥羽院は右にも左にも動けないのを感じられた。当然、勅答は保留されたままとなった。

そこへ七月、近衛帝が崩御された。頼長への内覧任命の宣旨《せんじ》は、近衛帝から出されていたため、崩御によって、その権限は消滅した。頼長は単なる左大臣に留まるほかなくなった。兄忠通がこの機会を見逃すはずはなかった。中宮職にいても、忠通の板輿《いたごし》が鳥羽南殿に急いだり、院の近臣葉室顕頼《はむろあきより》の邸宅に入ったりするのを知ることができた。八月に入って、憑女《よりましめ》黒禅尼が関白忠通の御殿で近衛帝の霊魂を降神《よびおろ》し、帝が眼疾《おやまい》に苦しんで世を去ったのは、何者かが愛宕《あたご》護山天公像の目に釘《くぎ》を打ったからであると、のた打ちまわりながら語った、という風聞が拡がった。

間もなく、像に釘の打たれたあとがあること、寺僧の語るところによると、その釘を打ったのは頼長の家司藤原某《それがし》という者で、呪詛《じゅそ》の趣旨を書いた願文を堂塔の床に秘《ひそ》かに埋めてあるのが見出《みいだ》されたこと、などが、中宮職の直盧《じきろ》（宿直所《とのいどころ》）にも伝わってきたのである。

鳥羽院がそれに激怒され、頼長と会うことを拒まれたばかりでなく、昇殿しても、直ちに退出を命じられたという噂が伝わってきた。この騒ぎの中を弟寂然はわざわざ大原の里から常盤《ときわ》の屋敷へ出てきた。

「頼長殿のもとへ内覧の宣旨は下りないでしょうな」

弟はそう言った。

「何度か後白河帝のもとに願い出ているという話だがね、こんどの呪詛事件のことで鳥羽院の逆鱗《げきりん》に触れたということだ。左大臣の辞表だってこんどは受け容《い》れられるかもしれない」

「となると、関白どころではなくなりますね」

弟はこうした朝廷の動きを詳しく高野にいる西行に書き送った。私は私で、見聞した噂なども書き添えた。専心修行する西行に対して私たちは雑音を立てるような気もした。だが、西行は歌を政治《まつりごと》の上に置き、それで現世《うつせみ》のすべてを包まなければならないと考え、そう書いてもいたので、これしきのことで、西行の心境の静寂は破られるはずはない、と考えたのも本当であった。私には、弟の寂超や寂然と違って、西行は、遠く高野の奥へただ隠遁《いんとん》したのではなく、そうすることで、現世《うつせみ》に住む人間以上に大きく、力強くこちらに迫り、こちらを包んでくる、と感じられたのだ。すくなくとも私が西行に手紙を書くとき、刻々の事態の変化にいかに対処すべきか、相談したり指示を仰いだりするような気持でいたのである。

私たちの便りに対して、西行は新院のご動静にくれぐれも注意するように言ってきた。

「鳥羽院の御意向は、あくまで関白忠通殿と左大臣頼長殿をうまく使い分けられて、朝議の遅滞ない決裁をすすめられる点にある。頼長殿の逸《はや》る野心をうまく利用されておられるふしも見られないではない。頼長殿もなかなか一筋縄でゆくお人ではないが、院に較《くら》べたら足もとにも及ぶまい。私は若い頃院に直々にお仕えしたことがあるから、その点は十分解《わか》っているつもりだ。鳥羽院がおられる間は、新院も、お心のうちをよく通じておかれれば、美福門院とて、お手出し遊ばされまい。まして関白忠通の乗じる隙《すき》はないはずである。新院のご命運、ご安泰はただ歌道専念と鳥羽院の御心に懸かっている。寂超が新院にお願いして『詞花和歌集』の改訂《てなおし》をすすめていると聞いているが、目下の政情からすると、これが唯一《ゆいいつ》新院をご安泰ならしめる手段《てだて》で、誠に祝着《しゆうちやく》至極に思う」

その年（久寿三年、すなわち保元元年）の春、寂然は鳥羽院が御不例にわたらせられ、一切の食事を召し上られないと西行に報じた。しかし西行はその報せのなかに何か不吉なものを感じとったのであろう。桜の花の散った四月終り、高野山をあとにして都にむけて旅立った。

常盤の屋敷に西行が訪ねてきたのは六月半ばの雨の降りしきる夜であった。私たちは何年か前、同じ雨の夜に歌会をして、戯《ざ》れ歌などで楽しんだことを思い出し、そんな話をした。

「新院はどうしておられるだろう。できることなら、万一のことが起る前に、御所へお伺いしたいものだが」

「参議藤原教長《のりなが》殿に近々お目にかかるから、その旨をお伝えして頂こう」

「ぜひそう願いたい。何としても新院には帝と親交していただきたいのだ。そうでなくても、京の巷の噂では、新院が後白河帝に遺恨を抱いていることになっている。この噂だけは、何とか事実によって打ち消さないと、とんだことになりかねない。そのためには、新院が帝を内裏にお訪ねになり、御歓談遊ばされることが必要だ。誰か重臣を同席させることも大事だな。手段《てだて》はあるだろうか」

私は自信はなかった。それどころか、宮廷のなかにも、京の街々にも、新院が鳥羽院の崩御を今か今かと待ち受けている、というまことしやかな噂が流れていた。

そのなかには、新院が、鳥羽院の崩御をきっかけに、後白河帝を廃位し、自ら重祚《ちょうそ》を考えているようだ、という噂さえ流れていた。私が耳にした噂だけでも、信じ難い奇怪な内容のものがあった。

鳥羽院の臥《ふ》せられる鳥羽御殿のまわりには、昼も夜も物々しい武士たちが鎧冑《よろいかぶと》に身を固めて警備していた。私の仕える中宮職も武士たちが詰めていた。武士たちの汗の臭《にお》いや武具の革のむれた臭いが、御殿の階《きざはし》まで漂っていた。

夜になると篝火《かがり》が赤々と焚《た》かれた。

京の街々は騒然としていた。夜の闇《やみ》のなかをいずこともなく武士たちが駆けぬけてゆく。馬の蹄《ひづめ》の音が乱れて都大路を遠ざかる。それなのに、鳥羽御殿では加持祈禱《きとう》さえ行われた様子がなかった。あたかも人々は息をひそめ、ただ院のお生命《いのち》の炎が細くなり暗くなるのを待っているように見えた。

七月一日、新院は鳥羽御殿に院をお見舞になられたが、居並ぶ蔵人《くろうど》たちは、新院の前に鳥羽院の御居室の御簾《みす》を上げようとはしなかった。果して院からそのようなお言葉があったのだろうか。美福門院の指し金だったのだろうか。参議や重臣たちは重苦しい沈黙で新院を迎えた。誰一人鳥羽院とご対面できるように取り計らう者はいなかったのである。

新院はそのまま鳥羽田中殿にお戻りになるほかなかった。

こうして翌二日、鳥羽院は崩御された。私は、北に立って風を防いでいた巨大な樹木が音を立てて倒れたような気がした。そしてそのあとに虚ろな空白だけが残された。

西行はその日鳥羽御殿の庭でご平癒を祈っていた。西行の胸にどのような思いが去来したことであろうか。思えば、まだ院の北面の警固を命じられていた頃、徳大寺実能《さねよし》殿と二人、月の明るい夜、御殿東南隅に建立《こんりゅう》になったばかりの安楽寿院をご覧になる院に扈従《こじゅう》して、その庭を歩いたのである。院はとくに北面の若侍のなかから、西行ひとりを選んで、お供に連れられたのであった。

のちに西行は次のように書いて私たち兄弟に送ってくれたのであった。

一院（鳥羽院）崩《かく》れさせおはしまして、やがての御所へ渡しまゐらせける夜、高野より出《い》であひてまゐりあひたりける、いと悲しかりけり。この、後《のち》おはしますべき所（安楽寿院）御覧じ初《はじ》めけるそのかみ（はじめて御覧になった昔）の御供に、右大臣実能、大納言と申しける候《さぶら》はれけり。忍ばせおはしますことにて、また人候はざりけり。その御供に候ひけることの思ひ出でられて、折しも今宵にまゐりあひたる、昔今《むかしいま》のこと思ひつづけられて詠《よ》みける

今宵こそ　思ひ知らるれ　浅からぬ　君に契《ちぎ》りの　ある身なりけり

鳥羽院の崩御という重苦しい七月二日の夜が終り、ようやく外が白んでくる頃、中宮職に

詰めていた私は、甲冑《かっちゅう》の触れ合う音と、人々のざわめきを耳にした。夥《おびただ》しい武士たちが中宮職の建物を守護するために集っていた。

「美福門院さまのお言い付けだそうだ」

様子を見にいった蔵人藤原保輔《やすすけ》がそう言いながら戻ってきた。

「どうして中宮職を守護する必要があるのだろう」

私は保輔に訊《たず》ねた。

「噂にすぎないが、参議藤原教長《のりなが》殿がしきりと新院のために兵を集めているとか。美福門院さまは新院が内裏高松殿を襲うと思っておられる。内裏の次が、美福門院さまの仕事をする、ここ中宮職だということだ」

保輔の言葉のなかには、美福門院の取り越し苦労を揶揄《やゆ》するような調子が感じられた。保輔は、噂を頭から信じていなかった。

だが、逆に私はその言葉を聞いたとき、全身に水を浴びたような気がした。というのは、宮廷の人脈に通じている参議教長と会って、新院と帝《みかど》とが何の確執もないということをはっきり世間に印象づけるよう頼もうと思っていた矢先だったからである。西行もそのことを強く望んでいた。

本来、新院と帝の間柄をうまく取り持つはずの参議教長が、あえてその対立を深めているという噂は、新院にとって致命的なものとなる。西行が最もおそれていたのはこのことだった。

それにしても、噂というものは、どのようにして生れるものであるのか。誰も、それを審《つまび》らかにし得ないのに、勝手に、まるで生きもののように、そこいらを這《は》いまわる。噂が単なる噂ではなく、実体《すがた》を具《そな》えた生きものと同じであったのは、その朝のうちに証明《あか》された。

私が宿直所を出て常盤の邸宅《やしき》に帰ろうとしていると、庭先の武士たちが騒がしげに何か話し合っていた。

「何かあったのか」

私は黒く光る鎧の胴に黒革縅《くろかわおどし》の草摺《くさずり》をつけた侍大将《さむらいのおさ》にそう訊ねた。

「源義朝《よしとも》殿が東三条の頼長殿の館《やかた》で留守居役ほか三人を召し捕ったと、ただいま、報せが参りました」

「召し捕るとは穏やかではないな。いったいどのような罪状によるのだ」

「ここ数日、東三条の館には、将兵《つわもの》どもが集り、夜は謀反《むほん》の企《たく》みにふけり、昼は木の頂きに攀《よじのぼ》って内裏の様子を探りなどしていたのでございます。いずれも新院にお味方する手勢と噂されております」

「それは異なことを聞くな。東三条の館には頼長殿も居られず、将兵《つわもの》どもが入りこむことなど考えられぬが」

「さればこそ、留守居役が捕えられたのでございましょう。その者が手引きいたしたに違いございません」

「しかし朝廷は頼長殿にその責任があると見ていたのでは」

「しかと分りかねますが、そのような噂《うわさ》もございます」

「頼長殿を捕えようと踏みこんだが、主人がいなかったので、留守居役を召し捕ったということなのだな」

「さて、そこまでは……」

「言えぬと申すのか」

「はい。ただの噂でございますから」

「だが、義朝殿の軍勢は、東三条に攻め込んだというではないか。噂で、軍勢が動いたというわけか」

「奇怪なことでございますが、いまは噂が真実《ほんとう》と受けとられる時代でございます」

若い侍大将《さむらいのおさ》はそう言うと、一揖《いちゆう》して軍兵たちのなかに戻っていった。

すでに暑かったので、兜や鎧の大袖《おおそで》ははずしていたものの、男の鎧直衣《よろいのうし》には汗が滲《し》み出していた。

前夜の徹夜《よあかし》のせいで、夏の朝の光が目に滲みるようであった。常盤の邸宅《やしき》へ帰るため輿に乗ったが、あまりの眩《まぶ》しさに、簾《すだれ》を下し、眼を閉じた。すると、すぐ眠りが深く私を包んだ。四肢に重い鉄具をとりつけたような、のしかかるように寝苦しい眠りであり、夢のなかで、誰かが扉のようなものをあけようとしてしきりと大声をあげていた。それでも一刻ほどは眠ったのであろう。はっと目覚めると、常盤の里に近かった。

私が声をかけると、輿に従っていた犲《こだまの》八郎が、「よく眠っておられましたな」と言った。

「途中で何かあったのかね」

私は簾をあげて、浅黒く日焼けした犲八郎の顔を見た。

「京の街々は合戦が間近だということで、軍兵たちが道をふさぎ、あちこちの街角で長いこと待たされておりました」

「人の叫びを聞いたように思ったが、そんな具合であったのか。街の人たちも動揺しているのかね」

「合戦は確かだというので、人々は、車に家財道具を積むやら、馬の背に米俵をくくりつけるやらして、それを莚《むしろ》で隠し、行先も決めず、ただ都の外へと逃げ出していたのです。そんな雑踏が、ある者は西を目ざし、ある者は北にむかい、街の辻《つじ》でぶつかり、互いに浮足だって、ぞろぞろ長い列を作っていました。輿はそんな雑踏のなかに巻きこまれると、濁流に呑《の》まれた木ぎれさながらで、都大路を横切るのも難儀でございました」

「合戦などあるわけはないぞ」

「いえ、京の巷《ちまた》では、みな合戦は間近だと信じきっております」

私は邸宅《やしき》に戻ると、しばらく庭のほうに眼を向けた。夏の真昼の光が池の面にぎらぎら反射し、その照り返しが広間の天井に金色の渦を揺らせていた。

竹藪《たけやぶ》に囲まれた常盤の里は時ならぬ鶏の声が聞えるだけで、真夏の暑熱のなかで、ひっそりしていた。晴れた空は白く光に煙ったようになり、丹波につづく山々から入道雲が眩しく盛りあがっていた。

いったい合戦の噂はどこから出たのであろうか。人々は誰と誰とが合戦をするのか、わざわざ問おうともしない。帝《みかど》と新院が、帝位《みかどのざ》をめぐって相争い、それが摂関家の兄弟争いに結びつき、互いに憎み合い、嫉《ねた》み合っているのだということは、都に住むほどの人には、それほどにも信じられていたのであった。

西行は陸奥《みちのく》から戻って以来、新院にお目にかかる折には、かならずといっていいほど、和歌の世界にこもられるように申しあげ、事実、歌会も、歌集の撰定《せんてい》も、以前より活潑《かっぱつ》に行われるようになった。それは、ただ表面の見せかけだけの変わり様ではなく、政治《まつりごと》の性格を根《おお》底《もと》から変える新しい見方に立って、和歌こそが真の政治《まつりごと》の基礎であるという本覚《ほんがく》に達することであった。

弟寂然は、大原に草庵《そうあん》を建て、ひたすら隠棲《いんせい》していたが、歌会の折には常盤の私たち兄弟の邸宅《やしき》に出てくることが慣習《ならい》となっていた。したがって高野山に住み、下界と交渉を絶った西行よりは、新院にお目にかかる機会は遥《はる》かに多かった。それだけに、新院に抱く弟寂然の崇敬と友愛の念《おもい》は深く、和歌による本覚を誰よりも熱心に新院に申しのべたのも寂然であった。

私は寂然ほど新院のお近くにいたわけではないが、新院のお気持が政治《まつりごと》を離れ、この現世《うつせみ》の権力《ちから》を超えられ、一途《いちず》に歌の世界に入られているのを、人一倍よく知っていただけに、新院が帝位《みかどのざ》に執着しておられるという美福門院側の人々の撒《ま》きちらす噂を何とか打消したいと思ったのである。まして頼長と結びついて帝の反対勢力を作るというまことしやかな噂には、むきになって抗弁したものである。

西行は、噂を打消すには、事実を人々の前に示すに若《し》くはないと言っていたし、実際そうするように努めてもいた。新院は何度か後白河の帝のもとに出向かれ、ご歓談されたことがあったが、それは美福門院や門院を取り巻く人々によって、外に洩《も》れないように、極秘の事柄として扱われた。そして直接新院のもとには、帝と懇《ねんご》ろな誼《よしみ》を通じながら、美福門院を無視するとは、もってのほかのこと、という御不本意の趣が伝えられたのである。

一方、新院がすこしでも後白河の帝を訪ねられるのが間遠になると、すぐまたお二方の疎《そ》遠《えん》、確執、反撥《はんぱつ》が取り沙汰《ざた》されるようになるのであった。

新院のお側《そば》にいた人間の一人として誓って言えることは、新院が、こうしたあらぬ噂を、悪びれることなく受けて立っておられ、あえて抗弁もなさらず、いささかも心を乱されることがなかったことである。これはいくら強調してもしすぎることはない。新院は、この世におられず、歌という、この世の外に立っておられた。それに満足しておられた。そこに使命を感じておられた。歌の中に、地上に生きている理由を見ておられた。だからこそ、美福門院を取り巻く人々の噂を笑って聞き流すことがお出来になったのである。

そのことを最もよく知っていたのは西行であろう。西行は自らの歌道への没入と、新院の歌による解脱《げだつ》とをあきらかに重ねて感じていた。時には新院の激しいご気性が歌を逸脱するように見えるとき、西行はむしろそれを喜んで見ているような気配であった。というのも、西行自身がこうした激しい情感の奔騰《ほんとう》を願っていて、あえてそれを押しとどめることなど考えていなかったからである。

「新院のお心の純一さは、夜明け前の空の澄み渡ったあの浄《きよ》らかさだ。あの澄明《ちょうめい》なお心のままに、生きておられる。それだけで歌は成就《じょうじゅ》したようなものだ」

西行は私によくそう言ったが、私にはその言いたいことがよく解ったのである。

それだけに、新院のお立場が、眼に見えない仕掛けによって、刻一刻、帝《みかど》に対して遺恨を持つ不平不満の兄と見られるようになったことは、私たちに遺憾でもあったし、腹立たしくもあった。

もし新院が激情一すじに生きられた方であるなら、おそらく美福門院の謀略《はかりごと》がどのようなものであれ、それを切りぬけることができ、保元の争乱のごときご不運へ追い込まれることはなかったに違いない。

では、なぜ美福門院や関白忠通の思う壺《つぼ》に嵌《は》まってゆかれたのか。気がついたときには、左大臣頼長と結託して謀反を企てている人物と目されるようになったのか。

私がお近くで拝したかぎり、新院は、その激しいご気性で、御子《みこ》重仁《しげひと》親王を限りなく愛しておられた。現世《うつせみ》のあらゆる執着を断たれ、帝の御位さえすでに意識されることのなかった新院が、唯一《ゆいいつ》この世に引きとめられたのは、重仁親王の存在ゆえであった。

世上しばしば新院がふたたび帝になられるのではないかという奇怪な噂が流れた。近衛《このえ》の帝が十七歳で崩御されたときがそうであった。宮廷のなかでも、重祚《ちょうそ》の噂が流れた。だが、それは、重祚という異例の措置を人々が嫌悪《けんお》し、それに反撥するような感じの噂として流れたのである。

だが、そのときも、新院は黙ってそれを聞き流しておられた。そしてただ最も正統な重仁親王の即位を望まれた。だが、美福門院と関白忠通の謀略《はかりごと》で、重臣たちは鳥羽院四の宮雅仁親王を帝位《みかどのざ》に推した。もし新院が世の不正に憤《いきどお》られることがあるとすれば、この邪《よこしま》な重臣たちの画策《はからい》に対してであった。

だが、すでに後白河が帝に立たれた以上、新院は、その一切を断念することを決意された。西行や寂然の説く歌による本覚《ほんがく》に達せられたのも、この決意があられたからである。もちろん本覚に達した人の心といっても、明鏡が人の気息《いき》で一瞬曇るように、この世の迷いに引き戻されないことはない。新院にそのような瞬間がおありであるとすれば、それは重仁親王を思い浮べられるときであった。

重仁親王を帝位に就かせる——それは誰が見ても最も正統的なことであり、最も願わしいことであった。もともと近衛の帝に譲位したことが正嫡《せいちゃく》の帝位を無視したご所業であった以上、近衛の帝《みかど》が亡《な》くなられたあとは、ふたたび重仁親王に帝位《みかどのざ》が戻されるべきであった。

西行と寂然はこのことを知りすぎるほどに知っていた。二人が新院のご心中の苦しみをあえて見ないようにしながら、歌の本覚を説いたのは、重仁親王の御事を断念させるためであった。そして実際に、大きな苦悩を経験されてではあったであろうが、新院は、重仁親王の即位の御事は心の外に押し出された。新院は毎朝呻《うめ》きながら、重仁親王に向う心を別の方向へと引きむけようとされた。

だが、美福門院、関白忠通らは、新院が何の恨みも抱かず、現世《うつせみ》を超えた美の世界に遊ばれては、おちおち夜も眠れないということになる。ここは何としても新院を歌の世界に追いやらず、この世に引きとめ、煩悩《ぼんのう》の火で焼かれていなければならなかった。そのための最もいい手段は重仁親王への愛着《あいじやく》を利用することであった。

もしあれほど歌による親政を夢みられた新院が、いつの間にか、現世《うつせみ》の権力《ちから》争いに引きこまれた原因があるとすれば、新院ご自身でも棄《す》て去ったと信じておられた重仁親王へのひたすらな愛着の火が、胸の奥で燃えつづけていたことが挙げられよう。美福門院と関白忠通は新院の心のこの黒い炎を突いた。炎はくすぶり、揺らぎ、火勢を増した。

左大臣頼長が新院のもとを訪ねたのは、ふた月ほど前、長雨のつづく五月のある日のことであった。

のちに、さまざまに噂されたこの日の対面のことを考えると、新院は、頼長とお会いになられなかったほうがよかったのだ。帝《みかど》とお会いになっても、美福門院を蔑《ないがし》ろにしたと譴責《けんせき》されるような宮廷の雰囲気のなかでは、新院は意志に反されたにせよ、左大臣との対面をお断りなさるべきであった。

いま憶《おも》えば口惜《くちお》しいことであったが、新院は左大臣と白河北殿で数刻の歓談をなされたのである。その席に侍した女房たちの話からみても、それが、世に喧伝《けんでん》されるように、重仁親王の御事の相談ではなく、前関白忠実の七十の賀に、頼長に代って、新院が御歌を詠まれたことへの御礼であったことは明々白々であった。

だが、一度新院が頼長と会われたとなると、それは、二人が美福門院と後白河の帝に対して謀反を企んでいるという噂にすぐ結びついてしまう。私は、中宮職の史生《ししょう》（書記）たちがひそひそそんな噂を交しているのを耳にして、ひどく腹を立てて怒鳴りつけたことがあったが、考えてみれば、私のそのような言動も、かえって二人の陰謀の存在を証《あか》しするものと受けとられかねなかったのである。

新院が重仁親王の帝位《みかどのざ》の正統を信じておられる以上、現世《うつせみ》のすべてを捨てられたといっても、この一点は、捨てようにも捨てることができなかった。だが、まさしくそれこそが、美福門院にとっても、関白忠通にとっても、世にも忌《い》まわしいものに見えたのである。

鳥羽院がご存命であられた間は、その権力《ちから》はすべてを超えていた。院の庇護《ひご》によって美福門院も関白忠通もまずは安泰であった。しかし昨二日の崩御以来、鳥羽院の権力《ちから》は消滅していた。頼りにできるのは、今では、後白河の帝《みかど》の権力《ちから》以外にはないのである。幸い後白河の帝は、帝位《みかどのざ》に就くに当って、この二人の尽力におかげを蒙《こうむ》っていた。二人がいなければ、放埒《ほうらつ》な暮しぶりの四の宮がいきなり帝位《みかどのざ》などを望むべくもなかった。

こうした宮廷の動きを見ていると、新院が左大臣頼長とひそかに連合して、美福門院、後白河の帝、関白忠通に対する謀反を企んだとする噂が本当らしく思えてくる。いや、都中の人々が鳥羽院の亡くなった現在《いま》こそ、新院は左大臣と組んで軍兵を動かされるに違いないと考えている。これは確実なことだ。これ以上に確実なことはない。あとは、それが何時か、という問題だけだ……。

白河から上京一帯の町家の人々が、家財道具を運び出し始めたのは、それが事実と思われていた証拠であった。

では、いま新院はどうなされるべきであるのか――私は西行と寂然が常盤《ときわ》の邸宅《やしき》へ姿を現わすのを待っていた。

すでに源義朝が軍兵を動かし、検非違使《けびいし》たちを使って、左大臣の邸宅を詮議《せんぎ》し、留守居役を召し捕った以上、もはや時の流れを変える方法はなかった。あとは、その被害をどこまで僅少《きんしょう》に防ぐか、を考えるほかなかった。

ちょうどその頃、鳥羽の田中殿《たなかどの》におられた新院は、京の御所に移ろうとなさり、参議教長らにその準備を命じられたのであった。あとで判《わか》ったことだが、新院をできるだけ内裏高松殿のお近くへ移そうと考えたのは、西行と寂然の意見に賛同していた参議教長の弟勧修寺《かじゅうじ》頼輔《よりすけ》であった。新院がいささかも叛意《はんい》など持っておられぬのを証《あか》すためには、帝との関係《あいだ》の疎通を計る以外に方法はなく、そのことは、もともと新院も納得されていたのである。

しかし京に移られることに反対したのは、参議教長その人であった。

「ただいま、御中陰《ちゅういん》の最中でございます。こんな折に京へお移りになりますれば、人々はいかが思いますでしょうか。陛下が仰《おお》せられるように、たとえこれを帝の御懸念《けねん》をお解きになる機縁《よすが》になされようとも、人々はそうは思いますまい。いや、反対に、これこそ、鳥羽院の崩御を、積年の御不満を晴らされる好機と思《おぼ》し召し、そのため内裏間近に移られたと邪推いたしましょう。そうでなくとも、美福門院さま、関白忠通殿は、陛下をご邪推申しあげ、事ごとに、その証しを拾いあげようと躍起でございます。陛下、いまはお動きになってはなりませぬ。ただ鳥羽院のご冥福《めいふく》祈願にご専念なさいませ」

参議教長の言葉は、それはそれで、説得力はあった。

しかし新院は、決して御不満など持たれてはおられなかったが、人々があえて怨念《おんねん》の上皇という名を貼《は》りつけようとすることに、ある御不快を感じておられた。

「どうして人々は、怨念不満ゆえに帝に背くと考えるのか。後白河とて私の弟である。母の面ざしを持つ弟なのだ」

そう思われたとき、新院は御母待賢門院の長兄に当る徳大寺実能《さねよし》のことを思い出された。いまの気持を解《わか》って貰《もら》えるのは、実能しかいない——そうお考えになると、すぐ近臣勧修寺頼輔を送り実能に相談されたのである。しかし実能も新院のお気持を理解できず、頼輔に向って両手を左右に振って叫んだ。

「京に移られるとはとんでもないことだ。人々は陛下がご謀反に走られるに違いないと思うだろう。帝《みかど》が弟君であられるゆえに、そのように思し召されるのであろうが、それは大変な間違いだ。古来、弟君が御兄を越えて践祚《せんそ》した事例はいくらでもある。いまは、ただ一切をお捨てになること。でき得べくんば、いまご出家をなさって、仙洞《せんとう》御所でお過しなさるならこれ以上の方法はない」

頼輔は鳥羽に戻ると、実能の言葉をそのまま奏上するほかなかった。新院は深く頭《こうべ》を垂れ、しばらく黙っておられた。

「実能もそんなふうに考えているのか」新院は立ち上って階《きざはし》まで歩いてこられると、そこから、夏木立の繁《しげ》る庭に眼を向けられた。「ここにこのままいては、人々の疑心を掻《か》き立てると思ったからこそ、内裏高松殿の近くへ居を移そうと考えたのだ。私は出家こそしていないが、現世《うつせみ》の権力《ちから》など何の未練もない。だからこそ、それを証《あか》ししようと思っているのだ。それなのに、どうして人々は反対のことを考えるのか。西行や寂然が言うように、私にはただ歌しかない。これは頼輔も知っての通りだ。人々は私の真意をねじまげて、反対のことばかり言い立てる。どうして私を謀《む》反人《ほんにん》と誹《そし》りたいのか」

参議教長は次の間に控えていたが、その言葉を聞くとさすがに涙を怺《こら》えることができなかった。教長は誠心誠意新院の手となり足となって働こうとしていた。しかしそれはあくまで新院を権力《ちから》の場にもう一度近づけたいという熱意からだった。西行や寂然のように、新院がそこから離れられることを願ったのではなかった。そのため新院の立場が刻一刻追いつめられているのに、どうしてよいかまったく打つ手を見出《みいだ》し得なかったのである。

もし徳大寺実能が本気で新院が出家されるように説得し、また頼輔が新院のお腹立ちを慰めるだけの力があったら、運命はあのような形でずり落ちてゆくことはなかっただろう。それに、大原から出てきた寂然が、西行ともども、もうすこし早く新院にお目にかかることができたら、おそらくあの争乱に新院が巻きこまれることもなかったに違いない。

西行は鳥羽御殿の庭で鳥羽院の崩御に接した。御殿のなかで人々は突然あわただしい動きをしはじめた。あかりが幾つも廊下を急いでいた。渡殿《わたどの》を足早に急ぐ者もあれば、輿《こし》で出てゆく公卿《くぎょう》もいた。

西行は鳥羽院の冥福を祈り御殿東南隅の安楽寿院の塔の前に蹲《うずくま》ったままだった。すでに七月三日の朝の光が山々の姿を闇《やみ》のなかから浮び上らせていた。

あとからの話によると、西行はそのときも何とか新院にお目にかかる手だてを考えていた。しかし田中殿の辺りは、警固の武士たちに囲まれていて、門からなかへ一歩でも足を踏み入れることは不可能だった。

太政官では参議たちの詮議がつづき、神祇官《じんぎかん》につぎつぎと葬儀次第が指示された。中宮職にも、為《な》すべきこと、為してはならぬことの指示が届いた。役所建物に喪中の宣旨《せんじ》が貼り出された。どの省寮でも人々は忙しげに仕事に追われていた。

だが、四日の朝、私が中宮職に出仕して感じたのは、そうした服喪の儀礼は、ほんの表向きの動きであって、宮廷の本当の動きはまったく別だということだった。

まず私が驚いたのは、出仕の途中、京の街角に腹巻姿の武士たちが刀、長刀、弓矢を持って物々しい様子で屯《たむろ》していたことであった。私の輿はその武士たちに何度か押しとどめられ、そのたびに輿の簾《すだれ》をあげて、名前と行き先を告げなければならなかった。

「いったい誰の下知でこのようなことをするのだ」

私は何度目かに訊問《じんもん》されたとき、思わずむっとして、侍大将《さむらいのおさ》にそう訊《たず》ねた。男は物々しい具足のわりには実直で温厚な人柄らしく、鄭重《ていちょう》な口ぶりで言った。

「少納言入道信西《しんぜい》殿のご命令でございます。朝敵がひそかに蠢動《しゅんどう》しているにつき、都の内外に出入する者を悉《ことごと》く吟味し、疑わしきは捕えよ、と下知されたのでございます。お役目ゆえ、失礼の段は平《ひら》にご容赦下さい」

私はそのとき太政官南殿《だいじょうかん》での参議たちの詮議に中宮職大夫《だいぶ》に従って出向いた折、そこで見かけた人物のことを思い出した。それは小柄で精悍《せいかん》な身体《からだ》つきの男で、骨張った蒼黒《あおぐろ》い顔をしており、窪《くぼ》んだぎょろりとした眼は、疑わしげな、問うような鋭い光り方をしていて、胸の奥まで見通されるような感じがした。

私は柿《かき》色の僧衣を着たその男が忘れられず、南殿を退出するとき、何気なく大夫に訊ねると、「あれが、今をときめく入道信西だ」という答が返ってきた。もともとは博覧強記の学者だったが、剣難の相があるため、僧籍に入り、そのまま宮廷の中央にとどまっていたのである。

「信西は帝《みかど》の乳母《めのと》紀伊二位を妻に迎えてから、急に宮廷のなかで権力《ちから》を持つようになったのだ。あれはな、ただ成り上ることとしか考えぬ男だ」

中宮職大夫は吐き棄《す》てるように言った。宮廷内部の評判は、大夫の言うように、あまり芳《かん》ばしくなかった。その大半の理由は、信西があらゆることを自分の立身のために利用するからであった。たとえそれで人が不幸になろうと、信西は自分の利益になれば、痛痒《つうよう》を感じなかった。そうした点では、信じられないほど、利に聡《さと》い男であった。

その信西が都大路のいたるところに武士を配置した。信西が帝の一の近臣であることを考えると、それは、帝の御意向によるか、すくなくとも信西の意図に帝が同意されたか、どちらかであった。朝敵が謀反を企てていると、信西の下知にあった以上、帝もそのように考えておられると見て間違いないだろう。

では、誰を帝は敵とご覧になっているのか。

そう思ったとき、朝の強い日ざしが都大路に照り返し、すでに暑さが立ち昇っていたにもかかわらず、いやな予感が走った。ぞっとして鳥肌が立つような気がしたのである。

私はすぐ西行と会いたかった。会って、何とかこの危機を避ける道を見つけなければならないと思った。

その夜は中宮職の宿直所《とのいどころ》でまんじりともせず夜を過した。西行と会えなかったのは、私が常盤の邸宅《やしき》に帰らなかっただけではなく、西行のほうも安楽寿院に集った僧侶《そうりよ》たちとともに、鳥羽院の冥福を祈りつづけていたからである。

故院のご遺骸《いがい》は崩御された七月二日にすぐ入棺され、安楽寿院に納められた。それは鳥羽院が生前決めておかれた手順の通り行われたのであったが、西行の眼には、故院の崩御を悼《いた》む気持より、崩御によって生れた空白を急ぎ隠そうとしているように見えたのである。西行が安楽寿院の前に坐《ざ》し、誦経《ずきよう》に余念がなかったのも、そのあわただしい葬儀が故院の御心を十分に慰められるとは思えなかったからであった。新院が田中殿から出向いて御遺骸の奉遷《ほうせん》に立ち合われる暇も与えられなかった。

その一方で、新院謀反の噂《うわさ》が刻々に拡《ひろ》がってゆく。人々は押し合いへし合いして町家を棄てて逃げ出している。街角には軍兵《ぐんぴよう》が物々しく警固に当り、その数は次第に多くなっている。西行はいったいこんなとき何をしているのだろう。私は激しい焦燥に駆られながら、宿直《とのい》所《どころ》でそう思った。西行ほどの人物が、この騒ぎを無関心のままほうり出しておくはずはない。何か手を打っているはずだ。

だが、あとになって判ったことだが、西行は安楽寿院の前から立ち去ることができなかったのである。葬儀のあわただしさを償わねばならぬという思いのほかに、北面警固に仕える武士だった頃の鳥羽院の過分の寵愛《ちようあい》が思い出され、激しい慟哭《どうこく》が何度も胸を衝《つ》きあげてきたからであった。思えば、いまの西行があるのも、鳥羽院の深い配慮があったからである。西行は自分が身勝手に振舞ってきたと信じていたが、故院の崩御を前にしてみると、それもすべて鳥羽院の恩顧の広大さによって成し得たことだったのだ。それを思わずに過ごしてきたという痛恨の思いが西行の胸を鋭く衝きあげてきた。そこには待賢門院への切々とした憧《あこが》れも混っていた。西行が刻々に動く京の緊迫した情勢を忘れて、安楽寿院を拝しつづけたのは、こうした思いに捉《とら》われていたからであった。

五日の早暁《そうぎょう》、私は渡殿をあわただしく走ってゆく蔵人《くろうど》藤原保輔の足音に、うたた寝から目覚めた。外はまだ暗く、宿直所の隅の燈火《ともし》が赤く細く燃えていた。

私は渡殿に出てみた。保輔は声をひそめ、何か宿直《とのい》の人々に話していた。

「何かあったのかね」

保輔の顔は皮肉に歪《ゆが》んでいた。

「あれを見るがいい。凶事の前兆だな」

保輔は東の空を指した。そこには赤みがかった尾を刷毛《はけ》で掃《は》いたように南のほうへ伸ばした彗星《ほうきぼし》が、不気味な暗鬱《あんうつ》な感じで懸かっていた。

「この星はただごとではないぞ」

保輔はそう言うと、星から顔を背けた。

白い砂を敷きつめた四角い庭がぼんやりと薄闇のなかから浮び上り、中宮職の建物の屋根が黒い影となって見分けられた。

空が蒼みを帯びて刻々に明るくなり、星屑《ほしくず》が銀の砂のように淡い光となって消えていった。しかし彗星は、人の気配をうかがう獣の赤い眼のように、長い尾を伸ばしたまま、なおそこにしばらくのあいだこびりついていた。

そのうち裏手で下人たちの騒ぐ声がした。警固の武士の叫びがそれに混っていた。

「将軍塚が鳴動したそうでございます」裏手にいって様子を見てきた大進《だいじん》（上位審議官）の一

人は蒼ざめた顔をして言った。「塔が崩れるような音がして塚が揺れたと申しております」

子供の頃、父為忠がよく、将軍塚が鳴動すると天下に変事が起る、と言っていたのを卒然として思い出した。父は私たち子供が恐しげに身体を寄せ合うのを見ると、顔をほころばし「平安京が築かれて以来、将軍塚が鳴動したことはないぞ」と言って安心させるのであった。

だが、もし本当に鳴動したとなると、彗星のことといい、これはただごとですまないのではないか——中宮職に集ってくる人々の顔にも、不安の色は隠せなかった。

私は弟寂然が常盤の邸宅《やしき》へきていると思って、武士たちのごった返す街々を横切って輿《こし》を急がせたが、寂然は邸宅へ寄ったあと、すぐ出かけたということであった。

私は宿直《とのい》の不眠を取り戻すため、簾を下して眠ったが、暑熱のため、深い眠りに入ることができず、彗星が空を走りまわる夢にうなされつづけた。

午《うま》の刻に目覚めると、検非違使たちが都へ入る街道の関所を閉ざしたと家人の一人が報せ《しら》にきた。新院のもとへ不穏の者が集っているので、それを禁じるための処置《はからい》であると宣旨は告げているというのである。

この宣旨に従って軍兵を動かしているのが入道信西であるという噂も聞えた。

七月六日には、宇治橋の守護に向った平基盛が宇野七郎親治《ちかひろ》という者と合戦し、親治は生捕りになったという噂が拡がった。

翌日、ちょうどそんな噂を伝えてくれた出入りの商人と入れ違いに弟寂然が戻ってきた。

「西行と一緒ではなかったのか」

「ええ、一緒でした、途中まででですが。西行は何とか新院が何の叛意もないことを示す証《あか》しを求めています。このまま放置すれば、新院はむざむざ朝敵とされるおそれもあると言って。兄上のほうにも連絡をとろうとしましたが、武士たちが何としても通そうとしないのだそうです」

寂然はそう言うと、汗を拭《ぬぐ》った。墨染の僧衣に汗が滲《にじ》み、肩や背に土埃《つちぼこ》りをかぶっていた。鳥羽から長い道を歩いてきたのだろう。

「で、いま西行は？」

「田中殿に伺候《しこう》しています。武士たちを説得しても駄目なので、勧修寺殿が出てこられるのを待ちうけているわけです。そうでもしないと、新院側近の公家《くげ》たちと会うことができないのです」

「西行は何を考えているのだ」

「何を、とは」

「いったい、いま何をしたらいいと思っているか、ということだ」

「西行の考えは変りません。何としても、後白河の帝《みかど》に、新院の御心《みこころ》を通じさせること、それだけです。それを美福門院さまや関白忠通殿が必死になって邪魔をしている。新院にお眼にかかれないばかりでなく、新院側近とも会えないのは、そのためです。田中殿警固の武士たちは、はたして本当に新院を警固しているのか、新院を隔離するために集っているのか、どうも分らない。西行は、この武士たちを出しぬくためにも、新院を京の町中にお移ししなければならないと言っていました。西行は勧修寺殿に会って、二つのことを早急にも新院にやっていただくようにお願いすると言っていました」

「二つのことというと」

「一つは、後白河の帝に書状を送られ、新院に何ら謀反の意などないこと、あくまで歌の世界に生き、現世《うつせみ》の権力《ちから》とは無縁に生きることを誓われることです。もう一つは、新院警固の武士たちは、十分信用しかねる故《ゆえ》に、それと交替に、もっとも信頼している源為義《ためよし》殿とその手中の者に警固を依頼することです。しかし武士たちもおいそれとは立ち退《の》くわけはない。ですから、為義殿とその手勢をあらかじめ別の御殿に集めておき、新院お一人が、夜陰にまぎれてお移りになる。それが西行の計画です」

「だが、美福門院さまと関白忠通殿は、それを許すまい。何とかそれを妨害するだろうな」

「田中殿を警固する手勢も、信西あたりがひそかに送りこんだ侍たちとも考えられます」

私は弟寂然が行水をつかい、衣を改める間、西行が歌の世界にのめりこみ、桜の花吹雪に浮かれ出るような生き方をしながら、どうして、新院を陥《おとしい》れようというこの緊迫《さしせま》った状況《ありさま》のなかで、的確な打開策《てだて》を考え、それを実現すべく身を挺《てい》することができるのか、を考えた。桜の花と物々しい鎧兜《よろいかぶと》とは同じ生きる姿として心に描くことができるものなのだろうか。

たしかに陸奥の旅のあと、西行はこの世のすべてを自分の胸のなかに抱けるようになったと言っていた。事実、出羽《でわ》の山桜とともに陸前《りくぜん》の百姓たちの鎌《かま》や鋤《すき》の作り方についても楽しげに話していた。では、西行が新院のために奔走するのも同じ心なのだろうか。

言いかえると、西行は桜の花に夢中になるのと同じ心で、現世《うつせみ》の暮しを愛《いと》しく見ることができるのだろうか。いや、現世《うつせみ》の暮しを棄てたはずの人間が新院のお立場を救い、合戦を何とか収めようとしていて、それで出家遁世《とんせい》の身といえるのだろうか。

それは西行と心を同じくする弟寂然にも言えた。大原の奥で現世《うつせみ》の一切と関係《かかわり》を断ち、春秋の季節の色にうつつをぬかしているはずの弟は、どうしていま都の騒乱のなかを汗まみれになり、土埃りをかぶってまで走りまわれるのか。

行水を終えた寂然は池に臨んだ釣殿《つりどの》の簀子《すのこ》に腰を下すと、「常盤の夏の趣も格別ですな」と言った。そこで私は、胸にわだかまっていた思いを弟に質《ただ》したのである。

「たしかに中宮職で働いておられる兄上には妙に思われましょうな」寂然はしばらく考えてから言った。「ただ一つ思い出して頂きたいのは、私が出家したとき、この現世《うつせみ》が嫌になり、それから逃げ出して、どこか桃源郷で夢のような暮しをしようと思ったわけではない、ということです。それは西行も同じでした。私は西行に共感して、出家したわけですからね。西行の考えたのは、現世《うつせみ》に身を置くよりも、その外に出たほうが、より豊かに、深く、この森羅万象《いきとしいけるもの》の美しさ、有難さを味わうことができる、ということでした。私も、兄上、その点では、まったく同様なのです」

「だが、新院をいまの窮境からお救い申すのを、雪月花のようには、楽しめまい。事の成否に無関心というわけにはゆくまい。それはどうなのだ」

「もちろん西行も私も新院をお救いすることに全力をつくしています。生命さえ賭《か》けています。それに全身全霊で取り組んでいるのに嘘偽《うそいつわ》りはありません。しかしそれだからといって在りのままの姿を歪《ゆが》めて見たいと思っているわけではありません」

「それはどういうことだ」

「新院がこの急場を凌《しの》がれて、歌により世を導くようになれば、この上ないことです。しかしそうゆかなくても、宿命《さだめ》とあれば、喜んで引き受けてゆくのです。願わしくないものでも、朗らかな心で受け入れるのです。だからといって、事をいい加減にすることでもなく、そうしていいというのでもありません。ただ全力を尽しますが、事の成否を恐れないのです」

翌八日の朝、中宮職に出仕すると、太政官南殿で参議たちの詮議《せんぎ》が行われているという報せを受けた。

気さくな藤原保輔が汗を拭いながら浮かぬ顔をして坐《すわ》っていた。

「何かいやなことでも起ったのか」

私は保輔の顔を見て言った。

「どうにも世間が妙な具合に動いているな。彗星《ほうきぼし》が現われるわけだ」

「新院の御事か」

「関係がなくはない。実は、蔵人頭《くろうどのとう》藤原雅教《まさのり》殿から宣旨《せんじ》が届いた。それによると、藤原忠実殿と頼長殿が、諸国の荘園《しょうえん》から軍兵を召集しているが、それに応募してはならぬということなのだ」

「忠実殿、頼長殿の父子がどうして軍兵を集めるのだ」

「それは、いまの詮議で、頼長殿の追捕《ついぶ》が決まりそうだからだ」

「なぜ頼長殿を追捕するのだ」

「新院と密謀して帝の位を奪おうとする疑いがあるからだ」

「密謀……」私は絶句した。頼長は京の東三条の邸宅ではなく、宇治の本邸にいるのだ。それは七月三日に東三条を検非違使《けびいし》たちが調べて判《わか》っていることだった。その日、東三条殿にいたのは留守居役だけだったのだ。それなのに、事もあろうに、新院と結託して謀反《むほん》を企《たくら》んだなどと……。

　私は寂然の話によって、二つのこと――新院が書状を帝《みかど》に送られることと、身一つで田中殿を出られることを知った。知ったというより、それがうまくゆくことを祈っていた。いまは、絡《から》まってくる美福門院と関白忠通の策謀の糸をきっぱり切りすてるほか、道はなかった。

　ところが、頼長追捕が決まるとなると、頼長は、おめおめそれを待って、敵方の縄目にかかるはずはない。当然その前に反撃し、たとえ一時は朝敵の汚名を着ても、美福門院と関白忠通、後白河の帝に攻撃を加えることになろう。問題は、そのとき、新院が頼長の反撃に巻きこまれないようにすることだ。新院も怨《うら》みを持っている、頼長も同じように不満がある、だから二人は共謀する——世間はそう噂し、宮廷ではそう信じ、参議たちはそれを事実として糾弾しようとしている。

そんなことになったら、新院をお救いする道は断たれる。頼長が宇治を出て京に入る前に、新院は頼長と無関係であることを帝に告げなければならない。西行が急いで発送を願っている書状はこれなのだ。頼長が京にきてからではもう遅い。

ところが、ほとんど時を同じくして東三条の頼長の邸宅《やしき》がふたたび探索を受けたという報《しら》せが入った。刻々に、鉄輪《かなわ》が締めつけられてゆくような感じであった。

東三条の邸宅《やしき》に向ったのは高階俊成《としなり》と源義朝の手勢であった。探索の名目は、そこで帝や美福門院を呪詛《じゅそ》しているという嫌疑であった。邸宅は当然のこと、ずっと留守であり、門は閉ざされたままだった。

「高階殿は、ここで呪詛が行われなかったはずはない、と叫んで、何が何でも証拠を挙げよ、と命じられたのです。ところが、邸宅《やしき》のそばで逮捕された僧は、頼長殿と兄忠通殿が和解されるよう祈っていたと申し立てたものですから、口に割竹を突っ込まれるやら、水甕《みずがめ》のなかに逆吊《さかさづ》りになるやら、散々拷問《ごうもん》を加えられたのです」

報せを持ってきた男は、しきりと汗を拭いながら言った。

「で、その結果は」保輔が訊《き》いた。

「僧は何も喋《しゃべ》りませんでしたので、共謀の事実あり、と報告されたのです」

「無茶な話だな」

保輔はそういうと、不機嫌そうに座を立った。

田中殿では鳥羽院の初七日のご法要がいとなまれたが、新院は、そこにお加わりにならなかった。田中殿が武士に警固されているのは周囲から隔離するためであるのを新院もようやく気づかれたからであった。新院がそれを知られたのは、西行が何らかの形で、新院に、ご事情を説明することができたからである。実は、新院が初七日のご法要に不参であったのは、すべてこうした事情を納得されたという合図であった。それは同時に新院が次の計画に同意されたという合図でもあった。

事はいよいよ急を要した。

暑い夕日が中宮職の建物の白壁を燃えたつような色に染めていた。暑さが重くねっとりと庭から這《は》い上ってくる。そよとも風は動かなかった。

蔵人保輔が主殿の簀子を、足音を荒らげて通った。そして私を見ると「詮議の結果が出たぞ。頼長殿はこの十一日、追捕され、遠島に処せられることになった」と苦々しい口調で言った。

私は何を宮廷で考えているのか見当がつかなかった。頼長は宇治に引きこもっている。左大臣も辞している。それなのに遠島なのだ。

では、新院も同じように追捕されるのであろうか。

夜になっても暑熱は引かず、重苦しい空気が庭木のあいだに澱《よど》んでいた。東の空には彗星《ほうきぼし》が赤らんだ尾を曳《ひ》きずって、まだ懸かっていた。

そのとき若い使部《しぶ》が書付けを差し出した。すぐ三条西洞院第《にしのとういんてい》にくるようにという寂然の筆蹟《ひっせき》であった。文面からは、中宮職の仕事と関係があるとは読めなかった。私は寂然の言っていた二つのことと結びついているのではないかと漠然と思った。とにかく馬で二条大路に出ると、西洞院を下った。暗い街角に篝火《かがり》が燃え、私が通ると、暗闇《くらやみ》からばらばらと侍たちが槍《やり》や長刀を手にして、馬の前に立ちはだかった。その度に、私は官職と行先を相手に告げなければならなかった。

三条に出ると、その辺りは、焼け落ちたままの邸宅があるせいか、暗く、人影もなかった。私は馬に乗ったまま、西洞院第の様子を窺《うかが》った。築地越しに見える主殿の屋根が黒く盛り上っているだけで、人の気配はなかった。

誰かが低い声で呼んだ。私は馬を下りた。

「為業殿、為業殿」

「どなたです」

闇の奥の声の主に言った。声の主は不意に私の前に現われた。

「勧修寺頼輔です」男は囁《ささや》くような声で言った。「寂然殿からお聞きでしょうか」

「聞いています」

「今夜やることになったのです。鳥羽田中殿を抜け出すのを」

「しかしあそこは軍兵がぎっしりと……」

「そうです。だから計略《はかりごと》が必要です。それを西行殿が考え出してくれたのです」

私は胸が高鳴るのを感じた。

「西行殿の計画では、まず高位の女性を牛車《ぎっしゃ》で鳥羽田中殿に訪ねさせるのです。新院をお慰め申しあげるという口実です。しかし女房たちでは、すぐ引きあげるのは不自然です。そこで斎院が行啓されたことにします。斎院はお顔を人に見せることを許されておりません。そこで、斎院は（もちろん誰か女官を斎院に仕立てるわけですが）田中殿に行啓され、暫時《ざんじ》の後、御退出されます。しかしこの斎院は五衣《いつつぎぬ》に唐衣《からぎぬ》を掛け、檜扇《ひおうぎ》を持たれ、大垂髪《おおすべらかし》を背中に垂らしておられますが、実は、新院です。顔は簾と扇で隠されているうえ、舞楽の八仙の面を当てられ、深く被衣《かずき》をかぶっておられるので、新院であることを見破れる者はおりません。斎院の顔を万が一にも盗み見ようと試みる者があれば、その気配だけでも死罪を与えることができるのです」

「で、牛車は」

「すでに用意してあります。為業殿にその先導を願いたいのです。将兵どもを欺《あざむ》くために、牛車は鳥羽から白河の前《さきの》斎院御所に向います。将兵どもも、それなら、途中、疑いを起すことはありますまい」

「田中殿に入られた女房は？」

「明朝にでも、他の女房たちと退出すればいいでしょう」

こうして私は赤い尾を曳く彗星を横に見ながら、軍兵たちに囲まれた牛車を白河の奥へ先導することになったのであった。それは気の遠くなるような長い旅であったような気がする。

前斎院《さきの》御所に着いたとき、夜はそろそろ白くなりかけていた。

新院が白河の斎院御所へ入られたことが、なぜあれほど早く宇治に引き籠《こも》っていた藤原頼長のもとに報されたのか、いまだに不思議である。もし西行や弟寂然がそのことをあらかじめ考えていたならば、誰よりも、まず頼長に洩《も》れぬように、事を運んだに違いない。憶《おも》うに、新院のおそばに頼長の諜者《ちようじや》が入りこんでいて、逐一、その動静を宇治に報せていたのである。でなければ、どうしてあれほど敏速に頼長が行動を起し得ただろうか。

そもそも西行も寂然も、眼に見えない存在《もの》のようにして新院に寄りそい、必死になって、危難から逃れる手段《てだて》を求めていたのである。それは一手打ち違えたら、すべてが崩れ落ちてしまうような、ぎりぎりの鍔《つば》迫《ぜ》り合いに似た一瞬一瞬の経過であった。

西行と寂然はたえず院の近臣勧修寺頼輔と連絡をとっていた。頼輔こそが新院と意思《おもい》を通わせる唯一《ゆいいつ》の道であった。白河の斎院御所に移られたのも、刻々の連絡を一層密に自由にできるようにするためだった。新院もその連絡を必要とされたし、西行たちも、それなしには、緊迫した情勢の変化をすばやく院にお伝えすることはできなかった。

ただし新院を白河にお移し申しあげるについては、大きな危険を冒さなければならなかった。一つは朝廷側の猜疑心《さいぎしん》を駆りたてることであり、もう一つはこれを美福門院や関白忠通に利用される惧《おそ》れのある点だった。

西行が勧修寺頼輔を通して、院にすぐ後白河の帝《みかど》に御書《おんふみ》を認《したた》められるよう申しあげたのも、このことをあらかじめ十分考慮《おもんぱか》っていたからである。

新院はただちに御書を書かれ、近臣に内裏へ届けさせた。そのなかで、世上に流れる噂《うわさ》は何ら根も葉もないものであって、帝《みかど》への遺恨はまったくなく、ましてや謀反の思いなどはさらさらないことを誓われたのであった。

かりに源為義を棟梁《とうりよう》とする武士たちが白河北殿に集められていたにしても、それはただ新院の意図《おもい》のままになる者たちを手もとに置いたにすぎず、言ってみれば、身を守るための垣根をめぐらしたのと同じであり、それ以上の意図はない、とも書かれたのである。

これに対して、後白河の帝は、院の真情《まこと》を証《あか》しするために、御殿を守る武士たちの数を減らすように求めてきた。新院はただちに返書なさり、帝のご指示に従う旨《むね》を伝えたのだった。

もしこうした御書のやりとりがつづき、帝と新院のあいだに心が通うようになれば、院の悲運は何とか避けることができたはずだった。それを妨げたのは、美福門院と関白忠通の讒《ざん》言《げん》であり、誹謗《ひぼう》であり、邪推であった。帝から新院の御書のことを聞くと、二人は口を揃《そろ》えて、それは時間を稼《かせ》ぐための口実にすぎず、現実には院側は着々と兵力を増強しているのだ、と主張したのである。

「御返書などお出しになるに及びませぬ。それは新院陛下の思う壺《つぼ》に嵌《は》まるばかりでございます」

関白忠通は、冷たい眼をして、帝にそう言った。

二度目の新院の御書《おんふみ》に対して、帝の御返書がなかったのは、忠通の言葉に帝が従わなければならなかったからである。

たしかに帝からの御返書はなかったが、もし事態がそのままであれば、急転直下、悲劇のなかに突っ込んでゆくなどということはあり得なかったであろう。だが、事態は思わぬところから、突然動き出したのである。

宇治にいた頼長は、自分を追捕《ついぶ》するという朝議が決定して以来、反撃を加える機会をうかがっていた。たとえいかに弁明したところで、美福門院や関白忠通がそれを認めるわけがない。ここは何としても追捕の手をのがれ、先手を打って、美福門院と関白忠通を襲わなければならないのだ。そこへ新院が鳥羽を離れ、白河に移られ、源為義とその郎党を召されたという報せが届いた。それを頼長が願ってもない機会であると感じたのは無理からぬことであった。

ただ西行と寂然にとって、最も避けて通らなければならぬ、と思っていたのが、この新院と頼長の連携だった。そうなれば、現世《うつせみ》を超えた、歌による政治《まつりごと》など見果てぬ夢になってしまう。

あのとき、新院が、内大臣徳大寺実能の言葉を聞かれて、直ちに出家なさっていれば、事件の様相は別様のものになっていたにちがいない。だが、新院はそこまで思い切って現世《うつせみ》から離脱できなかった。御子重仁親王の帝位《みかどのざ》への道は、そうでなくても遠いのに、もし新院が出家されたら、一段と遠のくのではないか——そう思われると、どうしても出家に踏み切ることがおできになれなかったのである。ここでも新院の進退に影響を与えていたのは重仁親王への切々とした愛情であった。重仁親王がいなければ、出家されたに違いない。だが、新院は躊躇《ちゅうちょ》されていた。出家と重仁親王の即位の夢との間で、御心は揺れていたのである。

いまや西行と寂然に残されたのは、何とか帝との意思の疎通《そつう》の手段をもう一度取り戻すことと、頼長が新院を巻き込むのを防ぐことであった。

寂然は、ひそかに帝のおられる高松殿のそばに陣を敷いていた源頼政のもとを訪れたが、それは朝廷側の軍の配備を見るためというより、新院の御書を何とか帝にお渡しし、御返書を手に入れる手段を講じるためであった。

「近臣の者が御書を届けたことは知っている」白髪の日焼した頼政は鎧直垂《よろいひたたれ》の袖《そで》を引っぱりながら言った。「だが、御返書がなかったのは、関白殿が反対されたからだ。もし御返書を頂くのなら、美福門院さまと関白殿の眼を盗むほかないが、それはいささか不可能であるように思うな」

寂然は、岩のように重々しく控えた源頼政をじっと見つめた。かつて常盤《ときわ》の邸宅《やしき》で歌会を開いたとき、父為忠からも歌の道では一目置かれた温厚で精悍《せいかん》な武士だった。寂然が頼政と話すことができたのも、この歌道の縁で結ばれていたからである。ただ頼政は、縁があるからといって、自分から働きかける気持は示さなかった。

西行と寂然にとって、帝と新院とを結びつける道を見つけられないとすると、あとは、何が何でも、宇治の頼長が求めてくる連帯の糸を断つことであった。

それには、新院ご自身の口から、はっきり頼長と一体になることをお断りになるほかなかった。それは出家するのと同じ意味合いを持っていた。頼長と断絶することは、現世《うつせみ》のすべてと断絶することだった。当然、重仁親王の御事も断念しなければならなかった。

西行は新院の御心の動きをよく知っていた。新院が頼長と会えば、このぐらついた決心はどう変るかわからない。重仁親王即位の未練から、逆転することも十分考えられるのである。ここは何としても頼長を新院に会わせないようにすることが肝心なのだ。

そのうえで、新院が歌による政治《まつりごと》の道を確立されなければならない。後白河の帝の御心にも、このことをしっかりと受けとめて貰《もら》わなければならない。そうすれば、たとえ美福門院と関白忠通がいかに騒ぎ立て、策謀をめぐらしても、何とかしのげる。要《かなめ》となるのは、帝と新院がこの一点で心を通わせることだけだ。

もしそこに何か翳《かげ》りがあるとすれば、帝ご自身が美福門院と関白忠通に擁立されて即位されたことだろう。いかに西行や寂然が帝の御心の野放図な寛大さに望みをかけても、そこにはおのずと限界がある。もし重仁親王即位の意図がすこしでも匂《にお》うとしたら、後白河の帝も御心を閉ざしてしまわれよう。だから、帝が寛大であられるのは、新院が出家するのに等しい、歌による政治《まつりごと》を敷かれるかぎりである。重仁親王の御事を一切放棄され、断念なさったかぎりである。

寂然が歌の縁を頼りに頼政に会いに出かけたように、西行は、鳥羽院北面の同僚《なかま》であった縁を辿《たど》って、平清盛に会いにいった。

清盛は六波羅《ろくはら》の館《やかた》に一族郎党とともに控えていた。西行は胴丸《どうまる》姿の若い歩卒《さむらい》たちのあいだを抜けていった。汗の臭《にお》いと体臭が、まるで獣の群れか何かのように、むっとあたりに立ちこめていた。

西行が玄関を入り、奥の間に足を踏み込んだ途端、麻布を垂らした几帳《きちょう》の蔭《かげ》から、突然何か光ったものが、西行めがけて斜めに走った。身をかわす隙《すき》もなかった。西行は一瞬その光ったものを両の手のひらで押えていた。手のひらは、そのとき柏手《かしわで》でも打つように、激しい音をたてたのである。手のひらの間には白銀に光った太刀が空中に凍りついたように挟まれていた。手からは血一すじ流れていなかった。

「見事だな、義清《のりきよ》」几帳の蔭に立っていたのは清盛であった。清盛は動きのとれない太刀を西行の手から引き放そうとした。だが、太刀は西行の手に貼《は》りついたようにびくとも動かなかった。「許してくれ。参った。おれの負けだ。昔のおぬしの腕がもう一度見たかったのだ。他意はない」

西行が手のひらを開くと、太刀は急に自由を取り戻して、空中を舞うように動いた。

「惜しい人物だな、おぬしは」清盛は太刀を納めると、厚畳《あつじょう》の上に西行を坐《すわ》らせた。「都に軍兵どもが二千三千と集っているが、おぬしほどの腕のある者は一人として見当らぬ。出家遁世《とんせい》の身とは、いかにも残念だな」

「いや、もう私はそうしたものを力とは見なさないのだ。現世《うつせみ》を離れて日も経《た》っているからな」

「それにしては、ただの技倆《うで》ではないぞ。間もなく戦《いくさ》が起ろうという都に何の用でやってきたのだ。まさか南都の僧兵どもを焚《た》きつけるためではあるまいな」

「違う」

「では、どうして都にいるのだ。都を離れたというおぬしの歌を読んだことがある」

「たまたま都に戻ってきたのだ」

「何の用でだ」

「鳥羽院の御魂《みたま》をお慰めするためだ。鳥羽院にはひとかたならぬ恩義がある」

「だが、葬儀は終った」

「あと新院のことが気がかりだ」

「おぬしはまだ待賢門院さまをお慕いしているのか」

「それとこれとは違う」

「ま、いいだろう。新院のことを心配するのはいいが、もう御運は尽きようとしているのだ」

「そのことで、清盛に相談があるのだ」

「相談に乗れぬこともあるぞ」

「わかっている。まず話を聞いてくれ」

西行はそう言うと、新院をお救いするのに清盛の手を貸して貰えないか、と頼んだのである。新院は現世《うつせみ》の権勢《ちから》にはもはやまったく関心を持っておられぬ。新院を頼長とひと組にして考えるのは間違っている。それは、美福門院と関白忠通が重仁親王の即位をおそれているために生れた幻影《まぼろし》なのだ。

清盛は濃い緑と黄の鎧直垂を着て、梨子打烏帽子《なしうちえぼし》をかぶっていた。北面の武士の頃に較《くら》べると、その細顔に一段と冷たい精悍さが加わり、深い眼窩《くぼみ》のなかで鋭く見開かれた眼は、不眠のためか、幾らか血走って見えた。

「よくわかった」清盛は腕を組み、床の上に眼をむけていたが、西行の話が終ったとき、眼をあげ、両手を膝《ひざ》の上にのせて言った。「新院をお救いする策謀《はかりごと》に荷担しよう。ただし一つだけ条件がある」

「何だ、それは」

「新院がお一人でおられることだ」

「もちろんお一人だ」

「いや、どうかな。哨兵《ものみ》たちの報告では、頼長殿は宇治をすでに出ている。おっつけ都に入るはずだ。八方手をつくして街道の入口は閉ざしてあるが、あの手の古狸《ふるだぬき》はどんな手段《てだて》を考えつくかわからない。だが、都に入れば行先は決っている。白河北殿だ」

西行はじっと清盛を見つめた。清盛はつづけた。

「もし頼長殿が新院のもとにいったら、いまおぬしが言ったことは、すべて反古《ほご》だということになる。よしんばおれが信じたとしても、ほかの誰も信じまい。いま後白河の帝《みかど》のもとで横柄《おうへい》な顔をして朝廷中を取りしきっている小男がいる。坊主《ぼうず》のくせにまるで大臣風を吹かせている。それも、たかが女房が帝の乳母《めのと》だったばかりにだ。この小男がまず信じないだろうな。おれはこいつが嫌いだから、鼻をあかしてやるためにも、おぬしにとことん荷担したい。だが、頼長殿が合流したら、もう歌による政治《まつりごと》など嘘《うそ》っ八ということになる」

西行は清盛の館を出たとき、新院をお救いする道がまだ残っていることを知った。新院を孤立させ、誰も近づけないようにすれば、朝廷側は、新院を攻めることはない。すくなくとも清盛はそう約束している。清盛が新院の潔白を評定で説得すれば、義朝にせよ、頼政にせよ、あえて白河北殿を攻めることはないだろう。

西行が会わなければならないのは、白河北殿の警備《そなえ》に呼ばれた源為義であった。東国、陸奥《みちのく》に勢力を拡《ひろ》げる小在地領主のあいだで源為義の信用は篤《あつ》かった。義家以来の源氏の声名に加えて、その実直温厚な性格と、懐《ふところ》の広い快活な人柄は、多くの領主や武士の棟梁として戴《いただ》くには、打ってつけの人物だった。為義はみずから働くというより、才能と身分に応じて、人を働かせる型の武将《さむらい》でもあった。そのことが小領主や武士たちの信頼の原因だった。

ところが、その為義でさえ、まだ朝廷から大将軍の宣旨《せんじ》を受けていないのである。今こそ何としても功を挙げ、朝廷に連なる公家《くげ》、殿上人《てんじょうびと》に伍《ご》さなければならないのだ。

為義を囲む将兵《つわもの》たちが考えたことは、ほぼこのようなことであった。将兵《つわもの》たちは戦を望んでいた。それは棟梁為義を大将軍に押しあげる力だった。棟梁為義が大将軍になり、朝廷で力を持つ大荘園《だいしようえん》領主や、国司たちに対等に発言《ものいい》ができるようになれば、諸国の無数の土地争いはずっと減ることになろう。そうなれば小在地領主たちの安堵《あんど》も確実《たしか》なものになる。まず戦って、棟梁に力を与えることだ。

為義の陣屋に入ったとき、西行が感じた、明るい、やる気満々の武士たちの気分は、こうした思いから生れていたのだった。

西行が陣屋の幕のなかに導かれたとき、半白の髪に豊満な顔の鎧直垂の人物が、若い武士《さむらい》を相手に大将棋《おおしようぎ》を指していた。西行がそれに眼をやったとき、半白の柔和な人物は、相手の金将を狙《ねら》って飛竜の駒《こま》を進めたところだった。

案内の侍が耳もとで何か囁《ささや》くと、半白の人物は駒を置き、将棋盤の脇《わき》の床几《しようぎ》を指した。

「私が為義です」

柔和で豊満な武将はそう言った。

西行は陸奥《みちのく》に旅したとき、衣川の館で、安倍貞任《あべのさだとう》を討った源義家のことを思い出したと語って、陸奥《みちのく》藤原と西行の家のことに触れた。

「して、今日はどんなご用でお見えですかな。まさか陸奥《みちのく》の歌枕《うたまくら》をお話されるためにわざわざいらしたわけではありますまい」

西行はあらためて新院の陥られている危うい状況《ありさま》を説明し、新院をお救いするための方途《てだて》を考えなければならない、と言った。

「いや、戦《いくさ》は避けられないと思いますな」

為義は胸のあたりの汗を布で拭《ふ》いて言った。

「避ける手段《てだて》はないということでしょうか」

「左様。避ける道はありません」

「頼長殿が新院と合流されなくてもですか」

「新院がひとりで引きこもっておられても、おられなくても、事態《なりゆき》は変りませんな」

「どうしてでしょう。朝廷側は謀反《むほん》謀反と騒ぎ立てておりますが、新院がひとりでおられたら、謀反などという口実は、見つけることはできないのではありませんか」

「軍勢は、もう内裏高松殿にも東三条殿にも六波羅にも集められているのです。これは何を意味すると思います。ここ白河北殿を攻めるためです」

「口実もなしに、軍勢を動かせるのですか」

「口実はあります」

「何ですか」

「私たち軍兵《つわもの》がここを守っていることです」

「でも、これは、新院を安全にお守りするためではありませんか。鳥羽田中殿を守っていたのは、あの男の……帝《みかど》の乳母《めのと》が妻だという……」

「信西入道ですな」

「その、信西殿が派遣《つかわ》した軍兵《つわもの》どもなのです」

「西行殿はなぜ新院をそのままにしておかれなかったのですか」

「外部との連絡ができなかったのです。帝とのあいだの御書のやりとりにも不都合でした」

「そのほうがよかったと思いますな」

「しかしそのままでは、新院は幽閉同様……」

「白河に移られた以上、戦わなくてはなりません。幽閉ならその必要はなかったのです。朝廷では、ただ襲撃のときを待っているだけです」

「それはいつですか」

「左大臣頼長殿が白河北殿に入られるときです」

「頼長殿にはお気の毒ですが、新院のお側《そば》から遠ざかり、別々に行動されるべきではありませんか。別々になっても、それでも、朝廷は軍勢をここに向けますか」

「向けるでしょう」

「為義殿の軍勢が御殿を退去されても……」

「関係ないと思いますよ。朝廷は、何が何でも、新院と頼長殿を討とうと考えているからです」

「では、新院をお救いする道はないのですか」

「何を仰《おつしや》るんです」為義は将棋の駒を持つと、大声で笑いながら、それを銀将の斜め前に指した。「新院をお救いするために私はここにきたのです。新院をお救いする唯一《ゆいいつ》の手段《てだて》は、この合戦に勝つことです。それしかないのです」

「どうしてそうお思いになられるのですか」

「それは、西行殿、私は朝廷方にも招かれたのです。息子の義朝はむこうの味方につきました。信西入道の気に入られたのです。私は逆に、あの狡辛《こすつから》い小男が気に入らなくて、こちらへきたのです。あの男は、武士《さむらい》などという存在《もの》は、犬馬のように働けばいいと思い込んでいますからな。武士《さむらい》と話すとき、眉《まゆ》をしかめ、いかにも不潔なものに触るような顔付となり、吐きすてるようにしか喋《しゃべ》らないのです。あの男にかかると、殿上人だけが人間で、それ以外は獣と変らんのです。私らはさしずめ日夜吠《ほ》える番犬が役どころ……」

為義は合戦を求めている——西行はそう思った。棟梁《とうりょう》たちはここで何か決定的な功績を挙げなければならなかった。先祖以来、味わってきた口惜しさ、無念さを晴らし、見事殿上人の仲間入りを果すためにも、合戦が起り、敵を叩《たた》きつぶし、夥《おびただ》しい血を勝利の太刀に塗らなければならないのだ。もちろん為義はただ都での合戦を望んだのではなかった。これは後になって災難を免れた人々が話したことだが、為義は東国の在地領主たちを統合して、朝廷側の軍勢と戦うことをすら計画していたというのである。

あとから聞いた残党の話によると、為義は西行が立ち去る姿を見送ってから、また将棋盤に向かい、要するに力を見せることだ、と口のなかで、つぶやいたという。

西行は白河北殿の夏木立の蔭で休んでいる腹当《はらあて》姿の歩卒《つわもの》たちの間を抜けてゆきながら、合戦は避けようもなく目前に迫っていることを、いや応なく、認めないわけにゆかなかった。

たとえ新院が頼長を拒まれ、謀反の意思がないことを証《あか》しされたとしても、それはもう何の意味も持たなかった。清盛が朝廷の評定の場で、合戦に反対してくれるかもしれないが、大勢に押し切られることは火を見るより明らかであった。

あとは、後白河の帝《みかど》が新院の真意《まこと》を信じられ、美福門院と関白忠通の二人を押えられることしか残っていないが、これも、御返書が打ち切られたいまでは、もはや望みはなかった。西行は、足もとの地面が、地滑りを起して崩れてゆくような気がした。木に摑《つか》まろうとすると、木がずるずる滑りだす。岩にかじりつこうとすると、岩まで地面とともにずり落ちてゆくのである。

七月十日の昼は、眩《めくら》むような暑さだった。崩れた築地塀《ついじべい》に沿った道に、塀の影が黒く焼きついていた。町家の人々はもちろん、物売りも托鉢僧《たくはつそう》も傀儡師《くぐつし》も通らなかった。暑気に霞《かす》んだ、がらんとした都大路のあちこちの木蔭に、腹当を付け、槍《やり》や刀を抱いた歩卒《つわもの》たちが十人、二十人と集って休んでいた。

西行は二条大路を西に向い、万里小路第《までのこうじてい》から大炊御門《おおいみかど》大路のほうへ曲り、高倉小路をぬけた。焼け落ちたままの屋敷跡があり、木立のあいだに夏草が、むんむんした草いきれを吐いて、そこを覆《おお》っていた。木立のなかでは、蟬《せみ》が鳴きしきっていた。

西行はその前をぬけ、春日小路《かすがこうじ》に入ると、荒れ果てた僧房に入った。無住の房で、軒は落ち、障子は破れている。

中に入ると、西行は汗を拭《ぬぐ》った。風が吹いてきたが、乾いた熱風で、その度に軒や柱や板壁からゆらゆら陽炎《かげろう》が立ちのぼった。まるで見えない炎が揺れているように見えた。

西行は、そこで落合うことになっていた寂然を待ちながら、新院のことをあれこれと考えていた。清盛の言葉も為義の言葉も、西行には、消えてゆくただの言葉には聞えなかった。それぞれが重い岩か何かのように思えた。その岩が新院の歩いてゆく先々に立ち塞《ふさ》がっていた。

こうして新院の足跡は思わぬすじ道を描いてゆく。西行は、実際に、その足跡を眼の前に見たように思った。

それは人間には動かすことのできないものかもしれない。いま西行は懸命に新院を危険からお救いしようとしている。だが、思ったようには何一つ動かない。辛うじてうまくいったのは新院を田中殿から白河斎院御所へお連れ申したことぐらいだ。だが、それにしても、果して本当に新院の宿命《さだめ》を、よきものへと変えることができたかどうか。事実、為義は、そうしないほうがよかったと言っていたではないか……。

西行がそんなことを考えているところへ寂然が僧房に入ってきた。背中の汗が墨染の衣に滲《にじ》んでいた。

「どうだった、頼政殿は」

西行は急《せ》き込んで訊《たず》ねた。寂然は無言で首を振った。

「そうか。源為義殿のほうも、うまく説得できなかった。ただ清盛だけは、新院がお一人なら攻撃《いくさ》は差し控えると約束してくれたが」

「それだけでも有難いではないか」

寂然は汗を拭って言った。

「いや、清盛は動かざるを得ないと思う。為義殿は、合戦のあることを願っているのだ。新院をお救いする道は、合戦に勝つことしかないと言っていた。為義殿は当然新院が頼長殿と組んで戦われることを望んでいるのだ。武士の棟梁の力量をここで何とか誇示しようと思っているのだな」

「では、為義殿に警固を命じられたのは、間違っていたのではないかね」

「私たちの立場から見れば、そう言うほかにないな」

「どうして為義殿に白羽の矢を立てたのだろう」

「おそらく為義殿が信西殿を嫌っていたからだろう。朝廷側でも、厚い恩賞を与えるといって、為義殿を招《よ》んでいたらしいが」

「となると、新院を、現世《うつせみ》に無関係な方として、別に擁立しなければならなかったことになるな」

寂然は自分に言い聞かせるような調子で言った。

「やはり出家して頂くべきだったかもしれない……」

「歌による政治《まつりごと》にのめり込みすぎたのだ、私たちは。勅撰集《ちよくせんしゆう》や歌会や雪月花の美で、この息苦しい現世《うつせみ》の争いを包むことができると信じすぎたのだな」

「そうは思わない」西行はゆっくり首を振った。「私はまだ諦《あきら》めてはいない。歌による政治《まつりごと》がなければ、それこそ、争いも、権力《ちから》も、人の世の栄耀《えいよう》栄華も、それが人間にとって何なのか、意味が分らなくなる。歌こそが、すべての根本なのだ。たとえ新院が御争いに巻きこまれるようなことがあっても、新院が歌の御心さえ持ちつづけられるかぎり、新院は、その外に立って、全体を見ることがおできになる。いま私たちにできることは、どんなに危険と見えようとも、頼長殿、為義殿を拒まれて、お一人で持仏堂に籠《こも》られるよう、新院にお願いすることしかない。そのことを新院に再度申しあげなければならない。頼長殿が白河に姿を現わせば、新院を、何と言って口説くか分らない。その前に新院を別の場所にお移ししなければ……」

西行と寂然は、西日のじりじり照りつける春日小路を東に急いだ。つむじ風が街角で土埃《つちぼこ》りを巻きあげていた。

二人が二条河原に出たとき、白河北殿を囲む歩卒《つわもの》たちの動きが活潑《かっぱつ》になっているのが一目で分った。門の前に柵《さく》が幾重にも置かれ、矢防ぎの板が立てられていた。

「寂然、様子が変ったな」

「これはひょっとしたら……」

「間違いない。頼長殿が白河北殿に入ったのだ」

二条河原は暑熱のために草は灰色に枯れ、砂礫《されき》の河床は白くからからに干上っていて、乾いた石のあいだを細い流れがわずかに黒い帯となってつづいているだけだった。白河北殿は白壁をめぐらした端正な御殿で、邸内には、松が茂っていた。しかしその美しい反りを見せた屋根の上にも、丸太を組み、櫓《やぐら》が作られていた。歩卒《つわもの》たちが櫓の上で喚《わめ》いたり、太刀を振ったりしていた。すでに大鎧《おおよろい》の胴に草摺《くさずり》が付けられていた。

為義は西門、北門、東門、南二門にそれぞれ侍大将《さむらいのおさ》を配し、歩卒《つわもの》たちをぎっしりと塀の内外に控えさせていた。

西行は新院のことしか頭になかった。できることなら、御殿の外にお連れ申したかった。寂然と会っていた高倉小路の裏手の僧房から、七、八丁先に内裏高松殿があったが、そこにも、物々しい具足をつけた義朝輩下の歩卒《つわもの》たちがぎっしりと集っていた。矢防ぎの板が並び、防柵が置かれているのは、白河北殿と同じであった。槍を担《かつ》ぎ、太刀を握って、十人、二十人と隊伍《たいご》を作った歩卒《つわもの》たちが走ってゆく。足もとから土埃りが濛々《もうもう》と立ち上る。犬が怯《おび》えて吠えたてている。がらんとした都大路を兵糧《ひょうろう》を積んだ荷車が何台も牛に曳《ひ》かれて通ってゆく。六波羅の邸宅《やしき》から、清盛の命令が出されたのか、その郎党が赤い旗を翻《ひるがえ》しながら進んでくる。

西行はそうした朝廷方の軍勢の動きを見ても、新院のことを思った。この荒々しい現世《うつせみ》の争乱《あらそい》を本当に歌のこころで包みこめるのか。殺気立った男たちの蒼《あお》ざめ、冷ややかな、強《こわ》ばった顔、汗まみれになって走る若い歩卒《つわもの》、つぶれた烏帽子《えぼし》をかぶり、鎧直垂《よろいひたたれ》を着た、酒の臭《にお》いをさせる侍大将《さむらいのおさ》、まるめた茣蓙《ござ》を腕に抱えて侍大将《さむらいのおさ》や歩卒《つわもの》の群れにまつわりつく女たち、前脚で地面を打つ馬、屋根の上を飛び廻って鳴く鴉《からす》の大群、濃い緑の木立のなかで鳴きしきる蟬——それらはすべて歌のなかでは一つの布地に織られた、色とりどりの模様にすぎないものなのか。だが、いかに詩心《うたごころ》でそれを包みこもうと、その実害の凶々《まがまが》しい力は、凶暴な刃と同じく、避けることはできないのである。

詩心《うたごころ》で新院をお救いする——そんなことは所詮《しょせん》口先だけの綺麗事《きれいごと》ではないか。現に、いま、新院は、都大路を土埃りのなかで走りまわる軍兵たちの前で、お生命《いのち》さえ危険に晒《さら》されている。

二条河原に立ったとき、西行の胸に、悲哀に似た思いがこみ上げてきたのは、あれほど陸奥《みちのく》の山野で味わってきた「我、歓喜す」という高揚《たかぶり》が、新院の危難を前にして、何の役にも立たないことを思い知らされていたからであった。

西行と寂然は歩卒《つわもの》たちに固められた斎院御所の門に立った。白河北殿とは、春日小路をへだてた北隣の宏大《こうだい》な建物で、新院はずっとここの持仏堂に籠り、誦経《ずきょう》して心を鎮《しず》めようとしておられたのである。

西行と寂然は勧修寺頼輔と小庭に面した渡殿《わたどの》で会った。妻戸はあけ放たれていたが、夕暮の蒸れたような暑さがあたりに漂っていた。小庭を仕切る土塀の向うに歩卒《つわもの》たちが犇《ひしめ》いていて、そのざわめきが、押し殺した重い気配となって伝わってきた。

「頼長殿は一刻ほど前に着かれました」頼輔は、不眠のために、顔に疲労がどす黒くこびりつき、赤く脹《ふく》らんで、先にぽつぽつ小さな孔《あな》のあいた大きな鼻が、一段と大きくなったように見えた。「いや、驚きました。煤《すす》で汚れた古い張輿《はりごし》に乗ってこられたのです。担ぐ人足も、左大臣殿の腹心のご家来衆ですが、まるきりそこらの田夫野人の身なりでした。道もわざわざ遠廻りをされて、醍醐路《だいごじ》を通ってこられたのです」

「新院はお会いになられたのですか」

頼輔は大きな鼻に人さし指をあて、ふんと息をし、頭で大きくうなずいた。西行はしばらく無言で頼輔を見つめていた。

「お二人を引きはなしたままでおくことはできなかったのですか」

寂然が大きく息をついて言った。

「無理でした。誰もが、頼長殿がここへこられるのを、心の底では、待っていたのです。いや、待っていたというのとも違います。ここへくるだろうか、こられないだろうか、とまるで、賭《か》けでもするような気持で、固唾《かたず》を呑《の》んでいたのです」

「なんとか頼長殿を拒めなかったのでしょうか」

寂然が西行に代って言った。

「私も努力してみたのです。院にもそう申しあげ、院のお気持も、お決りになっていたと思っていたのです。せっかく鳥羽からこちらへ移っていただいたのに、為義殿の郎党に囲まれているのでは、安全なようでいて、実は安全ではなかったのですね。為義殿もはじめはしぶっておられたのですから、強いて呼ぶべきではなかったのです。為義殿に警固させたことが、そのまま、謀反の証《あか》しなどと言われるのですから。頼長殿がこられる前に、法金剛院御所にお移りいただくべきでした」

「もう無理でしょうな」

西行は、法金剛院御所と聞いて、あの築山の枝垂《しだ》れ桜の薄紅《うすべに》色の花を一瞬見たような気がした。

「ええ」頼輔は大きな鼻に汗を光らせて言った。「それに、為義殿からいろいろと意見を聞かれ、お考えを変えられたように見えるのです」

「というと……」

二人は膝《ひざ》をのり出した。

「合戦も致し方ないと……」

「まさか、院がそのような……」

寂然が息をついた。

「為義殿が、合戦に勝てば、重仁親王の践祚《せんそ》は間違いないと……」

「申しあげたのですか」

西行の声が震えた。

「そうです」

西行は深く頭を垂れた。寂然も一言も言葉を発しなかった。

新院の御心は、近来になく平静であった。すべてを棄《す》てるとは、まるで魔術のようなものだ――そう考えていた矢先、突然、怨霊《おんりよう》は、為義の姿を借りて現われ、重仁親王の帝位《みかどのざ》は間違いないと熱い息で言ったのである。

新院の心に噴き上った炎を押しとどめるものなど、地上になかったであろう。重仁親王の践祚――もしそれができるなら、どんなことでもしよう。たしかに、それを諦めていた時期がある。だが、いまは違う。為義は「勝てば、それが叶《かな》う」と断言する。為義は、戦《いくさ》の経験こそすくないが、武士の棟梁として、もっとも信頼するに足る人物だ。人柄も円満で重厚だ。すぐれた武勇の子供たち、郎党がいる。その為義が言うのだ、「勝てば、叶う」と。

あの重仁が帝になる――それを実現するためには、この身は八つ裂きになってもいいとさえ思ったこともある。その願いが実現する。それは「勝てば、叶う」のである。

新院には、その言葉以外には、何も見えなかった。歌による政治《まつりごと》も、西行の言葉も、『久安百首』の勅撰も、数々の歌会も、すべて消えはてた。そしてただ「勝てば、叶う」という言葉だけが響いていた。

七月十日の暑いむしむしする長い夕暮のあとで、妙に気だるい、湿気のある暑苦しい夜が、二条河原に白い靄《もや》を曳きずりながら、覆いかぶさってきた。

白河北殿の広間では、蒼白い、細面の頼長が、頭をうしろにのけぞるようにして、腕を組んでいた。緋《ひ》色《いろ》の地に金糸で唐獅子《からじし》の縫いとりをした鎧直垂に黒糸縅《くろいとおどし》の鎧を着けている。

間もなく斎院御所から新院がせかせかした足どりで入ってこられると、鎧姿の頼長の両手を執られた。新院のお姿は、鎧のために、一まわり大きく脹らんだように見えた。そこに控えていた勧修寺頼輔の眼には、重仁親王の帝位《みかどのざ》を何としても手に入れたいという妄執が、鎧姿に凝り固まったように映ったのである。広間に集った側近の教長、実清、家弘たちはただ水干に腹巻を着けただけだった。新院は、動きのぎごちない大きな傀儡《くぐつ》のように、逆沢瀉《さかおもだか》の黄糸縅の草摺を重そうに動かし、厚敷の上に坐《すわ》り、頼長の黒糸縅の鎧姿と並ばれた。

たしかに白河北殿は歩卒《つわもの》たちに警固されていた。物陰では鎧姿の侍大将《さむらいのおさ》たちが合戦に備えて弓矢の準備に余念がなかった。篝火《かがりび》が御殿全体を赤々と照らしだしていた。切迫した気配があたりを包んだ。

しかし公家《くげ》たちはまだ誰一人鎧を着ける気持にはなっていなかった。内裏高松殿でも、武士たちを集めて合戦の準備をしているというが、本当に合戦があるのかどうか、それすら確かではなかった。

そんななかで新院の鎧姿は異様であった。人間ならぬ異様のものが広間にまぎれこんだ感じだった。

「陛下」参議教長はさすがに黙っていることはできず、新院の前にすすみ出ると、声を低めて言った。「太上天皇の御身であらせられる方が、これほど早々と鎧を着けられるというようなことは、誠にもって、異例の御事でございます。だいいち陛下、そんなものをお召し遊ばされてはお暑うございましょう」

新院は黙って教長の顔を見つめられたが、やがてふっと息をつくと、鎧を脱がれたのであった。

いかにも暑い夜であった。風はそよとも吹かなかった。月は夜半には早くかくれて二条河原は暗く空虚《がらん》としていた。

白河北殿では、黒糸縅の鎧を着た半白の為義が召され、合戦の手筈《てはず》について頼長の相談を受けていた。

西行と寂然が春日小路《かすがこうじ》の僧房に戻ったのは子《ね》の刻に近かった。頼輔にその後の経緯についての報告してくれるよう頼んでから、西行は、これ以上のことは、到底人力によっては、成し能《あた》わないであろうと思い、二条河原を離れたのである。寂然も言葉はすくなかったが、同じ考えであった。

しかしそれから数刻あとに、頼輔から手紙が届いた。それを届けたのは、昔、丹波で盗賊の仲間に入り、いまは頼輔の身辺警固に当っている眇《すがめ》の男であった。

その手紙には、新院が、人々に率先して鎧を着用したため、それを教長からたしなめられたこと、また、為義、為朝親子が夜討ちを望んだのに、頼長が、夜討ちなどは十人二十人の私《わたくし》戦《たたかい》に行うべきことで、天皇と上皇、関白と左大臣の決戦には用いるべきでないと言ったこと、などが認《したた》められていた。

「白河北殿は、明十一日未明、南都から僧兵千人余の加勢があるというので、ただならぬ興奮に包まれております。まるで合戦にすでに勝ちでもしたかの……」

手紙の末尾にはそんな走り書きが見られた。暗い燭台《しょくだい》の下で、あわただしく書かれたらしく、文字が斜めに歪《ゆが》み、終りが紙の外へはみ出し、文章が途中で切れていた。

西行は黙って、読み終ると、それを寂然に渡した。

「合戦は明日だな」

手紙に眼を通すと、寂然が言った。

「いや、義朝は明日の決戦まで待ちはすまい」

西行が何か考えるような表情で答えた。

「では、その前に」

「おそらくそうだろう。援軍がくることは義朝だって諜者《あないしゃ》から聞いているはずだ。とすれば、それが到着する前に、決戦を望むのが自然だろう」

西行は、頼輔配下のその男に、道々どんな様子だったかを訊《たず》ねた。

「意外に思ったのですが、内裏高松殿のあたりは、ばかに静まり返っております。篝も二つ三つあるきりでございます」

男は土間に片膝をついて言った。

その瞬間、西行は身を翻して立ち上った。

「寂然、間違いない、夜討ちだ。義朝はもう歩卒《つわもの》たちを動かしている」

眇の男は顔をあげた。

「本当でございますか」

「本当だ。すぐ報《しら》さねばならない」

「私が大急ぎで戻ります」男が叫んだ。

「お前が着くのが遅れたら、白河北殿はひとたまりもない。途中で義朝方に捕まらぬようにな」

男が闇《やみ》のなかに消えると、西行はそのまま僧房の縁先に出た。西行の眼には、まっ先に鎧を着た新院の姿がまざまざと見えていた。新院は、軍事《いくさ》のことなど何もご存じではなく、ただ鎧を着れば、それで勝利を手にしたように思われたにすぎないのである。

西行には、それは見るに忍びないお姿であった。あれほど歌による政治《まつりごと》を望んでおられたお方が、なんというお変りようであろう。いまはただ戦《いくさ》に勝つことのみが頭を占めていて、ほかの何も眼に入らない。まるで子供が物をせびるように、性急に、我ままに、こらえ性なく、勝を望んでおられるのだ。

そこまで考えがおよぶと、西行は眼を閉じた。胸のなかから、嗚咽《おえつ》のような熱いかたまりが不意に衝《つ》きあげてきたからである。

歌による政治《まつりごと》に生きるかぎり、たとえ美福門院と関白忠通の策謀《はかりごと》がいかに巧妙に仕組まれていても、決してその手は新院に届くことはない。そこには美と現実《うつせみ》の違いがあり、永遠《とこしなえ》と現時《うつろい》の差があるからだ。だが、新院が鎧をみずからお着けになった今、すべてが変った。新院は美から現世《うつせみ》へと戻ってしまわれたのである。

そこでは重仁親王即位というごとき現世《うつせみ》の満足、効用《はたらき》があるかもしれないが、同時に、現世《うつせみ》という浮島のなかに閉じこめられた結果の煩悩《ぼんのう》、苦艱《くげん》、無明、彷徨《ほうこう》を引きうけなければならないのだ。現世《うつせみ》の満足を手に入れつつ、現世《うつせみ》の煩悩から離脱することなどあり得ない。満足を望むなら、もう一方の無明苦艱も引きうけなければならないのである。

新院は、最後の最後まで、歌の道をお取りになっていた。もう一歩、その最後の一線を越えさえすれば、重仁親王も帝位《みかどのざ》も現世《うつせみ》の功業《いさおし》もすべて、眼下に、低いものとしてお見えになるはずであった。自在な美の境地へ抜け出られ、そこから、浮島のような現世《うつせみ》の諸々《もろもろ》の宿命《さだめ》の興亡《うきしずみ》を眺めることがおできになるはずだったのである。

だが、その最後の最後で、重仁親王への妄執が噴き上った。新院はその擒《とりこ》となった。

だが、新院にとってそれはすでに宿命《さだめ》の成就《じょうじゅ》ということではないのか。妄執の果ての果てまで辿《たど》られた以上、たとえその最後の賭けに敗れても、そのみじめな結果は、誇らかに、自足して受けられるべきものではなかったであろうか。すべてを出しつくし、燃えつきたということは、そのことだけで、唯一《ゆいいつ》最高の慰藉《いしゃ》であるはずだからである。

そう思うと、西行の心にすこしずつ冷静さが戻ってきた。

西行は西行で、寂然は寂然で、力のかぎりを尽した。そのことに燃えつきたと言っても何ら誇張はなかった。

新院も、妄執の世界に戻られたけれど、それは他の一切を投げうって、それ一点に集中されたわけで、そこにも何ら悔いはないはずだった。

「もういい。何が起ってももういいのだ」

西行は夜の闇を前に坐っていた。そして全身を耳にして闇の奥の静寂に聞き入っていた。

やがて遠くで、人々の喚声が重く押し殺したように聞えた。二条河原の方向であった。

「合戦が始まったようだな」

西行は寂然をふり返った。寂然は低い声で誦経をつづけていた。

いま人の運命《さだめ》が刻々に変っているのである。この瞬間に矢に射ぬかれる男もいる。太刀に眉間《みけん》を割られる男もいる。勝つ男もいる。逃亡する男もいる。白河北殿の内と外で人間の運と運が鬩《せめ》ぎ合っている。

高倉小路から春日小路にかけて人々の足音が乱れながら走ってゆく。

「火事だ、火事だ」

足音にまじってそんな声が聞えた。西行は僧房のなかから動かなかった。白河北殿に火がかけられたことは間違いなかった。

まだ夜は明けきっていなかった。だが、かすかに黎明《しののめ》の予感がほの白く忍びこみ、邸宅の宏壮な屋根が黒い影となって浮び出している。鶏があちこちでときを作っていた。

間もなく白んだ空に黒煙が流れるのが見えた。朝露を含んだ風が、つねの朝のように、草を揺らして吹いていた。

夜半に頼輔の手紙を携えてきた男が、ふたたび僧房に駆けこんできたのは、夜が明けきった頃であった。

「為義殿の軍勢はたった今、白河北殿を退去いたしました。残念ながら、敗戦《まけいくさ》でございます」

男は肩で息をつくとそう言った。

「新院はいかが……」

「火がかけられたとき、東門より北白河へ逃げられました」

「頼長殿も」

「ご一緒でございましたが、途中で流れ矢が御頸《くび》の骨に当り、落馬された由《よし》でございます」

「勧修寺頼輔殿は」

「主人は平家弘、光弘殿父子と新院をお守りして東山を越えて三井寺に落ちると申しておりました」

これが宿命《さだめ》というものの姿なのだ、と西行は、すでに明るくなった空を仰いだ。

新院は山を無事越えられたであろうか。頼長に矢が当ったとすると、新院は頼長と別々に山を越えておられるのであろうか。また嗚咽に似た熱いものが胸もとにこみ上げてきた。

しかし西行はそのとき、歌による政治《まつりごと》が終ったとは思わなかった。この敗戦《まけいくさ》は新院を果てしない不幸へ突き落すことになろうが、別の言い方をすれば、いまこそ、重仁親王への妄執が、大斧《おおおの》で太綱を切るように、断ちきられたのである。歌による政治《まつりごと》がただ現世《うつせみ》の執着を断ち、現世《うつせみ》の仮象《うつろい》を包みこみ、それに永遠《とこしなえ》の生命を与えるところから始まる以上、白河北殿の炎上は、むしろ蘇《よみがえ》りの炎と言えぬこともない。

西行が新院を探して東山に入ったのは、こうした胸の思いを告げようと思ったからであった。しかし新院は家弘、光弘とともに山中をさ迷われたのち、法勝寺の辺りに下りられた。そこで輿《こし》を拾われると、二条大宮の阿波局《あわのつぼね》の家を訪ねたが、門は閉ざされたまま、何の答《いらえ》もないのだった。

輿は参議藤原教長の邸宅《やしき》へ急いだが、教長は合戦からまだ戻っていなかった。新院はさらに少輔内侍《しょうのないし》の家を訪ねるように言われたが、そこも門は閉ざされていたのである。

西行がようやく新院のあとに追いつくことができたのは、その翌日の夜のことである。新院は船岡山の知足院で出家されたあと、仁和寺《にんなじ》の御弟五の宮覚性法親王のもとに行かれそこに閉居されていたのであった。

すべては手おくれであった。どうせこうなるのならどうして早く出家をなさらなかったのか。重仁親王への思いを断ち切ろうとなさらなかったのか——西行はただ明るい月を見て無念の思いを嚙《か》むしかなかった。

西行がのちに書き残して私のもとに送ったのはこのときのことである。

世の中に大事出《い》で来て、新院あらぬ様《さま》にならせおはしまして、御髪《みぐし》おろして、仁和寺の北院におはしましけるにまゐりて、兼賢阿闍梨《けんげんあざり》出であひたり。月明《あ》かくて詠《よ》みける

かかる世に　かげも変らず　すむ月を　見るわが身さへ　恨めしきかな

十四の帖

寂然の語る、新院讃岐《さぬき》御配流《はいる》のこと、
ならびに西行高野入りに及ぶ条々

藤原秋実《あきざね》殿か。よく来られた。このようなもてなすものとてない小庵《しょうあん》だが、奥のほうへ通られよ。風もよく吹き渡るし、大原の里の眺めも楽しむことができる。

兄寂念から大体の話は聞いている。保元騒乱のつづきを私に話せということであったな。この前はたしか冬であった、陸奥《みちのく》の旅から戻った西行についてお話し申しあげたのは。さ、お寛《くつろ》ぎ召されよ。一息ついてから、その後の事の移り行きの大略《あらまし》をお話し申しあげることに致そう。

あの騒乱の夜、私は西行と春日小路《かすがこうじ》の僧房に戻った。山中に逃げられたという新院の跡を追って出ていった西行は、その日は帰らなかった。翌日、私は、紙に、常盤《ときわ》の邸宅《やしき》に戻りそこで西行を待つ旨《むね》、書いて、壁に貼《は》りつけた。京の街々は勝戦《かちいくさ》に酔った兵士《つわもの》たちが、横柄《おうへい》な様子で、通行人のほうを眺めていた。

私は常盤の邸宅《やしき》に着くと、身体《からだ》の汗を拭《ぬぐ》って、すぐ横になった。不眠不休の日々がつづいたので、横になると同時に、深い眠りに陥った。西行が来たら起すように言いつけておいたが、結局、姿を見せなかったので、私はそのまま一昼夜眠りつづけることになった。

目覚めたのは七月十四日。騒乱が終ってから二日たっていた。

だが、西行は姿を見せなかった。私は人をやって、春日小路の僧房を訪ねさせたが、そこは無人のままで、西行らしい姿は見えなかった。壁に貼ってきた書き置きはなかったというから、西行が騒乱のあと、そこに立ち寄ったのは間違いなかった。

とすれば、西行は何らかの理由で、常盤の里を訪れずに、そのまま京を離れたのである。おそらく、私と会って新院の不運について話すことが、たまらぬ苦痛と思われたに違いない。

私にとっても、それは同じであった。二人とも心を合わせて新院を破滅からお救いしようとした。たしかに源為義《ためよし》を警固に頼むとか、鳥羽田中殿《たなかどの》から白河にお連れ申すとか、あとから考えれば、新院の運命《さだめ》に不利に働くようなことをしたのかもしれない。だが、結局は、新院の破局は、御子《みこ》の重仁《しげひと》親王への愛着を断ち切れず、為義の「勝てば、叶《かな》う」という言葉に一瞬の幻影を抱かれた結果であった。私たちとしては、ひとたび水門を破った濁流を押しとどめることはできなかった。新院にはお気の毒ではあったが、歌による政治《まつりごと》を忘れ、現世《うつせみ》の流れに身を投じられた瞬間に、すべてはそのようなものと決ってしまったのだ。西行も私も、そうなっては、もはやどうすることもできなかったのである。

だが、たとえそうだったとしても、新院が陥られたご不幸を前にして、敗者同士が顔を合わすことは、私にも苦痛であった。

ただ私には新院の行くすえが気がかりであった。もはや決った運命《さだめ》の流れは変え得ないまでも、打ちひしがれた新院の御心は、何とか支えることができるのではないか。いや、支えることが、ここまで新院を破局からお救いしようとした者の義務《つとめ》ではないか。

私はそう考えたので、新院がお籠《こも》りになっておられる仁和寺《にんなじ》へと出かけた。

たまたま出てきた僧兼賢《けんげん》が、新院は食事にも箸《はし》をおつけにならぬほど、激しい心の衝撃《いたで》を受けておられる、と言った。

「新院が泥まみれになってここに辿《たど》りつかれた日の夜、西行殿が訪ねてこられ、お歌を院に渡してほしいと申されました。院はそれを受けとると、長いこと、嗚咽《おえつ》しておられました」

むろん新院にお目にかかることはできなかったし、物々しい軍兵《つわもの》たちが仁和寺のまわりを警固していたので、よしんば新院がそう望まれたとしても、無駄であったろう。

私の胸を強く打ったのは、西行が、仁和寺に入られた新院をすぐ訪ねて、お慰めの歌を贈ったということだった。西行は、それだけのことをしておいて、突然、私と離れた。もちろん私は、それを西行の身勝手な振舞いと思ってはいない。そこには羞恥《しゅうち》の思いもある。激しい悲しみもある。だが、それ以上に、新院の許《もと》を訪ねたことと、突然姿を消すことのなかに、私は、西行の気持のすべてが表われていると思ったのだ。

西行は私と違って、その後、新院のお近くにいることはついになかった。私のほうは、たとえ直接《じか》に新院とお目にかかることがなくても、できるだけお側《そば》に侍《はべ》っていたいと思いつづけた。西行は違う。あれほど新院を愛し、新院のお顔に御母待賢門院《たいけんもんいん》さまの面ざしを探していたにもかかわらず、仁和寺に籠られてからあとは、ぷっつりと、その関係《かかわり》を切っている。もちろん西行が、権力《ちから》を奪われた新院を見限ったなどということはありえない。それは、一見すると、突然の心変りと思えそうな変化ではあったが、むしろそうしたなかに、私は、西行の誠《まこと》を感じた。そのときはそう感じていたものの、言葉に出してうまく言い表わせなかったが、これ以外に身の処しようはなかったろうと思うようなものが、そこにあったのだ。そしてこれは、後にお見せする西行の手紙によっても明らかである。

それでも、何かもう一度気が変って、西行の姿に遇《あ》えるのではないか、という思いもしていた。新院の審判《さばき》がはっきりするまで、私は仁和寺の山門の前で終日誦経《ずきよう》した。

その間に新院側についた人々が謀反人《むほんにん》としてつぎつぎに捕えられた。山を越えて、志賀や丹波に逃げ落ちた者も多く、探索は難儀を極めた。そこで信西入道《しんぜい》は、唇の端に冷たい笑みを刻みながら、逃亡者に対して、すべて死罪は免じ、重い罪でも遠島以上の罰は科されない、という下知を町々村々に伝えたのであった。

その後、数日のあいだに、多くの新院側の公家《くげ》、侍大将《さむらいのおさ》、兵卒《つわもの》たちが検非違使庁《けびいしちよう》に出頭してきたのは、この下知を信用したからである。

だが、残忍な信西入道には、もともとそんなつもりは毛頭なかった。この男は、宮廷に入り、妻の威光を笠《かさ》に着て、八方に睨《にら》みを利《き》かせる以前は、もっぱら学問に打ちこんでいた、小心で内気な学生《がくしよう》にすぎなかった。信西がとくに好み、得意でもあったのは、算数と陰陽道《おんみようどう》であり、藤原通憲《みちのり》という俗名を捨て、僧籍に身を入れたのは、陰陽道によって知った自らの剣難の厄から逃れるためであった。陰陽道と並んで得手であった算数の学も奥儀《おうぎ》を窮《きわ》め、あらゆるものを数字に還元《もど》して考えるという徹底した生活態度を崩さなかった。とくに信西は一対の物を見ると苛立《いらだ》ちを感じた。偶数を嫌い、奇数を好んでいたからである。入口の門に唐獅子《からじし》を置くようなとき、かならずそれが一個か三個になるようにした。

信西の頭のなかには、勝者敗者という対立はなかった。勝者のみが残り、敗者は消えるもの、という考えしかなかった。二者は対立してはならず、敗者は無に還元《もど》らなければならなかった。信西は、謀反人たちの一人一人の顔を思い浮べるようなことも全くなかった。それは一個、二個、三個という数の集りでしかなかった。それは碁石の集りのようなものといえた。そして白い石は台上に残され、黒い石はすべて台下に捨て去らなければならなかった。

信西が出頭した者、追捕《ついぶ》した者すべてを死罪に処したのは、もともとこうした資質が働いていたからである。誰かの嘆願《いのちごい》があると、信西は引き算が突然加算に変ったような不快を感じた。そして彼は引き算は引き算、とつぶやくように言って、すべての嘆願を握りつぶした。

こうして七月十五日に前後して捕えられた教長《のりなが》、成澄、家長、盛憲、経憲など新院側近の公家は東三条殿で拷問《ごうもん》のうえ、十七日にいずれも死罪となった。検非違使庁で謀反人たちが拷問を受け、その引き裂くような悲鳴や泣き喚《わめ》く声が庁舎の外まで聞えて、耳をふさがずには、そこを通ることができないという噂《うわさ》を聞いたのも、その頃のことである。

なかでも無残だったのは、源義朝《よしとも》が父為義と幼い弟たちを斬《き》らなければならなかったことだ。それを命じた信西は、おそらく単に黒い石を台から取り除く程度にしか感じなかったのであろう。肉親を斬るようなことをどうして信西が命じたのか。平清盛も伯父忠正、従兄《いとこ》の長盛、忠綱、政綱、通正を六条河原で斬ったが、噂では、清盛は、自分も肉親を斬ることによって、義朝の躇《ため》らいを一掃し、義朝自身の手による源氏の家系の断絶を計ったというのであった。源氏が源氏自身を討てば、すくなくとも、源氏が他家《よそ》を仇敵《きゅうてき》と呪《のろ》うことはない。次第に勢いを加えてきた武士の権力《ちから》を、武士自身の手で減殺させるのは、信西の算数偏愛に照らしても、最も理に適《かな》った引き算だったわけである。

新院を最後までお守りして仁和寺までお届けした平家弘、光弘たちは大江山で斬首《ざんしゅ》。そのほか平度弘、長広、時広なども打ち首となった。

信西の算数は整然としていたし、端数《あまり》が出るのを嫌ったので、計算は迅速で、生き残るはずの者まで、ついでに死罪へと繰りこまれた。審議《さばき》で罪状の判定がつかないとき、ほとんど抹殺同然に斬られたのは、ただ端数《あまり》を残さないためであった。

私は、謀反人たちが六条河原で、船岡山で、あわただしく斬首され、その首が晒《さら》されるのを、手を拱《こまぬ》いて仁和寺の門前から眺めているほかなかった。まさか新院に手を触れるようなことはないと確信できたが、ただこの矢継ぎ早の処刑と、その屍体《むくろ》の夥《おびただ》しさは、普通のことではないと感じた。従来《いままで》の考え方では、どうにも納得できないことが、世相の奥で起っている――そんな気持であった。

たとえば、仁和寺の山門のそばで、衣服と乗り物からいって、どう見ても五位以上の公家らしい男が、兵卒《つわもの》たちに因縁をつけられて、平謝りに謝っているのを見たが、それも兵卒《つわもの》たちのほうが殿上人を困らせようとしていることは明々白々だった。だが、誰ひとり、それを言うものはいなかったし、殿上人のほうも、所属の役所や検非違使庁の威力を後楯《うしろだて》に使おうとはしなかった。よしんばそうしたものを使ったとしても、この者たちを嚇《おど》したり、鎮《しず》めたりできないことはわかっていた。いまや、むき出しの腕力、武力が世間を罷《まか》り通っていたのである。

こうした世相の変りようが新院の運命《さだめ》に何らかの影響《かかわり》があるということは予測できた。それだけに仁和寺の山門の前で、どのような裁決がでるかを待っていた私は、たえざる不安と焦燥に駆られ、誦経のなかにすべてを忘れようとした。

僧寛遍が夜陰にまぎれて、近くの僧房にきてくれたのは十八日のことであった。

「新院が寂然殿へこれを」

寛遍は燭台《しょくだい》のあかりの下で菱紋《ひしもん》の白浮織物の裂地《きれじ》に包まれたものを差しだした。中から現われたのは、新院のお歌であった。

「では、お歌を詠《よ》まれるまで落着かれたわけですね」

私はそう訊《たず》ねた。

「いや、そんなご様子ではございません。きっとご自分でも何をしているか、わかっておられないのではないか、と思うことがあります。お歌は気を取り戻されたとき、書かれたと思います。誰か近くへ控える者はおらぬかとお尋ねになられたので、誰もおりませぬと申しあげるのは、あまりにお気の毒で、つい御坊をお見かけしていましたので、名前を申しあげると、一瞬、お顔に血の色が戻られました。このお歌を御坊に渡すように言われたのは、そのときです」

お歌は次のようであった。

思ひきや　身を浮き雲に　なしはてて　嵐《あらし》のかぜに　まかすべしとは

私はそれを何度も口のなかで読んでいると、涙が熱く頬を濡《ぬ》らすのを感じた。新院が嵐に吹きとばされる浮き雲の身となられたことを、慟哭《どうこく》しておられることが痛いように胸に染《し》みた。

私はいったいどうお慰めしたらよかったであろうか。私は言葉もなく頭を下げるほかなかった。

それからなお何日かは、毎日のように、院側の公家、武将《もののふのおさ》の誰かれが捕えられ、訊問《じんもん》され、六条河原で斬られたという噂を聞いた。

こうした信西入道の遣《や》り口を見れば、新院の扱い方も相当の厳しさが加えられるのではないか、というのが、仁和寺の傍らに控えていた私の印象《かんじ》であったが、新院には、そのすべては隠されたままであった。

のちに僧寛遍から聞いた話では、新院は、昔からの審判《さばき》の慣習《しきたり》によって、せいぜい近江《おうみ》か宇治かに移され、そこでしばらく幽閉の生活を余儀なくされる、と考え、その程度《ほどあい》の覚悟はしておられたという。

だが、七月二十二日、騒乱が終ってから十日目に、新院が予測しておられるよりもはるかにきびしい配流《はいる》の報《しら》せが届いたのである。

伝達の任には日野資長が当ったが、その日、資長のほうが蒼《あお》ざめた顔をしていたと寛遍は伝えた。配流先が海を越えた讃岐《さぬき》であり、これは、すでに謀反に敗れ、恭順の意を表するため出家された上皇に対する処置としては、あまりに苛酷《かこく》である、と、重臣のなかで考える者も多かった。資長もその一人であった。

だが、罰の緩和を願う公能《きんよし》や実定、雅頼たちの発言《ことば》に対して、信西入道は、死罪に価《あたい》する者への処罰としては至当であって、これ以下の減刑を言うのは、法《のり》と秩序《ととのい》を乱す者で、あえて騒乱を謀《たくら》む者といささかも変りない、と言い張ったのである。

その態度は、義朝に父為義を斬らせたときと同じであった。論調《すじみち》も整然として一切の反論を加える余地がなかった。反論をすれば、反論しただけ、謀反に肩入れしていると見なされてしまう。そんな論理《ことば》の立て方で、たとえば徳大寺実能《さねよし》殿は口を封じられたのである。新院が、実の御妹待賢門院の御子である以上、実能殿としては、何とか取りなしの口実を見つけようとした。罪のすべてを頼長《よりなが》殿になすりつけるというのも、その手段《てだて》の一つだった。事実、騒乱の前に、実能殿は、帝《みかど》との間の調停《なかだち》にも立ったし、また新院に出家するようお勧めもした。にもかかわらず評定の席で、一こともロをきくことができなかった。実能殿だけではない。信西入道の冷ややかな喋《しゃべ》り方に、後白河帝の側近すべてが、蛇に見据えられた蛙《かえる》のように、何一つ反論を加えることができなかったのである。

資長は、肥《ふと》った好人物の佐渡重成《さどしげなり》に守護されていた仁和寺境内の寛遍の僧房に入ると、新院の前に顔を伏せたまま、低い声で奏上した。

「畏《おそ》れながら、このたびの御騒乱の御責任《おんせめ》を負われましますよう、帝《みかど》の御意志《みこころ》ならぬとはいえ、仰《おお》せ出されましたにつき、陣定《じんのさだめ》に仕えまする百官相集い、官庭に照らし、明法を案じて勘考進言申しあげ、ここに帝の御決裁相定まり、讃岐へ御遷幸《せんこう》遊ばされたく、臣資長、勅命を奉じて罷り越した次第でございます」

狭い僧房の暗闇《くらやみ》の奥から、しばらく声はなかった。やがて新院が声を忍んで嗚咽しておられるらしい押し殺した呻《うめ》きがその闇から聞えた。

「して、出立は……」

新院の声はかすれていた。

「明二十三日、深更でございます」

「明二十三日……」

暗闇のなかはそれきり声はなかった。

新院の御不運に対する同情は、ひとり資長だけが持っていた感情《おもい》ではなかった。

とくに内大臣実能殿は、しばらく言葉も振舞いも夢遊の男のように虚脱《うつけ》ており、眼には光さえもなかった。実能殿は内大臣の務めとして検非違使別当を呼び、遷幸の手続きをすすめるように言ったが、その声は力なく虚《うつ》ろで、辛うじて聞きとることができたほどであった。

新院を仁和寺僧房からお連れする御役は、守護に当った佐渡重成がそのまま引きつぐ恰好《かっこう》になった。重成も新院に同情する一人であり、この辛《つら》い役目から早く逃れたかったが、命令とあれば致し方なかった。重成は新院の御前に膝《ひざ》をつき「尋常《つね》ならば身に余る晴れの御役でございますのに、今宵は身を切らるる御役なのが辛うございます」と申しあげたのである。

新院には兵衛《ひょうえ》の佐局《すけのつぼね》など三人の女房が従った。三人とも白絹の袿《うちかけ》に薄青の指貫《さしぬき》を穿《は》いた旅装束をつけ、赤い緒の市女笠《いちめがさ》を胸に抱きしめるように持った。三人の女はすでに仁和寺の北殿の階《きざはし》を下りるときから眼に涙を溜《た》めていたが、松明《たいまつ》の荒々しい光の揺れる中で、重成の配下の者たちの手を借りて、黒塗の庇眉《ひさしまゆ》をくぐるように車に乗った刹那《せつな》、さすがに堪《こら》え切れなかったのか、声を限りに泣き始めたのであった。

配下の男たちは車簾《みす》を下すのをためらった。男たちにも、その泣き崩れる姿があまりに痛ましく思われたのである。

この三人の上臈《じょうろう》は、車を囲んで随身《ずいじん》たちが美々しく扈従《こじゅう》した、かつての華やかな御出御《しゅつぎょ》を憶《おぼ》えていただけに、屈強の兵卒《つわもの》たちがただ警固のためにだけ取り囲む、夜の護送車の荒涼とした恐しげな有様《すがた》には到底堪えられなかったのであろう。

すでに寅《とら》の刻を過ぎていたので、闇のなかに、どこか黎明《しののめ》の匂《にお》いのようなものが流れていた。木々は、星の淡くきらめく空へ、黒々と葉群れの輪廓《ふちどり》を描いていた。その黒い木のなかで、すでに鳥たちが囀《さえず》りはじめていた。私は重成の許しをうけて、御車のそばに扈従した。警固の者をのぞけばただ一人の扈従者であった。

東山の寺から重々しく鐘の音が流れた。赤い半月はようやく傾きかけ、すこしその光が淡くなったように見えた。

新院を唐車にお乗せした佐渡重成は、新院のお嘆きのことを思うと、そのまま黙々と車を動かすだけでは何か申しわけないような気がした。そこで道々、眼にしたものを、車簾《みす》の向うの新院に説明申しあげた。「ただいま三条を過ぎるところでございます」とか「四条河原のあたりは、昼は、傀儡師《くぐつし》や歌舞伎《かぶき》者や呪師《のろんじ》が面白可笑《おか》しい芸を見せてくれるところでございます」とか説明したのであった。

新院は車がゆっくり動き出したとき、何度か胸が引き裂かれ、やっとの思いで嗚咽の声を忍んだのであったが、重成の声を聞くうち、不思議と、その悲しみが薄らぐのを感じた。

新院が合戦に敗れ、如意山《にょいさん》の山中を泥まみれになって迷われた揚句、扈従者としてただ家弘と光弘だけを連れて、京の家々を訪ねたとき、どこも後白河の帝《みかど》の威光をおそれて門を開かなかった。そのことが新院の心を深く傷つけていた。ひとたび権門を去れば人は弊履のように棄《す》てて顧みないのである。だが、寛遍の狭い僧房に押し込められたときにもまして、重成はその温情を失わず、こちらの気持を慰めようとしていろいろ心を遣ってくれる。この男と讃岐へ下るのなら、苦痛も悲傷も一段と薄まるに違いない。

新院はそう思われたのであった。

「京の町はこれを限りでございます。ただいま鳥羽の北の楼門を過ぎるところでございます」

重成は、新院の御心をお察ししながら言った。

そのとき車横の長物見《ながものみ》から重成の名が呼ばれた。重成は急いで車の櫺子窓《れんじまど》に顔を近づけた。

「何ごとでございましょうか」

「いま鳥羽を通っていると申したな」

「仰せのとおり、北の楼門の前でございます」

「頼みがある。どうであろう。ここは故鳥羽院の安楽寿院が在るところ。故院に最後のお別れを申しあげたいのだが」

重成は胸を衝《つ》かれた。新院のお気持を考えれば、故鳥羽院の御陵に最後のお別れを告げたいのは当然であろう。だが、問題は宣下《せんげ》である。そこには、こうして新院と話を交すことも許されぬばかりか、車が通過する経路と、おおよその経過時間がきびしく指示されていた。しかもその宣下を下知したのは信西その人であった。経路の変更はおろか、時間の遅滞など許されるはずがなかったのである。

「畏れながら、申しあげます。ただいま、すでに宣下に定めました時刻から遅れ申しているのでございます。御心のほど、重成、重々に御推測申しあげますが、何卒《なにとぞ》この儀だけは、お許し下さいますよう、伏してお願い申しあげます。万が一、この遅滞のほどが陣定《じんのさだめ》に聞えようものなら、どのような処罰が待っているやもわかりませぬ。重成、まことに不甲斐《ふがい》なきものと口惜しく存じておりますが、これだけは如何《いかん》とも為《な》しがたく、ご堪忍《かんにん》、ご容赦のほどお願い申しあげる次第でございます」

重成は車の長物見の下に両手をつき、平伏した。

新院はじっと重成を眺めておられたが、「そのような次第であれば、致し方あるまい。このことは放念し、車を進めよ」と低い声で言われた。

重成は、せめて、ここより御遥拝《ようはい》を、と、御車を安楽寿院のほうへ向けた。

私は扈従の男たちよりずっと後に控えていたが、そこからでも、新院が咽《むせ》び泣かれる声を聞くことができた。重成は御車のそばで膝をついたまま長いこと立上らなかった。

車が草津に着いたのは、それから一刻ほどあとのことである。

すでに夜明けの光があたりを包んでいた。水のように澄んだ空にまたたいていた星が淡い白い光となって消えていった。川水は深々と茂った葦《あし》のあいだを、滑らかな、たっぷりした水勢で流れていた。

船着き場には、内裏から遣《つか》わされた警固の軍兵《つわもの》たちのほか、讃岐までの扈従を申し出た三百人ほどの腹巻姿の侍たちが集っていた。

船では、新院の遷幸によって突然注目を浴びた讃岐の国司藤原季行《すえゆき》が興奮して、頬の窪《くぼ》んだ浅黒い顔を舳先《へさき》に突き出し、何やら大声で叫んでいた。

季行は、三百人ほどの侍たちの棟梁《とうりよう》兵衛義永《ひようえよしなが》と、讃岐へ行かせろ行かせぬで、船と岸とで争っていたのである。船には二本の板の橋が渡してあり、それを使って道中の食糧や飲料水などが桶《おけ》で積み込まれていた。

藤原季行は精悍《せいかん》な日焼けした顔を緊張させ、兵衛義永の申し出を断った。

「この船をご覧《ろう》ぜよ。これだけの船に三百人の人員を乗せられると思われますか。すべてたわごとです。私兵を率いて讃岐に行かれるというあなたの至誠心はわかる。だが、現実に可能なのは、せいぜい三十人。その中に、私ら新院をお迎えする者、そして正式に内裏より随行を許された者が入るのです。とても、あなたの配下の軍兵《つわもの》どもを乗せる余地はないのです」

兵衛義永という男はそれでもまだ諦《あきら》めず、大声で、岸に立って怒鳴っていた。

そのとき佐渡重成が私の側《そば》に近づくと、囁《ささや》くような声で言った。

「寂然殿。仁和寺の寛遍僧房以来、お互いに新院の御為《ため》に心を痛めて参りましたな。私は、それが任務《つとめ》、御坊はそれが歌の心の証拠《あかし》。私はつねづね胸を強く打たれておりました」

「いえ、あなたこそ、つねの守護のお役なら、任務《つとめ》だけを果して事足れりとするのに、新院の御事を親身に、細々と気をお遣いになられ、その温かいお心には奥床しささえ感じておりました」

「実は、そのことで、心苦しいながら、お話し申しあげなければなりません。私は、お役大事と、小心翼々と務めてきた役人にすぎないのです」

「何を仰《おつしや》るのです」

「聞いて下さい。私は、新院の御事がお気の毒で、お気の毒で、たまらないのです。新院の御行状を素直に見さえすれば、決してご謀反《むほん》などに走る御方でないことは誰の眼にもよく分るのです。それだけに私は新院がご幽閉になられてから、できるかぎりの配慮をして参りました。内裏側のあの酸鼻極まる御成敗の数々も、何一つ新院にはお知らせしていないのです。新院は時おり、教長は、とか、光弘は、とか申されます。しかし新院を最後までお守り申した光弘殿も、さる十七日、大江山を血に染めた処刑の日、他の者どもと共に斬首されました。私には、それを口にする勇気はなかったのです。でも、先ほど、安楽寿院の御前で、鳥羽院にお別れしたいと仰せられたとき、私には、新院のご意向に添う勇気が出ませんでした。信西入道が私たちの動きを刻一刻見守っていて、刻々の行状が詳しく報告されているのです。だから私は新院の大切な最後の御願望をお断りしたのです。どうして新院の切な願望《ねがいごと》を断ったりしたのでしょう。私ひとりが処罰されれば事足りたはずです。それなのに私は信西を恐れ、新院の親思いの一途《いちず》な愛を拒んでしまった。もう二度と御陵にお参りになれないのを知っていたのに。私はこれ以上、新院のお側にいて、このような二心《ふたごころ》ある振舞いをして、新院に辛い思いを味わわせ、私自身も心をずたずたに引裂くようなことはもうしたくないのです。新院は私が讃岐までお伴をするとお思いになっておられます。そのように内裏からも命じられています。しかし寂然殿、私は新院にこれ以上お伴できないと申しあげるつもりです。もう悲しみに耐えられないのです」

夜は明けきったが、雲が東の空を閉ざしていた。湿った風が竹藪《たけやぶ》をざわざわと鳴らした。

群雀《むらすずめ》の囀りだけがつねの朝のように活潑《かっぱつ》に聞えた。

船の準備に手間取っているあいだに、佐渡重成は新院の御車に近づき、ここで御役を退く旨《むね》をお伝えしたのである。

「それは残念だな。重成」しばらく沈黙ののち、新院は車の櫺子窓を開くと言われた。「私が仁和寺に入った夜、弟の五の宮から、ただちに北殿を退くように言われた。そうして寛遍法務の僧房へ幽閉された。重成はそこへきてくれた。私は身も心も打ち砕かれていた。だが、重成はそんな私を哀れに思って、万事につけ、慰めの言葉をかけてくれた。重成は私の幽閉を見張る役であるはずなのに、私を見守り励ます役を果しているように思った。寂然も同じであった。お前たちがいてくれれば、たとえ讃岐であろうと、流謫《るたく》の日々を越えられると感じたのだ。だが、重成はここへ留まるのだな。寂然もか」

私は、重成と並び、櫺子窓の向うの蒼白く窶《やつ》れた新院のお顔を仰いだ。

「陛下、こんどの御遷幸のお供は許されておりませぬ。しかし讃岐の御座所《ござしょ》で落着かれましたら、かならず西行ともども参内申しあげたく存じます」

それから私は懐紙に一首の歌をしたためて、そっと車の窓に差し入れた。

雲居にて　昔ながめし　月のみや　旅の空にも　離れざるらん

新院はそれを受け取られ、しばらく無言でおられた。

間もなく、藤原季行が新院を御車から船へ先導した。重成の代りに、内裏から派遣《おく》られていた兵衛尉《ひょうえのじょう》能宗が、船中の御座所へ新院をお連れした。

それは船のまん中に板輿《いたごし》を固定したような小屋であって、四囲は厚い板を打ちつけたものであった。まるで罪人運搬のための船の小牢獄《しょうろうごく》であった。

それが果して内裏側の指示なのか、讃岐国司藤原季行が極悪の謀反人という言葉をまともに受けて作ったのか、いやしくも前帝《さきのみかど》の御座所としては、あまりに無作法な、荒っぽい、粗末な小屋であった。

新院に従った女房たちは、それが新院の御座所と知った途端、声をあげて泣き崩れた。前夜、唐車に押し込まれたときと同じく、身も世もあらず、声の限りに泣き喚《わめ》いたのである。

船は、人々の無言の見送りのなかを、葦の間の舟着き場を離れた。葦の葉のなかで、よしきりがけたたましく鳴いて、人々の悲痛な暗い思いを代りに喋り立てているように見えた。

そのとき、若い女が、白い肌着を切り裂いた裂地《きれじ》をそっと私に差し出した。

「さきほど、ご上﨟のお一人が御坊に人知れずお渡しするように、と申されました」

そこには、ところどころ滲《にじ》んだ墨の筆で御歌が走り書きされていたのである。

うき事の　まどろむほどは　忘られて　覚むれば夢の　心地こそすれ　　顕仁

それはそのまま私のいまの気持ではなかっただろうか。この突然の人生の変りようを現実のことと感じられる人がいるわけはない。これは夢なのだと、私自身何度思ったことだろう。そのくせすべては刻々と変ってゆき、何一つ元のままにとどまろうとしないのだ。

私は茫然《ぼうぜん》として葦の間を流れてゆく川水の流れを眺めた。船はみるみる下流へと向かい、その姿は間もなく木立に隠れて見えなくなった。

朝のうち、晴れるかと見えた空は、その後、すっかり曇り、私が草津の舟着き場を去ったとき、対岸も見えないほどの雨になっていた。

それからしばらく、西行の姿は私の前から消えた。高野山にこもったらしいという噂《うわさ》は聞いたが、その間、ほとんど消息はわからなかった。西住《さいじゅう》に問い合わせてみても、そこにも便りはきていなかった。西行の心に、何か特別な思いがあって、それを解くために、一切を挙げてそれに取り組んでいることはまず間違いないと思えたのである。

こうした西行の心の動きを身勝手と言ってはならない。あれほど毎日行を共にし、時には生死を賭《か》けていると思える日々を送った友が、突然姿を消すというのは、常識からいえば、おかしなことだ。せめて、一ことぐらいは説明や挨拶《あいさつ》があってもいいではないか――普通の間柄なら、そう言われても仕方がなかったかもしれない。

だが、私たちの場合には、そうではなかった。私たちは、ある意味で一心同体であったから、互いに向い合って、何か言ったり考えたりすることはなかった。突然、西行がいなくなっても、それは、単にもう一人の私が旅立ったほどにしか感じられなかった。西行が消息を断ったのは、それが西行にとって最も大切なことだったからであり、西行にとって最も大切なことは、また私にとっても大切なことだったのである。

私は、西行と違って、遠くへ旅立つことより、大原の山居に戻り、ひたすら新院をお慰めする手段《てだて》を考えることが大事であった。大事であるとは、それが私にとって最も意味があり、充実した生活内容《くらし》を齎《もたら》すという意味である。

なぜ現実《うつせみ》の権力《ちから》を失われた新院をお慰めすることに意味があったのか。新院の激しいが素直なお人柄とか、ご不運な誕生から不幸な破滅までの翳《かげ》りの多いご生涯とか、お慰めする理由は多かったが、私の生活に意味を与えてくれる最大の理由は、やはり新院が歌からお離れになることがなかった、ということであった。

讃岐に配流になった新院を中心として、時代の新しい政治《まつりごと》を行うということ――これは壮大な気宇と激しい気合いとからいって、いままで考えられなかった物の見方の転倒《ひっくりかえし》だった。それは精神《こころ》の公事所を作り、精神《こころ》の陣定《じんのさだめ》を作り、精神《こころ》の国衙《こくが》を設置することといえたのである。

私は、新院が海の彼方《かなた》に遷幸《せんこう》遊ばされたとしても、見えない形の政治《まつりごと》さえ打ち立てることができれば、もはやご不運はご不運ではなくなり、ご不運を逆手にとって非在《あらぬもの》の壮麗な宮居を、時の滅びを越えて、建てられることになる――そう思えたのであった。

それは、上辺《うわべ》から見れば、新院をお訪ねしたり、お歌を送ったりすることにすぎないが、失意の人への哀傷にのみ終始しなかったのは、こうした逆転の思いがあったからである。そのためには、新院が讃岐の宮こそ現世《うつせみ》の中心であり、そこに見えない百官《もものつかさ》が集ることを、幻視《まぼろし》の力で見なければならなかった。

私があえて海を越えて讃岐の配所に出かけたのは、ただこのためであった。

　慰めに　見つつも行かむ　君が住む　そなたの山を　雲な隔てそ

私がこの歌を新院にお送りしたとき、やはり新院は慰めかねた哀傷の深さを、こう詠《よ》んでこられたのである。

　思ひやれ　都はるかに　沖つ波　立ち隔てたる　心細さを

保元の騒乱のあと、また京の巷《ちまた》に不思議な噂が流れた。義朝と清盛が仲違《なかたが》いをして、間もなく二人の間で合戦が起るであろうというのである。

私はずっと大原に引きこもり、都のそうした動揺には耳を貸さなかった。人々の興亡生死と無縁に季節はめぐり、深山幽谷には風の音、水の音が満ちている。そこに生活の静かな土台を置き、歌の調べを澄ましてゆく。それが、大原の奥にいて、はるか讃岐の新院をお慰めする道であった。

その頃になって、高野山から西行の手紙が届けられたのであった。それは従来の西行の手紙とはあまりに違っていた。書かれていたことは奇怪であった。新院への哀傷の思いがあれほど深かった西行が、私と違って、新院の御生前、ついに讃岐に出かけることのなかった理由がここにあるのかどうか。

ともあれ、それが届いたのは、大原の遅い桜も散り、木々の新芽が谷をうっすらとうぐいす色に染める保元二年晩春の頃であった。

寂然殿。あれからどのくらい時がたったのであろう、あの騒乱のさなか、突然、新院を見棄《す》て、騒乱の行方も断ち切り、あれほど心を共にしたおぬしからも、別離の言葉一つなく立ち去ってから。さぞかしおぬしも私の仕打ちには不快を覚えたであろう。だが、あのときは、あれよりほかに、何とも為しようがなかったのだ。

というより、これから物語る奇妙な出来事を知ったら、おぬしも私のこと何年かのことは納得してくれるだろう。

まず言っておきたいのは、それは一切私が望んで起ったことではないということである。あの夜——私が仁和寺《にんなじ》を訪れて歌を新院に奉《たてまつ》った夜——正確にいうと、歌を奉って仁和寺の山門を一歩踏み越えたとき、突然、物凄《ものすご》い風が私を吹きすぎていった。いや、あの夜は、争乱のさなかで、街はどこか禍々《まがまが》しい空気に満たされていたが、月は光り、北山は黒々と静まり、風などどこからも吹く気配はなかったのだ。

だが、風はたしかに音を立てて激しく吹いた。すくなくとも私はその激しい風に吹かれ、しばらくのあいだ、打ちなびく旗のように、全身をわななわな震わせていたのである。

気がつくと、風はすでになく、夜の気配は以前と同じように森閑としていた。私ははっとして何が起ったのか、と自分を眺めた。

驚いたことに、私には、言葉が失われていたのだ。激しい風は、秋の終りの木から、黄葉を一葉残さず吹きさらってゆくように、私から言葉を一切合財奪っていったのである。何か言おうとしたが、何も言えなかった。だいいち私が西行という人間であることさえすでに忘れていた。

私の前には夜があった。街々があった。遠くで犬が鳴いていた。大地はまるで傷ついた大男のようにそこに横たわっていた。だが、それだけだった。それが街であるとも、犬の声であるとも、大地であるとも、思えなかった。とにかくそうしたものが、名のない埃《ほこ》りっぽい何かいやな感じで、そこらに拡《ひろ》がっていた。

私は新院のことも、騒擾《そうじょう》のことも、おぬしのことも思わなかった。思わなかったというより、私からそうした一切が消えていた。そしてただ突然現われたこの不快なものが私を包みこんでいた。私はその拡がりの外へ抜け出したかった。あたりに土埃りが立ちこめているだけではなく、形のあるものは一つ一つ、砂の彫像のように、ぐすぐすと崩れつづけていた。

私は昼も夜も歩きつづけたようであった。ただ不快な砂の荒野から逃れるためにだけ歩いたのである。長い月日がたったに違いない。だが、どれほどの時が経《た》ったか、まったく覚えがない。

こうしてある日私は広い水の前に立っていた。それを水と言う力はまだ戻っていなかったが、そのものを口に含み、その中に身体《からだ》を沈ませ、その感触が身体に冷たく染《し》みてくることだけは解《わか》った。

そこから私がふたたび言葉を見つけだし、物に名前があることを思い出すまでの物語を書いたら、この手紙が何丈あっても足りないだろう。とにかく私はその水の冷たさから何かを呼び戻すきっかけを摑《つか》んだ。私は毎日水を浴びた。水の中にもぐり、泳ぎ、子供のように魚を追った。

私を高野山に連れていったのは、その川のほとりで遇《あ》った聖《ひじり》が私のことを知っていたからである。私はかなり物の名前を取り戻していたが、それでも、一つ一つを新しい物体《もの》のように両手で触って、はじめてそれがそれとわかる——そんな気持であった。聖《ひじり》は私が苦行か断食《じき》のため物狂いしたのであろうと考えていたが、私は、そうではなく、歌が心の中に脹《ふく》らみ上ったため、心の皮嚢《かわぶくろ》を破り、言葉がそこから一挙に飛散消失したのだと思っている。

寂然殿。これは奇怪な物語であるが、私にはどうすることもできなかった。

私は高野に導いた聖《ひじり》のもとで若い頃一心不乱に行った求聞持法《ぐもんじほう》の修行を新しい心で始めた。虚空蔵菩薩《こくうぞうぼさつ》の真言を一日一万遍唱え、百日勤行《ごんぎょう》した。失った言葉を取り戻し得たのはこの修行を繰り返したからであろう。

ともあれ、私はこの手紙が書けるだけ、元の自分を取り戻した。言葉は以前と同じように普通に使うことができる。

ただ一つ違うのは、昔のように、言葉が身体の一部のように、自然に使えないということだ。もう一つは、言葉が突然なくなったとき、私のまわりに拡がった色のない砂の荒野はいったい何だったたか、という疑問がつきまとうことだ。

寂然殿。おそらくこの手紙はおぬしを悲しませるのではないかと危ぶむ。だが、この奇妙な出来事も何ものかを生むかもしれない。私は、言葉で言ったり書いたりするよりも、もっと前の世界、ひょっとしたら鳥獣虫魚の世界に身を横たえたのかもしれない。あるいは岩となり、木となり、花となっていたのかもしれない。そのせいだろうか、私は、以前よりも容易に、事物に同化する。西行という存在《もの》などはないのかもしれぬ。

これからしばらく大峰山へ出かける。あの灰色の砂の荒野のようなものが鳥獣虫魚の世界なのか、岩石草木の心なのか。それはともかく、もう一度、物のはじまり、始源《はじめ》の始源《はじめ》に身を置いてくるつもりである。

十五の帖

寂然、引きつづき讃岐《さぬき》の新院を語ること、ならびに新院崩御に及ぶ条々

さて、新院に話を戻すと、讃岐に着かれたのは八月十日。暑い日であったと後で知った。私が草津でお見送り申しあげてから十七日後のことである。船には御座所は作られていたものの、四方が見えぬように板を打ちつけてあったため、新院は海の旅のあいだ、薄暗い、狭い箱の中に押し込められていたのと同じであった。私は船が淀《よど》川下流の木立に隠れて見えなくなってからも、長いこと、舟着き場に立ちつくしていたが、それは、新院の旅の日々を思うにつけ、悲しみが胸にこみ上げてきて、どうすることもできなかったからである。いかに船旅とはいえ、暑く、不快なお苦しみの日々であったに違いない。

たしかに新院は、終ってみれば、謀反《むほん》を起し、それに敗れた不運のお人であられた。だが、それもごくごく最後になって、心の一部に、迷いのお気持が生じられた結果にすぎないのである。当初から邪悪な企《たくら》みにふけり、悪業を計画した人とは訳が違う。新院のお気持のなかにも、ほんの、ちょっとした気の迷いだという思いがおありだった。もし源為義《ためよし》が「勝てば、叶《かな》う」と言わなかったなら、もし御子《みこ》重仁《しげひと》親王の帝位《みかどのざ》をあれほど望まれなかったら、新院

が謀反の道へ踏み迷われるはずはなかったのである。

その証拠に、直前まで後白河の帝《みかど》に手紙を送り、二心のないことを訴えておられたではないか。これ以上に気の迷いであることを示すものがあろうか。なるほどその成りゆきの果てに、軍兵《つわもの》どもが多く死んだ。侍大将《さむらいのおさ》たちも深傷《ふかで》を負ったり、捕えられたりした。だが、もともと新院は、事がそんな大仰になるとは思っておられなかった。まして新院ご自身が海を越えて配流《はいる》され、左大臣頼長《よりなが》が戦死、教長《のりなが》、家弘、光弘以下の公卿《くぎょう》がすべて斬首《ざんしゅ》されるなどという暗い運命《さだめ》をどうして考えることがおできになったであろうか。

一切が終ったとき、新院は一夜の悪い夢をみていたと思われたのも無理からぬことであった。だが、その悪夢の結果は、さらに陰惨であった。新院には、どうしても自分の軽はずみと、血の海となる断罪のきびしさとが、心の中でしっくりと納得されなかったのである。

新院が讃岐で、あれほど恭順の意《こころ》を示され、ご自分の罪を認められていながら、身体《からだ》の奥底に、ごくかすかな不満、不公正な思い、怨恨《えんこん》を抱いておられたのは、こうして納得がゆかれないまま、配流されたからでなかったであろうか。

私は、二度讃岐に渡っている。新院のお苦しみや寂しさを思うにつけ、何とかしてお慰めしたいと考えたからである。

はじめて訪れたのは、ようやく直嶋《なおしま》に御所ができた頃であった。直嶋は陸から二時《ふたとき》ほど離れた木立に覆《おお》われた島で、そこに土塀を高くめぐらした建物が建っていた。

もちろん田畑もなく、住む人も少なかった。門だけがいかめしく、錠を外から掛けるようになっていた。門の外には、国衙《こくが》から遣《つか》わされた兵卒《つわもの》が交代で警固に当っていた。ちょうど秋の終りだったので、風は沖からまっこうに直嶋に吹きつけた。荒い波が岩だらけの岸にぶつかり、白いしぶきを散らしていた。そのしぶきは風に乗って、手狭な御配所の門まで飛び散っていたのである。

私は都から特別に許可状を手に入れていたので、無事、新院とお目にかかることができたが、その建物の無粋さ、粗雑さには、さすがに胸を衝《つ》かれた。

新院は、黒ずんだお顔で、心労のため、頬がげっそりと痩《や》せておられた。

土塀が高かったので、海の眺めはまったく遮られ、ただ背後の丸い山の頂きだけが目に入った。屋敷のなかは薄暗く、配所の侘《わび》しさが重く垂れこめていた。

傍らに国衙の役人が控えていたので、新院は言葉を選んで、都のことを訊《たず》ねられたが、その内容によっては、役人が私のほうに首を振ってみせ、答えてはならぬと身ぶりで示した。

御座所といってもごくごく狭く、私は次の間から、厚畳《あつじょう》の上に坐《すわ》られた新院を見奉《みたてまつ》ったのだが、その距離はほんの五歩ほどのものであった。

薄暗い建物にいると、ただ波の音だけが、土塀の外に聞えた。まるで波が門のそばに迫っていて、今にも建物ごと呑《の》みこんで流してしまうのではないかと思われた。渦を巻くように、そこらじゅうから波の轟《とどろ》きが聞えてくるのである。

国司藤原季行《すえゆき》は、都の意向をそのまま実行するという限りでは、たしかに能吏ではあったが、新院が薄暗い不吉な建物のなかで、あらゆる気晴らしから隔絶され、どのような気持で過しておられるか、まったく考えなかった点では、およそ無能な男であった。

だいたい季行は口の重い男であった。本当は小心な性格であったが、その種の人間がつねにそうであるように、わざと豪胆を粧《よそお》い、粗暴な態度を示した。そのことが新院のお気持をいかに傷つけているかには全く無関心であった。

それに鄭重《ていちょう》に扱うことは、都の権威を落すことであると信じていたので、部下たちにも、適当な敬意を払うほかは、罪人として扱うように指示していた。

新院が時おり怒りを感じられた理由に、この国司季行の鈍感な役人気質がまず挙げられる。もしこの男がもうすこし優しく、融通もきき、新院に気晴らしの一つや二つを許すことができたら、あのように新院の心に黒い雲が湧《わ》き起り、やがてそれが新院を包んでしまうようになることはあり得なかっただろう。

新院は、直嶋の御所で、言葉の端々にいたるまでご自分の非を認めておられた。すくなくとも、見た眼には、新院の身体の奥に不満がぶすぶすいぶっておられたとは、とても見えなかったのである。

だが、それは、あとから考えると、やはり間違っていたと言わなければならない。新院が偽っておられたというのではない。新院は私に、真心をもって、過失《あやまち》であったと言われたのである。私は、そのことを西行にも報告したが、人の心の難しさは、まさにそんなところにある。新院は、ご自分でも、身体の奥底に、後白河の帝や宮廷の重臣たちの不当な扱いへの反撥《はんぱつ》、怒りがじっと息をひそめていたとは気付いておられなかった。このことは、くどいようだが、私は繰り返し言っておきたい。新院はご自分で意識されるかぎりみずからの過失《あやまち》を認め、その罪を引き受けておられたのである。

私が西行のもとに届けた新院のお歌には、とてもそのようなどす黒いものを感じることができない。

みづぐきの　書き流すべき　かたぞなき　心のうちは　汲《く》みて知らなん

このお歌は西行の心を強く打った。たまたま京に出て常盤《ときわ》の邸宅《やしき》に寄ってくれた西行に直接手渡すことができたのだが、新院が、心のうちの悲嘆の思いを書く方法《かた》がない、と詠《よ》まれたところで、西行は嗚咽《おえつ》を嚙《か》み殺していた。

西行の返歌《かえし》は次のようであった。

ほど遠み　通ふ心の　ゆくばかり　なほ書き流せ　みづぐきの跡

この歌を書いていたときの西行の眼は涙に濡《ぬ》れていた。西行は讃岐までの遠さを痛いように感じた。だから、その遠さを心で走ってゆきたいと申しあげ、その心の往還を取りなしてくれる手紙《たより》をたびたび書かれるように言ったのであった。

話は前後するが、高野山から戻った西行と久々に会うことができたのは、徳大寺実能《さねよし》殿の葬儀の折であった。実能殿は私には、父為忠《ためただ》の代から歌の道で何かと関係の深く、その人柄が惜しく思われたし、西行には、何よりも待賢門院《たいけんもんいん》の兄であった。かつて鳥羽院北面に出仕していた頃、直々の御指名で、建築中の安楽寿院を夜中に見に出かけられる鳥羽院に扈従《こじゆう》したのが実能殿と西行とであった。それは西行にとって忘れ難い思い出であり、私も何度かその懐旧談を聞いたものだ。徳大寺家は紀伊田仲荘《たなかのしよう》佐藤家の本所《ほんじよ》だった。つまり西行は初めは実能殿の家人に当っていた。だが、実能殿は歌の上手として西行を若い頃から重んじていた。北面武士の頃は庭先に参じる兵衛尉《ひようえのじよう》の一人だったが、僧となり、歌壇に声名が高くなると、実能殿は、西行を鄭重《ていちよう》に客人として迎えた。新院が撰《せん》を命じた『詞花和歌集』のなかで、西行の歌が「読み人しらず」とされている頃から、実能殿の待遇は破格だった。徳大寺家の集りでは、奥州《みちのく》の歌枕《うたまくら》を見てきた歌人としてつねに重く見られていて、『詞花和歌集』よりも前に、同じく新院が命じられた『久安百首《きゆうあん》』の撰の折には、実能殿の息公能《きんよし》殿が、歌稿の閲読を西行に頼みにきたほどであった。

その歌稿を公能殿に返却するとき、西行が付けた歌がある。

家の風　吹き伝へける　かひありて　散る言《こと》の葉の　めづらしきかな

これに対して公能殿は、

家の風　吹き伝ふとも　和歌の浦に　かひある言《こと》の　葉にてこそ知れ

と返歌《かえし》を詠まれたのであった。西行が「見事なお歌だ」と褒めたのに対し、公能殿は「いやいや、撰《えら》ばれただけの甲斐《かい》のある歌を詠んで、はじめてあなたの言葉は証明《あかし》されるでしょう」と謙遜《けんそん》している。

私の父為忠も西行に歌稿を見るよう頼んだことがある。西行のなかには、若い頃から、何か確かなもの、安心できるものが、湛《たた》えられていた。私たち兄弟が西行と親しかったのも、そうした人柄の鷹揚《おうよう》さに魅了されていたからである。西行には、人が頼りにしたくなるような、迷いのない落着きがあった。西行にも迷いはあり、失意もあった。だが、西行はどんなときにも、それを自力で乗り超えていった。

多くの人たちが歌だけではなく、御仏《みほとけ》の縁《ゆかり》を尋ねる導師として西行を頼んだのは、こうした不思議な落着きのためであった。世の中が混乱し、生きる指針が見失われたように思えるとき、不動心の中に深く坐っているような西行のことをまず考えたのである。西行は厳格な戒律も、高遠な説教も、深刻な思索も要求しなかった。ただあるがままで、一切を放棄し、森羅万象《いきとしいけるもの》を大円寂の法悦に変成《へんじよう》すること——西行が望むのはそれだけだった。そのとき、無となり透明となった我が身の奥から、真如《しんによ》が輝きはじめる。春になると花が咲き、秋に月が澄む。そうした森羅万象《いきとしいけるもの》のたたずまいが西行の心をたまらなく弾ませる、心を浮きたたせる。かつては桜が西行の心を物狂わせたが、いまでは万物が枯れる晩秋の佗しさも雪の降りしきる冬の山里も西行の心をしみじみとした嬉《うれ》しさで満たしてくる。西行はこの心の弾みをつねに保つことを望むのである。

西行が説いたのはそのことだけともいえる。真に己れを捨て、己れが透明になるとき、己れは花であり、月であり、山であり、海なのである。それは言葉で言うことではなく、全身で、実際に、そうなることなのであった。

西行が揺るぎない身心を持って京に戻ってきたのは、大峰山の荒行のあとのことであった。西行のなかには、荒行の痕跡《こんせき》も感じられなかった。まるでどこか広い海原を沈むことなく歩きつづけてきた人のような、軽やかな強さが身体に溢《あふ》れていた。

我を捨てると、仏法が透明な全身に満ちているのが分る。もともと在った仏法が、我癡《がち》我慢《まん》の汚濁した霧のため、覆いかくされていたのである。仏法とは生命と言い直してもいい。だから、西行はその暗い霧を晴らすことを勧める。出離を口にするのは、そのためであった。霧さえ晴れると、あとは日が輝き、緑の野が拡《ひろ》がり、生きる喜びが全身に噴き上ってくる。だから、我を捨てさえすれば、生命は身体の奥から讃歌《さんか》のように湧き上る。

私が西行とともにいた日々、知ることのできた秘密といえば、ただ一つ――この、我を捨て、この世の花と一つに溶けることだった。

徳大寺実能殿が亡《な》くなって、そのすぐあと、実能殿の妻が亡くなった。右大臣公能殿は父と母をつづけて失われたことになる。

そのとき西行が、この死を機縁《ゆかり》に出家なさるように公能殿を説いたのは、この世を美しく豊かに生きるには、いかに右大臣家の豪奢《ごうしゃ》をもってしても叶わぬことを知りつくしていたからである。

しかし西行が公能殿に出家を勧め、私を捨てることを教えても、そこにいささかも傲慢《ごうまん》の色も権威の高慢《たかぶり》も表われなかったのは、西行のなかに初めから、説教壇に立つような姿勢がなかったためだ。

西行は美しく豊かな森羅万象《いきとしいけるもの》を前にして「どうしてこんな素晴しいものに胸を弾ませないのですか」と言っているにすぎないのだ。そのさりげなさ、その自然らしさが西行の仏法の根底ともいえる。

私の場合は、この森羅万象《いきとしいけるもの》の好《よ》さは有難さとなってゆく。峰の松風も、谷川の音も、一すじの煙も、蔓《つる》に覆われる大原の里の門も、あまりの好《よ》さに、胸が痛く疼《うず》くのである。

西行が高野山から「山深み」で始まる十首の歌を贈ってくれたとき、私が「大原の里」で終る十首で返歌《こたえ》たのは、こうした森羅万象《いきとしいけるもの》の好《よ》さに酔っていた浮かれ心が、互いに響き合っていたからと言ってよい。

山深み　さこそあらめと　聞えつつ　音あはれなる　谷の川水

山深み　真木《まき》の葉分くる　月影は　はげしきものの　すごきなりけり
山深み　窓のつれづれ　訪《と》ふものは　色づきそむる　黄櫨《はじ》のたちえだ
山深み　苔《こけ》のむしろの　上に居て　何心《なにごころ》なく　啼《な》く猿《ましら》かな
山深み　岩にしだるる　水溜《た》めん　かつがつ落つる　橡《とち》拾ふほど
山深み　け近き鳥の　音はせで　ものおそろしき　ふくろふの声
山深み　木暗《こぐら》き峯の　こずゑより　ものものしくも　わたる嵐《あらし》か
山深み　榾伐《ほだき》るなりと　聞えつつ　所にぎはふ　斧《をの》の音かな
山深み　入りて見と見る　ものはみな　あはれもよほす　けしきなるかな
山深み　馴《な》るるかせぎの　け近さに　世に遠ざかる　ほどぞ知らるる

私が高野の西行に贈ったのは次の十首である。

あはれさは　かうやと君も　思ひやれ　秋暮れがたの　大原の里

ひとりすむ　おぼろの清水　友とては　月をぞすます　大原の里

炭竈《すみがま》の　たなびくけぶり　ひとすぢに　心ぼそきは　大原の里

なにとなく　露ぞこぼるる　秋の田に　引板《ひた》引き鳴らす　大原の里

水の音は　枕に落つる　ここちして　寝覚《ねざ》めがちなる　大原の里

あだにふく　草の庵《いほり》の　あはれより　袖《そで》に露置く　大原の里

山風に　峯のささ栗《ぐり》　はらはらと　庭に落ち敷く　大原の里

ますらをが　爪木《つまぎ》にあけび　さし添へて　暮るれば帰る　大原の里

葎這《むぐらは》ふ　門《かど》は木《こ》の葉に　うづもれて　人もさしこぬ　大原の里

もろともに　秋も山路も　深ければ　しかぞ悲しき　大原の里

西行が高野山から戻ってきたとき、眼のなかに軽やかな微笑は感じられたものの、つねの西行とはどこか違っていた。おそらく、新院が讃岐《さぬき》におられるということを、まるで重い荷を肩に負っている人のように、全身で、ひしひしと感じつづけていたために、そのようなきびしさが生れたのかもしれない。あるいは身体《からだ》に激しくこたえるような苦行をつづけたのであろう。がっしりとした身体つきは変らなかったが、全体に痩せ、鋭くなり、眼も落ち窪《くぼ》んで、その柔和な光のなかに不思議な悲しみが宿っていた。

西行から言葉を奪い、意識《こころ》を喪失《うしなわ》せた病《やまい》の影響も残っていたのかもしれない。西行は私と会うと、心の思いをよく語ったが、京で再会した頃から言葉がすくなくなっていた。言うことは身体に溢れているのに、それがすぐ言葉になって出てこない、というふうにも見えた。

「寂然、新院が讃岐に去られてから、何か大きな空洞が穿《うが》たれたみたいだな」

西行がふとそう呟《つぶや》いたことがある。

「その通りだ。歌会もなく、雅《みやび》な宴《うたげ》も開かれなくなった。まるで世の中が変ってゆくのを人々が戦《おのの》きながら待っているみたいだ。落着きがない。不安そうな表情が顔に刻みこまれている」

私は西行の言葉に同感だった。

「歌が生れるには」と西行は独りごとのように言った。「たとえ世の不安に脅《おびや》かされても、それを、こちらが乗りこえていなければならないのだ。ところが、今は反対だ。世の不安のほうが大きくなり、それがすっぽり人々を包み込んでいる。歌が生れないのはそのためだ」

「雅な遊びに耽《ふけ》る余裕がないのだな」

「この世の勝敗《かちまけ》だけがすべてだと誰もが考えるようになっているからだろう。だから、人々は敗けてはならぬと必死なのだ。歌も遊びも、実は、勝敗《かちまけ》など、この世のことなど、どうでもいいと思い定めたところから始まるのだが」

「おぬしが私に出離遁世《とんせい》をすすめたとき、たしかそう話してくれたな」

「私には、それは変らぬ真理《まこと》だと見える。この世のことを超え出ない以上、歌は生れることはない。別の言葉で言えば、敗けた者が、敗けたことを大らかに受け入れ、敗け惜しみなどではなく、朗らかにその宿命《さだめ》に遊べば、そのとき歌が生れるのだ」

私には、西行が讃岐の新院のことを言っているのだとすぐ分った。

　言《こと》の葉の　情《なさけ》絶えにし　折節《をりふし》に　あり逢《あ》ふ身こそ　悲しかりけれ

西行は新院が讃岐に配流《はいる》されたあとの空洞《うつろ》感をそう詠んで私に示した。まさしく勝者におもねり、勝者を妬《ねた》む現代《いま》こそは「言《こと》の葉」の深い情《なさけ》が絶えた時代といわなければならない。

私は、

敷島や　絶えぬる道に　泣く泣くも　君とのみこそ　跡をしのばめ

と答えたのである。

新院が讃岐におられることは、西行と私にとって、ただ保元の争乱の結果という以上に、いかにこの世の価値《かちまけ》を越え出て、歌の心を守ることができるか、という緊迫した課題であった。もし新院が、讃岐にいて孤独と屈辱の日々を送られながら、そのことにいささかも煩《わずら》わされることなく、高く歌の心を掲げておられれば、歌が絶えることはなかったはずである。

新院が歌による政治《まつりごと》を始められるとは、この世の価値《かちまけ》や秩序《ととのい》の上に、こうした歌の世界が置かれ、人々の精神《こころ》がそこを実在《まこと》の場《ありか》として生きる、という意味なのであった。

西行がわざわざ讃岐に出かけなかったのは、京にいても高野に入っても、つねに新院の重さをその肩に担《にな》っていたからだった。讃岐の配所におられる新院の辛《つら》さは、逆に、歌の心を確かめる手段《てだて》とさえ西行には感じられた。

西行はそれをよく御仏《みほとけ》の身体としてこの世を感じることと言っていた。西行が勝敗《かちまけ》を抜け出ると言ったのは、勝ちの姿も敗けの姿も、そこからともに法身の現われを感じられる境地に立つということを意味した。その意味で、新院が讃岐に流されたことを、西行は本覚《ほんがく》のための機会と見ていたし、新院にもそう見られるように申しあげてもいたのである。

いつであったか、新院から、ひたすら念仏を誦《ず》し、御心を御仏の輝く彼岸に托《たく》されているという手紙《たより》を受けとったとき、そこまで忍辱《にんにく》の功を積まれたか、と、西行は涙を流した。そしてすぐ新院のもとに「若《モ》シ人嗔《イカ》リテ打タズンバ、何ヲ以《モッ》テカ忍辱《ニンニク》ヲ修センヤ」という文字を書き、それに次のような歌を添えたのである。

世の中を　背《そむ》く便りや　なからまし　憂《う》き折節に　君逢はずして

この歌は新院がご不運に逢われたことを、浮世に背き浮世を離脱する真の機会《たより》であると西行が本気で考えていたことを示していた。「憂き折節に君逢はずして」という言葉は、高位者に向けるより、心の友に向ける思いに満ちていた。「こんな不運に逢わなかったら」というのは「不運に逢ってかえってよかったではないか」という励ましの思いもこもっていた。西行ほど新院の讃岐配流を嘆き、心を痛めた人はいなかった。心を痛めていたからこそ、それを乗り超え、清朗な境地に立たれることを願ったのである。

あさましや　いかなるゆゑの　報いにて　かかることしも　有る世なるらん

とも、

その日より　落つる涙を　形見にて　思ひ忘るる　時の間《ま》もなし

とも詠《よ》んでいたが、そこに表われた西行の嘆きは、今も私の胸に深く突き刺っている。西行は新院をお一人で讃岐で苦しませてはならぬという思いに駆られていた。新院が西行の心のなかで、それほど近く感じられたことは、かつてなかったのではないか。

西行はそれを歌心の復興《よみがえり》と結びつけて考えていた。讃岐で清朗な歌の政治《まつりごと》が可能ならば、都に新院がおられないことなど全く関係ない。そのとき歌は空の高みを流れる妙《たえ》なる調べとなって、森羅万象《いきとしいけるもの》を輝きへ、歓喜《よろこび》へ、浄福へと導いてゆく。

ながらへて　つひに住むべき　都かは　この世はよしや　とてもかくても

という歌を新院に贈ったのは、都に住むことの無意味さを強調するというより、一所不住の自在さに思いを沈めることによって、讃岐の配所のお苦しみをすこしでも軽くさせ申し上げる気持からであった。

ただ私は西行のように新院と場所を隔ててともにいるという強い気持になれなかった。西行のように張りつめた強さのなかで生きられなかったといったほうがよかったかもしれない。私が讃岐に出かけたのはただそのためであった。

二度目に讃岐を訪ね、新院をお見舞い申しあげたとき、御所は鼓《つづみ》の岡に移されていた。直嶋《なおしま》の荒涼無残な配所よりは、やはり高い土塀に囲まれてはいるものの、数段住みやすくもなり、静かでもあったが、新院のご様子は、前より、疑い深い感じで、私が都からはるばる旅をしてきたのも、ほかに何か目的が隠されているのではないか、と絶えず疑心暗鬼でおられるのが、はっきり分った。

それに、御座所の厚畳《あつだたみ》を奥のほうに敷かれ、御簾《みす》を半ば下されたままなので、私のところからは、新院が束帯に穿《は》かれた雲鶴文綾織《うんかくもんあやおり》の表袴《うえのはかま》と裾《すそ》が見えるだけで、どのような表情でおられるか、まったく分らなかった。

尋ねられることは、都の宮廷人たちの消息だけであった。平治の争乱により藤原通憲《みちのり》（信西《しんぜい》）が斬首《ざんしゅ》されたこと、義朝が尾張《おわり》で殺されたこと、清盛が争乱平定の恩賞により正三位参議に叙されたことなどを私はお話し申しあげたのであったが、そのうち、御簾の奥で、犬でも唸《うな》るような声が聞えた。初めはそれほど気にもしていなかったが、やがて、私の話す言葉に、相槌《あいづち》を打つようなとき、その唸りが聞えるので、唸っているのが新院であられることが次第に呑《の》みこめてきたのであった。

それは短く溜息《ためいき》のように「うう」と唸られるのから、やがて長く獣めいた叫びとなるものまで、さまざまであったが、まるで地中に埋められた人が、言葉が喋《しゃべ》られぬため、ただ唸るほかない、というような暗鬱《あんうつ》な声なのであった。

やがて清盛のことに話が及び、平家一門が宮廷で勢力を拡《ひろ》げ、かつての摂関家に代る勢いであると申しあげたとき、新院の唸りは、のた打つ瀕死《ひんし》の獣のようになり、ついに身体を前に倒され、冠が頭からずり落ち、垂纓《すいえい》が斜めに肩のあたりに垂れたまま、肱《ひじ》で身体を支えて這いずり廻られたのである。

そのとき初めて私は新院のお顔を拝することができたのである。それは、かつての豊満柔和な新院のお顔と同じものだとは到底信じられなかった。眼は、深く窪み、黒ずんだ眼窩《がんか》の奥で、異様に白くぎらぎらと光り、頰は削《そ》げ、黒いひげが乱れた刺草《いらくさ》のように口から顎《あご》を覆《おお》っていた。

新院が唸りはじめると、間もなく、杉戸が引きあけられ、女房が喘《あえ》ぎながら叫んだ。

「申訳ございませぬが、これでお引きとりいただけませぬでしょうか。陛下がこのようになられますと、もうお話はできませぬ。ただ今のことも、一切思い出すことがおできにならないのでございます」

私はこの異様な光景を見ながら、これは西行がいかに歌による政治《まつりごと》を考えても、もはや叶《かな》わぬ夢になり果てたと思った。

新院は海山を隔てたこの異郷の孤独と絶望に耐えることがおできにならなかったのである。前にも述べたように、西行は歌の心と御仏の功徳《くどく》こそがこの世を超える道であると説いた。新院の御不運は逆に、この道を見出《みいだ》す機縁《ゆかり》なのだから、勇猛心を奮ってその御不運を両腕で抱きしめられるように、便りのなかで、歌のなかで、繰り返し申しあげたのである。

だが、私が拝したかぎり、新院は重い孤独と失意に打ちひしがれ、いままさに撓《たわ》み、しなって、折れようとしているのである。それは新院が撓んでいるのではなく、この世が撓んでいるのである。

たしかに新院は西行のほうに手をのばし、孤独と失意から立ち直る力を与えてくれるように願っておられた。

いとどしく　憂きにつけても　たのむかな　契《ちぎ》りし道の　しるべたがふな

という御歌は、新院の西行に対する哀切なまでの苦悩と救済の願いを激しく表わしている。それが讃岐から届いたとき、西行はよほど新院をお訪ねすべきではないか、と考え、私と相談した。

だが、人の世の宿命《さだめ》は動かすことができない。たとえ動かそうと努めても、宿命《さだめ》の許すかぎりにおいて動くのであって、結局は、それも宿命《さだめ》のきまりに従っているのである。

西行はこの宿命《さだめ》を凝視した。新院の讃岐配流は、すでに起ったことであって、動かすことができない。もし動くことがあれば――たとえば万が一京へ召還されることがあれば、それはそのような形で、宿命《さだめ》が決っていたのである。だから宿命《さだめ》については、よきにつけ悪《あ》しきにつけ、人はそれに従うほかない。

ただその際、無力な私たちにも、一つだけ力が残されている。それは宿命《さだめ》から超え出て、私たちのほうからその宿命《さだめ》にいろいろ意味を与えることだ。それだけは宿命《さだめ》に支配されず、私たちの手に委《ゆだ》ねられている。だから、私たちにできるのは、外面では宿命《さだめ》に従うが、内面ではそんなものは問題にしないことなのである。西行が「憂き折節」がなかったなら、「世の中を背《そむ》く便り」はなかったであろうと詠んだとき――讃岐配流のような憂き機縁《ゆかり》がなければ、浮世を超えて歌の心、真如《しんによ》の月を見られることもないであろうと新院に直言申しあげたとき――西行は、新院がそういうお気持になられれば、世の中全体が新しい光で物を見ることになる、という希望を申しあげていたのである。

もちろん新院も、

かかりける　涙にしづむ　身の憂さを　君ならでまた　誰《たれ》か浮かべん

とひたすら西行の手を求めておられた。西行でなかったら、ほかの誰がこうした涙の海に沈む不運な私を救いあげてくれるだろうかと、訴えておられたのである。

だからこそ西行も機会《おり》あるごとに、たとえば、

ながれ出づる　涙に今日は　沈むとも　浮かばん末を　なほ思はなん

という、励ましの歌をお送りすることになったのだ。新院がいまの不運をそのどん底で耐

え、歌と御仏にすべてを託し、それを最後まで耐えぬき、その極点で、運命《さだめ》を勝利に変えられれば、この世の一切が変成《へんじょう》する。帝《みかど》とは大いなる使命《やくわり》を担《にな》わされた存在なのだ。個人でいて、個人ではない。それゆえにこそ、個人としての不運をお嘆きになってはならない……。

西行のこうした思いがどうして新院に通じなかったのか。

私は唸りながら床を這われる新院のお姿を見ながら、部屋の隅に、彫像のように立ちすくむほかなかった。女房が新院をあやすようにして抱きかかえ、やがて警固の兵士《つわもの》たちが新院を奥の間へと連れ去るまで、不覚にも、私は全身を震わせてそこに立ちつくしていたのである。

私がこの光景を西行に告げたのは、四国の旅の帰り、高野山の山房を訪ねた折であった。夏の終りの夜で、月が蒼白《あおじろ》く冴《さ》え、朴《ほお》の葉が銀の葉のように光っていた。草の根方にはもう虫が鳴いていた。

西行は話を聞き終ってからも無言であった。月の光のなかで、黒い影となって坐《すわ》っていたが、やがて山房の縁を立つと、月の照らす庭を、しばらく行ったり来たりしていた。

「新院はやはり重仁親王をお忘れになることができないのだな」

西行は足をとめると、月の光のなかに立ったまま言った。西行が庭に出たのは涙が溢《あふ》れたからであった。

「船をお見送りしたとき」と私は月を仰ぎながら言った。「新院は、どうしてこのような重罪に問われたのであろう、と問うでもなく、つぶやくでもなく、ふと洩《も》らされたのだ。新院はいまでも讃岐配流は苛《か》酷《こく》にすぎると思われている。だが、おぬしの言うように、配流そのものを受け入れられるようになるためには、処罰が苛酷だなどと一瞬も思ってはならぬのだろう。反対に、苛酷な刑を許し、受け入れ、それを笑うのでなければならないな、難しいことだが」

「その通りだ。おぬしの話を聞くと、やはり新院は処罰が苛酷であると考えておられるのだ。その思いがたとえ一点でも心に残るかぎり、そこから腐りはじめる」

「これはお教えできることではない。新院がご自分の力で、この世の上に、一段高く抜きでることを、ご自身で実感なさることしかない。私もくどいようにその話はした。新院も頭脳《あたま》では分っておられる。だが、身体がついてきてくれないのだ」

「ご自分のことより、重仁親王のことがおありになるからであろうな」

「だが、このままだと、新院は、いよいよどす黒い霧の中に迷ってゆかれるような気がする」

「あれほどのお方なのに」西行は月の光の中に立ち、深く息をついて言った。「おそらく配所の孤独の中では、不当に扱われたと、瞋恚《しんい》の炎を燃やすことが生きる契機《はずみ》であられるのだろう。高い土塀に囲まれた御座所の狭さが、つねに不当な思いを喚《よ》び起したに違いない。だが、そちらにいっては救いはない。怒りは何も生みださない。このままでは新院はますます憎悪《ぞうお》と怨恨《えんこん》の焔《ほのお》の沼に沈むことになる」

「もう一度お訪ねしたほうがいいだろうか」

「いや、これは、いまおぬしが言ったように、まわりでとやかく言えることではない。運命《さだめ》が変らなければ、新院はもはや何もお信じにならないだろう。だが、運命《さだめ》は変らない。変えられない。そのことを徹底して考えぬくほかはない。寂然、これは他人《ひと》の問題ではない。われわれの問題でもあるのだから」

　そう言って西行はまた庭を歩き、朴の葉かげの青い月を仰いだ。夏の終りなのに、高野はすでに秋の肌寒さが身に染《し》みた。それだけに月の光は異様に白く澄み、冴え返って見えた。

「新院には、歌による政治《まつりごと》を考えていただかなければならなかったのにな」西行は山房の縁に腰を下すと言った。「歌がこの世を支えていることを新院に見ぬいて頂きたかった。京におられる頃、お話し申したのも、そのことだった。歌はただ歌会の遊《すさ》びでもなく、勝手気ままな胸の思いの吐露でもない。歌は、浮世の定めなさを支えているのだ。浮世の宿命《さだめ》は窮《きわ》め難く、誰にも変えることはできない。だからこそ、歌によって、その宿命《さだめ》の意味を明らかにし、宿命《さだめ》から解き放たれ、宿命《さだめ》の上を鷲《わし》のように自在に舞うのだ。歌は、宿命《さだめ》によって雁字《がんじ》搦《がら》めに縛られた浮世の上を飛ぶ自在な翼だ。浮世を包み、浮世を真空妙有の場に変成し、森羅万象《いきとしいけるもの》に法爾自然《ほうにじねん》の微笑《みしょう》を与える。それは悟りにとどまって自足するのでもなく、迷いの中で彷徨《ほうこう》するのでもない。ただ浮かれゆく押えがたい心なのだ。花に酔う物狂いなのだ。生命が生命であることに酔い痴《し》れる根源の躍動といってもいい。歌はそこから生れる」

西行の声は低く、その喋り方も一こと一こと確かめるようなゆっくりした調子だったが、私には、言葉の重さがひしひしと胸の上に積み重なってゆくようだった。

「だが、寂然、歌は自在な翼だが、そこに人々を導き入れるには、貧弱な歌では叶わない。歌は上手でなければ、歌の宿命《さだめ》を果したことにはならない。このこともぜひ新院に解《わか》って頂きたかった。歌は、実在《まこと》なのだ。虚空《こくう》に漂う煙ではない。だが、実在《まこと》たる歌は、上手の歌でなければならない。歌を実在《あら》しめるためには上手になることが必要なのだ。歌を実在《まこと》たらしめる上手こそ、歌の宿命《さだめ》を生きるというものだ。歌の宿命《さだめ》は、定められているとともに、作り得るものでもある。唯一《ゆいいつ》作り得る宿命《さだめ》——それが歌なのだ。新院も讃岐配流《はいる》という宿命《さだめ》は動かすことができない。だが、その重さに較《くら》べても、いささかの退《ひ》けもとらぬ重さを、歌の宿命《さだめ》は持っているのだ。そして歌の宿命《さだめ》はこの手で作ることができる。それを新院に作って頂きたかった。浮世の興亡など何になろう。なぜ新院はそのようなものに捕われておられるのか。もし新院が歌の宿命《さだめ》をお生きになれば、歌による政治《まつりごと》はすぐにでも開かれるのだ。歌による政治《まつりごと》——それは歌の実在《まこと》を証《あか》しする場を人々の心に与えることなのだ。勅撰集《ちょくせんしゅう》によって、歌合《うたあわせ》によって、私家集編纂《へんさん》によって、歌の実在《まこと》が支えられていれば、浮世の宿命《さだめ》を人々は息をするのと同じ気持でさりげなく超えてゆくことができる。歌にとってこれほど大きな功徳はない。それがおできになるのは、ただ新院だけなのだ」

西行は私に話すというより、自分の心に話しかけているように見えた。話をしているうち、風が出て、朴の葉が乾いた音を立てて揺れ、峰々の木がざわめいた。

新院の御様子に心を痛めた女房の一人、兵衛《ひょうえ》の佐《すけ》どのから長い便りを受けとったのは、それから二年ほどあとのことであった。

新院陛下の御事につき、重なる心配がございまして、他ならぬ御座所に二度まで遥々《はるばる》と訪《おとな》い給《たま》い、新院の御住居の有様をご知悉《ちしつ》いただいております寂然さまに、ぜひお報《しら》せいたしたく、一筆申しあげる次第でございます。

ご承知のように鼓の岡の御座所も、御座所というは名ばかり、わずか五間の手狭な建物の中に、高い土塀をめぐらして、たかだか田舎の暮しとても、見ること聞くことを許されず、まですでに五年の歳月を閲《けみ》してみますれば、ただのお人とて物狂おしい気持になりますもの。まして一天万乗《いってんばんじょう》の君として百官を従え、花につけ月につけ、豪奢《ごうしゃ》な衣裳《いしょう》の女御《にょうご》の方々に囲まれ、詩歌管絃《しいかかんげん》の遊びに明け暮れておられた陛下でございますれば、御望郷の切なさ、胸のうちの御憂悶《ゆうもん》、いかばかりかと、思うだにお気の毒のことに存じております。

されば、朝な夕な、お食事もお摂《と》りにならぬまま、縁のほとりに立たれ、土塀の上にわずかに覗《のぞ》く空を仰ぎながら「ああ、いかなる罪にてかかる思いを強いられねばならぬぞや」と呻《うめ》き、悶《もだ》えなさるのでございます。

「嵯峨《さが》天皇の御時、平城上皇、重祚《ちようそ》を企《たくら》まれ、世を乱された折にも、出家ましますだけで、かく遠流《おんる》の刑をお受けになることはなかったではないか。私はただ正統な皇嗣を願っただけだ。帝《みかど》に謀反《むほん》するなどとは一度も考えたことはない。帝は私の弟ではないか。美福門院《びふくもんいん》が私と重仁親王を恐れるあまり、弟を帝に推したということは分らぬでもない。あの女なら、弟を帝にしておいたあとで、自分の子供を帝位《みかどのざ》に登らせるくらいのことは考えるだろう。だが、それは正統な皇嗣の流れを無理に歪《ゆが》めることになる。第一皇子は私であり、重仁親王は私の第一子だ。重仁こそが皇嗣をつがなければならない。源為義が「勝てば、叶う」と言ったとき、その言葉に乗ったのは、皇嗣の歪みをただすためだったのだ。私は正しいことをした。帝にも最後まで反逆の意志などないと言いつづけた。それを拒んだのは敵方ではないか。どうして私が罪人となり、これほど遠くへ流されなければならないのか。不正を犯したのは敵方である。戦《いくさ》などしたくはなかった。話し合いで事を進めようとした。私が鎧《よろい》を着けたのは、為義が「勝てば、叶う」と言ったからだ。私の本心ではない。いや、私は何もしなかった。仕掛けてきたのは敵方ではないか。それなのに私だけが悪いというのか。私は天地神明に誓って疚《やま》しいことはしていない。それなのに、どうしてかかる苦しみを嘗《な》めるのか。孤独《ひとりい》、軽蔑《さげすみ》、望郷《くにごい》、絶望《のぞみなし》、寂寥《さびしさ》、粗衣粗食《みじめさ》、幽閉《とじこめ》、永遠《はてなし》の無言《もだし》、不快不便《あわれ》な暮し——それは毎日毎日鞭《むち》となって私を打ちのめす。いったい私が何をしたというのだ。不正なのは敵方だ。勝者かもしれぬが、下劣な考えしか持っていない。欲しいのは権力《ちから》だけではないか。私は違う。こんな罪を犯すわけはない。これは不当な罰だ。罪のないものを罰するなどあまりのことだ。

その上、罰たるや厳罰の上の厳罰だ。私はもうこの孤独《ひとりい》には耐えられない。話を聞く者は誰もいない。私は叫ぶ。床にのたうちまわる。髪をかきむしる。何とかおのれに向き合わぬようにしたいからだ。それに都の連中が耳うちし、忍び笑いを交し、私をあざ笑っている。隠しても、私には分るのだ。私がばかなことをしたと。事実《まこと》、私はばかなことをした。浅慮《あさはか》だった。愚劣《おろか》だった。それは分っているのだ。その私を、さらに、あざ笑うのか。このばかさ加減のために、こんなにも罪を償っているのに。見てくれ。こうして私は愚かさを罰している。ほれ、こうやって、頭を打っている。打つだけでは足りないのか。では、壁と柱にぶつけてやる。こうして、私は罰している。罰している。見るがいい。私の額は割れ、血が流れている。辛《つら》い。痛い。苦しい。だから、どうか、私のことを、笑うな。あざ笑うな。そうか、なお罪を償うのが足りぬのか。よし、分ったぞ。私は五部大乗経の筆写をしよう。それでも足りぬか。よし、それなら、私はそれを血で書く。指から血をしたたらせ、それで書く。だから私を笑うな。愚かなのは自分で知っている。だから笑うな。血で写経する。血で書く。血で書く。だから、お願いだ、どうか笑わないでくれ」

こうして陛下は、昼も御座所の妻戸と蔀《しとみ》を閉め、暗い室内に燈心《とうしん》を掻《か》きたて、ひたすらに大部な経文の筆写をはじめられたのでございます。左手の指から血をしぼりとられ、それを硯《すずり》の海に溜《た》められ、そこに筆をつけ、一字一字写してゆかれるのでございますが、せっかくしぼり取った血も、そのうちねばねばとなり、筆さきから流れ出ようとはせず、字はささくれ立った、かすかすの筆で書いたようになってしまいます。陛下は、唸《うな》られ、呻かれ、声をあげて喚《わめ》かれます。指の腹に刀をあて、深く斬《き》られるので、今では右手も左手も傷だらけで、筆さえお持ちになれないほどでございます。ようやく私の言うことをお聞きになり、じかに血で書くことはおやめになりましたが、今でも墨に血をしたたらせずにはお書きになりません。この大乗経をなんとか鳥羽院のお眠りになる安楽寿院にお収めになりたいというのが御願でございますが、都への使者が戻って参って申すには、新院のお書きなされた経文は、京に置くことは一切相成らぬとのことにて、陛下はそれ以後、お部屋を獣のように這《は》いずられ、喚《おめ》き騒がれておられるのでございます。

「おう、おう、おう。口惜《くちお》しとも、悲しとも、こは何のいわれがあっての処置《はからい》か。私は罪によってそれほど穢《けが》れているのか。我が朝の歴史を辿《たど》っても、天竺《てんじく》・震旦《しんたん》・鬼海・高麗《こうらい》・鶏旦国の稗史《はいし》を眺めても、位を争い、国を競うのは、覇者たる者の宿命《さだめ》ではないか。兄弟合戦をなし、叔父甥軍《おいいくさ》を起す例《ためし》、今も昔も珍しからず、時移り事去って、その罪科《つみとが》を宥《ゆる》されるのは王道の恵、無辺の情《なさけ》というものではないか。おう、おう、おう。されど、こたびはわが罪重きを思うゆえに、ただただ潔《きよ》め参らんと大乗経筆写を発願《ほつがん》し、わが贖罪《しょくざい》の血をしたたらせて三ヵ年、寝食を忘れて浄書いたしたるを、などて都に入れるのを禁じるのか。わが罪はかくも穢れたるか。わが宿命《さだめ》はかくも悪業に呪《のろ》われておるのか。世の人こぞってわれを呪い、われをあざけり笑って、善《よき》を願い罪を贖《あがな》って宥しを足許《あしもと》に乞《こ》うこの哀れな心根も踏みにじって立ち去るのか。おう、おう、おう。汝《なんじ》らはそれほどまでにわれが憎いか。われの善を認めたくないのか。そうなのか。そうなのか。そうだったのか。よし。それならば仕方がない。われはもはや善など心に残して何になるぞ。かくなるうえは、われは、もはや善などにはかかわらずに生きる。生きながらに死する。もう誰も寄りつくな。われを棄《す》てよ。われも汝らを棄て、汝らを憎み、汝らを呪う。おう、おう、おう。われは許さぬぞ。六道の涯《はて》の涯まで、犬畜生になり、火焔《かえん》地獄で餓鬼どもとなり幽鬼となって呪いつづける。呪うことはやめぬ。見ておれ。見ておれ。見ておれ」

こう喚《おら》び給うと、以後、お髪《ぐし》も切られず、爪《つめ》も伸ばされ放題。鬚《ひげ》は岩根を覆《おお》う葎《むぐら》よりも乱れ、さながら怪異な天狗《てんぐ》のお姿となられたのでございます。

寂然さまが何事をお遊ばし能《あた》うるかよく存じませぬが、このまま見過すにはあまりのおいたわしさ。何とぞ御室《みむろ》の法親王様にこの旨《むね》お伝えいただきますよう、兵衛の佐局一生のお願いを申しあげる次第でございます。

このことは都にもさまざまな噂《うわさ》となって聞こえ、新院が呪いのお言葉を発せられたあと、大乗経の奥付に、舌を噛《か》み切られ、その血をもって「われ、一切の善道を排し、大乗経書写の功力《くりき》を三悪道に抛《な》げこみ、その力をもって日本国の大魔縁とならん」と書かれたとまで伝えられた。

新院がお隠れになったのは讃岐《さぬき》配流後八年を経た長寛二年八月二十六日、蟬《せみ》しぐれが鼓《つづみ》の岡に喧《かまびす》しく響く暑い日だったという。

十六の帖

西行、宮の法印の行状を語ること、ならびに四国白峰鎮魂に及ぶ条々

どこから話したらいいかな。たしか秋実《あきざね》は私が高野に住んだり、京に出てきたりするのを不思議がっていたと思うが、その辺りから話してみてもいい。なぜ私が世の修行僧や聖《ひじり》たちのように高野に籠《こも》りきりで修行に励まないのか、よし高野を出ても、勧進をせず風流に生きるのか、また高野にいても、道場や僧房から離れて谷間の草庵《そうあん》に独居するのか。疑問を持ったのは、秋実だけではない。ほかにも何人かそう訊《たず》ねる人があった。むろん私はいちいちそれに答えることはしなかった。たとえ答えようと思っても、その考えを十分に言葉にし得なかったと言ったほうがよかったかもしれない。

言葉にできなかったのは、それが言葉で言えないような性格のものだったからだ。心の中に動いてはいるが、実際に日々それを行じることがなければ、自分でも、言葉の形では摑《つか》むことができない、そんなものであった。

私がたびたび高野に入るのは、他処《よそ》では経験できない霊気のなかで仏道専一の思索《おもい》を深めるためであった。だが、私にとって仏道とは、森羅万象《いきとしいけるもの》のなかに仏性の現われをしかと見ることであった。高野の草庵には万葉、古今をはじめ歌集、歌論書を少なからず携えていた。それは寂然から借りたものもあれば、書写して家蔵としたものもあった。それらを学び、古歌の心と韻律を身体《からだ》のなかに刻みこむまで読み込むのも、私の大事な修行の一つであった。森羅万象《いきとしいけるもの》の仏性に触れるとは、地上に現われたすべてに——人々に月に花に風に雲に鳥獣虫魚に——柔和な仏陀《ぶつだ》の円光を深く感じることである。この万物の持つ円光の和《なご》やかさは、物の相《すがた》のそれぞれの色、匂《にお》い、形の好《よ》さとなって現われる。花が花として好《よ》く、月は月として清らかに好《よ》く、春の夜明けが夜明けとして好《よ》いのは、そこに仏陀の円光が和やかに輝いているからだ。いや、円光が、花の色、月の色、夜明けの色に変成《へんじょう》して、そこに現われているのである。

私の修行とは、そうした物の好《よ》さに、深く心を澄まして聞き入ることであった。すでに奥州《みちのく》の旅で、そのことを感じていたが、高野でいっそう私は、物の好《よ》さに聞き入るには、自分を出なければならない、と感じた。自分を出るとは、最も深い意味で、自分という家を出ることなのである。私たちは、知らぬうちに、つねに、自分という家の中に住み籠ってしまう。その家を出る。真の意味の出家とは、この我という家を出、我執という家居を脱却することなのだ。我という家を出て軽々となった心は、物の好《よ》さの中に住む。花の色、月の色、夜明けの色の好《よ》さに共に住みなしてゆく。それはほとんど恋のときめきに似ていると言ったら秋実は笑うであろうか。

森羅万象《いきとしいけるもの》の好《よ》さにこうして住みなすとは、その物の好《よ》さに心を同調《ともなり》させることだ。秋実、大事なのは、この点だ。物の好さに心が同調《ともなり》すると、心は元のままではなくなり、その好《よ》さの色に染まる。赤なら赤くなり、青なら青くなる。心は物の好《よ》さに応じて、ときめいたり、慄《ふる》えたり、哀傷したりする。心は弾んだり、浮かれたり、さめざめと泣いたりするのだ。

ゆくへなく　月に心の　すみすみて　果《はて》はいかにか　ならんとすらん

という私の歌を秋実も知っていよう。これは、心が月の清らかな好《よ》さに同調《ともなり》して、その澄み渡る嬉《うれ》しさに躍り上り、どうにも押えられなくなったときの、心の高揚《たかぶり》を詠《よ》んでいるのである。

修行という営みが私に大事だったのは、こうした我という家に引っ込まず、つねに我を出て、物の好《よ》さに住みなすことを、常住のことにするよう、自分を鍛え、覚者《かくしゃ》となる必要があったからだ。

だが、単なる覚者としてはともかく、歌を生きる者にとって、心が浮かれ出《い》ずることを失い、物の好《よ》さに同調《ともなり》し、ときめき、慄え、哀傷することがなかったら、それは歌びとの死を意味する。

私が大峰山の荒行に加わり、重荷を負って峨々《がが》たる峰を登攀《とうはん》し、眩《めくら》む懸崖《けんがい》を這《は》い下りたのは、私が言葉を失ってはじめて経験した色のない砂の荒野のようなものの正体を摑もうと考えたからだ。あのとき私には自分が西行という存在《もの》だという意識《おもい》もなかった。まるで鳥獣虫魚となって生きているように思えた。だが一度自分を無にしてしまうと、この世というのは何か途方もなく重く見えてくる。威厳に満ち、清らかに澄んでいる。まるで生れる前か、死したあとの世界を見ているようだ。そのとき物が一つ一つ神々《こうごう》しく輝いているのに気づいた。森羅万象《いきとしいけるもの》の持つ仏陀の柔和な円光こそ、私には唯一《ゆいいつ》歌の心と読めた。自分の外へ出て、この円光に包まれるとき、私はひたすらに有難さの中にあるのを覚えた。果てしなく価値《あたい》なきこの身が、かくも美しい花の色、月の色を贈られているという大事実を、どう考えるべきなのか。私が大峰山の苦行のあと、月の光を仰ぎながら思ったのは、この世に在ることのこの仏陀の恩愛であり慈悲であった。

深き山に　すみける月を　見ざりせば　思《おも》ひ出《いで》もなき　わが身ならまし

私が大峰山でこう詠んだとき、月への同調《ともなり》は、それまで感じたどの月よりも深かった。前に秋実に示した歌を覚えていよう。

吉野山　こずゑの花を　見し日より　心は身にも　そはずなりにき

この歌の中で、私は、桜の美しさに惚《ほ》れぼれとした瞬間、心が、我という薄暗い家などまったく問題にせず、そこを離れて梢《こずえ》の花に同調《ともなり》しつつ、花の歓喜《よろこび》と一つにときめいているのを表わしたかったのである。

秋実によくよく思いを留めてほしいのは、この共鳴《ともなり》し、同調するという点なのだ。心は、花の歓喜《よろこび》と一つになり、その歓喜《よろこび》と同じ調べで鳴り響くから、ありとあるものが浮かれ、躍り、快くはしゃぐのである。私は私でいて私ではない。私は「いかなりとてもいかにかはせん」という境地へとただ酔い、のめりこみ、物狂ってゆく。生命がひたすら嬉しさに燃え上るこのときこそ、仏性が純粋相《まったきすがた》で人間の中に現われた瞬間なのである。私たちはそのとき死が迫っていても死を畏《おそ》れない。世の果敢《はか》なさを突きつけられても、時の永遠《とこしなえ》を何の苦労もなく信じる。あらゆるものが好《よ》きものとして有難さのうちに肯《うべな》われる。

同調《ともなり》し、一つになるということ、それは心が変成《へんじょう》し、笑いとなり、不安となり、また涙となることなのだ。秋実、このことを心に留めておくように。言葉の上で、ただ花が咲き、月が澄み、木の葉の散る山里が寂しいのではない。まず心が花の歓喜《よろこび》に変成《へんじょう》し、心が我を忘れて躍り上るのだ。嬉しさに満たされるのである。また時に山里の寂しさに心はただ哀《かな》しくさめざめと泣くのである。ここには賢者《さかしら》風に冷たく心の動きを見る眼などない。あるのは笑う心、泣く心だけだ。本当に全身全霊《このみすべて》が桜の花の中にたち迷う。全身全霊《このみすべて》が秋の夕暮のあわれに打ちひしがれる。この本当にということが大事なのだ。本当に変成し、桜になってしまう。秋の寂しさになって泣いている。物狂いとはこのことであり、このことを除いては、歌の心はないのである。

私が高野で修行したのは、ただこの心の変成だけであった。だからこそ、聖たちの道場や僧房から離れ、高野山のなかでも幽谷とされる谷の奥に草庵を建て、そこで、心を刻々の時の好《よ》さに同調《ともなり》させて暮したのである。

時の移りは、刻々に、味わい深い美しさを備えている。昼の好《よ》さに酔う。花の香り、風の動き、日ざしの和やかな移り、障子に映る鳥たちの影、木々の輝き――昼は明るい光のなかで、信じられない豊かな快楽を草庵の窓辺に届けてくれる。私はその豊饒《ゆたか》さに、時に、息をするのさえ、やっとのことがある。鳥獣虫魚の戯《たわむ》れる空と水が、光の中で、閑雅な光景と見えてくる。こうして時が移って、日が西に近づくと、夕暮の哀れがまたひとしお私の心を慄わせる。夜は夜で、風が、猿《ましら》たちが、煌々《こうこう》と輝く月が刻々の私の心を物狂おしく誘い出す。

だから高野の草庵にも心を酔わせるものがあるとともに、京の賑《にぎ》わいの中にも、草深い郊外《はずれ》の賤家《しずがや》にも、それなりの趣は認められる。牛車《ぎっしゃ》の歩みも、市女笠《いちめがさ》の女たちも、いかめしい僧兵の姿も、白い土塀の家も、檜皮葺《ひわだぶ》きの屋根をそらす貴人の屋敷も、私は、心ときめかせて眺め入るのである。深山幽谷の風も好きだが、都大路を埃《ほこ》りを巻いて吹きすぎる物語めいた空っ風も嫌いではないのである。

まして時を重ねて移り変る季節の諸々《もろもろ》の風物、自然の景観は、文字通り仏陀の慈悲に満たされた贈物としか思えない。春の氷を解く東風《こち》から始まって、花、月、山川草木の移りは、私の浮かれ心を一さらいに攫《さら》ってゆくのである。

私にとって唯一の関心事は、歌とは、たとえばこの花の好《よ》さ、月の好《よ》さをいかになまなましく閉じこめる器であるか、ということだ。高野ではすくなからず和歌集に読みふけり、歌論書になじんだが、それは、歌の言葉に触れるというより、言葉という器が保ちつづけた花と月と恋の雅《みやび》な思いにじかに触れるためであった。私は花散る夕べの哀傷に深く親しんだし、月の澄む冬の夜の凄《すご》さに地の果てに立つ荒涼とした孤独《ひとり》の思いを嚙《か》みしめた。歌とは、そうした懐《なつか》しさ、晴れやかさ、喜び、花への憧《あこが》れ、恋の切なさ、夕暮の寂寥《さびしさ》感、憂《う》愁《れい》、幽玄、遠白い静寂、﨟《ろう》たけた優婉《ゆうえん》さ、時間《とき》の悠久な思いなどを心に喚《よ》び起し、それを、現実《ありのまま》以上の、色濃い心の事実として、この身に体験させるものなのだ。人の心の萎《な》えたとき、望みを失った夜、無感動の中で鈍く心が生命《いのち》力を低下させてゆく日々、人は歌に触れ、その中に色濃く秘められた物の歓喜《よろこび》に、新鮮な山風に吹かれるように、はっとして、生命を取り戻すのである。

その意味では、秋実よ、歌は、一つの新しい生命の源といっていいものだ。古来、わが国の歌人たちが折にふれて歌を作ったのは、こうした生命を言葉の器に保存するためであった。地上を統《す》べる政治《まつりごと》が、都から田舎《ひな》に到《いた》る厖大《ぼうだい》な拡《ひろ》がりに、老若男女の生活をつつがなく送らせるための営みであるとすると、帝《みかど》が撰《せん》せられる和歌集を中心に、数々の歌会、歌合《うたあわせ》、優雅な宴の折節に作られる多くの秀歌は、まさしく歌による政治《まつりごと》と呼ぶべきものであった。濁った俗世の霧のなかから、目覚めるような鮮かさで浮び上る金殿玉楼の威厳と気品に満ちた生命感のごときものを、数々の歌は支えつづけているのである。地上の政治《まつりごと》は、この歌による政治《まつりごと》を重ね合わせることによって、はじめて睛《ひとみ》を点じられた画龍《がりよう》のごとく躍動し始めるのである。

歌なき宮廷は操《く》り人形《つ》の群がる繁文縟礼《はんぶんじよくれい》の行政所にすぎない。権力《ちから》と名誉《ほまれ》と物慾《よく》が歌なき宮廷を雁字搦《がんじがら》めに縛りつけている。そこに歌が導き入れられると、人々はようやくこの世にただ生かされ、右のものを左へ、左のものを右へ動かしているのではなく、地上の好《よ》さ、美しさに気づき、思わず働く手を休めて、その好《よ》きもの、美しいものに見入るのである。

ある農夫は刈り入れの鎌《かま》をふと止めて、腰を伸ばし、夕づく雲が金色に輝くのを見る。まある乙女は葛《くず》を碾《ひ》く手を休めて庭先の卯《う》の花に見入る。それはごく単純な動作にすぎない。だが、秋実よ、そのとき人間には、今までとまったく別種の出来事が起ったのである。それまで人はただ時間《とき》の経過《ながれ》にしたがって、事をつぎつぎと片付けたのに、ここで、この時間《とき》の経過《ながれ》は中断され、何の準備も手段もなく、いきなり好《よ》きものが手のなかに滑りこんできたのである。それは時間《とき》の経過《ながれ》を垂直《たて》に切断し、阻止することであった。

だが、まさにそのとき、人は、時間《とき》の経過《ながれ》の外に出て、永遠の歓喜《よろこび》、時間《とき》を超えた時間《とき》の姿に気づく。そして人々はその歓喜《よろこび》を歌に封じ込めることを知ったのだ。それが宮廷に拡がり、やがて現実にも実効《ちから》あることが知られるようになると、操《く》り人形《つ》にすぎぬ宮廷人たちが目を見開き、現在《いま》を超えて、生命の好《よ》さを心ゆくまで味わおうという、雅《みやび》な目的に力を入れるようになり、そこにいきいきとした社会《まとまり》が生れることになったのである。

私が新院に望みを抱いたのは、こうした歌による政治《まつりごと》の古式を、活力に満ちた相《すがた》の下に復活させることであった。宮廷の内部で人々が権力《ちから》の争奪に現《うつつ》を抜かし、地方領主の土地争いの拡がりに何ら実効ある手を打たぬまま、一日一日と万事が先送りされて過ぎてゆく世に、実際の政治《まつりごと》の場から去られた歌愛好《ずき》の前帝《さきのみかど》が、宮廷を包む形で、歌による政治《まつりごと》を確立し、その高雅な支配を勅撰和歌集の秩序として敷かれるとしたら、時代《とき》の終りという暗い漠とした不安と危機感《あやうさ》を、一挙に、新しい時代《とき》の始まりへと切り換えることができるのではないか。

私は新院の歌会の折や、寂念、寂然、藤原俊成、徳大寺実能《さねよし》殿などと内輪に月見の宴や菊花の宴に招かれるとき、その雅《みやび》一すじに打ち込まれた気魄《きはく》の中に、歌による政治《まつりごと》の復活としか言えないような高揚《たかまり》をはっきり感じることができたのであった。

新院が保元の争乱に巻き込まれ、不運にも讃岐《さぬき》配流《はいる》になられたとき、歌による政治《まつりごと》を専一御心《みこころ》に掛けられるようにお祈りもし、寂然を通してお願いをしたのも、ただただこうした新院の意気込みを私が知悉《ちしつ》していたからである。

見ようによれば、苛酷《かこく》なこの世の刑罰を与えられ、至高の玉座から配所の陋居《ろうきょ》へと転落しなければならなかったご不運を、転生の機縁にするように願うことは、無情と受けとられないこともない。だが、一首の歌に懸かる意味の重さは、まさしく前帝《さきのみかど》の宿命の重さと較《くら》べて、何ら劣るところがないまでに厳しいものなのである。すくなくとも、歌の道は、たかが一首の言葉の連なりというには、あまりに苛烈なものを含んでいる。そこに優に人の生死が懸けられているのである。そうでなければ、歌による政治《まつりごと》——歌による救済《すくい》などというものは一片のたわごとに過ぎぬものになる。歌の道が現実のこの重さを持つためには、歌びとは、そこに生命を懸けなければならぬ。歌びととしての声望など、そこでは微塵《みじん》に砕け散る。ただよき歌が成るか成らぬかがすべてを包みこむ。生命の重さに較べ歌の重さがあまりに過大であることを引き受けなければならないのである。

歌はこのような意味で生死の基準であり、聖なる尺度である。私はそのことを新院に理解していただきたかった。歌の持つこの大いなる使命《やくわり》に較べたら、人の宿命《さだめ》など何ほどのことがあろう。すくなくとも歌びとであることを引き受ける人は、歌の重さをかく見ることによって、自らの宿命《さだめ》の行方など思いわずらうことはない。歌とめぐり逢《あ》ったことで、歌びとは、すでに、地上の幸せを一切与えつくされているからである。

私が寂然を通して讃岐の新院をお励まししたのは、配流を世で言うごとき不運と考えるべきではないと信じたからだ。新院は、そんなものの上を遥《はる》か高く飛翔《ひしょう》される鳳凰《おおとり》であられなければならない。歌による政治《まつりごと》を支えるためにも、それは、新院に課せられた聖なる義務《つとめ》でもあるのだ。

だが、その後、讃岐からの便りは、どういうわけか、ぷっつりと途絶えた。寂然が再度讃岐に渡ったのは、こうした音信不通を心痛したあまりであったが、寂然が讃岐で見たのは、正常心を失われた新院のお姿であった。

たしかに讃岐離宮のたたずまいは、気性の激しい、敏感な新院にとって、苛酷でありすぎたことは事実である。私はそのことで新院をお責め申しあげる気持は毛頭ない。あの孤独と隔離と屈辱と無視のなかに置かれれば、錯乱するなと言うほうが無理かもしれない。

だが、その孤立と無視に耐えてこそ、大いなる歌の道が見出《みいだ》されるのも事実なのだ。新院には、そうした重要な仕事と義務《つとめ》があった。そして人は、重要な責務を自覚し、遠い人々と結びついている場合には、たとえ獄舎の独居にあっても、錯乱して狂気に陥ることはない。

新院が錯乱されたのは、大いなる歌の道を見失われ、ご自分を宮廷から追放された罪人としか見られなかったからである。宮廷から追放されたと見られたのは、結局は、宮廷から御心を離すことができなかったためであった。宮廷への執着が新院から大いなる歌の道を奪ったとも言える。

一時はたしかに宮廷を遥か眼の下に見るほどに、高々と乗り超えておられた。が、御子重仁親王のことを思うと、どうしても見果てぬ帝位《みかどのざ》の夢が、胸を引き裂く苦しみで新院に迫ってくる。宮廷を無意味なものと見下しても、この見果てぬ夢は、どうしても棄《す》てることはできない。そして気がつくと、無視してきた宮廷が、またぞろ現世《うつせみ》の栄耀《えいよう》栄華の幻となって、新院の胸にとりついているのである。

宮廷の幻が取りつくようになると、ますます大いなる歌の道は遠ざかり、寂然や藤原俊成のような人々との心の結びつきは実感のないもの、疑わしいものに思われてくる。まして重仁親王が亡《な》くなられてからは、新院はこうして孤独地獄のなかへ一日一日とずり落ちて、ついには寂然が眼にしたような痛ましいお姿へ変ってゆかれるほかなかったのだ。

いかに寂然の言葉とはいえ、はじめ新院の御行状が私には信じられなかった。いや、信じたくなかった。だが、その後、宮廷にひそかに伝えられる讃岐国司からの報告や、どこから出たか根拠不明の噂《うわさ》や、諸国を行脚《あんぎゃ》する商人たちのもたらす見聞などから、どうやら寂然の眼にした以上のことが新院の身に起っていると思わないわけにゆかなかった。

とくに私を心底から震撼《しんかん》させたのは、新院が大乗経を血で書写されているという驚くべき報《しら》せであった。なるほど写経によって功徳《くどく》を積むことは誰でもする。新院が大乗経を書写され、それを故鳥羽院の御陵墓に納められようと思ったお気持も納得できる。自らのご所業を単なる不運と思われず、罪あるものと考えられたことも、新院の御心が、解脱《げだつ》へと一歩踏み出されたと見ていいのかもしれない。

だが、その経文を血書するということ、これはまるで意味が違う。心を無にして、ひたすら罪を思い、その罪を潔《きよ》める行為《おこない》としての写経は、血書された瞬間から、我が罪を、我が手で罰する呪《のろ》いの行為《はたらき》となってしまう。同じ写経でも、一つは罪の潔めだが、もう一つは罪への呪いとなる。

血書とは、自分の罪を呪うあまり、自分自身を果ての果てまで苛《いじ》めぬこうとする態度だ。いったいそんなに自分を痛めつけて何になるのか。その果てに何を期待するのか。その苦悶《くもん》をかたに都の人士に赦免を乞《こ》おうというのか。もしそうなら、新院ともあられるお方が、地面に額をすりつけて、勝者に赦《ゆる》しを乞うのと同じではないか。

それは宮廷の権力《ちから》や権威《ただしさ》を認めるだけではなく、それに屈服したことを意味するのではないか。もしそうだとすれば、大いなる歌の道などは、まったく意味のないもの、花や月の折に玩弄《もてあそ》ぶもの、ただ心の思いを気儘《きまま》に述べるものと新院が考えておられるということになるのではないか。

私には、どうしても信じられなかった。いかに新院が物狂いされようと、この一事だけは守って下さる。そうでなければ、新院が味わわれた不幸も苦難も、意味を失ってしまう。なんのために生きてこられたのか、それさえ分らなくなってしまう。新院が血書などなされるはずはない。絶対にない。

私は、寂然から、兵衛《ひょうえ》の佐局《すけのつぼね》の手紙を見せられたときにも、そのなまなましい描写《ふでづかい》を信じようとはしなかった。女は得てして激情に駆られてあらぬものを見る、というのが、そのときの不信の口実であった。私は生涯のうちで、あのときほど、事実を直視すまいと、のた打ちまわったことはない。

もし高野に新院の二の御子宮の法印がおられなかったら、現在《いま》にいたるまで、心の底で、同じ苦しみがつづいていたかもしれない。

宮の法印に初めてお目にかかったのは、私がしばしば上西門院《じょうせいもんいん》さまの御殿に招かれ、歌会や花の宴に加わって、六角局や兵衛局のような歌上手な内侍《ないし》たちと歌を詠《よ》み合っていた頃であった。

新院第二皇子宮の法印はその頃まだ上西門院さまの猶子《ゆうし》であられ、父君新院譲りのご気性のまっすぐな、ひたむきな御子と見受けられた。

ある日、私が御殿の裏を歩いていると、小さな宮が泣いておられた。

「どうされました」

私が宮のほうへ身を屈《かが》めると、宮は釜殿《かまどの》の裏を指でさされた。そこには雀《すずめ》の雛《ひな》が巣から落ちて、うぶ毛のはえた羽を震わせ、か弱い声で鳴いていたのである。

「雀の子が可哀《かわい》そうでならぬ」

宮はそう言って泣かれた。

「すべて弱い鳥たちは、あのように死ななければなりませぬ」

私はそう申しあげて慰めたが、宮は首を横に振られた。

「可哀そうでならぬ。助けてやれぬか。このまま放っておくことはできぬ」

私は女童《めのわらわ》を呼ぶと、粥《かゆ》を薄めて雀の雛を育てるように言った。その女童は気だてのやさしい娘らしく、宮の気持をすぐ呑《の》みこみ、子供の頃、鶯《うぐいす》を飼ったことがあるので、すり餌《え》も与えてみようと言った。

宮は手を打って喜ばれた。

雀の雛は女童の手で育てられた。宮は一日に何回か釜殿の隅に置かれた鳥籠《とりかご》を見にこられた。なかには、滑らかな鹿《か》の子《こ》色の羽をした子雀が、ちゅんちゅん鳴きながら飛びまわっていた。上西門院御所の人々は宮のことを雀宮《すずめのみや》と言って可笑《おか》しがったのである。

保元の争乱のあと、宮は出家され、高野に籠《こも》られたが、宮のご気性からいって、ただ事の成りゆきからずるずると出家されたのではないことはよく分った。私のところへも長い手紙を寄越され、その中に、仏の道を窮《きわ》めたいという気迫に満ちた思いが吐露されていた。ひたむきな純一な感じは、雀宮の頃とすこしも変っておられぬ、と私はその手紙を読んで懐しく思ったものだ。

やがて宮の法印は大峰山の難行に加わりたいという望みを私に洩《も》らされた。宮の法印が仏の道を窮めたいと願われた以上、それはどうしても通らなければならない道であることは分っていた。しかし御所での優雅な生活《くらし》しかご存じない宮の法印が、断食《だんじき》や、回峰行《かいほうぎょう》の苦行に耐えられるかどうか、私には心配であった。

宮の法印は、それをこそ自分は望んでいるのだと言われて、大峰山入りの前に果すべき千日精進へと入られたのであった。

あくがれし　心を道の　しるべにて　雲にともなふ　身とぞなりぬる

という宮の法印のお歌は、千日の果てた日に、私のもとに送られたものであった。そこには回峰行も断食も打坐《たざ》も、すべて即身成仏《じょうぶつ》への輝かしい道と受けとめている、ひたむきな魂しか見ることができなかった。

山の端《は》に　月すむまじと　知られにき　心の空に　なると見しより

私が早速にその返歌《かえし》を申しあげたのは、宮の法印の御心の純一さを何とか励ましたいと思ったからである。

もちろん宮の法印を見るとき、私は、新院のことを重ねないわけにはゆかなかった。ご気性だけでなく、お姿も新院とよく似ておられた。とくに上瞼《うわまぶた》が薄く削《そ》がれたように浅く窪《くぼ》んだ柔和な眼は、新院そっくりであった。ということは、新院の御母待賢門院《たいけんもんいん》さまの眼《まな》ざしを私に思い出させることでもあった。

高野で最もよくお目にかかったのが宮の法印であったのは、そのお人柄に惹《ひ》かれただけではなく、その涼しげな眼もとに、法金剛院の薄紅《うすべに》色の枝垂《しだ》れ桜がつねに揺曳《ようえい》していたからであった。宮の法印はそのことはご存じなかった。だが、私が宮の法印に惹かれるように、法印も私を師として迎え、雀宮の頃のやさしい御心を忘れられることがなかった。

ある冬、ことさら寒い日々がつづいたことがあった。そんな日の暮れ方、草庵《そうあん》を訪ねてきた男がいた。戸をあけてみると、宮の法印からの使いの者であった。

「法印さまがこの寒さにいかがお暮しかとご心配になられておられます。よろしければこの小袖《こそで》をぜひ、と申されておられます」

使いの者はそう言って、菊模様を綾織《あやおり》に織りだした白絹の綿入れを差し出した。

私はその途端、上西門院御所の裏手で、雀の雛を憐《あわ》れんで泣いておられたやさしい男の子を思い出したのであった。

・今宵こそ　あはれみ厚き　心地《ここち》して　嵐《あらし》の音を　よそに聞きつれ

私は翌朝、この歌をつけて御礼の便りを認《したた》めたが、小袖の温みは、宮の法印のやさしさだけではなく、二つに割れるような女院の懐《なつか》しいお声までを私に思い出させた。

私が宮の法印から折入っての相談があると言われたのは、新院が讃岐で崩じられてから二年ほどした、ある雨の夜のことである。

梅雨に入った空からは、終日、雨が休みなく降りそそぎ、高野の峰々は白い霧に包まれていた。

宮の法印は僧房の奥の仏間で私を待っておられた。

「この雨の中をご足労いただいて忝《かたじ》けなく存じます」

宮の法印は沈んだ声でそう言われると、仏前に置かれた黒漆梨子地《なしじ》の螺鈿《らでん》入りの脚付き櫃《ひつ》のほうに眼を向けられた。

それは、見たところ、ただの唐櫃と変りなかったが、なぜか暗く、陰鬱《いんうつ》な気配が漂っていた。櫃そのものが頭《こうべ》を垂れ、顔を両手で覆《おお》っているような感じがしたのである。

私は妙な胸騒ぎがして宮の法印の顔を見た。

「ここには、父が讃岐の離宮で書き残した大乗経が入っております」

宮の法印は低い声で言われた。

「父は鳥羽院の眠る安楽寿院に納めて貰《もら》うつもりでいたと言います。それは宮廷から拒まれました。そのことを父はひどく呪って、大乗経を血書することに決めたと伝えられています」宮の法印は何かを飲みこむように喉《のど》を動かされた。「たしかに大乗経は血で書かれております」

私は寂然がそう言ったときも信じなかった。兵衛の佐局の手紙を見たときも取り合わなかった。

私は血書の事実を否《いな》みつづけてきた。だが、いま、それは宮の法印の口から伝えられ、動かぬ証拠の経典が眼の前にあるのである。

私は身体《からだ》が震えてくるのが分った。それはあれほど信じ申しあげていた新院に裏切られたという口惜しさではなかった。まして腹立たしさ、憤懣《ふんまん》、激怒でもなかった。全身を捉《とら》え、わななかせたのは、人間という存在《もの》に対する限りない哀《かな》しみであった。

私は危うく慟哭《どうこく》するところであった。それをこらえ、歯を食いしばって、陰鬱な黒漆の櫃に眼を向けた。

「世上の噂にも聞きますように、父の死以来、宮廷にも、京の巷《ちまた》にも、故新院の怨霊《おんりよう》が跳梁《ちよう》《りよう》しているということです。私はとてもそのようなことは信じませぬが、父があのような扱いを受け、あのように亡くなられたのであれば、いかに寛大なお人柄であろうと、人を呪って、この世に怨霊として留まることもないとは限りませぬ。もしそうであれば、あらぬ祟《たた》りを蒙《こうむ》る無辜《むこ》の人々こそ迷惑至極。だが、それ以上に、成仏を果せぬ父の亡霊が不憫《ふびん》でなりませぬ。生きて讃岐の配所で流謫《るたく》の憂《う》き目に遭ったばかりでなく、血書経を残し、死してなお苦悶のなかをのた打ちまわり、夜風の吹くごとに憎悪《ぞうお》と復讐《ふくしゅう》の怨念に物狂って家々の鬼瓦《おにがわら》の角で、声が嗄《か》れるまで、悲傷の叫びをあげているというのは、聞くだに忍び難いことなのです。西行殿、願わくは、父の御霊《みたま》を何とか鎮《しず》めて、せめて死後は、浄土に蓮華化生《れんげけしょう》して、無量光のもとに往生の本懐を遂げるよう祈念していただけますまいか。血書経が物語る深い無明の闇《やみ》に父の怨霊をさ迷わせておくのは、いかにも惨《むごた》らしい所業に思えてなりませぬ」

私は血書経を納めた櫃を見つめた。宮の法印の言われるように、新院の怨霊を放置するのは、誰よりも、新院その人にとって無残な所業であった。

私が仄聞《そくぶん》したところでも、新院の怨霊は慰められぬまま、都大路を徘徊《はいかい》していた。後白河の帝《みかど》が三条高倉殿の階《きざはし》から転落され、足を痛められたのもそのせいだと噂されたし、御所の屋根を夜な夜な青い光が飛びまわるのを見たという人もいた。そのほか東山に狐火《きつねび》のような赤い灯《ひ》の行列が出るとも、美福門院の起居された折、三条西洞院第《にしのとういんてい》の屋根に鬼が居坐《いすわ》っていたとも伝えられた。

私がじかに聞いた話では、白装束の女行者が法勝寺《ほっしょうじ》に向けて白河を抜けていったというのである。その話をした商人は恐しげに声をひそめて言った。

「上人《しようにん》さま。このようなことがこの世にあっていいものでございましょうか。その行者たちには眼鼻も口も付いていなかったのでございます」

二条河原で盛大な供養《くよう》が営まれたのは、表向きには、保元の争乱の折、白河北殿で討死した人々の霊を慰めるためであったが、本当の理由は、その頃、夜になると、全身を青い燐光《りんこう》に包まれた鎧武者《よろいむしや》が二条河原から藤原忠通第《ただみちてい》にやってくるからであった。人々の話では、それは保元の怨霊に他ならず、そのまま放置して供養をしないと、祟りはどこまで及ぶか分らない、というのだった。

だが、二条河原の供養があったにもかかわらず、間もなく藤原忠通殿が亡くなった。燐光に包まれた鎧武者は冥界《めいかい》から忠通殿を招いた使者だったことになる。

その他、羅生門の近くで陰陽術《おんみようじゆつ》にも通じた憑女《よりまし》黒禅尼《に》が藤原頼長《よりなが》殿の霊を喚招《かみおろ》させたとか、白河北殿の焼跡から今も歌舞管絃《かんげん》の音が聞えるが、それは地の底から湧《わ》き出るような陰々滅々とした節まわしであるとか、怨霊に結びついた風聞は絶えることがなかったのである。

もし私が黒漆の櫃に納められた唐錦織の装幀《そうてい》の経巻を見なかったなら、こうした怨霊の風聞を新院と結びつけて考えることはしなかっただろう。魑魅魍魎《ちみもうりよう》はいたるところに棲《す》みなしているし、百鬼夜行《ひやつきやこう》は別に珍しいことではない。

だが、いま経巻の、血に汚れ黒ずんだ唐錦のつづれ織が、すでに磨《す》り切れ、縁《へり》がぼろぼろにささくれているのを見ると、親しい人々に背かれ望みを失った男が、魔界にまで身を投じようと思いつめ、その思いが凝って怨霊となり、誰ひとり慰め手を持つことなく、永遠の孤たしかに独な夜を、髪振り乱して、ほっつき歩かなければならない懊悩《おうのう》が痛いように分る。この怨霊をそのままにすることは、あまりにも残忍無情な仕打ちである。

お気の毒ではあったが、新院は大いなる歌の道を放棄なされたために、無明の闇に迷われた。が、怨霊となられたのは、自ら進んで大魔界に身を投じられた結果なのである。

新院が怨霊となられるのは、酷な言い方だが、致し方ない。六道《ろくどう》の涯《はて》までも、怨《うら》みを抱き、敵方を呪い、憎しみと怒りの炎のなかで、身悶《みもだ》えしたとしても、新院が望まれ決意された以上、これはどうすることもできない。だが、それは新院が、人の世に、歌があることをご存じない場合にのみ、あり得ることだ。新院であられずとも、もし歌の心を知った人であれば、畜生道、餓鬼道の涯までも怨恨《えんこん》の化身となって敵を呪いつづけるなどということはあり得ないのである。

歌の心とは、森羅万象《いきとしいけるもの》を好《よ》きものとして受けるところから始まるからだ。

もし歌の心を知らず、自己《おのれ》を超えて生きる幸せを知らないなら、自己執着の現われに他ならぬ怨念や憎悪に生きても、仕方がない。だが、新院は、歌の心を知っておられる。大いなる歌の道を生き、歌による政治《まつりごと》を始められれば、讃岐《さぬき》の孤独《ひとりい》も屈辱も、嗤《わら》うべき偶然事に変り得る。そのためには、新院は、地上の位階などお捨てになられ、眼に見えぬ歌の位階に立たれればいい。それだけでよかったのである。

それなのに、どうして歌の道を生きられなかったのか。

ここでは重仁親王は口実にはならない。なぜなら大いなる歌の道を待ち望む人々がいるのに、それを裏切られたことのほうが、新院の魂にとって、より大きな問題だからだ。

そう考えれば、新院がこの世の道を選ばれ、そこから懊悩を引き出された以上は、あくまでそれをご自分の不運として、どこまでもお一人で背負ってゆかれなければならないのだ。そこに他人を引合いに出すなどということは、たとえ憎むべき敵対者といえども、なすべきではなかった。ましてや、他人を怨むなどとは、新院ともあられるお方が、なさるべきことではない。そんな心情を、いやしくも帝位《みかどのざ》に立たれた方が持っていいわけはない。

もし私が白峰の御陵《みささぎ》にいって、新院の御霊に何か申しあげるとしたら、このこと以外にはない。それを鎮魂と言うのなら、鎮魂であろう。だが、この世にさ迷い出られ、浄土に往生の本懐を遂げられなかった無明に同情し、その懊悩に涙をそそぐのが鎮魂であるとすれば、私が白峰でやろうと思うことは、鎮魂どころか、その反対のことだ。私は、歌びとの心が、いかに虚空《こくう》に立つ現世《うつせみ》の人々に土台を与え、現世成仏にも似た功徳《くどく》を齎《もたら》さなければならぬかを思うにつけ、歌をあだやおろそかに考えることはできない。それは生以上の生、死以上の死とかかわることなのである。

新院の怨霊が京の町々を夜ごとの風にまぎれて鬼哭をあげられようと、それは新院が歌の心をお忘れになった結果にすぎないのである。歌の心は、怨霊となって現世《うつせみ》の幻の中を歩きまわるよりは、遥《はる》かに遥かに大事な森羅万象《いきとしいけるもの》の宿命と結びついている。それは穢土《えど》のさなかを四十八誓願を抱いて常寂光土を現《げん》じようとされる御仏《みほとけ》のお姿に最も似ていようか。

私は宮の法印の御手を執ると、かならず白峰に出かけ、新院の御霊に、歌の心を取り戻され、みずからの怨霊をも超え出られることを祈念する旨《むね》、お約束したのであった。

そのとき、静かに降りつづいた雨が、突然、沛然《はいぜん》とした雨に変った。天の堰《いぜき》を切って落したかのように、轟然《ごうぜん》と、激しい雨が降り始めたのだ。僧房の屋根が破れるほどの豪雨であった。


私が白峰に向けて旅立ったのは、宮の法印と約束を交してから、さらに二年後だった。私は齢《よわい》五十一に達していた。

京の町々に流れる新院怨霊の噂《うわさ》は、私には、もはや問題にはならなかった。血書された大乗経を見たあとでは、新院の悲しみが、怨霊となって騒ぎまわるよりも、遥かに深いことが分っていたからである。

新院は、宿命の波に翻弄《ほんろう》され、その波の間に間に憂悶《ゆうもん》しなければならない人間という存在《もの》を、自ら哀れとご覧になっていたのだ。歌の道を忘れたわけではないが、それに全身をかけられない弱さを、むしろ哀惜の眼で見ておられたのかもしれない。

私は、寂然に聞いた話を思い出しながら、海を渡った。船の御座所の窓は板で覆われていたというから、新院は夜明けの海も、真夏の昼の海も、月を砕く夜の波も、ご覧になることはなかったであろう。その旅の途次、朗らかに心を持つべきだったというのは、苛酷《かこく》な鞭《むち》の言葉である。新院は身の不運をお嘆きになって当然であった。

私が見た海は秋であり、波は船縁に激しく打ち寄せていた。風も激しかった。船人たちの言葉も荒々しく、新院の痛ましい船旅が身に染《し》みて思われたのであった。

私が着いたのは松山の津という寂しい漁師村《りょうしむら》であった。低い板屋が十軒ほど建っていた。

讃岐の院の御配所はどこかを訊《たず》ねると、村人の一人が沖の島を指し、「直嶋《なおしま》じゃ」と叫んだ。

「直嶋にはもう何もない。鼓《つづみ》の岡離宮に移られ、そこでお亡《な》くなりになられた」

老人が肩をすぼめるようにそう言うと、村人とともに去っていった。

海岸に出ると、岩のあいだに波が騒いでいた。

海の遠く向うには、島が置き忘れられたようにかすかに浮んでいた。そこにはもう配所の建物は、跡形もないという。いや、ここで流謫を嘆かれた人も、もはやおられないのだ。そのとき私は、一瞬、寂然と一緒に松山を訪ねなかったことを後悔した。もし私と寂然と二人だったら、あるいは別の話ができたかもしれぬ。

だが、そうした思いはもはやすべて空《むな》しい。すべては返らぬ夢なのである。ただ波の音だけが昔に変らない。

松山の　波の景色は　変らじを　かたなく君は　なりましにけり

悲しみが深く私を包んだ。

だが、松山の浜を離れたとき、私はこうした涙からは早く立ち去らねばならないと思った。そこには、新院の苦悩をお助け申すべきものは何もないことを見つくしていたからである。私は新院のご不運を泣きにきたのではなく、不運という宿命の呼び名を否《いな》むためにきたのである。

私は暗さに立ち向い、陰々滅々の気配に呑《の》まれず、あらゆる物の現われを、たとえ悲痛な事柄であっても、歌の心によって包むことを目ざしているのである。

鼓の岡の御座所は木々に囲まれて人の気配はなかった。高い築地塀《ついじべい》はところどころ崩れ、そこから窺《うかが》える庭は、八重葎《やえむぐら》に覆われ、妻戸にも格子《こうし》にも紅葉した蔦《つた》が赤い血でも塗りつけたようにびっしり這《は》い上っていた。

鼓の岡をあとにして、里人たちに案内され、稲田の道をゆくと、大きな山が地面から盛り上っていた。この辺りには、椀《わん》を伏せたような円山が、海に浮ぶ島のように並んでいる。白峰は、平地からいきなりそそり立つ大きな山の塊りで、全体を樟《くすのき》、椎《しい》、松、杉、柏《かしわ》などの巨木が厚い緑の被《おお》いとなって包み込んでいた。白峰御陵のある山は、その巨大な山塊の裏側にあたり、突然、垂直《まっすぐ》に切り立った絶壁《おおかべ》となって、目の前に立ちはだかる。灰色の岩壁は、まるで山塊の一端を大鉈《おおなた》で切り落したように、岩肌をむき出しにしていて、その岩に紅葉した木々が、点々と、しがみつくように生え、時どき、その木から鳥の群れが礫《つぶて》のように飛び立つのが見えた。

山塊全体は、御陵のある垂直《まっすぐ》の岩山を、背後から、おぶさるようにして囲み、高い峰々が、さらに奥の山へと続いていた。

その垂直の岩山に登るために、私は峰と峰に囲まれた深い谷に足を踏み入れた。最後まで案内してきた里人も、この谷には入ることを拒んだ。話によると、新院の柩《ひつぎ》を山上で火葬にした折、煙が重い水のように崖《がけ》をゆっくりと下り、この谷間に溜《た》まると、白い煙の海となったまま、幾日も、立ち去ろうとしなかったというのである。

すでに夕暮が近づいていた。しかしちょうど満月の夜であるし、里人の言葉では、御陵まで道がついているという。もし道に迷えば、木の下にいくらでも野宿する場所はある。

それに、新院の御霊と対面するには、満月の夜以上にふさわしい時はない。

私は山道が上りにかかると、かつて大峰山の回峰行の折に覚えた呼吸と速歩によって、道の上に折り重なって枝を伸ばす木々の繁《しげ》みを別けて登った。

中腹にかかる頃、夜になった。満月が上り、その光が、木々の繁みを黒と白の綾なす模様に変えた。山を上るにつれて、風の音が耳につき、とある峰の突端《さき》を廻ると、途端に激しい風が、谷から、木々をざわめかして、一斉に吹き上った。

私は頭を下げ、速歩をゆるめず、ひたすら登りつづけた。月の光が道の上に斑《まだ》らに落ちているうえ、道は細い尾根伝いにつづくので、迷いようもなかったのである。

私は激しい風に巻かれるようにして、山の肩に達した。闇の奥に連なる黒い杉の大木が、嵐《あらし》のように、ごうごうと鳴りつづけていた。

月は中天にかかり、その光がごつごつした岩山の背を照らしていた。その岩を削った平坦《へいたん》な道を進むと、月の光のなかに、丸く盛り上った塚の黒い影が見えた。松が何本かそのまわりに生えているだけの、むき出しの、小山のような墓であった。

私は墓の前に立った。

どこか遥か遠くから、高野よりも、京よりも、もっともっと遠くから、そこにきたような感じがした。あまり遠かったために、何もかも間に合わず、すべてがすでに終り、空しいものだけが、月の光に照らされた塚の上を流れているような感じであった。杉が風に太い幹を揺らし、身悶えするように枝々を振り乱すのが、蒼《あお》ざめた光のなかに見えた。風は谷から私の身体を吹き倒しそうに、強い力で横なぐりに吹いた。

丸い小山のような塚は、風のなかで静まり返っていた。

私は新院の御霊に相対しているのを感じた。法金剛院の庭で、御母待賢門院さまと並んでおられたときの若い頃のお姿が浮んだ。藤原俊成や寂然兄弟たちと開かれた歌会で、勅撰《ちょくせん》集《しゅう》の考えのあることを洩《も》らされた折の晴れやかに輝いたお顔が思い浮んだ。嵐の夜、重仁《しげひと》親王を探して仁和寺《にんなじ》の僧房に迷いこまれたときのお声が耳に聞えた。保元の争乱のとき、最後まで後白河の帝と話し合われようと近臣に御親書を渡されたとき小刻みに震えた柔らかなお手を思い出した。

私はそうした新院の全生涯のお姿にむかってひたすら読経《どきょう》をした。それは新院がもう一度大いなる歌の道を見出《みいだ》され、歌こそが、生の生、死の死を司《つかさど》る根源《おおもと》の道であることを呼び起されるように、という起請《きしょう》であった。

新院の現世《うつせみ》のお姿は、もはや喜びでもないし、悲しみでもない。そこに流れるのは空しさという夢の亡霊にすぎない。もともと現世《うつせみ》に生きるとは、虚空に立つことに等しいのである。新院は、そのことに思いを致すべきであったのだ。人々が虚空に立つことに思い及べば、そこに、真の土台を作ろうと発願するのは歌の心の誠《まこと》というものではないか。

それに較《くら》べたら、どんな悲しみも不幸も災難も病苦もまったく意味を持たない。ただ自分に執着し、その薄暗い穴から現世《うつせみ》を見るから、何か一大事のように思えるにすぎない。

そのことを思いつづけなければならない。そのことを思いつづけ、さらに思いつづけて、我という薄暗い家から完全に抜け出て、森羅万象《いきとしいけるもの》の明るみのなかに同調《ともなり》してゆかなければならないのである。

新院がいかに激しく苦しまれるとも、御仏の菩薩行《ぼさつぎょう》に似たひたすらな誓願に較べたら、やはりそれは大海に浮かぶけし粒の苦しみとお考えにならなければならない。

新院が真に成仏《じょうぶつ》され、浄土に蓮華化生《れんげけしょう》され、六道輪廻《ろくどうりんね》の苦しみを超えられるには、ただご自分の一切の苦難を両手に掻《か》き抱き、決してそれを他人の所為と考えず、他の苦難までも御手に掻き抱こうと決意されることとしかない。

「陛下」私は月の光に照らされた小山のような塚の前にひれ伏して言った。「陛下がいま陛下の苦難を大海のけし粒と思われ、大いなる歌の道をもう一度取り戻していただければ、この国に新しい希望《のぞみ》が生れましょう。陛下、どうかこのことだけはお考えいただかないと、歌というものの意味が失われます。歌は虚空に立つ人々を支えます。しかし歌もまた虚空に懸かる虹《にじ》にしか過ぎませぬ。それが人々を支える土台であるのは、世から世へ、それを土台たらしめようとする歌びとたちがいたからです。陛下、一人でも、そこから外れてはなりませぬ。歌びとである以上は、それが歌びとの誠なのでございます。

だからこそ陛下、陛下はただ不幸なご生涯をけしの一粒に見立てて、歌びととして現世《うつせみ》を支え、朗らかな歌の大海に生きられることをただただお考え遊ばさるべきではございますまいか」

私はこうして一晩月の下で新院の御霊とお話した。

あたりが白み、鳥たちが歌い出したとき、私は、塚が静かに三度動くのを見たのである。そのとき海から上る最初の光が峰の頂きを薄紅《うすべに》色に染めた。塚はいまその光のなかにあった。

よしや君　昔の玉の　ゆかとても　かからん後《のち》は　何にかはせん

私はこの歌を御陵に捧《ささ》げたのち、朝の光のなかを退去した。下ってゆく山の木立のなかは鳥の声で満ちていた。

十七の帖

秋実《あきざね》、西行の日々と歌道を語ること、ならびに源平盛衰に及ぶ条々

思えば、崇徳院《すとくいん》が崩御されて間もなく、私は四十八歳の西行と初めて長楽寺で出会ったのであった。そしてそれから七年ほど経《た》った承安《じょうあん》元年になって、ようやく自分の歌らしいものを持って、師を訪ね、それに眼を通してもらったのである。

それまで私は、師西行を訪ね、数々の物語のあいだに歌の話は聞いていても、自分の歌を見てもらうことはなかった。もちろん師は私が歌を詠《よ》んでいることは知っていた。しかもそれとなく私が藤原俊成殿をはじめ御子左家《みこひだりけ》の人たちと知り合うように道をつけておいてもくれた。しかし面とむかって、歌をどんな具合に作っているかとか、あるいは近作を見せるようにとか言ったことは一度もなかったのだ。

二十一歳の若い私が師西行を訪ねたのは、歌に惹《ひ》かれたからであるし、そのことは師もよく知っていたはずである。あれこれの歌について私が何か訊《たず》ねるようになると、心ゆくまで話してくれた。だから、私が歌のために師のもとを訪れていることは明々白々であったが、いま言ったように、あえて師からはそれに触れようとはしなかったのである。

私も自分の歌に触れることには、なぜか躊躇《ためら》うものがあって、家を出るときは、こんどこそと決心をするが、師の顔をみると、そんなことはどうでもいいような気になる。もっと大事なものが話のなかにあって、いま聞いておかないと、二度と聞く機会はない——そんな気持になって、ついつい自分の歌については言いそびれることになるのであった。

いま思えば、それは師西行の歌道に対する自然の態度だったと分る。師は歌よりもこの世に真実に生きることを私に求めていたように思える。私が大学寮の仕事をしていたときは、心をこめてそれをやるように言った。歌集や歌論を読んで夜更《よふか》しすることがあるなどと話すと、たまにはそれもいいが、歌や歌論が素直に心に入るのは、仕事を十分にこなし、身体《からだ》の調子もいいときだから、まずそちらのほうに気をつけるように、と言うのだった。師は仕事をきちんと果すことと、立身出世に努めることとは別のことだと信じている様子であった。

「仕事を立派に果すのは、まず自分のためなのだ。自分の姿勢を正し、深く息をするのと同じだ」

そう言ったこともある。いい仕事をした結果、上司に認められて立身しても、それは、単に仕事の結果にすぎぬと考えるように、と話してくれたこともある。

「大事なのは、つねにいい仕事をすることだ。分るかな。いい仕事が目的で、昇進は付随するものだ。それが逆転して、昇進が目的になると、もう仕事はできなくなる。つねに、見てくれの、間にあわせ仕事になるほかない」

若い頃に早々と世捨人となり、現世の立身からも蓄財からも離脱した人が、このようなことを口にするのは意外だと思う人もいるかもしれない。しかし師は、この世を逃れ、山林の自由の暮しを楽しみはしたものの、人々の暮しを嫌悪《けんお》したり、人間を憎んだりしたのでは決してない。私がはじめて師と会った頃、紀州田仲荘《たなかのしょう》は隣接する荒川荘との土地争いに巻きこまれていた。師の弟佐藤仲清殿がその逐一を師に報《しら》せたのは当然だが、直接何の指示も与えなかったにせよ、師はそのことを知っていた。仲清殿を通して世の動きを見ていたといってもよい。仲清殿の胸のうちを知っていたからこそ、越後《えちご》頸城荘《くびきのしょう》の氷見《ひみ》三郎の憤死にもあれほど心を傷《いた》められたのである。私が師のそばで感じたのは、何よりもこの世に対する深い愛情《いとおしみ》であった。師の出家遁世《とんせい》を知る人は、奇異な言葉と思って訝《いぶか》ると思うが、これは私が感取した真実《まこと》の師の姿なのだ。

また師ほど都をなつかしがっていた人はいない。西住《さいじゅう》殿、寂然殿といった古い友人とは、兄弟以上の深い情愛で結ばれていた。

いつか、讃岐《さぬき》に渡り、白峰に新院の御陵を拝した物語を聞いたことがあった。一緒に旅行するはずの西住殿は近親の病気で来られず、摂津で待っていたのだが、そのとき師は、

なにとなく　都の方《かた》を　聞く空は　むつまじくてぞ　ながめられける

と詠んだ。西住殿の残る都のほうに拡《ひろ》がる空が、師にはたまらなく親しい温かなものと感じられたことに、私は、何ともいえない感銘を覚えた。もちろん西住殿だから特別のむつま

じい思いを感じたのは事実だろうが、そのときの私には、ひとり西住殿だけではなく、大勢の人々の住む都が、師の心のなかで、恋い焦《こが》れている対象《もの》ではないか、と思えてならなかった。

この世をより深く豊かに生きるために、浮世を棄《す》て、出家遁世の身となったのであって、決して この世を厭《いと》ったからではない。厭ったのは、浮世の我執であり、しがらみであり、権《けん》勢欲《せいよく》であった。

師西行が私にいい仕事をするようにと言うのも、同じ気持からなのである。この世の好《よ》さを全身で生きるとは、こちらの身が歪《ゆが》んでいては叶《かな》わないのである。

師の言葉はそのことを言っていた。師は、いい歌を作るには、まず深く豊かに生きなければならないと全身で語っているように見えた。

「秋実、この世は夢のようなものなのだ。それは、私のように長く生きてくると、実感として身に染《し》みる。この世のものは何一つ留まるものはない。京都五条河原を挟んで絢爛《けんらん》と軒を連ねていた六波羅《ろくはら》屋敷も、あっという間に消え失《う》せてしまったではないか。保元の乱も平治の乱も多くの人を殺し、家を焼いて、疾風のように過ぎていった。

先日、法金剛院の庭を久々に訪ねて、夏木立のなかに静まり返った池水を眺めていたら、ふと、若かった待賢門院《たいけんもんいん》さまのお顔が薄紅《うすべに》色の枝垂《しだ》れ桜に囲まれて、はっきりと眼の前に浮かんだ。鳥羽院も薄墨色の水干《すいかん》姿で立っておられ、そばの徳大寺実能《さねよし》殿もにこやかなお顔で何か話されていた。私はまだ北面の武士で、ようやく二十歳になったばかりだった。女院はじっと私のほうをご覧になられた。いつか私は最後にお目にかかった三条京極第《きょうごくてい》の月の光のなかにいた。その二つに割れた低い嗄《しわが》れたお声が、義清《のりきよ》、義清と私を呼んでおられるのを聞いた。「義清、虚空《こくう》に独りぼっちでいる私の魂を抱いてくれなければいけませんよ」待賢門院さまのお声はそう言っておられた。私は思わず「義清はお側《そば》を離れませぬ」と叫んだ。どうしてそんな言葉を発したのか、自分でも分らなかった。

その声にはっとして我に還《かえ》ると、私は相変らず夏木立に囲まれた池の辺りに立っていた。静寂のなかに蟬《せみ》しぐれだけが降りそそいでいた。そのとき、私は思った、いったい待賢門院さまはどこにおられるのか。鳥羽院は果してこの世におられたのか。待賢門院さまの兄上として鳥羽院の寵《ちょう》を得ていた実能殿は本当に法金剛院の庭を歩いておられたのか。すべては夢だったのではないか。実際に花の宴がこの池の辺りで行われたとしても、それは夢幻《ゆめまぼろし》と同じものだったのではないか。現に、いま、夏木立と濃いみどりに濁る池水と蟬しぐれのほか、何もないではないか。そうだ、この世は、雲を凌《しの》ぐ大廈《たいか》高楼にしても、永劫《えいごう》不変と見える権勢にしても、眼をあざむく七珍万宝《しっちんまんぽう》にしても、すべて一瞬の夢にすぎないのだ——私は法金剛院の庭で、眩《めくら》むような思いで、そのことを思い知った。

秋実。この世は夢のようなものだと知ったとき、私は、それを留め得るのは歌であることも感じたのだ。この世の好《よ》さはすぐ過ぎてゆく。花も散る。月も欠ける。そのときの花の好さ、月の好さも、もちろん消えてゆく。それは花や月のうえに懸った虹《にじ》のようなものなのだ。これを歌のなかに移せば、歌は花の好さ、月の好さとなって、そこに現前する。この世の花、この世の月は消えても、歌のなかに花の好さ、月の好さは留まる。万象の変幻のなかに唯一《ゆいいつ》の如来《にょらい》が現《げん》じているのと同じなのだ。だからこそ、歌が成る前に、まず夢幻《ゆめまぼろし》の生を生き、その好さを味わいぬき、好さの去りゆく哀傷のなかで、歌人はそれを永劫《とこしなえ》の姿に留めなければならない」

私は師西行が生きるというとき、この夢幻《ゆめまぼろし》を本気で引き受けているのを感じた。本気でいながら、決してそこに身を置かず、つねに心は歌に向っている、という姿勢《すがた》も理解することができた。歌を見て貰《もら》う前に、この微妙な心のかかわり方をまず学ばなければならないと私が思ったのは、こうした師の姿が大きく私の前に立ちはだかっていたからである。

もし師西行がこうした独特の心の姿を持っていなかったら、たとえば保元の乱の折、あれほど危険を冒して、それこそ戦火の燃え上る直前まで、新院に謀反《むほん》の意のないことを後白河の帝《みかど》に納得させ、争乱を回避しようと懸命になっていた理由を説明することができないのである。師は本気で、死にもの狂いで、新院をお救いしようとした。だが、同時に、その戦火が――大勢の人を殺し、家々を焼き、運命を狂わす疑いない酷薄な現実が――御仏《みほとけ》の御姿を通してみれば、夢幻《ゆめまぼろし》にすぎないことも知悉《ちしつ》していたのである。

そうでなければ、浮世を捨て去った人が戦乱にかかわるようなことをするはずはない。新院をお救いすることが、歌による政治《まつりごと》を救うことであるゆえに、師はあれほど京の巷《ちまた》を駆けめぐったのだ。また新院がご不運に遇《あ》われても、歌による政治《まつりごと》は、配流《はいる》の地でも成り立つことを強く申しあげたのである。

摂関家の力が次第に衰退し、宮廷のなかに平家一族の影響《かげのちから》が拡がり出す時代に、私は大学寮から民部省に移り、そこの少丞《しょうじょう》まで進んだ。民部省では、諸国の国衙《こくが》による道路、橋梁《きょうりょう》、堤防工事の報告書類を管理するのが私の仕事であった。とくに大がかりな工事には、国守の随員に加えられて諸国へ出向くことがあった。私はそうした仕事を謹直に勤めた。道路、橋梁、堤防が堅固にでき上り、人々の暮しに役立つことが、師のいう仕事をよくすることと思えたからである。

ただそうした出先の工事場でも、私は歌を忘れたことはなかった。賦役《ふえき》に駆り出された人夫たちを監督しながら、懐《ふところ》にした歌稿を眺めるのは、異様といえば、異様であった。だが、そのおかげで、平板になりがちな日々、働く者たちの心や、工事の様子《ありさま》を御仏の映し絵と見ることができた。

師西行が西国の旅の折々、働く人たちを見て詠んだ歌がある。

真鍋《まなべ》より　塩飽《しわく》へ通ふ　あき人《びと》は　つみをかひにて　渡るなりけり

岩の根に　かたおもむきに　並《な》み浮きて　鮑《あはび》を潜《かづ》く　海士《あま》のむらぎみ

ここには、働く姿をじっと見ている師の視線《まなざし》が生きている。師は働く人々の姿も仏性の円光のなかに包んでいた。商人《あきびと》が重荷《つみ》を生き甲斐として渡る姿に、罪と櫂が重なって見えているのがその一つの証《あか》しである。

わが師は歌を仏性として生きていた。歌会に集い、風流に遊ぶ歌人たちとは、そこが、最も違っていた。歌人たちは海人《あま》や漁師や樵《きこり》などの労働《はたらき》姿に眼を向けようとしなかったし、眼を向けても、それを心を動かすものとは感じられなかった。心の動きを感じないところには、当然、歌など生れなかった。

おそらくこうして世の現実《ありのまま》の姿をしたたかに見つめることができたために、師は、権謀術数の宮廷にもまた平気で出入りしたし、徳大寺実能親子とも打ちとけて付き合えたし、平家の領袖《りようしゆう》たち、とくに入道(清盛)殿や時忠殿と懇意だったのである。

ずっと前に、師が北白川に草庵《そうあん》を作って住んでいた頃、その辺り一帯は平家が祭祀《さいし》用にとっておいた土地だというのを噂《うわさ》で聞いて、私は理由を訊ねたことがある。

「太政入道は鳥羽院北面に仕えていた頃、仲間の一人だった。それ以来の親しい間柄だ。入道は、武士としての私の腕を買ってくれて、出家遁世《とんせい》をするのは勿体《もつたい》ない、といってきかなかった。私はその頃から入道がただの武士の棟梁《とうりよう》で納まる人物であるとは思わなかった。摂関家の名だたる人物の居並ぶ宮廷にあっても、一際《ひときわ》抜き出た存在《ひと》であることは、一目見ただけで分った。入道はこの世で物を動かすのに何が大切かを最もよく見ぬいた人物だった。時に、それは眼に見えない威光《ちから》であった。また時に、それは武力のこともあった。弓矢の力、刀剣の力、騎馬の力、兵卒《つわもの》どもの集合の力なども、入道ほど心得ている者はいなかった。それを肝心のときに入道は使って、思いをなしとげてきたのである。

保元の乱のとき、私は何とか後白河の帝の軍兵に思い留《ときあか》まってほしいと思った。その間に時間を稼《かせ》ぎ、新院謀反の噂が誤解であることを説明そうとした。まず私が頼みにいったのは、源義朝《よしとも》と並んで白河北殿を攻めることになっていた入道だった。入道は喜んで私を引見してくれた。そして私が考えている手筈《てはず》をすべて承知してくれた。

もっともそのときは源為義《ためよし》のせいで何もかも無駄になったが、入道は、私がただ高野の奥に住む隠遁坊主《ぼうず》ではなかったことにあらためて気がついたに違いない。

まだ北面の武士の頃、入道はこういうことを言っていた。

「私は摂関家の生ぬるい政治には我慢できない。諸国の荘園《しょうえん》は荒廃の極みではないか。誰かが中央で権力《ちから》をとって、それを基に、国衙や荘園を律令《りつりょう》の御代のように整然と構成し直さなければならないのだ。このままでは、諸国は騒乱に明け暮れする国になってしまう。だが、もう摂関家のこけ嚇《おど》しの仮面では通用しない。いま通用するのは戦力であり、武力である。騒ぎがあれば、まず万力のような力で、それを抑えなければならない。そのために私は宮廷の権力《ちから》が欲しいのだ。それは見えない慣習の力、権威の力、遊芸の力、優雅な暮しの力、家柄の力などから成り立っている。いまではその暮しぶりは無残なまでに見る影もないが、なお摂関家という威光が権力《ちから》として生きていることは見逃せない。私はそれを手に入れなければならない。おぬしにもそれはよく分っていような」

もちろんよく分ってはいた。分っていたからこそ、越後頸城荘の領主氷見三郎が謀反を計ったとき、私は反対した。軍兵の数も足らなければ、武器兵糧《ひょうろう》も十分ではなかった。それ以上に時運《とき》が満ちていなかった。徹底して勝利を得るには、時運《とき》を待たなければならなかった。たとえば越後国司が交代するとか、目代《もくだい》が解職されるとか、別の謀反争乱が起るとか、そうした戦機《とき》が必ずくるものなのだ。氷見三郎はそれが待てなかった。時運《とき》の力というものが見えなかった。

入道はそれを見極める達人だった。優美な水干姿で管絃《かんげん》の宴に現われ、並居る人々に驚きを与えることも力であれば、部将《さむらいのおさ》を呼びつけてその落度を厳しく面罵《めんば》できるのも力である。またその功業を声を挙げて褒めるのも力なのだ。何もせずとも、あたりの人々をはっとさせるような堂々たる押し出しも立派な力なのである。

入道はそうした様々な力を見る優れた眼を持っていた。力というものは、同じ形をしていても、時と場所で、その作用《はたらき》が違う。優美な水干姿が管絃の宴で力であっても、鎧《よろい》の金具の鳴る戦《いくさ》の場では逆の作用《はたらき》をする。入道はそれを心得、適切に組合せ、思ったものを手に入れる。

摂関家の力の衰弱《おとろ》えた宮廷で、最高の力となるのは帝《みかど》の宣旨《せんじ》である。入道は摂関家に代って宮廷の最高の権力《ちから》を手に入れようと考えたとき、まず帝と結ぼうとしたのはそのためだった。

私は太政《だじょう》大臣にまで昇りつめた入道が諸国の騒乱を徐々に鎮《しず》め、秩序を齎《もたら》すのを見て、新しい時代がきたことを喜んだ。とくに入道は仏法が地を潔《きよ》め、人の世に大円寂の浄福出現を祈願して、大規模な法会《ほうえ》を催し、寺院建築や寺社領の大がかりな工事を進めていた。

承安二年の秋であったか、播州《ばんしゅう》和田（輪田）浜で、入道は千人の僧を集め、千壇阿弥陀供《せんだんあみだく》養《よう》をしたが、その折、私も呼ばれたのである。堂内には赤々と夥《おびただ》しい蠟燭《ろうそく》の火の群れが連なり、その蠟燭が短くなると、つぎつぎと新しいのに変えられた。読経《どきょう》の声は終夜、堂内に満ちていた。高くなり低くなるその声は、月夜の海の波が浜に打ち寄せるのを聞くようで、遠い西方浄土への憧《あこが》れのなかで、暗い大地が嗚咽《おえつ》しているような感じであった。

私はそのときの情景をこんな具合に書き留めている。

六波羅《ろくはら》太政入道持経者《ぢきやうしや》千人集めて、津の国和田と申す所にて供養侍《はべ》りけり。やがてそのついでに万燈会《まんどうゑ》しけり。夜更《ふ》くるままに、燈火《ともしび》の消えけるを、各々点《とも》しつぎけるを見て

消えぬべき　法《のり》の光の　燈火《ともしび》を　かかぐる和田の　泊《とまり》なりけり

入道をのぞいて、私が平家一族のなかで最も親しかったのは、入道の妻時子殿の兄、平時忠だったろうか。時忠も北面の武士の頃からの友達であったから、時おり、ひょっくり供

廻りもなく庵《いおり》を訪ねてくることがあり、私が高野に引っ込むかと思うと、都に出てくるのを、思い切りの悪い隠遁者と言ってよくからかった。上賀茂《かみがも》の土地を使うように言ってくれたのも時忠だった。磊落《らいらく》で、秋草の哀れを好む幽玄の讃美者《さんびしゃ》だった。時忠についても私はこんな前書と歌を書きつけたことがある。

常よりも道辿《たど》らるるほどに雪深かりける頃、高野へまゐると聞きて、中宮大夫(時忠)の許《もと》より、かかる雪にはいかに思ひ立つぞ、都へはいつ出《い》づべきぞ、と申したりける返事《かへりごと》に

雪分けて　深き山路に　籠《こも》りなば　年かへりてや　君に逢《あ》ふべき

返し

分けて行く　山路の雪は　深くとも　疾《と》くたち帰れ　年にたぐへて　　時忠

」

こうした師西行の話を聞くと、ますますこの世に対する大らかな愛情《いとおしみ》を私は感じないわけにゆかない。といって、師は、決して時の権門と昵懇《じっこん》であることなど、問題にもしていない。ただ入道殿の重厚な才智《さいち》を認め、平時忠殿の温かな屈託のない人柄を好んでいるだけだ。こ

れらの人たちが権力者だから交渉があるのではなく、昔から、友達として交わり、互いにその人格の魅力に惹《ひ》かれているのである。

師西行は一人の歌人《うたびと》にすぎないのである。風に吹かれ、心の赴くままに、四季の移りを楽しんでいるだけで、現世《うつせみ》の権力《ちから》にも政治《まつりごと》にもかかわらない。それなのに、権力《ちから》のほうから、師西行を、近しい者として、自らの同等者として遇しようとするのである。師は、一度たりと、権力《ちから》にも政治《まつりごと》にも心を寄せたことはないが、そうした処遇《もてなし》の結果もあったからであろうか、いつか五百ヵ所に荘園を持つ途方もなく巨大な平家と較《くら》べて、何ら見劣りしない壮大な人格として私の前に立ちはだかっていたのであった。

師西行がこうした壮大な人物になったのは、やはり四国の旅のあとではなかっただろうか。もちろん、高野と都のあいだを何のこだわりもなく、時には世間の必要から、また時には内心の欲求から、自在に行き来できるようになった心境ともそれは結びついていたに違いない。若い頃の師は、遠くに隠れて住まう人でなければ、真に出家遁世したことにはならないと、都に焦《じ》れる心を押えていた。師に歌の整理を委《ゆだ》ねられ、それを書写したり、師の言葉通りに配列したりしながら、若い頃の歌に触れると、やはりある感慨を覚えないではいられない。師のように早々と出家を志し、現世《うつせみ》のはかなさを見つめた人であっても、年輪を重ねるにつれて、刻々に思索《おもい》や心境《こころもち》が深まってゆく。同じ浮世を見、同じはかなさを観じるのにも、若い頃とは違っているのである。

師の話を聞いていると、四国の旅に出て、弘法《こうぼう》の足跡に触れたことも、現世《うつせみ》を眺める視線《まなざし》に何らかの変容を齎したように感じられる。白峰で新院の御魂《みたま》をお慰めした師であってみれば、当然、ある高い正覚に立ち、森羅万象《いきとしいけるもの》の本然を悟達していたはずであるが、それでもなお、弘法の息吹《いぶ》きによって、一段と深い境地へ進んでいったことは間違いない。

師がよく言われたように、諸芸の道に窮極《きわまり》というものはなく、それは永遠《とこしなえ》に窮《きわ》めつくされなければならないものだが、師の遍歴そのものがすでに師の言葉を裏打ちしていた。

たとえば弘法の生れた場所に、その標《しるし》として松が植えられている。師は、ほかならぬその松がそこにあるということの不思議さに思い当って、異様な驚きを覚える。変った松が生えているわけではないのだから、驚くほうがおかしいのかもしれない。

だが、その当然の事柄の持つ運命《さだめ》の深さ、契《ちぎ》りの深さに思い当れば、人は、その神秘さに愕然《がくぜん》としよう。なぜ弘法の誕生地に植えられたのはこの松であって、あの松ではないのか。この松にはいったいどんな因縁があるのだろうか。

あはれなり　同じ野山に　立てる木の　かかるしるしの　契りありける

師はその思いをこう詠《よ》んでいるが、それは単に誕生地の松だけではなく、あらゆる存在《もの》について言えることだったのだ。

なぜそれはそこにあるのか。なぜそれはそれであって、他のものではないのか。

師はこうしたこの世の不思議さについて思いをめぐらしながら、弘法の跡を慕い、嶮岨《けんそ》な山腹に建つ曼陀羅《まんだら》寺から背後の筆の山にも登っている。

師が、後になってから話されたことだが、当り前のものが当り前に見えず、何か特別な不思議と思えることは、この世を、前よりも一段と深く眺め入ることなのであった。たとえば鳥が空を飛んでゆく。それは日々気にもとめずに見る平凡な風景である。だが、なぜその鳥がそのときそこを飛んだのか、と考えはじめると、平凡な風景が突然平凡ではなくなり、何か神秘な因縁に結びついた現象《あらわれ》に見えてくる。

そう考えれば、この世のすべてが同じような因縁の深さによって結びついていると言えないだろうか。

師西行はこの世の齎す花の好《よ》さ、月の好《よ》さを心から愛《め》でていた。それに魂を奪われていた。だが、四国の旅のなかで次第に目覚めていったこの、深い因縁という考えは、森羅万象《いきとしいけるもの》へのより一段と痛切な愛憐《あいれん》の思いを師に喚《よ》び起した。師にとっては、花や月はもちろんのこと、山川草木、鳥獣虫魚が深い共生の因縁で結びつき、その親しみの網目の一つ一つが生命の恵みの豊かさを湛《たた》えるものになったのである。

師西行は一歩ごとの歩みを弘法の大日如来《だいにちにょらい》の法悦と重ねていたと思われる。そこでは、草庵も、谷川の水も、道のべの草も、因縁に結ばれた親しい存在《もの》であり、一つ一つが出遇いの嬉《うれ》しさを隠していた。師は時どきその喜ばしい感情《おもい》に押しつぶされそうになった。

今よりは　いとはじ命　あればこそ　かかるすまひの　あはれをも知れ

師が生命を厭《いと》うまいと思われたことは、並大抵の気持ではなかったと、それを筆写しながら、私は考えたものだ。「命あればこそ」という思いの深さに私は圧倒されるような気になる。それまで師の心には、なお一点浮世に対する疑惑があったのではなかろうか。現世《うつせみ》の頼りなさ、はかなさ、老病死苦の暗い影は、それを超え出た師にも、時に、地獄絵の前で感じるごとき不安と危惧《きぐ》を抱かせたのではなかろうか。

たとえば地獄の扉が開く音を聞くときのおののき。

ここぞとて　開くる扉の　音きて　いかばかりかは　をののかるらむ

それは戦乱をいくつもくぐり新院の苦悩を見てきた師には決して心から離れることのないおそれであったに違いない。

だが、四国の旅の途次、いつか地獄の炎すら師は心に掻《か》き抱く気持となっていった。それが本覚《ほんがく》へ通じる道となりえたからである。そこには、

ひまもなき　炎《ほむら》のなかの　苦しみも　心おこせば　悟りにぞなる

という心境が現われてくる。それは生のなかに含まれたおぞましさをも掻き抱こうとする激しい思いなのだ。こうした生命を厭わじという思いのなかで、暗い影は完全に消えたのである。

西行にとって森羅万象《いきとしいけるもの》のなかで厭わしいものはもはや存在しない。すべてが深い友情で結ばれているのである。松でも西行がいなくなれば寂しがるに違いないのだ。

　ここをまた　われ住み憂《う》くて　浮かれなば　松はひとりに　ならんとすらん

四国の旅で養われた森羅万象《いきとしいけるもの》への慈《いつく》しみが、大らかに翼のようにこの世を包んでいると感じられる。久々に会った師の日焼けした顔に浮んでいたのは、旅のあとの柔和な表情であった。

　高野の草庵には唯心房寂然殿も時おり訪れたが、それ以上によく訪れたのは私であった。とくに私は歌を見て貰《もら》う喜びもあって、高野の僧房に泊って、師の邪魔をしないかぎり、草庵を訪ねることにしていた。

　その時期《ころ》、師のために都で起った出来事を物語るのは私の役目になっていた。私は役所で聞かれる宮廷内の動きから、平家の人たちの動静、街々の噂《うわさ》、地方の風聞などを話した。師は、冬だと、粗朶《そだ》を囲炉裏にくべながら、うむ、うむと時どき頷《うなず》き、それを面白そうに聞いていた。

事件にかかわった人の来歴やら、昔の噂なども話すことがあった。そんなとき師がいかに宮廷の内部《なか》の事情に詳しいか、私は驚嘆しないではいられなかった。師が宮廷から離れたのは、ずっと昔だったはずなのに、なかなか人事にも人脈にも明るかった。寂然殿の兄為業《ためなり》殿が中宮職《ちゅうぐうしき》にいて、見聞したことを手紙で詳細に書き送っていたからだが、師が博覧強記で、若い時代に頭につめ込んだ物事が長く記憶されていたことにもよる。

師が都に出た折の見聞や為業殿の手紙を除いては、大半の出来事は私が師に報《しら》せたといっていい。

たとえば嘉応《かおう》二年、都でも評判になった平重盛と摂政藤原基房との軋轢《あつれき》なども、私が逐一師に物語った。基房の車の前を挨拶《あいさつ》もなく重盛の子資盛《すけもり》の車が横切り、それを無礼であると怒った基房の従者が、あばれたことが紛糾の始まりであった。

師は面白そうにうなずきながら聞いていた。基房の従者が資盛の牛車《ぎっしゃ》の輪を打ち毀《こわ》し、その報復に資盛は武者に基房を襲わせたというと、「それはすこし乱暴だな」と独りごとのように言ったが、本当は、平家の人々が宮廷勢力のなかでうまく行政《まつりごと》をすすめてゆくには、藤原摂関家の支持が必要なのだから、なぜ資盛がこのような争いの種を播《ま》いたのか、と考えていたのである。

師はそういうとき、「それはいけないな」とか「まずいことだな」とか口のなかでつぶやく。といって、あからさまに非難したり、賞讃したりする様子はまったくない。

あるとき、師に「この頃の世の動きをどう思われますか」と訊《たず》ねたことがある。延暦寺と興福寺の衆徒が争って、多くの怪我人《けがにん》が出たような事件を話した折だったと思う。

「私には愚かとしか言いようがないな。秋実も心当りがあろう。人はただ一回きりの生しか与えられていないのだ。そのことをよくよく思えば、とても徒党を組んで、宗派の勢力が強まったの、弱まったので、一日一日を空費などできぬはずだ。僧たちは、朝な夕な、御仏《みほとけ》と対面し、心を澄ます時刻《とき》がある。その時刻《とき》は、自分ひとりで地上に在ることを思わなければならぬ。人は孤独《ひとり》であることを知って初めて、森羅万象《いきとしいけるもの》が親しい家居と同じように安らかに語りかけているのに気づく。たしかに人々が離合集散して人の世の形は作られてゆく。それに加わって、自らの生《いのち》を形づくるのが運命《さだめ》というものであろう。だが、私は、そこから身を引き離した。そしてその離合集散のすべてを引っくるめて、歌という透き通った球のようなもので、包んでいたい。秋実の物語を楽しく聞いているのは、そのためかもしれないな。物語のなかには、心を痛めるもの、眉《まゆ》をしかめさせるものもあるのだがな」

そうは言っても、師が心を遣ったのは、待賢門院さまの第四皇子にあたる後白河院の御事であり、また友人の入道殿、平時忠殿の行政《まつりごと》の行方であった。

重盛と摂政基房との争いにも注意深く聞き入っていたが、入道殿の娘徳子殿が高倉の帝《みかど》に嫁がれたときも、何か深く考えるように眼を閉じ、しばらく黙っていた。宮廷内の噂では、入道殿が、後白河院と結んできた連帯《きずな》を解いて、院と対立し、帝《みかど》を守《も》り立てるようになり、それは事々にはっきり見てとれたが、師がそれを無関心に聞き流していたとは思えない。

師の沈黙の意味は何だったのか。入道殿が宮廷の位階を、信じられないような速さで駆け上ったのは、後白河院の後楯《うしろだて》があったからであり、院政こそが、いまの行政《まつりごと》の中心であった。

思えば、私がはじめて出向した甲斐国衙《かいこくが》で、在庁官人の三枝守政《さえぐさ》は、院庁下文《いんのちょうくだしぶみ》を無視して八代荘《やつしろのしょう》に攻め入り、それを国衙領にしたために、後白河院の逆鱗《げきりん》に触れて絞首刑《こうしゅけい》となったのであった。都から離れた国衙の役人風情《ふぜい》には後白河院と帝の対立など思うこともできなかった。それは長いこと悪夢のように若い私を苦しめていたが、師西行がまず私に与えてくれたのは、この苦しみから脱け出す方途《みち》であった。

師は歌について教える前に、越後頸城荘《えちごくびきのしょう》で謀反《むほん》を計った氷見《ひみ》三郎の物語をした。別にどうすべきだと言ったわけではない。だが雪まじりの風に吹かれ、越後国衙の軍勢と、信濃《しなの》国衙使の追討軍のために追われて敗走した年老いた在地領主の無念は、不思議と、宮廷の奥の見えない権力《ちから》の恐しさに怯《おび》えていた私を勇気づけ、慰めてくれた。

いまこのとき、甲斐で、信濃で、越後で、同じように苦しんでいる群小領主たちが大勢いるのだという思いが、私を、狭い暗い穴から、広い地平の拡《ひろ》がりへ引き出してくれたのであろう。

その頃の私には、歌の名手と謳《うた》われていた一人の温厚な僧が、宮廷の事情にも通じれば、諸国の在地領主の心情《こころばえ》をも知悉《ちしつ》しているということが、とても信じがたいことに思えたのであった。

師西行が都に出てくるとき泊る上賀茂の草庵《そうあん》のそばに、妙寿尼という年とった尼僧《にそう》が住んでいた。私は師の不在の折にも、時おり草庵を訪ねるので、そんな折節、ふとした機縁で、老尼と知り合いになり、師の草庵のあたりをさ迷ってから、妙寿尼の庵《いおり》を訪ねることが多くなった。

私は老尼から西国の物語をいろいろ聞いたが、老尼の言うところでは、師も、そうした物語を好んで聞いておられると話した。

かつて私に越後頸城荘の話をしたり、院庁の仕組みについて説明したりしたのは、師がふだん浮世のそうしたざわめきにも喜んで耳を傾けていたからだった。私は自分が役所の仕事で忙しくしていても、それで歌が詠めなくなることはないと確信できたのは、師のこうした幅の広い生き方のおかげなのである。

私が妙寿尼の物語を伝えておきたいのは、師が入道殿のことを話すとき、かならず「妙寿尼の物語にあるようにな」と言うのがつねだったからである。

妙寿尼は、安芸国《あきのくに》の神官で、のちに入道殿の西国経営の片腕となった佐伯景弘《さえきかげひろ》の遠縁に当り、入道殿が安芸守《あきのかみ》に任じられた頃から、都で面識があった。そんなこともあって、入道殿が瀬戸内で行なった数々の事業《しごと》を、その場で見てきた婦人であった。経典に通じ、歌にも優れ、師西行との間に贈答があるほどだった。

ある月の夜、引きとめられるままに、こんな話を聞いた。

「私ども佐伯の家は入道殿のお力で高田郡七ヵ郷をはじめ荘園《しょうえん》の経営に取りくみ、厳島《いつくしま》神社の社領を拡げることに努めていたのでございます。父などは、厳島神社の白龍を信仰するあまり、山の中で見つけた白蛇を長いこと飼っておりました。私は子供の頃、この白蛇に鶏の卵や野鼠《のねずみ》や蛙《かえる》を与えるのが仕事でございましたが、赤い眼を光らせ、細い舌を小さな鞭《むち》のように動かす白蛇が、大きく口を開き、野鼠や蛙を一呑《ひとの》みにするのが恐しく、いつも幼い妹に代って貰っておりました。妹は私と違って、そんな光景を見るのが何より好きだったのでございますね。

入道殿は平治の乱のすぐあと、初めて厳島神社を参詣《さんけい》されましたが、ことのほか美しい海と白砂青松の浜辺を愛でられ、ここに平家の守護があると申されました。私は海の御神市杵《いちき》島姫《しまひめ》のことを言っておられるのだろうと思って、満足げに盃《さかずき》を傾けておられた入道殿――いえ、まだ清盛殿でございましたね――をじっと眺めておりました。

眉が太く、頬骨が突き出し、ぎょろりとした大きな眼の精悍《せいかん》な部将《さむらいのおさ》の御様子でございました。私が、あんな強そうなお方が市杵島姫を信仰なさるとは、きっと気のお優しいお方でございましょうね、と申しますと、父は声をあげて笑い「いや、いや、そうではない。安芸守殿が言っておられるのは瀬戸内の船の便のこと。厳島は海賊どもへの要塞《そなえ》、暴風雨《あらし》のときの寄港《とまり》地なのじゃ」と申したのでございます。それから間もなく、入道殿は宮島から東にむから音戸《おんど》の瀬戸の開鑿《ほりさげ》に乗り出されましたが、ここは瀬戸内の船の便りには最も難所とされております故《ゆえ》に、父の言葉は嘘《うそ》ではなかったのでございます。

それに私どもに忘れられないのは和田泊《わだのとまり》の修復工事でございました。父などは、入道殿がこの古い港にどうして執着なさるのか、首をひねっておりました。と申しますのも淀《よど》川の近くに渡辺、江口、川尻《かわじり》などの港があったからでございますが、よほど地形と地の瑞気《ずいき》とがお気に召されたのでございましょう、和田泊から奥に入った場所に福原荘をお構えになられ、後白河院領として御寄進遊ばされました」

こうした物語のさなかに、師西行が和田の千壇阿《せんだんあ》弥陀《みだ》供養《くよう》に招かれたことを私は思い出し、そのことを話した。

「そうでございました。私もよく覚えております。あのような盛儀は二度と私も見ることはございませんでしょうね。海辺を前にした御堂を囲んで、二万の平家の公達《きんだち》と武将と兵卒たちが並び、堂内には、何千、何万の蠟燭《ろうそく》が赤々と炎をゆらし、仏壇を飾る七珍万宝《しっちんまんぽう》がその底光る輝きを反射《かえ》しておりました。有難い読経《どきょう》でございました。父の話では、平家の知行国が三十余国、荘園といえば数限りなしということですから、その眩《めくら》むほどの収益はいかばかりかと思うのでございます。そのうえ、宋《そう》の国から金銀財宝を乗せた大船が博多泊から瀬戸内に入り、厳島と音戸の瀬戸を経て、和田泊に運ばれ、そこから福原荘へと陸路を車でゆくのでございますから、平家の蔵に積み込まれた財貨の高は、もはや数えることも叶《かな》わなかったものと思われます。父は白龍さまの恩寵《おんちょう》のおかげであると、幸いその頃は白蛇は鳥を呑んで死んでしまいましたので、ただ私だけを小舟に乗せて宮島まで出かけたのでございます」

妙寿尼は秋の冴《さ》えざえと光る月の光のなかで、遠い昔を眺めるように、空を仰いだ。

「ちょうどその頃でございましたか。備前《びぜん》から一人の男が父のところへ訪ねて参りました。その人は浅黒く日焼けした、痩《や》せた身体《からだ》つきで、着ている生成《きな》りの狩衣《かりぎぬ》なども質素でございました。平家の公達の、青に、薄緑に、薄紅に、色とりどりの貴《あて》やかな水干《すいかん》姿を見馴《みな》れていた私には、いかにも山奥から出てきた郷士という感じに見えました。

父は酒肴《しゅこう》で鄭重《ていちょう》にもてなしておりましたから、佐伯一族と昵懇《じっこん》の人であることはすぐ分りました。用向きは、荘園領主から賦役《ふえき》の人足を出すように催促がきているが、この前にも国衙から官兵の徴発があって、とても両方に応じきれないので、何とか領主すじに話を通してほしいということのようでした。

「平頼盛殿の御所望とあれば、お断りのしようもないわけですが、国衙からの徴発も、実は国衙軍に編入されるのではなく、頼盛殿の私兵となって、都での守護に当るとか。これでは私らちっぽけな在地領主はやり切れませんな。前には、平家の荘園に寄進し、預所職《あずかりしょしき》になれば、わざわざ武士《つわもの》を養う必要もなく、国衙も遠慮して、検田使の入勘もなく、貢納《こうのう》は免れ、夫役も軽く、何もかもよいことずくめだと言われ、われら在地領主は有難き仕合せと、そのまま領土を寄進申したわけですわ。しかしその結果はいかがです。平家は武士の棟梁《とうりょう》で六波羅に広大な屋敷は建てる。その守護にはわれら諸国の群小領主から賦役で呼び集めた若者を当らせる。音戸の瀬戸の開鑿《ほりさげ》も、和田泊の建設も、われらの領民を夫役として徴集し、その人夫たちが海に浸り、海底を掘り、石塁を積みましたのじゃ。その音戸の瀬戸と和田泊のおかげで金銀財宝が平家の唐櫃《からびつ》の底に音を立てて流れ込んでおる。平家の荘園は増える一方だが、われらのような群小領主はただ入道殿や優美な黄金の太刀を佩《は》いた公達の栄耀《えいよう》栄華のために、ますます痩せ、ますます飢えておる。佐伯殿。何卒《なにとぞ》この苦衷《くちゅう》を平家の重臣方に伝えていただけぬか。三十ヵ国の知行国と五百ヵ所の荘園の下で、われらがごとき群小領主が苦しんでおりますとな」

私はその人の声を忘れることができませんでした。その人は太刀を佩いた武士《もののふ》でしたが、父に言う言葉は涙で時どき跡絶《とだ》えたからでございます」

月の光のなかで妙寿尼は、何か胸を衝《つ》く思いがあったのか、しばらく黙っていた。

私がこの老尼の物語に触れたのは、師西行からも似たような在地領主の話を聞いたことがあり、こうした群小領主たちが、荘園の拡大《ひろがり》や国衙の強化《ちから》によって、次第に追いつめられているのを感じたからである。

何といっても、私は諸国の道路、橋、堤防の建設《つくりたて》を監督する役人である。群小領主たちに賦役の命令を出す立場にいる。それだけにこうした話に、ひどく身につまされる思いがしたのである。

私が師西行のなかにそれまでとは違った感じを受けるようになったのは、高野に出かけるようになってから、八年目だったか、九年目だったか、たしか鹿《しし》ヶ谷《だに》の変があった前後からではなかっただろうか。

変ったといっても、もちろん普通の人には見分けることのできない変化であり、言葉でもなかなか表わし難いのだが、あえて言えば、師のなかに、乾いた悲哀のような匂《にお》いが、まるで身体《からだ》の奥に、香でも薫《た》いているように感じられたのである。

話し方にも、挙措にも、外から見れば変ったところはないが、それでも、師のなかに別の香りがあって、その香りに師もまたじっと気持を集めているという感じがした。

私はながいことそれが何であるか訊《き》きそびれた。訊くのが恐しかったのである。

ある初夏の頃であった。高野山は濃い常緑の槙《まき》や杉や松にまじって樟《くすのき》や欅《けやき》や椎《しい》の新緑が眩《まぶ》しく輝いていた。私はすでに六十を越えた師とともに、尾根になって突き出た峰のはずれまで行った。そこから、深く切れ込んだ樹木に埋れる谷を越えて、紀州の山々が見渡せた。谷を離れた雲が切れ切れに魚の群れのように浮んでいた。太陽は遠くの山脈《やまなみ》の稜線《りようせん》から出たばかりで、あたりの木々は赤みを帯びた朝日を金色に照り返していた。

そのとき不意に師が言った。

「ここでは、この荘厳な時刻《とき》が最もいいな。とくに、ここからの眺めがいい。まるで大地が生み落されたばかりの、古代《いにしえ》の清浄感と森厳さが、そのままに感じられる。山脈《やまなみ》も谷も木々もすべて余分の衣をぬぎ棄《す》てたようだ。こうした簡朴な清らかさこそが古代《いにしえ》の心というものであろうな」

師はそれからしばらく山々を黙って眺めていた。

「そなたはどう思うかな、私がまた浮かれ出たいと言ったら」

「旅に出られるのですか」

「高野を出ようと思う」

「高野を出て、どちらに」

「どこかこうした古代《いにしえ》の簡朴な気配に満ちたところに住みたい気がする。私の悪い病気が始まったようだな」

「お心当りはおありなのですか」

「いや、まだはっきり考えてはいない。ただどこか、ひたすら清らかなところに住みたい。澄んだ川の流れに洗われたような」

「高野は嫌になられたのですか」

「そうではない。ここには、ここにしかない霊妙森厳の気配がある。私は高野にいると、一木一草に到《いた》るまで、御仏の金銅の光が透き通っているような気になる。ここ十年、いや、もっとになるな、それが心の頼りであった。だが、四国を廻った頃からだったな、簡素な、単純な、白い石とか、洗い晒《ざら》された流木とかに惹《ひ》かれるようになった。その自然のなかに立つと、大円寂の徴光さえ、何か人の心の作為《あだしごと》に思えてくる。そんなものさえない、もっと裸の、ありのままの太古《いにしえ》の姿——それがひたすら尊く思える」

「大円寂の徴光も作為《あだしごと》と思われるのですか」

「うまく言えないのがもどかしいが、御仏の心にじかに生きるためには、堂塔伽藍《どうとうがらん》も、護摩壇《ごまだん》も、燈明《とうみょう》もすべて邪魔になる。大円寂の徴光という考えさえ、御仏の直《なお》き心の前では、余分な飾りのごときものだ。それをも棄てる」

「大円寂は御仏の心ではありませんか」

「それなら思い切って、御仏という考えも棄てる」

私は思わずはっとして師の顔を見つめた。御仏という考えを棄てる——そんなことを口にするとは、師は何を考えているのであろう。

「そのあと、いったい何かが残りましょうか」

「海岸に打ち上げられ、日と風に晒された乾いた流木のようなものが残る。もはや御仏もなく、経文もなく、同道の衆徒もない。ひとり流木の簡素さを生きる。御仏を思うのではなく、御仏を思う前に、御仏を行《ぎょう》じるとでも言おうか」

「何か機縁がございましたか、そのように考えられるには」

師はしばらく黙っていたが、やがて両手を合掌するように合わせて言った。

「延暦寺と興福寺の衆徒たちの騒乱を見ているうち、御仏を考えることはほとんど意味ないことに思えてきた。御仏の教えに従うことも同じように意味がない。大事なのは、御仏を忘れることだ。御仏がおられるなら、御仏を忘れたそのときに、純一なお姿で現《げん》じておられるはずだ。人間の作為《あだしごと》の手垢《てあか》に汚れずにな。御仏を忘れ、簡素な流木の心となる。その心は、日輪を拝した古代《いにしえ》の人々の心と一つになっている。もはや仏とか神とかの区別もない。心はただ一つだ。日に晒された流木のような心、それだけだ」

私は砂浜に打ち上げられた白骨のような流木のすがたを眼に浮べた。

「御仏さえ棄てれば、南都北嶺《ほくれい》の衆徒も、わが仏尊しと言ってあのように騒ぐことはない。平家一門の現世荘厳の仏門への帰依《きえ》も、一段と絢爛《けんらん》華美な堂塔の落慶供養《くよう》や祈禱《きとう》祈願の諸仏事を盛んにしているが、肝心の御仏の慈悲はすでに人々のなかから消え失《う》せている。あの温厚で、実務を実直に勤める平時忠が、たとえ酒席の戯《ざ》れ言であるにせよ「平氏に非《あら》ざれば人に非ず」と言ったと人の噂《うわさ》にあるのも、時忠と長年親しく心を許し合った友であってみれば、なおさら私の思いを暗くする。ここには仏事の華麗さはあっても、御仏の本願はない。むしろ御仏を忘れ、仏事などを行《ぎょう》ぜず、ただ自然のままに生きたほうがどれだけよかったか。そのことは、最近とくに入道にも感じる。なぜ入道は後白河院のお力を頼りにしないのか。院のお顔を思うと、私はすぐ御母待賢門院さまを思い出すので、ついつい院のことを贔屓目《ひいきめ》に見るが、それにしても、あの御方だけは尋常の人ではない。入道が宮廷のなかで早々と昇進もし、摂関家と何とか齟齬《そご》なくやってこられたのも、一重に院のお力があったからだ。だが、帝《みかど》の外戚《がいせき》になったというだけで、院のお力を軽々しく見るとしたら、鋭い刃物を素手で摑《つか》むようなもの。その結果はただですむわけはない。入道はそれを知らぬ人間ではない。だが、都から聞こえる報《しら》せは、私の耳を驚かせるものばかりだ。入道は昔の慎重で明察に富んだ心を失っているとしか思えない。別人の仕業と考えたほうがいい。入道はさきに、福原に都を造営し、御仏の心を体現しようと願っていると書いてきたが、私はそれを喜ばない。いや、福原に移ることには反対だ。まして先年のように四千の軍勢を率いて都に入り、摂政藤原基房を追放し、宮廷の重臣四十人を、気に入りの公家《くげ》ですげ替えるなどという所業は、自分で自分の首を絞めるようなものだ。入道は、まだ院から許される望みのあるうちに、一切を棄て院に帰順しなければ、生き延びる道はないな。無限の富と権力《ちから》が入道を盲《めしい》にしているとすれば、この世のすべては仮りの姿にすぎず、ただ夢幻《ゆめまぼろし》のなかを歩きまわっていることを誰かがはっきり告げてやらなければならないな。

秋実、私が御仏を棄てよと言うのは、このこととも結びついている。御仏を崇《あが》め、華美に祀《まつ》ることを知っても、自らが御仏の心を行《ぎよう》ずることがなければ、人は盲《めしい》になる。何がこの世の力であるかを見ぬけなくなる。入道ほどの人でもそうだということが私を悲しませる」

師はそう言ってから長いこと谷間に眼を向けていた。谷間にはすでに雲が切れ、鳥たちの囀《さえず》る声が聞えた。

ほどなく師が高野を出て、伊勢《いせ》に草庵を営まれたと聞いたとき、私は、咄嗟《とつさ》に、この朝の師の言葉を思い出した。師は入道殿や時忠殿に夢幻《ゆめまぼろし》のこの世について思いめぐらすように書簡《たより》を送ったのであろうか。広大な平家荘園の下で群小領主が苦しんでいることを述べたのであろうか。

それはともかくこの福原遷都《せんと》の年、師西行は伊勢に移り、二見《ふたみ》安養山に草庵を結んだのである。その年また、源頼政が以仁王《もちひとおう》を奉じて兵を挙げたが、宇治で敗死。同じく八月には源頼朝《よりとも》が伊豆で兵を挙げたのであった。

師の伊勢への移住が、こうした騒乱を予見して行われたことは、私には、師の話を聞いたあとでは、ごく当然のように思われた。師が伊勢から送ってきた便りの終りに次のような歌が添えられていた。

福原へ都遷《みやこうつ》りありと聞きし頃、伊勢にて月の歌詠《よ》み侍《はべ》りしに

雲の上や　古き都に　なりにけり　すむらむ月の　影は変らで

十八の帖

秋実《あきざね》、西行の高野出離の真相《まこと》を語ること、蓮花乗院《れんげじょういん》勧進に及ぶ条々

師西行が伊勢《いせ》に移った翌年の養和元年、入道殿が亡《な》くなった。私はたまたま六波羅《ろくはら》の近くを歩いていて、警固の軍兵《つわもの》たちが、いつになく、虚脱した表情で、まるで藁人形《わらにんぎょう》のように突っ立っているのを見て、この者たちはいったいどうしたのであろうか、とひどく驚いたことを覚えている。

私は急いで民部省に戻ったが、そこで思いがけず入道殿の死を知ったのであった。軍兵《つわもの》たちが六波羅の長い塀のあちこちで茫然《ぼうぜん》と立ちつくしていたのは、日本三十余国に君臨した強大な棟梁《とうりょう》が巨木が倒れたように亡くなり、突然、頭のうえに大きな穴が白くぽっかりあいたからであった。

おそらく軍兵《つわもの》たちも、平家の勢いが上り坂なら、これほど大きな衝撃を受けなかったにちがいない。しかし前年の治承四年には、福原への遷都《せんと》とその五ヵ月後のあわただしい還都があった。そのすこし前には、まるで不気味な野火のように、源頼政が兵を挙げた。

頼政の敗死が伝えられ、六波羅屋敷の大広間で人々が「阿呆者《うつけもの》めが。何を血迷ったのだ」

と言って、どっと笑っているところへ、源頼朝《よりとも》が八月、三島明神の祭礼の夜、祭礼に加わって守備《まもり》の手薄になった山木館《やかた》へ攻め入って、判官山木兼隆の首をあげたという報《しら》せが入った。

しかし遠い伊豆国の叛乱《はんらん》のことなど誰も本気に考える者はいなかった。私が勤務する民部省でも、頼朝が山木兼隆の支配する蒲屋御厨《かばやのみくりや》の住民にあてて目代《もくだい》の首のすげ替えを行う旨《むね》の宣旨《せんじ》を発したと聞かされたとき、何人かが笑ったのである。

「伊豆は平時忠殿の知行国。平家の軍兵《つわもの》が津波のように押し寄せれば、防ぐことなどできるものではない。平家の権勢《ちから》を何と考えているのであろうか」

民部少輔《しょう》で諸国の戸籍に精通していた藤原公親《きみちか》が分厚い戸籍簿を開きかけ、そのまま手をとめて言った。

「伊豆は賦役《ふえき》の人夫も集め難い。国衙《こくが》役人が戸籍を整備しても、群小領主たちが勝手にごまかしてしまう。伊豆の騒乱は領主たちの恰好《かっこう》の口実に使われるな」

藤原公親は源頼朝の叛乱を一時的な土豪の蜂起《ほうき》と同じものと考えていた。だが、それは公親だけではなく、私たち地方の戸籍、賦役、橋道整備に当る官人《つかさびと》の一致した感じ方だった。すぐそのあと、頼朝が石橋山の合戦に敗れ、夜の暴風雨《あらし》のなかで行方知れずになったという報せは、最初に私たちが感じたのが正しかったことを証明《あかし》していた。

民部省も福原に遷《うつ》ることになり、移転のための準備で、上を下への大騒ぎで、遠い東国の出来事など日々の忙しさのなかでほとんど忘れ去られていた。暑い夏のさなか、書類のつまった櫃《ひつ》や木箱を山のように積み、牛車《ぎっしゃ》に積むばかりになっていたところに、福原に先にいっていた藤原公親が帰ってきて、腹立たしい調子で、「福原には、まだ民部省の建物は建っていない」と報告した。

私たちの手もとには、それでなくても、諸国の土地争いに係わる地籍の照合や、訴訟のための書類の請求や、橋道補修の要請などが毎日届けられていた。福原に移転もできず、さりとて現在《いま》の建物のなかでは、一切の書類が箱詰めとあっては、私たちは何一つ手をつけることができなかった。平時忠殿や平盛俊殿といった平家の実力者から、緊急の命令で、京都や奈良の有得者《うとくしゃ》の名簿を揃《そろ》えるように言われたとき、私たちは舌打ちをして櫃という櫃をあけ、分限者台帳を探さなければならなかった。

噂《うわさ》では、源頼朝が石橋山の戦いのあと安房《あわ》に逃れ、そこで兵力を結集し、東国の不平不満の群小領主を糾合しているということだった。平盛俊殿の家人が民部省にやってきて、平家も討伐軍を編成することになり、その兵糧米《ひょうろうまい》を徴収する必要に迫られている、と説明した。それを京都、奈良の富裕な者たちに割当てようというのであった。

しかしそうした緊急の仕事を果すには、民部省のなかは混乱を極めすぎていた。私たちは汗みずくになって櫃のなかを掻《か》き廻したが、信濃国《しなののくに》や駿河国《するがのくに》の台帳は見つかっても、山城国や大和国のものはどこに隠れたのか、どうしても見つからなかった。

私たちが平盛俊殿の家人から散々怒鳴られた揚句、ようやく台帳を見つけたときは、もう富士川の合戦で、平家の大軍が敗走したという報せが届いていた。民部省で囁《ささや》かれていた噂では、甲斐《かい》源氏の武田信義の軍勢が平家の背後に廻ろうとして川に入ると、水鳥の大群がいっせいに羽音を立てて飛び立ち、平家の軍勢はその羽音を敵襲と間違えて逃げたというのであった。

検非違使庁《けびいしちよう》に出仕していた男の話では、兵糧米の足りなかった平家の軍勢は、武田信義に背後を断たれ、孤立することを恐れたために、とりあえず京都まで引きあげたというのである。

「平忠清殿は、歯ぎしりをされて、兵糧米さえ十分なら、富士川を渡って東国に進めたが、あれだけの食糧では、富士川までがぎりぎりのところだと呻《うめ》くように言われた」

たしかにその年の食糧はいたるところで不足していた。異常な暑さのために稲が枯死したのである。涸《か》れた水田では稲が黄いろくなって倒れていた。

平家の知行国、荘園で兵糧米の徴収が行われたが、それでも足りず、諸国の国衙がその徴発を代行しなければならなかった。その際、直接間接に民部省が関与する仕事があった。私たちは福原に移転するどころではなかったのである。

木曾義仲《きそよしなか》が挙兵したという報せも、武田信義の叛乱と同じ頃、都に伝えられた。私たちは信濃や越後《えちご》の土地台帳をひそかに櫃から出して用意していたが、兵糧徴発は私たちの頭ごしに直接近隣諸国の国衙に命じられていた。事実、その年の秋は、近江《おうみ》、美濃《みの》、尾張《おわり》で源氏が蜂起し、平家の家人や下司《げし》(管理人)の屋敷を襲った。平宗盛殿が近江、伊賀、伊勢、丹波、五畿内《きない》の惣官《そうかん》に任じられ、直接に国衙に宣旨を発し、兵糧米の徴収に当った。京都に届けられる米も極端に少くなり、価格は暴騰《ぼうとう》した。羅生門《らしようもん》のあたりには、骨と皮だけの女や子供が群れていた。行き倒れの屍体《したい》が悪臭を放っていたが、誰も見向くことすらしなかった。

そんななかを六波羅から千、二千と軍兵《つわもの》たちが東国に向って出陣していった。北陸道に義仲を討つために、平維盛《これもり》殿は十万余という軍兵《つわもの》を集めたと噂されたが、検非違使庁の男の説明では、その軍兵《つわもの》は、諸国から徴集された農民や樵《きこり》、職人、漁師などの若者で、徴集されてはじめて槍《やり》や刀を持ったという者が大半だった。

入道殿が亡くなったのは、その翌年、こうした騒ぎのまっただ中であった。

京都の町々は、福原遷都が決ってからは、そうでなくても、毎日、朝から移動のために働く人夫や運送人たちでごった返していたが、そこに東国での叛乱の動きが伝えられ、その先陣が次第に五畿内に迫っているという噂が拡《ひろ》がった。その秋おそく福原からの急の還都が決り、人々はまた京都に戻らなければならなかった。宇治へ向う街道も、亀山《かめやま》にぬける峠道も、荷物を背負った人々で埋っていた。その群衆を分けるようにして、西国からやってきた平家の軍兵《つわもの》たちが列を作って京都に向ってゆく。


たまたまそんな騒ぎのなかを、私は公務で近江まで出かけることになった。北陸路に木曾義仲を討つため、平維盛殿が軍勢を整えているときだったので、道中をくれぐれも用心するように言われた。私は民部省に入ってから東海道、東山道などをよく歩く機会があり、旅の途次の風俗や便宜については一応心得ているつもりだった。しかしこんどは街道の空気は一変していて、いたるところに馬が集まり、物見の軍兵《つわもの》たちが屯《たむろ》し、旅人の身柄を調べていた。私と同行したのは木工寮《もくりよう》に勤務する木工権頭《もくごんのかみ》中原紀綱《のりつな》と玄蕃寮《げんばりよう》の少允卜部《しようじようらべ》信清の二人であった。紀綱は私が大学寮に勤め始めた頃、先達として面倒をみて貰《もら》ったことがある。腰の低い円満な人物で、浅黒く痩《や》せた顔立ちと、窪《くぼ》んだ柔和な丸い眼をしていた。信清は若い屈強な口数の少ない男だった。

私たちの任務は国分寺堂塔の建築を見て廻り、補修の必要の有無を報告することであった。各国の国衙が緊急の兵糧米の徴発で忙殺されており、本来当るべきこうした任務を怠りがちであった。とくに近江国分寺の塔は落雷のため破損が甚《はなはだ》しく、至急の修理方を依頼してきていたのである。

「修理の見積りができても、果して大工や壁師や石工たちを集める資力があるのでしょうかね」

路傍の民家で私たちは炉に火を焚《た》き、早春の夜寒をしのぎながら、眠れぬままに、ぼそぼそと話をしていた。そのとき中原紀綱は火の上で手をすり合せながら言った。

「しかし破損のほどを見にくるように申し出た以上、それだけのものは勧進しているのでしょう」

私は紀綱の丸い黒い眸《ひとみ》に小さく火が映っているのを見て言った。

「さ、いかがなものでしょう。こうした争乱の世ですからな。各戸に喜捨を乞《こ》うて歩いても一椀《わん》の米を得るのでも、並大抵ではありますまい。ま、蓮花乗院《れんげじよういんこんりゆう》建立の勧進をした西行法師のような人もおりますがな」

私は中原紀綱の口から不意に師の名前が出たので、驚いて言った。

「西行法師が勧進をした」

「さよう、高野山の蓮花乗院をご存じでしょう。たしか六年ほど前に建立された」

むろん蓮花乗院はよく知っていた。前に師を訪ねて高野に登ったとき、そこで明算検校《みようさんけんぎよう》の高弟良禅和尚《おしよう》の法話を聞いたこともあるし、ほかの僧とともに終日読経《どきよう》を行ったこともある。だが、高野山の壇上に広大な屋根を構え、深々とした杉や槙《まき》の木立のなかに荘厳に静まり返るこの大伽藍《だいがらん》を、私は、一度も師西行と結びつけて考えたことがなかった。蓮花乗院で高野山におのずと建立され、そこにあるように思えたし、師西行は三十歳の頃から高野に入ったが、つねに寺僧たちと遠く離れ、孤独な幽谷のなかで、花を愛《め》で月を賞していたわけだから、この両方は、私のなかで一つにつながらなかったのである。

私は師から交流があることを口外しないように言われていた。高野に登っても、本寺の金《こん》剛峯寺《ごうぶじ》の僧たちも、末寺の伝法院の僧たちも、修行のあいだ、師西行の噂を口にするようなことはなかった。もし私があえて訊《たず》ねたとすれば、もちろん師が高野でどんな地位を占めているか、説明はしたかもしれないが、そうした一切は、杉木立を鳴らして吹いてゆく山嵐《やまあらし》のなかで沈黙する堂塔に織り込まれた秘事と同じものであった。

それに歌人《うたびと》としてのみ師のことを考えていたし、師も私をきびしく歌の弟子と見なしていたので、とくに師が果してきた勧進僧としての姿など思ってもみることができなかった。ただ保元の乱の折、師が帝《みかど》と新院とを和解させようとして奔走した話は寂念殿から聞いていたので、師が専《もっぱ》ら草庵《そうあん》にこもって花鳥風月を歌にすればそれでいいと考えているなどとは思ったことはない。白峰まで出かけ、新院の怨霊《おんりょう》を慰めたのも、保元の乱の不運から始まった一連の痛恨の出来事に、本当の意味の結着をつけるためであった。師が出家遁世《とんせい》して吉野の奥に花を求めたといっても、新院との深い結びつきを考えれば、ただ単純に世間を嫌悪《けんお》し、顔を背けるように立ち去ったのではないことぐらいはすぐ納得がゆく。

もっともそんな折にも、師が京都にいることを知っているのは寂然殿と俊成殿ぐらいであった。別に歌会に顔を出すわけでもなく、上西門院御所で女院や兵衛局《ひょうえのつぼね》と歌を楽しむのが唯一《ゆいいつ》の歌会らしいもので、あとは、入道殿、平時忠殿など平家の棟梁に呼ばれて旧交を温めるか、嵯峨野《さがの》や西山に隠棲《いんせい》する待賢門院《たいけんもんいん》ゆかりの尼僧《にそう》たちを訪ねるかするぐらいで、もっぱら上賀茂《かみがも》の草庵にこもって、移りゆく季節を楽しんでいたのである。

こうした師の姿を、伽藍建立や僧門再建のためひたすら全国を回遊して喜捨供米《くまい》をすすめる勧進僧に、どうして結びつけることができたであろうか。ましてその師が蓮花乗院の建立を勧進したなどということを私は信じることができなかった。いくらなんでも、長い年月師の近くにいて、時おり、高野山にまで登っていた私に、こんな噂が伝わってこないはずはないではないか。

私がそのとき中原紀綱に「まさか。そんなことはありませんよ」と言ったとき、その言葉には、事の意外さに対する驚きというより、いい加減な噂を振りまくことに対する憤慨の調子がこめられていた。

私は、西行法師が私の師であり、いかに世俗のことから遠ざかり、もっぱら歌の雅《みやび》に生きるのを願っている人であるかを説明した。桜の花の美しさに酔い痴《し》れて、この世のすべてを忘れ果て、魂は身体《からだ》からぬけ出てゆくため、現身《うつつみ》は人の住んでいない家のようになるのだ、と言った。

「高野山の中心でしょう、蓮花乗院は。あの重厚な伽藍のおかげで、金剛峯寺と伝法院は一つになっているというではありませんか。そんな大伽藍の建立を勧進したなんて、私には信じられませんね」

私の言葉を中原紀綱は黙って聞いていた。そして手を時どき火の上で揉《も》んだ。

「でも、世俗から遠ざかった方だから、逆に勧進をされたと言うことも可能でしょう。私には、そのほうが本当だと思われますね」

「しかし喜捨供米を勧進しながら五畿内を廻ったとしても……」

私がそう言いかけると、中原紀綱は声を出して笑い、手で私を制した。

「お待ちなさい。私は西行殿が勧進したと言いましたが、乞食僧《こつじきそう》のように戸ごとに供米を乞うて歩いたとは言っていませんよ。いや、諸国の富裕な分限者を頼って勧進し、喜捨を集めても、蓮花乗院のような大伽藍を二年や三年で建てるだけの資本《もとで》は集まらないでしょう。その程度のことでしたら、高野山の人々も西行殿に勧進をお願いにはゆかなかったでしょう」

「では、師が勧進したのは……」

「もっともっと富裕で、もっともっと権能《ちから》を持たれる方ですよ」

「と言いますと」

「あなたは西行殿が待賢門院さまや新院陛下と親しかったことをご存じでしょう」中原紀綱は炉に枯枝を何本かくべた。火がちょろちょろと赤い炎をあげた。夜寒が壁から水のように背中に染《し》みてくる。「私は賢宗という高僧に呼ばれて蓮花乗院の建立に大工の棟梁の補佐として働きましたから、その辺の事情はよく知っています」

私は中原紀綱の一こと一ことが驚きであった。師西行は普通の隠者ではないとかねがね思ってはいたが、その本意は、普通の隠遁より、さらに深く隠れるということであった。しかし中原紀綱の言葉を信じると、師西行は大伽藍の建立を推しすすめた中心人物、いや、むしろ唯《ただ》一人の人物と言ってもよかったのである。それは隠遁どころか、世間の表面に出て、ここ一番の大仕事をすることではなかったか。私は驚くというより、むしろあっけにとられたと言ったほうがよかったかもしれない。

「秋実殿もご存じのように、若い頃、西行殿は鳥羽院のご寵愛《ちょうあい》を受けておられ、また徳大寺実能《さねよし》殿とも昵懇《じっこん》であられました。その実能殿の養女で春日《かすが》と申される女性《おひと》が鳥羽院の寵を得られ、一女を儲《もう》けられたのです。頌子内親王と申され、早く賀茂斎院に立たれました。五辻《いつつじ》殿《どの》に住んでおられましたので、五辻斎院《いつつじのさいいん》と申しあげるお方です。西行殿は上西門院御所の花見の折に春日局《かすがのつぼね》さまとお会いになった由《よし》で、局さまは西行殿のお人柄にお惹《ひ》かれになられ、以後、歌のやりとりもつづけられたとか。西行殿も聡明《そうめい》で屈托《くったく》ない局さまと話すのを好まれ、京都に出てくるときは、かならず五辻殿に顔を出されていたのです」

中原紀綱は枯枝を折って火にくべた。夜寒のなかで、火の赤いあかりだけが生気を放っていた。私は直接師の口から聞くことのできない師の交際の輪の拡がりを、改めて大きな吐息とともに思い描いたのである。

「頌子内親王はご幼少の頃から身体がお弱く、賀茂斎院に立たれて間もなく、奉仕される前にご重病で退下しなければなりませんでした。御母春日局さまはそれをひどくご心配され、熊野《くまの》には何度となく参詣《さんけい》されたということでした。たまたまその頃西行殿は高野にいて、何とも解決しがたい問題をかかえておられたのです。それは、ご承知のように、高野山の本寺である金剛峯寺と末寺の伝法院とが真言念仏の在り方をめぐって激烈な宗論を繰り返していたことでした。ながいこと衰微に喘《あえ》いでいた高野が現在のように活潑《かっぱつ》な活動《はたらき》を取り戻したのは明算検校の学殖と人格《ひとがら》の力があり、覚鑁《かくばん》和尚の高野山領の拡大など経営の腕前があったからなのです。しかし覚鑁和尚の影響力《ちから》が次第に大きくなるにつれて、和尚の唱える即身成《じょう》仏《ぶつ》の真言念仏の説に対して、激しい反対が起ったわけですね。和尚に同調する伝法院に対しても、本寺からの圧力が強くなる。こうして折角、ここ百年ほどかけてようやく興隆に向ってきた高野山が二派に分れて対立し、仁安三年には、金剛峯寺の僧が殺されるという騒動《さわぎ》にまでなったのです。ちょうどその前後に西行殿は高野山を下り、四国へ修行に出られていたので、直接その事件には立会われていなかったのですが、この山中の騒乱には、よほど胸を痛めておられたのでしょう。帰山されるとすぐ、本寺と末寺の代表を呼ばれ、宗論の場で結《けつ》着《じゃく》をつけるように言われたということです。しかし何といっても西行殿は高野山にとっては外の人です。都ではその名を知らぬ人がないほど、歌の僧としての名前が人の口に膾炙《かいしゃ》していても、高野山では、谷の奥に草庵を建てて、数寄《すき》三昧《ざんまい》に暮している客人に過ぎません。いかに理路を尽して高野の仲間争いの不条理《むいみさ》を説いても、耳を貸す道理《わけ》がありません。西行殿が都におられたときのことですが、何と金剛峯寺の一部の僧たちが仲間を煽動《たきつ》けて、伝法院方の堂塔を焼き打ちするに到《いた》ったのです。この事件《できごと》は都に報告され、ただちに検非違使庁の取調べがあって、責任者と犯人は流刑《るけい》に処せられました。西行殿が直面していた困難な問題とは、草庵のすぐそばで、このような血なまぐさい醜悪なぶつかり合いが起っていたということです。それもどのような僧衣を着るとか、修行の手続きが違っているとか、信仰表現の字句が別様であるとかいったごく表面上の問題がほとんどすべてで、本心は、狭い山内での、つまらない勢力争いにすぎませんでした。西行殿は、そのことをよく見ぬいておられたのです。つまり口角泡を飛ばすようなそうした相論は、重要な意味を持つのではなく、いずれも党派《なかまうち》の嫉妬《ねたみ》や虚栄《みえ》から生れた憎しみに過ぎないことを知っておられたのです。西行殿は双方の僧たちを訪ねて、心をつまらぬ争いで騒がせることほど、真言念仏の精神《こころ》から遠いものはないと話されました。高野が真の高野になるのは、山中に真言密教を奉じるすべての人が、一切の嫉妬《ねたみ》からも憎悪《ぞうお》からも解放され、一人一人がこの大地に仏身の大円光を感じるときだ、と言われたのです」

中原紀綱は時どき枯枝を火にくべていたが、夜が深くなるにつれ、荒壁から伝わってくる冷たい夜気は、背中に一段と染みた。私はその夜気にもかかわず、紀綱の話に聞き入っていた。師西行は歌についてはいろいろと都や吉野の例を引いて詳しく話してくれる。私がごく初心の質問をしても、丁寧に答え、「そんなことは自分で考えろ」とは言わない。歌の解釈《こころ》を訊ねても、いつも懇切に説明してくれる。だから、師西行のことに関しても、私は大体のところすべて話して貰ったものと思っていた。たとえば伊勢に移る数ヵ月前、京都に出てきた師のお供をしてあちこち歩き、福原までも訪ねたが、高野山の相論のことなど何一つ聞かなかった。師が話題を区別していたとは思えない。私が高野山まで師に従って出かけ、ある早暁《そうぎよう》、峰のはずれで朝日が遠く山脈《やまなみ》の稜線《りようせん》から出たばかりのとき、南都北嶺《ほくれい》の悪僧たちが流血沙《ざ》汰《た》を繰り返すのを、御仏を忘れていると師が言ったのは、いま思えば、本当は、身近な高野の蕪雑《ぶざつ》な悪僧たちのことを言っていたのであろう。

私は紀綱の話を聞いているうち、それは間違いないことに思えてきた。だが、それならなぜ私にそのことを率直に話さず、わざわざ南都北嶺の僧の例で言ったのだろうか。

私が師西行を慕って高野山まできたことに対する配慮があったことは事実だろう。高野の霊域の真相を暴《あば》きたてて、訪ねてきた私の心を傷つけまいとする、師らしい思いやりが働いていたのは間違いない。だが、もう一つの理由は、高野山の内紛に、師が強い責任を感じていて、それを他人事として話す気持になれなかったということもあるだろう。師は、まだそれを進行中の出来事と受けとって、外には漏らさず、あくまでもうすこしましな段階まで改《よ》善《く》してゆくことを願っていたのではあるまいか。

というのは、紀綱の言葉から考えると、高野山の対立する両派の和解こそが、三十年隠棲することを許してくれたこの霊山に対する最後の勤めであると、師が深く決意していたことは明らかだったからだ。

師の心には、狭い高野山の霊域のなかで、虚栄《みえ》や権力慾《けんりよくよく》や嫉妬《ねたみ》のために血まで流して争う僧たちの愚かさはよく見えていた。この僧たちを和解させるには、仏僧であること、高野にいること、真言を唱えることの深い意味を、言葉によって、自《おの》ずと納得する以外にはない、と思えたのであった。

師西行が金剛峯寺の人々と伝法院の人々とを和解させる唯一の道として長日不断の談義を考え、その場所となる堂塔の必要を感じるようになったのは、このためだが、それが幽谷の草庵に隠れた歌人《うたびと》の数寄といささかも背馳《はいち》しない理由もまさに私意のなさという点にあった。中原紀綱の説明で大事なことは、この長日不断の談義の場を師西行が本気になって建立し、言葉による和解を実現しようと願ったことである。

火を前にした中原紀綱の話はつづいた。

「西行殿はかねて春日局さまが五辻斎院の病気平癒の祈念のため、仏寺の建立を発願されていたのを知っていたのです。というのも、世間の噂《うわさ》では、西行殿は多くの女人からたよりにされているということですからね」

「ええ、そのことは前にも一度笑いながら話してくれたことがあります。ある月の明るい晩、師は堀河局《ほりかわのつぼね》が隠棲していた家の前を通ったことがあったそうです。そのとき師はどうやら家に寄らず、通りすぎたらしいのですね。というのも、前に堀河局の家を訪ねると言って約束しておきながら、用事ができて、行けなかったからです。さすがの師も具合が悪かったのでしょうね。そうしたら堀河局は次のような歌を寄越したというのです。

西へ行く　しるべとたのむ　月影の　そらだのめこそ　かひなかりけれ

往生のしるべに女人たちには師西行が西方浄土への頼もしい案内役になってくれると思えたのでしょうね。春日局さまが師に相談されたのは本当でしょう」

「そこで、西行殿は蓮花乗院《れんげじょういん》の建立を発願されるように申しあげ、その建立費用に、五辻斎院領である紀伊国南部荘《きいのくにみなべのしょう》の田十町が当てられることになったのです」

それから紀綱は、師西行が蓮花乗院建立にかかわる万般の計画をすすめ、資材、木材などの購入、運搬から、大工、木工、鋳工、絵師、瓦《かわら》工、鍛冶《かじ》、土工、石灰工などの募集、配備までやってのけたと説明した。

京都から堂塔の建立に腕のある宮大工の棟梁《とうりょう》が呼ばれた。中原紀綱が高野山に呼ばれたのもそのときだったのである。

近江の旅は、結局、木曾義仲の軍勢が足早に進んでくるので、これ以上つづけることは無駄だった。国衙《こくが》の役人たちも生きた心地がしないらしく、堂塔補修についての質問などには誰も本気で相手にしてくれなかった。私は中原紀綱と卜部信清とともに軍兵《つわもの》たちの雑踏する街道を空《むな》しく引きあげるほかなかった。

ただ一つ、底冷えする近江の民家で聞いた蓮花乗院の話が私にとって大きな収穫であった。師の近くにいて、かえって師の姿が見えなくなっている私に、師の隠された面を照らし出してくれることになったからである。

蓮花乗院の建立《こんりゅう》の雑務がいかに師西行を疲労困憊《こんぱい》させたか、想像に余りあるし、蓮花乗院領となった五辻斎院領の下司《げし》との間の請負米のごたごたした事件《できごと》も、静かな草庵の暮しに、要らぬ不快な雑音となったであろう。

私は中原紀綱の話を手がかりに蓮花乗院建立にまつわる多くの噂を聞いて廻ったが、そのたびに味わったのは、師西行がよくもこれほど本気になって大伽藍《だいがらん》建立に打ち込み、わずか二年ほどの間にほとんど独力《ひとり》でそれを成しとげたものだという驚きであった。

その歳月がどんなに師西行の草庵の暮しに煩《わずら》わしさを加えたか。たとえ蓮花乗院から離れた谷間に住んでいたといっても、すでにそこには昔のような静寂の気配は失われていたに違いない。まして折角、長日不断の談義の場ができたのに僧たちも学生たちも真言を深めるための論議を重ねるよりも、相手を論破し、自派の権勢を顕示しようとした。こうした宗論の性格も師は見通していたと思われるが、しかしそれが師の期待に応《こた》えるものでなかったことは事実だった。御仏《みほとけ》など忘れるべきだと言う師の言葉がそれを証明《あかし》している。

師は伽藍でもなく経文でもなく、仏でもなく神でもなく、その向うにある、より本源のものに向かって歩く必要を感じたのだ。それが師のいう乾いた流木のような心に違いなかったのである。

師西行が伊勢に移ってから、以前よりも師に会う機会《おり》に恵まれなかった。それは師の都合というより、私のほうが京都を焼け出されたり、民部省が官人《つかさびと》とともに町の外に移ったり、たえず民部卿（長官）が交替したりして、到底旅に出られる状態ではなかったからである。

師もまた高野にいたときのように、京都に出ることはすくなかった。直接の理由は、戦乱が木曾義仲《きそよしなか》とともに京都に雪崩《なだ》れこんできたからであった。六波羅《ろくはら》屋敷に火が掛けられ、三日三晩焼けつづけたが、誰ひとり火を消しとめる者はいなかった。平家の人々はすべて西海道に落ちていったのである。

平時忠殿をはじめ平家の人々と昵懇であった師西行にとって、木曾義仲が平家を追い落し、都に入って狼藉《ろうぜき》を働いたことは、何か許し難い暴挙に思えた。私が近江《おうみ》の旅のあと、街道で見たことを報じた手紙に、師はめずらしく憤《いきどお》りをこめた調子で、そもそも現時《いまどき》諸国で合戦を起し、人馬を殺傷する必要があるのだろうか、と返事を書いてくれた。

世の中に武者おこりて、西東北南いくさならぬところなし。うちつづき人の死ぬる数きくおびただし。まこととも覚えぬ程なり。こは何事のあらそひぞや。あはれなる事のさまかなと覚えて

死出の山　越ゆる絶え間は　あらじかし　なくなる人の　数つづきつつ

武者のかぎり群れて死出の山越ゆらむ。山だち（山賊）と申すおそれあらじかし と、この世ならば頼もしくや

この冷ややかな揶揄《やゆ》するような文面のなかに師西行の思いがすべて綴《つづ》られているように私は思った。

師は本当は伊勢《いせ》の草庵《そうあん》でじっと世の動きを見ているような気持になれなかったのではあるまいか。できることなら、入道殿とも会い、源頼朝殿とも会って、世の騒乱を何とか収めたいと考えたのではなかろうか。おそらくその場合、どうにも話し合いの相手にならなかったのが義仲だったのではあるまいか。師は弓矢の力とともに、言葉の力、歌の力を信じていた。言葉の力とは眼に見えない力、精神に働きかける力なのだ。師によれば、世の中を動かすのは、この二つの力――弓矢の力と精神に働きかける権能《ちから》――だということになる。

義仲はただ弓矢の力を信じるだけで、人々が雅《みやび》に振舞ったり、歌を楽しんだり、のどかな歳月を無駄《あだ》に送ったりすることの効能《ちから》は知らなかった。弓矢の力、土を掘る力、家を建てる力、道を作り橋を架ける力――義仲の信じたのは、この単純素朴な、物に働きかけ、物を変《へん》成《じょう》させる力だった。むろん師西行もそのことを知りぬいている。だからこそ蓮花乗院のよう

な大伽藍の建立に成功したのだ。

だが、義仲はそれしか信じなかった。眼に見えない言葉の力、人と人を結びつける力、雅の力、無駄の力、遊びの力を知らなかった。知ろうともしなかった。師西行が、源氏の将軍のなかで、とくに義仲に好意が持てなかったのは、義仲が粗野な田舎武士だったからではなく、眼に見えないこうした力をまったく無視したからであった。

義仲は院政という、一見無力でありながら、途方もない権能《ちから》を持つ政治形態《はたらき》を知らなかった。そのため、強ければ強いほど、自分が孤立してゆく理由《ことわり》がつかめなかった。そこに後白河院という得体の知れない統治者《すめらぎ》がいることに気づかないでいた。

　木曾と申す武者、死に侍《はべ》りにけりな

木曾人は　海のいかりを　しづめかねて　死出の山にも　入りにけるかな

という前書《ことばがき》と歌が伊勢からの手紙に添えられていたとき、私は、師西行でも、これほど突き放して人の運命《さだめ》を見ることがあるのか、と、何か背すじに寒気《さむけ》を感じた記憶《おぼえ》がある。師西行が源平争乱の世を見ていた眼《まな》ざしは、こうした二つの力を源平の人々がどのように使って世を変えてゆくか、をただただ見る冷たい眼《まな》ざしだったと言えるのだろうか。

私はそう思わない。というのは、源氏の軍勢が京に入り、平家を一ノ谷から屋島へ、屋島から壇ノ浦へと、追い討っている間、師は師で、その動きを、渦巻く水流が急湍《きゅうたん》を流れ下るのを息をつめて眺めるように、見ていたからだ。当然、平時忠殿、維盛殿をはじめ数ある武将のなかには師と面識もあり、懇意な人々もいたから、その変転する宿命《さだめ》の抗《あらが》い難さには師の心も痛んだに違いない。そこには深い悲しみがあったのだ。しかし同時に、この世の動きが物を動かす弓矢の力によるとともに、眼に見えない力が加わって、その勝敗を決してゆく道理《ことわり》の厳しさも、じっと見つめていたのである。入道殿が西国に根拠を置き、福原に華美な都を営みながら、その賦役《ふえき》の重さに打ちひしがれていた群小領主たちの怨嗟《えんさ》の声にほとんど気付かずにいたことも、師西行の眼には、力であるべき信頼関係という効能《はたらき》をみすみす路傍に置き去りにしたように見えたのである。蓮花乗院創立の際のそうした見える力、見えない力の活用の仕方は、寺院建立を家職としている中原紀綱のような者にも、ただ事ではないと思われたのだ。普通の棟梁なら、ただ建立に係わる木材、石材や、職人たちの技倆《うで》を効能《ちから》と見なすだけなのに、師にとっては、資材を吟味する鑑定人《めきき》たちの眼力も、職人たちが気楽に休める宿坊の設備も、建立の段取りと職人の配分の巧妙《うま》さも、仕事の段落ごとに行われた無礼講の宴も、すべて建立という一事に集まる力に他ならなかった。

この意味で、入道殿は、晩年にはとくに、見えない力の効能《はたらき》を軽く見るか、無視するかした。それは弓矢の力をのみ信じた武人の家系としては当然のことであっても、宮廷の雅を解することのできた平家の人々は、かえってそのことで、弓矢の力にも、見えない力が加わらなければならないという道理《ことわり》を忘れていた。晩年の入道殿の態度は、維盛殿以下平家の人々のすべてに影響を与えていた。合戦のたびに敗戦《まけいくさ》となり、西へ西へと落ちてゆく平家の軍兵《ますらお》たちを見て、師西行なら、どこに敗戦《まけいくさ》の原因《もと》があるのか、直ちに理解したに違いない。反対に、師西行の眼には、鎌倉に本拠を構えた源頼朝がどうして日の出の勢いで平家を追い落すことができたのか、はっきり見えていたはずである。

それは師が思い出話の一つとしてよく私にしてくれた物語のなかにすでに見てとれる。

師が子供だった頃、紀ノ川のほとりの佐藤家の領地田仲荘《たなかのしょう》に氷見《ひみ》三郎と呼ぶ武者《さむらい》が訪ねてきた。師はその武者の黒菱《くろびし》の旗指し物が風になびく光景を今も覚えていると言っていた。その氷見三郎は、奥州藤原にゆかりの一族を諸国に訪ね、藤原秀衡《ひでひら》を一族の棟梁として団結し、摂関家に対し謀反《むほん》を起すことを慫慂《しょうよう》したのである。諸国を廻っていたのは、その密約の連判状に血判を集めるためであった。

しかし氷見三郎は十分に機の熟すのを待てなかった。藤原秀衡も謀反の企《たくら》みには賛意を表わさなかった。氷見三郎は諸国の同族に廻状を廻したあと、ただひとりで越後《えちご》頸城荘《くびきのしょう》で謀反を起し、国衙を攻めた。師の従兄《いとこ》佐藤憲康《のりやす》が東国に馳《は》せ参じようとしたのはこのときであった。しかし憲康は出立直前に急死した。また氷見三郎も謀反を起した翌年、信濃《しなの》国衙から派遣《おくら》れた追討使清原通季《みちすえ》の手によって信濃と越後の国境で包囲《かこ》まれた。

氷見三郎は東国の群小領主たちの心を摑《つか》むことができないままに敗走し、頸城館に火をかけて自害した。師が陸奥《みちのく》へ旅した頃である。

師西行が説明してくれたのは、どうして氷見三郎は無謀とも思える謀反を企てなければならなかったか、というその動機である。

「氷見三郎のような領主は、いま諸国にどの位いるか、到底数え切れない」師は草庵の庭を前にして萩《はぎ》や女郎花《おみなえし》が咲くのをじっと見ていた。初秋らしく昼過ぎなのに虫の音がかすかにしていた。「私の出た佐藤の家も同じような領主だ。領主だが、その領地のなかで安心しているわけにゆかない。領地はほとんど摂関家か大寺院か有力貴人の家に寄進されている。だから、領主と言い条、すべて寄進先の摂関家などの荘園《しょうえん》の下司なのだ。どうして摂関家や大寺院に寄進したかといえば、大荘園は有力者のものだから、夫役もなく、田租地租も免除される。群小領主の領地だと、国衙から検田使の検注は強化される、夫役は増大する、賦課は強化される、あげくのはては国衙領に編入されるという騒ぎなのだ。たしか秋実も若いとき甲斐《かい》国衙の役人が熊野社領に乱入した事件《できごと》を経験していたな。それも国衙の勘入のすじ書きによったものだ」

私は二十一歳で師西行とはじめて会った折の、何か温かい大きなものに包まれるような気がしたことを思い出した。あの頃は世の中がどうなっており、何が正しく、何が正しくないか、判断を下す基準もなかったような気がしていたものであった。それを私に分りやすく説明してくれたのが師西行である。師は私にとって歌の恩師である前に、人生の先達であったのだ。

「こんな次第だから荘園領主と群小領主のあいだにはたえず争いがある。国衙ともつねに不和がつづく。群小領主は仕方がないから、自衛の強者《つわもの》を集める。下司職《しき》の取得《とりぶん》としての石高《こくだか》をめぐって、荘園主家とたえざるいざこざがある。氷見三郎は大荘園に寄進せず、独りで領地を耕し、国衙の夫役田租に反抗していたから、いずれ表立って争わなければならない状態に追いこまれていた。藤原秀衡殿を棟梁《かしら》にして摂関家に楯《たて》をつこうとしたのも、所詮《しょせん》はこのままでは群小領主は潰《つぶ》されてしまうからだ。どうしても群小領主を守り庇護《ひご》してくれる棟梁《かしら》が要るのだ。その棟梁《かしら》は領土を保全《たも》ち、夫役田租を軽減する。その代り群小領主たちの奉仕を要求する。つまり棟梁《かしら》は、群小領主の奉仕を要求するが、同時に領主たちの身分、地位、領土は安堵《あんど》してやる。いま諸国の群小領主たちが望んでいるのは、こうした棟梁《かしら》なのだ。かつて氷見三郎が奥州藤原を棟梁《かしら》としようと目論んだようにな」

　師西行に言わせれば、源頼朝が源氏の棟梁であると名乗りをあげ、山木攻めをしたのは、山木兼隆が平時忠殿の知行する伊豆国の目代として群小領主を苛斂誅求《かれんちゅうきゅう》し怨嗟《えんさ》の的になっていたからであった。

「東国から伝えられた噂によると、頼朝は、山木攻めに加わった領主たちだけではなく、兵《つわ》士《もの》の一人一人を呼びだし、お前の力がなければ勝てなかった。お前だけが頼りだと言ったという。私が見えない力と呼ぶのはこのことなのだ。弓矢の力に、この信頼の情という力を加えると、敵を倒す力、つまり物を変成《へんじょう》する力は何層倍にもなるのだ」

　師は伊勢からの便りのなかでそう書いていた。伊勢には、師を温かく迎えた神官荒木田《あらきだ》成《なり》長《なが》を中心にして、歌を好む人々が集り、師西行の草庵暮しが快適に送られるように気を遣《つか》っていた。

伊勢に出かける余裕がなかったかわりに、師からの便りが時おりあったことが何より有難かった。便りには、源平争乱の噂から、合戦に対する師の感慨《おもい》に到《いた》るまで、浮世のざわめきが簡潔に書かれていた。そこには「こは何事のあらそひぞや」という苛立《いらだ》たしさ、不審の思いが根底を流れていたが、同時に、歌を成り立たせるのと同じ変成の力について、時に、のめりこむような調子で書かれていた。

それは、蓮花乗院《れんげじょういん》建立と優美な歌とがどうにも一つにならないと書いたことへの返事であった。

「京の騒擾《そうじょう》にもかかわらず健在の由《よし》、大慶の至りである。秋実は京の巷《ちまた》に野盗が横行し、検非違使《けびいし》たちが闇《やみ》に潜んでその出現を待っていると書いてきたが、私はなぜか可笑《おか》しく声をあげて笑った。そうではないか。安穏に静まり返る巷でなら、野盗が横行して怯《おび》えるという理由もよく分る。だが、京の巷の内も外も、日夜血腥《ちなまぐさ》い合戦で満ちている。大軍がぶつかる合戦こそ西国へと移っていったが、毎晩のように落武者を追って殺戮《さつりく》が絶えないというではないか。野盗の横行以上に恐しいことが都中に満ちているとき、野盗に怯えるというのは、いかにも人間の性《さが》をよく現わしている。

これも盗賊の話だが、上西門院御所で盗賊が入ったというので、女房たちが震えていた。すると、大炊殿《おおいどの》へ立った若い女房が突然金切り声をあげた。すわ、盗賊と、詰めていた兵士《つわもの》たちが駆け込むと、その若い女房は、柱からぶら下っていた蜘蛛《くも》を指さして、慄《ふる》えていたのだ。兵士《つわもの》たちはぶつぶつ怒っていたが、人間とはこうしたものなのだ。

人間の性《さが》には、どこか、こうした可愛《かわい》いところがある。そうした可愛い性《さが》の自然らしさを大切に生きることが、歌の心を生きることでもある。肩肘《かたひじ》張って生きることなど、歌とは関係ない。

蓮花乗院建立も大事業だった。二年というもの寝食を忘れた。大工を指図したり、現米《げんまい》(扶持米《ふちまい》)を棟梁の手で分け与えたり、絵師に天井画を指示したりしていると、いつか一日が終って夜になっている。私は仕事のなかに自分のすべてが灌《そそ》ぎ込まれていることを感じた。時には、歌びととしての私はどこにいったのか、と反省することもある。何日も、いや何十日も、一首の歌さえ作らないで過ぎることもある。だが、私は、それを嘆いたことはない。私が我を忘れて立ち働いているとき、私というものは、さまざまな形を通して、蓮花乗院の軒になり、柱の一部になり、勾欄《こうらん》になってゆく。私から宮大工へ、宮大工から木彫師《ほりもの》へ、私の力が運ばれ、伝達され、木彫師の鑿《のみ》を伝って欄間の天女の透し彫りに変成してゆく。そこには歌と違って、言葉に保たれ、意味としてじかに語りかけてくれる私はいない。だが、そこに私が生きていることは、誰よりも私自身が知っている。それは農夫たちが穀物のなかに変成し、漁夫たちが捕れた魚のなかにいるのと同じだ。大事なのは、こうしたすべての変成の過程《あゆみ》は、仏性の変幻する形だということだ。そのような形で生きるということが実現されているのである。私たちが生きる、生きると騒いでみても、道を歩く、馬に乗る、仕事をするという地道な行いを除いて、形のない生きるなどというものはありはしない。だが、ここでは、私が一日働いて、煙のように無くなったというのではない。農夫は畑の上で一日働く。

だが、その一日は煙のように空費《つかいはた》されたのではなく、秋の実りのなかに運ばれているのだ。あらゆる仕事がそうなのだ。私たちは空費され、煙のように無くなってゆくと思う。だが、農夫と同じくこの世の何かに変成して私たちは永劫《えいごう》に残るのだ。それを言葉という容器《うつわ》に入れ、明らかな形でとどめるのが歌なのである。蓮花乗院建立の折は、その堂塔の形、材質の感触、色などが私の言葉だった。私は堂塔によって歌を詠《よ》んでいた。そこには言い難い歓《よろこ》びがあった」

私はこの便りを読みながら、師にとっては歌も堂塔建立も勧進行もすべて仏性のなかの等しい営みだということがおぼろげながら理解できた。私は歌の弟子として何とか秀歌を生みだしたいと願い、師西行に倣《なら》って、早暁《そうぎよう》桜の花を見て廻ったり、月の明るい夜、一晩浮かれて過したりしたが、師には、もはやそうした数寄《すき》の真似事《まねごと》はあまり意味あることに思えなかったに違いない。もし師にそう訊《たず》ねたとしたら、とんでもないと言って、花や月の思い出を一晩でも話してくれたであろう。だが、私が言いたいのは、師のなかで、花も月も、何か高野の壇上に建つ蓮花乗院に似た、途方もなく巨大で重々しいものと変成していた、ということである。伊勢から最後にもらった手紙がその証《あか》しである。

「秋実殿。京で新しい人家を建てる鎚音《つちおと》が聞えるというのは、誠に人の世の果てしない生命の力を感じさせる。草はどんな焼け跡からも芽を吹いてくるものだ。

そのことを思いながらも、こちらにも聞えてきた壇ノ浦の平家一党のはかない最後の報《しら》せは、数日のあいだ、草庵から外に出る気持を奪っていた。かつての六波羅《ろくはら》屋敷の屋根を連ねた壮麗な眺めが今も眼に残っているし、美々しく着飾った入道が幼い帝《みかど》を腕に抱え、紫宸殿《ししんでん》の南面の階《きざはし》に立ち、緑に赤の唐服の管方《かんがた》が笙《しょう》、篳篥《ひちりき》を吹き鳴らすなかを片肩袒姿《かたかたぬぎすがた》の若い敦盛《あつもり》殿はじめ公達《きんだち》たちが前庭に勢揃《せいぞろ》いした凜々《りり》しい姿、また福原に近い和田泊に千人の僧を集めて供養《くよう》した折の万燈《まんどう》の炎の壮麗な揺らぎなどは、昨日のことのように思い出される。軽率ではあったが、賑《にぎ》やかで人のいい平時忠殿、柔和な奥方、その他さまざまな折に出遇《であ》った平家の部将《さむらいのおさ》たち、慎《つつ》ましい女人たち——そうしたすべてが幻燈のようにあわただしく私の眼の前を横切って消えていったのだ。

　はかなくて過ぎにしかたを思ふにも今もさこそは朝顔の露

この美々しい平家の盛期《さかり》はもはや二度と還《かえ》りくることはない。いまとなっては、その人たちがいたということさえ嘘《うそ》のように見える。西海の底に一切合財を沈めた平家の人々とは、まるで、この世が夢であることを証しするように出現した存在《もの》だったのであろうか。

私はいま平家の人々が美々しく行列して私の前を通っていっても、決してそれが幻であるとは思わないであろう。あの人たちほど、現実と夢との境界をなくして生きつづける存在《もの》はないからだ。生きているとき、あの人たちは夢のようであった。死に果てたいま、あの人たちは現《うつつ》にあるように振舞っている。

秋実殿。今日はもう一つ報せておきたいことがある。それは重源《ちょうげん》と申す者から私に東大寺大仏再建のための勧進を求めてきたことだ。勧進の相手は陸奥《みちのく》の棟梁《とうりよう》藤原秀衡《ひでひら》殿である。秀衡殿は大仏再建のために十分の砂金を喜捨するであろう。問題はこの砂金を果して京まで運ぶことができるかどうかだ。目下、鎌倉殿は平家滅亡のあと、突然背後に立ちはだかりはじめた奥州藤原の巨大な姿に畏怖《いふ》を感じている。その奥州藤原の財貨を何の文句もつけず、鎌倉殿が運ばせるかどうか。

だが、なぜか私はこの難事業をやってみたい気がする。鎌倉殿とは面識はない。だが、この人は、物を変成させる理法《ことわり》を知りぬいている。理法《ことわり》を知る人は、言葉で理法《ことわり》を尽せば、かならず理解を示すものだからだ。

それにもう一つこの難事業をやりたい理由《わけ》がある。それは平家が壇ノ浦で滅び、何か大きな夢の高楼が音を立てて崩れるのを見たように思ったからだ。もしこのまま伊勢に安閑と暮したら、空《むな》しい風に吹かれて、どこへ浮かれゆくか知れたものではない。

秋実殿。便りを受けた頃、この辺の遅咲きの桜はちょうど満開だったが、この返事を書き終えた今、白い花吹雪となって散っている。私には、その散り方が、終りがないような、ただひたすら、あとからあとから散る無限《そこなし》の喪失《むなしさ》に思えてならないのである。

世の中を　思へばなべて　散る花の　わが身をさても　いづちかもせむ　」

師の手紙はこの歌で終っていた。

十九の帖

西行の独語する重源《ちようげん》来訪のこと、
ならびに陸奥《みちのく》の旅に及ぶ条々

つい一刻ほど前、藤原秋実《あきざね》が身の廻りのものを届けにきて、ひとしきりこんどの陸奥《みちのく》の旅のことをあれこれ聞いて帰っていった。二、三丁先の道の岐《わか》れる辺りまで見送ったが、あの時刻《とき》より風が強くなったようだ。しきりと遠くで波の音のように竹藪《たけやぶ》がざわめく。青嵐《せいらん》というのか、新緑に飾られたこの時節、強い風が吹く日がある。嵯峨野《さがの》の奥のこの草庵《そうあん》にも、時どき風の塊りがどっと吹きつけ、庵《いおり》が一方へ押しつけられているように風のなかでぎしぎし音を立てる。

たしかにこんな夜は、まだ旅のさなかにいるのに似た心許《こころもと》ない気持になる。旅から帰ってひと月になっていないのだから、それは当然の話だし、大体この嵯峨野の奥は、伊勢の草庵を出て、新たに住もうとしている庵なのだから、旅と同じ心許なさを感じても、いささかもおかしくない。

もともと私は、この心許ない、不確かな住まいの感じが好きなのだ。まだ物とじっくり馴《な》れる前の、新鮮な、互いに手さぐりしているような、自由な感触が気に入っている。

物と馴れることには、親しみ、温かさ、落着きがあって、それはそれで悪くはないが、やはり馴れのなかには、文字通り狎《な》れ狎れしさがあり、油断、無気力、だらしなさ、感覚《かんじ》の弛緩《ゆるみ》、新鮮《あたらし》さの磨滅《にぶり》などが生れてきて、時に我慢できないことがある。すこしでも狎れが身体《からだ》のなかに感じられると、私は、もうじっと留まっている気持が失われる。何か新鮮な、さわやかな風に全身を吹かれたい衝動が突然燃え上って、浮かれ出ないではいられなくなるのである。

だから、私にとっては、旅にあることと家居することとは、根本《おおもと》では、ほとんど違わない。物に狎れないという意味で、私は、家居すらも、流れゆくもの、離別してゆくもの、執着の外にあるものと見なしている。万事浮世と感じ現世《うつせみ》と観じている出離遁世《とんせい》の身には、それは当然の感じ方ではあるが、私の願いは、そうした遁世者たちの思いよりも、さらに離れた、窮極《きわまり》の空無のなかにこの身を置きたいと願うのである。

この空無のなかに住む故《ゆえ》に、歌びとは、歌によって、この世の姿を定めることができる。刻々に消滅し、刻々に生れ出る世を、そのような姿で現成させるのは、ただ言葉だけなのである。言葉は空無の大海に浮ぶ、蓮葉《はちすは》のようなものであり、人はただその果敢《はか》ない蓮葉にすがって生きている。

歌びとの仕事は、この果敢ない蓮葉のうえに乾坤《けんこん》を照らす蓮の花を咲かせることにほかならない。歌が花であり得るのは、この空無のうちに歌びとが生きると知るからである。私が再度の陸奥《みちのく》の旅から戻ったとき、心を置くことができたのは、この空無の深さであり、そこに姿というものを作る歌の尊さ、重さであった。

思えば、このたびの陸奥《みちのく》の旅は、幾つかの不思議によって始まった。その一つは、重源《ちようげん》が奈良からわざわざ訪ねてきて、去《い》る《ぬ》治承四年、平重衡《しげひら》が南都の僧兵たちを攻め、激戦のあいだに放った火で焼けた東大寺大仏殿の再建の次第を私に諮《はか》ったことである。重源とはむろん面識はない。ただ、「仏法の滅尽、かくのごときは我朝は言うに及ばず、天竺《てんじく》・震旦《しんたん》にも聴かざるなり」と叫んで、朝廷から東大寺再建の委託を受けたという話を聞いていただけであった。

重源は年のころ六十歳前後、浅黒い不敵な面魂《つらだましい》で、南都の学生《がくしよう》派と堂衆《どうしゆう》派との争いに関係を持たず、どこかから突然現われて再建勧進の中心となった謎《なぞ》めいた男であった。本当かどうか知らないが、この男は入宋《につそう》三度という。高野で修行したことも事実であろうし、陸奥《みちのく》まで脚を伸ばして人々を済度したというのも本当だろう。大仏殿焼失を嘆き、極悪の所業と憤《いきどお》っていることも疑えない。

だが、その口にすることが本当であるとしても、全体が一つになると、どこか嘘《うそ》めいた、空疎《くうそ》な響きが漂っているのである。重源はひどく誇張した言葉を使い、話のあいだに時どき数珠《じゆず》をもみ、膝《ひざ》を叩《たた》き、頭を反らせ、呻《うな》ってみせる。重源が嘘や作為を口にしているとは思わないが、どこか、相手を驚かしたり、煙《けむ》に巻いたりすることを業としていた男の匂《にお》いがする。そのため、今では必要がないのに、なお昔の態度や口調が残っている——そんな印象《かんじ》を私は受けたのであった。

たとえば重源のような男は、鹿《しし》ヶ谷《だに》の陰謀に加わったとしたら、まっ先に荷担したことを悔い、それを平家の部将《さむらいのおさ》たちに洩《も》らしてしまうのではないか。この男の傲岸不遜《ごうがんふそん》な態度のなかに、私は、どこか狡《ずる》く、抜け目のない、小心な要心深さを感じた。すくなくとも私は大仏殿再建の必要を、呻ったり、手を振り上げたりして熱烈に話す重源のなかに、私の好きな、屈託ない、欲得ぬきの人物を見ることはできなかった。それは、願望《のぞみ》に反して南都北嶺《ほくれい》に関係《むすびつき》ができず、さりとて京都の有力者とも面識がないまま、諸国を遍歴しつづけた果てに野心をようやく果そうとしている男の言葉であり挙措であった。

といって、私は重源を嫌ったのではない。また重源が偽りで大仏再建に取り組んでいたというのでもない。重源の言葉は一つ一つ本当であろう。だが、重源が何か言うと、私のなかで、警戒心のようなものが、そっと耳を立てるのを感じた。

もちろん私と藤原秀衡の間柄は別に秘密でも何でもない。それは朝廷にかかわる人なら誰でも知っている事実である。重源は朝廷の委託を受けて東大寺再建に乗りだしたのだから、当然、私が蓮花乗院《れんげじょういん》の建立《こんりゅう》を勧進したことも、奥州藤原とのことも、朝廷の誰かから詳細に聞いているであろう。重源が私のもとまで足を運ぶようになるには、もっと詳細に、そうした事情が話されたのかもしれない。重源はだからこそ私を陸奥《みちのく》に出向かせ、秀衡に勧進させることを考えついたのであろう。

だが、私はそう自分に言いきかせても、なお重源の言葉には、何か腑《ふ》に落ちないものを感じた。はじめ何であるか分らなかった。ただ、ここには、何かがある、と漠然と直覚していたのであった。

不思議なことの二つ目は、重源が四月に、東大寺の衆徒七百人を引き連れて伊勢に参向し、書写した大般若経《だいはんにゃきょう》二部を内宮《ないくう》と外宮《げくう》に奉納した折、何人かの源氏の部将《さむらいのおさ》を同行させていたことである。そのうちの四人ほどを重源は草庵まで連れてきて、私に挨拶《あいさつ》させた。そのなかに、かつて鹿ヶ谷の陰謀の発覚の原因《もと》となった密告者多田行綱がまじっていた。

もちろん摂津源氏の部将《さむらいのおさ》である多田行綱と面識があったわけではない。ただ天下を聳《しょう》動《どう》させた鹿ヶ谷の事件の折、多田行綱の名は、平家の権勢《ちから》を恐れて同志を裏切った薄志弱行の怯懦《きょうだ》な人物として世間に噂《うわさ》されていた。私もその噂を聞き、名前を覚えていたにすぎない。

それだけになぜ多田行綱が東大寺再建に励む衆徒たちにまじって、伊勢神宮に詣《もう》でたのか、皆目見当がつかなかった。しかし、重源に感じた何か腑に落ちないものを多田行綱にも同じように感じた。

私はしばらく重源が行綱について話すのを聞いていた。

「行綱殿はつねに世の先を行かれるお方じゃ」と重源は言った。「鹿ヶ谷のときは、先に急ぎすぎて失敗なさったが、それでもすぐ平家方に乗りかえられた。木曾《きそ》殿が近江路《おうみじ》から京に入られたときも、大和路から向った源行家殿と先陣を争われた。その折、行綱殿は摂津から淀《よど》川沿いに攻め上られましたのじゃ。ま、行綱殿は七年目にようやく眼の上のたん瘤《こぶ》だった平家を討つことができた。しかしこんどは木曾殿が京で狼藉《ろうぜき》された。鎌倉殿（源頼朝）はひどく立腹される。そこで、それ、木曾殿を討てということになる。すると、もう先頭に立って木曾殿を攻めておられるのは多田行綱殿じゃ」

私は重源とはじめて会ったとき、多田行綱とは関係なしに、鹿ヶ谷の密告者のような人物だと思った。すると、それを例証するかのように、二度目のときに行綱を連れてきたのである。この符合も私をひどく驚かせたのであった。

どういう関係《むすびつき》があるのだろう。

私は心のなかでそうつぶやいたが、もちろんすぐ解答《こたえ》の出ることではなかった。

私は二月に重源が訪れたとき、大仏鋳造は終ったものの、金塗りの仕上げができず、さらに大仏殿の造営など、なお厖大《ぼうだい》な費用を要するので、栄耀《えいよう》を誇る奥州藤原へ勧進に赴いて貰《もら》えないか、という相談を受けたのであった。

私は私で、興福寺と東大寺に火を放ったのは、いかに戦《いくさ》のさなかとはいえ、平重衡であることは明らかであるうえ、このような暴挙を平然とやったこと自体が許せぬように思っていた。その罪を償うのは、何も直接に手を下した者だけではなく、武者《つわもの》たちの横行する時代をともに生きる者全体であると考えていた。

したがって、私は重源のなかにいかがわしさを感じたとしても、それによって奥州藤原への勧進を躊躇《ためら》うことはなかった。私の為《な》すべき償いがそのような形であるのなら、喜んで引き受けようと思った。

重源は、六十九歳という私の年齢と体力が陸奥《みちのく》までの長い旅に耐えられるかどうかを危ぶんでいるようであったが、仏法滅尽の罪を償うためには、危惧《きぐ》する余地などまったくなかった。たとえ東国にすら達せぬ老齢の脚力であっても、罪障浄化のためであれば、私ならずとも重源の委託は引き受けたであろう。

私はただそのためにだけ陸奥《みちのく》の旅に出ようと考えたのだ。たしかにこの旅の目的《めあて》は、遠縁でもあれば知己でもある秀衡と再会することであった。だが、私は、大仏再建勧進のことのみを考え、それが成就《じょうじゅ》したあとで、私人として秀衡その人に会う喜びを自分に許そうと思っていたのである。

二月に重源が訪ねてきたとき、私は陸奥《みちのく》への旅をただ勧進行のための旅と考えたし、またそう考える理由もあったが、四月に重源が多田行綱を連れてふたたび会いにきたとき、前とすこし違って、心のなかで、掛金《かけがね》でも外れたように何かがかちりと音をたてるのを感じた。はたしてこの奇妙な気持は何だろう。どこから生れるのか。

重源は、二月以降明らかになった造営費用の不足分や、奥州藤原から勧進できる金の見積りなどについて話したが、私は、重源が本当に話したがっているのは、そのことではないと直観した。

だが、結局、重源はそれらしいことを口にしないまま、形式ばった鄭重《ていちょう》な言葉とともに、草庵を出ていった。多田行綱たちも、私に奇異な印象《おもい》を残したまま、同じく何も言わずに帰っていった。

私はあえてそれを穿鑿《せんさく》しようとは思わなかったが、京都の藤原秋実に陸奥《みちのく》の旅の出立を七月に決めたことを通知するついでに、重源や多田行綱の印象《おもい》を書いたのである。別に深い意味はなく、何となく伊勢で見聞した面白い話題という程度に触れておいたのであった。

返事は、京都がまだ混乱していると噂されたわりには早くきた。

「いよいよ旅立ちとお聞きしては、居ても立ってもいられぬ気持でおります。役所が今のような状態でなければ、すぐにも伊勢に出かけ、途中までなりともお伴したい思いでございますが、前にもお報《しら》せ申しましたように、福原から戻ってきた櫃《ひつ》が何年たっても民部省に山積みになっているうえ、毎日諸国の国衙《こくが》からの報告と鎌倉からの申し状が紙束の奔流のように届けられております。とりあえず今は旅路の平安と勧進のご成功を心よりお祈りするほかありません。ただ一つ気になりますのは、師の感じておられる危惧ですが、その直観はひょっとしたら当っているのではないかと思われる節がございます。他のことは分りませんが、多田行綱については、驚くべき事実を聞き込んで参りました。

去る寿永三年の義仲追討の折、多田行綱はまたも主君義仲を裏切って、討伐軍に加わったことはご存じのとおりです。この多田行綱の生涯は、鹿ヶ谷の変以来、裏切りと密告の連続でございました。そのときそのときの風の吹き方を見て、さっさと身を翻《ひるがえ》して権勢《ちから》のある方に味方する——これはもう見事というほかなく、まわりの人までも、そのことで行綱を蔑《さげす》むほどですが、本人は鉄面皮で、いささかもこたえた様子はございません。義仲追討の折には、まっ先に京都に入り、先陣の一人になったこともあるので、一切の過去を問わない鎌倉殿から、恩賞の沙汰《さた》があり、摂津の所領の近くに荘園《しょうえん》を与えられたということでございます。

実は、この多田行綱の過去にまつわる妙な関係《つながり》をごく偶然のことから知ることができたのです。すでに師にはお話し申しあげたかと存じますが、先年、雷に打たれた近江国分寺の堂塔の被害状況《いたみぐあい》を調べに参りました折、同道いたした一人に、木工寮《もくりょう》に勤めている中原紀綱と申す男がおります。この中原紀綱にそれとなく多田行綱のことを訊《たず》ねますと、意外なことを教えてくれたのです。それは、紀綱の叔父中原基兼《もとかね》がかつては多田行綱と極めて懇意だったということです。治承元年の鹿ヶ谷の陰謀に多田行綱を引きずりこんだのは、実は、中原基兼であったそうでございます。基兼は法勝寺《ほっしょうじ》の俊寛僧都《しゅんかんそうず》とは昵懇《じっこん》の間柄で、藤原成親《なりちか》殿にも近く、中心人物の一人だったのでございましょう。ところが、鹿ヶ谷の陰謀が発覚するようなことになって、結局、陰謀の裏切り者を仲間に入れたことで、紀綱の叔父は内心大へん苦しんでいたということです。この中原基兼という人は、大蔵権少輔《おおくらごんのしょう》から諸国の国司を歴任し、院領荘園の沙汰にかかわっており、土地管理《とりしまり》にすぐれていたといわれております。おそらくその能力を買われたのでしょう、一度解官され、伯耆《ほうき》の国に流されましたが、半年ほどで筑《ちく》後守《ごのかみ》に返り咲いております。ところが、治承三年に、入道(清盛)殿により、ふたたび陸奥《みちのく》に配流《はいる》されました。中原基兼が後白河院や関白藤原基房殿を担《かつ》ぎ、平家を打ち倒そうという陰謀を企《たくら》んでいたと告発《つげ》られたからでした。基兼にしてみれば、鹿ヶ谷の計画を失敗させたのは自分だという気持がありますから、再度、平家に打撃を加え、積年の怨《うら》みを晴らそうと考えたのも無理からぬことです。それだけに入道殿の怒りもまた激しかったと思われます。

私が多田行綱について驚くべき事実を知ったと申しますのは、実は、この中原基兼が、ただ今、陸奥《みちのく》で健在であり、たしかな便りによりますと、ここ何年か、藤原秀衡殿の客分として平泉に起居しているということでございます。多田行綱はこのことを知っているのではございますまいか。そのため師が平泉にゆかれるというので、何らかの便りを送るか、向うから貰うか、そんなことをお願いするために重源上人についてきたのではありますまいか。それをあえて口にできなかったのは、ひょっとすると、もっと大きな目論見《もくろみ》があって、さすがにそれは遠慮しないわけにゆかなかったのではありますまいか。ともあれ、多田行綱が伊勢の草庵《そうあん》に参上したのは、このことと無縁とは思えないのでございます」

私は秋実の手紙を手にしたまま、長いこと考え込んだ。中原基兼が平泉で生きていることはさすがに意外であった。秋実が見るように、多田行綱が重源と同道して私に会いにきたのは、中原基兼と何らかの連絡をとる道を探るためであったに違いない。だが、私が重源たちに何か異様な気配を察して、注意深く振舞うのを見て、気を呑《の》まれ、それを口にする機会《おり》を摑《つか》めなかったのであろう。

重源が大仏再建のほかに何らかの底意を持っているとしたら何であろうか。重源には、多田行綱のような関係《かかわり》はないように思える。ただ大仏再建の悲願のために、ひたすら勧進し、浄財を集めて廻る。私にもその一端を担げ、という。ここまでは誰にも説明でき、誰でも納得できる。だが、その先に、いったい何を重源は私に望もうとしているのであろうか。

いや、重源はやはりただ浄財の勧進を望んだだけだったのかもしれない。

私はそう思って自分を落着かせようとした。しかし次の瞬間、そんなことはないぞ、と心でつぶやく声が聞えるのである。もしそうなら、なぜ行綱を連れてきたのか。

私はその声が真実であるように思えた。とすれば、何を重源は言おうとしていたのか。あらわに言葉で言えない何かとは、いったい何なのか。

私は草庵に坐《ざ》し、旅仕度にも取りかからず、ただあれこれと、この謎を解くために日を空費していた。もしその謎が解けなければ、陸奥《みちのく》へ旅しても、旅の意味の半分をしか理解していないことになる。重源が隠しているのはどんなことなのか。

私は折々、多田行綱がもし平泉の中原基兼と連絡できたら、いったい何をするつもりなのか、と考えた。つねに優勢な権力《ちから》に味方する。そのためには平気で主君も同僚《とも》も裏切る。そうした男が、いま何を策謀しているのか。

目下、最大に権力《ちから》を集めているのは鎌倉殿である。とすれば、多田行綱の行動《はたらき》は、ぴたりと鎌倉殿に狙《ねら》いが定められているはずであった。

そのとき突然、目の前の幕が切って落されて、その向うに隠されていたものが、一挙に見えたような気がした。

言葉で何もかもを説明はできないが、すこし廻りくどく言えばこのようになろうか。

私は晩年の入道と較《くら》べて鎌倉殿の凄《すご》さは、この世を動かしてゆく見えない権力《ちから》を徹底的に知りぬいている点だと思う。山木攻めのとき、戦に加わった兵卒《つわもの》の一人一人にその功を謝して廻ったというのが最もいい例だろう。

鎌倉殿は、この世を動かすのが、単なる公家《くげ》や分限者の権能《ちから》ではなく、こうした群小領主や兵卒や農民たちの気力であり、信頼の情であることをよく知っていた。華美な衣裳《いしょう》ではなく、質素で丈夫な衣服を好んだ。形だけの空疎《くうそ》な儀式はすべて排除して、心を奮い立たせ、気持を浄化する古い礼拝だけを尊重した。

鎌倉殿が好まれるのは、こうした世を動かす理法《ことわり》であった。理法《ことわり》に反するものは、一時盛んに見えても、時がたてば、必ず滅びる。鎌倉殿の行動《はたらき》の基準《おおもと》はつねに理法《ことわり》に適《かな》っているかどうかであった。

私は鎌倉殿の理法《ことわり》の例として寂念がいつか話した次のような事実を思い浮べる。

それは木曾殿はじめ源氏の軍兵たちが京都で粗暴な振舞いをつづけ、宮廷と京の人々から怨嗟《えんさ》の眼で見られていた寿永二年の秋のことだ。鎌倉殿は三ヵ条の申し状を後白河院に届けたのである。

その第一は押領《おうりょう》された寺社領はもとの寺社に戻すこと、第二は同じく平家に強奪された所領はもとの領主に返還されるべきこと、第三は投降した武者たちはその罪を許されることの三ヵ条で、鎌倉殿はこれによって所領を失った公家、荘園領主、群小領主たちの心を強く摑んだのであった。

この申し状を受けて、後白河院は「東海、東山両道の国衙領、荘園はもとの国司、領主に返還し、年貢《ねんぐ》を旧の如《ごと》く進上すること。これに従わぬ者があるについては源頼朝に連絡し、これに強制させること」という宣旨《せんじ》を出したのである。

私は寂念からこの話を聞いたとき、鎌倉殿こそが天下を取るであろうと直覚した。後白河院の宣旨を表面《おもて》から見れば、折角鎌倉殿が苦戦して勝ち取った東海、東山両道の領土をすべて旧主に返還するというのである。もと頸城《くびき》領主氷見《ひみ》三郎が生きていたら、まっ先に、鎌倉殿のもとに馳《は》せ参じたであろう。氷見三郎が願っていたのは、まさしくこのことだったからだ。これはひとり氷見三郎だけではない。諸国の群小領主たちは氷見三郎と同じ気持でいただろう。

だが、なぜ折角鎌倉殿の領土にしたものを本所《ほんじょ》に戻してやるのか。それでは元も子もなくなるではないか。

たしかに鎌倉殿はこの宣旨によって、自らもわずかの所領を残すだけとなった。しかし同時に、宣旨に従わぬ者は源頼朝の手によって強制されることを後白河院は命じていた。つまり、宣旨の本当の意味は、鎌倉殿が後白河院の院宣の実行者《はたして》として公的《おおやけ》に認められたということにあるのであった。

このことは土地を広大に保有する領主よりも、遥《はる》かに強い権能《ちから》の所有者《もちぬし》として行政《まつりごと》に臨むことを意味する。鎌倉殿は、東海、東山両道のすべての国衙領、荘園、群小領地の年貢、賦《ふ》役《えき》などの統率者《かしら》の地位《ちから》を手に入れたわけであった。

この領土を棄《す》てて支配権を手に入れるという鎌倉殿の考え方を理法《ことわり》に適うことと呼ぶのである。領土だけにしがみついては、こうした政治《まつりごと》の理法《ことわり》に適うことはできない。

鎌倉殿は、普通の人が見ないところに、本当の権能《ちから》を見る。木曾殿が京都で自分の強さに酔いしれていたとき、鎌倉殿は、そんな力はまったく理法《ことわり》に反した、一時の勢いにすぎぬことを見ぬいていた。

いや、それ以上に私が鎌倉殿の凄《すさ》まじさを感じるのは、変幻自在な後白河院と十分に張り合うその冷徹なやり口である。

多田行綱が節操もなく権力《ちから》の強い方へ平気で寝返ってゆく姿も凄いが、武力らしいものは何一つない朝廷を、何とか戦乱の世に保つため、後白河院が選んだ手段の物凄さはとてもその比ではない。

私が思い出せるだけでも、後白河院はいかにたびたび宣旨を変えただろうか。

寿永二年七月に木曾殿が京都に攻めこむと、平家の中心にいた後白河院は叡山《えいざん》に逃れ、木曾殿に平家追討の宣旨を出された。後白河院はぬけぬけと平家を裏切られたのである。鎌倉殿は朝敵だったが、その瞬間に、有力な朝廷方に変った。

しかし木曾《きそ》殿に強要されたとはいえ、十二月にはこんどは鎌倉殿追討の宣旨を出されるのである。

木曾殿を討って敗死させた源九郎判官（義経）が平家を追って壇ノ浦で討滅させた後も、同じようなことが起きている。文治元年に九郎判官は鎌倉殿と対立し、後白河院に鎌倉殿追討の宣旨を賜った。十月十八日のことである。

鎌倉殿は大軍を京都に差し向けたが、九郎判官は京都での戦を避けて、吉野の奥に退去する。すると一と月とたたぬうちに後白河院は九郎判官の官を解き、義経追討の宣旨を出したのである。

鎌倉殿は後白河院の出される宣旨の威力《ちから》を十分に知りぬいていた。しかし同時に、後白河院が平気で平家から木曾殿へ、木曾殿から鎌倉殿へ、鎌倉殿から九郎判官へ、そして九郎判官から再度鎌倉殿へと乗り換えてゆく変り身の速さをもよく見ていた。それは後白河院がかならずしも宣旨の権威《まこと》に固執せず、平気でそれを棄てる人であることを知りぬいているということだった。

鎌倉殿が、後白河院を思う方向へ動かしてゆくにはどのような言動をとればいいかを体得していったのは、こうした猫の目のように変る姿をじっと追っていたからであった。後白河院のことを鎌倉殿が「大天狗《おおてんぐ》」と呼んだという噂は、私のところにも聞こえていて、伊勢神官の荒木田氏良《うじよし》などは「むこうが大天狗なら、こちらは何天狗やら」と笑い合ったものであった。

鎌倉殿は、起ったことから、起るはずのことを読み出してゆく、天狗使いの名人だった。それが理法《ことわり》というものだった。鎌倉殿は理法《ことわり》に適う名人とも言えるであろう。理法《ことわり》に適うこと以外は、鎌倉殿は現実《まこと》として認めなかったのである。

ところで、眼の前から幕が切り落されたように見えてきたのは、鎌倉殿の理法《ことわり》にそそいでいる眼なのであった。その眼が見ているのはこの混沌《こんとん》とした世の中であった。重源は、多田行綱と中原基兼の関係《つながり》を示すことによって、鎌倉殿が奥州藤原にそそいでいる眼のことを語ろうとしていたに違いない。

多田行綱も中原基兼が平泉に存命であることをそれとなく示し、中原基兼が鎌倉殿に何らかの報告を齎《もたら》すことを私に頼もうとしたのではあるまいか。それはたしかに藤原秀衡を裏切る行為《おこない》であるけれども、この二人はすでにそれで生涯を結びつけられていると言っていい。重源もそのことを暗に私に納得させて、奥州藤原の内情密告と引き換えに、奥州藤原から勧進した砂金、財宝を安全に京都まで運ばせる保証を、鎌倉殿から手に入れるように望んだのではなかったか。

私は重源や多田行綱のなかに感じた何か腑《ふ》に落ちないものとは、このことであると思った。たしかに私は蓮花乗院《れんげじょういん》の建立《こんりゅう》を成功させた。それは理法《ことわり》に適ったからであると自分でも信じている。

だが、理法《ことわり》に適うために、私は、多田行綱のように他人を裏切ったり、密告したりすることを許すだろうか。多田行綱の頰のこけた蒼黒《あおぐろ》い顔と窪《くぼ》んだ冷たい眼は、その生涯がただ勝者となって生き残ることになりふり構わずかじりついた男の運命を物語っていた。多田行綱の場所に私がいたとしたら、勝つため、生き残るため——つまり理法《ことわり》に適うため、平気で裏切りを犯すだろうか。

私は眼をつぶり、静かに首を振った。

もし蓮花乗院を完成させるために、ひとりの女性から赤子を奪い、それを地面に埋めて人柱にしなければならないとしたら、どうするか。資金も勧進され、木材も石材も調達され、寺院の完成は誰の眼にも確実と見えていても、私なら、蓮花乗院より、赤子の生命のほうを選ぶだろう。

なぜなら、赤子の生命を断てば、蓮花乗院の意味も殺されてしまうからだ。意味を空無にされた、そんな形だけの堂塔を建てるよりは、生命の尊さを選ぶことのほうに、御仏《みほとけ》の心は深く現われている。それは形もなく、知る人もない。生きるとは、もともと、これ見よがしの形のあるものではなく、他人《ひと》が知るものでもない。自分のなかにひたすら流れるものだ。

蓮花乗院にしても本来はそういうものであった。堂塔にこめられた見事な形や色や荘重な感じも、心が生きることによって、はじめて内なるもの、生命ある流れとなるのである。

理法《ことわり》に適うために、つまり生き残るために、多田行綱は裏切り、密告をあえてした。だが、その行為《おこない》は理法《ことわり》には適っていない。なぜなら赤子を殺して堂塔を建てるのと同じく、裏切りをした途端、理法《ことわり》の意味が消えてしまうからだ。理法《ことわり》に適って、その結果、成功・勝利が手に入るとしても、それはもはや生きる意味を失った生をただ生き延びているにすぎない。

私は重源のなかに大仏を再建できればというひたすらな熱意を感じた。その熱意には嘘《うそ》はない。だが、同時に、大仏を再建できれば、たとえ邪《よこしま》な手段であっても、あえてそれに手を触れても構わないという、なりふり構わぬ姿勢が見えたのである。はっきり言えば、大仏再建の勧進のためなら、鎌倉殿の意向に迎合し、藤原秀衡を裏切ることになろうと、それは許される、という考え方なのである。

私が重源を見たときに感じた何かいかがわしい感じは、この人物の持つ成功への不退転の姿勢から生れていた。重源は理法《ことわり》に適い、物を成就《じょうじゅ》すれば、他は取るに足らぬという立場をとった。重源が蓮花乗院の建立者として私を見るとき、ただ成就者の面のみ眺めていたのである。

私は伊勢の草庵《そうあん》で旅立ちの仕度をしながら、こんどの旅では、二つの大きな仕事があると思った。一つは、重源の望む大仏再建のための勧進である。二つめは、鎌倉殿や重源、多田行綱が考える理法《ことわり》を超える真《まこと》の理法《ことわり》を歌の形で示すことであった。私はその真《まこと》の理法《ことわり》を表わす歌を持って鎌倉殿に会わなければならない、と思った。

私が伊勢を出たのは文治二年の七月半ばであった。神宮の深い杉木立は森厳の気を湛《たた》えて、昼でも小暗く、そこを流れる風は、渓谷の水のように冷えていた。杉の根方には湿った苔《こけ》が青々と冴《さ》えた色を拡《ひろ》げていた。内宮外宮《ないくうげくう》につつがない旅を祈念し、荒木田氏良をはじめ神宮たち、歌びとたちに送られて、船で桑名を経て宮（熱田《あつた》）に出た。東海道は馬と輿《こし》を用い、それが使えないところは歩いた。

前年秋まで、遠江《とおとうみ》から近江にかけては、鎌倉殿の軍兵《つわもの》が溢《あふ》れていた。九郎判官を追討するための軍兵《つわもの》たちであった。しかし実際は、九郎判官は音もなく京都を立ち去ったため、夥《おびただ》しい軍兵《つわもの》はただ後白河院や公家、宮廷人を驚かせ、怯《おび》えさせるためにだけ、京都の巷《ちまた》を埋めつくしたのである。私は寂念や秋実から朝廷のあわただしい動きを報《しら》せて貰《もら》った。摂政基通を急遽《きゅうきょ》御殿に呼び出したり、九条兼実《かねざね》が急に氏長者《うじのおさ》になるという内命が伝えられたり、突然九郎判官の追討宣旨が出されたりして、後白河院の周章狼狽《ろうばい》ぶりを書いた秋実の筆は意地の悪いほど冴えていた。

鎌倉まで下向した後白河院の使者は、鎌倉殿に、朝廷が鎌倉追討の宣旨を出したことをくどくど弁解したが、鎌倉殿は後白河院のその場凌《しの》ぎの策謀が人心を惑わすものであると、鄭《てい》重《ちょう》な言葉の下に、はっきり憤懣《ふんまん》の意を表わしたのであった。このことは、京都でも、口から口へ伝えられ、九郎判官に肩入れをした公家たちを震えあがらせたと寂念は書いていた。

私が伊勢をたつ前に、鎌倉殿追討の宣旨にかかわった高官《つかさびと》が十数名官を解かれた。替って九条兼実が朝廷の中心に立った。兼実は当初から一貫して鎌倉殿に信頼の姿勢をとりつづけた、明敏で克己の人であるから、その沙汰《さた》は当然だったかもしれない。

京都と鎌倉のあいだはたえず飛脚が往来していた。軍兵《つわもの》たちが何十人、何百人となく隊列を作り、東海道を汗まみれになって動いている。京都に新たに配置される者もいれば、京都から戻ってくる者もいる。宿場では、こうした旅の軍兵《つわもの》の群れのほかに、ようやく戦乱が終ったため、急に多くなった旅人たちでごった返していた。

街道に沿って検問所《せきしょ》が並び、商人も職人も旅の芸人も浮かれ女たちも、きびしい取調べを受けた。私は僧であるうえ、七十に近い高齢で、大仏寄進の勧進状を携えていたので、ほとんど訊問《じんもん》は免れた。しかしただ一つ、どの検問所《せきしょ》でも九郎判官を見なかったか、ということだけは訊《き》かれた。私が逆に訊《たず》ねると、相手はすこし言い澱《よど》んでから言った。

「鎌倉殿はいま諸国に命令を出されて、判官殿の探索に必死でおられます。万一われわれの陣屋で判官殿を見逃したら、陣屋だけではなく、部将《さむらいのおさ》たちも重い処罰を受けることになりますからな」

私は松や杉の並木のつづく街道をゆきながら、何という変りようであろうか、と改めて周囲を見まわすのである。

あの頃は私も若かったが、世の中にはまだ武者が起ってはいなかった。甲冑《よろいかぶと》を着けた軍兵《つわもの》たちが汗まみれになり、白い土埃《つちぼこ》りをあげて街道をゆくなどという姿はどこにも見られなかった。保元の乱もまだなく、平治の乱の気配さえなかった。

鳥羽院がご存命の頃、法勝寺の花見では、黄金の金具の輝く唐車《からぐるま》の簾《すだれ》のあいだから顔をのぞかせておられた待賢門院《たいけんもんいん》様のお姿がどんなに典雅だったたか、現在《いま》の殺伐とした世からは、とても偲《しの》ぶことはできない。唐車に従う温厚な堀河殿、勝気な兵衛《ひょうえ》殿、豊満な三条局殿、臈《ろう》たけた安芸《あき》殿など美しい女房たちのそぞろ歩きはいかにも長閑《のどか》に花に映り合っていた。法金剛院御所の花の宴では笙《しょう》と笛と箏《そう》と琵琶《びわ》が聞えたが、それは、桜の散りかかる池の向うの龍《りょう》頭鷁首《とうげきす》の舟の上の楽人たちが演奏していた。すべてが花の香りに包まれたように艶《あで》やかであり、気品があった。源重実《しげざね》殿が教えた雅《みやび》とはこのようなものであろうかと、はじめて法金剛院御所に徳大寺実能《さねよし》殿に扈従《こじゅう》した折、その貴《あて》やかさに息を呑《の》んだものだった。

また法金剛院の競《くら》べ馬の折にも、人々は色鮮やかな狩衣《かりぎぬ》を着て優雅な時を過していた。その競べ馬がもとで女院とお目にかかることができ、あの、すこしくぐもった、二つに割れたような声を、私は女院のお部屋で間近に聞くようになったのである。

それから私は出家した。出家したが、すぐ都を離れることができなかった。北面の勤めをやめ、きれいさっぱり浮世を捨て、月や花と直接《じか》に顔を合わせられるような気持になったくせに、都を離れることができなかった。いま思うと、都には女院が住んでおられたのだ。そして私は女院のおられるところから身を引きはなすことはまず考えられなかった。

思えばあれ以来、随分いろいろなことがあった。女院はお髪《ぐし》を下し法金剛院御所へこもられた。私は風の強い日、御所のまわりの竹藪《たけやぶ》のなかを物に憑《つ》かれたように歩きまわった。自分が僧であることも、歌にすべてを捧《ささ》げようと誓ったことも忘れた。ただ女院が孤独な暗い不幸を嚙《か》みしめておられるのが辛《つら》く、いても立ってもいられなかった。自分の身にその辛さの幾らかでも及べば、それだけ女院のお苦しみが軽くなると信じてでもいるかのように、私は疲れ切るまで歩いた。修行でも何でもない。ただ恋の煩悩《ぼんのう》であった。その揚句に、女院が亡《な》くなられた。

天地から音がなくなったような感じだった。その喪失《むなしさ》の深さのなかで、私は女院の御子崇《す》徳院《とくいん》とお目にかかる日が多くなった。崇徳院も私も、歌こそ現実《まこと》と信じて、作歌に励んだのだ。思うにまかせない朝廷の不満を、崇徳院は、何とか超えようとされ、その手段《てだて》として歌を選ばれた。現実《うつせみ》を超えた現実《まこと》、それが歌であると信じられた。崇徳院がご自分からそう言われたこともある。

この世を超え、この世を包み込む歌を求めて私が京をたって陸奥《みちのく》に向ったのは、思えば四十年前のことである。それからあと崇徳院は保元の乱に巻きこまれて不幸な後半生を送られた。

四国への旅もあった。高野の奥へは三十年こもっていた。私は若い若いと思いつづけていたが、こうして再び遠くの旅へ出てみると、やはり四十年前とは違う。雅《みやび》の世が武者たちの世に変っていただけではない。私が息の短い一人の老人になっていたのだ。

そのことをしみじみと知ったのは、遠江の日坂《にっさか》を朝出立するときであった。

宿の前で待っているはずの馬が見えなかった。宿の主人は、しきりと揉《も》み手をして、土肥実平様の軍兵が朝早く京都に向い、その際、宿に残された馬五頭をそっくり調達《とら》れたと説明した。

「何でも鎌倉殿の御計画を早いうちに後白河院様にご連絡する必要があるのだそうでございます。この先の掛川宿か浜松宿で乗り棄ててゆくそうでございますから、いずれ返ってくることは間違いありますまいが」

もちろん私はそう悠長に日坂に泊るわけにもゆかないので、歩き出したのだが、暑い日がじりじりと射《さ》し、さすがに中山の峠に向う道は息が切れた。

ただ不思議に思えたのは、四十年前に歩いた道を、身体《からだ》のほうが覚えていたということであった。狭くなった道に杉の太根が盛りあがって伸びている。それをひょいと越えたとき、私は、何か異様な光に打たれたように、はっとした。四十年昔、私は、いまと同じように、そうやって、右足から、この杉の根を跨《また》いだのである。

そんなことは、遥か昔のつまらぬ出来事として私はすっかり忘れていた。だが、それを、身体のほうは忘れていなかった。忘れるどころか、その跨いだ歩幅の感じ、そこに当っていた日の光、風のそよぎ、谷間の渓流の音、足裏の苔の柔かい感触まで、昨日のことのようにまざまざと覚えていたのであった。

私は思わず眼をあげた。鳥居が見えた。そうだった、あのとき、鳥居を見て、市女笠《いちめがさ》の女がうずくまっているのに気がついたのだ。もちろんいま、女がいるわけはなかった。だが、たとえ市女笠が見えたとしても、私はいささかも驚かなかったに違いない。それほどにも、杉の太根を跨いだ感じは、この前と同じだった。一瞬の刻《とき》も過ぎてはいなかった。

突然、鋭い悲しみが、泉が溢れるように、胸のうちに衝《つ》き上げてきた。この一瞬の刻のあいだに、四十年という気の遠くなるような人生が流れたのだ。

あの市女笠の女は信濃国衙《しなののこくが》に勤める清原通季《みちすえ》という者の妻であった。酒のうえで失敗して地方に出向させられた良人《おっと》を心配して、信濃にゆく旅だと話していた。あの匂《にお》うように美しい顔を、粗織の枲垂布《むしのたれぎぬ》を引きあげてこちらに向けた女のうえにも、同じような歳月が経過しているのだ。

だが、私は、なぜかあの女だけは年をとって欲しくなかった。あの若々しさのままでいて欲しかった。私がここに来合せなかったら、女は自害し果てていたと言っていた。果してそのほうがよかったのか。

私は祠《ほこら》の前に坐《すわ》った。私は本当に自分がそこに坐っているのかどうかも分らなかった。昔のままの自分がそこにいるような気もした。

今の私が、昔の夢のなかの私だったら、時はいささかも過ぎていないことになる。夢が覚めると、若い自分に戻っているのではないか。

思えば、清原の女に逢《あ》ったおかげで、忘れられない場所となったが、そのときは、再度通るなどとは思ってもみなかった。だからこそ、杉木立のなかを過ぎる冷んやりした風、湿った苔の匂い、遠い渓流の音、そのすべてを私は心に刻みつけようと思ったのだ。そんな場所へ、もう一度、まるで昔の自分に遇《あ》うためであるかのように、やってきたのである。何という宿命《いのち》の不思議であろう。どうしてこんなことが起ったのか。

そのとき、杉の太根を跨《また》いだときと同じような鋭い悲しみが、痛みのように胸を刺した。そして、胸の奥から吐息のように歌が立ちのぼってきたのである。

年たけて　また越ゆべしと　思ひきや　いのちなりけり　小夜《さや》の中山

歌を詠《よ》むとか、作るとか、そんな気持ではまったくなかった。ただ歌が自然にまっすぐ立ちあがったという感じであった。

私がこの旅で果さなければならない二つめの仕事――鎌倉殿や重源や多田行綱の理法《ことわり》を超える真《まこと》の理法《ことわり》を歌の形で示すということは、次第に鎌倉に近づくにつれて、勧進以上の重さで、私のうえにのしかかってきた。

私は言葉で説得することは雑作もないことに見えた。それは崇徳院が歌こそ現実《まこと》と言われたとき以来、何の迷いもなく私を包んでいた円光のようなものだったからだ。

だが、鎌倉殿の理法《ことわり》に適《かな》うは、平家を壊滅させ、木曾《きそ》殿を討ち果し、朝廷から治国平天下の権能《ちから》を奪い、九郎判官を京都から追放するだけの、実効の力を持った理法《ことわり》であった。私はその理法《ことわり》を超える真《まこと》の理法《ことわり》を、言葉で説明してもどうしようもない。説明の歌などでは駄目なのである。

歌そのものが真《まこと》の理法《ことわり》を体現しているのでなければ、あの理法《ことわり》の強さ、不動さ、的確さは微動だもしないだろう。

こんなことを考えながらある夕方、鎌倉に近い大磯《おおいそ》にさしかかった。私は疲れから馬上でうとうとしていたかもしれない。そのとき、突然、不思議な幻影《まぼろし》を見たのである。宿場のはずれの夏木立のあいだを流れる川が、みるみるうちに光を弱め、木々は裸木に変り、川原の石は冷え冷えとした白さに変った。そこに軍卒たちを従えた鎌倉殿が狩衣《かりぎぬ》姿で馬に乗って現われたのである。

そばには梶原景時《かじわらかげとき》が控えていた。そのとき鎌倉殿は突然はらはらと涙を落した。景時が驚いて、理由《わけ》を訊ねると、「鴫《しぎ》が夕暮れのなかを飛び立ってゆく。これほどに心を動かす景色を余は見たことがない」と答えた。部将《さむらいのおさ》たちは茫然《ぼうぜん》として鎌倉殿のあまりの変りようをただ見ているだけであった。

私はこの一瞬の幻影《まぼろし》に見入った。が、次の瞬間、鴫の飛び立つ川も、夕靄《ゆうもや》の寒々と流れる川原も、枯れた木々のつづく荒涼とした山野も、人々の姿とともに、搔《か》き消すように、見えなくなった。私ははっとして目覚めた。

しかし、幻影《まぼろし》は実際の光景よりももっと鮮かな形象《かたち》となって、心のなかに残りつづけた。その幻影《まぼろし》は、私が鎌倉殿の理法《ことわり》の的確さ、正しさ、不動さといった権能《ちから》に圧倒されていたために、それを突き破るようにして奔出した生命の炎のようなものだったのかもしれない。私は秋の荒涼とした景色のなかに異様な燻《いぶ》し銀が底光るのを感じた。鎌倉殿が景時につぶやいた言葉は決して嘘《うそ》ではないと思えるのであった。

私には、何もかも見えたような気がした。

鎌倉殿の理法《ことわり》に適うとは、たしかに現実を的確に変成《へんじょう》させる力であった。たとえば的を射るのに、鎌倉殿は、形よりも何よりもまず矢を放つ技にすべてを賭《か》ける。私はかつて流鏑馬《やぶさめ》に熱中し、走る馬から鏑矢《かぶらや》を百発百中できるまでに腕が上ったことがある。そのとき鳥羽院四天王の一人源重実殿が、私の腕を賞讃《しょうさん》したあと、私の流鏑馬には、惜しいかな、一つの欠点がある、それは鏑矢がすべて当るということだ、と言った。重実殿は、矢が当る当らぬは実は二の次のことで、大事なのは、矢を射ることが好きだということ、当るのも喜び、当らぬのも喜ぶのが、真の風雅だ、と説明したのである。

源重実殿の言い方で言うと、鎌倉殿は矢が当るだけにすべての意味をかけ、矢を射るという楽しみも、矢が当らぬということの面白さも、まったく感知できない、ということになる。

もしこの世のすべてのことが、勝《かち》と負《まけ》、成功と不成功から成るなら、真《まこと》の理法《ことわり》とは、勝だけ、成功だけではなく、反対側の負も不成功もともに引き受けるものではないか。この世から事が成る成らぬの考え方を棄《す》て、ただこの世に在ることの喜びに生きることではないか。そのときはじめて御仏《みほとけ》の説く殺サズ犯サズの心が生れ得るのではないか。

そうであるとすると、ただの理法《ことわり》とは、勝利や成功に役立たぬ心を切りすてることになる。負けや不成功も鷹揚《おうよう》に受け入れる心に較《くら》べると、それは、余分なものを切り捨てた心、痩《や》せた心、心なき心ではないか。

鎌倉殿の鋭い眼《まな》ざしは、この世の勝利、成功しか見ない、心なき心なのだ。その瞬間、私は思わず、

　心なき　身にもあはれは　知られけり　鴫《しぎ》立つ沢の　秋の夕暮

と呟《つぶや》いたのである。

いや、鎌倉殿だけではない。人はつねに何かの動機で心を失う。ある人は利害にとらわれて、ある人は愛欲《あいよく》にとらわれて。私とて、世を捨てることを思って、物のあわれに震える心を失っているのかもしれない。だが、そうしたこの世の理法《ことわり》を超えて物の本源《おおもと》を開いてくれるのは、このあわれという思いなのだ。たとえ鎌倉殿が平家を打ち倒し、後白河院から統治権《ちから》を奪ってゆくあいだに忘れはてていたとしても、心が生命であるかぎりは、かならず戻って

くるべき場所がある。それが真《まこと》の理法《ことわり》であり、この森羅万象《いきとしいけるもの》の持つ愛《かな》しさ、あわれなのだ。鎌倉殿が鴫の飛び立つのを見て涙を落したとき、鎌倉殿もこの真《まこと》の理法《ことわり》に戻っていたのである。

私はこのあと数日して鎌倉に入り、鎌倉殿と会った。すでに私が重源の依頼を受けたとき、それは鎌倉に報告されていた気配であった。

私はさすがに大磯で見た幻影《まぼろし》については話さなかったが、流鏑馬について源重実殿が話してくれた矢を射ることの風雅の何であるかを説明した。矢が当る当らぬを超えて、矢を射ることに恍惚《こうこつ》と酔うとき、はじめて天地の真理《まこと》が現われる、と私はつづけたのである。

夜も更《ふ》け、燈台《とうだい》の火が何回か替えられた。私は、鎌倉殿がある一つのことに、あたかも杖《つえ》にもたれるように、身を託しているのが分った。私と話しているあいだ、主として朝廷の武人の儀礼作法について訊《たず》ねたが、それは、鎌倉殿がこの世から戦《いくさ》をなくすことを考え真《まこと》の風雅《みやび》、殺サズ犯サズの原理《いきかた》を政治《まつりごと》に表わそうとしていたことを示していた。鎌倉殿は幕府のなかに真《まこと》の風雅《みやび》をとり入れようとしていたのである。

鎌倉殿は、幻影《まぼろし》のなかの鎌倉殿のようにみずから心なき身であることを知っていた。そのことを自分で恥じていた。だが、恥じていることは、すでに心をとり戻していることだった。そしてそれを幕府の統治《とりしまり》のなかに体現《あらわ》そうとしていることであった。鎌倉殿は私に記念《かたみ》として銀の眠り猫を与えたが、おそらく鎌倉殿のこうした心の動きに知らぬふりをし、見過してほしいという願望《のぞみ》であったのであろう。もちろん私はそんなことを人に告げるわけはない。この現世《うつせみ》のなかに置けば鎌倉殿ほどの器量の人はほかに見出《みいだ》せないからだ。鎌倉殿は私が生涯に見ることのできた最もすぐれた人物の一人であった。

鎌倉殿から陸奥《みちのく》の貢金の運搬をわざわざ保証して貰《もら》う必要はなかった。それは鎌倉と平泉のあいだですでに決着がついていたからである。私が藤原秀衡《ひでひら》に会って言ったことは、勧進の細部の相談をのぞくと、奥州藤原をいかに安全に存続させるかという問題であった。

秀衡は、鎌倉殿に対して一切戦の口実になるようなことはしないと確約した。

「ここを別天地として荘厳《しょうごん》することが、私の風雅《みやび》です」と秀衡は言った。「ただ鎌倉殿を身勝手に振舞わせぬよう、陸奥《みちのく》をいっそう謎《なぞ》めいた国にするつもりですが」

私は九郎判官が奥州藤原を頼って旅をしている噂《うわさ》についても話した。

秀衡は陸奥《みちのく》は広いから流謫《るたく》の貴人を隠すところは無数にあると言って笑った。

この秀衡の微笑が、地上荘厳に生涯を賭けた人物の見納めであった。秀衡はその翌年秋、この世を去ったのである。

私は陸奥《みちのく》からの帰りの旅を、大きな荷を下したような気持でつづけた。馬の便がないときは、宿に逗留《とうりゅう》して、その土地の人や風物を楽しんだ。すでに秋も深まっていた。芒《すすき》の穂が風に揺れ、銀色に光っていた。

大きな荷を下したと言ったが、それは、この現世《うつせみ》の重さを肩から下し、そばに置いたという感じである。

死ということではない。もっと穏やかな休らいの気分に似ている。空からも、山からも、木々からも、海からも、身を引いて、ほっとしている気分と言ったらいいだろうか。空や山や海を懸命になって支えていた私は、今ようやくその役目を終えた、という気持であった。

そのとき私は天地が寂寞《せきばく》と静まり返って澄んでゆくのを感じた。私の身はここにいるが、もうどこにもいない——そんな気持であった。鳥たちが礫《つぶて》のように秋の空を飛んでゆく。それは私の心のなかを飛んでゆくようであった。

箱根を越えると、富士が見えた。薄紫に澄んだ山頂からまっすぐ煙が上っていた。そして高い空を吹く風に流されて、水平《たいら》に鉤《かぎ》の手に折れていた。私はここにいるが、どこにもいない、そうつぶやきながら、富士の煙の流れる果てをいつまでも眺めていた。

風になびく　富士の煙の　空に消えて　行方も知らぬ　我思ひかな

二十の帖

秋実《あきざね》の語る、玄徹治療のこと、ならびに
西行、俊成父子に判詞懇請に及ぶ条々

文治三年春、陸奥《みちのく》から戻った師西行を迎えて間もなく、私は病《やまい》を得た。

民部省は鎌倉幕府から、各国の戸籍賦役《ふえき》に関する記録と、荘園国衙《しょうえんこくが》間の相論にかかわる宣《せん》旨《じ》、裁定の提出を、矢の催促で求められていた。仕事はどうしても夜に及び、燭台《しょくだい》の乏しい光の下で、厖大《ぼうだい》な記録を整理しなければならなかった。記録に不足のある箇所は大蔵省《おおくらしょう》や主計寮《かずえりょう》に出かけて該当の記録を当ったり、財産の没収などの追捕《ついぶ》宣旨を捜したりした。

そうした苛酷《かこく》な仕事の最中に、私は突然、倒れたのである。青葉の上に急に暑気がのしかかってきたある日の午後、私は胸がむかむかし、時どき軽い眩暈《めまい》を感じた。しかしそんなことで休むわけにゆかなかった。役所の部屋のなかはいかにもむしむしとして、額に汗が滲《にじ》んできた。書類の山が私にのしかかってくるような気がした。あまり気分が悪いので、外気に当ろうと思い、部屋を出て、蔀《しとみ》の開いている戸口に立った。

私が覚えているのはそこまでで、急に身体《からだ》が縮むような気分になり、勾欄《こうらん》に摑《つか》まってしゃがんだ感覚が辛うじて残っているだけである。気がついたときは、役所の控えの間に寝かされていた。話によると、私は縁側に出て、そこで倒れたのであった。

三条の家から妻が呼ばれた。私はそのまま牛車《ぎっしゃ》で、妻の実家《さと》の深草の家にいった。以来、私はずっと病床にあった。全身が気だるく、食欲もなく、自分を引き緊《し》めようという気力が抜けていた。毎日、ぼんやりと天井を眺めていた。病気をしているという自覚さえなかった。言ってみれば、心から生気が完全に抜き取られているのであった。

本来なら、陸奥《みちのく》から戻った師西行のことが気になるはずなのに、その名でさえ私の虚《うつ》けた心を呼び起すことができなかったのである。

そんなある朝、私は師の夢を見たような気がした。いくらかはっきりした気持が頭に戻っていたのであろう。妻を呼び、師の消息を訊《き》いた。

妻は、涙をぽたぽた畳に落して「では、すこしご自分のことがお分りになるのですね」と言った。

「どういう意味だね」

そう聞くと、妻はしゃくりあげながら、私が完全に自分のことが分らない病気になって半月になるのだ、と説明した。眼は開いているし、肝心のことを除けば、返事もし、食事もするので、魂だけが神隠しに遭ったのではないかと思っていたと言うのであった。

私には妻の話が意外だった。というのは、気持のうえでは、私は普通の人と同じように考え振舞っていて、ただ極端に気力がなくなっているだけだと思っていたからである。

京へ戻った師西行がその後どうしているか、気になったが、身体から力が抜けていて、戸口までも歩くことができなかった。

時どき、馬に乗って医師《くすし》がやってきた。脈をとり、煎《せん》じ薬を置いてゆくだけで、病については何も説明しなかった。

「なに、お休みになればよくなりましょう」

医師《くすし》の言葉はそれだけだった。

私は師へ手紙でその後の無沙汰《ぶさた》を詫《わ》び、あれ以来病気で参上できなかった旨《むね》を書いたが、師からは、当分嵯峨野《さがの》に住むことにしているので、病気が恢復《かいふく》してから訪ねるように、という返事がきた。師は旅から帰ってからは、もっぱらいままで詠《よ》んだ歌を自撰《じせん》して歌集を編むことにかかっていると書いてきた。私は、そんな師の仕事を手伝うことができないのが歯痒《はがゆ》かった。

その頃、妻の遠縁の男が訪ねてきて、知人に、宋《そう》から伝来の医術に優れている聖《ひじり》がいるのだが、その聖に診て貰《もら》う気はないか、と言った。男の話では、薬草類を使わず、骨を外したり、指圧を加えたりする療法だという。私は、師と会うためにも、一日も早く元の身体になりたかった。

「ぜひ診て貰いたい」

私は枕《まくら》から頭をあげ、男に感謝の気持をこめて言った。

数日して、玄徹と呼ばれる聖が訪ねてきた。洗い晒《ざら》しの黄の篠懸《すずかけ》に黒っぽい袴《はかま》をつけ、糸のほつれた輪袈裟《わげさ》を首に掛けていた。日焼けして浅黒く、骨張った顔で、深く窪《くぼ》んだ眼窩《がんか》の奥から血走った鋭い眼が光っていた。蓬髪《ほうはつ》をうしろで束ね、黒い頭巾《ずきん》をかぶった姿は、僧というより修験者に見えた。

玄徹は私の全身を手で揉《も》みほぐすように触診してから言った。

「危いところでした。このままでは再起は覚束《おぼつか》なかったでしょうな」

玄徹は、私の顔を、魂を読みとるかのようにじっと眺めた。

「そんなに悪いのですか」

「もう大丈夫です。ご心配には及びません。何から何まで拙僧にお預け下さるようなお気持になられるといい」

玄徹はそういうと、頸《くび》のあたりから始めて、背中、胸、四肢へと指圧を加えていった。肩なり背中なりを押えられると、物凄《ものすご》い力が加えられ、そこがまるで熱のある鉄棒を当てられたように熱くなった。その一点が燃え出し、まわりの肉が柔かく溶けて、中心の窪みに流れ込んでゆくような感じだった。はじめは疼痛《とうつう》が走ったが、それを超えると、急に痛みは消えて、一種の溶けるような軽やかな快感が立ち上ってきた。

指圧が身体の半分に達しないうちに、私は全身がぐったりと疲れたが、その分だけ、たしかに身体が柔かく軽くなり、力が戻ってくるような気がした。私がそう言うと、玄徹は大きくうなずいた。

「あちこちの血の流れが滞っていたのですな。いまそれが春の川水のように、溶けて、快適に流れはじめたのです。拙僧は、流れを止めていた結滞物を、解きほぐしたにすぎませぬて」

玄徹の言葉のように治療が終ったとき、私はいままでになく軽いしなやかさを取戻していた。大きな息を何度もついた。

「あと、二、三度揉みほぐせば、身体はもとのようになりますな。今日はすこしお歩きになるがいい」

玄徹が帰ったあと、私は家のなかを歩きまわったが、いささかも足もとはふらつかなかった。昨日まで足の萎《な》えていた自分が嘘《うそ》のようだった。私はすぐにも師のもとへ駆けつけたかった。だが、あと二、三度で本復するなら、それまで待つべきだと自制した。

四日して玄徹は訪ねてきた。こんどは頸を左右に廻し、骨をぽきぽき鳴らしたり、身体をくの字に曲げ、背骨や腰骨に重い音を立てさせた。

「身体は精密に編んだ網袋に似ていますな」玄徹は指圧を加えて言った。「網目の一つ一つがすべて他の網目と結びついています。たとえば、足の裏のここです」

玄徹は足の裏の一箇所を強く押した。すると腰のあたりから背中にかけて、鋭い痛みが走った。私がそう言うと、玄徹は笑って別の箇所を押した。すると、その力が頭に重く伝わった。

「どうです、お分りかな。足の裏の経絡《すじ》はそのまま頭までつながっている。胃の腑《ふ》も、心の臓も、肺の臓も、つまり五臓六腑はすべて、同じ網目のように、細かい経絡《すじ》によって結びついていますのでな。そこを生命の気が流れています。あなたはいまその経絡《すじ》の歪《ゆが》みを直し、結滞を取り除いた。生命の気は、天地根源の気からじかにあなたの身体に流れ込んでいます。そこであなたは元気《もとのき》を受けている。元気《もとのき》を全身に流している」

私は玄徹の顔をつくづくと眺めた。驚きというより、畏《おそ》れに近い気持を感じたからである。

「これはただ身体だけのことではないのですな」玄徹は治療を終え、衣服を整えてから言った。「森羅万象《いきとしいけるもの》も、身体と同じように、網目となって、互いに結びついているのです。ご覧なさい。天地には昼と夜がある。男と女がいる。日と月がある。火と水がある。木と金がある。互いに反対の性格だが、補い合って、はじめて天地を形作る。どちらが尊いということはない。それぞれに尊いのですな。これは生命の気が天地を循環《めぐ》るからなのです。身体のなかの経絡《すじ》が見えないように、天地の経絡《すじ》も見えませんが、修行によって、それが見えるようになる。陰陽《おんみよう》五行の説というものです」

「では、御僧は」

「ようやく見えるようになりました、大峰山の回峰《かいほう》修行の果てに」

では、師西行も、大峰山で荒行をしたのだから、こうした天地を循環《めぐ》る経絡《すじ》の網目を見ているのであろうか——私が心のなかでそう思ったとき、不意に、玄徹が言った。

「あなたは西行上人《しようにん》を存じ上げておられるそうですな」

私は心のなかを読まれたような気がして、びくっと身体を震わせた。

「実は、折り入ってお願いがある。医師《くすし》の謝礼は要らぬから、どうかその代り西行上人に引き合わせて頂きたいのです」

私は玄徹の言う意味がよく理解しかねた。

「理由《わけ》と申しても一口に言えぬが」玄徹はしばらく考えるように床の上を見つめていたが、やがて言った。「いま申し上げたように私は森羅万象《いきとしいけるもの》の本体がいかに在るかを底の底まで窮《きわ》めようとした。宋には渡れ得なんだが、宋から渡来した聖や学者たちには会うことができましてな、医術も天文術も学んで、天地の本体を次第に知るようになりました。天地の根源を流れる生命の気を受け、身体の経絡《すじ》を正しくして、それを流すことができれば、すべての人が元気《もとのき》に戻ることができる——私はこの大きな理法《ことわり》を見出《みいだ》してからは、自分でも元気《もとのき》に生き、人をも元気《もとのき》に生かすように努めてきた。私が医術を施すのはただただそのためです」

玄徹は眼を床に向け、考え考えゆっくり話した。

「私は信濃《しなの》の小領主の息子だが、天地の理法《ことわり》が知りたくて早く出家し、諸国を巡って修行を重ねた。前に言った大峰山の回峰修行も三度やりました。滝に打たれる荒行もやりました。自分を荒行で摺《す》りつぶし、自分のかけらも残さぬようにし、その揚句に天地と一体となろうと努めたこともあったのですわ。宋の聖に逢《あ》ったのは西国へ修行に出た折で、私はようやく天地の理法《ことわり》と呼ぶべき陰陽五行説に辿《たど》りついた。私はそれによって真にこの世から解脱《げだつ》できたと思った。それから十年、私はもっぱら病の治療に当ってきました。病人が治るのは、この根源の生命の気に触れ、それが身体を流れるからで、それは、陰陽五行道の確かな証明であり実践であったのです。ところが、ここ何年か、私はどうもそれだけでは満足できなくなった」

玄徹が言うには、天地が陰陽五行道に従って循環《めぐ》り、星座のように万物が然《しか》るべき秩序《ならび》におさまり、根源の生命の気に合体して、この上ない元気《もとのき》を受けて生きるとして、さて人間はそれからどうするのか、という問いが起ってきたというのである。

玄徹は窪んだ眼を悩ましげに光らせて言った。

「森羅万象《いきとしいけるもの》を循環《めぐ》る経絡《すじ》は網目のようによく見え、それに適応して元気《もとのき》に生きることはできるが、さて、それができるようになると、どうもそれで終りであると思えて仕方がない。いったいそれを得た達人にはそのあと何が求められているのか。拙僧は悟達した達人に会い、その道を訊《たず》ねたいと思った。かねて西行上人の歌には何か私の問いに答えてくれるようなものがあると感じていた。このような歌を詠む人は世にも稀《まれ》な達人であるに違いない。何とか西行上人と会ってその話が聞けないものか――拙僧は実は久しい間こんな気持でいたのです」

玄徹の言葉には強く心を動かすものがあった。何とかその希望《のぞみ》を叶《かな》えてやりたいと思ったのはそのためである。病中の手紙とは違い、力強い筆致で、すこし長い文面の手紙を書いたのは、馬に乗れば、嵯峨野の草庵《そうあん》にゆけるだけの体力が戻ってきた頃であった。私は病気からようやく恢復したこと、もうしばらくすれば師を手伝って歌稿の整理や浄書ができるようになることなどを書き送ったが、そのついでに、僧玄徹のことにも触れ、差しつかえなければ、同道する許しを頂けないかと書いたのである。手紙のなかで玄徹の療法が優れているだけではなく、天地の本源を貫く生命の気について玄徹が抱く考えを説明した。そして玄徹が達人の道に達してかえって道が見えなくなったというその苦渋の思いに触れた。

師から、折返し私の全快を祝う手紙がきた。しかしそこには会いにこいとも、玄徹を連れてきてもよいとも書かれていなかった。私は何となく師に出過ぎたことをしたような気がして、内心後悔を感じた。

そうこうするうち、民部省に出仕しても大丈夫なだけの体力が戻ってきた。私はとりあえず民部大輔《たいふ》のもとへ復職願を提出した。

出仕の沙汰があったのは夏の初めであった。たまたまそれと前後して、師西行から、玄徹を同道して訪ねてくるようにという手紙を受け取った。民部省のほうは当分閑職を用意しておくから、暑気が去った頃出仕するように、という懇切な指示がきた。私はとりあえず師に会うためにひとりで嵯峨野の草庵に出かけたのである。

草庵は徳大寺実家殿が師のために用意したもので、裏に深い竹藪《たけやぶ》をめぐらした日当りのいい一角に位置していた。幾らか高台になっていて、木立のあいだを抜けて高台の外れまでくると、京の屋根の並びを越えて、東山の緑の峰々が起伏するのが見えた。

柴垣《しばがき》をめぐると、庭に面した部屋で、師は床一面に料紙を拡《ひろ》げ、そのまん中に机を置いて、しきりと何かを書いては、料紙の束を一つに纏《まと》めていた。

旅のあいだの強い日ざしの名残りなのか、まだ顔は浅黒く焼け、精悍《せいかん》な表情に見えた。歌びというより、年とった屈強な部将《さむらいのおさ》のような感じであった。皺《しわ》に囲まれた眼は、やさしく物思わしげに光っていたが、高い鼻の下の、薄めの唇が不屈の意志を示すように固く結ばれていた。

師は、私が枝折戸《しおりど》を開けたのにも気付かないのか、筆を走らせては、料紙を紙束の上に置く。きっと歌の整理をしているのであろうと思い、立ったまま、しばらく様子を眺めていた。

「立っていないで、早く入ったらどうだね」

師はとうに気付いていたのである。

「もうすっかりいいのかね」

振り向いたその柔和な眼を見ると、師が私の身体を気づかっているのがよく分った。

「お久し振りでございます。この通り元気になりました」

私は師のそばに坐《すわ》った。

「それはよかった。私も病気こそしないが」師は筆を硯《すずり》の傍に置いた。「この前のときと違って、陸奥《みちのく》の旅は遠かった。京へ帰ってきてから、疲れがまだ取り切れていないような気がする。この前は、帰った翌日、もう大和へ出かけたりしたものだ。ただ、実家殿のおかげで、ここで休めたので、大分気力を取り戻した」

「陸奥《みちのく》の旅について、まだじっくりお聞きしていませんでした」

「そうだったな。昔は、土地の歌枕《うたまくら》に触れてみたかった。多賀城趾《じょうし》で風に吹かれたり、衣川の吹雪のなかに立ったり、何か激しく心を酔わせるものを求めての旅であった。あの頃の私は、陶酔《ふかよい》なしには生きられなかった。心を浮き立たせ、妖《あや》しく物狂わせるものこそ、歌びとの生命と思っていた」

「もう物狂いなどなさらないと……」

「いや、つねに物狂っているので、わざわざ物狂う種を求める必要がなくなったというべきかな」

「つねに物狂っておられる……」

「そうだな。つねに浮かれているといってもいい。朝から晩まで、森羅万象《いきとしいけるもの》が私の心を楽しませてくれる。こんどの陸奥《みちのく》の旅は、この世の涯《はて》の涯まで見せてくれたような気がする。この世の隅々まで見て楽しんだ感じだな。いまを時めく頼朝殿にも会うことができた。現世《うつせみ》の政治《まつりごと》を権力《ちから》によって摑《つか》むことのできたお方だ。この人を見ていると、現世《うつせみ》を摑み、それを経営《はたらか》してゆくのがどういうことか納得できる。あのお方はあのお方なりに、現世《うつせみ》の理法《ことわり》に通じ、それに身を委《ゆだ》ねて、今日の功業《いさおし》を得られたわけだ。そこにも、現世《うつせみ》の興亡《うきしずみ》のすべてが映っていると言っていい」

私は師の疲れは、単なる旅の疲れではなく、物事の涯の涯まで見てしまったことの疲れではないかと思った。

「私は陸奥《みちのく》を出るとき、これからあと果して自分が確たる足どりで歩けるだろうか、とひそかに危ぶんだ。というのは、この世のすべてを見た人間に、それ以上生きつづける力が湧《わ》いてくるかどうか、心許《こころもと》なかったからだ。前に、たしか便りに記したことがなかったかな。浮世の重荷を下して、傍に置いた感じだと……あれだな。深い休息感とともに、何ともいえぬ寂しさが胸に染《し》みた。富士の煙を見たとき、煙の行方がわが身のゆく末と思われたのはそのためだった」

「生きる希望《のぞみ》がないと……」

「いや、それとも違う。私にはまだやるべきことが少からず残されている。いまやっている歌稿の整理もその一つだ。ここには多くの希望《のぞみ》が掛けられている。私がいま言った寂寥《せきりよう》の思いは、たぶん現世《うつせみ》の営みに関して、すべてが終ったという思いから生れているのだろう。そこにはもうやることはない、やらなくても、すべてどうなるか解《わか》っている、天《あめ》が下《した》、新しきものなしと、そんな思いから生れる寂しさかもしれない」

「では、世の成りゆきがすべて見通せるわけですか」

「いや、私は陰陽師ではない。いかに理法《ことわり》を洞察しても、この世はかならずしも理法《ことわり》どおりに動かない。いつ念慮外の事件が出来《しゆつたい》するとも限らない。それは宿命《さだめ》と呼ぶほかないものだろう。だが、前にも話したように、理法《ことわり》に従い、すぐれた能力《ちから》を持っても、宿命《さだめ》に合わなければ事は成らない。宿命《さだめ》こそは、私たちの念慮の外にある意図《はからい》と言っていい。幼くして父を失う子もいれば、老いて子に先立たれる親もいる。宿命《さだめ》だけは、人間にどうすることもできないものだ。人間は能力《ちから》を尽すとしても、事が成る成らぬは結局は宿命《さだめ》に支配されるほかないのだ。私はこの世の涯まで見終ったあとで、つくづくと宿命《さだめ》の重さを思わずにいられない。平家が滅び去ったのも、頼朝殿の理法《ことわり》の力よりも、かくなる宿命《さだめ》であったと考えたい。あのとき嵐《あらし》が襲わなかったならば、あのとき潮の流れが変らなかったならば、果して浮世の興亡はどう変っていたか。これは誰にも言えないではないか。この世の涯まで見てしまうと、この宿命《さだめ》というものの役割もおのずと見えてくる。それは祈っても願っても、所詮《しょせん》どうにもならぬもの。ただ待ち、受け、耐えるほかないのだ。泣く者もいる。喜ぶ者もいる。だが、宿命《さだめ》は人間に無関心《しらぬふり》のままただ過ぎてゆく。人はその宿命《さだめ》に意味を与える者となり、宿命《さだめ》から自由となることはできる。宿命《さだめ》の無情に対して、いささかも恐れぬのが、誠《まこと》の歌びとであろうな」

私ははっとして師の顔を見た。

「もうあれから何年になるかな、かれこれ二十年になるか。白峰の御陵で崇徳院《すとくいん》の御霊《みたま》をお慰めしたとき、私が不運な院に申しあげたのはこのことだった。院が保元の戦に敗れ、讃岐《さぬき》に配流《はいる》されたとき、それに打ち勝つには、歌にすべての意味をかけるほかなかったからだ。地上のものは滅びる。宿命《さだめ》すらその姿を変える。だが、歌に生命をかける者は、時の流れを超えて生きる。もし崇徳院が浮世の不運を果てしなく小さなものに見なし、浮世の空を自由に羽搏《はばた》かれたら、歌による政治《まつりごと》は始まっただろう、と私はいまも信じている」

師西行が陸奥《みちのく》で見たのは、現世《うつせみ》が終る涯であり、同時に歌の空間《ひろがり》が始まる場所だったのであろう。だが、そうは言っても、師は蓮花乗院《れんげじょういん》の建立《こんりゅう》を指図し、陸奥へ東大寺大仏の勧進に出かけ、岩を踏み、草を分けて、現世《うつせみ》の道をはるばると辿った後、確かな手応《てごた》えを保ちながら歌の国へと入っていったのだ。いきなり山の上から歌の天上へ飛び上ったわけではない。

私はその日、暮れ方まで師の草庵で話し込んだ。師西行は玄徹の話を面白そうに聞いていた。そしてかつて大峰山で荒行をした折、玄徹の噂《うわさ》を耳にしたことがあると言った。

私は大きな白い月が東山に昇るのを馬の背から眺めながら、師の言葉を思い返し、幸せに酔ったような気持になっていた。

師が富士の煙を仰いで感じた寂寥の思いを私も生涯の終りに果して感じることがあるだろうか、と考えた。民部省のことも、年々の除目《じもく》のことも、さまざまな儀式、遊宴、祭礼、また縁戚《えんせき》との交誼《こうぎ》、家族の養育のことも、一つとして除くことのできぬ人生の重大事だった。そんなものに日々追われ、あくせくした揚句、一体それを浮世の姿と達観することができるだろうか、と自問したのである。

だが、私がそうした現世《うつせみ》への執着に雁字《がんじ》搦《がら》めになっているとしても、師のおかげで、自らの姿がはっきり見えるだけでも、ただ人生の憂苦に無自覚に曳《ひ》きずられているよりはましだと思った。私は私なりに師から学ぶほかない――それが陸奥《みちのく》から帰った師西行の大きな形姿《すがた》の前に立った私の覚悟だった。

私の病が治癒したあと、玄徹は旅に出て、しばらく音沙汰《おとさた》が途絶えていた。その玄徹が西国の旅から京に戻ったのは、神無月《かんなづき》に入ってからであった。玄徹は早速手紙を寄越し、西行上人と会うことができるかどうか、訊ねてきた。私はそれを師に取りついだ。師から折返し草庵に同道するよう返事があった。そこで、私たちは、ある時雨《しぐれ》のぱらつく一日、嵯峨野《さがの》の奥を訪ねたのである。

草庵の裏の竹藪は、風にざわめいて揺れていた。私たちがいるあいだ、時雨が板屋に音を立てて過ぎていった。いかにも哀れ深い趣であった。

玄徹は浅黒い骨張ったごつごつした顔に、ひどく緊張した表情を浮べていた。眼窩《がんか》は前より窪《くぼ》んだように見え、眼は一段と鋭く血走っていた。関節の太いしなやかな指は、肉が落ち、強靭《きょうじん》な小竹の節を思わせた。

「大へんな療法を施されるそうですね。秋実の生命の恩人とか。私からも厚く御礼を申しあげます」

草庵に玄徹を迎えると、師はそう言って鄭重《ていちょう》に頭を下げた。

「いや、拙僧は何も。ただ秋実殿の肩や腰のこりをほぐしただけ。それで血のめぐりがよくなり、根源《もと》の生命の気が戻ってきたのです。ご自分の力で治ったと同じです」

「その通りでしょうが、経絡《すじ》の結滞を揉《も》みほぐすのは大した腕が要ると聞いております。天地自然の循環についてのお説も秋実からよく聞いております」

「実はそのことに関連してお訊《き》きしたいことがございます」

玄徹は窪んだ眼をじっと師のほうに向けて言った。

「お聞き及びのように拙僧が医師《くすし》まがいの療法を施しますのも、陰陽五行説をこの身で証《あか》さんため。身体《からだ》の運行も天地五行の運行も相応じ、相照らして乾坤《けんこん》一体の生命をなしております。それは誠に理法《ことわり》という言葉がそのまま適応されるごとき整然とした網目の纏りでございます。拙僧は星辰《せいしん》の運行に似たこの壮麗な森羅万象《いきとしいけるもの》を循環《めぐ》る生命の気を見ますと、ただただその精緻《せいち》な仕組みに驚かないわけにゆかず、いつか五行を自在に操れるようにならぬものかと念ずるようになりました。拙僧は仏僧の身で、あえて五行の秘法を修行する修験者の仲間に身を投じたのは、ひとえに、この理法《ことわり》に精通し、不老不死の秘術を学び、あらゆるものをおのが欲するものへ変成《へんじょう》させる奥儀《おうぎ》を体得するためでございました。されば、拙僧も諸国を修行して二十年、ようやく天地五行を自在に操る秘法を習得いたすに到《いた》りました。拙僧は干天に雨を呼ぶこともできますし、息を切らさず葛城山《かつらぎさん》の峰に駆け上ることも容易です。しかし上人、天地自然が自在に拙僧の手のひらのなかに入ってみても、なぜか心が満たされませぬ。陰陽五行の理法《ことわり》に生き、万事恙無《つつがな》いにもかかわらず、森羅万象《いきとしいけるもの》はただ黙し、それが何だ、と拙僧を見返しているような気が致します。讃岐で郷士の娘を蘇生《そせい》させ、莫大《ばくだい》な金銀を与えられたこともございましたし、信濃《しなの》では地面から湧水《ゆうすい》を呼び干田を潤《うるお》したこともございます。拙僧は村人たちに感謝されました。拙僧の評判を聞いて遠くから輿《こし》を用意して迎えにくる長者もおりました。拙僧はこうした遍歴に意味を感じられるように思い、十年ほど諸国を旅して廻りました。しかし十年目の終りには、また何か虚《むな》しい風が胸を吹きぬけるような気がしました。前に葛城山に駆け上ったとき、山頂で聞いた声――それで一体何なのだ、という声が、聞えるようになったのでございます」

玄徹は悩ましげな眼を庭に向け、時雨が槙《まき》の葉に落ちるのを眺めた。裏では竹藪が風にざわざわと鳴りつづけた。師は端坐《たんざ》したまま、眼を閉じていた。

「能力《ちから》は人一倍あり、人々のためにも尽し、天地の秘法にも通じているのに、どうして心が満たされないのか。ひょっとすると、真言念仏の心を忘れたためかと、ここ何年かはひたすら念仏三昧《ざんまい》に暮し、実はこの夏も、念仏を唱えながら、ひたすら西へ歩きつづけたのでございます。山があれば登り、川があれば渡り、森があれば下枝をくぐって進み、日の没する西の彼方《かなた》へただまっすぐ、ただまっすぐ……」

「最後は……最後はどうなったのです」

私は思わず膝《ひざ》を乗りだして訊ねずにはいられなかった。

「最後は、海に臨む断崖《だんがい》に出たのです。向うは涯しない大海原で、ただ絶壁の下に、白く波が打ち寄せている。拙僧はそこで仏陀《ぶつだ》の御声が聞えるまで念仏を唱えつづけようと岩に腰を下しました」

「御声は聞えたのですか」

「いいえ、波の音以外何も聞えませんでした。しかし拙僧はそこで死んでもいいと考えました。念仏を唱え、西を目ざす――それが生きる意味かもしれないと思えたのでした。ほかにもう何もないからです。陰陽五行の理法《ことわり》も知り、森羅万象《いきとしいけるもの》の運行も明らかに開いてみせることができるのに、それはただ無言のまま変成する限りない渦に過ぎません。そこには何もありません。としたら、もはや西へ向い、念仏を唱え、御仏の慈悲にすがって、生きる意味を乞《こ》う以外に方法はないではありませんか」

「それで……」私は先をうながした。師は身動きもせず、そこに眼を閉じて坐っていた。時雨が板屋を走って過ぎてゆく。

「空腹が襲ってきました。雨風が肌を打ちました。しかしそこに坐り、念仏を唱えつづけました。最後には喉《のど》が渇き、息をするのもやっとになりました。それでも岩に坐り、念仏を唱えました。もはや自分でも何をしているか分りませんでした。拙僧が気がついたとき、断崖からやや離れた猟師の小屋に横たわっておりました。気を失って倒れていたのでした。猟師の妻が断崖の上に美しく咲いた百合《ゆり》の花を見て、それを摘みにきて拙僧を見つけたのでございます」

「それから」私はかすれた声で言った。

「お恥しい話ですが、拙僧は、助けられると、二度と念仏は唱えず、おめおめとこうして戻って参ったのでございます。あれほど努めてみても結局聞えたのは波の音だけ。森羅万象《いきとしいけるもの》は黙りこくっておりました。御仏も一と言も声を出されませんでした」

そのとき師は静かに眼を開いた。

「何とも尊いお話をお聞きしました。そもそもいかなる理由《わけ》で私とお話なさりたいと思われたのですか」

「それは蓮花乗院の道場で眼にとめた上人《しょうにん》のお歌に惹《ひ》かれ、それ以来、上人のことが心から離れないからでございます」

玄徹はそう言うと、ゆっくりした口調で歌を朗誦《ろうしょう》した。

月を見て　いづれの年の　秋までか　この世にわれが　契《ちぎ》りあるらん

それを聞くと、師西行はじっと玄徹を見て言った。

「では、玄徹殿は宿命《さだめ》の喜びも悲しみも深く知っておられることになる。それは宿命《さだめ》にすべてを委ねられたことではありませんか」

「拙僧は森羅万象《いきとしいけるもの》の本性を知りつくし、己を棄《す》ててその運行《めぐり》に合体すれば、本覚《ほんがく》に達すると思い込みました。己を棄てたという意味では、宿命《さだめ》に委ねたのかもしれません」

「生きる意味とは、そのことではありませんか」

「いえ、宿命《さだめ》に委ねても、結局、森羅万象《いきとしいけるもの》は黙りこくったままでした」

「いや、そうではありますまい」

「念仏を唱えても、返ってきたのは波の音だけでした」

「しかし百合の花が咲いていたのではありませんか」

「たまたま咲いていて、猟師の妻が見つけたにすぎません」

「玄徹殿。そうではありません。百合の花は言葉だったのです。この森羅万象《いきとしいけるもの》が玄徹殿の代りに猟師の妻に向って叫んだのです。森羅万象《いきとしいけるもの》は沈黙しているのではありません。なるほど、陰陽五行の本性から見れば、それは無言のまま、勝手に生命の気を循環させているのかもしれません。しかし生命の気は風となり、花となり、木々となり、雨となり、この乾坤に姿を現わしています。それは姿を現わしたというだけで、私たちに話しかけているのです、百合の花が猟師の妻に玄徹殿のことを話したように」

玄徹は眼をつぶり、何度もうなずいた。玄徹の頰に涙が伝うのが見えた。時雨の音はたえず板屋に鳴りつづけていた。

その後、玄徹は何度か三条の家を訪ねてきた。それは、あれほど修行の旅に明け暮れしていた玄徹が、ずっと京にとどまっていたということであったし、追い求めていたものをやっと探り当てたという仄明《ほのあか》るんだ安らぎのなかにいたということでもあった。

玄徹はよく道端の木立を見て「拙僧がこれまで木の語っている言葉を聞かなかったとは信じられない。空も青い色で語る。火も赤い炎でお喋《しゃべ》りする。拙僧は森羅万象《いきとしいけるもの》の姿を見ず、その経絡《すじ》の網目だけを透視していたのだな」とつぶやいていた。

玄徹はその後もう一度嵯峨野の草庵《そうあん》を訪ねた。秋も深まっていて、北山から寒い風が吹きおろし、黄や赤の葉を庭に散らす頃である。

その日、師はなぜか暗い表情で、一心に歌稿の整理に余念がなかった。枝折戸《しおりど》をあけて庭に入ると、顔をこちらに向け、一瞬きびしい顔をした。私は、仕事が忙しそうだから、すぐ帰ると言った。玄徹も前日の礼を述べ、また旅立つかもしれないので、お顔だけ見たかった、と言った。

しかし師西行は、客が私たちと分ると、すぐ障子を大きくあけて、上るように言った。

師は普段とは違った沈鬱《ちんうつ》な顔をしていた。

「つい先程、急便が届けられた。藤原秀衡《ひでひら》殿が亡《な》くなられたのだ」

師は吐息をつくようにそう言った。一瞬、天地の物音が絶えた。

師が陸奥《みちのく》へ出かけたのも、ただ秀衡殿が平泉にいたからだった。遠い縁戚であり、奥州藤原の黄金《こがね》花咲く栄耀《えいよう》を築き、源平の興亡を山河の向うから沈黙して眺めつづけ、かつて若い師西行と肝胆相照らした秀衡殿――その秀衡殿が死んだのである。

「どうにも急に寂しくなって、歌の仕事のなかに逃げこんでいたところだった。どうか話していってほしいな」

こういうときの師西行は、本心から寂しそうな、人懐《ひとなつか》しげな様子に見えた。

私が何度も筆写した、師の若い頃の、

さびしさに　たへたる人の　またもあれな　庵《いほり》ならべん　冬の山里

という歌そのままの表情だった。

玄徹は師のそうした様子に心を打たれているようであった。

「大変な数の歌でございますね」玄徹は次の間に置かれた二つの櫃《ひつ》にぎっしり詰まった料紙の山を見て言った。「これはすべて上人のお歌でございますか」

「私が一生かかって詠《よ》んだものです、このすべてが」師は櫃を愛《いと》しそうに眺めた。「つい先日、俊成殿のところから戻ってきたものです」

「では、こんどの勅撰集《ちょくせんしゅう》の……」私が言った。

「そうだ。陸奥《みちのく》へ旅立つ前に、伊勢《いせ》から、この歌稿を俊成殿のところへ送っておいたのだ」

師は私に向ってそう言ってから、言葉を玄徹に向けた。「何もかも悟り切ったようなことを言う私をお嗤《わら》いにならないでほしいのです。勅撰集に歌を選入して貰《もら》うことが私の唯一《ゆいいつ》の妄執で、これだけは自分にも許しているのです。この料紙の山を見てもお分りでしょう。ここに私の生きてきた意味のすべてがあります」

「では、俊成殿は上人のお歌を……」

「十八首選入してくれました」

「お目出度うございます」私は玄徹と異口同音に叫んだ。「十八首とは大変な数でございますね」

「存命者のなかでは俊成殿に次いで多いということだった。三十六年前の『詞花和歌集』のときは、読み人知らずで一首選入されただけであったことを考えると、夢のようだな。万事、俊成殿の計らいだが。よくやってくれたと思う」師は独り言のように言った。「俊成殿のところから歌稿が戻ってきたのと、秀衡殿の死の報《しら》せが、相次ぐとは、これまたどういうことだろう。まるで十八首選入で私が浮かれでもしないように神仏が企《たくら》まれたのかもしれぬ」

師西行はもちろん師自身の歌の出来を知りぬいていた。世の評判になった歌、ならなかった歌、知られた歌、知られない歌――そうしたすべてを歌びとらしい気難しい眼で眺めた。師は思いの丈《たけ》を詠み切れた歌を最良の歌と考えていた。その点では迷いはなかった。師の歌は、激しい思いのなかへ踏み込んでゆくという趣がある。遠い風景を静かに見ているのとはまるで違う。心が身悶《みもだ》えしていると思えることがある。一見、閑居した心を述べているように見えても、その底には、衝《つ》きあげてくる悶えがある。「あはれあはれ」と気負い込んだ詠み出し方、「思へ心」「いざ心」と我が心への呼びかけ、「とへな君」「いざさらば」というような人々に誘いかける語調は、師西行の心の律動そのままである。事実、ふだんの師はそうやって生きていた。決して物の外に立って見ようとせず、つねに物のなかへ身体ごとのめり込んでいった。考え方、感じ方がそうだった。

師が生涯尊敬もし兄事もした俊成殿は、こうした奔放で激しい師の生き方を、つねに温厚な眼で眺めていた。おそらく俊成殿は、激しい息遣《いきづか》いがそのまま伝わってくる師の歌に戸惑い、困惑し、狼狽《ろうばい》さえしたであろう。俊成殿ほど秋の風情《ふぜい》を静かに眺め、草の葉の密《ひそ》かな呼吸に心を澄ませた歌びとはいないからだ。俊成殿は森羅万象《いきとしいけるもの》のなかに仄白い艶《えん》なるものの姿を見つめ、それに酔われた。師西行とは歌境も生き方も対極にいるようなお方であった。

にもかかわらず俊成殿は師の心の在《あ》り処《か》を知りぬいていた。師もたえず俊成殿とは便りを欠かしたことはなかった。師が歌稿の山を俊成殿に送って勅撰集への選入を乞《こ》うたのもこうした生涯にわたる交誼《こうぎ》があったからである。

後になって俊成殿の書かれたものを読んだ。俊成殿は次のように書いていた。

西行法師高野に籠《こも》りゐて侍《はべ》りしが、撰集の様なるものすなりと聞きて、歌書き集めたるもの送りて包紙に書きたりし

西行法師

花ならぬ 言《こと》の葉《は》なれど おのづから 色もやあると 君拾はなん

かへし

俊成

世を捨てて 入りにし道の 言の葉ぞ あはれも深き 色も見えける

その年、冬に入って間もなく、師西行から呼ばれて嵯峨野《さがの》の奥を訪ねた。雲の垂れこめた寒い日で、風が枯れた梢《こずえ》を震わせて吹きすぎた。私は馬で出かけたのである。

師は机の前に端坐し、相変らず歌稿の整理に打ち込んでいた。

「もう身体《からだ》のほうはいいのかな」

「お蔭《かげ》さまですっかり本復いたしました。民部省にも無事勤めております」

「それはよかった。何事も無理をすると、ろくなことはない。それでは生きる有難さを十分に味わっているとは言えない。秋実もあまり仕事に振りまわされぬようにしなくてはな」

「心得ている積りですが」

「いや、この前の病気のことを考えると、それも怪しいものだな。玄徹殿がいなかったらどうなったか。半歳《はんとし》の違いで、玄徹殿に会えなかったわけだからな」

師がそう言ったのは、玄徹が、秋に嵯峨野を訪れてから半月後に、三日ほど寝込んだだけで、突然世を去ったからである。旅立つ積りなので、師に会って別れを告げたいと言っていたが、旅とは死出の旅を意味していたのかもしれない。玄徹ほど医術に精通した人物なら、みずからの寿命をはっきり見通したとしても不思議はない。それに、最後に寄越した手紙に、森羅万象《いきとしいけるもの》を陰陽《おんみよう》五行による因果の経絡《すじ》と考えることは放棄したと書いていた。それはみずからの身体の治療をも放棄しようという意味だったかもしれない。死の直前の手紙の終りに玄徹は次のように書いていた。

「道を追い求め、ただ念仏に集中していたとき、まったく見えなかったのがこの慈悲の柔らかな色でした。それは、気がつくと、地上のすべてのものに漂っているのです。木も慈悲の色を浮べている。花も慈悲の色そのものです。風が吹いているのも慈悲の色です。地上に人々が暮す姿にも慈悲の色が漂っています。町をゆき、田を耕し、海で漁《すなど》る人の姿が慈悲の色であると知ったときの喜びがどんなであったか。拙僧は、そのとき真実地上の人が恋しいと思いました。地上に暮すとは何と好いことなのか、とつぶやき、思わず絶句しました。西行上人が山林の独居の果てに見出《みいだ》されたのは、花や月や人へのひたすらなこの恋しさ、愛《いと》しさでした。それはこうしたものに漂う慈悲の色に触れたとき、おのずと心に溢《あふ》れ出る切なさのことです。

宿ごとに　さびしからじと　はげむべし　煙こめたる　をのの山ざと

これは昔から拙僧の心に去来した上人の歌ですが、この頃になって、上人の切々とした優しさが胸を衝き、口ずさむだけで、涙が溢れてきます。一人一人の人間は何と寂しいことか。しかしその寂しさに耐えている人を、ひたすらに慈《いつく》しみ、慰め、励ます心、それがおそらく人間としてあるべき唯一の在《あ》り方なのでしょう。救済《すくい》を願う陰陽五行の実践も念仏専修も何の用にも立ちません。すべてはただ己れを忘れ、人々の寂しさを支えようとする心にあるのです。拙僧はこのことが分ったただけで、生れてきた意味の環《わ》が、かっちりと円形に結ばれたような気がするのです」

玄徹は師西行の心を本当に解《わか》った人だったのかもしれない。もともと人間は、変るといっても、まったく別個の人間になることはない。その人のなかに隠れていた部分が現われたにすぎないのだ。とすると、玄徹が師の歌に惹かれていたことが、すでに、この念仏僧の心に師西行が棲《す》んでいたことを語っていたのだ。

玄徹の名が出たついでに、私たちはしばらくその思い出を話した。それから師は言った。

「秋実にきて貰ったのは、ほかでもない、この前から頼みたいと思っていたことがあったからだ。つまりこの歌稿の整理を手伝って貰えるかということなのだ。伊勢から俊成殿のところへ送ったとき、自分なりに、かなり整理をつけた積りだった。が、どうも陸奥《みちのく》の旅からこちら、以前とはまた違った感じで、浮世のことが影のように果敢《はか》なく見えるようになった。どう言ったらいいかな。花の色は素晴しい。月の色も慕わしい。だが、そう感じられるのは、言葉が、そこにあってのことなのだな。言葉が花の素晴しさ、月の慕わしさを作るのだ。かかる歌の実在《まこと》に支えられて、人は浮世の宿命《さだめ》を、息をするのと同じように軽々と超えてゆく。歌が虚空《こくう》に虹《にじ》のような美しい相《すがた》を描いてこそ、人々はそれを己が生の姿と信じることができるからだ」

夕方が近づき、曇り日のせいで、宵闇《よいやみ》がいつもより早く忍び寄ってきた。風が裏の竹藪《たけやぶ》をざわめかせて過ぎていった。

「陸奥《みちのく》の旅のあと、歌がまたとなく重く感じられるようになったのは、このことと無縁ではない。歌こそが真言なのだ。歌こそが、森羅万象《いきとしいけるもの》のなかに御仏《みほとけ》の微笑《みしよう》を現前《あらわ》すものなのだ。私はこの頃、歌を詠むとき、仏師が仏像を作るのと同じ気持になる。歌の現前《あらわ》す相《すがた》は如来《にょらい》の真《まこと》の御姿だと言っていい。歌が自分から生れたものだという気持がなくなっている。たしかに私が詠み出した歌ではあるが、歌がみずからの姿となった途端、それはもはや私のものではない。仏師が仏像を彫る。仏師の手が仏像を作る。だが、仏像ができあがったとき、仏像はもはや仏師のものではなく、御仏の姿としてそこにある。歌とて同じだ。歌も私から離れ、歌そのものとしてそこにある」

草庵のなかは暗くなり、師の顔は闇のなかに沈み、声だけが竹藪のざわめきのなかに聞えた。

「歌が私を離れ、仏像のように並んでいると感じられるようになると、いままでと違った眼で、自分の歌が見られるようになった。私はこう思った、仏師は仏像を彫ると、それを寺院に献じ、本堂に安置する。同じように歌びとは歌を作り、それを神社に献じ、神々の法楽に資してもよいのではないか。いや、むしろ歌びとが最後に果す義務《つとめ》ではないか、と。それ以来、私は、伊勢神宮に奉献するための歌を選び出すことを考えている。だが、生涯詠みつづけた歌のすべてを献じるわけにもゆかない。といって、自選歌をただ神前にそなえるだけでは、仏像を安置するのとすこし感じが違う。歌が仏像のように独立《ひとりだち》してそこに在るためには、やはり歌びとの手を離れ、もはや自分の評価とは別個に、それ自身で立つものでなければならない。そこで私は自選した歌を、別の歌びとに選んで貰い、それを並び立てたらいかがなものか、と考えたのだ」

「この上ないお考えかと存じます。して、どなたに歌の選出を」

私は闇のなかの師にむかって言った。竹藪がまたひとしきり波のような音を立てて騒いだ。

「私には俊成殿しか思い当る人はいない。だが、俊成殿は年少時からの友であれば、私の半身と見ても差しつかえないお人だ。とすれば、俊成殿と並べて恥しくなく、しかも私とはかなり径庭のある歌びとに頼むことが必要だ。そこで考えたのが俊成殿の御子息だ」

「定家侍従ですね。なるほど、思いつきだとは存じます」

「思いつき程度のものかな」

「いいえ、そうではありませんが、定家侍従の歌は、あまり風変りで、果して……」

「私はそう思わない。俊成殿の御子息はただの歌詠みではない。たしかに偏屈な歌が多い。だが、一つだけ、私を打つものがある。それは、歌が、当初から、仏像のように、歌びとその人から切れて、独立《ひとりだち》しているということだ。私がこの年齢《とし》になって辿《たど》りついた歌境を、俊成殿の御子息はあの若さで、呼吸している。ということは、秋実、私が歌の判詞《はんし》を乞うても、その意味を違《たが》うところなく理解できる、ということだ」

私は師西行が歌人として最後の義務《つとめ》を果そうとしていることに何か森厳な古事を見るような思いを味わった。山奥の森に覆《おお》われた巨大な岩に古代から注連縄《しめなわ》を張って神事を行うのに似た、そんな重々しい気配を覚えたのである。

後になってこのことに関わる定家侍従の歌を読んだとき、私は闇のなかの師西行の声がそのままそこに聞えるような気がしたのである。

円位上人(西行)宮川歌合《みやがわうたあわせ》、定家侍従判して、奥(末尾)に歌よみたりけるを、上人和歌起請《きしやう》(和歌をもはや詠まぬよう神に誓った)の後なれど、これは伊勢御神の御事思ひ企てし事のひとつ名残りにあらむを、非可黙止《もだすべくもあらず》とて、かへし(返歌)為《し》たりければ、その文を伝へ遣はしたりし返事に定家申したりし

八雲たつ　神代久しく　隔たれど　なほ我が道は　絶《たえ》せざりけり

たちかへり返しに申しやる

知られにき　五十鈴《いすず》川原に　玉敷きて　絶せぬ道を　みがくべしとは

二十一の帖

秋実《あきざね》、慈円《じえん》と出遇《であ》うこと、ならびに弘川《ひろかわ》寺にて西行寂滅に及ぶ条々

文治五年、青葉の梢《こずえ》にほととぎすが鳴きしきる頃、私は師西行に呼ばれて嵯峨野《さがの》の奥の草庵《そうあん》を訪ねた。

その頃、師は、伊勢《いせ》神宮に奉納するため、生涯の歌のなかから最も優れた出来ばえと思われるものを自撰《じせん》し、それに新たな歌を加え、三十六番の歌合《うたあわせ》を二通り作ったのであった。若い頃をのぞくと、師は歌合の席に出ることはほとんどなかったが、それにもかかわらずただ歌を連ねた自撰集を奉納するより、自作自演であっても、歌合の一番一番に、判者が甲乙をつけたもののほうが、はるかに歌が自立し、師の言葉を借りれば、仏師の手をはなれた仏像のように思われたのである。

歌合の判者を引きうけた藤原俊成殿からは、長い判詞のついた歌巻が戻ってきていた。この『御裳濯河歌合《みもすそがわうたあわせ》』は早々と伊勢の荒木田家の人々に送られ、その手によって内宮《ないくう》神殿に奉献、神々の法楽に供されたのである。だが、もう一つの『宮河歌合《みやがわうたあわせ》』のほうは判者の定家殿がなかなか判詞に取りかかることができず、予定よりも完成が遅れていた。事の成りゆきを

黙って見守るのが常であった師西行がめずらしく「歌合判詞が早くできるといいのだが」と言ったのはこの頃のことであった。

私はひょっとしたら、待ちに待った歌合判詞が届いたのかもしれないと思いながら洛北《らくほく》の竹藪《たけやぶ》の道を急いだのである。

草庵のある高台には、昼近い明るい日ざしが竹藪のなかに射《さ》し込み、若々しいみどりの幹や葉をきらきら輝かせていた。台地へ上るゆるい坂道を登ると、地面に置いた空の輿《こし》を囲んで、四、五人の僧たちが立っていた。いずれも墨染の僧衣に香色《こういろ》の袈裟《けさ》をかけ、そのうち二人は太刀を佩《は》いていた。ほかに人足が四人、輿の横に蹲《うずくま》っている。輿の担《かつ》ぎ手であろう。黄ばんだ水干《すいかん》の衿《えり》をはだけ、しきりと烏帽子《えぼし》を扇代りに使って風を入れていた。

私が草庵に近づくと、そのなかの年配の僧が私を呼びとめ「失礼ながらご尊名を」と言った。

「西行上人《しようにん》に招かれた民部省の藤原秋実だが、何か異変でもありましたか」

私がそう言うと、相手はひどく恐縮した様子で答えた。

「実は、本日、慈円《じえん》法印殿が西行上人さまをお訪ねでございます。何分やんごとなきお身であられますゆえ、摂政兼実《せつしようかねざね》殿からくれぐれも警固に齟齬《そご》なきようとの御下命で、このように辺りを固めている次第でございます」

おそらく草庵にその気配を覚《さと》られぬ用心のためであろう、ほかの馬や警固の侍たちは竹林や藪のかげに隠されていて、その姿は見えなかったが、十人やそこらではないように思った。

私は思わず足をとめ、師西行との間柄を簡単に説明したが、心はおのずと慈円法印と初めて出会った頃のことを思い出していたのである。

それは九年前の治承四年、師西行について言えば、蓮花乗院建立《れんげじょういんこんりゅう》の大役を果したのち、高野山を出て伊勢に草庵を移した年であった。その年は何とも多事多難の一年であった。師が高野山より遠く、伊勢に移ったということが、私のように結局は京都から離れられない人間には、いかにも旧都を見棄《みす》てられたという気がして、みじめな気持を拭《ぬぐ》うことができなかった。その五月には源頼政《よりまさ》が以仁王《もちひとおう》を奉じて兵を挙げたという報《しら》せが京都に届いていた。六波羅《ろくはら》の平家屋敷のあたりは、殺気立った侍たち、兵士《つわもの》たちが胴丸姿で屯《たむろ》していた。鎧《よろい》を着て馬に乗った部将《さむらいのおさ》を囲んだ兵士《つわもの》たちが列を作り、宇治に向けて出発していったのもその頃だった。兵士たちの振りまわす赤い長旗が、笛太鼓の勇ましい音につれて、大きく龍のように空中でうねっていたのが眼に残っている。

それから数日後には、もう源頼政は平家の軍勢と戦って敗れたのだ。民部省の奥まった部屋にまで、六波羅に戻ってきた平家の侍たち、軍兵《つわもの》たちの喊声《かんせい》が聞こえていた。

夏には、源義朝《よしとも》の遺児頼朝《よりとも》が伊豆で兵を挙げたという報せが京に届いたのである。

そしてその秋、一旦《いったん》敗走したはずの頼朝が軍を纏《まと》めて勢力を盛り返し、討伐に向った平維盛《これもり》の軍勢を富士川で討ち破ったという噂《うわさ》が拡《ひろ》がった。六波羅を警備する兵士《つわもの》たちの様子に、どこかそれまでと違った、そわそわした不安げな焦燥が感じられるようになったのはその頃のことだ。私は日々の記録を伊勢の師西行のもとへ書き送った。手紙を書くことで、師から切り離された思いを何とか救い出そうと思ったのである。

秋も終りになると、甲斐《かい》だけではなく、尾張《おわり》でも、美濃《みの》でも、近江《おうみ》でも、源氏の流れを引く在地領主たちが平家に叛旗《はんき》を翻《ひるがえ》した。世の中が沸き返っているような感じだった。

そんな騒ぎのさなかに、私は道快《どうかい》という僧から手紙を受け取った。文面は簡単で、長年比《ひ》叡山《えいざん》無動寺《むどうじ》に籠《こも》って修行をし、今は京に出ている者だが、貴殿が西行上人の弟子ということを人づてに聞いた。拙僧も出家の身だが、事情《ゆえ》あって、幼少の頃に形だけ僧籍に入れられた者にすぎない。しかし最近、ますます遁世《とんせい》の思いが強くなっている。こんどは自分の意思で、あらためて僧になるような気持である。世上の噂では、西行上人は早々と浮世の絆《きずな》を断ち切り、花鳥風月のなかに悠々と遊んでおられるという。拙僧も今ではただひたすら上人の生き方がうらやましい。ついては再度無動寺に帰る前に、上人の日常や考えについて話しては貰《もら》えないだろうか。拙僧は上人と同じく歌を詠《よ》むのがたまらなく好きで、上人の歌を諳《そら》んずるほど読んでいる。なにとぞ欣求《ごんぐ》浄土の誓願に免じて、この希望を叶《かな》えていただけないか——そんな文面であった。

私は手紙に籠められたひたむきな熱意にも打たれたが、それ以上に、道快の見事な筆蹟《ひっせき》に眼を奪われた。どう見てもただ人の筆遣いではなかった。私はすぐ返事を出して、三条の家に訪ねてくるように言ってやったのである。

数日して私の前に現われたのは、洗い晒《ざら》しの白い大帷子《おおかたびら》に、粗末な薄墨色の指貫《さしぬき》を穿《は》き、くすんだ香色の袈裟をかけた二十四、五の小柄な僧であった。

彫り込んだような眼が、大きな鼻を見つめているように、まん中に寄っていた。話しているうち、この人物が並々ならぬ学識の持ち主であることがよく分った。話の内容がしっかりしていただけではなく、そうした話には一々出典があって、それとなく大日経や法華経《ほけきよう》の経典が引用されるのである。とくに心を打ったのは、まだ十四、五歳にもならぬうちに、道快が止観の学習で文字通り心身を鍛えぬいたという話であった。

道快は大きな鼻を突き出すようにして、当り前のことのように身の上を語ったが、それを聞く私には、一つ一つが驚きの種でないものはなかった。たとえば、粗末な墨染の僧衣を着たこの修行僧が、源平騒乱の火付け役でもあり、その中心人物でもあった摂政藤原忠通《ただみち》の実子だということだった。ということは、前の摂政関白藤原基実、同じく藤原基房は、母は異るものの兄に当り、右大臣の任にある藤原兼実は母を同じくする実兄だということを意味した。私のように民部省で働き、ようやく五位に辿《たど》りついた役人《つかさびと》にとっては、それは目も眩《くら》むような高位貴顕の人である。

「驚かれるのは無理もありません」道快は大きな鼻を手の甲でこすりながら言った。「しかし私自身もそんな身分であるとはとても思えないのです。なにしろ物心つく前に母は亡《な》くなりましたし、父とも幼い頃に死別しています。十歳の頃は、もう寺の冷え冷えする床に坐《すわ》って読経《どきよう》の真似事《まねごと》をさせられていたのです。もともと仏僧になるとはどのようなことであるのか、世間の暮しとはいかなものであるのか、何も知らぬまま、僧の務めを果してきたのでした。私にとって、たった一人の頼りは兄兼実です。六歳年長で、ずっと父代りに面倒をみてもらったのですが、この兄のおかげで、私がどのような家系の者かを自覚させられました。私に仏道を本気で修行するように言ったのも、この兄でした。兄もながいこと宮廷でうだつの上らぬ思いを嘗《な》め、仕事もままならぬと言っていましたから、世の無常や運命《さだめ》の頼み難さを兄なりに強く感じていたのでしょう。兄は私に仏道を極めることこそが、もっともよく生きることだと話していたのです。叡山に登り、無動寺で千日入堂の苦行をしようと誓ったのも、兄の心に応《こた》えるためでした。兄は物事には隠れた道理《すじみち》があって、すべてはそれに従って動いているのだ、と考えております。それは普通の人には見えないので、万事勝手に偶然のままに動いているように思えますが、実は道理《すじみち》どおりに動いている。兄は日々詳しく日誌を書いておりますが、それは、一日一日を過すだけでは見えないものが、何日か、何ヵ月か、まとまった連なりとなり、流れとなると、おのずと、何が日々の事を動かしていたのか浮び上ってくるからです。兄がそうした過去の流れから、将来の道理《すじみち》を読み出そうとしているのはよく分ります。しかし私はこの兄の考えにはどうしてもついてゆけないのです。それがはっきりしたのは千日入堂の修行をしてからのことでした」

道快は、まん中に寄った眼を伏せ、しばらく口をつぐんだ。考えをまとめているように見えた。

「一ことで申しあげますと、修行のあいだ私は自分の心身を無にして、ただ定められた苦行に従って生きました。何も考えませんでした。何も感じまいとしました。冬、雪の中を谷底まで下り、氷を割って川の水を汲《く》み上げ、桶《おけ》に入れて三丈余の崖《がけ》を登るとき、指に染《し》みる冷たさ、桶の水の重さ、登攀《とうはん》の苦しさはすべて在るがままのものとして受け入れました。冷たさというより、痛さとなって指先に水が染みても、私は、辛《つら》いとも、不幸とも思いませんでした。痛いとか辛いとかいうのは、私の心です。そんな心を滅却し、冷たさ、重さ、息の苦しさを、ただそのものとして感じ、受けとる。そうやって、冬の寒さ、山の高さと一体となる——それが私の願いでした。やがて百日たち、二百日たつうちに、私は次第に、自分が考えているのではなく、岩や水や木立が考えたり感じたりしていることを私が代行しているのだと思うようになりました。

私が無動寺にいた間も、ご存じのとおり学生《がくしよう》と堂衆の乱闘騒ぎはひどく、擲《なぐ》り合い、打ち合いは日常茶飯事、血を見ることもしばしばでした。無動寺にも、僧兵まがいに刀、薙刀《なぎなた》を引っ下げた荒僧たちが乱入し、学生方か、堂衆方かと胸倉を摑《つか》んで怒鳴るのです。反対党を贔屓《ひいき》していると言えば何をされるか分りません。それも昼となく夜となく、やってくるので、修行はおろか、平日の勤行《ごんぎよう》も満足にできぬ有様で、一人去り二人去りして、最後に残ったのは私ひとりでした。それでも私は苦行に精魂を傾けました。山や森や湖《うみ》と一つになって生きていると心底思える私には、学生の主張も堂衆の言い分も、自分たちだけに捉《とら》われた俗論に思えてならなかったのです。私はあの連中を相手にせず、ただ止観によって時空を超えた境地に入ることに努めました。千日が近づくにつれて、山を駆け下り、駆け上ること、峰々を回り歩くこと、重荷を負って長い道を歩くことは、苦行というより、森羅万象《いきとしいけるもの》と一体となり、森羅万象《いきとしいけるもの》の哀歓を呼吸しているのだと感じるようになりました。私が山を見るのではなく、山が私を通して現われているのだ、と、心からそう思えたのです。そうなってみると、山川草木は、何も私などいなくても、そこに潑剌《はつらつ》としてあるのですね。そんな当り前のことに、はっと気がつき、その瞬間、何と言うか、大きな役を果したような気持がしたのでした。私は、もう人間となって、この現世《うつせみ》にいる必要はない。山川草木が現われるのを、そのまま現われた通りにしておく。それでいいのだ、そのほうがいいのだ、と心底から思えたのです。それが千日入堂の苦行のはてに私が見出《みいだ》した心境《こころもち》でした。私がこうして京に下りて参りましたのも、兄兼実に会って、いまの心境《こころもち》を伝えるためでした。兄は今まで以上に世の動きを道《すじ》理《みち》によって見通してゆこうとしていました。私にはあちこちの寺の重い役職を用意しております。これは昔から兄の夢の一つで、弟の私に祖先から由緒《ゆかり》の深い寺々の重職を委《ゆだ》ね、仏教興隆の宿願を果そうと思っているのです。しかし今の私にはそれができません。ただ現世《うつせみ》を離れ、生涯無益でありたい、と、そう願っているのです。こうしてここに参りましたのも西行上人の話をお聞きしたかったからです」

「あなたのお話を聞いていると、まるで若い頃の師だったら、こうも話すだろうかというようなお話ぶりですね。とくに千日入堂を終えられた心境《こころもち》は師が口にされるのと同じです。こんなことを申し上げると失礼になるかもしれませんが、お若いのに、よくそこまで物がお見えになられましたね。そのことを師が聞かれたら、きっとお喜びになられましょう」

「そうお聞きしてどんなに嬉《うれ》しいかお分りいただけましょうか」道快は彫り込んだような静かな眼を輝かせて叫んだ。「私は上人の歌が好きで、いつも歌の深い心を掴もうと努めてきました。上人は花鳥風月の艶《あで》やかな趣を詠むよりは、心を悩ませる思念《おもい》を詠まれることが多いですね」

「いかにも、仰《おつしや》るとおりだと思います」

「私も歌を詠むときは、ただ眼に美しく、耳に心地よいものだけを、画筆で描くように詠むというのでは物足らなく思うのです。心のなかで思い乱れ、思い惑う事のあれこれを、目に触れる山川に仮託して叙《の》べる、それが歌の大道ですね。西行上人の歌はまさにそういうものに思えてなりません」

「たしかに」私は相手の気持を解きほぐすように言った。「師は若年の頃出家遁世され、吉野の奥で花に物狂い、高野で月を愛《め》でていたと言えるでしょう。その意味では、山林に隠棲《いんせい》した人と言って間違いありません。仰るとおり、生涯無益の人です。師はそう望んだのです」私は喋《しゃべ》っていて、身体《からだ》が熱くなるような気がした。「しかしだからと言って、師西行が人の世に背を向け、それと無縁に生きてきたかというと、決してそうではないのです。師は人の世が嫌で遁世したのではありません」

「私はそう聞いておりましたが」

道快は大きな鼻で荒々しく息をついた。

「本当です。もし現世《うつせみ》の人に留まっていると、結局はこの世の利害や好悪《こうお》の念のため、美しいもの、好《よ》いものに没入することができないのです。そんなものさえなければ、この世は、ただ美しくただ懐《なつか》しいものとなるはずです。さきほど、あなたも、人間として現世《うつせみ》にいる必要がないと思えたとき、山川草木が溌溂と見えてきたと言われた。師も、まったく同じです。ただ山川草木だけではなく、貴人や侍や庶民の住む現世《うつせみ》も同じように懐しいものに見えたのです」

「戦乱と災害と病気と強慾《ごうよく》と色情と変節で穢《けが》れたこの現世《うつせみ》がですか」

「そうです。汚辱と腐敗と残忍さに満ちているこの世がです」

道快は黙って、まん中に寄った眼で、物を探るように、庭のほうを見ていた。

「すこしそのことを話して頂けませんか」

しばらく沈黙してから道快は重い口調で言った。

「そうですね、師が保元の乱を未然に防ごうとして、戦の直前まで、新院のお気持を後白河の帝《みかど》に伝えて和解させようと奔走されたことなど、その例になるでしょうね」

「まさか、高野に隠れていた西行上人が」

「そうです。頼長《よりなが》殿が、あなたの父上の忠通殿の思惑に乗って、次第に袋小路に追いつめられてゆくのを、一番よく見抜いていたのは、師西行なのです」

「高野の奥にいて、よくそんな……」

「そのことなのです、大切なのは。師は、出家の身であったからこそ、朝廷にも、摂関家にも、平家にも、源氏にも、身分も隔たりもなく、往《ゆ》き来《き》できたのです。道快殿。失礼ながら、道快殿が出家しておられなければ、私は、摂関家の直系の方と、このように自然に対等にお話できなかったと思います」

「思ってもみませんでしたが、おそらく仰る通りでしょう」

「師西行は鳥羽院北面の侍の身分では、あなたの叔父上、頼長殿と、たとえ庭先であろうと、会うことはできなかったでしょう。しかし師は、待賢門院《たいけんもんいん》さまが御出家の折、頼長殿にお目にかかり、直々、一品経《いっぽんきょう》の勧進を行うことができたのです。それればかりではありません。師は出家であることが、朝廷の身分の仕切りを取り払うのを十分見越して、鳥羽院とも新院とも懇意にされ、とくに新院とは最後の最後まで深い契《ちぎり》で結ばれていたのです。保元の争乱を防ごうとしたのも、ただただ新院の身を案じてのことでした。頼長殿が性急な御気質のせいで、お父上忠通殿の思惑通り、一歩一歩、挙兵にむかって追い込まれてゆくのを、師が見抜いていたのも、出家の身であったからだという理由が、これでお分りでしょう。師西行は道快殿の言われる意味では、決してこの世に背を向けていたのではないのです」

道快は肩を落すような恰好《かっこう》で、じっと膝《ひざ》の上に眼を向けていた。道快は師西行のことをどう考えていいか迷っている様子だった。

「道快殿は師が高野に庵《いおり》を組んで花鳥風月を楽しんでいたと言われましたね」私はできるだけ力強い口調で言った。「しかし決して師はひとり草庵《そうあん》に引き籠って花鳥風月と遊んでいたのではありません」

私は師西行が高野にいた間に蓮花乗院の建立のため、木材の切り出しから大工、左官、石工の手配と指図まで、八面六臂《ろっぴ》の働きをしたこと、五辻斎院《いつつじのさいいん》の母君春日局《かすがのつぼね》殿を勧進したことなどを話した。

「師は決して現世《うつせみ》に背を向け、山林に閑居を楽しんだだけではなかったことはこれでもお分りでしょう。師西行は無一物で山林に暮せるのと同じく、まったく無一物で現世《うつせみ》にも暮せたのです。現世《うつせみ》が師を必要とするとき、師はどこへでも出かけたでしょう。師にとっては、森羅万象《いきとしいけるもの》が大円寂の仏身であるように、現世《うつせみ》もまた仏身であることを願われたのです。人は無明の闇《やみ》を迷うゆえに、どうしても、本覚《ほんがく》の光を齎《もたら》す法燈《ほうとう》が要ります。現世《うつせみ》の法燈は寺院、堂塔です。歌もまた師にとっては花鳥風月に遊ぶ数寄《すき》の具ではなく、本覚に導く真言を意味します。道快殿。私が道快殿のお気持に、おそらく逆らうような形で、師西行のことをお話したのをお許し下さるでしょうね。私は、千日入堂の苦行を果されたあなたに、実は、師西行の本当の姿を知っていただきたかったのです。花鳥風月に物狂って現世《うつせみ》の美酒に酔うのは素晴しいことです。しかし都大路に行き倒れの男女の死骸《むくろ》が異臭を放ち、百姓が田畑を棄《す》てて逃散《ちょうさん》するような時世に、自分ひとりが花に酔い、月を愛でても、それは一体何になりましょう。すくなくとも師西行はその道を取りませんでした」

道快は長いこと黙っていた。何か眩《まぶ》しいものを見るように、まん中に寄った静かな眼を細め、大きな鼻で深く息をした。やがて眼をあげて言った。

「私には法燈を掲げる資格はないと思うのです」

「どうしてそんなことを仰るのですか。あなたはその若さで千日入堂の苦行を耐えてこられた」

「いや、自分でよく分っているのです。私はなるほど千日の苦行に耐えました。しかしそれは一日一日ただ耐え、やり過したにすぎません。法燈を掲げる人には、それにふさわしい瑞《ずい》象《しょう》なり予兆なりが現われると言います。それは私に現われなかったのです」

「在家の人間に過ぎぬ私が、こんなことを申すのは出過ぎたことですが、道快殿は、千日入堂の苦行を耐えたことがすでに予兆だと思えませんか。家柄からも、経歴からも、私には、道快殿こそ、師西行が歌による政治《まつりごと》と言ったものを現世《うつせみ》に実現できるお方であると思うのです」

道快はながいこと黙っていた。しかし私の言葉に対する返事は結局口にしなかった。道快が帰ったのは、もう秋の夕日が西山に傾いた頃であった。

「私はこのましばらく京に留まるつもりです。あなたに西行上人《しょうにん》のお話を聞くことができて幸せでした」

道快からはその後音信がなかったが、ちょうど一年後、養和元年の夏の終りに、見事な筆蹟の手紙が届いた。

「秋実殿。一言申上げなければならぬと思い、便りを認《したた》めます。あれ以来、西山の善峰寺に籠り、西行上人のことを考えておりました。

今はわれ　まことに家を　出でてこむ　何故《なにゆゑ》そめし　衣とかしる

これがあなたと別れてからあとの気持でした。しかしいかに努力しても、あの予兆は現われませんでした。

思たつ　道にしばしも　やすらはじ　さもあらぬ方に　迷ひもぞする

私はこんな気持に駆られて、その後、また無動寺に上ってきました。やはり峰々を吹く嵐《あらし》の音を聞かないと、どうやら私の心は落着かないように思われます。

しのぶべき　人もあらしの　山寺に　はかなくとまる　我心かな

しかし無動寺の修行でも、私を心底から納得させる予兆には出会えませんでした。私には、仏道再興の使命もなければ、力もないのだ、と次第に考えるようになっていました。この夏の終り、葛川《かつら》にある無動寺の別院息障《そくしよう》明王院に参籠《さんろう》したのも、それが最後の機会だと思えたからでした。もしどのような予兆も得られなければ、私は、その事実を認め、生涯無益で世を終るべきだと思いました。

別院では七日間の断食《だんじき》に入りました。ひたすら法華経を誦《ず》し、堂内の四つの柱を廻りました。壇の中央には、焔《ほのお》に囲まれた不動明王の鋭い二本の牙《きば》が燭台《しよくだい》の火に赤く照らされ、いつか木彫の焔が本当の焔になって揺れているように見えました。三日目からは空腹は感じなくなりましたが、柱を廻るのに息が切れ、足が重く、思うように動きませんでした。四日目からは堂の床を這《は》うのがやっとでした。口では法華経を唱えていましたが、気がつくと、床の上に頭をつけ、眠りこんでいるのです。それでも、気を取りなおしすぐ立ち上り、柱から柱へとよろめきながら歩きました。そのときです、堂内に揺らいでいた燭台の焔が突然大きく燃え上ると、見る見る天井板に火が移ったのは。私は僧衣をぬいで、火を消そうとしましたが、あっという間に火の塊りになり、焔のなかに呑《の》み込まれました。驚いたことに、本尊の不動明王のまわりの紅蓮《ぐれん》は、もはや木彫の焔ではなく、本当の火となって燃えさかり、そのなかに立つ青黒い身体を光らせた不動明王は、いつか黒い龍神に変り、焔と焔のあいだをのた打ち、焔の上に抜き出た金色のぎらぎら光る眼が、私を睨《ね》めつけているのでした。轟々《ごうごう》と嵐が吹き荒れ、あたりは火の海となり、激しい雨が、雹《ひょう》とともに、斜めに降りしきっていました。そのとき稲妻が光り雷鳴が轟《とどろ》きました。見ると、虚空《こくう》に仄白《ほのじろ》く光る輪が浮んでいます。それは鋭い剣が暗闇に照り返している光なのでした。剣は空中に浮んだまま、のた打つ黒龍のぎらぎら光る眼を狙《ねら》って近づいてゆきます。龍神は激怒のあまり、全身を震わせて絶叫し、蛇身に似た身体をのけぞらせ、ねじり、反転させ、剣を叩《たた》き落そうと、躍起となって頭を左右に振り廻し、最後にその鋭い鉤爪《かぎづめ》のついた短い手で剣を、ねじ切るように摑むと、切っ先から口のなかへぐいと呑み込んだのでした。その途端、稲妻が龍の口から火の矢のように飛び散り、その一つが私を真正面から打ち倒し、私は気を失ってそこに投げ出されました。

それからどれだけ刻《とき》がたったか定かではありませんが、気がつくと、堂はもとのままで、燭台の火は燃えつき、不動明王は黒い影となって壇の中央に立っていました。堂の外には夜明けが忍び寄り、その蒼白《あおじろ》い光が扉のすき間から洩《も》れていました。

そのとき私は七日の断食行が終ったのを知りました。実に、その最後の夜、倶利迦羅龍王《くりからりゅうおう》が私の前に現われたのでした。それは紛《まご》うかたのない予兆でした。今こそ、私は、あなたが言われたようにすべてを尽して仏教再興に乗り出せるのだと覚《さと》りました。私のなかには大きな使命が潮のように脹《ふく》らむのを感じます。西行上人がこれほど身に近く感じられたことはありません」

この手紙を受け取ってから八年たっている。その間の道快の働きは目覚ましかった。葛川の参籠のあと、法印になり、極楽院・法興院の別当、三昧院・常寿院の検校《けんぎょう》など六つの寺に責任を持つ僧となっていた。もちろん兄兼実が弟のために取りはからった結果だが、道快はそれをすべて仏道興隆の大切な手段として受けとっていた。一切を放棄し、山林に入って生涯無益を思い定めた人としては、信じ難い変り様と世間には見えたが、私にはごく自然の成りゆきと思われた。その頃、道快は慈円《じえん》と名を改めていた。

私は嵯峨野の草庵《そうあん》に近づくと、慈円の笑い声を聞いた。それから師西行が何か低い声で呟《つぶや》いた。

「ぜひ、それを実行なさって下さい」

慈円がそう言ったとき、私は袖垣《そでがき》を廻って庭に入った。師がすぐ私を招き、縁から上るように言った。

「慈円殿と、たった今、秋実のことを話していたのだ」

師の機嫌は上々であった。師にはとくに慈円が気に入っていた。実際に会ったのは、ごく最近のことだが、私からも詳しく話してあったし、俊成殿をはじめ徳大寺家の人々など共通の知人も多く、会った瞬間に、師は慈円の人柄と学識に魅惑された。それに慈円が、短時間のうちに矢継ぎ早に歌を連作してゆく百首歌の名手であることも、師を喜ばしていた。百首歌のような曲芸的作歌法を師は決して好む人ではなかった。にもかかわらず、それが慈円の手になると、何か好ましいものと映るのである。

あとになって師が語るところでは、この日、慈円は鎌倉殿の人柄、生き方、政治《まつりごと》の進め方などについて師の意見を訊《き》きにきたということだった。慈円は、兄兼実殿が鎌倉殿の後楯《うしろだて》で内覧となり、待望の摂政《せっしょう》の地位を手に入れたことを、素直に喜んでいた。その点、師と同じく現世《うつせみ》のことは遥《はる》か遠く超え出ていたが、同時に、現世《うつせみ》の理法《ことわり》に従って生きることにも徹していた。追討中の九郎判官が比叡山に逃亡したと鎌倉に伝えられたとき、慈円は、九郎判官に関わった人々を捕え、比叡山が無実であることを証言させたのである。慈円の態度はいかにも権力を当てこんだ策謀とも見られたが、仏道擁護の大道の前には、それは、従うべき現《うつ》世《せみ》の理法《ことわり》だったのである。師西行も同じ立場に立たされたら、同じ手段《てだて》を講じたであろう。

というのも、私は、師が陸奥《みちのく》へ旅したとき、九郎判官一人のために、奥州《みちのく》藤原の命運を危うくすべきではないと秀衡《ひでひら》殿に説いたことを知っているからである。秀衡殿は、そのとき、むしろ九郎判官を匿《かくま》い、不気味な脅威を鎌倉幕府へ与えておくほうが、安全策ではなかろうか、と笑って答えたという。

この点では、秀衡殿のほうが正しかった。というのは、鎌倉殿が奥州《みちのく》討伐に踏み切ったのは、秀衡の死後、九郎判官が泰衡《やすひら》に殺された直後だからだ。兄弟への憎しみは他人には分らない。九郎判官が生きているうちは、どこからどこまで憎い。だが、その弟が死んでみると、憎しみが途端に憐憫《れんびん》に変る。そして殺した者が憎くなる。鎌倉殿は軍を動かすのに、自分のなかのこうした心の動きを使ったのである。

といって、慈円も師西行も、そんなものにはまったく執着していない。空の高みから見る鷲《わし》や鷹《たか》のように、浮世を小さく俯瞰《ふかん》している。現世《うつせみ》に生き、現世《うつせみ》の理法《ことわり》に従うが、根本《おおもと》は現《うつ》世《せみ》を超える真《まこと》の理法《ことわり》、仏法にすべてを委ねている。この世を大事にするが、全く無視してもいる。慈円と師に共通するのは、この不思議な自由さなのだ。

こうした二人の心の交流《かよい》があったからであろう。師西行はこの日、慈円と比叡山上の無動寺に登る約束をしたのである。私が草庵に入ったとき、慈円が「ぜひ実行してほしい」と言ったのはこの約束のことであった。

私に一つ気になったのは、師西行が若い慈円や定家に対して抱く慈《いつく》しみの深さであった。私が師の恩顧を受けている人間なので、こんなことを言うと、師の愛着を奪う者への嫉妬《そねみ》と思われそうだが、誓ってもいいが、それは私にはない。私はいわばつねに師の影のなかにいる人間だ。

だから、師が慈円のような柔和な大器を愛し、定家のような艶麗《えんれい》な歌を詠む歌びとに夢中になるのは、むしろ師の心の広さを示す証《あか》しで、喜ばしいことでありこそすれ、心配するようなことではない。気になったのは、慈しみが、何というか、節度を失うほどの、のめり込みようであったからである。

だが、そこに、

散る花も　根にかへりてぞ　または咲く　老《おい》こそ果ては　行方しられね

という師の思いがあったからこそ、若い人たちへのこのような愛着があったに違いない。

昔の師には、こういう節度のない、どこまでも雪崩《なだ》れてゆくような感じはなかった。つねにこの世の限度を心得ていた。

だが、ここ一、二年、それがなくなった。花や月に抱いた溺《おぼ》れるような愛着は、昔は、歌には表われても、日常のなかでは強く押えられていた。それが今、古くなった堰《せき》が崩れ、水が一挙に流出するように外へ溢《あふ》れているのである。

私はそこに師の老いを感じた。あんなに頑丈な身体《からだ》を持ち、花や風や月や雲に弾むような喜びを感じ、疲れというものを知らずに働きつづけた人が、陸奥《みちのく》の旅から戻った後、どこか一まわり小さくひ弱になった感じがした。私はそんなふうに師を感じるのがいやで、わざと気がつかないふりをしていたが、それは身体だけではなく、考え方、喋《しゃべ》り方、身の動かし方にも感じられた。それは紛うことない老年が師に訪れているということであった。

師が生れ故郷の紀ノ川に近い葛城《かつらぎ》山中の弘川《ひろかわ》寺に草庵《そうあん》を作ることを決心したのと、この老いの衰えとは無関係ではなかった。師が嵯峨《さが》野《の》に残っていたのは、定家侍従に委託《いたく》してあった『宮河歌合』の判詞がまだできあがっていなかったからである。

私が定家の遅滞を憤慨すると、師はいつも私をなだめて、あれだけ確乎《かっこ》とした歌の乾坤《けんこん》に生きている歌びとは、そう容易に、ほかの歌のなかには遊べないものだ、と言うのであった。そして定家の判詞が遅れているのを、あたかも定家のあふれる才能の表われのように受けとっていた。師西行はただ喜びながら首を長くして待っていたのである。

しかし師西行のなかには、何かすべて為《な》し終えたという気持が動いていた。その終りの思いをしっくり受け入れるには、都の近くではどこか落着きの悪さが残っていた。

こういう場合、師は、すっぽりと嵌《はま》り込む場所に巣を見出《みいだ》す獣のように、自分の目ざすものを見つけるのがうまかった。獣の嗅覚《きゅうかく》のようなものがあったのだろう。弘川寺は、まさし

く終りの思いを包み込むにふさわしい葛城山麓《さんろく》の、丘に後を囲まれた静かな場所に建ってい
た。寺のまわりには深い杉木立にまじって桜の木々が枝を交していた。

私は役所を一時休んで師について弘川寺の草庵のそばで起居した。というのは、弘川寺に移ってから、めずらしく師は病に倒れたからである。夏の終りから私はずっと不安を感じていたが、はたして来るべきものが来たのか、と、胸の奥が冷たくなるような気がした。玄徹が生きていてくれたら、きっと師を立ち直らせてくれただろう、と私は思った。

そろそろ秋も半ばになろうとしていた。私は医師《くすし》の命じた薬草を煎《せん》じ、それを草庵に運んだ。

ある夜、月が明るく、草庵の前は昼のように白かった。師が月を見たいというので、草庵の外に蓆《むしろ》を敷き、そこに師を坐《すわ》らせた。師はしばらく月を仰いでいた。私は師が泣いているような気がした。

「秋実、まだ『宮河歌合』の判詞はできないだろうかな」

歌のことしか頭にないのだと思うと、私は身体のなかを熱いものが走るような気がした。

月を見て小一刻ほど過ぎた頃であった。寺の門前で松明《たいまつ》が揺れ、人声がした。やがて本堂のほうから座主《ざす》の空漠上人《しようにん》の嗄《しわが》れ声が近づいてきた。寺男の松明に照らされたのは、烏帽子《えぼし》に狩衣《かりぎぬ》の旅姿の男で、腕に抱えるようにして白絹に包んだ四角いものを持っていた。男のうしろから空漠上人が声をあげながら小走りに走ってきた。

「円位殿。円位殿。判詞が届きましたぞ。定家殿の判詞が届きましたぞ」

る。

そのとき、師西行は蓆の上に立ち上った。それから一足ふた足、歩き出そうとしたのであることだ。

師西行が燈火《とうか》を掲げ、その夜遅くまで『宮河歌合』の判詞に読みふけったのは無理からぬことだ。

さらに驚いたことには、師は気力が戻ったのか、京にゆくことを思い立ったのである。

私は反対した。しかし師はどうしてももう一度京にゆき、できることなら、慈円との約束を果すため、比叡山に登り、無動寺を訪ねたい、と言うのであった。

師がひょっとしたら死期を予感しているのではなかろうかと真剣に考えたのはその時である。師は若い慈円のなかに自分を見ているのだ、「散る花も根にかへりてぞまたは咲く」という思いに打たれているのだ、未来へ伸びてゆこうとする自分を見ているのだ――そう思うと、体力の衰えを理由に無下に引きとめるわけにゆかなかった。

師の機嫌は上々であった。私が師のもとへ通うようになってから、これほど楽しげな様子に見えたことはなかったといっていい。それは飄々《ひょうひょう》として花鳥風月のなかを漂いゆく風情《ふぜい》ともいえた。

師西行は伊勢外宮《げくう》に納める『宮河歌合』を荒木田家の使いの者に託したあと、草庵の一隅に設けた神棚の前で、生涯の歌をこれで詠み終えたという祈誓を立てたのである。もはや再び歌を詠《よ》むことはない――そうした思いは、私には、悲壮な決意とも受けとれたが、師はまったくそう思ってはいないようであった。むしろすべてをなし終えたという大きな休息感がそこにあった。いつも枕辺《まくらべ》に置かれていた筆墨と料紙は、綺麗《きれい》さっぱりと片付けられた。

師は経典を誦し、歌、物語を読み、夕刻は山辺の道を歩いた。私は、師に、どうして歌を詠まぬよう祈誓されたのかと訊《たず》ねた。

「歌がなければ、頼りの杖《つえ》がないようなものではありますまいか」

「たしかに今まではそうだった」師は美しく色づいた桜や柿《かき》の葉を眺めた。それから皺《しわ》に囲まれた柔和な眼を細め、秋の空を仰いだ。空の奥を雁の群れが鉤状になって過ぎてゆく。

「だが、この間《あいだ》うち、ここで臥《ふ》していると、なんとなく、歌が大きな円を閉じたような不思議な落着きを感じた。旅を終えたときのようなほっとした気持だな。そしてふと、人の仕事とは、一生かかって円を描いているようなものではないか、と思った。円が完結しないあいだは、せっせと仕事をする。だが、誰にも、仕事が終り、円が閉じたと思うときがくる。そのとき人は息をつき、重荷を運び切ったような思いを味わう。歌の仕事をやめようと思ったのは、円が閉じたと納得できたからだ」

秋の日ざしが弘川寺の裏の杉木立を透かして静かに流れこんでくる。光に照らされた柿の紅葉が燃えるように鮮かに輝いた。

「円が閉じたと感じたとき、森羅万象《いきとしいけるもの》のなかに慈悲が溢れるのを感じた。それは、秋実、日輪がつねに恵みの光を与えているのと同じだ。日輪はつねに輝いている。森羅万象《いきとしいけるもの》に恵みが溢れている。花を見ても慈悲が輝いている。月を見ても慈悲が心に染《し》みてくる。それはそのまま歌の相《すがた》なのだ。歌を詠む前に、歌の歓喜《よろこび》がもう胸を満たしている。これは歌が環《わ》を閉じたのだと感じた。それ故にこそ、歌をそっくり神々の法楽に捧《ささ》げたいと考えたのだ。あとは、天地自然の歌のなかに身を横たえていればいい。これ以上歌を詠むのは、天地自然の溢れる歓喜《よろこび》に調和してゆくことではないと思った」

師西行のこの言葉は、京に出て、慈円に会うために比叡山に登ったときも、私のなかにはっきり目覚めていた。それは何か大きな落日を前にして感じる思いに似ていた。それは壮麗で輝かしく、ゆらゆらと赤い陽炎《かげろう》に包まれていたが、しかしそこから深い悲哀の色を消し去ることはできなかった。

比叡山には輿《こし》で登ったので、師西行は病上《やみあが》りとは思えないほど元気だった。山を登るにつれて見えてくる風景の拡《ひろ》がりに、子供のような喜びを示した。近江《おうみ》の湖が青く光りはじめると、師は手を打って喜んだ。

無動寺で慈円に会うと、その手を執り、この山頂に乾坤の慈悲が水晶のように玲瓏《れいろう》と光っている、と言った。慈円の案内で師は大乗院の露台に出た。そこからは近江の湖が青くきらめいて空の遠くへつづいているように見えた。漁舟《いさりぶね》が光のなかに影のように浮んでいた。

師西行は、私を呼んで「湖のあの青いきらめきをとても見過すわけにはゆかないな」と囁《ささや》いた。

「歌でございますね」私はそう言うと、懐《ふところ》から矢立と料紙を取り出して師に渡した。

「歌を詠まぬと祈誓したが、どの歌を最後にすると神明に申しあげなかった。今改めてこの歌を最後に、と祈誓しよう」

師はそう柔らかな笑顔でつぶやくと、

にほてるや　なぎたるあさに　見わたせば　こぎ行跡《ゆく》の　浪《なみ》だにもなし

と書いた。慈円はすぐ、

ほのぼのと　あふみのうみを　こぐ舟の　跡なきかたに　行《ゆく》こころかな

と和した。おそらく慈円も大きな鼻のほうへ近々と寄った眼で、師西行が漲《みなぎ》り渡る白い光のなかに溶けてゆく姿を見ていたのではないだろうか。

師は慈円との約束を果したことを何よりも喜んでいた。比叡山を下りたとき、大して疲れも見えなかったのはそのためだった。しかしその年の終り、弘川寺に戻ると、病はふたたび師西行の身体に忍び寄った。

年があらたまっても、師の病は恢復《かいふく》する様子に見えなかった。師は終日うつらうつら眠り、目覚めては窓を開けさせ、桜の木々に眼をやった。

「秋実、もう間もなく花が開くな」ある朝、師はほほ笑みを浮べながら言った。「春ごとに桜が咲くと思うだけで、胸が嬉《うれ》しさで脹らむ。これだけで生は成就《じようじゆ》しているな。どうか私が死んだら俊成殿に伝えてほしい。桜の花が人々の心を浮き立たせるとき、その歓喜《よろこび》のなかに私がいるとな」

私は師西行の手を握り、涙をこらえた。そしてかならず俊成殿に師の言葉を伝えると耳もとで言った。師は眼をつぶり、ほほ笑んでうなずいた。

私はふと、長楽寺の庭で初めて会った折の師の柔和な眼を思い浮べた。師はできるかぎりのことを成し終えて、いまここに横たわっている。思い残すこともなく、大いなる眠りに就こうとしている。そこには暗いものは何一つなかった。ただ桜だけがその美しさゆえに、私を孤独のなかに取り残した。桜は気品ある華麗な美しさで咲いた。だが決して温かな色ではなく、冷たく、無限に寂しく、儚《はかな》いのだ。

師西行はこうして満月の白く光る夜、花盛りの桜のもとで、七十三年の生涯を終えた。

のちに俊成殿が西行を偲《しの》んで次のように書いたのは、最後の師の言葉に強く心を動かされたからであった。

かの上人、先年に桜の歌多くよみける中に
願はくは　花のしたにて　春死なん　そのきさらぎの　望月《もちづき》の頃
かくよみたりしを、をかしく見たまへしほどに、つひにきさらぎ十六日、望日《もちのひ》

をはりとげけること、いとあはれにありがたくおぼえて、物に書きつけ侍《はべ》る

願ひおきし　花のしたにて　をはりけり　蓮《はちす》の上も　たがはざるらん

おそらく俊成殿のこの歌以上のことはもう書くことができないだろう。もし何かひとこと書くとしたら、桜の花に陶酔《うかれ》る日、ぜひその花の一枝をわが師西行に献じてほしいということだ。師は機嫌のいいある日私にこんな歌を示されたからである。

仏には　桜の花を　たてまつれ　わが後《のち》の世を　人とぶらはば

1　西行についての書物、日本中世社会構造や荘園形成に関する歴史研究など、本書を書き終えるまでに眼に触れた文献は相当の数にのぼり、それぞれに深い学恩を受けている。とくに左に挙げる諸研究に負うところは大きく、記して感謝申し上げたい。

角田文衛『椒庭秘抄——待賢門院璋子の生涯』（朝日新聞社）
目崎徳衛『西行の思想史的研究』（吉川弘文館）
窪田章一郎『西行の研究——西行の和歌についての研究』（東京堂出版）
井上宗雄『平安後期歌人伝の研究』（笠間書院）
久保田淳編『西行全集』（日本古典文学会）

2　西行の歌の表記は、後藤重郎校注『山家集』（新潮日本古典集成・新潮社）によった。同書に収められていない歌、および西行以外の歌の表記は、諸種の校訂本を参考にした。

3　本書は雑誌「新潮」に二十四回にわたって連載された（一九九一年一～十一月号、九二年二～十、十二月号、九三年二、五、六月号）。なお、刊行にあたって加筆訂正をしている。

（著者）

「声」と化した「花」

高橋英夫

I

何によって導かれてなのか、いまここに来たのだ、という思いがある。有りようは自力で来たのであったとしても、それ以上に「いまここに」の思い、「来たのだ」の思いが圧倒的である。自力などは、今となっては何ものでもあるまい。

とはいえ「ここ」は何処《どこ》なのかという一事だけは、まず確かめておこう。「ここ」とは、辻邦生のはるばると連なった言語的広袤《こうぼう》を前にして、私なら私、彼なら彼である人間が立っている一地点のことである。そこに佇《たたず》むのと同時に、いつに変らぬという印象を保つ時空間が、こうしてここに言語的に在りつづけていたのだ――そんな思いが近づいてきた。それが「いまここ」であり、「来たのだ」と安堵《あんど》を伴って口の端《は》に洩《も》れる内部の思いである。それは在ることとのゆらめきだ。――辻邦生の世界とは、「いまここ」や「来たのだ」として意識される「在ること」についての、とめどなく揺れかえし、湧《わ》きあがり、溢《あふ》れ出してくる言語の無窮の位相を示している、そういうことではないのか。

『西行花伝』は、流麗そのものでありながらしかも雄偉であるという重層をもった辻邦生の大作の中でも、ひときわ作者の語りの力量と、人物に移入された想念の高さとにおいて、かがやいている。個人的な印象の中に還《かえ》って思いかえすと、それはもう三十年近くも以前の長篇『背教者ユリアヌス』と双璧《そうへき》を形づくる作品のように見える。とはいえ幾つもの面で、両作品は顕著な対照を示してもいて、特に主人公の対照は大きい。一方は西洋古代後期の若き皇帝哲学者、他方は日本中世、草庵《そうあん》と旅を晩年へと深めていった、歌びとにして仏教僧侶《そうりょ》。

しかし中心人物ひとりに限定せずに、その前後左右にとりどり位置をしめた人物群までも、「拡《ひろ》がり」と呼ぶべきカテゴリーの中で本質的存在であると把《つか》み直すと、両作品には共に、「拡がり」のすべての場所から「究極」をめざす矢が走って、そこから品格がにじみ出しているのが感じられる。ただし、いま、直接にわれわれが向き合っている広袤『西行花伝』の方に視線を移してゆくならば、品格という言葉は風格というふうに置き換えたい、そんな気分が動く。たとえば『山家集』の頁《ページ》を繰《く》っていると、どこまでも花を散らす風が吹き通っているからである。

「花伝」とは何だろう。これはあまり聞いたことのない表現であり、作者の創案だろうかという気もする。とはいえ名詮自性《みょうせんじしょう》、この長篇作品の本質をひたと一語で言い切ったかのような気配が、「花伝」の中にこもっていよう。いかにもそれは、歴史上の人物西行の生涯をえがいた伝記ではないし、評伝というものでもない。すなわち西行を主人公としながら、これは歴史でなく評論ではないのだ。小説と呼ぶのはまた余りにも常套《じょうとう》であり、作品の表層をしか言い表していない感じがする。このように消去法を発動していって、あとに残ったのは単なる伝ではなく、花伝というものだった。乱暴に言えば、残ったのは「花」だった。

このことは、花が残ったというよりも、そこに花があらわれ出たというふうに理解してゆきたい。ふと気を取りなおして眼を凝らすと、それは、先ほどまで少しもそんな気配のしなかった辺りに、ぽっかりと花が花弁をひろげ、仄《ほの》かな香りが大気に溶けはじめているというのに似ている。まさに花の出現であり、歴史や評論が見えなくなってしまうほどに「花」が「伝」を内と外から包みこんでしまったのである。『西行花伝』と言われておやと思った次の瞬間、それもわかるとひとを頷《うなず》かせるもの、それがこの長篇にはある。

花、それはひらき切った時に究極のすがたが顕在するということを意味している。この意味において、まことに西行は花の人である。もちろん西行をそう呼ぶにあたって、歴史上の人物西行が歌びととして桜の花に憑《つ》かれ、吉野山の花を、都の一隅白河の花を、さらに鈴鹿《すずか》山《やま》などなどの花々を数知れず詠じたことが、前提と伏線になっているのは、誰にとっても明らかではある。

花が年ごとにひらくように、花伝において究極的なものはくりかえし、長くまた短く時の間をおいて語られる。西行のその時々の人生模様に寄り添って語られ、ひとり心に思いを沈めるかのように語られ、弟子に説き諭すかのように語られる。

たとえば――

すべては虚空の中に、はかなく漂うにすぎないのでございます。それを思い窮《きわ》め、虚空を生き切るのでございます。すると、そこに、漂うものとして、この世が見えて参ります。花があり、月があり、雪があるのが見えて参ります。
（七の帖）

高野からここ吉野にきて以来、それは一段と深くなってゆく。ここには、いま、桜の花しかない。そうだ。出羽で凍りついたような花の結晶《きらめき》を見たとき、魂は、山へ谷へ運ばれていった。ここでは、花は、ただ花のなかへ私を解き放つのだ。ここには花しかない。
（十三の帖）

なぜそれはそこにあるのか。なぜそれはそれであって、他のものではないのか。
（十七の帖）

日輪はつねに輝いている。森羅万象《いきとしいけるもの》に恵みが溢れている。花を見ても慈悲が輝いている。月を見ても慈悲が心に染《し》みてくる。それはそのまま歌の相《すがた》なのだ。
（二十一の帖）

自然界の花は来る年毎にくりかえして新たに花であるが、西行の花は想念としてくりかえされつつも、「花」にかかわる人間の齢《とし》と縺《もつ》れてしだいに爛熟《らんじゅく》の色合いを濃くしてゆくのがわかる。それはしだいに澄みまさりつつも、何か透明な黝《くろ》ずみを放射しはじめている。くりかえしつつ深まりゆくもの、その消息こそが「花伝」というものであろう。流麗典雅な言葉の奥で、その消息はいわば秘義的に洩らされている。このように見れば、この作品が西行についての歴史でもなければ評論でもないことについて、読み手としての得心は充分に届いたことになるだろう。

Ⅱ

作品の構成と表現の側面からみてゆくと、『西行花伝』は「序の帖」を前に置き、すべてで二十二の「帖《じょう》」から成っている。それはよく考案された連続体であり、各帖の「語り手」の変化・交替が連続体を単なる均一の持続というところから游離《ゆうり》させ、位相の変転によって成り立つ変幻の連続体とでも呼びたいものを実現している。こうして「序の帖」から最後の「二十一の帖」までのあいだははるかに広い。はじめに記したように、それは言語的広袤という印象を生んでいる。

最初の「語り手」藤原秋実《あきざね》とは、何者なのか。そこを見すごしてはなるまい。式部少輔《しきぶのしょう》藤原秋実は長楽寺《ちょうらくじ》で催された紅葉の会において、文章博士《もんじょうはかせ》大江資朝《すけとも》から西行に引き合された。年の頃四十七、八の体格の立派なこの僧侶は、存在の奥行きの深さと意志の火花を感じさせた。僧は、正しいものなどはこの世にはじめからないのだ、そう思い覚れば、花と風と光と雲がひとを迎えてくれる、と語った。秋実は西行を師と思うにいたった。

秋実は果して史上に実在した人物であろうか。おそらく作者のフィクションではなかろうか。師西行を見つめつづける弟子の眼差し《まなざし》、「花伝」がそれを要請したのである。この要請の中には、作者辻邦生その人の已《や》むに已まれぬ希求と、作品制作にいのちをかけた作家の遊び心とが含まれていよう。

秋実は若き日、検非違使庁《けびいしちょう》の下僚であったが、甲斐国《かいのくに》の国衙《こくが》に出向している。そこで上役（目代《もくだい》）の中原清弘と甲斐豪族三枝守政の惹起《じゃっき》した騒擾《そうじょう》に捲《ま》きこまれ、屈辱と絶望を味わった。ところが一方、辻一族の運命を物語った長篇『銀杏《いちょう》散りやまず』では、辻氏の甲州出自が明らかにされ、医家辻家の代々を代表する人物として辻保順三枝守瓶のことが詳細に述べられている、ということがあった。（この人は本居宣長の弟子でもあった。）辻氏は仁明帝から三枝の姓を賜った旧家なのであった。

こうした背景を思いやるなら、甲斐国とかかわりを有し、歌びと西行の言葉と「花」に打たれてその弟子となった秋実という人間には、作者辻邦生自身が少なからず投入されているようだ、と気づかざるを得ない。作者は西行の本質を「花」と見定め、いかにそこを言い表わすかに長い時をかけたにちがいない。その沈潜と構想のはてに、弟子の視点から師西行を望み見るという人物の配置が閃《ひらめ》いた。弟子の視点を加えることで、その他もろもろの人物たちの眼で見定められた西行という多面体に、フィクティシャスな焦点が成立する。そこに「花」がひらき、西行の行実と言葉は「花伝」となる。辻邦生は作者の特権でもって、とはいえ容易にはひとから伺い知れぬような節度を保ちつつ、秋実の中におのれを秘めた。

もとより創作では、そこに登場してくるどの人物の中にも、作者は明に暗に、作者自身を分割し変形して送りこむものではあるが、『西行花伝』における秋実はとりわけて作者と結びついている。特権的に、かつ謙虚に結びついている。秋実は、実のところ人物としての実体において乏しい。その代り、秋実は師の言葉に傾倒し、師の行実をよく記憶し、師のすがたと言葉をさまざま語りつづける「声」として倦《う》むことがない。「序の帖」と終りの「二十一の帖」だけでなく、途中いくたびも秋実がその「声」をしめやかに送ってくる。それに倣《なら》ったかのように、『西行花伝』は全巻が西行をめぐる人々の「声」であり「語り」であるのは、ここで改めて指摘するまでもないだろう。

幼き日のすがたも、成人しての心のむすぼれも、秘めたる恋も、高貴なる世界に吹き通う乱気流も、歌と思念も、みな「声」とのうちにあり、「語り」となって甦《よみがえ》ってくる。

幼き日の紀清丸《のりきよまる》(西行)を、乳母蓮照尼《めのとれんしょうに》の声は語る——

「紀清丸さまは館《やかた》の子供たちと竹馬に乗り、合戦の真似《まね》をしているとき、そのことをみんなの前でおっしゃったのでございます——私は葛《くず》の葉《は》が好きだ、乳母《ばあや》を奥方にするのだ、家人にはできないからね。」

(一の帖)

待賢門院璋子《たいけんもんいんたまこ》(女院)との、ただ一度の逢瀬《おうせ》を、西行その人の声はえんえんと語る——

「池の向うに、弓張り月が赤味を帯びて斜めに掛かっていた。月の光のせいで、池の畔《ほとり》の桜が白い影となって闇から浮び上っていた。

女院は月の光のなかに静かに坐っておられた。それは法金剛院の建立を思い立たれたとき、すでに地上での幸せは与えられないのだ、と覚悟されたお姿であった。」（五の帖）

「大原の三寂《さんじゃく》」のひとり寂念は、悲劇の崇徳院《すとくいん》（新院）と院に歌によってつよく結ばれていた西行とのかかわりを、こう洞見する――

「西行は自らの歌道への没入と、新院の歌による解脱《げだつ》とをあきらかに重ねて感じていた。時には新院の激しいご気性が歌を逸脱するように見えるとき、西行はむしろそれを喜んで見ているような気配であった。」（十三の帖）

そして再び、弟子秋実。秋実は入寂直前の老師西行に侍して、師がすでに歌を詠むことを神にかけて絶った（「和歌起請」を行った）あと、「大きな円を閉じたような不思議な落着き」を覚えた旨《むね》を語るのを聞いた。それは次のような秋実の声として記しとどめられている――

日輪はつねに輝いている。森羅万象《いきとしいけるもの》に恵みが溢れている。花を見ても慈悲が輝いている。月を見ても慈悲が心に染《し》みてくる。それはそのまま歌の相《すがた》なのだ。歌を詠む前に、歌の歓《よろ》喜《こび》がもう胸を満たしている。それは歌が環を閉じたのだと感じた。それ故にこそ、歌をそっくり神々の法楽に捧《ささ》げたいと考えたのだ。あとは、天地自然の歌のなかに身を横たえていればいい。それ以上歌を詠むのは、天地自然の溢れる歓喜《よろこび》に調和してゆくことではないと思った。

（二十一の帖）

『西行花伝』全篇は、いくつかの声が跡切《とぎれ》れなくゆらめき流れつづける交唱歌であり、交響連唱曲の趣を呈している。歴史上の佐藤義清――西行を捲きこんだ政治と宮廷と仏教思想と女人たち・友人たちは「声」の中に封じこめられ、すべてさながら万華鏡のように変幻し展開し過ぎてゆく。ところがそれらが入り乱れ収斂《しゅうれん》したあとも、なお一つの声が、さらにまた別の一つの声がというように、「声」そのものは無限となって残りつづけている。この残りつづけるもの、この無限性は、実は「声」がほとんど内部化、内面化していることのあかしであるだろう。「花伝」の華やかさは、そうした無限性によって、あるいは声の内部化によって達成されたものであっただろう。外なる世界の多様性、巨大な振幅がことごとく過ぎていったことによって、「花」は、それだけが遊離した結晶のように残ったのである。

「なぜそれはそこにあるのか。なぜそれはそれであって、他のものではないのか」という問いかけを、前に「十七の帖」から引いたが、この問いかけを身に帯びて、四国路を歩み、弘法大師の跡を慕って嶮岨《けんそ》な山腹の寺にも登った西行は、つづけてこうも語ったと、これまた弟子秋実の「声」は伝えている――

師が、後になってから話されたことだが、当り前のものが当り前に見えず、何か特別な不思議と思えることは、この世を、前よりも一段と深く眺め入ることなのであった。たとえば鳥が空を飛んでゆく。それは日々気にもとめずに見る平凡な風景である。だが、なぜその鳥がそのときそこを飛んだのか、と考えはじめると、平凡な風景が突然平凡ではなくなり、何か神秘な因縁に結びついた現象《あらわれ》に見えてくる。

これは、深く頷くほかはない透徹の言葉であり、詩と認識の「究極」がこの言葉の中で熾《も》えている。熾えるものがそこに現れ出ている。「現象《あらわれ》」が見えてくる。聞えてくる。しかしそれは西行の「声」が語っているということなのか。それともやはり弟子秋実が語っているのか。弟子がついに師を見定めたことによって、師と弟子の二つの声が一つの声となってひびいているのではないか。しかしまた、フィクティシャスな弟子秋実のなかには、作者辻邦生が隠れている。というよりも、それは隠すでもなく表すでもなく、自《おの》ずと現れている、そう聞きとれよう。

自ずと現れたものは、自ずと「花」でもある。「花」を語ることが、自ずと「花」そのものが「声」と化して聞えてくることに通じている、こうした微妙な消息が伝わってくるこの長篇は、辻邦生の「花伝書」と呼ぶべきものであるにちがいない。

（平成十一年五月、文芸評論家）

この作品は平成七年四月新潮社より刊行された。

西《さい》行《ぎょう》花《か》伝《でん》

新潮文庫　つ－3－10

平成十一年七月一日発行
平成十九年五月二十日九刷

著者　辻《つじ》邦《くに》生《お》
発行者　佐藤隆信
発行所　株式会社新潮社
郵便番号　一六二―八七一一
東京都新宿区矢来町七一
電話　編集部(〇三)三二六六―五四四〇
読者係(〇三)三二六六―五一一一
http://www.shinchosha.co.jp

価格はカバーに表示してあります。

乱丁・落丁本は、ご面倒ですが小社読者係宛ご送付ください。送料小社負担にてお取替えいたします。

印刷・大日本印刷株式会社　製本・加藤製本株式会社

ISBN978-4-10-106810-7 C0191